हावर्ड फ़ास्ट

हावर्ड फ़ास्ट का जन्म 11 नवम्बर, 1914 को संयुक्त राज्य अमेरिका के न्यूयॉर्क सिटी में हुआ। उन्होंने हाई स्कूल की पढ़ाई बीच में ही छोड़ दी। 18 वर्ष की उमर में उनका पहला उपन्यास 'टू वैलीज़' प्रकाशित हुआ। 80 से अधिक पुस्तकों के ख्यात लेखक फ़ास्ट 20वीं सदी के सर्वश्रेष्ठ अमेरिकी लेखकों में गिने जाते हैं। उनकी कई कृतियाँ 'बेस्ट सेलर' श्रेणी में रही हैं। उन्होंने कथा, कथेतर, नाटक, पटकथा सभी विधाओं में लिखा।

उनकी प्रमुख कृतियाँ हैं—'सिटीज़न टॉम पेन', 'फ्रीडम रोड', 'माय ग्लोरियस ब्रदर्स', 'स्पार्टकस', 'द अमेरिकन', 'साइलस टिम्बरमैन', 'द स्टोरी ऑफ़ लोलाग्रेग', 'द इमीग्रेन्ट्स', 'सेकेंड जेनरेशन', 'द आउटसाइडर', 'द इमीग्रेन्ट्स डॉटर', 'द नेकेड गॉड : द राइटर एंड द कम्युनिस्ट पार्टी।' उनकी आत्मकथा 'बीइंग रेड' 1990 में प्रकाशित हुई। आख़िरी उपन्यास 'ग्रीनविच' सन् 2000 में प्रकाशित हुआ। उनकी किताबें 82 भाषाओं में अनूदित हुईं। 'स्पार्टकस' उपन्यास पर डाल्टन इम्बो ने इसी नाम से पटकथा लिखी। फ़ास्ट ख़ुद भी हॉलीवुड में रहे और कई पटकथाएँ लिखीं। उन्होंने ई.वी. कनिंघम के छद्म नाम से भी कुछ उपन्यास लिखे।

12 मार्च, 2003 को ओल्ड ग्रीनविच, कनेक्टिकट में उनका निधन हुआ।

अमृतराय

अमृतराय का जन्म 15 अगस्त, 1921 को कानपुर, उत्तर प्रदेश में हुआ। साहित्य की सभी प्रमुख विधाओं में उन्होंने विपुल लेखन किया है। वे दस वर्षों तक 'हंस' पत्रिका के सम्पादक रहे। प्रेमचन्द की ढेर सारी अप्रकाशित रचनाओं को एकत्रित और प्रकाशित करने का श्रेय भी अमृतराय को जाता है। उनकी प्रमुख कृतियाँ हैं—'बीज', 'नागफनी का देश' (उपन्यास); 'भोर से पहले', 'सरगम' (कहानियाँ); 'चिन्दियों की एक झालर', 'शताब्दी', 'हमलोग' (नाटक); 'प्रेमचन्द : कलम का सिपाही' (जीवनी); 'अग्निदीक्षा', 'आदिविद्रोही', 'ख़ौफ़ की परछाइयाँ', 'फाँसी के तख़्ते से', 'समरगाथा', 'हैमलेट', 'रवीन्द्रनाथ के निबन्ध' (अनुवाद)।

उन्हें 'साहित्य अकादेमी पुरस्कार', 'सोवियत लैंड नेहरू पुरस्कार', 'भारत भारती पुरस्कार' और 'स्पार्टकस' के अनुवाद 'आदिविद्रोही' के लिए 'सर्वश्रेष्ठ अनुवाद पुरस्कार' से सम्मानित किया गया।

14 अगस्त, 1996 को प्रयागराज, उत्तर प्रदेश में उनका निधन हुआ।

हंस प्रकाशन

आदिविद्रोही

गुलाम स्पार्टकस की जीवन-कथा

हावर्ड फ़ास्ट

अनुवाद

अमृतराय

लोकभारती पेपरबैक्स

मूल कृति Spartacus का अनुवाद

पहला संस्करण 1955 में हंस प्रकाशन, इलाहाबाद से प्रकाशित

लोकभारती पेपरबैक्स में
पहला संस्करण : 2025

लोकभारती पेपरबैक्स : उत्कृष्ट साहित्य के लोकप्रिय संस्करण

एकमात्र वितरक
लोकभारती प्रकाशन
पहली मंजिल, दरबारी बिल्डिंग, महात्मा गांधी मार्ग
प्रयागराज-211 001
द्वारा प्रकाशित

शाखाएँ : 1-बी, नेताजी सुभाष मार्ग, दरियागंज, नई दिल्ली-110 002
अशोक राजपथ, साइंस कॉलेज के सामने, पटना-800 006
1, अनमोल सोराबजी संतुक लेन, धोबी तलाव, मरीन लाइंस, मुम्बई-400 002

वेबसाइट : www.lokbhartiprakashan.com
ई-मेल : info@lokbhartiprakashan.com

विकास कंप्यूटर एंड प्रिंटर्स
ट्रॉनिका सिटी-201 102
द्वारा मुद्रित

मूल्य : ₹450

AADIVIDROHI
Novel by Howard Fast
Translated by Amrit Rai

ISBN : 978-93-48229-80-9

यह किताब मेरी बेटी राशेल और मेरे बेटे जानथन के लिए है। यह बहादुर मर्दों और औरतों की कहानी है जो बहुत पहले रहा करते थे और जिनके नाम लोग कभी नहीं भूले। इस कहानी के नायक आज़ादी को, मनुष्य के स्वाभिमान को दुनिया की सब चीज़ों से ज़्यादा प्यार करते थे और उन्होंने अपनी ज़िन्दगी को अच्छी तरह जिया, जैसे कि उसे जीना चाहिए—हिम्मत के साथ, आन-बान के साथ। मैंने यह कहानी इसलिए लिखी कि मेरे बच्चे और दूसरों के, जो भी इसे पढ़ें, हमारे अपने उद्विग्न भविष्य के लिए इससे ताक़त पाएँ और अन्याय और अत्याचार के ख़िलाफ़ लड़ें, ताकि स्पार्टकस का सपना हमारे समय में सच हो सके।

अनुवादक की ओर से

विश्व के आधुनिक साहित्यकारों में हावर्ड फ़ास्ट एक बड़ा नाम है। अब तक उसकी सत्ताईस कृतियाँ निकल चुकी हैं जिनमें चौदह उपन्यास हैं, तीन कहानी-संग्रह हैं, दो इतिहास-ग्रन्थ हैं, एक नाटक है, एक आलोचना पुस्तक है, चार किशोरोपयोगी कथा-कृतियाँ हैं और दो सम्पादित ग्रन्थ हैं।

फ़ास्ट की अधिकांश पुस्तकें संसार की अनेक भाषाओं में अनूदित हो चुकी हैं। हमारी भाषा में अब तक सम्भवतः दो ही आ पाई हैं—'मुक्ति-मार्ग' और 'पीकस्किल'। 'मुक्ति-मार्ग' ऐतिहासिक उपन्यास है और 'पीकस्किल' समसामयिक इतिहास की एक घटना का कथात्मक विवरण, तथापि विषय-वस्तु दोनों की एक है, नीग्रो जाति के स्वत्वों का संघर्ष। और बात केवल नीग्रो जाति की नहीं है। जो भी पददलित है, जिस पर भी अन्याय और अत्याचार होता है उसके साथ इस लेखक की सक्रिय सहानुभूति है, वह व्यक्ति या समूह कहीं का हो, कोई हो, किसी वर्ण का, किसी जाति का, किसी देश का, किसी युग का। लेखक की यह सहानुभूति कितनी सच्ची, कितनी सक्रिय है इसका सबसे सबल प्रमाण तो 'पीकस्किल' की वही ऐतिहासिक घटना है जिसमें गोरी चमड़ी के अन्य सद्‌विवेकशील व्यक्तियों के साथ-साथ फ़ास्ट ने भी अपने नीग्रो बन्धुओं के कन्धे से कन्धा मिलाकर, सचमुच उनके हाथ में हाथ देकर, अपने प्राणों की बाज़ी लगाकर उन संगठित, प्रतिगामी, नीग्रो-विरोधी शक्तियों से युद्ध किया जिनकी आज भी 'सभ्य' अमरीका में तूती बोलती है, जो नीग्रो को कुत्ता समझते हैं, जिनकी दृष्टि में एक नीग्रो के प्राण का मूल्य कुत्ते से भी कम होता है और जिनको नीग्रो के स्वाभिमान अथवा

स्वत्वों की बात कान में पिघला सीसा उड़ेलने जैसी जान पड़ती है।

उत्पीड़ित के प्रति लेखक की इस सक्रिय संवेदना का रहस्य क्या है? यह रहस्य और कुछ नहीं है, केवल इतना कि उसकी त्वचा का रंग चाहे जो हो, वह स्वयं भी उसी ग़रीब उत्पीड़ित वर्ग से आया है। सबसे पहले उसका अपना जीवन अनुभव और फिर उसकी जीवन-दृष्टि उसको सभी उत्पीड़ितों की ओर अपना बन्धुत्व का हाथ बढ़ाने के लिए प्रेरित करती है।

फ़ास्ट ने एक स्थान पर अपने जीवन के बारे में कुछ पंक्तियाँ लिखी हैं। फ़ास्ट की मनोरचना और उसके साहित्य को ठीक से समझने में निश्चय ही उससे सहायता मिलेगी। वह लिखता है—

"मेरा जन्म न्यूयार्क शहर में 11 नवम्बर, 1914 को एक मज़दूर परिवार में हुआ। मेरे पिता पहले एक लोहे के कारख़ाने में काम करते थे, फिर बस कन्डक्टर हुए और सबसे अन्त में एक रेडीमेड कपड़ों के कारख़ाने में काम करने लगे। मैं जब आठ वर्ष का था मेरी माँ मर गई और मैं अपने दो भाइयों के साथ न्यूयार्क शहर की एक गन्दी बस्ती में भयानक ग़रीबी में पला और बढ़ा।

"मुझे ग्यारह साल की उमर से ही जीविका कमाने में लग जाना पड़ा इसलिए स्वभावतः मैं पढ़ न सका। सोलह साल की उमर में मैंने हाई स्कूल की परीक्षा पास की। उसके बाद फिर कभी मैंने स्कूल का मुँह नहीं देखा सिवाय उस एक साल के जब मैंने छात्रवृत्ति से एक चित्रकला अकादमी में शिक्षा ली। लेकिन वह चीज़ भी चल न सकी क्योंकि जो समय वहाँ जाता था उसको जीविकोपार्जन में लगाना ज़रूरी था।

"ग्यारह से लेकर इक्कीस साल की उमर तक मैंने जीविकोपार्जन के लिए बहुत तरह के काम किये—अख़बार बाँटे, सिगार के कारख़ाने में फ़र्श की सफ़ाई की, तामीरी कामों में साधारण कुली का काम किया और होते-होते अन्त में मैं भी न्यूयार्क के एक रेडीमेड कपड़ों के कारख़ाने में काम करने लगा।

"मैं स्वयं-शिक्षित व्यक्ति हूँ। सोलह का होते-होते मैं लिखने लगा था। मैंने लिखते-लिखते लिखना सीखा। हो सकता है साहित्य-रचना की कुछ नैसर्गिक क्षमता भी मेरे अन्दर रही हो। मेरी पहली किताब लगभग तेईस वर्ष पहले छपी थी। यह एक प्रेम कहानी थी जिसका

वास्तविकता से कोई सम्बन्ध न था। इस किताब से मुझको कुल सौ डॉलर की आमदनी हुई थी। जब मैं इक्कीस का था मैंने 'द चिल्ड्रेन' लिखी जो एक प्रसिद्ध कहानी पत्रिका में छपी। इसके भी मुझको सौ डॉलर मिले लेकिन अब मुझे इस बात का विश्वास हो गया कि मैं लिखकर अपनी जीविका चला सकता हूँ। पच्चीस साल की उमर तक पहुँचते-पहुँचते मुझको अपनी कहानियों के लिए अच्छा पारिश्रमिक मिलने लगा था और मेरी किताबें भी बिकने लगी थीं। 'द लास्ट फ्रंटियर' से मुझको पहली उल्लेखनीय ख्याति मिली। यह पुस्तक 1941 में प्रकाशित हुई थी। 'सिटज़ेन टॉम पेन' का प्रकाशन होते ही मेरी किताबों की बिक्री लाखों में होने लगी और मेरा नाम काफ़ी फैल गया। 1946 तक सब कुछ ठीक से चला मगर उसी वर्ष से सरकारी आतंक ने देश को बुरी तरह जकड़ लिया और मेरी किताबों की व्यापक बिक्री में रुकावट पैदा होने लगी। तब तक अमरीका में मेरी एक करोड़ से ज़्यादा किताबें बिक चुकी थीं..."

इसके बाद वह स्थिति आई जबकि प्रस्तुत पुस्तक छापने के लिए अमरीका का कोई प्रकाशक तैयार न था और फ़ास्ट को स्वयं अपने साहित्य रसिक मित्रों को सहायता से इसको छापने की व्यवस्था करनी पड़ी। हमारे इस विक्षुब्ध युग में दो विरोधी विचारधाराओं और समाज-व्यवस्थाओं का जो शीत युद्ध निरन्तर चल रहा है, यह घटना भी उसी का एक प्रतिफलन है। सम्प्रति अमरीका के कुछ प्रभावशाली हलक़े अपने देश के इस महान लेखक का नाम लेने से घबराते हैं और चाहते हैं कि किसी उपाय से उसकी स्मृति भी मिट जाए। लेकिन वे भूल जाते हैं कि हावर्ड फ़ास्ट, वाल्ट ह्विटमैन और मार्क ट्वेन को जीवन्त और संघर्षशील मानवतावादी परम्परा का लेखक है, जिस परम्परा का सूत्रपात टॉम पेन, जेफ़रसन और अब्राहम लिंकन जैसे लोगों ने किया था, जो परम्परा अमरीकी राष्ट्र की आधारशिला है, जिस परम्परा का स्वर स्वयं उनके स्वाधीनता के घोषणा-पत्र में गूँज रहा है—

"और जो आज डॉलरों की झनकार में, आणविक ब्रह्मास्त्रों के तुमुल घोष में डूब गया है, खो गया है।"

मनुष्य मात्र की स्वाधीनता, साम्य और मुक्त विवेक की इसी खोई हुई, बिसराई हुई अमरीकी परम्परा को फिर से खोजने, जोड़ने और समझने की कोशिश इस अमरीकन यहूदी लेखक ने अपनी अनेक

कृतियों में की है। 'कन्सीव्ड इन लिबर्टी', 'द लॉस्ट फ्रंटियर', 'द अनवैनक्विश्ड', 'सिटीज़न टॉम पेन', 'फ्रीडम रोड', 'द अमेरिकन', 'द प्राउड एंड द फ्री', 'द पैशन ऑफ़ सैको एंड वैनज़ेटी' और 'साइलस टिम्बरमैन' नामक उपन्यासों, प्रायः डेढ़ दर्जन कहानियों, 'थर्टी पीसेज़ ऑफ़ सिलवर' नामक नाटक और 'पीकस्किल' नामक कथात्मक इतिवृत्त, सब में यही एक ही मूल भावना मिलती है।

इतिहास हावर्ड फ़ास्ट का प्रिय विषय है, अपने देश का इतिहास, अपनी जाति का इतिहास, संसार का इतिहास; और इतिहास उस अर्थ में नहीं जिस अर्थ में राजा-रानी की प्रणय कथा इतिहास होती है या लड़ाई में किसी राजा की हार-जीत या राजमहल में चलनेवाले षड्यंत्र इतिहास होते हैं बल्कि इतिहास वह जो अपना स्रोत कोटि-कोटि साधारण जनों की क्रिया-शक्ति में पाता है, जिसकी दृष्टि राजा से अधिक प्रजा पर होती है और जो उन सामाजिक शक्तियों को समझने का प्रयत्न करता है जिनके अन्तस्संघर्ष से जीवन में प्रगति होती है। हावर्ड फ़ास्ट के पास ऐसी ही तीक्ष्ण ऐतिहासिक दृष्टि है—और व्यापक भी, जो स्थान, काल, किसी का कोई भेद नहीं मानती, जिसके लिए दुनिया एक और अखंड है और यह सब भौगोलिक और राजनीतिक सीमाएँ झूठी हैं और समय एक निरन्तर बहती हुई नदी है जिसमें भूत-भविष्यत-वर्तमान नाम के कालखंड केवल अपने समझने की सुविधा के लिए बनाए गए हैं।

ऐसे एक और अखंड जगत् में, एक और अविच्छिन्न कालप्रवाह में वह प्राणी रहता है जिसका नाम मनुष्य है, जो सर्वसह्य, मूर्त क्षमा पृथ्वी का पुत्र है, तेजःपुंज, दृढ़व्रती, धीमान्, सत्याश्रयी, अक्रोधी, अशेष धैर्यवान जो सब जानता है, सब समझता है, सब सहता है, और सीमा का अतिक्रमण होने पर फिर एक रोज़ फूट पड़ता है। उसी को भूकम्प कहते हैं।

ऐसे ही भूकम्पों की, विद्रोहों की कहानी हावर्ड फ़ास्ट ने कही है। उसके लिए इतिहास न्याय के संघर्ष की गाथा है। और जहाँ भी न्याय के लिए संघर्ष होता है, ख़ून गिरता है, वहाँ लेखक खड़ा है, कोई भी देश हो कोई भी काल हो। जहाँ 'साइलस टिम्बरमैन' में लेखक आज के अमरीका की कहानी कहता है वहाँ 'आदिविद्रोही' में वह ईसा से 73 वर्ष पूर्व के रोम की कहानी कहता है, जब ग़ुलामी की प्रथा अपने शिखर पर थी और उन्हीं ग़ुलामों में से एक ने उस पाशविक

प्रथा को चुनौती देने का विवेक और साहस अपने-आप में पाया था। 'माई ग्लोरियस ब्रदर्स' में लेखक ईसा से डेढ़-दो सौ वर्ष पूर्व के इजरायल में पहुँच जाता है और उन पाँच भाइयों की कहानी कहता है जिनके नेतृत्व में वहाँ के ग़रीब किसानों ने तीस वर्ष तक अपनी मातृभूमि की स्वाधीनता की रक्षा के लिए मृत्युंजय संघर्ष किया था।

फ़ास्ट की कृतियों में बहुत बार यह संघर्ष स्थूल भौतिक दृष्टि से पराजित होता है, विद्रोह असफल रहता है और उसके नायक गोली से उड़ा दिये जाते हैं, सलीब पर टाँग दिये जाते हैं, मैदान में खेत रहते हैं। तब भी उन विद्रोही संघर्षकारियों, योद्धाओं की अन्तिम विजय में हमारी आस्था कभी नहीं खोती और पुस्तक समाप्त करने पर मन जहाँ गहरी उदासी से भरा होता है वहाँ उस उदासी में और सब कुछ हो पर निराशा का रंग नहीं होता। साहित्य की कीमियागरी शायद यही है जो हार को जीत में परिणत कर देती है। संघर्ष की असल पराजय आत्मा की पराजय है और सभी श्रेष्ठ मानवतावादी कलाकारों की भाँति हावर्ड फ़ास्ट के यहाँ भी आत्मा कभी पराजित नहीं होती, उसका अजेय स्वर कभी मन्द नहीं पड़ता।

शिल्प की दृष्टि से भी फ़ास्ट के इन ऐतिहासिक उपन्यासों का असाधारण महत्त्व है? बहुधा देखा जाता है कि ऐतिहासिक उपन्यास या तो प्रेम-कहानी बनकर रह जाते हैं या इतिहास के आँकड़ों में ऐसे उलझ जाते हैं कि उपन्यास उपन्यास न होकर इतिहास का ग्रन्थ बन जाता है। फ़ास्ट के ऐतिहासिक उपन्यास इन दोनों दोषों से मुक्त हैं। एक ओर जहाँ वे युग विशेष के जीवन का समग्र, सम्पूर्ण चित्र देते हैं और इतिहास की दिशा का संकेत करते हैं वहाँ दूसरी ओर उनकी औपन्यासिकता में रत्ती-भर कमी नहीं आने पाती। कथावस्तु की रोचकता, वातावरण की चित्रमय सृष्टि, रक्त-मांस के सजीव, अत्यन्त सजीव पात्र—ये सभी बातें अपने श्रेष्ठतम रूप में फ़ास्ट की कृतियों में मिलती हैं। विशेषत: 'आदिविद्रोही' में, जो कि शायद लेखक की सबसे महान कृति है।

पुस्तक की असाधारण रूप से गठी हुई शैली अनुवाद के लिए एक बहुत बड़ी चुनौती थी, इसमें सन्देह नहीं। अनुवाद सफल हुआ या नहीं, इसका निर्णय भी पाठक ही कर सकेगा। पर तो भी अनुवादक के नाते मुझे इस बात का सन्तोष है कि मैंने पूरी निष्ठा के साथ काम

किया है। मेरा यह भी विश्वास है कि अनुवाद की सारी कठिनाइयों, और अक्षमताओं, के बावजूद मैं मूल ग्रन्थ की आत्मा की रक्षा काफ़ी हद तक कर सका हूँ। इस अनुवाद कार्य में मुझको जो सुख मिला, उसको मैं व्यक्त नहीं कर सकता। केवल इतना कहना चाहता हूँ कि विश्व साहित्य की यह अमर कृति हिन्दी में प्रस्तुत करते हुए मुझे हार्दिक प्रसन्नता हो रही है।

कविता के टुकड़ों का अनुवाद मेरे आत्मीय श्री बालकृष्ण राव ने किया है जिसके लिए मैं हृदय से उनका कृतज्ञ हूँ।

—अमृतराय

आदिविद्रोही

यह कहानी 71 ई. पूर्व में शुरू होती है...

भाग 1

कैसे केयस क्रैसस ने मई के महीने में, रोम से कापुआ जानेवाले राजमार्ग पर यात्रा की।

इसका उल्लेख मिलता है कि मार्च का महीना आधा बीतते-बीतते अमर नगरी रोम और कापुआ के बीच का राजमार्ग एक बार फिर सबके आने-जाने के लिए खोल दिया गया था। कापुआ रोम से कुछ छोटा तो ज़रूर था लेकिन सुन्दर कम नहीं। रोम और कापुआ के बीच का मार्ग खुल गया था लेकिन इसका मतलब यह नहीं कि इस मार्ग पर आना-जाना तत्काल विधिवत होने लगा। और यों तो फिर पिछले चार सालों में रोमन प्रजातंत्र के किसी मार्ग ने यात्रियों और वाणिज्य-व्यवसाय का वह शान्तिपूर्ण, समृद्धिकालीन सहज प्रवाह नहीं जाना था जिसकी अपेक्षा रोम के किसी मार्ग से हो सकती थी। थोड़ी-बहुत अव्यवस्था सब जगह मिलती थी और यह कहना ग़लत न होगा कि रोम और कापुआ के बीच का मार्ग इस अव्यवस्था का प्रतीक बन गया था। किसी ने बहुत अच्छी बात कही थी कि रोम की स्थिति का पता उसके मार्ग देते हैं। अगर मार्गों को शान्ति और समृद्धि उपलब्ध हो तो समझना चाहिए कि नगर को भी शान्ति और समृद्धि उपलब्ध है।

नगर में चारों ओर डुग्गी पिटवा दी गई थी कि अगर किसी स्वतंत्र नागरिक को कापुआ में कोई काम हो तो वह उस काम के लिए वहाँ जा सकता है। लेकिन फ़िलहाल केवल मनोरंजन के लिए उस सुन्दर नगर की यात्रा करनेवालों को प्रोत्साहित नहीं किया गया। परन्तु जैसे-जैसे समय बीता और मीठा सुकुमार मधुमास इटली की भूमि पर उतरा, वैसे-वैसे सारे प्रतिबन्ध उठा लिये गए और एक बार फिर कापुआ के सुन्दर-सुन्दर भवन और रमणीक प्राकृतिक दृश्य रोमनों को अपने पास बुलाने लगे।

जिन लोगों को अच्छे-अच्छे इत्रों का मज़ा तो मालूम था लेकिन जो उनकी चढ़ी हुई क़ीमतों से घबराते थे उन्हें कापुआ में कम्पानिया के ग्रामीण प्राकृतिक सौन्दर्य का आनन्द ही नहीं आर्थिक लाभ भी मिलता था। वहाँ पर इत्र के बड़े-बड़े कारख़ाने खड़े थे जिनका सारी दुनिया में कोई जवाब नहीं था, और कापुआ में सारी

दुनिया से ख़ुशबूदार तेल और ख़ुशबुओं के नायाब सत्त जहाज़ों से पहुँचते रहते थे। उनमें एक से एक मादक और सुकुमार सुगन्धियाँ होती थीं जैसे मिस्र का गुलाब का तेल, शीबा की लिली और गैलिली के पोस्तों का सत्त, ऐमबरग्रिस का तेल और नीबू और संतरे के छिलके, साज और पुदीने की पत्तियाँ, गुलाब और चन्दन की छालें और इसी तरह की और भी न जाने क्या-क्या चीज़ें। कापुआ में ख़रीदार रोम के आधे से भी कम दाम में इत्र ख़रीद सकता था और अगर इस बात को ध्यान में रखा जाए कि उन दिनों पुरुषों और स्त्रियों दोनों के ही बीच इत्र कितने लोकप्रिय होते जा रहे थे, और ज़रूरी भी, तो यह बात आसानी से समझी जा सकती है कि अगर और किसी कारण से नहीं तो कम-से-कम इन इत्रों के लिए ही एक बार कापुआ की यात्रा लाभप्रद हो सकती थी।

2

राजमार्ग मार्च में खोला गया और दो महीने बाद, मई के मध्य में, केयस क्रैसस और उसकी बहन हेलेना और हेलेना की सहेली क्लॉदिया मारियस कापुआ में अपने सम्बन्धियों के संग एक सप्ताह बिताने के लिए रवाना हुए। रोम से वे लोग एक साफ़ दिन को सवेरे रवाना हुए जब आसमान में बादल नहीं थे और सूरज की रोशनी चारों ओर फैली हुई थी और हवा में बहुत दिलकश ठंडक थी। सफ़र के लिए यह एक ऐसा दिन था जिससे अच्छा कोई दूसरा दिन न हो सकता था। सफ़र करनेवाले सब नौजवान थे, उनकी आँखों में चमक थी और उनका मन यात्रा में मिलनेवाले आनन्द की प्रत्याशा से भरा हुआ था। उनके इस आनन्द में स्वभावतः रोमांचकारी अनुभवों का आनन्द भी मिला हुआ था। उनको इस बात का पक्का विश्वास था कि रोमांचकारी अनुभवों से उनका सामना ज़रूर होगा। केयस क्रैसस पच्चीस वर्ष का नवयुवक था, उसके काले-काले, घने बालों की मुलायम लटें झूल रही थीं, उसका नाक-नक़्शा सुडौल था जिसके कारण उसने अपनी सुन्दरता और कुलीनता दोनों ही बातों के लिए प्रसिद्ध पा ली थी। वह एक सफ़ेद ख़ूबसूरत अरबी घोड़े पर सवार था जो उसके पिता ने दो बरस पहले उसके जन्मदिन पर उसे भेंट किया था और उसके साथ की दोनों लड़कियाँ खुली पालकियों में चल रही थीं। दोनों को चार-चार ग़ुलाम ढो रहे थे जिन्हें पैदल चलने का ख़ूब अभ्यास था और जो बिना सुस्ताए दस मील तक मज़े में दौड़ते चले जा सकते थे। उनका विचार था कि पाँच दिन रास्ते में गुज़ारेंगे, हर रोज़ शाम को गाँव में किसी दोस्त या रिश्तेदार के घर ठहर जाया करेंगे और इसी तरह बड़े आराम के साथ, मज़े में कापुआ पहुँच जाएँगे। चलने के पहले ही उनको मालूम हो गया था कि रास्ते में उन्हें सलीबों पर लटके हुए सज़ायाफ़्ता आदमी मिलेंगे मगर उन्होंने सोचा कि शायद वे इतने ज़्यादा

न होंगे कि उनका मज़ा किरकिरा हो। सच बात यह है कि लड़कियों ने जो वर्णन सुने थे उनसे उनके मन में उस चीज़ को देखने की बड़ी उत्कंठा जाग गई थी और जहाँ तक स्वयं केयस की बात थी ऐसी चीज़ों को देखकर उसके भीतर एक विचित्र-सी, ऐन्द्रिक भोग की-सी प्रतिक्रिया होती थी। इसके साथ ही उसे इस बात का गर्व भी था कि ऐसे दृश्यों को देखकर उसका मन कुछ ख़ास ख़राब नहीं होता और कहना ही होगा कि इस मामले में उसकी शक्ति अच्छी थी।

उसने उन लड़कियों से दलील करते हुए कहा, "कुछ भी कहो, इतना तो पक्का है कि उन सलीबों को देखना उन पर टँगने से बेहतर है।"

हेलेना ने कहा, "हमारी निगाह बस सामने की तरफ़ होगी, न दाएँ न बाएँ।"

वह देखने में क्लॉदिया से अधिक सुन्दर थी। क्लॉदिया गोरी तो थी मगर कुछ अजीब बेजान-सी। उसकी जिल्द ज़र्द थी, उसकी आँखें भी ज़र्द और उसके चारों तरफ़ एक थकान की-सी फ़िज़ा थी जिसे वह सेती रहती थी। उसका शरीर अच्छा भरा हुआ और मोहक था। मगर केयस को वह बड़ी बेवक़ूफ़-सी मालूम होती थी और उसकी समझ में नहीं आता था कि उसकी बहन हेलेना को क्लॉदिया के अन्दर क्या बात मिलती है। अपनी इस यात्रा में केयस ने इस समस्या को हल करने का निश्चय किया था। इसके पहले उसने कई बार अपनी बहन की इस सहेली को अपने जाल में फँसाने का संकल्प किया था और हर बार उसकी थकी हुई उदासीनता के सम्मुख उसका संकल्प टूट गया था। उसकी यह उदासीनता ख़ास केयस के प्रति हो ऐसी भी बात न थी। वही उसका स्वभाव था। वह थकी और ऊबी हुई रहती थी और केयस को इस बात का पूरा यक़ीन था कि अपनी उस थकान और ऊब के कारण ही क्लॉदिया में कुछ एक बात पैदा हो गई थी जिससे दूसरे को उसके संग उकताहट न मालूम होती थी वरना तो शायद साथ बैठना भी दूभर हो जाता। केयस की बहन और ही चीज़ थी। अपनी बहन के प्रति केयस अपने मन में कुछ एक ऐसा भाव पाता था जिससे उसको काफ़ी परेशानी मालूम होती थी। हेलेना अपने भाई के बराबर लम्बी थी और देखने में भी बहुत वैसी ही थी—कुछ अधिक ही सुन्दर, और ऐसे लोग जो उसकी पुरुषोचित शक्तिमत्ता और संकल्पशीलता से डरकर पहले ही न भाग जाते थे, वे उसे काफ़ी ख़ूबसूरत समझते थे। अपनी बहन को देखकर केयस के मन में एक विचित्र-सा आवेग उत्पन्न होता था और वह समझ रहा था कि कापुआ की यात्रा की योजना बनाते समय उसके मन में कहीं यह आशा भी थी कि वह इस बार अपनी बहन के प्रति अपने मनोभाव को समझने में सफल हो सकेगा। उसकी बहन और क्लॉदिया का जोड़ा ख़ास बेढंगा मगर तब भी काफ़ी सन्तोषजनक था और केयस आस लगाए था कि रास्ते में उसे बड़ी-बड़ी दिलचस्पियाँ हाथ लगेंगी।

रोम के बाहर कुछ ही मीलों पर सलीबों और उन पर लटकती हुई लाशों का सिलसिला शुरू हो गया। एक जगह पर सड़क रेत और चट्टान के एक छोटे से

दो-चार एकड़ खेत के बीहड़ टुकड़े को काटती थी और उस आदमी ने जो वहाँ पर नियुक्त था उस दृश्य को और भी प्रभावशाली बनाने के विचार से पहले सलीब के लिए इसी जगह को चुना था। चीड़ की नई ताज़ी लकड़ी को काटकर, जिससे अब भी रस चू रहा था, यह सलीब बनाया गया था और चूँकि उसके पीछे की ज़मीन धसक गई थी इसलिए अब उस सलीब के पीछे केवल सुबह के आकाश का विस्तार था और सलीब की वह टिकठी नंगी, नुकीली, कंकाल जैसी खड़ी थी, इतनी बड़ी और दिल को दहलाने वाली—और नाप से ज़रा ज़्यादा ही बड़ी क्योंकि वही पहली टिकठी थी—कि देखनेवाले का ध्यान उस पर झूलते हुए आदमी के नंगे शरीर की ओर जाता ही न था। वह ज़रा-सी झुकी हुई खड़ी थी जैसा कि अक्सर उन सभी टिकठियों के संग होता है जिनका ऊपरी हिस्सा ज़्यादा भारी होता है, और इस बात ने उसकी बीभत्स पैशाचिकता को और भी बढ़ा दिया था। केयस ने अपने घोड़े की रास खींची और उसे धीरे-धीरे सलीब की तरफ़ ले गया और हेलेना ने भी अपने हाथ का नफ़ीस चाबुक फटकारकर अपने पालकी ढोनेवाले ग़ुलामों को केयस के पीछे-पीछे चलने का आदेश दिया।

सलीब के पास पहुँचकर रुकते हुए हेलेना की पालकी ढोनेवालों के चौधरी ने बहुत धीरे से कहा—"स्वामिनी, थोड़ा सुस्ता लें हम? आज्ञा है स्वामिनी?" वह स्पेन का रहनेवाला था और बहुत अटक-अटककर सँभल-सँभलकर, टूटी-फूटी लैटिन बोल लेता था।

"ज़रूर," हेलेना ने कहा। अभी उसकी उमर सिर्फ़ तेईस साल की थी मगर अभी से अपने काल की दूसरी स्त्रियों के समान वह भी हर बात में अपना दृढ़ मत रखती थी और उसे जानवरों के प्रति, जिनमें उसके ग़ुलाम भी शामिल थे, अकारण क्रूरता पसन्द नहीं थी। स्वामिनी की आज्ञा पाकर पालकी ढोनेवालों ने बहुत सँभालकर पालकियाँ धीरे-से ज़मीन पर उतार दीं और बड़े कृतज्ञ भाव से उनके पास ही पालथी मार कर बैठ गए।

सलीब के सामने कुछ गज़ की दूरी पर बेंत की एक कुरसी रखी थी जिस पर एक छोटे से छज्जे का साया था। कुरसी पर एक मोटा-सा हँसमुख आदमी बैठा हुआ था जो देखने में अभिजात भी था और दरिद्र भी। उसका आभिजात्य उसकी ठुड्डी के थुलथुल मांस से, जिसके कारण उसकी एक के बदले कई ठुड्डियाँ नज़र आती थीं, और उसकी बड़ी भारी तोंद से पता चलता था और उसकी दरिद्रता, जिसमें आलस्य का भी अंश था, उसके फटे-पुराने गन्दे कपड़ों से, गन्दे नाख़ूनों और बढ़ी हुई दाढ़ी से स्पष्ट थी। उसका वह हँसमुखपन तो असल में पेशेवर राजनीतिज्ञ का लगाया हुआ चेहरा था और उसको एक नज़र देखकर ही भाँपा जा सकता था कि इस आदमी ने वर्षों फ़ोरम और सेनेट और वार्ड में झाड़ू लगाई है और उस सबके बाद अब वह इस जगह पर आ पहुँचा था। इसके बाद तो बस भिखारी बन जाना

शेष था जो किसी रोमन सराय में पड़ा रहता है और जिसके पास अपना कहने को बस एक चटाई होती है। मगर तब भी उसकी आवाज़ में वही कड़क थी जो मेले में अपने माल की हाँक लगाने वाले किसी दूकानदार की आवाज़ में होती है। उसने सबको कह रखा था कि इसी तरह लड़ाई में क़िस्मत का हेर-फेर होता है। कुछ लोगों में बड़ी विलक्षण मेधा होती है और वे अनायास अपने लिए ठीक दल चुन लेते हैं। जहाँ तक उसकी अपनी बात थी उसने हमेशा ग़लत दल ही चुना था और यह कहना बेसूद है कि बुनियादी तौर पर दोनों में कोई ख़ास फ़र्क़ नहीं होता। तत्त्व की बात बस इतनी है कि वही चीज़ उसको उस जगह पर ले आई थी और फिर यों तो उससे अच्छे लोगों का हाल उससे ज़्यादा ख़राब था।

"मुझे माफ़ करें सरकार, मैं उठकर आपका स्वागत नहीं कर सकूँगा। दिल, जी हाँ मेरे दिल में तकलीफ़ है," कहते हुए उसने अपनी विशाल तोंद के पूरे विस्तार पर हाथ फेरा, "आप लोग काफ़ी सवेरे निकल पड़े हैं और ठीक भी तो है, यात्रा के लिए जल्दी ही निकलना ठीक होता है। तो आप कापुआ जा रहे हैं न?"

"हाँ कापुआ," केयस ने कहा।

"क्यों नहीं, क्यों नहीं, कापुआ नहीं तो और कहाँ जाएँगे आप...वाह-वाह क्या कहने हैं, बड़ा प्यारा शहर है कापुआ, बड़ा हसीन, बड़ा दिलकश, शहरों में एक शहर, शहरों का सरताज, हीरा। रिश्तेदारों से मिलने जा रहे होंगे, है न?"

"आप बिलकुल ठीक कहते हैं," केयस ने जवाब दिया। दोनों लड़कियाँ मुस्करा रही थीं। वह आदमी ख़ुशदिल था और सबको ख़ुश करना चाहता था, मगर था वह एक विदूषक ही, निरा भाँड़। उसमें अब कोई आत्मसम्मान शेष न था। इन नौजवानों के लिए थोड़ी देर को विदूषक बन जाने में भी कोई बुराई नहीं है। केयस ने समझ लिया कि इन कार्रवाइयों में ज़रूर कहीं पर पैसे का भी दख़ल है मगर इसकी उसे फ़िक्र न थी। एक तो इसलिए कि उसे कभी अपनी किसी ज़रूरत या सबक के लिए पैसे की कमी न हुई थी और दूसरे यह कि वह उन लड़कियों पर अपनी सांसारिक व्यवहार कुशलता की धाक जमाना चाहता था और उसके लिए इस भारी-भरकम मोटे विदूषक से अच्छा दूसरा कौन माध्यम हो सकता था?

"आप मुझे देखिए, मैं गाइड हूँ, कहानी कहता हूँ, इतिहास जो न्याय करता है सज़ाएँ देता है उसका एक छोटा सा दर्शक हूँ। मगर न्यायाधीश भी इससे ज़्यादा क्या करता है? मेरी स्थिति भिन्न है लेकिन मैं सोचता हूँ कि भीख माँगने से अच्छा है कुछ काम करके किसी से एक दीनार ले लेना, भले उसमें कुछ अपमान ही क्यों न होता हो।"

लड़कियाँ सलीब पर लटकते हुए मुर्दा आदमी की तरफ़ आँख उठाए बिना न रह सकीं। अब वह मुर्दा इन लोगों के ठीक सामने टीले पर था और दोनों लड़कियाँ

बार-बार उसके नंगे, धूप से स्याह और चील-कौवे के नोचे हुए शरीर को देख रही थीं। कौवे चौकन्ने होकर उसके चारों ओर मँडरा रहे थे। चमड़ी पर मक्खियाँ रेंग रही थीं। सलीब पर झूलता हुआ, सामने की ओर झुका हुआ वह शरीर देखने में ऐसा लगता था जैसे गिर रहा हो, बराबर गिर रहा हो, कि जैसे उसमें गति हो, निरन्तर गति, मुर्दे की वह विरूप बीभत्स गति। उसका सिर सामने को लटक गया था और उसके लम्बे-लम्बे, धूल में अँटे हुए बाल उस दर्द और ऐंठन को ढके हुए थे जो कि शायद उस चेहरे पर रही होगी।

केयस ने उस भारी-भरकम आदमी को एक सिक्का दिया। सिक्का पाकर उस आदमी ने सिक्के के अनुरूप धन्यवाद दिया। पालकी ढोनेवाले ज़मीन पर आँखें गड़ाए चुपचाप बैठे थे और एक बार भी सलीब की तरफ़ न ताकते थे। वे अपना काम जानते थे और ज़िन्दगी को ढोकर ले चलने का सबक़ उन्होंने सीख लिया था।

उस मोटे आदमी ने कहा, "कह सकते हैं कि यह जो आप देख रही हैं एक प्रकार का प्रतीक है। सरकार इसे यों न देखें कि जैसे यह कोई इनसानी करिश्मा है या बहुत भयानक करिश्मा है। रोम देता है और रोम ही ले लेता है, और कुछ कम या कुछ ज़्यादा, दंड अपराध के अनुकूल ही होता है। यह आदमी यहाँ पर अकेला खड़ा है और आपका ध्यान उन चीज़ों की ओर खींच रहा है जो इसी रास्ते पर आगे आनेवाली हैं। सरकार को मालूम है यहाँ और कापुआ के बीच ऐसी कितनी लाशें...?"

उन्हें मालूम था मगर वे ख़ामोश रहे क्योंकि वे चाहते थे कि वही मोटा अपने मुँह से कहे। इस मोटे थुलथुल मस्त आदमी को हर बात तोला-माशा नाप-तोलकर कहने की आदत थी। यहाँ तक कि यह आसानी से न कही जा सकनेवाली बात भी वह अपने उसी ख़ास अन्दाज़ में कह रहा था। जैसे इस बात का प्रमाण दे रहा हो कि जो बात वह कह रहा था वह ऐसी न थी कि कही न जा सके बल्कि एक बहुत मामूली-सी और स्वाभाविक-सी बात हो। उसने मन-ही-मन कहा कि वह उन्हें बिलकुल नपी-तुली संख्या बतलाएगा। भले वह संख्या सही न हो मगर होगी एकदम नपी-तुली।

और उसने कहा, "छह हज़ार चार सौ बहत्तर।"

चार-छह पालकी ढोनेवाले एक बार काँप गए। वे सुस्ता थोड़े ही रहे थे, वे तो बस बैठे थे, बिना हिले-डुले, निर्जीव-से कि मानो अकड़ गए हों। अगर किसी ने उन्हें ग़ौर से देखा होता तो यह बात उसे दिख जाती मगर किसी ने उन्हें नहीं देखा।

"छह हज़ार चार सौ बहत्तर," मोटे ने दुबारा कहा। उस पर केयस ने एकदम ठीक टिप्पणी की, "इतनी लकड़ी की बरबादी!" हेलेना जानती थी कि यह झूठ बात है मगर उस मोटे ने बात की दाद देते हुए सिर हिलाया। अब उन लोगों में बातचीत का सिलसिला क़ायम हो गया था। मोटे ने अपने चोग़े की परतों में से एक छड़ी निकाली और टिकठी की तरफ़ इशारा किया।

"वह देखिए—वह तो केवल एक प्रतीक है जो आगे निरन्तर आपको मिलेंगी उनका एक प्रतीक।"

क्लॉदिया परेशान और घबराई हुई-सी हँसी हँसी।

"मगर तब भी बहुत रोचक और महत्त्वपूर्ण। कैसी सूझ-बूझ से अलग-अलग क़ायम की गई है यह चीज़। सूझ-बूझ ही रोम है और रोम ही सूझ-बूझ!" उसको सूक्तियों में बात करना अच्छा मालूम होता था।

"क्या वह स्पार्टकस है?" क्लॉदिया ने मूर्ख की तरह प्रश्न किया मगर उस मोटे ने धीरज से उसकी बात सुनी। वह जिस तरह अपने होंठों को चाट रहा था उससे सिद्ध था कि उसके पितृवत भाव में वासना बिलकुल न हो ऐसा नहीं कहा जा सकता और केयस ने सोचा, "बुड्ढा खूसट कामुक पशु।"

"नहीं, वह स्पार्टकस नहीं, मेरी बच्ची।"

"उसकी लाश मिली ही नहीं," केयस ने अधीरता से कहा।

उस मोटे ने बड़ी बात कहने के अन्दाज़ में ख़ासे रोबीले ढंग से कहा, "उसकी बोटी-बोटी अलग कर दी गई। हाँ बेटी, मैं ठीक कहता हूँ उसकी बोटी-बोटी अलग कर दी गई। तुम्हारे कोमल दिमाग़ ऐसे भयानक विचारों के लिए नहीं बने हैं, वे शायद सह भी न पाएँ ऐसी बातों को, मगर बात मैं सच कहता हूँ।"

क्लॉदिया काँप उठी मगर बड़ी बाँकी अदा के साथ, और केयस ने उसकी आँखों में एक रोशनी देखी जो उसने पहले कभी न देखी थी। ऊपरी बातों के आधार पर कभी कोई फ़ैसला न करना, उसके पिता ने एक बार उससे कहा था और गोकि यह बात कहते समय उनके मन में स्त्रियों की नाप-जोख से ज़्यादा गम्भीर मसले थे मगर तब भी बात तो सही थी और यहाँ भी लागू होती थी। क्लॉदिया इस वक़्त उस मोटे आदमी को जिस तरह देख रही थी उस तरह उसने कभी केयस को नहीं देखा था। और उस मोटे आदमी ने अपनी बात जारी रखी—

"एकदम सच। और अब वे कहते हैं कि स्पार्टकस कभी था ही नहीं। हा-हा! क्या मैं हूँ? क्या आप हैं? मैं पूछता हूँ एपियन मार्ग पर यहाँ से लेकर कापुआ तक छह हज़ार चार सौ बहत्तर लाशें टिकठियों पर झूल रही हैं या नहीं? आप बताइए हैं या नहीं? हैं तो। और तब, मेरे नौजवान दोस्तो, एक और सवाल पैदा होता है, इतनी ज़्यादा लाशें क्यों? दूसरों को नसीहत देने के लिए तो एक-दो आदमियों को सज़ा दी जाती है। मगर छह हज़ार चार सौ बहत्तर, इतने क्यों?"

"वे कुत्ते इसी के योग्य थे," हेलेना ने धीरे से जवाब दिया।

"थे क्या?" उस मोटे आदमी ने बड़ी नफ़ासत से नज़र उठाई। उसने यह बात उनके नज़दीक साफ़ कर दी कि वह दुनियादार आदमी है और उसे दुनिया में चलना आता है और भले वे लोग सामाजिक स्थिति में उससे ऊँचे हों मगर तब भी उमर में इतने कम हैं कि उसकी बात को योंही टाल देना उनके लिए

सम्भव नहीं—"शायद वे कुत्ते इसी के योग्य थे। लेकिन इतने जानवर हलाल ही क्यों किये जाएँ, अगर तुम उतना सब गोश्त नहीं खा सकते? मैं तुम्हें बतलाता हूँ। इससे दाम चढ़ा रहता है। व्यवस्था बनी रहती है। और सबसे बड़ी बात तो यह कि मालिकाने के कुछ बड़े नाज़ुक सवाल इससे हल हो जाते हैं। और एक शब्द में यही उस सवाल का जवाब है। अब ज़रा इसे देखो," उसने अपनी छड़ी से इशारा किया, "इसे अच्छी तरह देखो। यह फ़ेयरट्रेक्स है, वही गॉल, सबसे महत्त्वपूर्ण आदमी था यह, सबसे महत्त्वपूर्ण। यह स्पार्टकस का बहुत अन्तरंग था, हाँ बहुत। और मैंने उसे मरते हुए देखा था। ठीक इसी जगह पर बैठे-बैठे मैंने उसे मरते देखा। चार दिन लगे। साँड़ की तरह मज़बूत था वह। तुमसे कैसे कहूँ, तुम कभी विश्वास भी न कर सकोगी कि आदमी में इतनी शक्ति हो सकती है। मैं जानता हूँ कि तुम विश्वास नहीं कर सकोगी। तुम यह देखो मेरी कुरसी, यह तीसरे वार्ड के सेक्सटस की कुरसी है। तुम उसे जानती हो? बड़ा सज्जन व्यक्ति है और मुझ पर उसकी कृपा है। तुम्हें सुनकर आश्चर्य होगा कि कितने लोग इस दृश्य को देखने के लिए आए और सचमुच यह देखने योग्य दृश्य था। यह नहीं कि मैं उनसे इसके लिए कोई उचित मूल्य ले सका—मगर इसमें छिपाना क्या, लोग देते ही हैं अगर तुम बदले में उनको कोई ढंग की चीज़ दो। यह तो बराबरी का सौदा है, इस हाथ दे उस हाथ ले। मैंने ख़ुद ही इन चीज़ों की जानकारी हासिल की। तुम्हें सुनकर आश्चर्य होगा कि स्पार्टकस के युद्धों के बारे में यहाँ-वहाँ कितना अज्ञान है। यहीं देखो, इस कुलीन युवती को, यह मुझसे पूछती है कि क्या वह स्पार्टकस है? प्रश्न स्वाभाविक है लेकिन अगर सचमुच ऐसा होता तो क्या वह बहुत ही अस्वाभाविक बात न होती। आप बड़े लोग अपनी छोटी-सी सुरक्षित दुनिया में रहते हैं, आपकी ज़िन्दगी के इर्द-गिर्द एक बड़ा भारी-सा कवच रहता है वरना इस युवती को यह बात मालूम होती कि स्पार्टकस की बोटी-बोटी अलग कर दी गई थी, ऐसी कि किसी को उसका बाल तक नहीं मिला। इस आदमी के संग बात कुछ और थी—उसे पकड़ लिया गया था। यह सच है कि थोड़े-बहुत घाव इसको भी लगे—यहाँ देखो।"

अपनी छड़ी से उसने उस लाश के पहलू में एक बड़े घाव को दिखलाया।

"इस तरह के बहुत से घाव हैं और उन सब में एक बात बड़े मज़े की है। सभी घाव या तो बग़ल में हैं या सामने हैं। पीठ में एक भी घाव नहीं है। ग़ुलामों के बारे में कौन इस बात का ध्यान देता है कि उन्हें कहाँ घाव लगा है, ऐसी तफ़सीली बातों पर ज़ोर देने का जी भी तो नहीं चाहता मगर मैं आपको बतलाऊँ, सचाई यह है कि..."

पालकी ढोनेवाले अब ग़ौर से उसकी ओर ताक रहे थे और उसकी बात सुन रहे थे। उनके सिर के बाल लम्बे और उलझे हुए थे और उनकी आँखें चमक रही थीं।

"इटली की धरती पर इनसे अच्छे सैनिक कभी नहीं हुए। यह सोचने की बात है कि ऐसा क्यों हुआ? अब ज़रा आओ हम अपने इस दोस्त के बारे में बात करें जो यहाँ इस टिकठी पर टँगा हुआ है। इसे मरने में चार रोज़ लगे और शायद इससे भी कहीं ज़्यादा लग सकते थे अगर उन्होंने उसकी एक रग न काट दी होती और काफ़ी ख़ून न निकल गया होता। अब चाहे आपको यह बात न मालूम हो मगर जब आप उनको सलीब पर चढ़ाते हैं उस वक़्त तो जानना ही होता है। या तो आप उनका ख़ून निकाल दीजिए या वे ग़ुब्बारे की तरह फूलते ही चले जाते हैं। और अगर उनका ख़ून ठीक से निकाल दिया जाए तो फिर वे क़ायदे से सूख जाते हैं और तब चाहे आप उन्हें महीने भर ही क्यों न टँगा रहने दीजिए, आपको कुछ ज़्यादा परेशानी नहीं उठानी पड़ती सिवाय इसके कि कुछ बदबू आती है। ठीक उसी तरह जैसे हम अपने घरों में गोश्त को सुखाते हैं और उसमें भी तो काफ़ी धूप की ज़रूरत पड़ती है। हाँ, तो मैं इस आदमी की बात कर रहा था। यह बड़ा भयानक आदमी था इसमें शक नहीं, गर्वीला, उद्धत, मगर वह हार गया। पहले रोज़ वहाँ पर टँगे टँगे वह दिन-भर हर उस भले नागरिक को गाली देता रहा जो उसको देखने के लिए वहाँ पर आता। बड़ी असभ्य गन्दी ज़बान वह बोल रहा था, ऐसी कि आप कभी न चाहेंगे कि आपके घर की औरतों के कान में भी पड़े। जो ऊँचे कुल में नहीं पैदा हुआ उससे आप और आशा भी क्या कर सकते हैं और आख़िर को ग़ुलाम ग़ुलाम है। मगर मेरे मन में उसके ख़िलाफ़ कोई द्वेष नहीं था। यहाँ मैं था वहाँ वो और बीच-बीच में मैं उससे कहता था, तुम्हारा दुर्भाग्य मेरा सौभाग्य है और अगर तुम्हारा यह मरने का ढंग बहुत सुविधाजनक नहीं है तो मैं अपने को ज़िन्दा रखने के लिए जैसे जीविकोपार्जन करता हूँ वह भी तो बहुत सुविधाजनक नहीं है। और फिर मैं कमाता भी कितना हूँ! आख़िर को इसी तरह कुछ-न-कुछ बात तो करनी ही पड़ती है। मेरी बात का उस पर कुछ ख़ास असर, किसी भी तरह का, नहीं हुआ मगर दूसरे रोज़ शाम होते-होते उसका मुँह बन्द हो गया। एकदम जकड़ गया जैसे शिकंजे में। आपको मालूम है उसने आख़िरी बात क्या कही थी?"

क्लॉदिया ने धीरे से पूछा, "क्या?"

"मैं लौटूँगा और तब मैं एक नहीं एक करोड़ बनकर आऊँगा, यह कहा उसने। ज़रा सोचो तो, है न हवाई बात?"

केयस हल्की-सी हैरानी के स्वर में पूछ बैठा, "उसका क्या मतलब था?" न चाहते हुए भी उस मोटे ने केयस के ऊपर जैसे जादू-सा कर दिया था!

"हाँ, तो आप पूछते हैं कि उसका क्या मतलब था, हुज़ूर यही जानना चाहते हैं न? मुझको भी उतना ही मालूम है जितना कि आपको और फिर उसके बाद उसने दूसरा शब्द भी तो नहीं कहा। अगले रोज़ मैंने उसको कुछ कुरेदा भी मगर

उसने एक शब्द भी नहीं कहा। बस अपनी उन लाल-लाल आँखों से मुझे घूरता रहा, उन आँखों से जिनमें ख़ून उतर आया मालूम होता था और ऐसे घूरता रहा जैसे अगर उसका बस चलता तो वहीं मुझे मार डालता। मगर उसे मारकाट पसन्द नहीं थी।" और फिर क्लॉदिया को सम्बोधित करते हुए बोला, "हाँ तो बेटी, वह स्पार्टकस नहीं था। मगर हाँ, उसका एक सेनापति ज़रूर था और वह कठोर आदमी था। मगर स्पार्टकस के बराबर नहीं। स्पार्टकस सचमुच बहुत कठोर आदमी था। तुम कभी उससे यहाँ इस राजमार्ग पर मिलना न पसन्द करतीं। मगर ख़ैर अब तो उसका डर ही नहीं क्योंकि वह मर गया और सड़ रहा होगा। हाँ, तो आप और क्या जानना चाहेंगे?"

केयस को खेद हो रहा था कि वह दीनार क्यों दिया। वह बोला, "नहीं, काफ़ी हो गया। अब हमें चलना चाहिए।"

3

उन दिनों रोम एक हृदय की भाँति था जो अपनी मार्ग-रूपी शिराओं से संसार के कोने-कोने में रक्त पहुँचाता था। कोई दूसरा राष्ट्र होता तो उसने एक हज़ार साल में एक रद्दी-सी सड़क बनाई होती जो शायद उसके बड़े-बड़े नगरों को जोड़ देती। मगर रोम की बात और थी। सेनेट ने आदेश दिया, "हमें एक सड़क बनाकर दो!" उनके पास योग्यता थी। इंजीनियरों ने योजना बनाई, ठेके दे दिये गए, मेटों ने काम को हाथ में ले लिया और मज़दूरों ने तीर की तरह सीधी सड़क बनाकर रख दी, जिधर भी जाना हो उधर के लिए। अगर रास्ते में पहाड़ खड़ा हो तो उसको हटा दिया जाता है, गहरी घाटी हो तो उस पर पुल बिछा दिया जाता है, नदी हो तो उस पर भी पुल बना दिया जाता है। रोम को कोई भी चीज़ रोक न सकती थी। उसी तरह रोम की सड़कों को भी कोई चीज़ न रोक सकती थी।

यह राजमार्ग जिस पर ये तीन प्रसन्नचित्त तरुण-तरुणी दक्खिन को बढ़ते हुए रोम से कापुआ जा रहे थे, एपियन मार्ग कहलाता था। यह एक बहुत अच्छी बनी हुई चौड़ी सड़क थी जिसे बजरी पर ज्वालामुखी की राख और फिर उस पर बजरी और फिर राख डालकर बनाया गया था और फिर सबके बाद पत्थर जमा दिया गया था। वह बनी ही ऐसी थी कि कुछ दिन टिके। जब रोमन कोई सड़क बनाते थे तो एक-दो साल के लिए नहीं, सदियों के लिए। एपियन मार्ग भी इसी तरह बना था। वह मानवता की प्रगति, रोम की उत्पादनशीलता और संगठन के लिए रोमन जाति की हमेशा से चली आती हुई क्षमता का प्रतीक था। वह साफ़-साफ़ इस बात की घोषणा करता था कि मानवजाति ने अपने संचालन के लिए अपने समस्त इतिहास में जितनी व्यवस्थाएँ कीं, उनमें रोमन व्यवस्था श्रेष्ठतम थी क्योंकि वह न्याय और

बुद्धि और अनुशासन पर आधारित थी। बुद्धि और अनुशासन के प्रमाण सब जगह मिलते थे और वे लोग जो सड़कों पर यात्रा करते थे उसको ऐसा स्वयंसिद्ध माने हुए थे कि उनका इस बात पर ध्यान भी न जाता था।

उदाहरण के लिए, फ़ासला ठीक-ठीक लिखा रहता था, उसमें अनुमान की कोई बात न होती थी। हर मील पर एक पत्थर लगा हुआ था। हर मील के पत्थर पर वे सारी बातें लिखी हुई थीं जिनकी किसी यात्री को ज़रूरत पड़ सकती थी। हर जगह पर तुमको यह बात मालूम रहती थी कि तुम उस वक़्त उस मुक़ाम पर रोम से या फ़र्मिया से या कापुआ से ठीक-ठीक कितनी दूरी पर हो। हर पाँच मील पर एक सराय और अस्तबल थे जहाँ घोड़े मिल सकते थे और जलपान और अगर ज़रूरत हो तो रात का विश्राम। बहुत सी सरायें काफ़ी शानदार थीं, उनके आगे चौड़े-चौड़े बरामदे थे जिनमें शराबें और खाने पेश किये जाते थे। कुछ में हम्माम भी थे जिनमें थके हुए यात्री अपने को फिर से तरोताज़ा कर सकते थे और कुछ सरायें थीं जिनमें सोने के कमरे बड़े अच्छे और आरामदेह थे। इनमें जो नई सरायें थीं वे यूनानी मन्दिरों की शैली पर बनी थीं और उनके कारण रास्ते-भर में प्राकृतिक दृश्य की सुन्दरता में वृद्धि होती चलती थी।

जहाँ पर ज़मीन समतल थी, चाहे वह मैदान हो चाहे दलदल, सड़क आस-पास के गाँवों से दस-पन्द्रह फ़ीट ऊपर एक छत की तरह बनी होती थी जिस पर से सबको गुज़रने का हक़ होता था। जहाँ पर ज़मीन ऊबड़-खाबड़ होती या पहाड़ी होती, सड़क या तो उनके बीच से अपना रास्ता काटकर बनाती या पत्थर की मेहराबों के ऊपर से नीचे की घाटियों को पार करती।

वह सड़क स्थायित्व की घोषणा थी और उस सड़क की सतह पर रोम के स्थायित्व के सभी तत्त्व बढ़ते रहते थे। उस सड़क पर मार्च करते हुए सैनिक एक दिन में तीस मील की मंज़िल तय कर सकते थे और इसी तरह हर रोज़ तीस मील कर सकते थे। सामान की गाड़ियाँ जिनमें रोमन प्रजातंत्र की ज़रूरत की चीज़ें भरी रहती थीं, जैसे गेहूँ और जौ और कच्चा लोहा और कटी हुई लकड़ी और कपड़ा और ऊन और तेल और फल और पनीर और गोश्त, इन सभी सामानों से लदी हुई गाड़ियाँ उन सड़कों पर पानी की तरह बहती रहती थीं। सड़कों पर नागरिक होते थे जिनके वैसे ही, सब नागरिकों जैसे, न्यायोचित काम होते थे, व्यस्तताएँ होती थीं; अपने गाँव के स्थानों को जाते या वहाँ से आते हुए भद्रजन, व्यापार के लिए यात्रा करनेवाले और मनोरंजन के लिए यात्रा करनेवाले, हाट को जाते या हाट से लौटते ग़ुलामों के कारवाँ, सभी देशों और सभी राष्ट्रों के लोग और दूसरे सब इस तरह रोम के शासन की दृढ़ता और सुव्यवस्था का मज़ा लेते थे।

और इसी समय सड़क के किनारे-किनारे थोड़ी-थोड़ी दूर पर एक सलीब गड़ा हुआ था और हर सलीब पर एक मुर्दा आदमी झूल रहा था।

सुबह केयस की उम्मीद से ज़्यादा गरम निकली और कुछ देर बाद मुर्दों की बदबू काफ़ी असह्य हो गई। लड़कियों ने अपनी रूमालें इत्र में डुबो लीं और बराबर उनको सूँघती जाती थीं मगर उससे उस अजीब मीठी-मीठी-सी, मितली पैदा करनेवाली बदबू के बफारे न बन्द हुए, जो सड़क पर पूरे रास्ते मँडरा रही थी और न वे इस इस बदबू की प्रतिक्रिया को ही रोक सके। लड़कियों को मितली मालूम हो रही थी और केयस को भी आख़िरकार पीछे रुककर और सड़क के किनारे जाकर क़ै करनी पड़ी। सुबह तो एक तरह बरबाद हो ही गई।

सौभाग्य से जहाँ वे दिन का खाना खाने के लिए ठहरे थे उस सराय के आध मील के घेरे में कोई सलीब न था और गो उनकी भूख अब तक मर चुकी थी। तब भी ख़ैर इतना तो हुआ कि उनकी मितली दूर होने लगी। सड़क के किनारे की यह सराय यूनानी शैली में बनी थी। यह इकमंज़िला इमारत थी, जिसके सामने बहुत अच्छा-सा बरामदा था। बरामदे में मेज़ें लगी हुई थीं। बरामदा एक छोटी-सी घाटी के ऊपर बना हुआ था जिसके बीच से एक नाला बहता था और उसके सामने जो गुफ़ा पड़ती थी वह चारों ओर ख़ुशबूदार चीड़ के पेड़ों से घिरी हुई थी। इस जगह पर चीड़ की गन्ध को छोड़कर दूसरी कोई गन्ध न थी। बस वही पेड़ों की गीली-गीली मीठी-सी ख़ुशबू, और न यहाँ पर दूसरी कोई आवाज़ थी सिवाय खाना खानेवालों की सुसंस्कृत बातचीत की हल्की-सी भुनभुनाहट और पहाड़ी नाले के संगीत के।

"कैसी प्यारी जगह है," क्लॉदिया ने कहा, और केयस ने, जो यहाँ पर एक दफ़ा पहले रह चुका था, उन लोगों के लिए एक मेज़ ढूँढ़ ली और बड़े रोब-दाब से खाना लाने का आदेश देने लगा। उस सराय की वह ख़ास चमकती हुई, अम्बर के रंग की, ख़ुश्क और तबीयत को ताज़ा करनेवाली शराब उन लोगों के सामने फ़ौरन रखी गई और उसकी चुसकियाँ लेते-लेते ही उनकी भूख लौट आई। वे लोग मकान के पीछेवाले हिस्से में थे। सामनेवाले हिस्से में सैनिक और ठेला चलानेवाले और परदेशी खाना खाते थे। सामने और पीछेवाले हिस्सों के बीच एक बड़ा कमरा था। पीछेवाला हिस्सा ठंडा और सायेदार था और गो कभी इस बात का साफ़-साफ़ खुलासा नहीं किया गया और न इस पर उतना ज़ोर ही दिया गया तब भी यह बात एक प्रकार से स्वीकृत ही थी कि सिर्फ़ बड़े-बड़े सरदारों और अमीर-उमरा को ही वहाँ पर खाना खिलवाया जाता है। इस कारण वह जगह और भरी रहती थी। वहाँ पर लोगों के कम होने की बात तो अलग ही ठहरी, क्योंकि बहुत से सरदार व्यापारी थे और अपने व्यापार के सिलसिले में सफ़र किया करते थे। वे कारख़ानेदार थे, सौदागर थे, कमीशन के व्यापारी थे और ग़ुलामों का रोज़गार करते थे और उन सबके लिए वही जगह थी, मगर यह तो अपना घर नहीं, एक सराय थी। इसके साथ ही यह भी था कि

कुछ दिनों से ये सरदार लोग उच्च कुलवालों के तौर-तरीक़ों की नक़ल करने लगे थे और कम शोर मचाते थे, लोगों को कम हैरान करते थे और ख़ामोश होकर बैठते थे।

केयस ने भुनी हुई ठंडी बतख़ और बर्फ़ पड़ा हुआ सन्तरे का रस लाने का आदेश दिया और जितनी देर में खाना आया उतनी देर वह उस नाटक के बारे में बात करता रहा जिसका हाल में ही रोम में उद्घाटन हुआ था। यह यूनानियों की भद्दी नक़ल पर, दूसरे बहुत से नाटकों की तरह एक बड़ा कृत्रिम-सा सुखान्त नाटक था।

इसके कथानक का सम्बन्ध एक कुरूप, कुत्सित स्त्री से था जिसने देवताओं से यह समझौता किया था कि अगर वे उसको एक दिन के लिए सुन्दरी बना दें तो वह उन्हें अपने पति का हृदय ला देगी। पति किसी देवताओं की स्त्री के संग सो रहा था, और इस उलझे हुए भोंडे कथानक का आधार प्रतिशोध की भावना था। कम-से-कम हेलेना का उसके सम्बन्ध में यही विचार था मगर केयस इससे सहमत न था। उसका विचार था कि अपने छिछलेपन के बावजूद नाटक के कुछ स्थल अच्छे बन पड़े थे।

क्लॉदिया ने सिर्फ़ इतना कहा, "मुझे नाटक अच्छा लगा।"

केयस मुस्काराया और बोला, "मैं समझता हूँ हमारे संग गड़बड़ी यह है कि हम इस चीज़ के बारे में ज़्यादा परेशान रहते हैं कि नाटक क्या कहना चाहता है और यह नहीं कि कैसे कहता है। जहाँ तक मेरी बात है मैं तो मनोरंजन के लिए थियेटर देखने जाता हूँ, इसलिए मेरी दृष्टि तो इस पर रहती है कि काम में पटुता है या नहीं। अगर जीवन और मृत्यु का नाटक देखना हो तो एरीना में जाना चाहिए और वहाँ दो ग्लैडिएटरों को एक-दूसरे का काम तमाम करते देखना चाहिए। मगर मैंने देखा है कि इन तमाशों में जानेवाले लोग अक्सर कुछ ख़ास अक़्लवाले या गम्भीर नहीं होते।"

हेलेना ने आपत्ति करते हुए कहा, "तुम बुरी रचना की सफ़ाई दे रहे हो।"

"ज़रा भी नहीं। मेरा तो यह कहना है कि थियेटर में इस बात का विशेष महत्त्व ही नहीं कि रचना किस कोटि की है। किसी यूनानी लेखक को भाड़े पर रख लेना पालकी ढोनेवाले को रखने से भी ज़्यादा सस्ता है और मैं उन लोगों में नहीं जो यूनानियों के क़सीदे गाते हैं।"

अपनी यह आख़िरी बात कहते समय केयस को मेज़ के पास खड़े हुए एक आदमी का ध्यान आया। बाक़ी मेज़ें भर चुकी थीं और यह व्यक्ति, जो शायद किसी चीज़ का व्यापारी था, कुछ परेशान-सा खड़ा था कि बाक़ी लोगों के साथ खाने में शरीक हो या न हो।

उसने कहा, "मैं बस दो-एक निवाले खाऊँगा और चलूँगा। आपको मेरे बैठने पर आपत्ति तो नहीं?"

वह लम्बा-तगड़ा गठीले बदन का आदमी था और स्पष्ट ही समृद्ध भी था क्योंकि उसके कपड़े क़ीमती थे, और वह किसी के प्रति कोई सम्मान भी न दिखलाता था। और इन लोगों के प्रति उसका आचरण जो कुछ-कुछ सम्भ्रमपूर्ण था, उसके पीछे

स्पष्ट ही इन नौजवानों के ख़ानदान और रुतबे का हाथ था। पुराने ज़माने में सेना के सरदारों का जागीरदारों के प्रति ऐसा दृष्टिकोण न था, यह तो जब वे श्रेणी के रूप में बहुत धनाढ्य हो गए तब उन्हें पता चला कि कुलीनता ही एक ऐसी चीज़ है जिसको मोल लेना बहुत कठिन होता है और तब उस चीज़ की क़ीमत बढ़ गई। अपने बहुत से मित्रों की तरह केयस भी अक्सर कहा करता था कि देखो ये लोग जनता की बातें तो बहुत बढ़-बढ़कर करते हैं मगर श्रेणी के रूप में उनकी वासना सदा ऊपर उठने की होती है।

"मेरा नाम गेयस मार्कस सेन्वियस है," सरदार ने कहा, "आपत्ति हो तो कहने में कोई संकोच न करें।"

हेलेना ने उत्तर दिया, "बैठ जाइए।"

केयस ने अपना और उन लड़कियों का परिचय दिया और उस व्यक्ति पर इसकी जो प्रतिक्रिया हुई, उसको देखकर केयस को ख़ुशी हुई।

"आपके परिवार से मेरा कुछ लेन-देन रहा है," सरदार ने कहा।

"लेन-देन?"

"हाँ, यही कुछ मवेशियों का। मेरा सॉसेज बनाने का कारख़ाना है। मेरा एक कारख़ाना रोम में है और दूसरा तारासीना में, जहाँ से मैं अभी चला आ रहा हूँ। अगर आपने सॉसेज खाया है तो समझ लीजिए कि वह मेरा बनाया हुआ सॉसेज था।"

केयस मुस्कराया। वह सोच रहा था, मुझे पूरा यक़ीन है कि इसे मुझसे घृणा है। ज़रा इसकी शकल तो देखो। इसे मुझसे घृणा है मगर तब भी यहाँ बैठना इसे अच्छा लग रहा है। कैसे सूअर होते हैं ये लोग!

सेन्वियस ने जैसे उसके मन के भाव को पढ़ लिया। बोला, "सूअरों का लेन-देन।"

"हमें आपसे मिलकर बड़ी ख़ुशी हुई और हम आपकी शुभाकांक्षाएँ अपने पिता के पास पहुँचा देंगे," हेलेना ने कोमल स्वर में कहा। वह बड़े मीठे ढंग से सेन्वियस को देखकर मुस्कराई और उसने भी हेलेना को कुछ नई आँखों से देखा, मानो कह रहा हो, 'हाँ तो प्रिये, मूलत: हो तुम भी स्त्री ही, ऊँचा कुल तो बाद की बात है।' केयस ने इस चीज़ को यों पढ़ा, 'अरे कुतिया, कैसा लगेगा तुझे मेरे संग सोना?' दोनों एक-दूसरे को देखकर मुस्कराए और उस वक़्त के केयस को ऐसा लगा कि जैसे वह उस आदमी को क़त्ल कर सकता है मगर उससे भी ज़्यादा नफ़रत उसे ख़ुद अपनी बहन पर आ रही थी।

सेन्वियस ने कहा, "मैं आपकी बातचीत में विघ्न नहीं डालना चाहता था। आप आज़ादी से अपनी बातचीत जारी रखें।"

"हम लोग एक उबा देनेवाले नाटक के बारे में उबा देनेवाली बातें कर रहे थे।"

फिर खाना आया और वे लोग खाने लगे। एकाएक क्लॉदिया बतख़ का एक टुकड़ा अपने मुँह के पास आधे रास्ते ले जाकर रुक गई और उसने एक बात कही

जो आगे चलकर केयस को बहुत आश्चर्यजनक लगी।

"उन निशानियों को देखकर आप काफ़ी परेशान हुए होंगे?"

"निशानियाँ? कैसी निशानियाँ?"

"वही टिकठियाँ।"

"मगर मैं क्यों परेशान होने लगा?"

"इतने ढेर से ताज़े गोश्त की ऐसी बरबादी," क्लॉदिया ने बहुत सीधे-सादे शान्त ढंग से बात कही, कुछ ऐसे नहीं कि जैसे कोई बड़े मार्के की बात कह रही हो बल्कि यों ही, बड़े शान्त भाव से और फिर अपनी बतख़ खाने लगी। केयस को अपने ऊपर बड़ा ज़ोर लगाना पड़ा वरना उसे तो इतनी ज़ोर से हँसी आ रही थी कि कुछ न पूछो और सेन्वियस का चेहरा तो पहले लाल और फिर सफ़ेद हो गया। मगर क्लॉदिया तो अपने खाने में लगी रही, उसे इस बात का ख़याल ही नहीं आया कि उसने क्या कर डाला है। हेलेना को अलबत्ता ऐसा महसूस हुआ कि उस सॉसेजवाले में साधारण से अधिक कठोर कोई चीज़ है और उसके जवाब की प्रत्याशा में उसका बदन चुनचुनाने लगा। वह चाहती थी कि वह आदमी पलटकर वार करे और उसे ख़ुशी हुई जबकि उसने ऐसा ही किया!

सेन्वियस ने कहा, "परेशान ठीक शब्द नहीं है। मुझे बरबादी नापसन्द है।"

क्लॉदिया ने बर्फ़ में रखी हुई नारंगी को तोड़ते और उसकी फाँकों को बड़ी नज़ाकत से अपने होंठों में दबाते हुए कहा, "बरबादी?"

क्लॉदिया की बात से कुछ लोगों के मन में करुणा जगी और थोड़े से लोगों के मन में क्रोध। उससे आगे देख सकने के लिए असाधारण मेधावी व्यक्ति की ज़रूरत थी।

मार्कस सेन्वियस ने अपनी बात साफ़ करते हुए कहा, "स्पार्टकस के वे आदमी अच्छे कसीले लोग थे, काफ़ी हृष्ट-पुष्ट, और खाने को भी उन्हें अच्छा मिलता था। मान लीजिए कि प्रत्येक का औसत वज़न एक सौ पचास पौंड था। ऐसे छह हज़ार से ज़्यादा लोग भुस भरी हुई चिड़ियों की तरह इन टिकठियों पर टँगे हुए हैं। इसका मतलब हुआ नौ लाख पौंड ताज़ा गोश्त—अब न सही पर तब तो ताज़ा था।"

उसकी बात सुनकर हेलेना ने सोचा, "अरे नहीं, उसका यह मतलब हरगिज़ नहीं हो सकता।" उसके सारे शरीर में अब चुनचुनाहट-सी हो रही थी; मगर क्लॉदिया, जो बदस्तूर बर्फ़ में रखी हुई नारंगी खाए जा रही थी, जानती थी कि उस आदमी का मतलब ठीक यही था और केयस ने पूछा, "आपने बोली दी क्यों नहीं?"

"मैंने दी थी।"

"तो क्या वे बेचना न चाहते थे?"

"मैंने ढाई लाख पौंड तो ख़रीदा भी।"

केयस की समझ में नहीं आया कि वह आदमी क्या कहना चाहता है और वह सोचने लगा—वह सिर्फ़ हमें चौंकाना चाहता है। क्लॉदिया ने जो बात कही

थी उसका वह अपने गन्दे बीभत्स ढंग से बदला चुका रहा है। बहरहाल, उसकी बात में सचाई का जो अंश था उसको हेलेना ने देखा और केयस को यह जानकर सन्तोष हुआ कि आख़िरकार कोई बात उसको लगी तो, वरना उसकी ऐसी मोटी खाल थी कि उस पर किसी चीज़ का कोई असर ही नहीं पड़ता था।

क्लॉदिया ने धीरे से कहा, "ढाई लाख पौंड, आदमी का?"

"नहीं, औज़ारों का, उस ज़ोरदार नौजवान दार्शनिक सिसेरो के शब्दों में, सॉसेज के कारख़ानेवाले ने ठीक-ठीक, साफ़-साफ़ बात कही। बेकार औज़ार। मैंने उन्हें भूना, उनका क़ीमा बनाया और सूअर के गोश्त, मसाले और नमक के साथ मिला दिया। आधा चला गया गॉल, आधा मिस्त्र और दाम बिलकुल ठीक।"

"मेरा ख़याल है आपका मज़ाक़ किसी को जमा नहीं," केयस ने बुदबुदाकर कहा। वह अभी बहुत कच्ची उमर का नौजवान था और उस सॉसेज के कारख़ानेवाले के अच्छी तरह पके हुए, प्रौढ़ तीखेपन को पचा सकना उसके लिए मुश्किल था। वह सरदार ज़िन्दगी भर क्लॉदिया की ओर से आए हुए अपमान को न भूलेगा और इसके लिए वह केयस को दोषी ठहराएगा क्योंकि उसने वहाँ उपस्थित रहने की भूल की थी।

सेन्वियस ने बहुत साधारण ढंग से कहा, जैसे कोई ख़ास बात न हो, "मैं मज़ाक़ करने की कोशिश नहीं कर रहा हूँ।" इन देवीजी ने एक प्रश्न किया और मैंने उसका उत्तर दिया। मैंने सॉसेज़ बनाने के लिए ढाई लाख पौंड ग़ुलाम ख़रीदे।

हेलेना ने कहा, "मैंने अपनी ज़िन्दगी में यही सबने भयानक और घिनौनी बात सुनी। महाशय, आपकी स्वाभाविक असभ्यता ने कुछ अजीब ही रंग पकड़ लिया है!"

सरदार उठा और उसने बारी-बारी से उन लोगों को देखा और बोला, "मुझे माफ़ कीजिएगा," और केयस से कहा, "अपने चचा सीलियस से पूछिएगा, यह सौदा उन्हीं के ज़रिये हुआ था और इसमें उन्होंने अपने लिए भी अच्छे-ख़ासे पैसे बनाए थे!

फिर वह चला गया। क्लॉदिया अपनी बर्फ़ में रखी हुई नारंगी इत्मीनान से खाती रही, सिर्फ़ इतना कहने के लिए वह एक बार रुकी—"कैसा बेहूदा आदमी निकला!"

"मगर तब भी बात वह सच कह रहा था," हेलेना ने कहा।

"क्या?"

"सच तो कह ही रहा था। तुम क्यों इस बात से इतना चौंक रही हो?"

केयस ने कहा, "हमीं लोगों को सुनाने के लिए उसने यह भद्दा झूठ गढ़ा था।"

हेलेना ने कहा, "प्यारे भाई, हम दोनों में बस यह अन्तर है कि मैं समझ जाती हूँ कि कब कोई आदमी सच बात कह रहा है।"

क्लॉदिया हमेशा से ज़्यादा सफ़ेद हो गई। वह उठी, लोगों से इजाज़त ली और राजसी शान से विश्राम कक्ष की ओर चली गई। हेलेना जैसे मन-ही-मन थोड़ा-सा मुस्कराई और केयस ने कहा, "तुमको क्या कभी किसी बात से चोट नहीं लगती हेलेना?"

"क्यों लगे? चोट लगने की इसमें कौन-सी बात है?"

"इसके बाद कम-से-कम मैं तो फिर कभी सॉसेज न खा सकूँगा।"

"मैंने कभी खाया ही नहीं," हेलेना ने कहा।

5

उसी रोज़ तीसरे पहर जब वे लोग सड़क पर बढ़े जा रहे थे उनकी मुलाक़ात सीरिया के रहनेवाले, अम्बर के एक सौदागर से हुई जिसका नाम मुज़ेल शबाल था। उसकी क़रीने से फेरी गई दाढ़ी ख़ुशबूदार तेल से चमक रही थी और उसका लम्बा बेलबूटेदार चोग़ा उसके बाँके सफ़ेद घोड़े के दोनों ओर झूल रहा था और उसकी उँगलियों पर बहुमूल्य हीरे-जवाहरात चमक रहे थे। उसके पीछे एक दर्जन ग़ुलाम दुलकी चाल से चले आ रहे थे। उनमें मिस्री भी थे और बद्दू भी और उनमें हर एक के सिर पर एक बड़ा-सा गट्ठर था। रोम के सारे इलाक़े में सड़क एक ऐसी चीज़ थी जो सब लोगों को बराबरी की सतह पर लाकर खड़ा कर देती थी। लिहाज़ा केयस ने अपने-आप को इस दुनियादार सौदागर से एकतरफ़ा बातचीत में लगा हुआ पाया, एकतरफ़ा इसलिए कि यह नौजवान बातचीत में केवल इतना योग दे रहा था कि बीच-बीच में सिर हिला देता था। शबाल किसी भी रोमन से मिलकर अपने को बहुत सम्मानित अनुभव करता था क्योंकि वह रोमनों का, यों तो सभी रोमनों का मगर विशेषकर केयस जैसे अभिजात कुलोत्पन्न प्रतिष्ठित रोमनों का बहुत बड़ा प्रशंसक था। कुछ पूरब वाले थे जो रोमनों की कई बातों को समझ न पाते थे। उदाहरण के लिए, उनकी स्त्रियाँ जिस आज़ादी से घूमती-फिरती थीं, वह उनकी समझ में न आता था। मगर शबाल ऐसे लोगों में न था। किसी रोमन को अगर खरोंचो तो लोहे की एक रग निकल आएगी और उसका प्रमाण थीं रास्ते-भर में लगी हुई ये निशानियाँ—और सौदागर को इस बात की बड़ी ख़ुशी थी कि उसके ग़ुलाम रास्ते के उन सलीबों को देखकर आप से आप कुछ सबक सीखे जा रहे थे।

मुज़ेल शबाल ने अपनी धाराप्रवाह मगर कुछ विचित्र से उच्चारण की लैटिन में कहा, "श्रीमान्, आपको शायद विश्वास भी न आएगा कि मेरे देश में ऐसे लोग थे जिन्हें इस बात की पूरी उम्मीद थी कि रोम स्पार्टकस के हाथ में चला जाएगा और इसी का परिणाम था कि ख़ुद हमारे ग़ुलामों ने एक छोटा-मोटा विद्रोह किया था जिसे हमको सख़्त कार्रवाई से कुचलना पड़ा। मैंने उनसे कहा, तुम लोग रोम को ज़रा भी नहीं जानते। तुम रोम को पिछले ज़माने के संग या जो कुछ तुम अपने इर्द-गिर्द देखते हो उसके संग बराबरी में बिठालकर देखते हो। तुम भूल जाते हो कि रोम इस पृथ्वी के लिए नई चीज़ है। आप ही कहें मैं रोम का वर्णन उनसे कैसे करूँ? उदाहरण के लिए, मैं एक शब्द कहता हूँ ग्रैविटास। अब इसको वे लोग

क्या समझें? और वही क्या, जिसने भी रोम को ख़ुद अपनी आँखों से नहीं देखा और रोम के नागरिकों से मिलने और उनसे बात करने का जिसे सौभाग्य नहीं हुआ, वह उस शब्द का मतलब नहीं समझ सकता। ग्रैविटास—यानी गम्भीर दायित्वपूर्ण लोग, गम्भीर होना और जीवन में गम्भीर उद्‌देश्य रखना। लेविटास का मतलब हम समझते हैं, यही तो हमारा अभिशाप है, हम चीज़ों के संग खिलवाड़ करते हैं, इन्द्रिय भोग के भूखे रहते हैं। रोमन इस क़िस्म का कोई खिलवाड़ नहीं करता, वह सद्‌गुणों का अन्वेषक होता है। उद्योग, अनुशासन, मितव्ययिता, दया—ये शब्द ही मेरे लिए रोम हैं। रोम की सड़कों और रोम के शासन की शक्ति और व्यवस्था का यही रहस्य है। किन्तु श्रीमान ऐसा क्यों होता है? जहाँ तक मेरी बात है मैं दंड की इन निशानियों को बहुत गम्भीर सन्तोष की दृष्टि से देखता हूँ। रोम कभी किसी बात में कोई खिलवाड़ नहीं करता। उसके पास अपराध के योग्य दंड की व्यवस्था है। और वही तो रोम का न्याय है। यह स्पार्टकस की धृष्टता थी कि उसने उस सबको चुनौती दी जो रोम के अन्दर श्रेष्ठतम था। उसने रोम को लूटपाट, हत्या और अराजकता देनी चाही और रोम तो व्यवस्था और अनुशासन का नाम है। फलतः रोम ने स्पार्टकस को अस्वीकार कर दिया...।"

केयस सुनता रहा, सुनता रहा, और आख़िरकार उसकी उकताहट और वितृष्णा कुछ-न-कुछ व्यक्त हो ही गई। और तब सीरिया के उस सौदागर ने बहुत बार झुक-झुककर माफ़ी माँगी और हेलेना और क्लॉदिया दोनों को एक-एक अम्बर का हार भेंट किया। उसने उनको, उनके परिवारों को और उनके जितने परिचित व्यापारी हो सकते थे सबको अपना सलाम दिया और वहाँ से चल पड़ा।

केयस ने कहा, "ख़ुदा का शुक्र।"

हेलेना मुस्कराई, "काम का आदमी है।"

6

उसी रोज़ तीसरे पहर या ज़रा और देर से जबकि वे लोग एपियन मार्ग से मुड़कर उस छोटी सड़क में दाख़िल होने ही वाले थे जो कि गाँव की उस हवेली को जाती थी जहाँ उनको रात गुज़ारनी थी; तभी एक ऐसी घटना घटी जिसने उनकी यात्रा की एकरसता को भंग किया। तीसरी सेना का एक दस्ता जिसका काम सड़क की गश्त लगाना था, रास्ते की एक चौकी में आराम कर रहा था। बर्छी-बल्लम, ढालें-वालें छोटे-छोटे तिकोने तम्बुओं की क़तारों में भरी हुई थीं। उनके साथ ही साथ छोटे-छोटे भालों से लगी हुई बड़ी-बड़ी ढालें भी रखी हुई थीं और हर ढेर में से लोहे के तीन फ़ौजी टोप झाँक रहे थे। उनको देखकर बिलकुल ऐसा लगता था कि जैसे बखार में अनाज के पूले रखे हों। सब सैनिक छप्पर की छाया में घुस-पिलकर

बैठे हुए थे और बराबर बियर के गिलास पर गिलास चढ़ाए जा रहे थे। वे लकड़ी के तसलानुमा अधसेरे कटोरों से बियर पी रहे थे। वे अच्छे तगड़े, देखने में कठोर, काँसे के-से बने शरीरों के लोग थे जिनके पसीने से भीगे हुए चमड़े के पैंटों और जर्किनों से तेज़ बू निकल रही थी। उनकी आवाज़ें बुलन्द थीं और मुँह में गालियाँ ही गालियाँ भरी हुई थीं। और इस बात का उन्हें ख़ूब ख़याल था कि राजमार्ग पर झूलती हुई वे दंड निशानियाँ उनका सबसे ताज़ा कारनामा हैं।

केयस और उसके संग की वे लड़कियाँ उनको देखने के लिए रुकीं तो कप्तान एक हाथ में शराब का प्याला लिये और दूसरे हाथ से केयस का अभिवादन करते हुए तम्बू से बाहर आ गया। उसके अभिवादन में और ज़्यादा उत्सुकता इसलिए थी कि केयस के संग दो बड़ी सुन्दर युवतियाँ थीं।

वह केयस का एक बहुत पुराना मित्र था। नौजवान आदमी था, नाम सेलस क्विंटियस ब्रूटस; वह पेशेवर सिपाही था और देखने में बहुत ही बाँका, छबीला, गबरू जवान। हेलेना को वह पहले से ही जानता था और क्लॉदिया से मिलकर उसे बड़ी ख़ुशी हुई और उसने बिना झिझके आनन-फानन उन लोगों से पूछ लिया कि हमारे जवानों के बारे में आपका क्या ख़याल है?

केयस ने कहा, "कितने ज़ोर-ज़ोर से बोलते हैं सब, और गन्दे भी कितने हैं!"

"सो तो हैं, मगर अच्छे हैं।"

क्लॉदिया ने कहा, "ये लोग साफ़ हों तो मुझे फिर किसी चीज़ का कोई डर नहीं, मगर दूसरे लोग नहीं, यही।"

"और अब ये लोग आपके ग़ुलाम हैं और आपके साथ रहेंगे। कहाँ जा रही हैं?" ब्रूटस ने बहुत बाँकपन से जवाब दिया।

केयस ने कहा, "आज रात हम लोग विला सलारिया में ठहर रहे हैं और अगर तुम्हें याद हो, यह सड़क यहाँ से क़रीब दो मील पर फूटती है।"

"तब दो मील तक तुमको दुनिया में किसी चीज़ का डर न होना चाहिए," ब्रूटस ज़ोर से बोला और फिर उसने हेलेना से पूछा, "क्या आपने कभी फ़ौजी गार्ड ऑफ़ ऑनर के साथ मार्च किया है?"

"मैं न आज इतनी महत्त्वपूर्ण हूँ और न पहले कभी रही।"

"इसीलिए तो आप मेरे लिए इतनी महत्त्वपूर्ण हैं," उस जवान अफ़सर ने कहा, "बस मुझे एक मौक़ा दीजिए और देखिए मैं उन्हें आपके पैरों में डाल दूँगा। इसे आप अपनी ही कम्पनी समझें।"

"वे आख़िरी चीज़ होंगे जिन्हें मैं अपने पैरों में पड़ा देखने की कामना करूँगी?" हेलेना ने आपत्ति की।

ब्रूटस ने अपनी शराब खतम की और प्याला दरवाज़े पर खड़े हुए ग़ुलाम की तरफ़ फेंक दिया और अपने गले में पड़ी हुई छोटी-सी चाँदी की सीटी बजाई। एक

अजीब भयानक और तेज़ आवाज़ हुई जिसे सुनकर सिपाहियों ने जल्दी-जल्दी अपनी बियर गले के नीचे उतारी, मुँह-ही-मुँह में कुछ भुनभुनाए और उधर को दौड़े जहाँ उनके भाले, ढालें और सिर के टोप रखे हुए थे। ब्रूटस बराबर सीटी बजाए जा रहा था और ऐसा लगता था कि जैसे सीटी का स्वर एक लड़ी में गुँथ गया हो, तीक्ष्ण और आदेशपूर्ण। सीटी बजने की फ़ौजी दस्ते के लोगों में ऐसी तत्काल और सीधी प्रतिक्रिया होती थी कि जैसे उनके स्नायुओं पर ही वे स्वर बजाए जा रहे हों। वे टोलियों में बँटकर क़तार में खड़े हुए, घूमे और फिर अलग हुए और फिर सड़क के अगल-बग़ल दो सफ़ों में खड़े हो गए। जिस अनुशासित ढंग से उन्होंने सारे काम किये उसे देखकर आश्चर्य होता था। लड़कियाँ प्रशंसा में ताली बजाने लगीं और केयस को भी उस कम्पनी के अनुशासन और व्यवस्था की प्रशंसा करनी ही पड़ी, बावजूद इसके कि वह अपने दोस्त की हरकतों से काफ़ी खीजा हुआ था।

उसने पूछा, "क्या वे लड़ने में भी ऐसे ही तेज़ हैं...?"

"स्पार्टकस से पूछो," ब्रूटस ने कहा, और क्लॉदिया चिल्लाई, "बहुत ख़ूब!"

ब्रूटस ने झुककर क्लॉदिया को सलाम किया और वह हँसने लगी। क्लॉदिया के लिए ऐसा करना कुछ अनोखी-सी ही बात थी मगर आज केयस को उसके अन्दर बहुत-सी अनोखी बातें दिखाई दे रही थीं। उसके गालों पर रंग की दमक थी, उसकी आँखें फ़ौजी दस्ते की क़वायद को देखकर उल्लास से चमक रही थीं। जिस तरह वह ब्रूटस से बात करने लगी उसको देखकर केयस को उतनी जलन न हुई जितना कि आश्चर्य। उस वक़्त ब्रूटस दोनों पालकियों के बीच में खड़ा हो गया था और सारे जुलूस का संचालन कर रहा था।

"इसके अलावा वे और क्या कर सकते हैं?" क्लॉदिया ने पूछा।

"वे मार्च कर सकते हैं, लड़ सकते हैं, गाली बक सकते हैं।"

"जान भी ले सकते हैं?"

"हाँ, क्यों नहीं। ख़ूनी तो वे हैं ही। क्यों, देखने में नहीं लगते क्या?"

क्लॉदिया ने कहा, "मुझे तो ऐसे ही अच्छे लगते हैं।"

ब्रूटस ने बहुत शान्ति से उसके चेहरे का अध्ययन किया और फिर धीरे से जवाब दिया, "झूठ नहीं कहतीं तुम, मैं भी ऐसा ही सोचता हूँ कि तुम उनको पसन्द करती हो।"

"इसके अलावा और भी कुछ?"

ब्रूटस ने पूछा, "इसके अलावा आप और चाहती क्या हैं? आप उनका गाना सुनना चाहती हैं?" फिर उसने चीख़कर आदेश दिया, "गाने की लय पर मार्च करो!" और सिपाहियों की गहरी भारी आवाज़ें गाने लगीं—

गगन, धरा, पथ, शिलाफ़लक!
लोहा काटे हड्डी तक!

यह तुकबन्दी उनके कंठों से अजीब भर्राई हुई और मोटी भद्दी आवाज़ में निकल रही थी और उनके शब्दों को समझना कठिन था। "इसका मतलब क्या है?" हेलेना ने जानना चाहा।

"कुछ ख़ास नहीं। बस यह समझिए कि मार्च करने की एक लय है। और भी सैकड़ों हैं और किसी का कोई मतलब नहीं। गगन, धरा, पथ, शिलाफ़लक—कोई ख़ास बात नहीं मगर हाँ, इससे वे मार्च अच्छा करते हैं। यह लय ग़ुलाम-युद्ध में से निकली थी। उनमें कुछ ऐसी भी हैं जो स्त्रियों के कानों के लिए नहीं बनी हैं।"

"मेरे कानों के लिए बनी हैं?" क्लॉदिया ने कहा।

"उन्हें मैं तुम्हारे कान में कह दूँगा," कहकर वह जवान अफ़सर मुस्कराया और चलते-चलते उसकी ओर झुका। फिर वह सीधे तनकर खड़ा हो गया और क्लॉदिया ने सिर घुमाकर निगाह जमाकर उसको देखा। एक बार फिर सड़क पर सलीबों की क़तारें ही रह गईं। और उन पर लटके हुए शरीर जो देखने में ऐसे लगते थे जैसे किसी ने उन्हें मनकों की तरह एक माला में पिरो दिया हो। ब्रूटस ने उनकी ओर इशारा करके हाथ हिलाया और कहा, "क्या आप चाहती थीं कि यह काम बहुत नज़ाकत से हो? यह उन लोगों का काम है। मेरे दस्ते ने उनमें से आठ सौ को इन्हीं पर लटकाया। मेरे आदमियों में नफ़ासत नहीं है, वो तो मज़बूत हैं, सख़्त हैं, क़ातिल हैं।"

"और क्या इसी से वे और अच्छे सिपाही हो जाते हैं?" हेलेना ने पूछा।

"लोगों का कहना तो यही है।"

क्लॉदिया ने कहा, "उनमें से एक को यहाँ बुलाओ।"

"क्यों?"

"क्योंकि मैं चाहती हूँ।"

"बहुत अच्छा," उसने कन्धा उचकाया और चीख़ा, "सेक्सटस यहाँ आओ!"

एक सैनिक क़तार में से निकलकर डबल मार्च करता हुआ पालकियों के सामने और उनके बीच में से होता हुआ आया और सलूट करके अफ़सर के सामने खड़ा हो गया। क्लॉदिया उठ बैठी। उसने अपनी बाँहें मोड़ लीं और ग़ौर से सैनिक को देखने लगी। वह एक मँझोले क़द का, ताँबे के रंग का तगड़ा आदमी था जिसके बदन-भर में मांसपेशियाँ मछलियों की तरह निकली हुई थीं। उसकी नंगी बाँहें, गर्दन, गला और चेहरा इन सबका रंग धूप से झँवा गया या। उसका चेहरा नुकीला और गालों की हड्डियाँ उभरी हुई थीं। उसके चेहरे की ज़िल्द अच्छी कसी हुई थी और चेहरा पसीने ने नम हो रहा था। वह लोहे का टोप लगाए था और उसकी बड़ी सी, चार फ़ुट लम्बी ढाल उसकी पीठ पर पड़े फ़ौजी थैले से लगी झूल रही थी। उसके एक हाथ में पिलम था। पिलम लकड़ी का बना छह फुटा बल्लम होता है, दो इंच मोटा, और उसके एक सिरे पर मोटा-सा अठारह इंच लम्बा, डरावना-सा

तिकोना फल लगा होता है। वह एक छोटी मगर भारी स्पेनिश तलवार भी लगाए हुए था और उसकी चमड़े की जर्किन के ऊपर उसके सीने पर लोहे के तीन पत्तर बँधे हुए थे और दोनों कन्धों पर भी वैसे ही तीन-तीन पत्तर। इनके अलावा लोहे के तीन और पत्तर उसकी कमर से लटक रहे थे और उसके चलते वक़्त झूलते थे और आ-आकर उसकी टाँगों से टकराते थे। वह चमड़े का पैंट और ऊँचे-ऊँचे चमड़े के जूते पहने हुए था और लोहे और लकड़ी के उस ज़बरदस्त वज़न के बावजूद वह बड़े आराम से चल रहा था और उसे देखकर कोई न कह सकता था कि उसे ज़रा भी ज़ोर लगाना पड़ रहा है। जो लोहा वह ढो रहा था उसमें अच्छी तरह तेल दिया हुआ था, उसी तरह जैसे उसका ज़िरहबख़्तर भी अच्छी तरह तेल दिया हुआ था, और इस तरह तेल, पसीने और चमड़े की अलग-अलग बदबू मिलकर एक बदबू हो गई थी जो कि एक व्यवसाय की बदबू थी, एक शक्ति की, एक यंत्र की।

केयस उन लोगों के पीछे-पीछे घोड़े पर चला आ रहा था और अपनी जगह से उसे क्लॉदिया के चेहरे की पार्श्वछवि दिखलाई दे रही थी, होंठ खुले हुए, ज़बान होंठों से टकराती हुई और आँखें उस सैनिक पर गड़ी हुई।

क्लॉदिया ने ब्रूटस से धीरे से कहा, "मैं चाहती हूँ कि यह आदमी मेरी पालकी के साथ चले।"

ब्रूटस ने कन्धे उचकाकर अपनी सहमति व्यक्त की और कोई आदेश दिया। आदेश पाकर एक बहुत हल्की-सी मुस्कराहट सैनिक के चेहरे पर आई और वह वहीं रुककर क्लॉदिया के बग़ल-बग़ल चलने लगा। केवल एक बार उसकी आँखें क्लॉदिया पर ठहरीं और फिर बस वह आगे की ओर आँख जमाए देखता रहा। क्लॉदिया ने हाथ बढ़ाकर उसकी जाँघ को छुआ, उस जगह पर जहाँ चमड़े के नीचे जाँघ की मांसपेशियाँ सिमटी हुई थीं, और फिर ब्रूटस से बोली, "इससे कहो कि यहाँ से चला जाए। बदबू करता है। बहुत गन्दा है।"

हेलेना का चेहरा एकदम काठ हो गया था। ब्रूटस ने फिर अपने कन्धे उचकाए और सैनिक को आदेश दिया कि वह जाकर अपनी क़तार में मिल जाए।

7

विला सलारिया कुछ व्यंग्यात्मक-सा ही नाम था क्योंकि वह उस समय की याद दिलाता था जब रोम के दक्षिण में उतनी ज़मीन नमक का एक दलदल थी जिसमें मलेरिया ने अपना घर बना लिया था। मगर दलदल का यह हिस्सा काफ़ी दिन से ठीक-ठाक करके उपयोग में ले लिया गया था और वह निजी सड़क जो एपियन मार्ग से फूटती थी और विला सलारिया को ले जाती थी, लगभग उतनी ही अच्छी बनी हुई थी जितनी कि वह राजमार्ग। उस जागीर का मालिक एंटोनियस केयस,

केयस और हेलेना की माँ की तरफ़ से उनका सम्बन्धी था, और यद्यपि गाँव का यह मकान उतना ठाठदार नहीं था जितने कि कुछ दूसरे मकान जो कि शहर के ज़्यादा क़रीब पड़ते थे मगर तब भी वह एक बड़ी जायदाद समझा जाता था और तमाम जागीरों में उसका एक ऊँचा स्थान था।

केयस और दोनों लड़कियाँ जब एपियन मार्ग से विला सलारिया वाली निजी सड़क पर आ गईं तब भी अभी मकान तक पहुँचने के लिए उनको चार मील का रास्ता तय करना था। अन्तर उन्हें तत्काल पता चल गया, वहाँ की ज़मीन के चप्पे-चप्पे की ज़बरदस्त निगरानी और देखभाल की गई थी। जंगल को काटकर पार्क की शकल दे दी गई थी। पहाड़ की ढलानों पर सीढ़ीनुमा खेत बने थे। उनमें से कुछ में अंगूर की बेलें लगी हुई थीं जिनकी अब इस बसन्त ऋतु में पहली-पहली कोंपल फूट ही रही थीं। दूसरे खेतों में जौ बोई हुई थी और उसके अलावा और भी खेत थे जिनमें जैतून के पेड़ों की अनन्त क़तारें दिखाई दे रही थीं। जहाँ तक जौ की खेती की बात है उसका चलन अब रोज़-ब-रोज़ कम होता जा रहा था और उसमें मुनाफ़ा भी उतना न रह गया था क्योंकि किसानों की छोटी-छोटी काश्तों की जगह अब बड़ी-बड़ी जागीरें लिये ले रही थीं। चारों तरफ़ खेतों को जिस तरह बिछाया गया था और जिस तरह सँवार-निखारकर अलग-अलग जगहों पर अलग-अलग चीज़ें उगाई गई थीं, वह सिर्फ़ ऐसी ही हालत में मुमकिन भी था जबकि काम करनेवाले ग़ुलामों की कभी कोई कमी न हो। और बार-बार ये तीनों नौजवान उन बनाई हुई ख़ूबसूरत हरी-भरी ठंडी गुफाओं को देखते थे जिनमें यूनानी मन्दिरों की छोटी-छोटी आकृतियाँ रखी हुई थीं। उनके अलावा उस जगह पर संगमरमर की बेंचें, स्वच्छ संगमरमर के फौवारे और सफ़ेद पत्थर के रास्ते बने हुए थे जो उन छायाकुंजों को एक-दूसरे से जोड़ते थे। इस समय गोधूलि की ठंडी बेला थी और सूरज नीची-नीची पहाड़ियों के पीछे डूब रहा था और उस समय वहाँ का दृश्य परियों के देश का-सा हो रहा था और क्लॉदिया, जो वहाँ पहले कभी नहीं आई थी, मुग्ध होकर बार-बार चिल्ला पड़ती थी। यह चीज़ 'नई क्लॉदिया' के रूप ही थी और केयस सोच रहा था कि कैसे यह नाज़ुक बल्कि रोगी-सी युवती दंड की उन निशानियों, उन सलीबों और उनसे झूलती हुई लाशों को देखकर एकाएक ऐसी फूल जैसी खिल उठी है।

इस वक़्त मवेशी चरागाहों से वापिस घर ले आए जा रहे थे और गायों के गले में बँधी हुई घंटियों की आवाज़ और ग्वाले की सिंगी की उदास पुकार बार-बार सुनाई देती थी। भेड़ चरानेवाले नौजवान थ्रेसियन और आर्मीनियन, जो अपने गुप्तांगों को चमड़े से ढकने के अलावा बाक़ी नंगे थे, जंगल में भागते हुए जानवरों को 'लगे-लगे' कहते हुए दौड़ रहे थे। और उनको देखकर केयस हैरान था कि दोनों में से आदमियों के ज़्यादा क़रीब कौन है, भेड़-बकरियाँ या ये ग़ुलाम। और अनेकों

बार की तरह इस वक़्त भी केयस अपने मामा की इस सम्पत्ति के बारे में सोचने लगा। क़ानूनन इन पुराने ख़ानदानी जागीरदारों के लिए कोई भी व्यवसाय मना था मगर एंटोनियस केयस अपने बहुत से समकालीनों की तरह क़ानून को ज़ंजीर के रूप में नहीं बल्कि एक लम्बे चोग़े के रूप में देखता था जिसके नीचे बहुत सी चीज़ें छिपाई जा सकती हैं और सचमुच उनके लिए क़ानून की स्थिति ऐसे एक चोग़े की-सी ही थी। उसके बारे में मशहूर था कि उसने अपने दलालों के ज़रिये एक करोड़ से ज़्यादा सेस्टर्स सूद पर चला रखे थे और यह सूद बहुत बार सौ फ़ीसदी होता था। उसके बारे में यह भी बात मशहूर थी कि मिस्र की चौदह व्यापारी फ़र्मों में उसका हिस्सा था और उसी की तूती बोलती थी। इसके अलावा स्पेन की चाँदी की एक सबसे बड़ी खान के आधे हिस्से का भी वह मालिक था। गोकि यह बात सच है कि प्यूनिक युद्धों के बाद जो बड़ी-बड़ी कम्पनियाँ उठ खड़ी हुई थीं उनके बोर्डों में केवल बड़े-बड़े सरदार और सेनापति ही बैठते थे तो भी एंटोनियस केयस की इच्छाओं का पालन ये बोर्ड भी किया करते थे।

यह कहना मुश्किल था कि वह कितना अमीर है और गो कि विला सलारिया एक बहुत सुन्दर और सुरुचिपूर्ण जगह थी और उससे लगी हुई दस हज़ार एकड़ ज़मीन भी थी, जिस पर खेत थे, जंगल थे, तब भी उसे किसी तरह जागीरदारों की हवेलियों में सबसे बड़ी या सबसे शानदार हवेली नहीं कहा जा सकता था। पिछले कुछ दिनों से ये ख़ानदानी जागीरदार अपने ऐश्वर्य का बहुत प्रदर्शन करने लगे थे जैसे एरीना में लड़नेवालों के बड़े-बड़े दंगल कराना, पचीसों तरह के खाने मेज़ पर लगाना और पूर्वी देशों के ढंग पर मनोरंजन की व्यवस्था करना। मगर एंटोनियस केयस इस सब में भी बहुत न रहता था। एंटोनियस का दस्तरख़्वान अच्छा होता था और खाने की चीज़ें उस पर बहुत सी हुआ करती थीं मगर इस तरह के नफ़ीस खाने, जैसे मोर का सीना, फुलसुँघनी की जीभ या लिबिया के चूहों की आँतें इनको अब भी यहाँ बुरी नज़र से देखा जाता था और परिवार की प्रणय कथाओं का प्रदर्शन न होता था। स्वयं एंटोनियस पुराने ढंग की आन-बान वाला रोमन था और केयस जो अपने मामा का आदर तो करता था मगर उन्हें विशेष पसन्द न करता था—कभी उनकी मौजूदगी में आराम या इत्मीनान न महसूस करता था।

कुछ अंशों में तो यह उन मामा के व्यक्तित्व के कारण था क्योंकि एंटोनियस केयस बहुत मिलनसार व्यक्ति न था। मगर इससे भी बड़ा कारण यह था कि अपने मामा से मिलने पर केयस को सदा यह अनुभव होता था कि जैसे वे अपने भांजे को तराज़ू में रखकर तौल रहे हों और जैसे इंगित से उसे बतला रहे हों कि उसमें और एक आदर्श रोमन युवक में कितना अन्तर है। उस समय रोमन युवक का यह आदर्श प्रस्तुत किया जाता था कि उसे सच्चरित्र होना चाहिए, आडम्बर से एकदम बचकर रहना चाहिए, अपने-आप को नागरिक कर्तव्य के लिए समर्पित कर देना

चाहिए, वीर सैनिक होना चाहिए और इसी प्रकार क्रमश: उन्नति करते रहना चाहिए, किसी साध्वी रोमन कन्या से विवाह करना चाहिए, ग्रैकस परिवार की तरह अच्छी बड़ी संख्या में सन्तानोत्पादन करना चाहिए और निस्स्वार्थ भाव से योग्यतापूर्वक राज्य की सेवा करते हुए एक पद से दूसरे पद पर पहुँचते-पहुँचते अन्ततः राजदूत बन जाना चाहिए जिसका आदर और सम्मान साधारण जनों से लेकर बड़े-बड़े धनी और कुलीन लोग तक करते हैं। और अपने आचार में सदा नीतियुक्त और न्याय-परायण रहना चाहिए—केयस सोचता था कि इस बात में बहुत सचाई नहीं है और पहले चाहे थोड़ी-बहुत रही भी हो, अब तो उतनी भी नहीं है। और जहाँ तक केयस की अपनी बात थी वह इस कसौटी पर खरे उतरनेवाले एक भी रोमन युवक को न जानता था। रोम के सामाजिक जीवन में केयस जिन नवयुवकों से घिरा हुआ था उनकी दिलचस्पियाँ और थीं। उनमें से कुछ ने अनगिनत नवयुवतियों पर विजय प्राप्त करने को ही अपने जीवन का ध्येय बना लिया था और दूसरे थे जो कच्ची उमर में ही रुपये-पैसे के मर्ज़ में गिरफ़्तार हो गए थे और बीस-पचीस साल की उमर में ही तरह-तरह के अवैध व्यवसायों में लगे हुए थे। इनके अलावा कुछ थे जो नगरपालिका में चक्कर लगाने में दक्षता प्राप्त कर रहे थे यानी वोट ख़रीदने और बेचने में, घूस देने में, और इस धन्धे की सब भीतरी बातों को सीखने में, जिसे उनके पूर्वज योग्यतापूर्वक करते चले आए थे। इनके अलावा कुछ थे जिन्होंने भोजन को ही अपने जीवन का ध्येय बना लिया था, जो ख़ूब खाते थे और जिन्हें अच्छे नफ़ीस खाने की बहुत अच्छी पहचान थी। इनके बाद बहुत ही थोड़े लोग बच जाते थे जो सेना में जाते थे क्योंकि कुलीन घरानों के नवयुवकों के जीवन-लक्ष्य के रूप में सेना की लोकप्रियता दिनोंदिन घटती जा रही थी। केयस उस सबसे बड़े दल का एक ही सदस्य था जिसके जीवन का ध्येय अधिक-से-अधिक आराम और मस्ती में दिन काटना था। अत: केयस अपने-आप को उस महान प्रजातंत्र का अगर अनिवार्य नहीं तो कम-से-कम एक निरीह नागरिक समझता था और इसलिए अपने मामा एंटोनियस की ओर से अपने प्रति एक मूक अभियोग बार-बार पाता था, जो उसको बुरा मालूम होता था। जहाँ तक केयस की बात थी, 'जियो और जीने दो' उसके समीप एक सभ्य और व्यावहारिक जीवन-दर्शन था।

विला के चारों तरफ़ फैले हुए विराट बाग़ और घास के मैदान में प्रवेश करते समय ये बातें उसके विचार में आईं। बड़े-बड़े खलिहान, मवेशियों के बाड़े और ग़ुलामों के रहने की खोलियाँ, जो सब कृषि के औद्योगिक आधार थे, सभी हवेली से अलग थे और उनका कोई भी संकेत, कुरूपता या संघर्ष का कोई हल्का-सा भी इंगित उस मकान की परिमार्जित शान्ति को न भंग कर सकता था। विला एक छोटी सी पहाड़ी के ऊपर बना हुआ था। वह एक बहुत बड़ा-सा चौकोर मकान था जिसके बीच में एक आँगन और तालाब था। वह सफ़ेद पुता हुआ था और उस

पर मौसम की मार खाए हुए लाल-लाल खपरे की छत पड़ी हुई थी। वह देखने में स्वयं भी असुन्दर न था और उसकी सीधी रेखाओं की कठोरता को हवेली के चारों तरफ़ लगे हुए ऊँचे-ऊँचे देवदार और झाऊ के पेड़ों की सुरुचिपूर्ण योजना भंग करती थी। उस स्थान की प्राकृतिक सजावट यूनानी शैली में की गई थी। वहाँ पर बहुत सी फूल देनेवाली झाड़ियाँ लगी थीं जिन्हें छाँटकर तरह-तरह की शकलें दे दी गई थीं, दूब का चिकना-सा फ़र्श बिछा था, रंगीन संगमरमर के ग्रीष्म-निकुंज थे, मछलियों के लिए सफ़ेद संगमरमर के बड़े-बड़े तसले थे और परम्परा से चली आती हुई वन-वीथियाँ थीं, जिनमें अप्सराओं और गन्धर्वों और मृगशावकों और देव-शिशुओं की मूर्तियाँ सुशोभित हो रही थीं। रोम के बाज़ारों में जहाँ भी यूनानी मूर्तिकारों और चित्रकारों की कलाकृतियाँ बिकती थीं, वहाँ एंटोनियस केयस ने उन्हें ऊँचे-से-ऊँचे दाम पर ख़रीदने का स्थायी निर्देश अपने आदमियों को दे रखा था। इस बात में वह कोई कृपणता न करता था—यद्यपि यह कहा जाता था कि उसके पास स्वयं अपनी कोई रुचि नहीं है और वह केवल अपनी पत्नी जूलिया के आदेश का पालन करता है। केयस भी इस बात को मानता था क्योंकि वह स्वयं सुरुचि सम्पन्न था और अपने मामा में उसको यह चीज़ न मिलती थी। इसमें सन्देह नहीं कि वहाँ पर विला सलारिया से अधिक वैभवपूर्ण भवन थे, उनमें कुछ एशियाई-मिस्री बादशाहों के जैसे महल थे, लेकिन तब भी केयस को विला सलारिया से अधिक सुरुचिपूर्ण या सुन्दर परिवेशवाला कोई भी भवन वहाँ न दिखाई देता था। क्लॉदिया उसकी इस बात से सहमत थी। जब वे फाटक में दाख़िल होकर घर तक पहुँचनेवाले ईंट के बने मार्ग पर आए तो क्लॉदिया ने आश्चर्य से एक लम्बी साँस खींची और हेलेना से कहा, "यह तो ऐसी चीज़ है जिसकी मैंने कल्पना भी न की थी! कि जैसे सीधे यूनानी पुराणों से उठाकर इसे यहाँ पर बिठाल दिया गया हो।"

हेलेना ने अपनी सहमति व्यक्त करते हुए कहा, "बड़ी सुशोभन जगह है।"

एंटोनियस केयस की दोनों छोटी-छोटी लड़कियों ने इन लोगों को सबसे पहले देखा और इनका स्वागत करने के लिए दूब के फ़र्श पर होकर दौड़ीं। उनके पीछे-पीछे धीरे-धीरे, उचित गाम्भीर्य के साथ उनकी माँ जूलिया चली आ रही थी। जूलिया देखने में अच्छी, कुछ कम गोरी और स्थूल-सी स्त्री थी। स्वयं एंटोनियस क्षण-भर बाद घर के बाहर निकला। उसके पीछे-पीछे तीन और लोग थे। अपने आचरण में वह अदब-क़ायदे का विशेष ध्यान रखता था और दूसरों से भी इसी बात की अपेक्षा रखता था। उसने अपने भांजे और भांजी और उसकी सहेली का स्वागत गाम्भीर्यपूर्ण शिष्टाचार से किया और फिर अपने अतिथियों का परिचय उनसे कराया। उनमें से दो को केयस अच्छी तरह जानता था, एक तो लेंटेलस ग्रैकस जो कि एक चतुर सफल राजनीतिज्ञ था और दूसरा लिसिनियस क्रैसस, सेनापति, जिसने ग़ुलाम-युद्ध में बहुत नाम कमाया था और जिसके बारे में शहर के सारे लोग बात कर रहे थे

और पिछले एक वर्ष से करते आ रहे थे। उनमें जो तीसरा व्यक्ति था वह केयस के लिए अपरिचित था। उसकी उमर दूसरों से कम थी और वह प्रायः केयस का समवयस्क था। उसके आचरण में एक सूक्ष्म-सा संकोच था जो अभिजात कुल में न उत्पन्न होनेवाले व्यक्ति का संकोच था। मगर इस संकोच के साथ ही उसके भीतर एक अहंभाव था जो कि उतना सूक्ष्म न था और जो एक बुद्धिजीवी रोमन का अहंभाव था। वह आगन्तुकों को अपनी निगाहों से तौलने की कोशिश कर रहा था और देखने में बुरा न था। उसका नाम मार्कस तुलियस सिसेरो था और उसने केयस और उन दो सुन्दरी युवतियों के संग अपने परिचय का जवाब अत्यन्त विनयशीलता से दिया, जैसे उसका कहीं अस्तित्व ही न हो। पर वह अपनी उद्विग्न उत्कंठा को न मिटा सका और केयस ने भी, जिसकी दृष्टि सबसे कम पैनी थी, महसूस किया कि सिसेरो आँखों ही आँखों में उनकी परीक्षा ले रहा है, उन्हें तौल रहा है, उनकी पृष्ठभूमि की नाप-जोख कर रहा है और पता लगाना चाह रहा है कि उनके पास ख़ानदानी जायदाद कितनी है और समाज में उनका प्रभाव कितना है।

इस बीच क्लॉदिया एंटोनियस केयस के बारे में सोच रही थी कि इस व्यक्ति से अच्छा पुरुष दूसरा नहीं हो सकता जो इस शानदार हवेली और इस अनन्त भूमि का मालिक है। उसको राजनीति का ज्ञान नामचार को ही था और युद्ध के बारे में भी उसके विचार बहुत धुँधले से थे। इसलिए वह ग्रैकस या क्रैसस से विशेष प्रभावित न हुई और जहाँ तक सिसेरो की बात थी, वह न केवल अपरिचित था—जो कि क्लॉदिया के समीप एक महत्त्वहीन बात थी—बल्कि स्पष्ट ही वह उस पैसा खसोटनेवाली जाति का था जिससे घृणा करना उसको सिखाया गया था। जूलिया केयस के समीप से समीपतर पहुँचने की कोशिश कर रही थी क्योंकि केयस उसका प्रिय था और उसके प्रति उसका आचरण कुछ वैसा ही था जैसा किसी बड़ी-सी भद्दी-सी बिल्ली का अपने प्रियजन के प्रति होता है, और क्लॉदिया एंटोनियस का इतना सूक्ष्म मूल्यांकन कर रही थी जितना केयस ने कभी न किया था। उसने उस लम्बे-चौड़े, नुकीली नाक और तगड़ी मांसपेशियोंवाले ज़मींदार को दमित इच्छाओं और अतृप्त वासनाओं की एक गाँठ के रूप में देखा। उसने एंटोनियस के उस कठोर नैष्ठिक बहिरंग के पीछे छिपी हुई कामुकता को अनुभव किया और क्लॉदिया को ऐसे लोग पसन्द थे जो बयकवक़्त ताक़तवर और कमज़ोर होते हैं। एंटोनियस केयस कभी कोई जल्दबाज़ी की या चिढ़ानेवाली बात न करेगा। ये सारी बातें क्लॉदिया ने ऊपर से लापरवाह दिखाई पड़नेवाली अपनी मुस्कराहट से उसको बतला दीं।

सभी लोग अब घर पहुँच गए थे। केयस पहले ही घोड़े से उतर पड़ा था और घर का एक मिस्री ग़ुलाम उसके घोड़े को लेकर चला जा चुका था। उन तमाम मीलों के सफ़र से थके हुए पालकी ढोनेवाले अपने बोझों के पास सहमे-सिमटे खड़े थे और शाम की ठंडक में काँप रहे थे और उनके शरीर से पसीना जारी था। इस वक़्त

अपनी उस थकान में उनके दुबले-पतले शरीर बिलकुल जानवरों जैसे हो रहे थे और उनकी मांसपेशियाँ थकान के दर्द से उसी तरह काँप रही थीं जिस तरह किसी जानवर की काँपती हैं। किसी ने उनकी ओर नहीं देखा, किसी ने उनकी हालत पर ग़ौर करने की ज़रूरत न समझी, किसी ने उनकी ओर कोई ध्यान न दिया। वे पाँच पुरुष, तीन स्त्रियाँ और दो बच्चे, मकान के अन्दर चले गए और पालकी ढोनेवाले तब भी, इन्तज़ार करते हुए, अपनी पालकियों के पास सहमे-सिमटे खड़े रहे। और तभी उनमें से एक, जिसकी उमर बीस से ज़्यादा हरगिज़ न थी, सिसकियाँ लेने लगा और उसकी सिसकियाँ बढ़ती गईं जैसे उन पर उसका कोई बस न हो। मगर दूसरों ने उसकी ओर कोई ध्यान न दिया। वे लोग वहाँ पर कम-से-कम बीस मिनट तक ठहरे रहे जबकि एक ग़ुलाम उनके पास आया और उन्हें उस बारिक में ले गया जहाँ उन्हें खाना और रात का आराम मिलनेवाला था।

8

केयस और लिसिनियस क्रैसस का स्नानागार एक ही था और केयस को यह जानकर इत्मीनान हुआ कि वह महान व्यक्ति उन लोगों में न था जो आज के कुलीन घराने में उत्पन्न युवकों की कमज़ोरियों के लिए स्वयं केयस को बुरा-भला कहते थे। क्रैसस उसे मीठे और मिलनसार स्वभाव का आदमी मालूम हुआ और उसके आचरण में दूसरे को अपना बना लेनेवाली एक बात यह थी कि वह सबसे राय लेता था भले ही वह व्यक्ति महत्त्वपूर्ण हो या न हो। स्नानागार में दोनों बड़े मज़े से क्रीड़ा कर रहे थे, पानी उछाल रहे थे और उस पर बहते हुए कभी आगे जाते थे कभी पीछे आते थे और इस तरह उस हल्के गरम ख़ुशबूदार पानी का पूरा आनन्द लूट रहे थे जिसमें बहुत से सुगन्धित द्रव मिले हुए थे। क्रैसस का शरीर गठा हुआ था, वैसा ढीला-ढाला नहीं जैसा कि अधेड़ उमर में हो जाता है बल्कि ख़ूब कसा हुआ और सख़्त और नौजवानों की-सी चुस्ती से भरा हुआ। उसने केयस से जानना चाहा कि क्या वे सड़क के रास्ते रोम से आए हैं।

"हाँ, और कल हम लोग कापुआ जा रहे हैं।"

"तुम लोगों ने सड़क के किनारे खड़े हुए सलीब नहीं देखे?"

केयस ने जवाब दिया, "उन्हें देखकर हमें बड़ा कुतूहल हुआ। नहीं, सच बात यह है कि हमने उनकी ओर विशेष ध्यान नहीं दिया। यहाँ-वहाँ एकाध शरीर दिख जाता था जिसे चिड़ियों ने नोच डाला था और वह बुरा ही लगता था, ख़ासकर अगर हवा अपनी तरफ़ आ रही हो। मगर उसका कोई इलाज नहीं है और लड़कियों ने तो परदे खींच लिये थे। लेकिन हाँ, पालकी ढोनेवालों पर ज़रूर उसका असर हुआ। कभी-कभी उनकी तबीयत ख़राब हो जाती थी।"

"मेरा ख़याल है वे उन लोगों को पहचान रहे होंगे," सेनापति ने मुस्कराते हुए कहा।

"हो सकता है। क्या आप सोचते हैं ग़ुलामों में ऐसी भावना है? हमारे पालकी ढोनेवाले ज़्यादातर अस्तबल में पैदा हुए लोग हैं और उनमें से अधिकांश को बचपन में ही ऐपियस मुंडेलियस के स्कूल में कोड़े मारकर ठीक कर दिया गया है और जब तक उनके शरीर में ताक़त है उनको और जानवरों को एक ही समझो, कुछ ख़ास फ़र्क़ नहीं दोनों में। क्या ऐसे लोग उनको पहचानेंगे? मुझे इस बात पर विश्वास नहीं होता कि ग़ुलामों के अन्दर समान रूप से यह गुण मिल सकते हैं। मगर आप ज़्यादा जानते होंगे। क्या आप ऐसा सोचते हैं कि सभी ग़ुलामों के दिल में स्पार्टकस के लिए दर्द था?"

"मैं तो ऐसा ही सोचता हूँ।"

"सच? यह तो काफ़ी परेशान करनेवाली बात है।"

"अगर ऐसी बात न होती तो मैंने ये सलीब न खड़े करवाए होते, मुझे यह चीज़ पसन्द नहीं," क्रैसस ने अपनी बात साफ़ करते हुए कहा, "इसमें खामखाह बरबादी होती है और मुझे बरबादी के लिए बरबादी पसन्द नहीं। इतना ही नहीं, मैं यह भी सोचता हूँ कि जान लेने का, बहुत ज़्यादा जान लेने का बुरा असर पड़ता है। मैं सोचता हूँ कि बाद में इसका हमारे ऊपर बुरा असर पड़ सकता है, हमको इससे चोट पहुँच सकती है।"

"मगर ग़ुलाम?" केयस ने प्रतिवाद किया।

"सिसेरो अक्सर कहता है कि ग़ुलाम भी एक *औज़ार* ही होता है जैसे जानवर या काम करने का दूसरा कोई बेजान औज़ार, उनमें फ़र्क़ बस इतना होता है कि ग़ुलाम बोल सकता है, जानवर कम बोल सकता है और बेजान *औज़ार* बिलकुल नहीं बोल सकता। बात को कहने का यह ढंग बहुत अनूठा है और मुझे विश्वास है कि सिसेरो बड़ा बुद्धिमान व्यक्ति है मगर सिसेरो को स्पार्टकस से लड़ना नहीं पड़ा, सिसेरो को स्पार्टकस की तार्किक क्षमता का मूल्यांकन करने की कोई ज़रूरत नहीं हुई क्योंकि उसे रात की रात मेरी तरह, इस बात का अनुमान लगाते हुए जागते नहीं रहना पड़ता था कि स्पार्टकस क्या सोच रहा होगा। जब तुम इन ग़ुलामों के ख़िलाफ़ लड़ते हो तब एकाएक तुम्हारी समझ में यह बात आती है कि ये ग़ुलाम सिर्फ़ बोलनेवाले औज़ार नहीं हैं बल्कि उससे भी ज़्यादा कुछ हैं।"

"आप उसे जानते थे—मेरा मतलब, व्यक्तिगत रूप से?"

"उसे किसे?"

"मेरा मतलब स्पार्टकस से है।"

सेनापति किसी विचार में डूबते-उतराते रहे। फिर अपने शब्दों को तौलते हुए बोले, "नहीं, यह कहना तो शायद ठीक न होगा। मैंने इस-उस चीज़ को मिलाकर

अपने मन में ख़ुद ही उसकी एक तसवीर खड़ी कर ली लेकिन मुझे नहीं मालूम कि कोई भी ऐसा आदमी होगा जो उसे जानता रहा हो। कोई उसे जान भी कैसे सकता था? अगर तुम्हारा चहेता कुत्ता अचानक पागल हो जाए और अपनी अक़्ल की तेज़ी दिखलाने लग जाए तो भी वह रहेगा तो कुत्ता ही, कि नहीं? कहना मुश्किल है। मैंने स्पार्टकस की अपनी एक तसवीर ज़रूर खड़ी की लेकिन मैं यह धृष्टता न करूँगा कि उसका जीवन चरित्र लिखूँ। मेरा ख़याल है कोई भी नहीं लिख सकता। जो लोग लिख सकते थे वे एपियन मार्ग पर सलीबों पर झूल रहे हैं और वह आदमी ख़ुद एक सपना बन चुका है। हम लोग एक बार फिर उसके अन्दर प्राण-प्रतिष्ठा करके उसे ग़ुलाम की शकल दे देंगे।"

"जो कि वह था," केयस ने कहा।

"हाँ, तुम शायद ठीक कहते हो।"

केयस के लिए इस बात को अब और आगे बढ़ाना कठिन हो गया। इसका कारण यह न था कि उसे युद्ध का अनुभव इतना थोड़ा था बल्कि सच बात यह थी कि उसे युद्ध में कोई रुचि न थी; मगर तब भी युद्ध उसकी जाति, उसके वर्ग, उसकी सामाजिक प्रतिष्ठा का दायित्व था। क्रैसस उसके बारे में क्या सोचता है? क्या इस शिष्ट नम्रता और समादर में कोई सचाई है? जो भी हो, केयस के परिवार की न तो उपेक्षा ही की जा सकती थी और न उसका मूल्य ही कम किया जा सकता था, और क्रैसस को मित्रों की आवश्यकता थी क्योंकि यह एक अजीब बात थी कि इस सेनापति को जिसने समूचे रोमन इतिहास की सबसे भीषण लड़ाई लड़ी उसका कोई गौरव नहीं मिला। उसने ग़ुलामों से लड़ाई लड़ी थी—और उनको हराया था। उस वक़्त जब उन ग़ुलामों ने रोम को लगभग परास्त कर दिया था। इस पूरी चीज़ में अजीब-अजीब असंगतियाँ थीं और क्रैसस की विनयशीलता कौन जाने सच्ची हो। क्रैसस के बारे में कोई दन्त-कथाएँ न बनेंगी और न गाने ही गाए जाएँगे। उस समूचे युद्ध को भूल जाने की आवश्यकता बराबर उसके विजय के महत्त्व को कम करती जाएगी।

वे दोनों कूदकर हम्माम से बाहर आए और वहाँ पर खड़ी हुई ग़ुलाम औरतों ने उन्हें गरम-गरम तौलियों से ढक दिया। एंटोनियस केयस के घर से ज़्यादा तड़क-भड़क वाली जगहें और भी थीं लेकिन उनमें कहीं पर मेहमान की ऐसी ज़रूरतों को समझने और पूरा करने की ऐसी अच्छी व्यवस्था न थी—ऐसी तो क्या इसकी आधी अच्छी भी न थी। जिस वक़्त तौलिये से रगड़कर उसका बदन सुखाया जा रहा था केयस ने यह बात सोची। उसे सिखाया गया था कि पुराने ज़माने में दुनिया में बहुत से छोटे-छोटे राजे होते थे, उनकी छोटी-छोटी रियासतें और जागीरें होती थीं मगर उनमें शायद ही कोई ऐसा रहा हो जो एंटोनियस केयस की तरह रह सकता हो या अतिथि-सत्कार कर सकता हो, गो कि एंटोनियस केयस कोई बहुत शक्तिशाली या महत्त्वपूर्ण जागीरदार न था और प्रजातंत्र का एक साधारण नागरिक था। कुछ भी

कहो, रोमनों की ही जीवन-शैली में उन लोगों का प्रतिबिम्ब मिलता था जो शासन में सबसे सुयोग्य और सक्षम थे।

क्रैसस ने कहा, "मुझे आज तक औरतों के हाथ से कपड़े पहनने या छुए जाने की आदत नहीं पड़ी। तुम्हें अच्छा लगता है?"

"मैंने इसके बारे में कभी नहीं सोचा," केयस ने जवाब दिया, जो कि बिलकुल सच न था क्योंकि ग़ुलाम औरतों के हाथ से सेवा पाने में निश्चय ही एक विशेष आनन्द और उद्दीपन था। ख़ुद उसके पिता को यह चीज़ पसन्द न थी और कुछ हलक़ों में इसे बुरी निगाह से देखा जाता था, मगर पिछले पाँच-छह सालों में ग़ुलामों के प्रति लोगों का दृष्टिकोण काफ़ी बदल गया था और केयस ने भी अपने बहुत से मित्रों की तरह, उन्हें मनुष्यता के अधिकांश तत्त्वों से वंचित कर दिया था। यह मन का एक बड़ा सूक्ष्म संस्कार था। इस वक़्त उसने कोई ध्यान इस बात पर न दिया था कि वे तीनों परिचारिकाएँ देखने में कैसी थीं और अगर कोई उससे एकाएक पूछ लेता तो वह निश्चय ही उनका वर्णन न कर सकता। सेनापति के प्रश्न ने उसे उनकी ओर ध्यान देने के लिए प्रेरित किया। वे स्पेन के किसी क़बीले की स्त्रियाँ थीं, जवान, हड्डियाँ छोटी, दुबली-पतली और अपने उस ख़ामोश राज़-भरे ढंग में बदसूरत भी नहीं। वे नंगे पैर थीं और उन्होंने छोटे-छोटे सादे ट्यूनिक पहन रखे थे और उनके कपड़े हम्माम की भाप से नम थे और उन पर उनके पसीने के दाग़ थे। उनको देखकर उसे थोड़ी-सी उद्विग्नता हुई और वह भी इसलिए कि वह ख़ुद नंगा था, मगर क्रैसस ने उनमें से एक को अपनी तरफ़ खींचा और जंगली हूश की तरह उसे अपनी बाँहों में भरकर छेड़ने लगा और मुस्कराता भी जाता और वह ग़ुलाम औरत सहमी हुई खड़ी थी मगर कोई विरोध न कर रही थी।

केयस को इस चीज़ से बड़ी उलझन महसूस हुई। एकाएक उसके दिल में इस महान सेनापति के प्रति जो हम्माम की एक छोटी-सी छोकरी से छेड़-छाड़ कर रहा था, घृणा उमड़ पड़ी। यह चीज़ उसको बहुत ओछी और गन्दी मालूम हुई और उसको लगा कि उससे क्रैसस की मर्यादा भंग होती है और केयस ने यह भी महसूस किया कि आगे चलकर जब क्रैसस इस बात को याद करेगा तो अपने मन में वह केयस को इस बात के लिए बुरा-भला कहेगा कि वह क्यों ऐसे अवसर पर उपस्थित रहा आया।

वह मालिश करने की मेज़ पर जाकर लेट गया और क्षण-भर बाद क्रैसस भी वहीं आ गया। "छोकरी बुरी नहीं है," क्रैसस ने कहा। केयस सोचने लगा कि क्या यह आदमी औरतों के मामले में बिलकुल गधा है? मगर क्रैसस को कोई चिन्ता न थी। उसने बातचीत के सूत्र को पुन: पकड़ते हुए कहा, "स्पार्टकस मेरे लिए भी वैसा ही रहस्य है जैसा कि तुम्हारे लिए। मैंने उसे कभी नहीं देखा बावजूद उस सब नाच के जो उसने मुझे नचाया!"

"आपने उसे कभी नहीं देखा?"

"नहीं, कभी नहीं। लेकिन इसका यह मतलब नहीं है कि मैं उसे जानता नहीं। एक-एक टुकड़ा जोड़कर मैंने उसका रूप खड़ा कर लिया है। मुझे ऐसा करना अच्छा लगता है। दूसरे लोग संगीत की, कला की रचना करते हैं। मैंने स्पार्टकस के चित्र की रचना की।"

क्रैसस मेज़ पर आराम से लेटा हुआ था और मालिश करनेवाली की सधी हुई उँगलियाँ उसके शरीर को जैसे गूँध रही थीं। एक स्त्री सुगन्धित तेल की एक छोटी-सी सुराही लिये खड़ी थी और उससे बराबर तेल गिराती जा रही थी और मालिश करनेवाली एक के बाद दूसरी मांसपेशी का तनाव दूर करके उसे आराम पहुँचा रही थी। आनन्द के अतिरेक से लम्बी साँस खींचते हुए क्रैसस उसी प्रकार अपने शरीर को तोड़-मरोड़ रहा था जैसे थपथपाए जाने पर बिल्ला करता है।

केयस ने पूछा, "वह कैसा था—यानी आपकी तस्वीर के मुताबिक़?"

क्रैसस ने उपेक्षापूर्ण मुस्कराहट के साथ जवाब दिया, "मैं अक्सर सोचता कि उसने अपने मन में मेरी क्या तस्वीर बनाई होगी? अन्त समय में उसने मुझको पुकारा था। लोग तो यही कहते हैं। मैं क़सम खाकर यह तो नहीं कह सकता कि मैंने उसकी आवाज़ सुनी मगर लोगों का कहना है कि उसने खिंची हुई आवाज़ में पुकारकर कहा था, दोग़ले क्रैसस! अभी मैं तेरे पास पहुँचता हूँ! यह या ऐसी ही कोई बात उसने कही थी। वह मुझसे चालीस-पचास गज़ से ज़्यादा दूर न रहा होगा। और वह लड़नेवालों की भीड़ में लोगों को काटता-चीरता हुआ मेरे पास पहुँचने लगा। यह एक अद्भुत चीज़ थी! वह बहुत लम्बा-चौड़ा न था और न ताक़तवर ही। लेकिन हाँ, उसके अन्दर एक ग़ुस्सा था, एक जोश। हाँ, उस चीज़ के लिए यही ठीक शब्द है। वह जब ख़ुद लड़ाई में उतरता था उसके अन्दर यह ग़ुस्सा, यह प्रचंड रोष होता था। और वह सचमुच लोगों को चीरता हुआ मेरे पास आधी दूर तक पहुँच भी गया था। अपने उस अन्तिम हिंस्र उन्माद में उसने कम-से-कम दस-ग्यारह आदमियों को मारा होगा और वह तभी रुका जब हमने उसे टुकड़े-टुकड़े कर दिया।"

"तो यह सच है कि उसका शरीर कभी नहीं मिला?" केयस ने पूछा।

"हाँ, यही बात है। उसे टुकड़े-टुकड़े कर दिया गया और फिर पाने के लिए कुछ बचा ही नहीं। तुम जानते हो लड़ाई का मैदान कैसा होता है? वहाँ पर गोश्त होता है और ख़ून होता है और यह कहना मुश्किल होता है कि किसका गोश्त और किसका ख़ून। इसलिए वह जैसे आया था वैसे ही चला गया, शून्य से शून्य में, एरीना से क़साई की दूकान में। हम तलवार ही से जीते हैं और तलवार ही से मरते हैं। ऐसा था स्पार्टकस। मैं उसे सलाम करता हूँ।"

सेनापति ने जो कुछ कहा, उससे केयस को सॉसेज बनानेवाले के संग अपनी बातचीत की याद हो आई और वह सवाल उसकी ज़बान पर आकर रह गया,

क़रीब था कि उसने पूछ लिया होता। मगर फिर न जाने क्या सोचकर रुक गया और एक दूसरा प्रश्न किया, "आपको उससे नफ़रत नहीं है?"

"क्यों? वह एक अच्छा सैनिक था और उतना ही बदज़ात गन्दा ग़ुलाम। मुझे ख़ास तौर पर उससे नफ़रत क्यों हो? वह मर चुका है और मैं ज़िन्दा हूँ। मुझे यह चीज़ अच्छी लगती है।" मालिश करनेवाली की उँगली तले उसने जैसे बड़े कृतज्ञ भाव से अँगड़ाई ली और यह बात कही मगर यह कहते समय भी उसने पहले से जैसे यह बात मान ली कि उसके शब्दों का कोई सम्बन्ध उस ग़ुलाम स्त्री से नहीं है और वे शब्द उसके परे हैं। "लेकिन मेरा अनुभव सीमित है। हो सकता है तुम ऐसा न सोचते हो मगर तुम्हारी पीढ़ी के लोग चीज़ों को कुछ और ही ढंग से देखते हैं। मेरा मतलब गन्दी बाज़ारू औरतों से नहीं बल्कि इस जैसी ख़ूबसूरत छोकरियों से है। इसके संग कितनी दूर तक जाया जा सकता है केयस?"

नौजवान केयस की समझ में पहले तो यह बात न आई कि सेनापति जी कहना क्या चाहते हैं और इसलिए उसने अपने आसपास कुतूहल से दृष्टि दौड़ाई। क्रैसस की गर्दन पर की मांसपेशियाँ वासना के आवेग से फूल रही थीं और यह आवेग तो अब उसके पूरे शरीर में दौड़ रहा था। केयस को इससे परेशानी मालूम हुई, और थोड़ा डर भी, और उसका जी हुआ कि जल्दी से कमरे के बाहर चला जाए। मगर सवाल यह था कि इस चीज़ को ख़ूबसूरती के संग कैसे करे? उसकी परेशानी का कारण यह न था कि वहाँ अब क्या होगा बल्कि यह कि अगर वह रहा आया तो उसकी आँख के सामने होगा।

"आप उससे पूछ लें," केयस ने कहा।

"पूछ लूँ? तुम्हारा ख़याल है यह कुतिया लैटिन बोलती होगी?"

"वे सब थोड़ा-थोड़ा बोल लेती हैं।"

"तुम्हारा कहने का मतलब है मैं उससे सीधे-सीधे पूछूँ?"

"क्यों नहीं?" केयस ने मुँह ही मुँह में कहा, और फिर पलटकर पेट के बल लेट गया और आँखें मूँद लीं।

9

जब केयस और क्रैसस स्नानागार में थे और सूर्यास्त के पहले गोधूलि की अन्तिम बेला में सुनहरा प्रकाश खेतों और विला सलारिया के बाग़ पर फैला हुआ था तब एंटोनियस केयस अपनी भांजी की सहेली को साथ लेकर उधर को घूमने निकल गया, जिधर घोड़े को दौड़ाने के लिए मैदान बना हुआ था। एंटोनियस केयस को वैभव का ऐसा प्रदर्शन पसन्द न था जैसे कि घुड़दौड़ के लिए अपना निजी मैदान या एरीना रखना। उसके पास अपना एक सिद्धान्त था कि अपने वैभव को बनाए

रखकर जीवित रहने के लिए ज़रूरी है कि उसका प्रदर्शन बहुत समझदारी से किया जाए और समाज में उनकी स्थिति यों ही इतनी काफ़ी जमी हुई थी कि उन्हें अपनी तड़क-भड़क का सिक्का ज़माने की ज़रूरत न थी जैसा कि रोमन प्रजातंत्र में पैदा होता हुआ व्यापारियों का नया सामाजिक वर्ग अक्सर किया करता था। मगर अपने और दोस्तों की तरह एंटोनियस केयस को भी घोड़ों से प्रेम था और वह अच्छी नस्ल के घोड़ों के लिए बड़ी-बड़ी रक़में ख़र्च करता था और अपने अस्तबल को देखकर उसे बहुत ख़ुशी हासिल होती थी। इस समय एक अच्छे घोड़े की क़ीमत एक अच्छे ग़ुलाम की क़ीमत से कम-से-कम पंचगुनी थी—मगर इसका तर्क यह था कि कभी-कभी एक घोड़े की मुनासिब देखभाल के लिए पाँच ग़ुलामों की ज़रूरत पड़ती है।

घोड़े के दौड़ने का मैदान एक लम्बे-चौड़े चरागाह पर बनाया गया था और उसके लिए बाड़ियाँ खड़ी कर दी गई थीं। अस्तबल और बाड़े एक-एक सिरे पर थे और वहाँ से कुछ दूर पर पत्थर की एक आरामदेह गैलरी थी जिसमें पचास आदमी तक बैठ सकते थे और वहाँ से अस्तबल और दौड़ने का मैदान दोनों नज़र आते थे।

अस्तबल के पास पहुँचने पर उन्हें एक घोड़े की तेज़ और कुछ तलब करती हुई चीख़ सुनाई दी जिसमें आग्रह और आवेश का एक ऐसा स्वर था जो क्लॉदिया के लिए नया था, जिससे रोमांच भी होता था और डर भी मालूम होता था।

उसने एंटोनियस केयस से पूछा, "यह कैसी आवाज़ है?"

"घोड़ा मस्त हो रहा है। मैंने दो ही हफ़्ते पहले उसे हाट में ख़रीदा था। उसकी नस्ल में थ्रेस का ख़ून है, हड्डियाँ ख़ूब चौड़ी हैं, बहुत बिगड़ैल है मगर ख़ूबसूरत इतना है कि देखते ही बनता है। तुम उसे देखना चाहोगी?"

क्लॉदिया ने कहा, "मुझे घोड़े बहुत प्यारे हैं, ज़रूर दिखलाइए, बड़ी मेहरबानी होगी।"

वे टहलते हुए अस्तबल पहुँचे और एंटोनियस ने साईस से जो कि एक मिस्र का दुबला-पतला सूखा-सा ग़ुलाम था, कहा कि घोड़े को बाहर बाड़े में लाकर खड़ा कर दे। फिर वे दोनों उस गैलरी में पहुँचे और जाकर आराम से गद्‌देदार कुरसियों पर बैठ गए जो एक ग़ुलाम ने उन लोगों के लिए ठीक कर दी थीं। क्लॉदिया का ध्यान इस बात पर भला कैसे न जाता कि एंटोनियस केयस के ख़िदमतगार बहुत ही सीखे-पढ़े और समझदार थे और अपने मालिक की हर इच्छा को पहले ही से भाँप लेते थे और उसकी हर निगाह का मतलब समझते थे। वह ग़ुलामों के बीच में बड़ी हुई थी और उसे पता था कि उनके संग कभी-कभी कैसी-कैसी कठिनाइयों का सामना करना पड़ता है। जब उसने इसका ज़िक्र एंटोनियस से किया तो उसने जवाब दिया मैं अपने ग़ुलामों को कोड़े नहीं लगाता। जब कोई गड़बड़ी होती है तो मैं बस यह करता कि एक को जान से मार देता हूँ। इससे उन्हें आज्ञा-पालन की शिक्षा मिलती है और उनका उत्साह भी नहीं भंग होता।

"मैं समझती हूँ कि उनके अन्दर ग़ज़ब का उत्साह है," क्लॉदिया ने अपनी सहमति व्यक्ति की।

"ग़ुलामों से काम लेना आसान नहीं है, न ग़ुलामों से, न घोड़ों से। आदमी से काम लेना सबसे आसान है।"

घोड़ा अब तक बाड़े के अन्दर आ चुका था। वह एक बहुत ऊँचा-पूरा ज़र्द रंग का जानवर था जिसकी लाल-लाल आँखें थीं और मुँह से फेन छूट रहा था। उसको बस में करने के लिए उसके सिर पर चाबुक लगाए जा रहे थे मगर दोनों ग़ुलाम जो उसकी रास पकड़कर लटके हुए थे, घोड़े को बस में न कर पा रहे थे और वह रह-रहकर दो पाँवों पर खड़ा हो जाता था या पिछली टाँगें उठाकर अगला हिस्सा ज़ोर से आगे को डालता था और इसी तरह ज़मीन को खूँदकर रखे दे रहा था। वह उन्हें घसीटकर बाड़े की आधी दूरी तक ले गया और जब उन्होंने उसे छोड़ दिया और अपनी जान बचाने के लिए भागे तो वह अपनी पिछली टाँगों पर खड़ा हुआ और अगली दुलत्तियाँ फटकारीं। क्लॉदिया हँस पड़ी और आनन्द-विभोर होकर तालियाँ बजाने लगी।

"वाह, क्या शानदार जानवर है," वह चिल्लाई, "मगर वह ऐसा क्यों कर रहा है? इतना ग़ुस्सा और इतनी नफ़रत, यह किसलिए?"

"तुम समझतीं नहीं?"

"मैं तो समझती हूँ कि यहाँ पर प्यार होना चाहिए था, नफ़रत नहीं।"

"दोनों चीज़ें एक में मिल गई हैं। वह हमसे नफ़रत करता है क्योंकि हम उसे वह चीज़ नहीं लेने देते जिसकी उसे भूख है। तुम देखना चाहोगी?"

क्लॉदिया ने सिर हिलाकर अपनी सहमति जतलाई। एंटोनियस ने पास ही खड़े हुए ग़ुलाम से कुछ कहा, और वह आदमी अस्तबल दौड़ गया। घोड़ी का रंग सुर्ख़ी मायल भूरा था। उसका बदन लचकदार था और वह बेचैन हो रही थी। वह तेज़ी से दौड़कर बाड़े को पार कर गई और घोड़े ने घूमकर उसे जा पकड़ा। मगर एंटोनियस केयस घोड़ी को नहीं देख रहा था। उसकी आँखें क्लॉदिया पर जमी हुई थीं जो अपनी आँख के सामने होते हुए दृश्य को देखकर आनन्द-विभोर हो रही थी।

10

नहा-धोकर, दाढ़ी बनाकर, इत्रों से सुवासित होकर, बालों में थोड़ा-सा तेल डालकर और उन्हें नज़ाकत से फेरकर और रात के खाने के लिए साफ़ ताज़े कपड़े पहनकर केयस खाने के पहले शराब का एक जाम पीने के लिए फ़र्न वाले कमरे में गया। विला सलारिया के इस कमरे में गुलाबी रंग के फ़िनीशियन खपरों का मेल हल्के ज़र्द रंग के शीशे की छत से किया गया था। दिन के इस पहर में इस चीज़ से एक विलक्षण छटा फैल रही थी, डूबते हुए सूरज की नरम मद्धिम रोशनी गहरे हरे रंग के

फ़र्नों और दूसरी घनी पत्तियों वाले पौधों को कल्पना-लोक का-सा अद्‌भुत सौन्दर्य प्रदान कर रही थी। केयस जब वहाँ दाख़िल हुआ तो उसने जूलिया को पहले ही से वहाँ बैठे पाया। जूलिया सफ़ेद संगमरमर की एक बेंच पर बैठी हुई थी और उसकी दोनों छोटी-छोटी लड़कियाँ अगल-बग़ल बैठी हुई थीं और डूबते हुए सूरज की रोशनी उनके चेहरों को एक नरमी देकर उनकी ख़ूबसूरती को बढ़ा रही थी। अपना लम्बा सफ़ेद गाउन पहने, काले-काले बाल सुरुचिपूर्वक सिर पर बाँधे, और अपने दोनों बच्चों के गले में बाँह डाले उस समय वह एक आदर्श रोमन माता का चित्र बनी हुई थी—सुन्दर, शान्त, गरिमामयी। और अगर इस समय उसकी मुद्रा इतनी खुली हुई और बचकानी-सी न होती तो उसे देखकर केयस को स्वभावत: कभी भी देखे हुए ग्रीक की हर माँ के चित्र का ध्यान हो आता। उसके मन में बहुत ज़ोर से यह बात आई कि ताली बजाए और कहे, "वाह जूलिया, ख़ूब।" लेकिन वह अपने को रोक गया। जूलिया को खतम करना बहुत आसान था क्योंकि उसके अभिनय को देखकर सदा मन में दया आती थी, क्रोध नहीं।

बनावटी आश्चर्य और सच्चे उल्लास को एक में मिलाते हुए जूलिया ने मुस्कराकर केयस का अभिवादन किया।

केयस ने क्षमा-सी माँगते हुए कहा, "मुझे पता न था कि तुम यहाँ होगी, जूलिया।"

"कोई बात नहीं, मगर तुम रुको तो। आओ बैठो, मैं तुम्हें शराब का गिलास देती हूँ।"

"बहुत अच्छा," वह राज़ी हो गया और जब जूलिया लड़कियों को वहाँ से भगाने लगी तो प्रतिवाद करते हुए बोला, "क्यों भगाती हो, अगर वे यहाँ रहना चाहती हैं?"

"बात यह है कि उनके खाने का वक़्त हो गया है।" बच्चे जब चले गए तो उसने कहा, "यहाँ आओ और मेरी बग़ल में बैठो केयस। नहीं-नहीं, यह न होगा। तुम यहाँ मेरी बग़ल में बैठो, मैं कहती हूँ, बैठो।" वह बैठ गया और जूलिया ने दोनों के लिए शराब निकाली। उसने अपना गिलास केयस के गिलास से छुआया और उसके चेहरे पर आँख जमाए हुए शराब पीने लगी।

"केयस, तुम इतने सुन्दर हो कि हो नहीं सकता, नेक भी हो!"

"मुझे नेक बनने की कोई इच्छा नहीं है, जूलिया।"

"तुम्हारी कोई इच्छा है केयस? अगर है तो क्या?"

"आनन्द, विहार," उसने स्पष्ट उत्तर दिया।

"और तुम्हारे लिए, तुम जो अभी इतनी कम उमर हो, यह चीज़ रोज़-ब-रोज़ मुश्किल होती जाती है, कि झूठ कहती हूँ केयस?"

"सच कहो जूलिया, मेरा चेहरा क्या बहुत उदास दिखाई देता है?"

"यों कहो, बहुत सुखी।"

"शाश्वत कौमार्य की भूमिका मुझे बहुत शोभा नहीं देती, जूलिया।"

"तुम मुझसे कहीं अधिक चतुर, कहीं अधिक योग्य हो केयस। मैं तुम्हारे समान निर्मम नहीं हो सकती।"

"मैं निर्मम नहीं होना चाहता, जूलिया।"

"तुम क्या मुझे चूमकर यह बात प्रमाणित करोगे?"

"यहीं?"

"एंटोनियस यहाँ नहीं आएगा। इस समय वह तुम्हारे संग की उस गोरी सुन्दरी के आनन्द के लिए घोड़े और घोड़ी की काम-क्रीड़ा का आयोजन करने में व्यस्त है।"

"क्या कहा? क्लॉदिया के लिए? नहीं-नहीं, ऐसा न होगा।" केयस मन-ही-मन इस बात का आनन्द लेने लगा।

"तुम कितने बदमाश हो। मुझे चूमोगे नहीं?"

केयस ने हल्के से जूलिया के होंठों को चूम लिया।

"बस, इतना ही? आज रात, केयस...?"

"सच कहती हो जूलिया...?"

जूलिया ने उसकी बात काटते हुए कहा, "मुझे ना मत करना, किसी हालत में नहीं, मैं तुम्हारे हाथ जोड़ती हूँ। आज रात तुमको अपनी क्लॉदिया तो मिलेगी नहीं, मैं अपने पति को अच्छी तरह जानती हूँ।"

"वह मेरी क्लॉदिया नहीं है और आज रात मुझे उसकी ज़रूरत भी नहीं है।"

"तो फिर..."

"बहुत अच्छा," उसने कहा, "ठीक है जूलिया। इसके बारे में अब हम लोग बात नहीं करेंगे।"

"तुम नहीं चाहते...?"

"बात यह नहीं है जूलिया कि मैं चाहता हूँ या नहीं चाहता। मैं इस चीज़ के बारे में अब और बात नहीं करना चाहता।"

11

उस घर के दूसरे तौर-तरीक़ों की तरह विला सलारिया के रात के खाने से ही यह बात सिद्ध थी कि विश्वनगरी रोम में जो परिवर्तन आ चुके थे उनको भी स्वीकार करने में यहाँ कुछ आपत्ति थी। जहाँ तक एंटोनियस केयस की बात थी इसका कारण उसके भीतर का कोई रूढ़िवादी कट्टरपन नहीं बल्कि यह था कि वह धनाढ्य व्यापारियों के नये वर्ग से जिन्होंने युद्ध, समुद्री डकैती, खनिज और व्यापार से अपनी सम्पत्ति बटोरी थी और जो यूनान और मिस्र की हर नई बात को लपककर पकड़ते थे, उनसे वह अपना पार्थक्य बनाए रखना चाहता था। जहाँ तक खाने की बात थी एंटोनियस

केयस को गद्देदार कुरसी पर लेटकर खाने में मज़ा न आता था। इससे उसका पेट ख़राब हो जाता था और उसका ध्यान असली खाने से हटकर उन छोटी-मोटी, खट्टी-मीठी, नाज़ुक चीज़ों पर चला जाता था जिनका आजकल रिवाज बहुत बढ़ गया था। उसके मेहमान मेज़ से लगकर बैठते थे और मेज़ से चीज़ें लेकर खाते थे और जहाँ यह सच है कि एंटोनियस उनके सामने एक-से-एक अच्छे गोश्त और पेस्ट्रियाँ, बेहतरीन शोरबा और एक-से-एक रसदार फल पेश करता था वहाँ यह भी बात सच है कि उनमें वह अजीब-अजीब चीज़ें न होती थीं जो इन दिनों बहुत से रोमन जागीरदारों की मेज़ों पर दिखाई देने लगी थीं। एंटोनियस को खाने के वक़्त संगीत-नृत्य भी पसन्द न था। बस अच्छा खाना और अच्छी शराब और अच्छी बातचीत। उसके पिता और पितामह दोनों अच्छी तरह लिख-पढ़ सकते थे; अपने-आप को वह शिक्षित समझता था और जहाँ उसके पितामह अपने ग़ुलामों के साथ जाकर उनके संग-संग खेत में काम किया करते थे वहाँ एंटोनियस केयस अपनी विशाल जागीर पर बहुत कुछ उसी तरह राज करता था जैसे पूर्वी देशों का कोई राजकुमार अपने छोटे से साम्राज्य पर राज करता है। वह ख़ैर जो भी हो एंटोनियस केयस अपने-आप को एक सुसंस्कृत शासक समझता था और इस विचार से उसे आनन्द मिलता था, यूनान के इतिहास, दर्शन और नाट्य साहित्य से परिचित, यूनानी आयुर्वेद से युक्त और राजनीतिक मामलों में भी गति रखने वाला। एंटोनियस की सुरुचि सम्पन्नता की छाया उसके मेहमानों में दिखाई दे रही थी, और जब वे खाना खाने के बाद अपनी कुरसियों में आराम से लुढ़क गए और शराब की चुसकियाँ लेने लगे—और स्त्रियाँ थोड़ी देर के लिए फ़र्न वाले कमरे में चली गईं—तब केयस ने उन मेहमानों और अपने मेज़बान में उस गुण का सार तत्त्व पाया जिसने रोम का निर्माण किया था और जो इतनी-इतनी दृढ़ता और योग्यता से रोम पर शासन कर रहा था।

केयस इस चीज़ की कुछ ख़ास प्रशंसा न करता था। हाँ, वह उसे समझता ज़रूर था; इस दिशा में स्वयं उसकी कोई महत्त्वाकांक्षाएँ न थीं। उसकी राय में केयस का कोई विशेष मूल्य या महत्त्व न था, वह बस एक ऊँचे परिवार का एक निखट्टू नौजवान था जिसकी योग्यता केवल आहार-विहार की दिशा में थी, जो कि किसी मतलब में एक नई दिशा थी, जिसका जन्म पिछली एक-दो पीढ़ी में ही हुआ था लेकिन इतना होते हुए भी उसका कुछ महत्त्व था, उसके पारिवारिक सम्बन्ध बड़े-बड़े लोगों से थे और यह एक स्पर्द्धा की चीज़ थी; अपने पिता के मरने पर वह बहुत सम्पत्तिशाली हो जाएगा और यह भी सम्भव है कि भाग्य-चक्र उसे राजनीतिक महत्त्व का व्यक्ति भी बना दे। इसलिए लोगों का दृष्टिकोण उसकी तरफ़ केवल इतना न था कि उसकी उपस्थिति को किसी प्रकार सह लिया जाए। उसकी तरफ़ लोगों का बरताव भी इससे अच्छा था जितना कि किसी अज्ञातकुलशील नवयुवक की ओर होता जो देखने में सुन्दर है और तड़क-भड़क

से रहता है, जिसके बालों में तेल है और अक़्ल के नाम पर शून्य है।

और केयस को उनसे डर मालूम होता था। उनके भीतर रोग था अवश्य लेकिन वह उनको कमज़ोर करता नहीं जान पड़ता था। अपने अच्छे-अच्छे खाने खाकर, अपनी अच्छी पकी हुई शराब की चुसकियाँ लेते हुए वे लोग यहाँ पर बैठे थे और वे दूसरे लोग जिन्होंने उनकी सत्ता को चुनौती दी थी एपियन मार्ग पर मीलों तक सलीबों पर लटके हुए थे। स्पार्टकस गोश्त था, सिर्फ़ गोश्त, वैसा ही गोश्त जैसा कसाई की दूकान में होता है और इतना काफ़ी भी नहीं कि उसे सलीब पर चढ़ाया जा सके। मगर एंटोनियस केयस को कभी कोई सलीब पर नहीं चढ़ाएगा—इस आदमी को जो इतनी शान्ति और इतने विश्वास के साथ यहाँ खाने की मेज़ पर बैठा हुआ था और घोड़ों की बात कर रहा था और इतनी युक्तिसंगत बात कह रहा था कि खेत में हल चलाने के लिए एक घोड़ा रखने के बजाय दो ग़ुलाम रखना ज़्यादा अच्छा है क्योंकि ऐसा घोड़ा नहीं मिलेगा जो उस हैवानी सलूक को बर्दाश्त कर सके जो ग़ुलामों के साथ किया जाता है!

सिसेरो भी बातचीत सुनता हुआ बैठा था और उसके चेहरे पर एक हल्की सी मुस्कराहट थी। औरों से ज़्यादा सिसेरो को देखकर केयस को परेशानी होती थी। भला कोई कैसे सिसेरो को पसन्द कर सकता है? क्या वह सिसेरो को पसन्द करना चाहता है? एक बार सिसेरो ने उसकी ओर निगाह उठाई थी, जैसे कह रहा हो, अरे बच्चू, मैं तुम्हें ख़ूब जानता हूँ, भीतर-बाहर, ऊपर-नीचे, अच्छी तरह। वह सोचने लगा क्या दूसरे भी इसी तरह सिसेरो से भय खाते होंगे? उसने अपने मन में कहा, सिसेरो से दूर रहना ही ठीक है, ख़ुदा उसे जहन्नुम रसीद करे। क्रेसस शिष्टाचारपूर्वक उस बातचीत में रुचि ले रहा था। यह शिष्टाचार क्रेसस के लिए ज़रूरी था। वह एक रोमन सेनानी की जीती-जागती तसवीर था, एकदम तनकर बैठा हुआ, चौकोर चेहरा, दृढ़ कठोर आकृति, रंग ताँबे का-सा, अच्छे काले बाल और तभी केयस को हम्माम वाली उसकी बात याद हो आई और उसका मुँह कड़वा हो गया। ऐसा कैसे कह सका वह? जहाँ केयस बैठा था उसके ठीक सामने मेज़ के दूसरी तरफ़ बैठा हुआ था राजनीतिज्ञ ग्रैकस जिसका शरीर भारी-भरकम और आवाज़ गहरी और गूँजती हुई थी। उसका सिर मांस की परतों के भीतर जैसे डूबा जा रहा था। उसके बड़े-बड़े हाथ बहुत मोटे और थुलथुले थे और उसके हाथ की हर उँगली पर एक अँगूठी थी। हर पेशेवर राजनीतिज्ञ के समान उसकी प्रतिक्रियाएँ लम्बे अभ्यास के अनुशासन में होती थीं। उसकी हँसी बहुत ज़ोरदार थी, उसकी सहमति बहुत प्रबल लेकिन असहमति सदा सापेक्ष होती थी। उसके वक्तव्य बहुत भारी-भरकम होते थे मगर मूर्खतापूर्ण कभी नहीं।

ग्रैकस ने एंटोनियस केयस की बात पर अपनी अनास्था व्यक्त की। उसके बाद सिसेरो ने कहा, "इसमें सन्देह नहीं कि हल चलाने के लिए ग़ुलाम ज़्यादा अच्छे

रहेंगे। वह जानवर जो सोच सकता है निश्चय ही उस जानवर से कुछ ज़्यादा काम का होगा जो नहीं सोच सकता। यह तो मामूली समझ की बात है। इतना ही नहीं, घोड़ा क़ीमती चीज़ है। घोड़ों के ऐसे कोई क़बीले नहीं हैं जिनके ख़िलाफ़ आप युद्ध कर सकें और जिन्हें डेढ़ लाख की संख्या में लाकर नीलाम पर लगा सकें। और अगर आप घोड़ों का इस्तेमाल करते हैं तो ग़ुलाम उन्हें बरबाद कर देंगे।"

"मेरी समझ में यह बात नहीं आती," ग्रैकस ने कहा।

"अपने मेज़बान से पूछिए।"

एंटोनियस ने अपनी सहमति व्यक्त करते हुए कहा, "यह बात बिलकुल ठीक है। ग़ुलाम लोग घोड़े को मार डालेंगे। वे अपने मालिक की किसी चीज़ का आदर करना नहीं जानते, अपने-आप को छोड़कर।" उसने अपने गिलास में और शराब भर ली। "क्या आज हम सब सिर्फ़ ग़ुलामों के बारे में बात करेंगे?"

सिसेरो ने अपने विचार में खोए-खोए कहा, "क्यों नहीं? क्या बुराई है इसमें? वे सदा हमारे बीच मौजूद रहते हैं और हम ग़ुलामों की और ग़ुलामी की प्रथा की एक अनोखी उपज हैं। सार की बात यह है कि यही वह चीज़ है जो हमको रोमन बनाती है। हमारे ये मेज़बान एक हज़ार ग़ुलामों की कृपा से अपनी इस विशाल जागीर पर रहते हैं जिसके लिए मुझे उनसे ईर्ष्या है। क्रैसस का नाम रोम के बच्चे-बच्चे की ज़बान पर है और वह किसलिए? इसलिए कि उन्होंने ग़ुलाम विद्रोह को कुचला और जहाँ तक ग्रैकस की बात है ग़ुलामों की बिक्री से उन्हें इतनी आमदनी है कि मैं उसका अन्दाज़ा नहीं लगा सकता। और जहाँ तक इस नौजवान की बात है—उसने केयस की ओर इशारा करते और मुस्कराते हुए कहा—जहाँ तक इस नौजवान की बात है मैं सोचता हूँ कि यह तो और भी ज़्यादा ग़ुलामों ही के हाथ की उपज है क्योंकि मैं अच्छी तरह जानता हूँ कि उन्हीं ने इसे पाला-पोसा, दूध पिलाया, बड़ा किया, हवा खिलाई, इलाज किया और..."

केयस का चेहरा रक्तिम हो उठा मगर ग्रैकस ज़ोर से हँस पड़ा और बोला, "और तुम ख़ुद सिसेरो?"

"मेरे लिए वे एक समस्या थे। आजकल रोम में ढंग के साथ रहने के लिए कम-से-कम दस ग़ुलाम चाहिए। और उनको ख़रीदना, खिलाना और रहने के लिए जगह देना—यही मेरी समस्या है।"

ग्रैकस हँसता रहा मगर क्रैसस ने कहा, "मैं तुमसे सहमत नहीं हूँ सिसेरो कि ग़ुलामों ही के दम से हम रोमन लोग रोमन हैं।" ग्रैकस की गूँजती हुई हँसी बदस्तूर चलती रही। उसने बहुत सी शराब पेट के अन्दर डाल ली और एक ग़ुलाम लड़की की कहानी कहने लगा जिसे उसने पिछले महीने बाज़ार में ख़रीदा था। शराब और अपनी बात के असर से उसका चेहरा सुर्ख़ हो रहा था और उसके भीतर से फूटती हुई हँसी गूँजती हुई बाहर आती थी और उसके शब्दों के साथ लिपटकर उन्हें

गड्डमड्ड कर देती थी। उसने बड़े विस्तार से अपनी ख़रीदी हुई लड़की का वर्णन किया। केयस को वह कहानी बेमानी और गन्दी मालूम हुई मगर एंटोनियस बहुत अक़्लमन्द आदमी की तरह सिर हिलाता रहा और क्रैसस उस मोटे आदमी के वर्णन की स्थूल ऐन्द्रिकता के बहाव में बह गया। सिसेरो कहानी चलते समय कुछ सोचते हुए हल्के-हल्के मुस्कराता रहा।

"मगर मैं फिर सिसेरो की बात को लेना चाहता हूँ," क्रैसस ने हठपूर्वक कहा।

"क्या मेरी बात से आपको चोट लगी?" सिसेरो ने कहा।

"यहाँ किसी की बात से किसी को चोट नहीं लगती," एंटोनियस ने कहा, "यहाँ हम सभी सभ्य लोग हैं।"

क्रैसस ने कहा, "नहीं-नहीं, चोट लगने की कोई बात नहीं है। बस इतना है कि तुम्हारी बात से मुझे हैरानी होती है।"

सिसेरो ने कहा, "कैसी विचित्र बात है कि हम अपने चारों ओर एक बात के सभी प्रमाण पाकर भी उस बात की तर्कसंगत निष्पत्ति से मुँह चुराते हैं। यूनानी ऐसे नहीं हैं। उन्हें तर्कशास्त्र का ऐसा मोह है कि वे उसके साथ चलते चले जाते हैं। चाहे वह फिर उन्हें कहीं ले जाए मगर हमारे चरित्र का आभूषण तो हठ है। मगर आइए, ज़रा हम अपने चारों तरफ़ देखें—मेज़ के पास ही खड़े हुए एक ग़ुलाम ने शराब की ख़ाली सुराहियों की जगह भरी हुई सुराहियाँ रख दीं और दूसरा लोगों को फल और मेवे देने लगा—हमारी ज़िन्दगी का सत क्या है? हम लोग कोई ऐसे-वैसे लोग नहीं हैं, हम रोमन लोग हैं और हम रोमन इसलिए हैं कि हमने सबसे पहले ग़ुलाम के इस्तेमाल को पूरी तरह समझा।"

"मगर रोम के जन्म के पहले भी तो ग़ुलाम थे," एंटोनियस ने आपत्ति की।

"हाँ, थे ज़रूर। यहाँ-वहाँ दो-एक। यह सच है कि यूनानी लोगों के पास भी जागीरें थीं—और कार्थेज के पास भी तो थीं। मगर हमने ग्रीस को भी खतम कर दिया और कार्थेज को भी खतम कर दिया ताकि हमारी अपनी जागीरों के लिए जगह निकल आए और जागीर और ग़ुलाम एक ही चीज़ के दो नाम हैं। जहाँ दूसरों के पास एक ग़ुलाम था हमारे पास बीस ग़ुलाम हैं—और अब हम ग़ुलामों के देश में रह रहे हैं और हमारी सबसे बड़ी सिद्धि स्पार्टकस है। इसके बारे में तुम्हें क्या कहना है क्रैसस? तुम स्पार्टकस को बहुत पास से जानते थे। क्या रोम के अलावा दूसरा कोई राष्ट्र उसे जन्म दे सकता था?"

क्रैसस सोचने लगा—क्या हमने स्पार्टकस को जन्म दिया? सेनापति का मन अस्थिर हो गया। केयस ने अनुमान लगाया कि सेनापति को किन्हीं भी परिस्थितियों में गहराई के साथ सोचने में कष्ट होता है साथ सोचने में कष्ट होता है—और ख़ासकर ऐसी सूरत में जब उसका मुक़ाबला सिसेरो जैसे आदमी के दिमाग़ से हो। दोनों के बीच सचमुच कोई मिलने की ज़मीन न थी।

"मेरा ख़याल है कि स्पार्टकस को जहन्नुम ने पैदा किया," क्रैसस ने कहा।

"शायद नहीं।"

अविचलित भाव से ग्रैकस आराम के साथ गटागट शराब पीता रहा और जैसे कुछ क्षमा-सी माँगते हुए सिसेरो से बोला, "अच्छा रोमन होने के नाते मैं, ग्रैकस, दर्शनशास्त्र में बहुत कच्चा हूँ। मगर वह ख़ैर जो भी हो यह रोम है और यहाँ पर ग़ुलाम हैं तो अब किया क्या जाए, इसके बारे में सिसेरो को क्या कहना है?"

"बात को समझना है," सिसेरो ने जवाब दिया।

"क्यों?" एंटोनियस केयस ने जवाब तलब किया।

"क्योंकि अगर हम ऐसा नहीं करते तो वे हमें नष्ट कर देंगे।"

क्रैसस हँस पड़ा और उसी समय उसकी निगाह केयस की निगाह से मिली। उन दोनों के बीच यही पहला सच्चा आदान-प्रदान था और नौजवान केयस ने आवेग के कारण अपनी रीढ़ में एक कँपकँपी-सी महसूस की। क्रैसस डटकर शराब पिये जा रहा था मगर केयस को ऐसी मन:स्थिति में शराब की इच्छा न होती।

"तुम क्या सड़क-सड़क आए हो?" क्रैसस ने पूछा!

सिसेरो ने सिर हिलाया, "सेना के आदमी को यह समझाना कभी बहुत सरल नहीं होता कि सारी बातों का फ़ैसला तलवार के ज़ोर से नहीं हुआ करता। मैं क़साई की दूकान के उस सहज तर्क की बात नहीं करता। यहाँ पर मैं एक प्रक्रिया देख रहा हूँ। यहाँ हमारे पूर्वजों की इस भूमि पर कभी तीन हज़ार किसान परिवार थे। अगर आप एक परिवार के पीछे पाँच आदमी भी रख लें तो इसका मतलब हुआ पन्द्रह हज़ार लोग और वे किसान बहुत ही अच्छे सैनिक थे। इसके बारे में तुम्हें क्या कहना है क्रैसस?"

"वे अच्छे सैनिक थे। काश कि उनकी संख्या और बड़ी होती।"

"और वे अच्छे किसान थे," सिसेरो ने अपनी बात जारी रखी, "दूब के मैदानों और ख़ूबसूरत बाग़ों के लिए ही नहीं बल्कि जैसे जौ ले लो! छोटी चीज़ है जौ—मगर इसी जौ के बल पर रोमन सैनिक मार्च करता है। आज क्या तुम्हारे पास ऐसी एक भी एकड़ ज़मीन है एंटोनियस, जिसमें उसका आधा जौ भी पैदा होता हो जितना कि एक मेहनती किसान उसके अन्दर से पैदा किया करता था?"

एंटोनियस केयस ने उसकी बात मानते हुए कहा, "एक चौथाई भी नहीं।"

वह सारी बातचीत अब केयस को बहुत उकतानेवाली जान पड़ने लगी थी। वह अपने मन के घोड़ों पर सवार था और उसका चेहरा तमतमाया हुआ और गरम था। उसकी रगों में जोश लहरें मार रहा था और उसने अपने मन में सोचा कि लड़ाई में जाते समय सैनिक के मन की यही स्थिति होती होगी। इसके बाद फिर सिसेरो की बात उसके कान में पड़कर भी नहीं पड़ी। वह बीच-बीच में क्रैसस की ओर देख लेता था और अपने मन में सोच रहा था कि क्यों सिसेरो इस उकतानेवाली बात के पीछे पड़ा हुआ है।

सिसेरो जवाबतलब कर रहा था, "क्यों? ऐसा क्यों? तुम्हारे ग़ुलाम अन्न नहीं उपजा पाते? जवाब बहुत आसान है।"

"क्योंकि वे चाहते नहीं," एंटोनियस ने बहुत सपाट ढंग से अपनी बात कही।

"बिलकुल ठीक, बिलकुल यही बात है—वे उपजाना चाहते नहीं। और क्यों चाहें? जब तुम किसी मालिक के लिए काम करते हो तो तुम्हारी अकेली सफलता यह होती है कि तुम काम को बिगाड़ो। उनके हल की फाल को तेज़ करने से कोई फ़ायदा न होगा, वे फिर उसे फ़ौरन भोंथा कर देंगे। वे हँसिये तोड़ डालते हैं, मुगरियाँ तोड़ डालते हैं और चीज़ की बरबादी करना ही उनका नियम बन जाता है। यही वह शैतान है जिसे हमने ख़ुद अपने लिए पैदा किया है। कभी इसी दस हज़ार एकड़ ज़मीन पर पन्द्रह हज़ार लोग रहते थे और अब एक हज़ार ग़ुलाम रहते हैं और एंटोनियस केयस का ख़ानदान रहता है और वे किसान रोम की गन्दी बस्तियों और गलियों में सड़ते हैं। हमें इस बात को समझना ही होगा। वह एक दूसरी बात थी और छोटी बात थी जब किसान लड़ाई पर से लौटता था और उसके खेत में तमाम झाड़-झंखाड़ उग रही होती थी और उसकी बीवी किसी और के संग सो रही होती थी और उसके अपने बच्चे उसे नहीं पहचानते थे—उस वक़्त उसे अपनी ज़मीन के लिए मुट्ठी-भर चाँदी के टुकड़े देकर विदा कर देना आसान था ताकि वह रोम चला जाए और वहाँ जाकर सड़कों पर रहे। मगर उसका नतीजा यह है कि अब हम ग़ुलामों के देश में रहते हैं—और वही हमारी ज़िन्दगी का आधार और अभिप्राय है—और हमारी आज़ादी का सवाल, इनसान की आज़ादी का सवाल, प्रजातंत्र का सवाल और सभ्यता के भविष्य का सवाल सब कुछ इस बात से तय होगा कि ग़ुलामों के प्रति हमारा दृष्टिकोण क्या है। वे इनसान नहीं हैं, इस बात को हमें अच्छी तरह समझ लेना है और यूनानी लोग जो सब चलने-फिरनेवालों और बात करनेवालों की बराबरी की बात करते हैं, उस बकवास से अपना पिंड छुड़ा लेना है। ग़ुलाम बस पैदावार का एक बोल सकनेवाला साधन है, एक औज़ार। ऐसे छह हज़ार औज़ार आज सड़क के दोनों ओर सलीबों पर झूल रहे हैं; यह बरबादी नहीं है, यह एक ज़रूरी चीज़ है! मैं स्पार्टकस की, उसकी बहादुरी की और हाँ, उसके चरित्र की ऊँचाई की बात सुनते-सुनते तंग आ गया हूँ। एक ऐसे कुत्ते में जो अपने ही मालिक की एड़ी को काटने के लिए दौड़ता है कोई बहादुरी और कोई चरित्र की ऊँचाई नहीं हो सकती।

सिसेरो के अन्दर जो एक ठंडापन, एक उदासीनता थी वह छँटी नहीं थी; उसने बस क्रोध का रूप ले लिया था, जो क्रोध भी उतना ही ठंडा था मगर जिसके आगे उसके सभी श्रोताओं की घिग्घी-सी बँध गई थी और जिसने उसको, सिसरो को, उनका स्वामी बना दिया था और इसीलिए वे सब कुछ सम्मोहित-से और कुछ डरे हुए-से उसकी ओर एकटक देख रहे थे।

केवल उन ग़ुलामों में किसी क़िस्म की कोई प्रतिक्रिया न थी और वे उसी तरह मेज़ के आसपास फिर रहे थे और मेहमानों को फल और मेवे और मिठाइयाँ पेश कर रहे थे और शराब की ख़ाली सुराहियों में दुबारा और तिबारा शराब लाकर दे रहे थे। केयस ने इस बात को लक्ष्य किया क्योंकि उसकी चेतना पूरी तरह जगी हुई थी और दुनिया उसे बदली हुई नज़र आ रही थी और वह आवेशों और सहज प्रतिक्रियाओं का जीव था। उसने देखा कि कैसे उन ग़ुलामों के चेहरे बिलकुल नहीं बदले, उनका भाव वैसा ही लकड़ी के पटरे जैसा सपाट और ठस और उनका घूमना-फिरना, उनका अंग-संचालन वैसा ही धीमा और आलस्य भरा हुआ रहा आया। तो सिसेरो ने ठीक ही कहा कि "उन्हें केवल इसलिए इनसान नहीं माना जा सकता कि वे भी चलते-फिरते हैं और बात करते हैं।" पता नहीं क्यों उसे इस बात से कुछ सान्त्वना मिली मगर मिली अवश्य।

12

अभी वहाँ पीने का और बातचीत का दौर चल ही रहा था कि केयस उन लोगों की इजाज़त लेकर वहाँ से उठ गया। उसके पेट में मरोड़ हो रही थी, अजीब एक ऐंठन-सी और उसने महसूस किया कि अगर उसे वहाँ पर और देर बैठना पड़ेगा और उनकी बातचीत सुननी पड़ेगी तो वह पागल हो जाएगा। उसने यह कहकर छुट्टी ली कि मैं सफ़र से बहुत थक गया हूँ। मगर जब वह खाने के कमरे से बाहर आया तो उसने महसूस किया कि उसे थोड़ी-सी ताज़ी हवा खाने की सख़्त ज़रूरत है और वह मकान के पिछले दरवाज़े से बाहर पक्के चबूतर पर निकल गया जो मकान के पिछवाड़े था, एकदम सफ़ेद संगमरमर और बीच में एक छोटा सा तालाब। तालाब के बीचोबीच समुद्री साँपों के झुंड के बीच से एक जलपरी उठती हुई दिखाई गई थी। जलपरी के हाथ में एक बड़ा शंख था जिसमें से पानी की धार गिर रही थी जो चाँद की रोशनी में चमकती और नाचती-सी नज़र आती थी। यहाँ-वहाँ चबूतरे पर सफ़ेद संगमरमर और हरे ज्वालामुखी पत्थर की बेंचें रखी हुई थीं और उन बेंचों को सबसे अलग करके एकान्त वातावरण देने के लिए काले लावा के बड़े-बड़े गमलों में लगाए हुए सरो के पेड़ों का परदा खड़ा कर दिया गया था। यह चबूतरा जिसकी चौड़ाई उस विशाल भवन की पूरी चौड़ाई के बराबर थी और जो घर के पीछे पचास फ़ीट की लम्बाई में फैला हुआ था उसके चारों ओर संगमरमर की रेलिंग थी, सिवाय बीच के हिस्से को छोड़कर जहाँ पर नीचे के, मामूली-से, रोज़ उठने-बैठने के बाग़ीचे में जाने के लिए चौड़ी सफ़ेद सीढ़ियाँ थीं। अपने वैभव के इस दर्शन को घर के पिछवाड़े छिपा रखना थोड़ी असाधारण-सी बात थी लेकिन एंटोनियस केयस को यही पसन्द था और केयस भी

पत्थर और पत्थर की बनी हुई मूर्तियों वग़ैरह पर होनेवाले ख़र्च को देखने का अब इतना आदी हो गया था कि उसने इस जगह को और बारीकी से देखने के लिए दुबारा उस पर निगाह डालने की ज़रूरत भी नहीं समझी। शायद सिसेरो ने पत्थर के इस उपयोग के पीछे एक राष्ट्र की प्रतिभा को देखा होता और सोचा होता कि ऐसी झूठी शान के लिए सजावट पर इतना ध्यान देना यह मानकर चलने के बराबर है कि जैसे यह चीज़ सदा बनी रहेगी। लेकिन केयस के मन में ऐसा कोई विचार नहीं आया।

साधारण रूप से उसके मन में शायद ही कभी कोई मौलिक विचार आता हो और अगर कभी ऐसा कोई विचार आता था तो उसका सम्बन्ध खाने-पीने और काम-क्रीड़ा से ही होता था। यह बात न थी कि केयस में कल्पना-शक्ति न थी या कि वह मूर्ख था : बात बस इतनी थी कि अपने जीवन में उसे कभी कल्पना-शक्ति या मौलिक विचार की ज़रूरत ही न पड़ती थी और उस समय उसके सामने अकेली समस्या यह थी कि उस दृष्टि के पूरे-पूरे अभिप्राय को अच्छी तरह समझे जो क्रैसस ने खाने के कमरे से बाहर जाते समय उस पर डाली थी। चाँदनी में डूबे हुए खेतों के ढलवानों को एकटक निहारता हुआ वह इसी चीज़ के बारे में सोच रहा था जबकि एक आवाज़ ने उसके ध्यान को भंग किया।

"केयस?"

दुनिया में अगर कोई ऐसा व्यक्ति था जिसके संग वहाँ उस छत पर अकेले रहना उसे सबसे अच्छा लगता तो वह जूलिया थी।

"केयस, मुझे बड़ी ख़ुशी है कि मैं यहाँ बाहर आ गई।"

केयस ने कोई जवाब न दिया और केवल अपने कन्धे उचका दिये। जूलिया उसके पास गई, उसकी दोनों बाँहों पर अपना एक-एक हाथ रखा और उसके चेहरे को देखने लगी!

उसने कहा, "मेरे संग शराफ़त से पेश आओ केयस।"

"यह अपना रोना-गिड़गिड़ाना बन्द क्यों नहीं करती," उसने अपने मन में कहा।

"केयस, तुम मुझे जो कुछ देते हो वह कितना थोड़ा है। तुम्हें उसके लिए कोई क़ीमत नहीं देनी पड़ती, और तुमसे वह चीज़ माँगने के लिए मुझे बहुत बड़ी क़ीमत अदा करनी पड़ती है—तुम क्या यह बात न समझोगे?"

उसने कहा, "मैं बहुत थका हुआ हूँ जूलिया और सो जाना चाहता हूँ।"

"मैं शायद इसी के योग्य हूँ," उसने धीरे से बुदबुदाकर कहा।

"इस बात को इस रूप में न लो जूलिया।"

"तब फिर किस रूप में लूँ?"

"यही कि मैं थका हुआ हूँ—इससे ज़्यादा कुछ नहीं।"

"नहीं, यही सब कुछ नहीं है केयस। मैं तुमको देखती हूँ और हैरान होकर

सोचती हूँ कि तुम क्या हो और ख़ुद अपने-आप से नफ़रत करने लगती हूँ। तुम इतने ख़ूबसूरत हो—और इतने सड़े हुए...।"

केयस ने उसकी बात में कोई बाधा न दी। उसे सब कुछ कह लेने दो, उतनी ही जल्दी वह यहाँ से दफ़ा हो जाएगी और मुझे उससे छुट्टी मिलेगी।

वह अपनी बात कहती रही, "नहीं, जैसे और होते हैं शायद वैसे ही तुम हो, उतने ही सड़े हुए, उतने ही ख़राब, इससे ज़्यादा कुछ नहीं। बस यह है कि तुम्हारे साथ मैं होती हूँ तो इस बात को कह देती हूँ। मगर हम सब सड़े हुए हैं, हम सब बीमार हैं, रोग ने हमारे शरीर के अन्दर घर कर रखा है, मौत हमारे अन्दर भरी हुई है, हम सब मौत की गठरियाँ हैं—हमें मौत से प्यार है। क्या तुम्हें मौत से प्यार नहीं है केयस? है, तभी तो तुम उस रास्ते से आए जहाँ तुम सलीबों पर लटकी हुई उन लाशों को देख सकते थे जिन्हें बतौर सज़ा के वहाँ पर टाँगा गया था। सज़ा! झूठ बात, हम ऐसा इसलिए करते हैं कि हमें इस चीज़ से प्यार है। आदमी को जो बात अच्छी लगती है उसी को वह करता है। तुम जानते हो, यहाँ बाहर की इस चाँदनी में तुम कितने ख़ूबसूरत नज़र आ रहे हो? एक नौजवान रोमन, ख़ूबसूरती और जवानी से भरपूर एक नौजवान रोमन, जिससे बढ़कर दुनिया में कोई दूसरा नहीं और तुम्हारे पास एक बुढ़िया के लिए कोई वक़्त नहीं है। मैं भी उतनी ही सड़ी हुई हूँ जितने कि तुम; मगर मैं तुमसे उतनी ही नफ़रत करती हूँ जितना कि प्यार करती हूँ। मैं कितना चाहती हूँ कि तुम मर जाते, कोई तुम्हें मार डालता और कलेजा चीरकर तुम्हारा यह टुच्चा दिल बाहर निकाल लेता।"

इसके बाद पल-भर को शान्ति रही जो बड़ी लम्बी जान पड़ी, तब केयस ने बड़े शान्त अविचलित स्वर में पूछा, "बस जूलिया, कि और कुछ कहना है?"

"नहीं, नहीं, इतने ही से बस नहीं है। मैं चाहती हूँ कि मैं ही मर जाती।"

केयस ने कहा, "तुम्हारी ये दोनों ही इच्छाएँ ऐसी हैं कि पूरी की जा सकती हैं।"

"ज़लील।"

"अच्छा नमस्ते जूलिया," केयस ने तीखे स्वर में कहा, और वहाँ से चला गया। उसका यह संकल्प कि किसी बात पर नहीं चिढ़ेगा, टूट गया था और उसे अपनी मामी के इस बेमानी ग़ुस्से और बकने-झकने पर ग़ुस्सा आ रहा था। अगर उसे ज़रा भी समझ होती तो वह देख लेती कि अपनी उस घटिया, सस्ती भावुकता की बातों से वह अपने-आप को कितना उपहासास्पद बना रही है। मगर जूलिया में यह समझ कभी न थी और शायद इसीलिए एंटोनियस को उसके संग निर्वाह करना कठिन मालूम होता था।

केयस वहाँ से सीधे अपने कमरे में गया। लैम्प जल रहा था और दो ग़ुलाम उसकी सेवा-टहल के लिए वहाँ पर मौजूद थे। ये दोनों मिस्र के थे और एंटोनियस को उनसे ख़िदमतगार का काम लेना पसन्द था। केयस ने उन्हें छुट्टी दे दी और

तब कुछ लजाते और काँपते हुए अपने कपड़े उतारे। उसने अपने शरीर में भीनी ख़ुशबू का कोई इत्र मला, शरीर-भर में यहाँ-वहाँ पाउडर लगाया, ढीला-ढाला सूती कुरता पहना, फूँक मारकर लैम्प को बुझा दिया और बिस्तर पर लेट गया। अँधेरे की अभ्यस्त हो जाने पर उसकी आँखें काफ़ी अच्छी तरह चीज़ों को देखने लगीं क्योंकि खुली हुई खिड़की से चाँद की रोशनी आ रही थी। कमरे में ख़ुशगवार ठंडक थी और इत्रों और बाग़ की बसन्ती झाड़ियों की ख़ुशबू भरी हुई थी।

केयस को बिस्तर पर लेटकर इन्तज़ार करते अभी कुछ मिनट ही गुज़रे थे मगर वे कुछ मिनट उसे कुछ घंटों की तरह लम्बे मालूम हुए। और तभी दरवाज़े पर एक हल्की-सी दस्तक पड़ी।

"अन्दर चले आओ," केयस ने कहा।

क्रैसस दरवाज़े को बन्द करता हुआ अन्दर आ गया और पलंग के पास खड़े होकर मुस्कराते हुए उस नौजवान को देखने लगा जो उसकी प्रतीक्षा कर रहा था। उस महान सेनापति में इस समय जो पौरुष दिखाई दे रहा था उतना पहले शायद ही कभी दिखाई दिया हो।

13

चाँद की रोशनी अपनी जगह से सरक गई थी और केयस इस समय अपने-आप को थका हुआ मगर तृप्त अनुभव कर रहा था, वैसे ही जैसे मैथुन के बाद बिल्ला। अपने लिए यही उपमा उसे पसन्द आती थी। और तभी बिना किसी सन्दर्भ के वह बोल पड़ा, "मैं सिसेरो से नफ़रत करता हूँ।"

उसके प्रति क्रैसस का बरताव पितृवत था और क्रैसस आह्लाद से भरा हुआ था और उसका अन्दर-बाहर स्निग्ध हो रहा था और उसने पूछा, "तुम सिसेरो से, न्यायप्रेमी सिसेरो से क्यों नफ़रत करते हो? हाँ बताओ, क्यों करते हो?"

"मैं नहीं जानता कि मैं क्यों उससे नफ़रत करता हूँ। क्या यह जानना ज़रूरी है कि मैं किसी से क्यों नफ़रत करता हूँ? कुछ को मैं प्यार करता हूँ और कुछ से नफ़रत करता हूँ।"

"तुम्हें यह बात मालूम है कि यह सिसेरो का विचार था—एकदम उसी का नहीं मगर बहुत कुछ उसी का—कि एपियन मार्ग पर वह छह हज़ार सलीबें खड़ी की जाएँ? दंड के प्रतीकों की यह व्यवस्था उसी की है। क्या इस बात के लिए तुम उससे नफ़रत करते हो?"

"नहीं।"

"उन सलीबों को देखकर तुम्हें कैसा लगा?" सेनापति ने पूछा।

"कभी-कभी तो उन्हें देखकर मेरे मन में थोड़ी-सी उत्तेजना हुई मगर अधिकतर

कुछ भी नहीं। हाँ, लड़कियों को अलबत्ता उन्हें देखकर ज़्यादा उत्तेजना हुई।"

"सच?"

"मगर कल मैं कुछ दूसरी ही तरह से महसूस करने लगूँगा," केयस ने मुस्कराकर कहा।

"क्यों?"

"क्योंकि तुमने उनकी व्यवस्था की है।"

"नहीं, यह बात तो नहीं, वह तो सिसेरो और दूसरों ने किया। मैं उदासीन था, चाहे जो हो।"

"मगर स्पार्टकस को तुमने नष्ट किया।"

"उससे क्या?"

"उसके कारण मैं तुमसे प्यार करता हूँ—मैं स्पार्टकस से घृणा करता हूँ।"

"स्पार्टकस से?" क्रेसस ने पूछा।

"हाँ, स्पार्टकस से।"

"मगर तुम तो उसे जानते भी न थे।"

"उससे क्या। मैं उससे नफ़रत करता हूँ—सिसेरो से भी ज़्यादा। सिसेरो की मुझे परवाह नहीं है। मगर स्पार्टकस से, उस ग़ुलाम से मुझे नफ़रत है। काश कि अपने हाथों से मैंने उसे खतम किया होता! काश कि तुम उसे मेरे पास ले आते और कहते, लो केयस, छाती चीरकर इसका कलेजा बाहर निकाल लो! काश कि तुम..."

"अब तुम बच्चों जैसी बातें कर रहे हो," सेनापति ने अनुग्रहपूर्वक कहा।

"नहीं तो! और अगर करता भी हूँ तो इसमें बुराई क्या है?" केयस ने कुछ याचना भरे स्वर में कहा, "मैं अगर बच्चा बना रहना चाहता हूँ तो इसमें क्या बुराई है? वयस्क हो जाने में क्या कोई विशेष लाभ है?"

"मगर जब तुमने स्पार्टकस को कभी देखा ही नहीं तो उससे इतनी घृणा क्यों करते हो?"

"हो सकता है मैंने उसे देखा हो। बात यह है कि मैं चार साल पहले कापुआ गया था। तब मैं बहुत छोटा था। मेरी उमर तब कुल इक्कीस साल थी।"

"तुम अब भी बहुत छोटे हो।"

"नहीं, अब मैं अपने-आप को इतना छोटा नहीं महसूस करता। मगर उस वक़्त मैं छोटा था। हम पाँच-छह लड़के गए थे। मारियस ब्रैकस मुझे अपने संग ले गया था, वह मुझे बहुत चाहता था।" केयस ने यह बात सेनापति के ऊपर असर डालने के लिए जान-बूझकर कही थी। मारियस ब्रैकस ग़ुलाम-युद्ध में मारा गया था इसलिए अब उसमें इस वक़्त कोई उलझाव न था, मगर क्रैसस को यह बतला देना ज़रूरी था कि उसको चाहनेवाला वह अकेला आदमी नहीं है और पहला आदमी भी नहीं।

सेनापति का रुख़ कुछ कड़ा हो गया मगर वह बोला नहीं, और केयस ने अपनी बात जारी रखी, "हाँ, उस वक़्त हम लोग इतने लोग साथ थे, मारियस ब्रैकस और मैं और एक पुरुष और एक स्त्री, ब्रैकस के मित्र, दो लोग और जिनके नाम अब मैं भूल गया हूँ और मारियस ब्रैकस उस वक़्त शान-शौकत से सब कुछ कर रहा था—हाँ, ख़ूब ही शान-शौकत से।"

"तुम उसे बहुत पसन्द करते थे?"

केयस ने कन्धे उचकाकर कहा, "मुझे उसके मरने का दुख हुआ," और सेनापति सोचने लगा—

"कैसा कुत्ते का पिल्ला है तू भी। जानवर।"

"हाँ, तो हम लोग कापुआ गए और ब्रैकस ने हम लोगों को सरकस का एक ख़ास शो दिखाने का वादा किया जो कि उन दिनों आज से ज़्यादा महँगा था। उन दिनों कापुआ में यह चीज़ करने के लिए आदमी के पास काफ़ी पैसा होना ज़रूरी था।"

"उन दिनों वहाँ पर लेंटुलस बाटियाटस का स्कूल था न?" क्रैसस ने पूछा।

"हाँ, उसी का, और वह सारे इटली में सबसे अच्छा स्कूल समझा जाता था। सबसे अच्छा और सबसे महँगा और उसके यहाँ के दो योद्धाओं की लड़ाई देखने के लिए जितना पैसा ख़र्च होता था उतने में एक हाथी ख़रीदा जा सकता था। लोगों का कहना है इस चीज़ से उसने लाखों कमाया मगर वह ख़ैर जो भी हो वह था सूअर। तुम उसे जानते थे?"

क्रैसस ने सिर हिलाया, "मुझे उसके बारे में बतलाओ, मैं बहुत दिलचस्पी से सुन रहा हूँ। यह स्पार्टकस के उसके यहाँ से भागने के पहले की बात है न?"

"मेरा ख़याल है आठ रोज़ पहले की। हाँ, बाटियाटस ने अपने लिए काफ़ी नाम कमा लिया था क्योंकि वह अपने यहाँ ग़ुलाम औरतों का बाक़ायदा एक हरम रखता था और लोगों को यह चीज़ पसन्द नहीं। खुलेआम ऐसी बात करना। कमरे के अन्दर, दरवाज़े बन्द करके यह काम करना तो ठीक है, उसकी बात और है, मगर इस तरह से खुलेआम सड़क पर, यह तो निश्चय ही भद्दी बात है। और वह बहुत कुछ यही करता था। इतना ही नहीं, वह अपने खिलाड़ियों का इस्तेमाल साँड़ों की तरह और औरतों का इस्तेमाल अच्छी नस्ल की औलादें जनने के लिए करता था, जो कि मैं समझता हूँ अपनी जगह पर ठीक ही है; मगर उसको कोई काम नफ़ासत से करना न आता था। वह बड़ा भारी-भरकम आदमी था, बैल ही समझो, काले बाल, काली दाढ़ी, और मुझे अच्छी तरह याद है उसके कपड़े भी बहुत गन्दे रहते थे। उन पर ऊपर से नीचे तक खाने के दाग़ ही दाग़ होते थे। जिस वक़्त वह हमसे बात कर रहा था उसकी ट्यूनिक पर ठीक सामने की तरफ़ दाहिने को अंडे का, एक ताज़े अंडे का दाग़ था!"

सेनापति ने मुस्कराकर कहा, "क्या-क्या बातें याद रखते हो तुम भी!"

"मुझे अच्छी तरह से उसकी याद है। मैं ब्रैकस के संग उससे मिलने गया था और ब्रैकस दो जोड़ों की ऐसी लड़ाई देखना चाहता था जिसका ख़ात्मा एक खिलाड़ी की मौत से ही हो। मगर बाटियाटस को इसमें आपत्ति थी। बाटियाटस ने कहा कि अगर रोम का हर रईस और ज़िन्दगी से ऊबा हुआ आदमी आकर अपने लिए ख़ास सरकस कराने लग जाए तो फिर लड़ने की शैली या हाथ की सफ़ाई इस सबका विकास करने में कोई तुक नहीं रह जाता। मगर ब्रैकस के पास थैली थी और रुपया बोलता है।"

सेनापति ने कहा, "उस तरह के लोगों के संग ज़रूर बोलता है। ये सारे अखाड़े के मालिक बहुत ज़लील होते हैं मगर यह बाटियाटस तो बिलकुल सूअर था। तुम्हें मालूम है वह रोम के तीन सबसे बड़े मकानों का मालिक है और एक चौथा मकान भी था जो पिछले साल गिर गया और जिसके आधे असामी मलबे के नीचे दबकर मर गए। पैसे के लिए वह कुछ भी कर सकता था।"

"मुझे नहीं मालूम था कि तुम उसे जानते हो।"

"मैंने उससे बात की है। उसे स्पार्टकस के बारे में न जाने कितनी बातें मालूम थीं—मेरा ख़याल है वह अकेला आदमी है जो सचमुच स्पार्टकस के बारे में जानता था।"

"मुझे बताओ," केयस ने लम्बी साँस खींचकर कहा।

"तुम मुझे बतला रहे थे कि शायद तुमने स्पार्टकस को देखा था।"

"मुझे बताओ," केयस ने नन्हे बच्चे की तरह हठ करते हुए कहा।

सेनापति ने मुस्कराकर कहा, "तुम कभी-कभी बिलकुल लड़की बन जाते हो!"

"यह मत कहो। ऐसी बात फिर कभी मुझसे न कहना" बिल्ले की तरह केयस का शरीर तन उठा और शरीर के बाल जैसे खड़े हो गए।

सेनापति ने जैसे उस पर मरहम लगाते हुए कहा, "भला बताओ मैंने ऐसा क्या कह दिया जो तुम इतना ग़ुस्सा किये जा रहे हो? तुम चाहते हो कि मैं तुम्हें बाटियाटस के बारे में बतलाऊँ? उसमें कोई ख़ास दिलचस्पी की बात नहीं है लेकिन अगर तुम चाहते ही हो तो मैं तुम्हें बतलाऊँगा। मेरा ख़याल है यह लगभग साल-भर पहले की बात है और उस वक़्त ये ग़ुलाम लोग बुरी तरह हमें नोचे डाल रहे थे। इसलिए मैं इस स्पार्टकस के बारे में मालूम करना चाहता था। तुम अगर किसी आदमी को जान लो तो फिर उसे हराना आसान हो जाता है...।"

केयस सेनापति की बात सुनते-सुनते मुस्कराता रहा। वह ख़ुद पूरी तरह नहीं जानता था कि वह क्यों स्पार्टकस से इतनी घृणा करता है मगर यह सच है कि कभी-कभी उसे प्रेम से ज़्यादा गहरा सन्तोष घृणा में मिलता था।

भाग 2

वह कहानी जो महान सेनापति क्रैसस ने केयस क्रैसस को सुनाई और जिसका सम्बन्ध कापुआ में ग्लैडिएटरों का अखाड़ा रखनेवाले लेंटुलस बाटियाटस की उस मुलाक़ात से है जो उसने सेनापति से उनके शिविर में जाकर की।

नौजवान केयस की बग़ल में लेटे हुए क्रैसस ने कहा—हाँ तो यह उस समय की बात है जब मुझे हाल ही में लड़ाई की कमान मिली थी। जो एक ऐसा सम्मान था जिसे लेकर तुम जल्दी ही अपनी क़ब्र में पहुँच सकते थे। उन ग़ुलामों ने हमारी सेनाओं की धज्जियाँ उड़ा दी थीं और सही मानी में इटली पर उन्हीं का राज था। इसी चीज़ का मुक़ाबला करने के लिए उन्होंने मुझसे कहा। उन्होंने कहा कि 'तुम जाओ और ग़ुलामों को हराओ।' मेरे जानी से जानी दुश्मन भी मेरा सम्मान करते थे। मैंने अपनी सेनाओं का पड़ाव उस समय सिस-ऐलपाइन गॉल में डाला था और मैंने तुम्हारे मोटे थुलथुल दोस्त लेंटुलस बाटियाटस को सन्देश भेजा कि मुझसे आकर मिले।

और उस वक़्त जब लेंटुलस बाटियाटस क्रैसस के शिविर के पास पहुँचा तब हल्की बारिश हो रही थी। उस वक़्त प्रकृति का सारा दृश्य बड़ा मनहूस और उजड़ा-उजड़ा लग रहा था और वह ख़ुद भी बहुत उजड़ा-उजड़ा महसूस कर रहा था क्योंकि वह अपने घर से और कापुआ की अच्छी ख़ुशगवार धूप से बहुत दूर था। उसे पालकी पर चढ़कर आने का आराम भी मयस्सर न था, वह एक दुबले-पतले ज़र्द रंग के घोड़े पर सवार था और सोच रहा था—

'जब राज-काज सेना के लोगों के हाथ में चला जाता है तो ईमानदार लोग कठपुतलियों की तरह उनके इशारे पर नाचने लगते हैं! तब तुम्हारी ज़िन्दगी अपनी आज़ाद ज़िन्दगी नहीं रह जाती। लोग मुझसे ईर्ष्या करते हैं क्योंकि मेरे पास थोड़ा-सा पैसा है। अगर तुम सरदार हो और तुम्हारे पास पैसा हो तब तो ठीक। अगर तुम ऊँचे कुल में पैदा हुए हो और तुम्हारे पास पैसा हो तो और भी ठीक। लेकिन अगर

तुम इन दोनों में से कुछ भी नहीं हो और महज़ एक ईमानदार आदमी हो जिसने ईमानदारी से अपना पैसा कमाया है तो तुम कभी चैन की नींद नहीं सो सकते। तब तुम्हारी ज़िन्दगी रिश्वत देते ही बीतती है। कभी इंस्पेक्टर को और अगर इंस्पेक्टर नहीं तो कोतवाली के जमादार को और अगर इन दोनों से जान बच गई तो नगरपालिका तो है ही, जिसे रिश्वत देनी पड़ती है। और हर बार जब तुम सोकर उठते हो तो तुम्हें आश्चर्य होता है कि कैसे तुम्हें किसी ने सोते में ही छुरा नहीं मार दिया। अब यह एक हरामज़ादा सेनापति मेरा यह सम्मान करता है कि मुझे आधी इटली का रास्ता तय करके अपने पास घसीट बुलाता है—और काहे के लिए, कुछ बातें पूछने के लिए। अगर मेरा नाम क्रैसस या ग्रैकस या सिलेनस या मेनियस होता तो बिलकुल दूसरी ही बात होती। रोम का प्रजातंत्र या रोमन न्याय और रोमन समता यही है।'

और तब लेंटुलस बाटियाटस के मन में रोमन न्याय और किसी एक रोमन सेनापति के बारे में बहुत से बुरे विचार आए। शिविर के सामने खड़े हुए सन्तरियों के एक तेज़ तीखे सवाल ने उसके विचारों में बाधा दी। उसने आज्ञाकारी की भाँति घोड़े को रोक लिया और उस मज़ेदार ठंडी बारिश में अपने घोड़े पर बैठा रहा जब दो सन्तरियों ने आगे बढ़कर उसकी तलाशी ली। और चूँकि उन्हें तो हर हालत में पहरा देने के लिए बारिश में खड़े रहना ही था, इसलिए उन्हें इस आदमी को जल्दी छुट्टी देने की कोई जल्दी न थी। उन्होंने बहुत रूखे और नागवार ढंग से उसका मुआइना किया और पूछा कि—"उसका नाम क्या है।"

"मेरा नाम लेंटुलस बाटियाटस है।"

क्योंकि वे जाहिल किसान थे, उन्होंने इस नाम को नहीं पहचाना और जानना चाहा कि वह कहाँ जा रहा है।

"यह रास्ता शिविर को जा रहा है न?"

"हाँ, यह रास्ता शिविर को जाता है।"

"तो मैं शिविर में ही जा रहा हूँ।"

"किस बात के लिए?"

"सेनापति से बात करने के लिए।"

"बस? तुम क्या बेच रहे हो?"

'हरामज़ादे, दोग़लों की औलाद'—बाटियाटस ने सोचा, मगर उसने काफ़ी धीरज के साथ कहा, "मैं कुछ बेच नहीं रहा हूँ। मुझे बुलाया गया है।"

"किसने बुलाया है?"

"सेनापति ने।" और उसने अपने बटुए में हाथ डालकर वह ख़त निकाला जो क्रैसस ने उसके पास भेजा था।

वे पढ़ न सकते थे, मगर उस आदमी को गुज़रने देने के लिए काग़ज़ का एक टुकड़ा भी काफ़ी था और उन्होंने अपने ज़र्द घोड़े पर सवार बाटियाटस को

शिविर को जानेवाले फ़ौजी रास्ते पर आगे बढ़ने की इजाज़त दे दी। उस समय के बहुत से दूसरे उन्नति करते हुए नागरिकों की भाँति बाटियाटस भी हर चीज़ की क़ीमत रुपयों में आँकता था; और आगे बढ़ते समय बार-बार उसे यह ध्यान आ रहा था कि इस तरह की सड़क बनाने में कितना रुपया लगेगा? ऐसी एक मामूली वक़्ती सड़क जो शिविर की सुविधा के लिए यहाँ पर बना दी गई, मगर इतने पर भी वह सड़क उससे अच्छी थी जैसी कि उसने कापुआ में अपने स्कूल के पास तक पहुँचने के लिए बनाई थी। धूल और बजरी मिलाकर वहाँ पर डाल दी गई थी और उस पर रेतीले पत्थर के बराबर कटे हुए टुकड़े बिछा दिये गए थे। यह रास्ता एक मील लम्बा था और तीर की तरह सीधे शिविर को जाता था।

'अगर ये मरदूद जर्नल लड़ने के बारे में ज़्यादा सोचा करे और सड़कों के बारे में कम तो हमारी हालत ज़्यादा ठीक रहे,' उसने सोचा। लेकिन इसके साथ ही उसका चेहरा गर्व से थोड़ा चमकने भी लगा। यह मानना ही पड़ता था कि इस तरह की गन्दी, ज़लील, बारिश से लथपथ ज़मीन में भी रोमन सभ्यता अपना अस्तित्व प्रमाणित कर ही देती है। इसमें कोई सन्देह नहीं।

अब वह शिविर के पास पहुँच रहा था। जैसा कि सदा होता था, सेनाओं के ठहरने की स्थायी जगह भी नगर की भाँति होती थी। जहाँ सेनाएँ जाती थीं वहाँ सभ्यता जाती थी और जहाँ सेनाएँ पड़ाव डालती थीं, चाहे एक रात के ही लिए, वहाँ सभ्यता उठ खड़ी होती थी। यह कोई आध मील लम्बी-चौड़ी बड़ी शानदार जगह थी जो चारों तरफ़ दीवारों से घिरी हुई थी और जिसको बसाते समय वही बारीकी बरती गई थी जो नक़्शा बनानेवाला अपना नक़्शा बनाते समय बरतता है। सबसे पहले एक खाई थी, 12 फ़ीट चौड़ी और 12 फ़ीट गहरी। इस खाई के पीछे लकड़ी का एक 12 फ़ीट ऊँचा भारी जँगला था। सड़क खाई को पार करके प्रवेश द्वार तक पहुँचती थी। उसके वहाँ पहुँचने पर लकड़ी के भारी फाटक खुले, एक बिगुल बजानेवाले ने उसके अन्दर आने पर अपना बिगुल बजाया और अन्दर आते ही सैनिकों का एक दस्ता उसके चारों ओर घूमने लगा। यह कोई ख़ास उसका सम्मान न था बल्कि अनुशासन के लिए अनुशासन था। यह कोई डींग न थी कि संसार के इतिहास में इसके पहले कभी इतने अनुशासनपूर्ण सैनिक न देखे गए थे। यहाँ तक कि बाटियाटस भी, जिसे ख़ुद लोगों को लड़ाने और उनका ख़ून बहाने में इतना आनन्द मिलता है—जिसके कारण ही उसके मन में फ़ौज के जवान के लिए एक सहज घृणा थी—ऐसा बाटियाटस भी सेना से सम्बन्ध रखनेवाली हर चीज़ की मशीन-जैसी सुघड़ और पक्की व्यवस्था से प्रभावित हुए बिना न रहा।

बात सिर्फ़ सड़क या उस लकड़ी के जँगले या उस दो मील लम्बी खाई या उस जगह की चौड़ी-चौड़ी सड़कों या गन्दगी को बाहर निकालनेवाली नालियों या सड़कों के बीचोबीच बने हुए रेतीले पत्थर के चबूतरे की या तीस हज़ार लोगों के

इस रोमन शिविर के उस समस्त जीवन या गति या अनुशासन की न थी, बल्कि बात थी कि मनुष्य की बुद्धि और उद्योग से उत्पन्न यह विशाल चीज़ सेनाओं ने रातोंरात अपने सफ़र के रास्ते में यों ही बना डाली थी। किसी ने यह बात यों ही नहीं कही थी कि बर्बर लोग किसी रोमन सेना को रात में पड़ाव डाले देखकर ज़्यादा जल्दी हार जाते थे बनिस्बत उनके ख़िलाफ़ लड़ाई में उतरने के।

जैसे ही बाटियाटस घोड़े से उतरा और अपने मोटे थुलथुल शरीर की उस जगह को हाथ से मलने लगा जो घोड़े की ज़ीन से सबसे लम्बे और सबसे निकट सम्पर्क में रही थी, वैसे ही एक नौजवान अफ़सर आया और उसने पूछा कि—"तुम कौन हो और क्या करने आए हो?"

"मैं कापुआ का रहने वाला लेंटुलस बाटियाटस हूँ।"

"अरे हाँ, हाँ," उस नौजवान ने अपने स्वर को खींचते हुए कहा। वह मुश्किल से बीस साल का रहा होगा, ख़ूबसूरत लड़कियों जैसी शकल थी और जैसे सबसे ऊँचे घरानों के लड़के होते हैं वैसा ही वह भी ख़ूब बना-सँवरा और इत्र में बसा हुआ था। ऐसे लोगों से बाटियाटस को सबसे ज़्यादा नफ़रत थी। उस नौजवान ने कहा, "हाँ, कापुआ के लेंटुलस बाटियाटस।" वह जानता था। वह कापुआ के लेंटुलस बाटियाटस के बारे में सब कुछ जानता था कि वह कौन है और क्या है और क्यों क्रैसस ने उसे यहाँ पर बुलाया है।

बाटियाटस सोचने लगा, "अच्छा, तो तुम मुझसे नफ़रत करते हो, ज़रूर करते हो, कुतिया का बच्चा कहीं का, और घृणा से मुझे देखते हुए खड़े हो। मगर तुम मेरे पास आते हो और गिड़गिड़ाते हो और मुझसे माल ख़रीदते हो और तुम जैसे लोगों के ही कारण मैं वह हूँ जो कि आज हूँ। मगर तुम अपने-आप को इतना पवित्र समझते हो कि मेरे पास आते डरते हो कि कहीं मेरी साँस तुमको ख़राब न कर दे। हरामज़ादा कहीं का," यह चीज़ उसने मन में सोची मगर बोला कुछ नहीं और केवल अपना सिर हिला दिया।

उस नौजवान ने कहा, "हाँ, कमांडर साहब आपकी राह देख रहे हैं। मुझे मालूम है। उनकी इच्छा है कि आप फ़ौरन ही चलकर उनसे मिल लें। मेरे साथ आइए।"

"मैं थोड़ा आराम करना चाहता हूँ—कुछ खाना चाहता हूँ।"

"कमांडर साहब उसकी व्यवस्था कर देंगे। वह हर बात का बहुत ख़याल रखते हैं," उस नौजवान अफ़सर ने मुस्कराकर कहा। और फिर एक सिपाही को हुक्म दिया, "आपका घोड़ा ले लो और उसे पानी पिला दो और खाना खिला दो और सुला दो।"

बाटियाटस ने कहा, "मैंने सवेरे के नाश्ते के बाद से कुछ नहीं खाया है और मैं सोचता हूँ कि आपके कमांडर साहब ने जैसे इतनी देर मेरा इन्तज़ार किया है वैसे ही और थोड़ी देर कर सकते हैं।"

उस नवयुवक की आँखें छोटी हो गईं मगर उसने अपनी आवाज़ को मधुर और संयत बनाए रखा और कहा, "यह तो उनके कहने की बात है।"

"आप घोड़े को पहले खिलाएँगे?

नौजवान अफ़सर मुस्कराया और सिर हिलाकर हामी भरी और बोला, "चले आइए।"

"आपने समझ क्या रखा है, मैं आपकी फ़ौज में नहीं हूँ।"

"आप फ़ौजी शिविर में हैं।"

दोनों क्षण-भर तक एक-दूसरे को घूरते रहे। फिर बाटियाटस ने मन-ही-मन यह फ़ैसला किया कि यहाँ इस तरह खड़े-खड़े बहस करने में कोई तुक नहीं है जबकि बरसते पानी की सूइयाँ-सी चुभ रही हैं। यह सोचकर बाटियाटस ने कन्धा डाल दिया और अपना गीला लबादा अपने चारों ओर अच्छी तरह लपेट लिया और ऊँचे कुल में उत्पन्न उस हरामज़ादे नकचपटे अफ़सर के पीछे-पीछे चला—लेकिन उस नवयुवक के लिए विशेषण उसने मन-ही-मन प्रयोग किये थे। मगर बाटियाटस यह भी सोच रहा था कि और चाहे जो हो मैंने एक-एक रोज़ में, किसी भी दिन तीसरे पहर, इतना ख़ून बहते देखा है जितना इन साहबज़ादे ने, जिनके होंठों पर अभी अपनी माँ का दूध भी नहीं सूखा है, अपनी समूची फ़ौजी ज़िन्दगी में न देखा होगा। मगर सोचने को वह चाहे जो सोचे, इस मोटे आदमी की स्थिति वही थी जो कि बूचड़ख़ाने में किसी छोटे से बूचड़ की होती है—उसको सन्तोष बस इस बात का था कि वह भी उन शक्तियों से नितान्त पृथक नहीं है जो आज इन शक्तियों को यहाँ पर खींच लाई हैं।

वह शिविर के बीचोबीच बने हुए चौड़े केन्द्रीय रास्ते पर उस नौजवान के पीछे-पीछे चला और दोनों ओर के उन गन्दे कीचड़ लगे तम्बुओं को बड़े कुतूहल से देखता जाता था। उन तम्बुओं को, जो छत की हैसियत से काफ़ी अच्छे थे मगर सामने से खुले हुए थे और देखता जाता था उन सैनिकों को जो अपने घास के बिछौनों पर लेटे हुए गपशप कर रहे थे, गालियाँ बक रहे थे, गा रहे थे और पाँसे फेंक रहे थे। वे लोग अधिकतर बहुत कसीले और अच्छी तरह से हजामत बनाए हुए, जैतूनी रंग की चमड़ी के इटालियन किसान थे। उनमें से कुछ तम्बुओं में गरमी पहुँचाने के लिए छोटी-छोटी अँगीठियाँ थीं, मगर साधारणत: वे सरदी को भी उसी तरह झेल लेते थे जैसे गरमी को, जैसे उस कभी न खतम होने वाली क़वायद और निर्मम अनुशासन को; इस तरह कि उनमें जो कमज़ोर होते थे वे जल्दी मर जाते थे और जो मज़बूत होते थे वे और भी मज़बूत होते चले जाते थे जैसे इस्पात और ह्वेल की हड्डी, जिनके पास एक छोटी-सी मगर बहुत कारगर छुरी है, जो कि जनसंहार का एक सबसे भीषण अस्त्र तब तक बन चुकी थी।

शिविर के बीचोबीच जहाँ पर चारों ओर के रास्ते आकर मिलते थे, वहाँ जर्नैल साहब का शिविर था। उसमें कोई ख़ास बात न थी, वह केवल एक और भी बड़ा

खेमा था जो दो हिस्सों या कमरों में बँटा हुआ था। इस खेमे के दरवाज़े पर परदा पड़ा हुआ था और दोनों ओर एक-एक सन्तरी खड़ा था और उन दोनों के हाथ में पहले के उस भारी-भरकम ख़ूनी पिलम के बदले एक-एक लम्बा-पतला भाला था और पहले की प्रचलित भारी-भरकम ढाल और स्पेन वालों जैसी छोटी तलवार के बदले एक हल्की-सी गोल ढाल और थ्रेसियन ढंग की मुड़ी हुई छुरी थी। वे ऊन के सफ़ेद लबादे पहने हुए थे जो बारिश से बुरी तरह भीग गए थे और इस तरह खड़े थे जैसे पत्थर की मूर्तियाँ और पानी उनके लोहे के टोप से और उनके कपड़ों से और उनके हथियारों से चू रहा था। बाटियाटस ने अब तक जो कुछ देखा था, न जाने क्यों उसमें इस चीज़ ने उसे सबसे ज़्यादा प्रभावित किया। उसे ख़ुशी होती थी जब मनुष्य का शरीर ऐसा कुछ करता था जिसकी आशा मनुष्य के शरीर से नहीं की जाती और इसीलिए उसे ख़ुशी हुई।

उनके पास पहुँचने पर सन्तरियों ने उन्हें सलूट किया और खेमे का परदा हटा दिया। बाटियाटस और वह जवान अफ़सर दोनों उसके अन्दर होकर खेमे की मद्धिम रोशनी में पहुँचे और बाटियाटस ने अपने-आप को एक चालीस फ़ीट चौड़े और क़रीब बीस फ़ीट लम्बे कमरे में पाया जो कि उस खेमे का सामनेवाला आधा हिस्सा था। उस कमरे में सिर्फ़ एक लम्बी-सी लकड़ी की मेज़ थी जिसके चारों तरफ़ एक दर्जन मोड़े जा सकनेवाले स्टूल रखे हुए थे। मेज़ के एक सिरे पर मेज़ पर कुहनी रखे, अपने सामने रखे हुए नक़्शे पर आँख गड़ाए प्रधान सेनापति मार्कस लिसिनियस क्रैसस बैठा था।

बाटियाटस और उस अफ़सर के दाख़िल होने पर क्रैसस उठा और इस मोटे आदमी को यह देखकर ख़ुशी हुई कि जर्नैल साहब कितनी तत्परता से उसकी ओर आगे बढ़े और हाथ मिलाने के लिए अपना हाथ उसकी तरफ़ बढ़ाया, "आप कापुआ के लेंटुलस बाटियाटस हैं न?"

बाटियाटस ने हामी भरी और हाथ मिलाया। यह जर्नैल सचमुच देखने में बड़ा प्रभावशाली था। उसका चेहरा एक अच्छे तगड़े मर्द का चेहरा था और उसके बरताव में कोई उपेक्षा का भाव न था। बाटियाटस ने कहा, "मुझे आपसे मिलकर बहुत ख़ुशी हुई।"

"आप बहुत दूर से आए हैं और यह आपकी बड़ी शराफ़त थी कि आप आए और मैं समझता हूँ कि आप भीग गए होंगे और भूखे होंगे और थके हुए होंगे।"

उसने यह बात उसका लिहाज़ करते हुए और कुछ फ़िक्र दिखलाते हुए कही जो कि बाटियाटस को बहुत अच्छी मालूम हुई। मगर वह नौजवान अफ़सर अब भी पहले की तरह उसी उपेक्षा के भाव से इस मोटे आदमी को देखता रहा। अगर बाटियाटस थोड़ा और भावप्रवण होता तो उसने समझ लिया होता कि ये दोनों ही रुख़ एक-से सार्थक हैं। जर्नैल साहब के सामने कोई कार्यक्रम था और वह नौजवान

अफ़सर बाटियाटस के साथ वही रुख़ अपनाए हुए था जो एक अच्छे कुलीन आदमी को बाटियाटस जैसे आदमी के प्रति अपनाना चाहिए।

बाटियाटस ने जवाब दिया, "जी हाँ, मैं वह सब कुछ हूँ जो आपने कहा। भीगा हुआ भी हूँ और थका भी हूँ मगर उस सबसे ज़्यादा, मुझे बड़ी सख़्त भूख लगी है। मैंने इस नौजवान से पूछा कि क्या मैं खाना खा लूँ मगर इसका यह ख़याल था कि मेरी यह माँग अनुचित है।"

क्रैसस ने कहा, "हम कुछ ऐसे बन जाते हैं कि आदेशों का अक्षरश: पालन करते हैं। मेरा आदेश था, कि आप जैसे ही आएँ वैसे ही आपको मेरे पास ले आया जाए। मगर ख़ैर अब आपकी हर इच्छा को पूरा करने की ज़िम्मेदारी मेरी है और मुझे इसमें ख़ुशी होगी। मैं अच्छी तरह समझ रहा हूँ कि आपको सफ़र में कितनी तकलीफ़ हुई होगी। आपको सूखे कपड़े चाहिए, है न—अभी लीजिए। ग़ुस्ल करना चाहेंगे?"

"गुस्ल रुक सकता है। सबसे पहले मैं पेट में कुछ डालना चाहता हूँ।"

वह नौजवान अफ़सर मुस्कराता हुआ खेमे के बाहर निकल गया।

2

भुनी हुई मछली और उबले अंडे खतम करने के बाद बाटियाटस अब मुर्ग़ खा रहा था, एक-एक हड्डी को अच्छी तरह साफ़ करके। उसके साथ-ही-साथ वह लकड़ी के कटोरे में से बराबर दलिया लेता जा रहा था और शीशे के गिलास से शराब की बड़ी-बड़ी घूँटें लेकर खाने को भीतर ढकेलता जा रहा था। मुर्ग़ और शराब सब उसके मुँह में पुते हुए थे और क्रैसस ने उसे जो सफ़ेद ट्यूनिक दी थी उस पर खाने के तमाम दाग़ लग चुके थे और उसके हाथ मुर्ग़ की चरबी से चिकने हो रहे थे।

क्रैसस बड़ी दिलचस्पी से उसका खाना देख रहा था। अपने वर्ग और अपनी पीढ़ी के दूसरे तमाम रोमनों की तरह उसे लानिस्ता के प्रति, यानी उस आदमी के प्रति जो लड़ने के लिए ग्लैडिएटरों को तैयार करता है, उन्हें ख़रीदता है और बेचता है और अपने अखाड़े के लिए किराए पर लेता है, एक विशेष प्रकार की सामाजिक घृणा थी। यह अभी पिछले बीस बरस की ही बात थी कि यह लानिस्ता लोग रोम के अन्दर एक शक्ति बन गए थे, एक राजनीतिक और आर्थिक शक्ति और उनमें से बहुतेरे बड़े धनाढ्य लोग होते थे; जैसे यह मोटा भद्दा आदमी जो उसके संग मेज़ पर बैठा हुआ था। केवल एक पीढ़ी पहले अखाड़े की यह लड़ाई महज़ कभी-कभी होनेवाली एक चीज़ थी और समाज का कोई विशेष महत्त्वपूर्ण अंग न थी। यों उसका अस्तित्व सदा से था। कुछ लोग उसे ज़्यादा पसन्द करते थे और कुछ लोग कम। मगर फिर एकाएक रोम के सभी लोग उसके पीछे जैसे पागल

से हो गए। सभी जगह अखाड़े बन गए। छोटे से-छोटे क़स्बे के पास भी लकड़ी के बने अखाड़े थे जिनमें लड़ाइयाँ होती थीं। और फिर एक जोड़ की लड़ाई एक सौ जोड़ों की लड़ाई में बदल गई और तब इन खेलों का एक सिलसिला महीने-भर तक चलता। और जहाँ तक इस चीज़ के लिए लोगों की भूख का सम्बन्ध था, वह जैसे मिटने के बजाय बराबर बढ़ती ही जा रही थी, जैसे उसका कोई अन्त ही न हो।

सम्भ्रान्त और सुसंस्कृत महिलाओं से लेकर सड़कों पर घूमनेवाले आवारों तक सब इन खेलों में बराबर दिलचस्पी लेते थे। इन खेलों की अपनी एक नई भाषा बन गई थी। फ़ौज के पुराने सैनिकों को बस दो चीज़ों का इन्तज़ार रहता था, जनता से मिलने वाली आर्थिक सहायता का और इन खेलों का और दस हज़ार ऐसे नागरिक, जिनके पास न तो कोई काम था और न अपना कोई घर, केवल इसलिए ज़िन्दा रहते थे कि अखाड़े की इन लड़ाइयों को देखें। एकाएक अखाड़े में लड़नेवाले उन ग्लैडिएटरों की क़ीमत बहुत चढ़ गई और उनके मुँहमाँगे दाम मिलने लगे और तब उनके ये स्कूल क़ायम हुए जहाँ उन्हें इस चीज़ की शिक्षा दी जाती थी। कापुआ वाला स्कूल, जिसका मालिक लेंटुलस बाटियाटस था, सबसे बड़े और सबसे समृद्ध स्कूलों में से एक था। जिस तरह किन्हीं ख़ास जागीरों से आए हुए मवेशियों की क़दर सभी बाज़ारों-हाटों में सबसे ज़्यादा होती थी, उसी तरह सभी अखाड़ों में कापुआ के ग्लैडिएटरों की सबसे ज़्यादा क़दर होती थी और सब उन्हीं को चाहते थे। और इस तरह बाटियाटस नगरपालिका के एक मामूली कर्मचारी से एक धनाढ्य व्यक्ति बन गया था और समूचे इटली में ग्लैडिएटरों के सबसे महत्त्वपूर्ण शिक्षकों में उसका नाम लिया जाता था।

क्रैसस ने उसको देखते हुए अपने मन में कहा, "लेकिन तब भी, अभी भी है वह एक छोटा ही आदमी, वैसा ही चालाक, घृणित और धूर्त जानवर जैसा कि पहले था। ज़रा देखो खाता कैसे है। क्रैसस की समझ में यह बात कभी न आती थी कि कैसे बहुत से ग़रीब घरों में पैदा हुए और संस्कारहीन व्यक्तियों के पास इतना पैसा इकट्ठा हो जाता था जितने की आशा भी उसके बहुत से मित्र कभी न कर सकते थे। यह तो मानना ही होगा कि वे इस भद्दे आदमी से कम योग्य न होते थे। मुझी को लो। मैं जानता हूँ कि फ़ौज के आदमी की शकल में मेरी क्या क़ीमत है। मेरे अन्दर काम को पक्की तरह से करने की वह लगन और दृढ़ता है जो रोमनों का अपना ख़ास गुण है और मैं फ़ौजी दाँव-पेच को अनायास ही पकड़ में आ जानेवाली चीज़ नहीं समझता। जितनी भी लड़ाइयों के इतिवृत्त मिलते हैं मैंने वे सब पढ़े हैं और सभी अच्छे-से-अच्छे यूनानी इतिहासकारों को पढ़ा है। और न मैंने स्पार्टकस की ताक़त को कम करके आँकने की भूल ही की है जैसी कि इस लड़ाई में मेरे पहले के सभी सेनापतियों ने की थी। और तब भी खाने की मेज़ पर

इस जघन्य व्यक्ति के सामने बैठे हुए वह अपने-आप को न जाने क्यों हीन-सा अनुभव कर रहा था।

उसने अपने कन्धे उचकाए और बाटियाटस से कहा, "आप इस बात को अच्छी तरह समझ लें कि जहाँ तक स्पार्टकस से आपका सम्बन्ध रहा है उसके बारे में या ग्लैडिएटरों की लड़ाई के बारे में मेरे मन में कोई भाव नहीं है। मैं कोई नीति और सदाचार का उपदेशक नहीं हूँ। मुझे आपसे बात इसलिए करनी थी कि आप मुझे ऐसी कुछ बातें बतला सकेंगे जो दूसरा कोई न बतला सकेगा।"

"और वह क्या?" बाटियाटस ने पूछा।

"मेरे शत्रु का स्वभाव।"

उस मोटे आदमी ने अपने लिए और शराब ढाली और अपनी एक आँख बन्द करके सेनापति को देखा। एक सन्तरी खेमे में आया और दो जले हुए लैम्प मेज़ पर रख गया। शाम हो चुकी थी।

लैम्प की रोशनी में लेंटुलस बाटियाटस कोई दूसरा ही आदमी नज़र आता था। गोधूलि की बेला उस पर कृपालु थी। अब रोशनी उसके चेहरे पर नाच रही थी। वह एक रूमाल से अपने चेहरे को मल रहा था जिससे उसके गोश्त की मोटी-मोटी तहों पर पड़ती हुई परछाइयाँ इधर-उधर हो रही थीं। उसकी बड़ी-सी चपटी नाक बराबर एक अजीब ढंग से फड़क रही थी और धीरे-धीरे उस पर नशा चढ़ रहा था। उसकी आँखों की उस ठंडी चमक से क्रैसस ने समझ लिया कि इस आदमी को ग़लत समझने की भूल न करनी चाहिए। यह कोई बौड़म आदमी नहीं है, सीधा-सादा ख़ुशमिज़ाज बौड़म आदमी। नहीं, हरगिज़ नहीं।

"मैं आपके शत्रु के बारे में क्या जानूँ?"

बाहर बिगुल बज रहे थे। शाम की क़वायद खतम हो गई थी और दौड़ते हुए सिपाहियों के बूटों की गूँज से खेमा काँप रहा था।

"मेरा केवल एक शत्रु है। स्पार्टकस मेरा शत्रु है," क्रैसस ने अपनी बात को तौलते हुए सावधानी से कहा।

उस मोटे आदमी ने रूमाल से अपनी नाक साफ़ की।

"और तुम स्पार्टकस को जानते हो?" क्रैसस ने कहा।

"जानता तो हूँ, इससे इनकार कैसे करूँ।"

"दूसरा कोई नहीं जानता। बस तुम जानते हो। जो लोग स्पार्टकस से लड़े उनमें से कोई उसको न जानता था। वे ग़ुलामों से लड़ने के लिए गए थे। उनका ख़याल था कि वे अपने बिगुल बजाएँगे, नगाड़े पीटेंगे, अपने भारी पिलम फेंकेंगे और ग़ुलाम मारे जाएँगे। न जाने कितनी बार उनकी फ़ौजों के चीथड़े हो गए मगर तब भी उन्हें यह उम्मीद बनी रही। और जो सचाई थी वह अपनी जगह पर बनी रही और इसीलिए रोम आज आख़िरी बार उससे लोहा लेने की कोशिश कर रहा

है और अगर अपनी कोशिश में वह नाकाम रहता है तो फिर रोम का नाम-निशान मिट जाएगा। मेरी ही तरह तुम भी इस बात को अच्छी तरह जानते हो।"

वह मोटा आदमी ज़ोर से हँसा। उसने अपना पेट पकड़ लिया और हँसता हुआ वापस अपने स्टूल पर बैठ गया।

"तुम्हें यह बात बहुत मज़ाक़ की मालूम हो रही है?" क्रैसस ने पूछा।

"सचाई हमेशा मज़ाक़ से भरी होती है।"

क्रैसस को ग़ुस्सा आया मगर वह अपने ऊपर ज़ब्त कर गया और हँसी के थमने का इन्तज़ार करने लगा।

"रोम न रह जाएगा; बस स्पार्टकस रह जाएगा।" उस मोटे आदमी का कहकहा, अब धीमी हँसी में बदल गया था और उसको देखते हुए क्रैसस सोचने लगा कि यह शराब का नशा ही है या इस आदमी के दिमाग़ में कोई फ़ितूर है। देश में कैसी-कैसी चीज़ें पैदा होती हैं। इस लानिस्ता को देखो, जो ग़ुलामों को ख़रीदता और उन्हें लड़ने की ट्रेनिंग देता है। निश्चय ही वह इसी बात पर हँस रहा है। मैं, क्रैसस, भी तो लोगों को लड़ने की ट्रेनिंग देता हूँ।

"आपको चाहिए कि मुझे फाँसी पर लटका दें। आपको इस तरह मुझे खिलाना-पिलाना न चाहिए," बाटियाटस ने धीमे से फुसफुसाकर बहुत आजिज़ी से यह बात कही और अपने लिए गिलास में और शराब ढाली।

सेनापति ने बातचीत के रुख़ को फिर अपनी ज़रूरतों की तरफ़ मोड़ते हुए कहा, "मुझे स्वप्न आया करता था, एक प्रकार का दुःस्वप्न। कुछ वैसा सपना जैसा कि आदमी को बार-बार आता है।"

बाटियाटस ने बात को समझते हुए सिर हिलाया।

"और इस सपने में मैं आँखों पर पट्टी बाँधकर लड़ रहा होता। यह बात बहुत भयानक है मगर है युक्तिसंगत। देखिए, मैं इस बात को नहीं मानता कि सभी सपने आगे आनेवाली घटनाओं की पूर्वसूचना देनेवाले होते हैं : बहुत से सपने केवल उन समस्याओं की छाया होते हैं जिनका सामना व्यक्ति जागते में करता है। स्पार्टकस एक अज्ञात सत्ता है। अगर मैं उससे लड़ने के लिए जाता हूँ तो इसका मतलब होता है कि मेरी आँखों पर पट्टी बँधी होती है। दूसरी परिस्थितियों में यह बात नहीं होती। मैं जानता हूँ कि गॉल क्यों लड़ते हैं। मैं जानता हूँ कि यूनानी और स्पेनी और जर्मन लोग क्यों लड़ते हैं। वे थोड़े-बहुत स्वाभाविक हेर-फेर के साथ बहुत कुछ उन्हीं कारणों से लड़ते हैं जिनसे कि मैं लड़ता हूँ। मगर मैं नहीं समझ पाता कि यह ग़ुलाम क्यों लड़ता है। मैं नहीं समझ पाता कि कैसे वह दुनिया-भर के कूड़े-करकट को लेकर, एक भीड़ को लेकर आगे बढ़ता है और उनकी मदद से ऐसी सेनाओं का सफ़ाया कर देता है जिनसे अच्छी सेना संसार ने आज तक नहीं देखी। हमारे एक रोमन सैनिक के निर्माण में पाँच बरस लगते हैं। उसको यह

समझाने में पाँच बरस लगते हैं कि उसके अपने जीवन का कोई मूल्य नहीं है, कि मूल्य केवल उसकी सेना का है और वही सर्वोपरि है, कि आदेश का पालन होना ही चाहिए, चाहे वह कैसा ही आदेश क्यों न हो। हर रोज़, दिन में दस घंटे, और इस तरह के पाँच बरसों की ट्रेनिंग और उसके बाद तुम उन्हें पहाड़ की चोटी पर ले जाकर अगर सामने की तरफ़ महाशून्य में, जिसके नीचे केवल खाई है, पैर बढ़ाने को कहो तो भी वे तुम्हारे आदेश का पालन करेंगे। और तब भी इन ग़ुलामों ने रोम की सबसे अच्छी सेनाओं का सफ़ाया कर दिया।

"इसीलिए मैंने आपको कापुआ से बुलाया ताकि आप मुझे स्पार्टकस के बारे में बतलाएँ। ताकि मैं अपनी आँख पर बँधी हुई पट्टी को अलग कर सकूँ।"

बाटियाटस ने गम्भीरतापूर्वक सिर हिलाया। अब वह मुलायम पड़ा। बड़े-बड़े सेनापति भी उससे अपनी राज़ की बातें कहते हैं और वह उन्हें सलाह देता है और यही तो होना चाहिए, यही तो ठीक बात है।

क्रैसस ने कहा, "सबसे पहले तो ख़ुद वह आदमी। मुझे उस आदमी के बारे में बतलाओ। देखने में वह कैसा है? तुमने उसे कहाँ पाया?"

"आदमी दीखता कुछ है, होता कुछ है।"

"सच, बहुत सच, और जब यह बात तुमने समझ ली तो इसका मतलब है कि तुमको आदमी की पहचान है।" बाटियाटस को ख़ुश करने के लिए इससे अच्छी दूसरी बात न हो सकती थी।

"उसका स्वभाव नरम था, बहुत नरम, इतना कि उसे विनयी भी कहा जा सकता है और वह थ्रेस का रहने वाला है। उसके बारे में इतनी ही बात सच है।" बाटियाटस ने अपनी एक उँगली शराब में डुबोई और मेज़ पर उसको बूँद-बूँद टपकाते हुए अपनी बात कहने लगा, "लोग कहते हैं कि देखने में वह बहुत लहीम-शहीम है; मगर नहीं, नहीं, ज़रा भी नहीं। वह कुछ ख़ास लम्बा भी नहीं। उसकी लम्बाई भी मैं समझता हूँ कि आप ही के बराबर होगी। मद्धिम रंग, घुँघराले बाल, गहरी भूरी आँखें। उसकी नाक टूट गई थी वरना मैं समझता हूँ कि उसको ख़ूबसूरत भी कहा जा सकता था। मगर उस टूटी हुई नाक के कारण उसके चेहरे का भाव कुछ भेड़ जैसा हो गया था। उसका चेहरा चौड़ा और खुला हुआ और बहुत सीधा-सादा सा था और इन्हीं सब बातों से उसको देखकर धोखा हो सकता था। अगर किसी दूसरे ने वही हरकतें की होतीं जो उसने कीं तो मैंने उसे मार डाला होता।"

"कैसी हरकतें?" क्रैसस ने पूछा।

"आह..."

"मैं चाहता हूँ कि तुम साफ़-साफ़ दिल खोलकर बात करो क्योंकि मैं उस आदमी की सही तसवीर पाना चाहता हूँ," क्रैसस ने धीरे-धीरे कहा, "मैं इस बात का तुम्हें यक़ीन दिलाना चाहता हूँ कि तुम जो कुछ मुझसे कहोगे वह किसी दूसरे

को मालूम नहीं होने पाएगा।" उसने थोड़ी देर के लिए उस विशेष घटना के प्रति आग्रह नहीं दिखलाया जिसके लिए बाटियाटस ने स्पार्टकस को मार डालने की बात कही थी और बोला, "मैं उसकी पृष्ठभूमि के बारे में जानना चाहता हूँ; तुमने उसको कहाँ ख़रीदा और वह क्या था?"

"वह क्या था? ग्लैडिएटर के बारे में यह सवाल ही कहाँ उठता है?" बाटियाटस ने मुस्कराकर कहा, और हाथ फैला दिये, "वह निरा ग़ुलाम तो होता नहीं, आप जानते ही हैं; कम-से-कम कापुआ के ग्लैडिएटर कोई मेरे ग़ुलाम नहीं होते। वे एक ख़ास तरह के लोग होते हैं। अगर तुमको कुत्ते लड़ाने का शौक़ है तो तुम नन्ही-नन्ही लड़कियों के हाथों पले हुए, घर के अन्दर रहनेवाले नाज़ुक कुत्ते तो ख़रीदते नहीं। उसी तरह अगर तुम आदमियों को लड़ाते हो तो तुम्हें ऐसे आदमियों की ज़रूरत होती है जो लड़ सकते हैं, ऐसे आदमी जो ग़ुस्सा करना जानते हैं, जो नफ़रत कर सकते हैं, जिनके भीतर पित्त का तीखा ज़हर है। इसलिए मैं अपने दलालों को बतला देता हूँ कि मैं ऐसे आदमियों की ख़रीद करने के लिए आया हूँ जिनके अन्दर यह तीखा ज़हर है। इस तरह के लोग घर के भीतर ख़िदमतगारी के काम के नहीं होते और न ही खेतों के काम के होते हैं कि उन्हें जागीरों पर लगाया जा सके।"

"उन्हें जागीरों पर क्यों नहीं लगाया जा सकता?" क्रैसस ने पूछा।

"क्योंकि अगर आदमी भीतर से टूट चुका है तो मुझे उसकी ज़रूरत नहीं और अगर तुम उसको तोड़ नहीं सकते तो तुम उसको चाहे मार ही डालो मगर उससे काम नहीं ले सकते। वह काम को ख़राब कर देता है। वह दूसरों को भी ख़राब कर देता है जो कि काम करते हैं। उसे एक रोग समझो।"

"तब फिर वह लड़ता क्यों है?"

"हाँ, यही तो सवाल है और अगर तुम इस सवाल का जवाब नहीं दे सकते तो ग्लैडिएटरों के संग काम नहीं कर सकते। पुराने ज़माने में अखाड़े में लड़नेवाले इन लोगों को बुस्तुआराई कहा जाता था। वे लोग लड़ते थे क्योंकि उन्हें लड़ना अच्छा लगता था और उनके दिमाग़ में एक पागलपन रहता था और ऐसे लोग बहुत थोड़े होते थे और वे ग़ुलाम न होते थे।" उसने अर्थपूर्ण ढंग से अपने सिर को छुआ और कहा, "जब तक किसी के दिमाग़ में इस जगह पर कोई ख़राबी न हो वह ऐसे नहीं लड़ सकता कि ख़ून से लथपथ हो जाए। किसी को यह चीज़ अच्छी नहीं मालूम होती। ग्लैडिएटर को भी लड़ना अच्छा नहीं मालूम होता। वह लड़ता इसलिए है कि तुम उसके हाथ में एक हथियार थमा देते हो और उसकी ज़ंजीरें खोल देते हो। और उसके हाथ में जब हथियार होता है तब वह कल्पना करने लगता है कि वह आज़ाद है; और यही वह चीज़ है जिसकी कि उसे चाह है, यही कि उसके हाथ में हथियार हो और वह कल्पना करे कि वह आज़ाद है। और तब फिर उसकी अक़्ल

से तुम्हारी अक़्ल की टक्कर होती है और चूँकि वह बहुत बदमाश होता है इसलिए तुमको भी उसके संग बदमाश बनना पड़ता है।"

"और ऐसे आदमी तुम्हें मिलते कहाँ हैं?" क्रैसस ने पूछा। इस आदमी ने, जो अपने व्यवसाय को समझता था, जिस सीधे-सादे सपाट ढंग से अपनी बात कही थी उससे क्रैसस को काफ़ी हैरानी भी हुई थी और गहरी दिलचस्पी भी मालूम हुई थी।

"सिर्फ़ एक जगह है जहाँ इस तरह के आदमी मिल सकते हैं जिनकी मुझे ज़रूरत होती है। सिर्फ़ एक जगह। खानों में। केवल खानों में और कहीं नहीं। उन्हें ऐसी जगह से आना होगा जिसके मुक़ाबले में सेना भी स्वर्ग है, जागीर पर काम करना भी स्वर्ग है और यहाँ तक कि फाँसी भी मुक्ति है। यही वह जगह है जहाँ मेरे दलाल उनको पाते हैं। उसी जगह उन्होंने स्पार्टकस को भी पाया। और वह कोरू था। आप समझते हैं इस शब्द का क्या मतलब है? मेरा ख़याल है कि यह मिस्री भाषा का शब्द है।"

क्रैसस ने सिर हिलाकर इनकार किया।

"इसका मतलब होता है तीन पीढ़ियों का ग़ुलाम। ग़ुलाम के बेटे का बेटा। मिस्री ज़बान में इस लफ़्ज़ का मतलब एक तरह का ग़लीज़ जानवर भी होता है। पेट के बल घिसटनेवाला एक जानवर। एक ऐसा जानवर जिसे दूसरे जानवर भी नहीं छूते, कोरू का यही मतलब है। आप पूछ सकते हैं कि मिस्र में यह चीज़ क्यों शुरू हुई? मैं आपको बतलाता हूँ। दुनिया में लानिस्ता से, अखाड़े के मालिक से भी गई-गुज़री चीज़ें हैं। मैं जब आपके इस खेमे में आया तो आपके अफ़सरों ने बार-बार मुझे देखा। क्यों? क्यों? इसीलिए न कि हम सब बूचड़ हैं और गोश्त के टुकड़ों का सौदा करते हैं। अगर यह बात न थी तो और क्या बात थी?"

वह शराब के नशे में चूर था। ग्लैडिएटरों का वह उस्ताद जो कापुआ में अपना स्कूल चलाता था, वह मोटा आदमी, इस वक़्त उसे अपने ऊपर बहुत दया आ रही थी। इस वक़्त उसकी आत्मा बोल रही थी। गन्दे मोटे सूअर के पास भी, जो ग़लाज़त पर ही जीता है, आत्मा होती है।

"और स्पार्टकस कोरू था," क्रैसस से धीमे से कहा, "क्या स्पार्टकस मिस्र से आया था?"

बाटियाटस ने हामी भरी, "वह थ्रेस का रहने वाला था मगर मिस्र से आया था। मिस्र की सोने की खानों के मालिक एथेन्स से ग़ुलाम ख़रीदते हैं और जहाँ तक होता है, कोरू लोगों को ख़रीदते हैं और थ्रेस के ग़ुलाम ख़ास अच्छे समझे जाते हैं।"

"क्यों?"

"कहा जाता है कि वे लोग ज़मीन के नीचे काम करने में अच्छे होते हैं।"

"अच्छा यह बात है। मगर तब फिर यह क्यों कहा जाता है कि स्पार्टकस को यूनान में ख़रीदा गया?"

"मैं क्या जानूँ कि क्या-क्या बातें कही जाती हैं और क्यों कही जाती हैं? मगर मैं जानता हूँ कि उसे कहाँ ख़रीदा गया क्योंकि मैंने ही उसे ख़रीदा। तीब्ज़ में। आप मुझ पर सन्देह करते हैं? क्या मैं झूठ बोल रहा हूँ? क्या इसलिए कि मैं मोटा-ताज़ा लानिस्ता हूँ और गॉल में इस गन्दी बारिश में अकेले आदमी की तरह बैठा हुआ हूँ, जिसके आगे-पीछे कोई नहीं है? आख़िर क्यों अकेलापन ही मेरा साथी है? आपको मुझे नीची निगाह से देखने का क्या हक़ है? आप की ज़िन्दगी आपकी है और मेरी ज़िन्दगी मेरी।"

"आप मेरे सम्मानित अतिथि हैं। मैं आपको नीची निगाह से नहीं देखता," क्रैसस ने कहा।

बाटियाटस मुस्कराया और उसकी ओर झुका, "आप जानते हैं मुझे क्या चाहिए? आप जानते हैं मुझे किस चीज़ की ज़रूरत है? हम दोनों दुनियावी आदमी हैं। मुझे एक औरत चाहिए। आज रात।" उसकी आवाज़ फटी हुई मगर नरम थी और उसमें याचना का स्वर था, "मुझे औरत क्यों चाहिए? वासना के कारण नहीं, अपने अकेलेपन के कारण। ताकि मैं अपने ज़ख़्मों पर मरहम रख सकूँ। आपके पास औरतें हैं। आदमी अपने-आप को औरतों से काटकर अलग नहीं करते।"

क्रैसस ने कहा, "पहले तुम मुझे स्पार्टकस और मिस्र के बारे में बतलाओ। उसके बाद हम लोग औरतों के बारे में बात करेंगे।"

3

और इस तरह देखने में आया कि इसके पहले ईसाई धर्म की किताबों और धार्मिक उपदेशों में नरक की बात आई और शायद बाद में भी धरती पर एक नरक था जिसे लोगों ने देखा और ग़ौर से देखा और ख़ूब अच्छी तरह पहचाना। क्योंकि यह मनुष्य का स्वभाव है कि वह उन्हीं नरकों के बारे में लिख सकता है जिनकी वह पहले रचना कर लेता है।

जुलाई के भयानक सूखे महीने में नील नदी से तीब्ज़ को जाओ। सिर्फ़ पहले प्रपात तक जाओ और वहाँ पहुँचकर ही तुम शैतान के अपने राज में पहुँच जाते हो। ज़रा देखो कि नदी किनारे की हरियाली कैसी सूख गई है, सिकुड़ गई है। तुम देखोगे कि रेगिस्तान की पहाड़ियाँ और टीले बारीक से भी बारीक बालू में तब्दील हो गए हैं। धुआँ और बारूद। हवा उसे छूती है और यहाँ उसका विस्फोट होता है और वहाँ दूर-दूर तक उसके पंजे पहुँच जाते हैं। गरमी के दिनों में नदी जहाँ धीरे-धीरे बहती है उसके ऊपर सफ़ेद धूल की एक तह होती है। हवा में भी धूल होती है और अभी से गरमी बहुत तेज़ हो चुकी रहती है।

मगर इस जगह पर कम-से-कम कुछ हवा तो होती है। अब तुम पहले प्रपात

को पारकर आए हो और तुम्हें नूबियन रेगिस्तान में दाख़िल होना है जो कि दक्खिन में और पूरब में फैला हुआ है। इस रेगिस्तान में तुम इतनी दूर तक चले जाओ कि नदी पर की वह थोड़ी सी हवा भी बाक़ी न रहे, मगर इतनी दूर नहीं कि लाल सागर से आती हुई हवा का एक हल्का-सा झोंका भी न मिल सके। और तब तुम दक्खिन की ओर बढ़ो।

एकाएक, वहाँ पहुँचकर, तेज़ हवा रुक जाती है और धरती मर जाती है। वहाँ बस फिर साँस लेने की हवा रह जाती है और वह भी जैसे गरमी से कलप की हुई, गरमी से काँपती हुई और वहाँ मनुष्य की इन्द्रियाँ भी अयोग्य हो जाती हैं क्योंकि जो चीज़ जैसी है वैसी दिखाई नहीं देती और सभी कुछ गरमी से ऐंठ जाता है, बरर जाता है और रेगिस्तान भी अब पहले जैसा नहीं रह जाता। बहुत से लोग यह सोचते हैं कि रेगिस्तान सब जगह एक-सा होता है, यह उनका भ्रम है। क्योंकि रेगिस्तान का मतलब होता है पानी की कमी और पानी की कमी कहीं कैसी है और कहीं कैसी। इसलिए रेगिस्तान भी उस जगह के प्राकृतिक दृश्य और भूमि के स्वभाव के अनुसार बदलता चलता है। चट्टानी रेगिस्तान और पहाड़ी रेगिस्तान और रेतीला रेगिस्तान और सफ़ेद नमक का रेगिस्तान और ज्वालामुखी के लावे का रेगिस्तान—और इन सबके ऊपर सफ़ेद धूल के बगूले का वह भयानक रेगिस्तान जिस पर मौत के अपने दस्तख़त होते हैं।

यहाँ एक भी चीज़ नहीं पैदा होती। चट्टानी रेगिस्तानी की वह सूखी, रेतीले रेगिस्तान की वह अकेली ऐंठी हुई, सख़्त, चीमड़ झाड़ियाँ भी नहीं; खड़ी हुई उदास सरपत भी नहीं। कुछ भी नहीं।

इस रेगिस्तान के अन्दर घुसो। सफ़ेद धुस्से में होकर अपने थके हुए पैर लिये घुसो और उस वक़्त महसूस करो कि कैसे भयानक गरमी की लहरें आकर तुम्हारी पीठ से टकराती हैं। इतनी गरम, इतनी गरम जितनी कि हो सकती हैं मगर तब भी इतनी नहीं कि आदमी मर जाए और छुट्टी पाए। नहीं, जिये और भोगे। ऐसा है यहाँ पर। इस तपते हुए डरावने रेगिस्तान के बीच से रास्ता बनाओ। और तब समय अनन्त हो जाता है और स्थान दुःस्वप्न की एक विभीषिका। मगर तब भी तुम हो कि चलते जाते हो, चलते जाते हो, चलते जाते हो, चलते जाते हो। नरक और क्या है? नरक वहाँ आरम्भ होता है जहाँ जीवन के सीधे-सादे आवश्यक व्यापार भी यंत्रणा बन जाते हैं और यह ज्ञान युग-युगान्तर से चले आते उन सभी लोगों के हिस्से में पड़ा है जिन्होंने इस धरती पर ख़ुद इनसान के बनाए हुए नरक का स्वाद जाना है। अब तो चलने में, साँस लेने में, देखने में, सोचने में हर बात में डर मालूम होता है। मगर यह चीज़ सदा नहीं रहती। एकाएक धुन्ध छँटती है और नरक की अगली मंज़िलें दिखाई देने लगती हैं। तुम्हें अपनी आँखों के सामने पहाड़ की काली चोटियाँ नज़र आती हैं, अजीबोग़रीब, किसी डरावने सपने में देखी हुई-सी काली

चोटियाँ। यह काले पत्थर की चट्टानी दीवार है। तुम काले पत्थर की ओर बढ़ते हो और तब तुम्हें दिखाई देता है कि उस काले पत्थर के बीच चमकते हुए सफ़ेद संगमरमर की तमाम लरें ही लरें हैं। ओह, ओह, कितना उज्ज्वल है संगमरमर, कितना श्वेत! वाह रे, कैसा दब-दब चमक रहा है, कैसी स्वर्गिक दीप्ति है और उचित ही तो है क्योंकि स्वर्ग के मार्ग में सोने की ईंटें बिछी हुई हैं और इस सफ़ेद संगमरमर में अद्भुत सोना है। इसीलिए लोग यहाँ पर आए और इसीलिए तो तुम भी यहाँ पर आ रहे हो क्योंकि संगमरमर के गर्भ में अकूत सोना है। और पास जाकर देखो। यह बहुत पुरानी बात है कि मिस्र के फरऊनों ने इन काली चट्टानों को तलाश किया था; मगर तब उनके पास सिर्फ़ ताँबे और काँसे के औज़ार थे और इसलिए वे सिर्फ़ ऊपर ही ऊपर छील और खुरच पाते थे। मगर बहुत पीढ़ियों तक ऊपर ही ऊपर खुरचते-खुरचते सोना खतम हो गया और इस बात की ज़रूरत हुई कि काली चट्टान के भीतर पैठा जाए और सफ़ेद संगमरमर को काटा जाए। अब यह बात सम्भव थी क्योंकि ताँबे का युग खतम हो गया था और लोहे का युग आ गया था। और अब लोग कुदालियों और लोहे के पच्चरों और नौसेरे हथौड़ों से संगमरमर की खुदाई कर सकते थे।

मगर अब एक नये तरह के आदमी की ज़रूरत थी। वह गरमी और धूल और शरीर की वह तोड़-मरोड़ जो सोना वहन करनेवाली उन टेढ़ी-मेढ़ी लरों के पीछे-पीछे चलते हुए चट्टान के भीतर पैठने के लिए ज़रूरी थी, उनके कारण इथियोपिया या मिस्र के किसानों को काम पर लगाना असम्भव हो गया था और जो साधारण ग़ुलामों की बात कहो तो एक तो उनके दाम बहुत थे और दूसरे उनको मरने में भी देर न लगती थी। इसलिए इस जगह पर ले आए गए लड़ाई की आग में तपे हुए सिपाही जो कि ग़ुलाम बना लिये गए थे और ले आए गए तीन पीढ़ियों से ग़ुलाम बच्चे जो कि कोरू थे, ग़ुलाम की औलाद की औलाद, जिनका जन्म और पालन-पोषण एक ऐसी प्रणाली में हुआ था जिसमें केवल वही बच पाते थे जो मज़बूत और सख़्तजान होते थे। और बच्चों की ज़रूरत तो जैसे थी ही क्योंकि काली चट्टान की दीवार के भीतर जहाँ वे तहें सँकरी हो जाती थीं वहाँ बस बच्चा ही काम कर सकता था। फ़रऊनों का वह पुराना वैभव और उनकी वह ताक़त खतम हो गई थी और मिस्र के यूनानी बादशाहों की थैलियाँ छीज गई थीं : उनके ऊपर अब रोम का हाथ पड़ गया था और ग़ुलामों के रोमन व्यापारियों ने खानें अपने हाथों में ले ली थीं। कुछ भी कहो, ग़ुलामों से अच्छी तरह काम लेना बस रोमनों को आता था।

और इस तरह तुम खानों पर पहुँचते हो, वैसे ही जैसे स्पार्टकस पहुँचा था, एक सौ बाईस थ्रेसियन जो एक लम्बी क़तार में चल रहे थे, जिन सबकी गर्दनों में लोहे की एक ही ज़ंजीर थी जो उन्हें बाँधे हुए थी। उन्होंने अपनी जलती हुई ज़ंजीरों को ढोते हुए पहले प्रपात से अपना सफ़र शुरू करके पूरे रेगिस्तान को पार किया।

उस क़तार में सामने की तरफ़ से बारहवाँ आदमी स्पार्टकस है। वह प्राय: नग्न है और थोड़ी देर में बिलकुल नंगा हो जाएगा। वह एक छोटी-सी लँगोटी लगाए है, उसके बाल लम्बे हैं और उसकी दाढ़ी बढ़ी हुई है, उसी तरह जैसे उस क़तार में सभी के बाल लम्बे हैं और सभी की दाढ़ी बढ़ी हुई है। उसकी चप्पल एकदम घिस गई है लेकिन जो भी राहत उनसे मिल सके उन्हीं की ख़ातिर वह उस चप्पल को पहने है; यद्यपि उसके पैर की खाल चौथाई इंच मोटी और चमड़े की तरह सख़्त है, तब भी वह रेगिस्तान की जलती हुई रेत से उसकी रक्षा करने में असमर्थ है।

कैसा है यह आदमी स्पार्टकस? वहाँ रेगिस्तान में अपने गले की भारी ज़ंजीर को ढोते हुए स्पार्टकस की उमर तेईस साल है : मगर उसकी उमर की कोई निशानी उसके ऊपर नहीं है, वह तो उन लोगों में जिन्हें उनका कड़े श्रम का जीवन ही एक प्रकार से वयसातीत बना देता है, जो न कभी किशोर होते हैं, न युवा और न वृद्ध, जो सदा एक से रहते हैं, हाँ वयसातीत। सिर से पैर तक वह रेत की सफ़ेद धूल से ढक गया है और वह धूल उसके बालों में और दाढ़ी में और चेहरे में समा गई है। मगर उस रेत के नीचे उसके शरीर की खाल पकी हुई जली हुई मिट्टी के रंग की हो गई है, वैसी ही जैसी उसकी वे काली-काली, गहरी और पैनी आँखें जो उसके मुर्दों जैसे चेहरे पर हिंस्र घृणा के लाल अंगारों की तरह चमक रही हैं। उसके जैसे लोगों के लिए वह पकी हुई मिट्टी के रंग की खाल ज़िन्दगी की एक ज़रूरी शर्त है। गोरी चमड़ी और पीले बालोंवाले उत्तरी भूमि के ग़ुलाम खानों में काम नहीं कर सकते : सूरज उन्हें भूनकर रख देता है और वे मर जाते हैं, बड़ी तकलीफ़ से मर जाते हैं।

कहना कठिन है कि स्पार्टकस लम्बा है या नाटा क्योंकि ज़ंजीर में जकड़े हुए लोग पीठ सीधी करके नहीं चला करते और उनका शरीर ख़ूब बटी हुई मज़बूत कोड़े की रस्सी का-सा चीमड़ और नमक लगा-लगाकर धूप में सुखाए हुए गोश्त के टुकड़े के समान है, जो ख़ुश्क तो है, जिसमें पानी ज़रा भी नहीं बचा है, मगर जिसमें मांस अभी बाक़ी है। न जाने कितनी पीढ़ियों तक छाँटने की, पछोरने की यह क्रिया चलती रही और थ्रेस के पथरीले पहाड़ों पर ज़िन्दगी कभी आसान न थी, इसलिए जो चीज़ उस इम्तहान में से बचकर निकलती थी वह सख़्त होती थी और ज़िन्दगी पर उसकी पकड़ मज़बूत होती थी। वह मुट्ठी-भर गेहूँ जो उसकी रोज़ की ख़ुराक है, जौ की वह सख़्त सपाट लिट्टियाँ ऐसी हैं कि उनके शरीर को पुष्टि देनेवाली एक चीज़ नहीं हैं मगर शरीर इतना जवान है कि स्वयं अपने को पुष्टि दे लेता है। उसकी गर्दन मोटी और तगड़ी है मगर जिस जगह पर काँसे का पट्टा पड़ा है वहाँ पर घावों के नासूर बन गए हैं। उसके कन्धों पर अच्छे कसे हुए गोश्त की तहें हैं और उसके शरीर का अनुपात इतना सम है कि वह आदमी अपनी लम्बाई से कम लम्बा नज़र आता है। उसका चेहरा चौड़ा है और चूँकि कभी किसी

दारोग़ा के डंडे ने उसकी नाक तोड़ दी थी, इसलिए उसका चेहरा जितना सपाट है उससे ज़्यादा सपाट दिखाई देता है और चूँकि उसकी काली आँखें एक-दूसरे से काफ़ी दूर हैं, इसलिए उनमें भेड़ों जैसा एक भोलापन है। धूल की तहों और दाढ़ी से ढका हुआ उसका मुँह बड़ा और होंठ भरे-भरे हैं, रागवान और संवेदनशील और उसके होंठ जब पीछे हटते हैं—मुस्कराहट में नहीं दर्द की टीस में—तो तुम्हें दिखाई देता है कि उसके दाँत सफ़ेद और बराबर से जड़े हुए हैं। उसके हांथ बड़े और चौकोर और ख़ूबसूरत हैं : सच बात यह है कि उसके शरीर में अगर कोई ख़ूबसूरत चीज़ है तो यही हाथ।

हाँ, तो यही स्पार्टकस है, वह थ्रेसियन ग़ुलाम। ग़ुलाम के बेटे का बेटा। कोई उसके भाग्य को नहीं जानता और भविष्य ऐसी किताब नहीं जिसे खोलकर कोई पढ़ ले और अतीत भी—जबकि वह अतीत कड़ी-से-कड़ी मेहनत छोड़कर और कुछ न हो—नाना प्रकार की पीड़ाओं के कुहासे में डूब जाता है। हाँ, तो यही स्पार्टकस है जो भविष्य को नहीं जानता और अतीत को याद करने के लिए जिसके पास कोई कारण नहीं है और कभी उसके मन में यह विचार नहीं आया है कि वे जो मशक़्क़त करते हैं कभी और कुछ भी करेंगे और न यही बात उसके मन में आई है कि कभी ऐसा भी समय आएगा जब मेहनत से चूर आदमियों की पीठ पर कोड़े नहीं बरसेंगे।

उस गरम रेत में अपने थके हुए पैर लिये धीरे-धीरे चलते हुए वह क्या सोच रहा है? तो उस सम्बन्ध में यह जानना ज़रूरी है कि जब लोगों के गले में ज़ंजीर होती है तो सोचने के लिए उनके पास कुछ ख़ास नहीं रहता और तब यही सोचना काफ़ी होता है और इससे ज़्यादा कुछ न सोचना ही ठीक होता है कि अब फिर मैं कब खाऊँगा, कब पिऊँगा, कब सोऊँगा? इसलिए स्पार्टकस के दिमाग़ में या उसके थ्रेसियन साथियों के दिमाग़ में जो उसके साथ ज़ंजीर में बँधे हुए चल रहे हैं, कोई पेचीदा ख़याल नहीं है। इनसानों को जब तुमने जानवर बना दिया तब फिर वे फ़रिश्तों की बात नहीं सोच सकते।

मगर अब दिन खतम होने आ रहा है और दृश्य बदल रहा है और ऐसी ज़िन्दगी में बँधे हुए लोग छोटी-छोटी उत्तेजनाओं और मनबहलाव को पकड़ने के लिए दौड़ते हैं। स्पार्टकस आँख उठाता है और उसे चट्टानी दीवार की वह काली पट्टी दिखाई देती है। ग़ुलामों के पास अपना भूगोल होता है और गो कि वे समुद्रों के आकार, पहाड़ों की ऊँचाई और नदियों की दिशा के बारे में नहीं जानते तो भी स्पेन की चाँदी की खानों और अरब की सोने की खानों और उत्तरी अफ़्रीका की लोहे की खानों और काकेशस की ताँबे की खानों और गॉल की टीन की खानों के बारे में ख़ूब जानते हैं। उनके पास विभीषिका का अपना शब्दकोश होता है, वे इस ज्ञान से सान्त्वना पा लेते हैं कि जहाँ पर वे हैं उससे भी बुरी कोई और जगह

है : मगर सच बात यह है कि नूबिया की उन काली चट्टानों से बुरी जगह समूचे संसार में नहीं है।

स्पार्टकस उस चट्टानी दीवार को देखता है, दूसरे उसको देखते हैं और उस पूरी क़तार की थकी हुई, दर्द में डूबी हुई गति थम जाती है और पानी, और गेहूँ का बोझ उठाए ऊँट भी थम जाते हैं और वे दारोग़ा भी रुक जाते हैं जिनके हाथों में कोड़े हैं और बल्लम हैं। सभी नरक की इस काली पट्टी को देखते हैं। और वह क़तार फिर चल पड़ती है।

जब वे उस काली चट्टान के पास पहुँचते हैं तब सूरज उस चट्टान के पीछे डूब रहा होता है और उस वक़्त वह चट्टान और भी काली, और भी बर्बर, और भी मनहूस हो जाती है। यह दिन के काम का अन्त है और ग़ुलामों की टोलियाँ खान में से बाहर आ रही हैं।

स्पार्टकस सोचता है, ये क्या हैं, ये क्या हैं?

और उसके पीछे वाला आदमी धीरे से बुदबुदाता है, "भगवान मेरी मदद कर!"

मगर भगवान यहाँ उसकी मदद नहीं करेगा। भगवान यहाँ नहीं है, भगवान का यहाँ क्या काम? और तब स्पार्टकस की समझ में आता है कि ये चीज़ें जिन्हें वह देख रहा है रेगिस्तान के कोई विशेष जन्तु नहीं हैं बल्कि उसके जैसे ही आदमी हैं और बच्चे हैं जैसा कि वह भी कभी था। यही हैं वे। मगर उनके अन्दर जो अन्तर आया है वह बाहर से भी आया है और भीतर से भी। और बाहर की जिन शक्तियों ने उन्हें यह रूप दिया है जो कि मनुष्य का रूप नहीं है, उन शक्तियों को इन लोगों के भीतर से भी मदद मिली है, इस रूप में कि उनके भीतर से आदमी बनने की आकांक्षा या चेतना ही मिट गई है। देखो, ज़रा उन्हें देखो तो। स्पार्टकस का हृदय, जो इन वर्षों में पत्थर हो गया है, भय से और पीड़ा से मसोस उठता है। उसके भीतर के करुणा के स्रोत; जिन्हें वह समझता था कि सूख गए, वे फिर गीले हो जाते हैं और वह देखता है कि उसका सूखा हुआ शरीर, जिसमें पानी की एक बूँद न बची थी, अब भी आँसू बहा सकता है। वह उनको देखता है। उसको आगे बढ़ाने के लिए उसकी पीठ पर कोड़ा पड़ता है मगर तब भी वह खड़ा-खड़ा उनको देखता है।

खान के भीतर वे पेट के बल घिसटते रहे हैं और अब बाहर आ जाने पर भी वे वैसे ही जानवरों की तरह पेट के बल घिसट रहे हैं। जब से वे यहाँ आए हैं, उन्होंने नहाया नहीं है और न फिर कभी नहाएँगे। उनकी चमड़ी काली मिट्टी और बादामी रंग की धूल का एक पंचमेल है। उनके बाल लम्बे और उलझे हुए हैं और वे या तो बच्चे हैं या उनके दाढ़ियाँ हैं। उनमें कुछ काले हैं और कुछ गोरे, मगर दोनों में फ़र्क़ अब इतना कम है कि उस पर निगाह नहीं जाती। उनके घुटनों और कुहनियों पर बदनुमा घट्टे हैं और वे नंगे हैं, बिलकुल नंगे। और क्यों न हों? क्या कपड़े उनकी ज़िन्दगी बढ़ा देंगे? खान का लक्ष्य केवल एक है और वह है

रोमन व्यापारियों को मुनाफ़ा पहुँचाना और गन्दे चीथड़ों की भी कुछ तो क़ीमत होती ही है।

मगर एक चीज़ है जो सब पहने हैं। सबकी गर्दन में काँसे या लोहे का एक पट्टा है और जब वे हाथों या पैरों के बल घिसटते हुए उस काली चट्टान से नीचे आते हैं तो दारोग़ा हर पट्टे को एक लम्बे ज़ंजीर में जोड़ देता है और जब एक ज़ंजीर में बीस लोग हो जाते हैं तो वे धीरे-धीरे थके-थके अपने क्वार्टरों की तरफ़ चल पड़ते हैं। यह ग़ौर करने की बात है कि कभी कोई नूबिया की खानों से भागा नहीं : भागना असम्भव था। इस खान में एक साल काम करने के बाद फिर कोई कैसे मनुष्यों के संसार का प्राणी बना रह सकता था? वह ज़ंजीर आवश्यकता से अधिक एक प्रतीक थी।

स्पार्टकस आँख गड़ाकर उन्हें देखता है और अपनी जाति के, मानव जाति के लोगों को खोजता है जो कि अकेली जाति बच जाती है जबकि आदमी ग़ुलाम है। वह अपने मन में कहता है, 'बात करो, एक-दूसरे से बात करो,' मगर वे बात नहीं करते। वे मौत की तरह ख़ामोश हैं। वह अपने से कहता है, 'मुस्कराओ', मगर कोई नहीं मुस्कराता।

वे हाथों में अपने औज़ार लिये हैं। लोहे की कुदालियाँ और छेनियाँ और डंडे। उनमें से बहुतों के सिर पर बदनुमा लैम्प फीते से बँधे हैं। मकड़ियों की तरह दुबले-पतले बच्चों के चेहरे चलते समय दर्द से फड़कते हैं और वे पूरे वक़्त रोशनी को देखकर आँख मूँद-मूँद लेते हैं। ये बच्चे कभी बड़े नहीं होते; खान में आने के बाद वे ज़्यादा-से-ज़्यादा दो साल तक काम कर पाते हैं। मगर क्या किया जाए, सोना काटने के लिए जगह जहाँ बहुत तंग हो वहाँ उनके बिना काम भी तो नहीं चल सकता। वे अपनी ज़ंजीरों का बोझ ढोते हुए थ्रेसियनों के बग़ल से गुज़र जाते हैं और उन नये आनेवालों की तरफ़ सिर घुमाकर देखते तक नहीं। उन्हें कोई औत्सुक्य नहीं है। किसी बात की कोई परवाह नहीं।

और स्पार्टकस समझ जाता है। वह अपने-आप से कहता है, थोड़ी देर में मुझे भी किसी बात की कोई परवाह न रह जाएगी। और यह एक ऐसी चीज़ है जिससे ज़्यादा डरावनी कोई चीज़ नहीं।

वे ग़ुलाम अब खाना शुरू करते हैं और थ्रेसियनों को भी उनके संग ले जाया जाता है। उनकी बारिक, चट्टान की वह आड़, चट्टानी दीवार के ठीक नीचे बनी हुई थी। वह बहुत प्राचीन काल में कभी बनी थी। किसी को याद नहीं कि वह कब बनी। वह काले पत्थर के मोटे कटे हुए बहुत बड़े-बड़े टुकड़ों से बनी थी और उसके अन्दर रोशनी के प्रवेश के लिए बस उसके दोनों तरफ़ के वे द्वार हैं। उसे कभी साफ़ नहीं किया गया। दशाब्दियों से गन्दगी उसके फ़र्श पर सड़ती रही है और सूख-सूख कर कड़ी पड़ती गई है। दारोग़ा लोग कभी उसके अन्दर दाख़िल

नहीं होते। अगर उसके अन्दर कभी कोई झगड़ा हो तो खाना-पानी बाहर ही रोक लिया जाता है और जब खाने-पीने के बिना काफ़ी दिन गुज़र जाते हैं तो वे ग़ुलाम सीधे हो जाते हैं और जानवरों की तरह हाथ-पैर के बल घिसटकर बाहर आ जाते हैं क्योंकि वे भी जानवर ही हैं। जब वहाँ अन्दर कोई मर जाता है तो ग़ुलाम उसके शरीर को बाहर ले आते हैं। मगर कभी-कभी जब कोई नन्हा बच्चा उस लम्बी बारिक में भीतर कहीं दूर पर मर जाता है और किसी का ध्यान उस पर नहीं जाता और उसका शरीर सड़ने लगता है तो उसकी बदबू से ही उन्हें पता चलता है कि वह बच्चा अब नहीं है। ऐसी जगह है वह बारिक।

उसके भीतर ग़ुलाम बग़ैर ज़ंजीर के दाख़िल होते हैं। दरवाज़े पर उनकी ज़ंजीर खोल दी जाती है और उन्हें लकड़ी के एक कटोरे में खाना और एक छोटी-सी मशक में पानी दे दिया जाता है। उस मशकची में सेर-भर से कुछ कम पानी रहता है और उन्हें दिन में दो बार यह राशन मिलता है। मगर ऐसी ख़ुश्क जगह में गरमी शरीर का जितना पानी सुखा डालती है उसको पूरा करने के लिए दो सेर पानी काफ़ी नहीं होता और इस तरह धीरे-धीरे उन ग़ुलामों के शरीर का पानी सूखता चला जाता है। अगर दूसरी चीज़ें उनकी जान नहीं ले लेतीं तो इस पानी की कमी से आगे-पीछे उनका गुर्दा ख़राब हो जाता है और जब गुर्दे का दर्द इतना ज़्यादा बढ़ जाता है कि वे काम नहीं कर सकते तो उन्हें खदेड़कर बाहर रेगिस्तान में पहुँचा दिया जाता है ताकि वहीं पर वे मर जाएँ।

ये सारी बातें स्पार्टकस जानता है। ग़ुलामों का ज्ञानकोश उसका है और ग़ुलामों की जाति भी उसकी है : उसी में वह पैदा हुआ, उसी में वह बड़ा हुआ, उसी में वह पका। वह ग़ुलामों की ज़िन्दगी के असली भेद को समझता है। उसके मूल में होती है एक लालसा—लालसा आनन्द की नहीं, विश्राम की नहीं, खाने की नहीं, संगीत की नहीं, हँसी की नहीं, प्रेम की नहीं, गरमाहट की नहीं, औरतों की नहीं, शराब की नहीं, इनमें से किसी भी चीज़ की नहीं लेकिन बस एक लालसा जीते रहने की, न मरने की, बस इतनी ही कि मैं बचा रहूँ।

वह नहीं समझ पाता कि ऐसा क्यों? इस बचे रहने में कोई कारण, कोई युक्ति तो है नहीं : मगर ज्ञान मात्र ऐन्द्रिक चेतना तो नहीं होता। वह उससे ज़्यादा कुछ होता है। इस तरह कोई प्राणी बचा न रह सकता। प्राण-रक्षा की योजना सरल नहीं होती, सीधी भी नहीं होती। वह उन सारी समस्याओं से ज़्यादा पेचीदा और गम्भीर और कठिन होती है जिनका सामना वे लोग करते हैं जिनके सामने कभी यह प्राण-रक्षा का सवाल नहीं खड़ा होता। और इसका भी कारण है। बात बस इतनी है कि स्पार्टकस को यह कारण मालूम नहीं।

अब वह ज़िन्दा रहेगा, अपने प्राणों को बचाकर रखेगा। वह अपने-आप को परिस्थितियों के योग्य बना रहा है, शरीर को मोड़ना सीख रहा है, अपने-आप को

आबोहवा का आदी बना रहा है। उसके भीतर अद्‌भुत तरलता और लचीलापन है। वह इस विचार से अपने अन्दर शक्ति एकत्र करता है कि कभी वह इस ज़ंजीर से मुक्त हो सकेगा। उसने और उसके साथियों ने कितने दिन तक इस ज़ंजीर का बोझ ढोया है—इसे पहने-पहने उन्होंने समुद्र पार किया, नील नदी पार की, रेगिस्तान पार किया। हफ़्तों उन्होंने इस ज़ंजीर को ढोया और अब वह मुक्त है। उसे अपना शरीर चिड़िया के पर की तरह हल्का जान पड़ा मगर यह शक्ति जो वह अपने भीतर अब पा रहा है, उसे यों ही न गँवाना चाहिए। वह अपने हिस्से के पानी को ले लेता है—इतना पानी उसने हफ़्तों से नहीं देखा है। मगर वह उसको गट-गट पी जाने की ग़लती नहीं करेगा कि वह सब पानी पेशाब बनकर निकल जाए। इस पानी पर पहरा देगा और घंटों तक उसकी छोटी-छोटी चुसकियाँ लेगा ताकि उस पानी की एक-एक बूँद उसके शरीर के तन्तुओं में भिदे। वह अपना खाना ले लेता है, यानी गेहूँ और सूखी टिड्डियों समेत पकाया हुआ जौ का शोरबा। ठीक तो है, सूखी टिड्डियों में ताक़त होती है, ज़िन्दगी होती है और गेहूँ और जौ तो मेरे शरीर के अंग हैं। मैंने इससे भी बुरा खाना खाया है और हर खाने का आदर करना चाहिए। जो लोग अपने मन में भी खाने का निरादर करते हैं वे खाने के शत्रु हो जाते हैं और जल्दी ही मर जाते हैं।

वह बारिक के अँधेरे में घुस जाता है और सड़ाँध के बफारे उसे झिंझोड़ डालते हैं। मगर कहीं कोई बदबू से भी मरता है? और कोई निरा बेवक़ूफ़ हो या आज़ाद आदमी हो तब तो कै करे, कै भी तो सब लोग नहीं कर सकते। वह इस रूप में अपने पेट का रत्ती-भर खाना ख़राब नहीं करेगा। वह इस बदबू से लड़ेगा नहीं : ऐसी चीज़ों से लड़ा नहीं जा सकता। इसके बदले वह इस बदबू को गले लगाएगा, उसका स्वागत करेगा और उसे अपने शरीर में जज़्ब होने देगा और फिर जल्दी ही उसके भीतर से इस चीज़ का डर जाता रहेगा।

वह अँधेरे में चल रहा है और उसके पैर उसे राह दिखा रहे हैं। उसके पैर आँखों के समान हैं। नहीं, मेरे पैर न फँसने चाहिए, किसी भी हालत में मुझे गिरना न चाहिए क्योंकि मेरे एक हाथ में खाना है और दूसरे में पानी। अब वह सँभल-सँभलकर पत्थर की दीवार तक पहुँच जाता है और उससे टिककर बैठ जाता है। यह जगह इतनी बुरी नहीं। पत्थर ठंडा है और अच्छा मालूम हो रहा है और उसकी पीठ को सहारा दे रहा है। वह खाना खाता है और पानी पीता है। और उसके चारों तरफ़ दूसरे लोगों और बच्चों के शरीर का हिलना-डुलना, साँस लेना और मुँह चलाना जारी है जो सब ठीक वही काम कर रहे हैं जो कि स्पार्टकस कर रहा है। स्पार्टकस के शरीर की विलक्षण इन्द्रियाँ उसकी सहायता करती हैं और अपने लिये उन्हें जिस चीज़ की ज़रूरत है उसे बड़ी कुशलता से उस ज़रा से खाने और ज़रा से पानी में से खींच लेती हैं। वह अपने कटोरे में से खाने का आख़िरी दाना उठाता

है, बचा-खुचा पानी पी जाता है और कटोरे की भीतरी लकड़ी को चाट लेता है। उसके खाने का सम्बन्ध भूख से नहीं है। खाना प्राण-रक्षा का उपाय है, खाने का छोटे से-छोटा दाना प्राण-रक्षा का उपाय है।

खाना खाया जा चुका है और जिन लोगों ने खाना खाया है उनमें से कुछ सन्तुष्ट हैं और कुछ हैं जो निराश हो रहे हैं। इस जगह से निराशा नहीं खतम हुई है : आशा चली जा सकती है मगर निराशा ज़्यादा बुरी तरह पकड़े रहती है और फिर आहें होती हैं और कराहें और आँसू होते हैं और कहीं किसी की काँपती हुई चीख़ गूँज जाती है। और थोड़ी-बहुत बातचीत भी होती है और एक टूटी हुई आवाज़ पुकारती है, "स्पार्टकस तुम कहाँ हो?"

"मैं यहाँ हूँ, थ्रेसियन," वह जवाब देता है।

दूसरी आवाज़ कहती है, "थ्रेसियन यहाँ है, यहाँ है। वे उसके अपने लोग हैं और उसके चारों तरफ़ सिमट आते हैं। वे उसके इतने पास आ जाते हैं कि वह उनके हाथों का स्पर्श अनुभव करने लगता है। शायद वे दूसरे ग़ुलाम भी उसकी बात सुन रहे हों और कम-से-कम शान्त तो बिलकुल हैं। नरक में नये-नये आनेवालों के लिए यह उचित ही है। शायद वे जो और पहले यहाँ आए, इस समय वे बातें याद कर रहे हैं जिन्हें याद करने में उन्हें सबसे ज़्यादा डर मालूम होता है। उनमें से कुछ ऐटिक ज़बान के शब्द समझते हैं और कुछ नहीं समझते। शायद अब भी कहीं पर थ्रेस के हिमानी शिखरों की स्मृति बाक़ी हो, वहाँ की वह प्राण जुड़ानेवाली ठंडक, चीड़ के जंगलों में बहते हुए वे नाले और चट्टानों पर कूदती हुई वे काली बकरियाँ। कौन जानता है कि उस काली चट्टान के अभागे लोगों में कौन-कौन सी स्मृतियाँ ज़िन्दा रही आती हैं?

वे उसे पुकारते हैं, "थ्रेसियन" और अब वह उन्हें अपने चारों तरफ़ महसूस करता है और जब वह अपना हाथ बढ़ाता है तो उनमें से एक के चेहरे का स्पर्श अनुभव करता है, चेहरा जो आँसुओं से नहाया हुआ है। आह, ये आँसू भी अपव्यय हैं।

"हम लोग कहाँ हैं स्पार्टकस, कहाँ हैं हम लोग?" उनमें से एक धीरे-से पूछता है।

"हम लोग खोए नहीं हैं। हमें याद है कि हम कैसे यहाँ पर आए।"

"हमें कौन याद करेगा?"

"हम लोग खोए नहीं हैं।" वह दुहराता है।

"मगर कौन हमें याद करेगा?"

इस तरह बात नहीं की जा सकती। वह उनके लिए पिता के समान है, जैसा कि पुराने क़बीलों में होता था; वह अपने से दुगनी उमर वाले लोगों के लिए भी पिता ही है। वे सब थ्रेसियन हैं मगर वही उनका नेता है। इसलिए वह धीमे-धीमे गा-गाकर उनसे कहता है, जैसे कोई पिता अपने बच्चों को कहानी सुना रहा हो—

सागर तट पर जिस प्रकार सज्जित सेना-सी,
अतल गर्भ से वारिधि के उफनाती उठती
मन्थन करती हुई प्रबल जल राशि, सामना
करने उस पश्चिमी प्रभंजन का, धरती पर
होती धनुषाकार गिरा करती फेनों के
अस्त फेंकती हुई शक्ति से दूर-दूर तक;
वैसी ही, उस जैसी ही सैनिक सज्जा में,
व्यूह बना निश्शंक चल दिये दान-निवासी
युद्ध-क्षेत्र को...

वह उन्हें अपने वश में कर लेता है और उनके दुख-दर्द को अपने हाथों में ले लेता है और मन-ही-मन सोचता है—'क्या जादू है इस पुराने गाने में, कैसा आश्चर्य!' वह उन्हें इस भयानक अँधेरे में से निकालकर बाहर लाता है और वे ट्राय के मोती जैसे समुद्री तट पर खड़े हो जाते हैं। वे हैं शहर की सफ़ेद मीनारें। और वे हैं वे सुनहरे काँसे के कवचों से लैस योद्धा। उस नरम मद्धिम गाने की तानें उठती हैं और गिरती हैं और उन ग़ुलामों के दिल में बैठे हुए डर और चिन्ता की गाँठों को खोल देती हैं और उस अँधेरे में गति आ जाती है। ग़ुलामों के लिए यूनानी भाषा जानना ज़रूरी नहीं है और सच बात तो यह है कि स्पार्टकस की थ्रेसियन बोली ऐटिक की ज़बान से बहुत कम ही मिलती है। उन्हें अपनी पुरानी किताबों के इस गाने की बात मालूम है जिसमें एक राष्ट्र का ज्ञान और पुराना अनुभव सुरक्षित है और परीक्षा की घड़ी के लिए बचाकर रखा हुआ है...।

आख़िरकार स्पार्टकस सोने के लिए लेट जाता है। वह सोएगा। वह जवान है और उसने बहुत पहले अनिद्रारूपी शत्रु का सामना किया था और उसे हराया था। अब वह अपनी वृत्तियों को समेटता है और अपने बचपन की स्मृतियों में डूब जाता है। उसे चाहिए ठंडा साफ़ नीला आकाश और धूप और मन्द-मन्द बहने वाला पवन और ये सभी चीज़ें वहाँ पर हैं। वह चीड़ के पेड़ों के बीच लेटा हुआ बकरियों को चरते देख रहा है और एक बहुत बुड्ढा आदमी उसके बग़ल में है। वह बुड्ढा आदमी पढ़ना सिखलाता है। अपनी छड़ी से वह बुड्ढा धूल में एक के बाद दूसरा अक्षर बनाकर दिखलाता है। वह बुड्ढा स्पार्टकस से कहता है, "पढ़ो, सीखो, मेरे बच्चे। इस तरह हम जो कि ग़ुलाम हैं, अपने संग एक हथियार लेकर चल सकते हैं, ज्ञान ही हमारा हथियार है। उसके बिना हम लोग खेतों में काम करनेवाले उन जानवरों की तरह हैं। वही ईश्वर जिसने मनुष्य को अग्नि दी उसी ने उनको यह शक्ति भी दी कि वे अपने विचारों को लिख सकें ताकि वे अब बहुत पहले के उस सुनहरे काल के देवताओं को फिर से याद कर सकें। उस समय मनुष्य देवताओं

के बहुत पास थे और उनसे जब भी जी चाहे बात कर सकते थे और तब कहीं कोई ग़ुलाम न थे। और वह समय फिर आएगा।"

स्पार्टकस को ये सारी बातें याद आती हैं और तभी उसकी स्मृति स्वप्न में बदल जाती है और वह नींद में डूब जाता है...।

सवेरे नगाड़े पर चोट पड़ने से उसकी नींद खुलती है। नगाड़ा बारिक के दरवाज़े पर बजाया जाता है और उसकी आवाज़ पत्थर की उस खोह में बार-बार गूँज जाती है। वह उठता है और अपने आस-पास साथी ग़ुलामों के भी उठने की आवाज़ सुनता है। वे उस घनघोर अँधेरे में खोह से बाहर निकलने के रास्ते की तरफ़ बढ़ते हैं। स्पार्टकस अपना प्याला और कटोरा ले लेता है। अगर वह उन्हें लेना भूल जाए तो उसे दिन-भर बिना खाने-पीने के रहना पड़ेगा मगर वह ग़ुलामी के तौर-तरीक़े ख़ूब जानता है और इन तरीक़ों में ऐसी कोई विविधता भी तो नहीं कि वह पहले ही से उन्हें जान ले, ग़ुलामी तो सब जगह बहुत कुछ एक ही-सी होती है। वह जब आगे बढ़ता है तो अपने चारों तरफ़ के शरीरों का दबाव अपने ऊपर महसूस करता है और वह अपने शरीर को भीड़ के उस बहाव में छोड़ देता है जो उस पत्थर के बारिक से बाहर निकलने के रास्ते की तरफ़ बढ़ रही है और नगाड़ा लगातार बजता रहता है।

यह पौ फटने के पहले की घड़ी है और इस समय रेगिस्तान इतना ठंडा है जितना कि किसी समय हो सकता है। सारे दिन में यह वो अकेली घड़ी है जबकि रेगिस्तान दोस्त की तरह होता है। हवा धीमे-धीमे बह रही है और खान की उस काली चट्टानी दीवार को ठंडक पहुँचा रही है। आकाश का रंग गहरा नीला है जो दिन चढ़ने के साथ-साथ साफ़ होता जा रहा है। और आँख झपकाते हुए तारे धीरे-धीरे डूबते जा रहे हैं, वे तारे जो पुरुषों के इस रूखे निराश संसार में नारीत्व सम्पन्न अकेली वस्तु हैं। जहाँ से कभी कोई लौटकर नहीं आता उस नूबिया के सोने की खानों में ग़ुलामों को भी आराम देना ज़रूरी होता है और इसीलिए उन्हें पौ फटने के पहले ही यह घड़ी मिली हुई है ताकि एक तीक्ष्ण तीता-मीठा स्वाद उनके मन को भर सके और उनकी आशाओं को जिलाए रख सके।

दारोग़ा लोग टोली बनाए एक ओर को खड़े अपनी रोटियाँ खा रहे हैं और पानी की चुसकियाँ ले रहे हैं। अब चार घंटे तक इन ग़ुलामों को कोई खाना-पानी नहीं दिया जाएगा मगर दारोग़ा होना एक बात है और ग़ुलाम होना दूसरी। दारोग़ा लोग ऊनी लबादों में लिपटे हुए हैं और उनमें से हर एक के पास एक कोड़ा, एक भारी टीन का डिब्बा और एक लम्बा छुरा है। ये दारोग़ा कौन लोग हैं? वह क्या चीज़ है जो उनको रेगिस्तान की इस भयानक नारी-शून्य जगह में ले आती है?

ये सिकंदरिया के लोग हैं। वे कड़वे कठोर लोग हैं और इसलिए यहाँ पर आए हैं कि तनख़्वाह यहाँ पर अच्छी मिलती है और खान से निकलनेवाले तमाम सोने

का कुछ अंश उनको भी मिलता है। वे दौलत व आराम के अपने सपने लेकर यहाँ पर आए हैं और यह आश्वासन पाकर आए हैं कि पाँच साल तक कारपोरेशन की सेवा करने के बाद उन्हें रोम का नागरिक बना लिया जाएगा। वे भविष्य के अपने सपनों में जीते हैं, जब रोम की बड़ी-बड़ी हवेलियों में उनके पास भी किराए के अपने कुछ कमरे होंगे, जब उनमें से हर एक चार-पाँच ग़ुलाम लड़कियों को ख़रीद सकेगा जो उनके साथ सोएँ और उनकी सेवा करें और जब वे हर रोज़ ग्लैडिएटरों का खेल देखने या हम्माम में नहाने जा सकेंगे और जब वे हर रात शराब के नशे में चूर हो सकेंगे। उनका विश्वास है कि इस नरक में आकर वे ज़मीन पर अपना स्वर्ग पा लेने की भावी सम्भावनाओं को और अधिक बढ़ा रहे हैं, मगर सच बात यह है कि जेल के दूसरे सन्तरियों की तरह उनकी भी ख़ुशबुओं और शराबों और औरतों से ज़्यादा भूख क़िस्मत के मारे हुओं के ऊपर अपना अधिकार दिखलाने की होती है।

वे अजीब लोग हैं, सिकंदरिया की गन्दी बस्तियों की एक अनोखी उपज, और जो ज़बान वे बोलते हैं वह ऐरेमेइक और यूनानी ज़बानों की एक अजीब खिचड़ी है। यूनानी लोगों को मिस्र फ़तह किये ढाई सौ साल हुए और ये दारोग़ा न तो मिस्री हैं न यूनानी, बल्कि सिकंदरियावाले हैं जिसका मतलब है कि वे अनेक प्रकार से भ्रष्ट हैं, उनका दृष्टिकोण मानव-विद्वेषी है और उन्हें किसी देवता में आस्था नहीं है। उनकी वासनाएँ विकृत लेकिन अति सामान्य हैं : वे पुरुषों के साथ लेटते हैं और लाल सागर के किनारे पैदा होने वाली नशीली 'खात' पत्ती का रस लेकर नशे में धुत्त सोते हैं।

यही वे लोग हैं जिन्हें स्पार्टकस प्रत्यूष की उस ठंडी बेला में ध्यान से देख रहा है, जबकि ग़ुलाम गर्दनों में ज़ंजीरें लटकाए हुए पत्थर की उस बड़ी बारिक से चले आ रहे हैं और उस चट्टानी दीवार की तरफ़ बढ़ रहे हैं जहाँ से उन्हें सोना निकालना है। यही लोग उसके मालिक होंगे। उसकी ज़िन्दगी और मौत उन्हीं के हाथ होगी; और इसलिए वह उन्हें बड़े ग़ौर से देख रहा है ताकि उनकी आदतों, संस्कारों, आचारों में जो हल्के भेद भी हैं उन्हें पकड़ सके। खानों में भलेमानस मालिक नाम की चीज़ नहीं होती मगर यह हो सकता है कि उनमें से कुछ कम क्रूर हों और जिन्हें दूसरों को पीड़ा पहुँचाने में कम आनन्द मिलता हो। वह उन्हें एक-एक करके एक-दूसरे से अलग होता हुआ देखता है क्योंकि उन्हें अपने-अपने ग़ुलामों का ज़िम्मा सँभालना है। अब भी इतना काफ़ी अँधेरा है कि वह उनके चेहरे और आकृति की बारीकियों को नहीं समझ पाता मगर उसकी आँखें ऐसे कामों में दक्ष हैं और हर आदमी के चलने-फिरने में भी उसकी अपनी एक पहचान होती है जिससे उसके चरित्र को जाना जा सकता है।

अभी काफ़ी ठंडक है और ग़ुलाम सब नंगे हैं। यहाँ तक कि उनकी उन

करुण, व्यर्थ, धूप से काली जननेन्द्रियों पर भी कपड़े का एक चिन्दा नहीं है और वे खड़े काँप रहे हैं और अपनी बाँहों से अपने शरीर को ढकने की कोशिश कर रहे हैं। स्पार्टकस को क्रोध धीरे-धीरे आता है क्योंकि एक ग़ुलाम की ज़िन्दगी में ग़ुस्सा अच्छी चीज़ नहीं है और उससे कोई नतीजा नहीं निकलता। मगर तब भी वह सोचता है, 'हम लोग सब कुछ सह सकते हैं मगर यह नहीं कि हमें अपने गुप्तांगों को ढकने के लिए एक कपड़ा भी न मिले। तब तो हम भी जानवर ही हैं।' और तब वह अपने मन में अपनी ही बात का संशोधन करता है, 'नहीं, जानवरों से भी गए-बीते। क्योंकि जब रोमनों ने वह ज़मीन ली जहाँ पर हम ग़ुलाम थे और वे खेत लिये जहाँ पर हम काम करते थे तो जानवरों को तो उन्होंने खेतों में ही छोड़ दिया और इन खानों में काम करने के लिए हमीं को चुना।'

तभी नगाड़े की वह डरावनी आवाज़ रुक जाती है और दारोग़ा लोग अपने लपेटकर रखे हुए कोड़ों को फटकारकर चमड़े के कड़ेपन को दूर करते हैं और हवा में फटकारे जाते हुए कोड़े की सनसनाहट फैल जाती है। वे हवा में कोड़े चलाते हैं क्योंकि इनसानों के नंगे शरीर पर कोड़ा चलाने का वक़्त अभी नहीं हुआ। और ग़ुलामों की टोलियाँ बारिक में से निकलकर आगे बढ़ती हैं। रोशनी अब कुछ और फैल गई है और स्पार्टकस उन निरे हड्डी-हड्डी काँपते हुए बच्चों को साफ़-साफ़ देख रहा है जो अपने हाथों और घुटनों के बल घिसटकर धरती के पेट में दाख़िल होंगे और उस सफ़ेद पत्थर में अपने पंजे दौड़ाएँगे जिसमें से सोना मिलता है। दूसरे थ्रेसियन भी उनको देखते हैं क्योंकि वे स्पार्टकस के चारों ओर पास ही भीड़ लगाए खड़े हैं और उनमें से कुछ धीरे से फुसफुसाकर कहते हैं, "पिता, यह कैसा नरक है, बोलो पिता?"

"सब ठीक हो जाएगा," स्पार्टकस कहता है, और दूसरा वह कहे भी क्या जब वे लोग, जो स्वयं तुम्हारे पिता की उमर के हैं, तुम्हें पिता कहकर पुकार रहे हों? इसलिए वह वे शब्द कहता है जो उसे कहने ही हैं।

अब तक सारी टोलियाँ खान की चट्टानी दीवार की तरफ़ बढ़ गई हैं और सिर्फ़ थ्रेसियनों की यह टोली बच गई है जो एक जगह पर सिमटी हुई खड़ी है। प्राय: आधे दर्जन दारोग़ा बच गए हैं और अपनी टोली के एक आदमी के पीछे-पीछे अपने कोड़ों से बालू पर निशान बनाते हुए इन नये आनेवालों की तरफ़ बढ़ते हैं। उनमें से एक दारोग़ा अपनी भारी आवाज़ में जवाबतलब करता हुआ पूछता है, "ओ थ्रेसवालो, तुम्हारा अगुवा कौन है?"

कोई जवाब नहीं।

"अभी कोड़े के इस्तेमाल का वक़्त नहीं हुआ, यह समझ लो थ्रेसवालो।"

तब स्पार्टकस कहता है, "ये लोग मुझको पिता कहते हैं।"

दारोग़ा ऊपर से नीचे तक उसको देखता है जैसे आँखों-आँखों में ही उसे तौल

रहा हो—"पिता कहलाने के लिए अभी तुम बहुत छोटे हो।"

"हमारे देश का यही रिवाज है।"

"हमारे यहाँ पर कुछ दूसरे ही रिवाज हैं, पिता! जब बेटा कोई अपराध करता है तो उसके लिए पिता को कोड़ा लगाया जाता है। तुमने सुना मैं क्या कह रहा हूँ?"

"हाँ, मैंने सुना।"

"तो कान खोलकर सुन लो तुम सब थ्रेसवालो। यह जगह बुरी है। मगर इससे भी बुरी हो सकती है। जब तक तुम ज़िन्दा हो हम तुमसे काम की और हुक़्म मानने की माँग करते हैं। और जब तुम मर जाओगे तो हम किसी चीज़ की माँग तुमसे नहीं करेंगे। दूसरी जगहों में मरने से बेहतर जीना होता है। लेकिन यहाँ पर हम ऐसा कर देंगे कि जीने से बेहतर मरना हो जाएगा। समझे, थ्रेसवालो?"

अब सूरज निकल रहा है। उन्हें ज़ंजीरों से बाँध दिया गया है और वे अपनी ज़ंजीरों को उठाए हुए खान की तरफ़ बढ़ते हैं। वहाँ पहुँचकर उनकी ज़ंजीर अलग कर दी जाती है। सवेरे के वक़्त की वह ज़रा-सी देर की ठंडक खतम हो चुकी है। उन्हें लोहे की कुदालियाँ, हथौड़े और खपाचियाँ वग़ैरह औज़ार दे दिये जाते हैं। उन्हें उस काली चट्टानी दीवार में नीचे की तरफ़ एक सफ़ेद पट्टी दिखलाई जाती है। हो सकता है कि वहीं से सोने की शुरुआत हो, हो सकता है कि वहाँ कुछ भी न हो। बहरहाल, उनका काम उस काली चट्टान को काटना और उस पत्थर को खोदना है जिसके भीतर सोना मिलेगा।

सूरज अब आसमान पर चढ़ आया है और दिन की भयानक गरमी फिर से शुरू हो जाती है। कुदाली और हथौड़ा और खपाची। स्पार्टकस हथौड़े को घुमाता है। दिन बढ़ने के साथ-साथ उसे ऐसा महसूस होता है कि जैसे हर घंटा पूरा होने पर हथौड़े का वज़न आध सेर बढ़ जाता हो। स्पार्टकस का शरीर सख़्त है मगर कड़ी मेहनत की अपनी तमाम ज़िन्दगी में उसने ऐसा काम पहले कभी नहीं किया था और थोड़ी ही देर में उसकी एक-एक मांसपेशी खिंचने और टूटने लगती है और तब वह जैसे उस सारे तनाव से कराह उठता है। यह कहना आसान है कि एक हथौड़े का वजन नौ सेर होता है मगर उस आदमी की यंत्रणा को बतलाने के लिए कोई शब्द नहीं हैं जो घंटों ऐसा एक हथौड़ा घुमाता रहता है। और यहाँ, जहाँ पानी इतना अनमोल है, स्पार्टकस को पसीना आने लगता है। पसीना रिस-रिस कर उसकी खाल में से चू रहा है और उसके माथे पर से बहकर उसकी आँखों में पड़ रहा है। वह अपनी पूरी इच्छा-शक्ति से यह चाहता है कि पसीना रुक जाए। वह जानता है कि इस जलवायु में पसीना बहने का मतलब होगा मर जाना। मगर पसीना नहीं रुकता और प्यास कहीं उसके भीतर बैठे हुए एक हिंस्र वन्य पशु के समान हो जाती है जिससे डर मालूम होता है और निरन्तर यातना मिलती है।

चार घंटे एक निस्सीम अवधि है। चार घंटे चार युग हैं। अपने शरीर की इच्छाओं

का दमन एक ग़ुलाम से ज़्यादा कौन जानता है मगर चार घंटे तो निस्सीम अवधि है और जब पानी की थैलियाँ काम करने वालों की टोलियों के बीच पहुँचती हैं तो स्पार्टकस महसूस करता है कि वह प्यास के मारे मरा जा रहा है। दूसरे थ्रेसियनों का भी यही हाल है और वे मशकची के उस हरे-हरे और जीवनदायी तरल पदार्थ की आख़िरी बूँद तक पी डालते हैं। और तब उसकी समझ में आता है कि उन्होंने कैसी भूल की है।

ये नूबिया की सोने की खानें हैं। दोपहर होने-होने तक उनकी काम करने की ताक़त खतम होने लगती है और तब कोड़े उनके ऊपर अंकुश का काम करते हैं। कुछ न पूछो, दारोग़ा के हाथ के उस कोड़े में बड़ी सिफ़त है। वह जिस्म के किसी भी हिस्से को छूता हुआ निकल जा सकता है, बड़ी नज़ाकत से, बहुत सुबुक अन्दाज़ में मगर ऐसे कि आदमी समझ जाए कि वह क्या चीज़ है और आगे के लिए उसे नसीहत हो जाए। लगने को कोड़ा कहीं भी लग सकता है, पेट पर या मुँह पर या पीठ पर या सिर पर। वह एक बाजे के समान है जो आदमी के शरीर से तानें निकाल सकता है। अब प्यास पहले से भी दस गुनी है मगर पानी चला जा चुका है और अब दिन का काम खतम होने तक पानी नहीं मिलेगा। और ऐसा एक दिन अनन्त होता है।

तथापि उसका भी अन्त हो जाता है। हर चीज़ का अन्त होता है। प्रकृति का यह नियम है कि हर चीज़ एक समय शुरू होती है और एक समय खतम होती है। और तब एक बार फिर नगाड़ा बजता है और दिन का काम खतम हो जाता है।

स्पार्टकस हथौड़ा रख देता है और अपने लहूलुहान हाथों को देखता है। कुछ थ्रेसियन बैठ जाते हैं। उनमें से एक, अठारह साल का एक लड़का, अपने पैरों को समेट लुढ़ककर एक करवट लेट जाता है और दर्द के मारे अपने पैरों को समेट लेता है। स्पार्टकस उसके पास जाता है।

"पिता! तुम हो क्या?"

"हाँ, हाँ," स्पार्टकस कहता है और उस लड़के का माथा चूम लेता है।

"तो मेरे होंठों को चूमो क्योंकि मैं मर रहा हूँ पिता, और मेरी आत्मा का जो कुछ भी शेष है उसे मैं तुमको दे देना चाहता हूँ।"

तब स्पार्टकस उसे चूमता है मगर रो नहीं पाता क्योंकि वह जले हुए चमड़े की तरह ख़ुश्क हो गया है, झुलस गया है।

4

इस तरह बाटियाटस ने अपनी कहानी खतम की कि कैसे स्पार्टकस और दूसरे थ्रेसियन नूबिया की सोने की खानों में आए और कैसे उन्होंने उस काली चट्टानी

दीवार पर एकदम नंगे होकर काम किया। कहानी कहने में बहुत वक़्त लगा था। बारिश थम गई थी। अँधेरा छा गया था, बहुत गहरा अँधेरा और आसमान बिलकुल सीसे के रंग का हो रहा था और वे दोनों आदमी जिनमें से एक ग्लैडिएटरों का उस्ताद और दूसरा एक ऊँचे ख़ानदान का भाड़े का सिपाही था, जो एक दिन अपनी दुनिया का सबसे अमीर आदमी होगा, झिलमिलाते हुए लैम्प की आगे-पीछे पड़ती हुई रोशनी में बैठे हुए थे। बाटियाटस बहुत पी गया था और उसके चेहरे की ढीली-ढीली मांसपेशियाँ और ढीली हो गई थीं। वह एक ऐसा कामी व्यक्ति था जिसमें दो विरोधी बातों का सम्मिश्रण था, एक तो दूसरे को पीड़ा पहुँचाकर सुख पाने की प्रवृत्ति और दूसरे स्वयं अपने ऊपर तरस खाने की एक विपुल शक्ति। सोने की खान की अपनी कहानी उसने बहुत ज़ोरदार तरीक़े से और हल्के-गहरे रंगों के मेल के साथ कही थी और करुणा भी उसमें थी, जिसका नतीजा यह हुआ कि न चाहते हुए भी क्रैसस का दिल पसीज उठा।

क्रैसस मूर्ख व्यक्ति न था और न चेतनाशून्य और उसने प्रोमिथियस पर लिखे हुए ईस्किलस के महान नाटक पढ़े थे और उसने कुछ-कुछ इस बात को समझा कि स्पार्टकस जहाँ पर था वहाँ से निकलकर इस जगह पर पहुँचने में उसकी कितनी ताक़त लगी होगी जहाँ रोम की सारी एकत्रित शक्ति उसके ग़ुलामों का मुक़ाबला करने में असमर्थ थी। उसके अन्तस की यह एक उद्दाम अभिलाषा थी कि स्पार्टकस को समझे, उसे अपनी आँखों के सामने जीता-जागता खड़ा हुआ महसूस करे—और इतना ही नहीं, बल्कि किसी तरह, चाहे कितना ही मुश्किल क्यों न हो, स्पार्टकस के भीतर पहुँच जाए ताकि उसके वर्ग की उस सनातन पहेली को कुछ-कुछ समझ सके, उस आदमी की पहेली जो ज़ंजीरों में जकड़ा होते हुए भी सितारों को छूने की कोशिश करता है। उसने बाटियाटस को एक आँख बन्द करके देखा जैसे अपने-आप से कह रहा हो कि वह इस मोटे और भद्दे आदमी के प्रति बहुत ऋणी है और सोचने लगा कि रात को उसके संग सोने के लिए खेमे की किस लड़की को दे? ऐसी नामरूपहीन, सर्वसामान्य वासना क्रैसस की समझ में न आती थी, उसकी इच्छाएँ कुछ दूसरी ही दिशा में चलती थीं, मगर वह छोटे-छोटे निजी ऋणों के शोध के मामले में बहुत चौकस था।

"और फिर स्पार्टकस उस जगह से कैसे भागा?" उसने लानिस्ता से पूछा।

"वह भागा नहीं। ऐसी जगह से कोई भाग नहीं सकता। ऐसी जगह का सबसे बड़ा गुण यह होता है कि वह देखते-देखते ग़ुलाम के हृदय से इस लालसा को ही उखाड़ फेंकती है कि एक बार फिर वह मनुष्यों के संसार में प्रवेश करे। मैंने स्पार्टकस को वहाँ से ख़रीदा और अपने संग ले आया।"

"वहाँ से ख़रीदकर ले आए? मगर क्यों? और तुम्हें यह पता कैसे चला कि वह था वहाँ पर या यही कि वह कौन है, क्या है?"

"मुझे नहीं मालूम था। मगर आपका ख़याल है कि ग्लैडिएटरों के सम्बन्ध में मेरी जो ख्याति है वह एक व्यर्थ की कपोल-कल्पना है—आप सोचते हैं कि मैं एक बेकार का मोटा थुलथुल आदमी हूँ जो किसी चीज़ के बारे में कुछ भी नहीं जानता। लेकिन मैं आपको विश्वास दिलाता हूँ कि मेरे व्यवसाय में भी एक कला है।"

क्रैसस ने सहमति प्रकट करते हुए कहा, "मैं तुम्हारी बात पर विश्वास करता हूँ। मुझे बताओ कि तुमने स्पार्टकस को कैसे ख़रीदा?"

"क्या रोमन सेना में शराब पीना मना है?" बाटियाटस ने ख़ाली बोतल उठाते हुए कहा, "या मेरे नशे में आ जाने से मेरे प्रति आपकी घृणा और बढ़ जाएगी? या यह बात है कि मूर्ख व्यक्ति अपनी ज़बान पर लगाम रखता है जो शराब से ही ढीली की जा सकती है?"

"मैं तुम्हारे लिए और शराब ले आता हूँ," क्रैसस ने जवाब दिया और उठकर परदा हटाते हुए अपने सोने के कमरे में चला गया और एक नई बोतल लेकर लौट आया। बाटियाटस उसका साथी था और बाटियाटस ने काग खोलने की भी तकलीफ़ गवारा नहीं की और मेज़ के पाए से मारकर बोतल की गर्दन तोड़ दी और अपनी गिलास में शराब ढालने लगा, यहाँ तक कि गिलास भर गया और शराब बाहर गिरने लगी।

उसने मुस्कराकर कहा, "ख़ून और शराब। अगर मेरा बस चलता तो मैं दूसरे ही रूप में पैदा होना चाहता और सेनापति बना होता। मगर कौन जानता है? हो सकता है कि आपको ग्लैडिएटरों की लड़ाई में मज़ा आता हो। मैं तो उससे उकता गया हूँ।"

"मुझे यों ही काफ़ी लड़ाई देखने को मिल जाती है।"

"इसमें क्या शक! मगर मेरी लड़ाई के अखाड़े में लड़ने की एक ऐसी शैली और कुछ ऐसा साहस होता है जिसकी तुलना में आपका व्यापक जनसंहार कुछ भी नहीं है। स्पार्टकस ने जब रोम की सशस्त्र शक्ति को तीन चौथाई तोड़कर खतम कर दिया है तब उन्होंने आपको रोम की खोई हुई ताक़त को वापस लाने के लिए भेजा है। आप कहिए कि क्या इटली में आपका राज है? सच बात यह है कि इटली में स्पार्टकस का राज है। हाँ मैं जानता हूँ आप उसे हरा देंगे। कोई दुश्मन रोम का मुक़ाबला नहीं कर सकता। लेकिन इस वक़्त तो वह आपसे अमीर है कि झूठ कहता हूँ?"

"नहीं तुम ठीक कहते हो," क्रैसस ने जवाब दिया।

"और स्पार्टकस को सिखाया किसने? मैंने। वह रोम में कभी नहीं रहा मगर सबसे अच्छी लड़ाई रोम में नहीं होती। रोम को तो बूचड़ की दूकान पसन्द है, असली शानदार लड़ाई कापुआ और सिसली में होती है। मैं आपसे कहता हूँ आपके सिपाही जो गर्भस्थित बच्चे की तरह सिर से पैर तक ज़िरहबख़्तर से ढके रहते हैं और इधर-उधर आपकी यह छड़ी भोंकते फिरते हैं, वे लड़ना क्या जानें। मैदान में

नंगे उतरो, तब तो बात है, हाथ में बस एक तलवार और कुछ नहीं। वहीं रेत पर ख़ून होता है और तुम जब वहाँ दाख़िल होते हो तो तुम्हारे नथुनों को उसकी गन्ध मिलती है। बिगुल बज रहे हैं और नगाड़ों पर चोट पड़ रही है और सूरज चमक रहा है और कुलीन घरों की महिलाएँ अपनी झालरदार रूमालें हिला रही हैं और उनकी आँखें तुम्हारे नंगे शरीर पर जमी हुई हैं और तीसरा पहर होने-होने तक उन्हें काफ़ी ऐन्द्रिक सुख और उत्तेजना मिल चुकी होती है मगर तुम्हारे अपने ऐन्द्रिक सुख का चरम क्षण वह होता है जब तलवार के एक वार से तुम्हारा पेट चाक हो जाता है और तुम वहाँ खड़े चीख़ते रहते हो और तुम्हारे पेट की अँतड़ियाँ बाहर आ जाती हैं और उस रेत पर गिर पड़ती हैं। लड़ाई इसको कहते हैं सेनापति जी—और इस काम को ख़ूबी के साथ करना मामूली आदमी के बस का रोग नहीं है। इस काम के लिए दूसरी ही नस्ल चाहिए। और ऐसे आदमी कहाँ मिलते हैं? पैसा बनाने के लिए मैं पैसा ख़र्च करने के लिए तैयार रहता हूँ और मैं अपने दलालों को भेजता हूँ कि वे जाएँ और वह चीज़ ख़रीदकर लाएँ जिसकी मुझे ज़रूरत है। मैं उन्हें ऐसी जगहों में भेजता हूँ जहाँ कमज़ोर लोग जल्दी मर जाते हैं और कायर आत्महत्या कर लेते हैं। साल में दो बार मैं अपने दलालों को नूबिया की खानों में भेजता हूँ। एक बार मैं ख़ुद वहाँ गया था—हाँ, एक बार और उतना ही मेरे लिए काफ़ी था। खान को चालू रखने के लिए ग़ुलाम को पीसकर उनकी सारी ताक़त को निकाल लेना ज़रूरी होता है। उनमें से ज़्यादातर दो साल काम कर पाते हैं, बस दो साल—बहुत से तो छह महीने में ही खतम हो जाते हैं। मगर किसी भी खान को मुनाफ़े के साथ चलाने का अकेला ढंग यह है कि जल्दी-जल्दी ग़ुलामों को ख़र्च किया जाए और हमेशा नये ग़ुलाम ख़रीदे जाएँ। और चूँकि ग़ुलाम भी इस बात को जानते हैं इसलिए हमेशा उनसे आशंका रहती है कि वे अपनी निराशा में कुछ भी कर सकते हैं। खानों का सबसे बड़ा दुश्मन यही निराशा है जो उन्हें जान पर खेल जाने के लिए प्रेरित करती है। और यह एक छुतही बीमारी है। इसलिए जब तुम्हारे पास ऐसा कोई बेधड़क आदमी हो, मज़बूत आदमी, जो कोड़े से नहीं डरता और दूसरे लोग जिसकी बात सुनते हैं, तो उसके साथ सबसे अच्छा सलूक यही हो सकता है कि उसे फ़ौरन मार डाला जाए और बल्लम पर उसका सिर लगाकर धूप में उसे रख दिया जाए ताकि मक्खियाँ उसके मांस का आहार कर सकें और हर आदमी सरक़शी का नतीजा देख सके। मगर इस तरह जान से मारना चीज़ की बरबादी है और इससे किसी को कोई फ़ायदा नहीं पहुँचता, इसलिए मैंने दारोग़ा लोगों से तय कर रखा है और वे ऐसे आदमियों को मेरे लिए सँभालकर रखते हैं और उन्हें अच्छे दामों पर मेरे हाथ बेच देते हैं। पैसा उनकी अपनी जेब में चला जाता है और कोई घाटे में नहीं रहता। ऐसे आदमी अच्छे ग्लैडिएटर बनते हैं।"

"अच्छा तो इस तरह तुमने स्पार्टकस को ख़रीदा?"

"हाँ, बिलकुल इसी तरह मैंने स्पार्टकस को ख़रीदा और एक दूसरे थ्रेसियन को ख़रीदा, जिसका नाम गैनिकस था। आप तो जानते हैं कि इस वक़्त थ्रेसियनों की बड़ी माँग थी क्योंकि छुरे के खेल में वे बहुत अच्छे होते हैं। और यह तो चलन की बात है, एक साल छुरा तो उसके अगले साल तलवार और उसके भी अगले साल फ़ुसीना। सच बात तो यह है कि बहुत से थ्रेसियनों ने कभी ज़िन्दगी में छुरे को हाथ भी नहीं लगाया होता मगर उनके बारे में बात यह मशहूर हो गई है कि इस चीज़ में उनका कोई सानी नहीं है और स्त्रियाँ दूसरे किसी के हाथ में छुरा देखने को तैयार नहीं हैं।"

"तुमने ख़ुद उसे ख़रीदा?"

"अपने दलालों के ज़रिये। उन्होंने उन दोनों को हथकड़ी-बेड़ी डालकर सिकंदरिया से एक जहाज़ में भेज दिया और मैं नेपल्स के बन्दरगाह पर अपना एक दलाल रखता हूँ जो पालकी से उन्हें अन्दर ले आया।"

क्रैसस ने जो हमेशा किसी मुनाफ़े के कारबार में थोड़ा-बहुत पैसा लगाने के लिए चौकन्ना रहता था, बाटियाटस की बात मानते हुए कहा, "तुम्हारा काम मामूली नहीं है।"

"तो आप इस बात को मानते हैं?" बाटियाटस ने कहा। अपना भारी-भरकम जबड़ा खोलने पर उसके मुँह की कोरों से शराब बह चली और उसने अपनी बात पूरी करते हुए कहा, "बहुत थोड़े लोग हैं जो इस बात को मानते हैं। आपका क्या ख़याल है, मैंने कापुआ में कितने पैसे लगाए होंगे?"

क्रैसस ने सिर हिलाकर जवाब दिया, "इस बात पर कभी मेरा ध्यान नहीं गया। देखने को सभी ग्लैडिएटरों को देखते हैं मगर कोई रुककर यह नहीं सोचता कि उनके मैदान में उतरने के पहले उनके ऊपर कितना पैसा लगा होगा। मगर यह तो एक आम बात है। लोग सेना को देखते हैं और सोचते हैं कि ये सेनाएँ हमेशा रही हैं और इसलिए हमेशा रहेंगी।"

अपने ढंग की यह एक बेहतरीन चापलूसी थी। बाटियाटस ने अपना गिलास रख दिया और घूरकर सेनापति को देखा और एक उँगली से अपनी मोटी भद्दी नाक को घिसा।

"अन्दाज़ लगाइए।"

"दस लाख?"

"पचास लाख दीनारें," बाटियाटस ने धीरे-धीरे और अपनी बात पर ज़ोर देते हुए कहा, "पचास लाख दीनारें। ज़रा सोचिए, मेरे दलाल पाँच देशों में हैं। नेपल्स के बन्दरगाह में भी मैं अपना एक दलाल रखता हूँ। मैं अपने खिलाड़ियों को बेहतरीन खाना खिलाता हूँ : गेहूँ, जौ, गाय का गोश्त और बकरी के दूध का पनीर। छोटे-मोटे खेलों और जोड़ों की लड़ाई के लिए मेरे पास अपना एक छोटा सा मैदान है मगर

बड़ी लड़ाइयों के लिए मैंने जो गोलघर बनवाया है उसमें तमाशा देखनेवालों के लिए पत्थर की बनी हुई बड़ी ख़ूबसूरत जगह है और उसमें आसानी से मेरे क़रीब दस लाख ख़र्च हो गए। मैं स्थानीय पलटन के एक दस्ते को भी अपने पास रखता और खिलाता हूँ और इसमें, अगर आप यक़ीन करें, तो उन रिश्वतों का कोई हिसाब नहीं है जो मुझे इस सिलसिले में देनी पड़ती हैं। बात यह है कि सेना के सारे लोग आप जैसे तो होते नहीं। और अगर आप अपने आदमियों को रोम में लड़ाना चाहते हैं तो इसका मतलब है कचहरी और नगरपालिका के लिए साल में पचास हज़ार दीनारें। और औरतों का तो जैसे यहाँ पर ज़िक्र ही नहीं।"

"औरतें?" क्रैसस ने पूछा।

"ग्लैडिएटर जागीर पर काम करनेवाला खेतिहर मज़दूर तो होता नहीं; अगर आप चाहते हैं कि उसके अन्दर कुछ दमखम हो तो उसके लिए ज़रूरी है कि आप उसके संग सोने के लिए औरतों का भी इन्तज़ाम करें। तब फिर वह खाता भी ज़्यादा अच्छी तरह है और लड़ता भी ज़्यादा अच्छी तरह है। अपने यहाँ की औरतों के लिए मैंने अलग घर बनवाया है और मैं अच्छी से अच्छी औरतें ख़रीदता हूँ। ये सड़ी-गली बाज़ारू औरतें या खूसट बेजान औरतें नहीं। मेरे हाथ में आनेवाली हर औरत पुष्ट और स्वस्थ और अक्षत कुमारी होती है। मैं जानता हूँ क्योंकि मैं ही पहले उनकी आज़माइश करता हूँ।" उसने अपनी गिलास की आख़िरी बूँद अपने गले में डाली, होंठों को चाटा और एकदम रुआँसा-सा चेहरा बना लिया जैसे बहुत अकेला अकेला-सा महसूस कर रहा हो। अपने गिलास में धीरे-धीरे शराब ढालते हुए उसने शिकवे के लहज़े में कहा, "मुझे औरतों की ज़रूरत पड़ती है। कुछ लोगों को नहीं पड़ती, मुझे पड़ती है।"

"और यह औरत जिसे स्पार्टकस की बीवी कहते हैं?"

"वारिनिया," बाटियाटस ने कहा। अब वह अपने ही में डूब गया था और उसकी आँखों में नफ़रत, ग़ुस्से और तेज़ चाह की एक दुनिया थी। उसने दुहराया, "वारिनिया।"

"उसके बारे में मुझे बतलाओ।"

बाटियाटस की लम्बी ख़ामोशी से क्रैसस को ज़्यादा बातें मालूम हो गईं बनिस्बत उसके उन शब्दों के जो उसने कुछ थमकर कहे। "वह उन्नीस साल की थी, जब मैंने उसे ख़रीदा। कुतिया जर्मन थी लेकिन हाँ, अगर आपको पीले बाल और नीली आँखें पसन्द हों तो कहना होगा कि वह देखने में काफ़ी सुन्दर थी। बड़ी हरामज़ादी थी वह और मुझे उसको मार डालना चाहिए था। लेकिन मारने के बदले मैंने उसे स्पार्टकस को दे दिया। एक अच्छा मज़ाक़ था यह भी। स्पार्टकस को किसी औरत की ज़रूरत न थी और वारिनिया को किसी मर्द की ज़रूरत न थी। एक अच्छा मज़ाक़ था यह भी।"

"मुझे उसके बारे में बताओ।"

"मैंने आपको उसके बारे में बतलाया तो!" बाटियाटस ने ग़ुस्से से कुत्ते की तरह गुर्राते हुए कहा। वह उठा और लड़खड़ाता हुआ खेमे के परदे को पार करके बाहर निकल गया और क्रैसस ने उसके पेशाब करने की आहट पाई। सेनापति का यह एक बड़ा गुण था कि वह एकाग्रचित्त होकर अपने लक्ष्य का पीछा करता था। बाटियाटस जब लड़खड़ाता हुआ वापस आकर अपनी मेज़ पर बैठ गया तो इससे किसी तरह की अस्थिरता सेनापति के मन में न हुई। इस समय इस लानिस्ता को शराफ़त सिखलाना उसका उद्देश्य नहीं था और न उसे इसकी ज़रूरत ही थी।

"मुझे उसके बारे में बतलाओ," उसने आग्रह करते हुए कहा।

बाटियाटस ने कृत्रिम गाम्भीर्य से अपना सिर हिलाया और ऐसे स्वर में कि जैसे उसके आत्मसम्मान को ठेस लगी हो, उसने पूछा, "आपको कोई आपत्ति होगी अगर मैं इतनी शराब पी जाऊँ कि फिर होश में न रहूँ?"

क्रैसस ने जवाब दिया, "इस सम्बन्ध में मैं कुछ भी नहीं सोचता। तुम जितना चाहो पियो। मगर तुम मुझे बतला रहे थे कि तुमने स्पार्टकस और गैनिकस को बन्दरगाह से इधर पालकी में रखकर बुलवाया। हथकड़ियों में लाए होगे?"

बाटियाटस ने हामी भरी।

"तो इसके पहले तुमने उसे नहीं देखा था?"

"नहीं। और मैंने जो कुछ देखा उसे देखकर आपने उन्हें बिलकुल बेकार समझा होता, मगर आदमियों को समझने का मेरा ढंग दूसरा है। उस वक़्त उन दोनों की दाढ़ियाँ बढ़ी हुई थीं, वे एकदम गन्दे हो रहे थे और उनके शरीर-भर में सड़ते हुए ज़ख़्म और नासूर थे और सिर से पैर तक कोड़ों के निशान ही निशान थे। उनके शरीर से ऐसी बदबू निकल रही थी कि पास जाते मितली मालूम होती थी। उनके अपने शरीर की ही गन्दगी उनके शरीर पर सूख गई थी। वे सूखकर काँटा हो रहे थे और बस उनकी आँखें ऐसी थीं जिनसे पता चलता था कि वे जान पर खेल सकते हैं। आपने तो उन्हें अपनी टट्टी की सफ़ाई के लिए भी न रखा होता। मगर जब मैंने उन्हें देखा तो मुझे उनके अन्दर कोई चीज़ नज़र आई और यह वाजिब ही था क्योंकि वही तो मेरी कला है। मैंने उन्हें नहलवाया, उनकी दाढ़ी बनवाई और बाल कटवाए, तेल की मालिश करवाई और अच्छी तरह खिलाया-पिलाया।"

"हाँ तो वारिनिया के बारे में तो बतलाओ?"

"बड़े बदज़ात हो!"

लानिस्ता ने अपने शराब के प्याले की तरफ़ हाथ बढ़ाया मगर निहायत भोंडे ढंग से जिससे कि वह लुढ़क गया। वह उस शराब के लाल धब्बे को घूरता हुआ मेज़ पर हाथ बढ़ाकर लेट गया। कोई नहीं कह सकता कि उस धब्बे में उसने क्या

देखा। शायद अतीत को देखा हो और हो सकता है कि थोड़ा-बहुत भविष्य को भी देखा हो। क्योंकि ज्योतिष की कला निरा पाखंड नहीं है और यह शक्ति आदमी ही के पास है, जानवर के पास नहीं, कि वह अपने कृत्यों के परिणाम को समझे। यही वह आदमी था जिसने स्पार्टकस को लड़ना सिखलाया और इस तरह उसने अपनी ज़िन्दगी के धागे एक ऐसे भविष्य के साथ बुन दिये जिसका कोई अन्त नहीं है—जैसा कि सभी मनुष्य करते हैं—और वह आगे आनेवाले युगों में जिनके बारे में अभी कोई नहीं जानता, याद किया जाएगा। उन आदमियों को ट्रेनिंग देनेवाला जिन्होंने स्पार्टकस को ट्रेनिंग दी उन आदमियों के नेता के सामने बैठा था जो स्पार्टकस का ध्वंस करेंगे। मगर इस भविष्य-सूचना का दोनों को समान रूप से हल्का-सा और उलझा हुआ-सा आभास था कि कोई भी स्पार्टकस का ध्वंस नहीं कर सकेगा और चूँकि उन दोनों को इसका हल्का-सा भी आभास समान रूप से मिला, वे दोनों समान रूप से अपने अन्धकारपूर्ण अन्त को देख रहे थे।

5

(सेनापति क्रैसस ने कहा, "तुम्हारा मोटा दोस्त लेंटुलस बाटियाटस..." मगर केयस क्रैसस, जो उसकी बग़ल में बिस्तर पर लेटा हुआ था, ऊँघ रहा था, उसकी आँखें बन्द थीं—और उसने उस कहानी के बस कुछ टुकड़े सुने थे। क्रैसस को कहानी कहना न आता था। वह कहानी तो उसके दिमाग़ में थी, उसकी स्मृति में, उसकी आशाओं और आशंकाओं में। ग़ुलाम-युद्ध खतम हो गया था और स्पार्टकस खतम हो गया था। विला सलारिया शान्ति और समृद्धि का प्रतीक है, उस रोमन शान्ति का, जिससे दुनिया निहाल है और वह एक लड़के के संग बिस्तर पर लेटा हुआ था और क्यों न लेटे? उसने अपने-आप से प्रश्न किया। दूसरे महान पुरुष जो कुछ करते हैं किस मतलब में यह उससे बुरा है?

(केयस क्रैसस रोम से कापुआ तक सड़क के दोनों ओर खड़े हुए सलीबों के बारे में सोचने लगा क्योंकि उसे पक्की तरह नींद न आई थी। उसके मन में इसके कारण कोई बेचैनी न थी कि वह एक महान सेनापति के साथ एक ही बिस्तर पर लेटा हुआ था। उसकी पीढ़ी को अभी तक इस बात की ज़रूरत न महसूस हुई थी कि अप्राकृतिक मैथुन से पैदा होने वाली पाप भावना को कम करने के लिए दलीलों का अम्बार जुटाए। उसके लिए यह एक साधारण बात थी। सड़क के किनारे फाँसी पर झूलते हुए छह हज़ार ग़ुलामों का दृश्य भी उसके लिए एक साधारण बात थी। वह महान सेनापति क्रैसस की अपेक्षा कहीं अधिक सुखी था। महान सेनापति क्रैसस को तो तरह-तरह के भूत सताते रहते थे मगर कुलीन वंश के नवयुवक क्रैसस को—जो शायद सेनापति का दूर का रिश्तेदार था क्योंकि उस

समय क्रैसस नाम का परिवार रोम के सबसे बड़े परिवारों में से था—किसी भूत से नहीं लड़ना पड़ता।

(यह सच है कि मृत स्पार्टकस से उसको चिढ़ होती थी। उसे एक मुर्दा ग़ुलाम से नफ़रत थी। मगर जब उसने अपनी आँखें खोलीं और क्रैसस के चिन्ता से भारी चेहरे को देखा तो उसकी समझ में नहीं आया कि क्यों उसे स्पार्टकस से नफ़रत है।

(क्रैसस ने कहा, तुम सो नहीं रहे हो, नहीं तुम नहीं सो रहे हो और यही कहानी है, जैसी कुछ भी है—बशर्ते तुमने इसका कोई भी हिस्सा सुना हो—और अब मैं तुमसे पूछता हूँ कि तुम क्यों स्पार्टकस से नफ़रत करते हो जो कि अब मर चुका है और हमेशा के लिए विदा हो गया है?

(मगर केयस क्रैसस अपनी ही स्मृतियों में खोया हुआ है। यह चार साल पहले की बात है और उस वक़्त ब्रैकस उसका यार था। और ब्रैकस के संग वह एपियन मार्ग से कापुआ गया था और ब्रैकस उसे ख़ुश करना चाहता था, बड़ी जवाँमर्दी से और ख़ूब दिल खोलकर, क्योंकि इससे अच्छा और क्या हो सकता है कि तुम मोटी गद्दीवाली कुरसी पर अपने प्रियजन की बग़ल में बैठकर आदमियों को आमरण एक-दूसरे से लड़ते हुए देखो? उस समय, आज से चार साल पहले, विला सलारिया की इस अजीब शाम के चार बरस पहले वह ब्रैकस के संग पालकी में बैठकर गया था और ब्रैकस ने उसकी बड़ी-बड़ी ख़ुशामद की थी और वचन दिया था कि वह ऐसी लड़ाई उसे दिखाएगा जैसी कि उसने पहले कभी देखी न होगी, जैसी लड़ाई सिर्फ़ कापुआ में होती है—और यह कहा था कि ख़र्च की उसे कोई परवाह न होगी। रेत के मैदान पर ख़ून गिरेगा और शराब की चुसकियाँ लेते हुए हम उसे देखेंगे।

(और तब वह ब्रैकस के साथ लेंटुलस बाटियाटस से मिलने गया था जिसके पास ग्लैडिएटरों का इटली-भर में सबसे अच्छा अखाड़ा था।

(और यह सब, केयस ने सोचा, चार साल पहले की बात है—तब तक न तो ग़ुलाम युद्ध हुआ था और न किसी ने स्पार्टकस का नाम ही सुना था। और अब ब्रैकस मर चुका था और स्पार्टकस भी मर चुका था और वह, केयस, रोम के सबसे बड़े सेनापति के साथ बिस्तर पर लेटा हुआ था।)

भाग 3

जो विला सलारिया की उस शाम के चार बरस पहले मारियस ब्रैकस और केयस क्रैसस की पहली कापुआ यात्रा और ग्लैडिएटरों के दो जोड़ों की लड़ाई की कहानी है।

बसन्त के मौसम में एक बहुत अच्छे दिन जब लानिस्ता लेंटुलस बाटियाटस अपने दफ़्तर में बैठा हुआ था और डकार ले रहा था और उसका भारी नाश्ता पेट में बैठा हुआ उसे अपूर्व सुख पहुँचा रहा था, उसका यूनानी मुनीम कमरे में आया और उसने बतलाया कि बाहर दो नौजवान रोमन खड़े हुए हैं और वे दो जोड़ों की लड़ाई के बारे में उससे कुछ बात करना चाहते हैं।

दफ़्तर और मुनीम—जो कि एक सुशिक्षित यूनानी ग़ुलाम था—दोनों बाटियाटस के वैभव और समृद्धि के सूचक थे। नगरपालिका की राजनीति और सड़कों पर होनेवाली संगठित लड़ाई की उसकी आरम्भिक शिक्षा, उसका एक महत्त्वपूर्ण घराने के बाद दूसरे महत्त्वपूर्ण घराने से चतुराई के साथ सम्बन्ध जोड़ना और ऊपर चढ़ना और उसकी संगठनपटुता जिसके फलस्वरूप वह शहर में सड़क पर मारपीट करनेवालों की सबसे बड़ी और मज़बूत टोली बना सका था—इस सबका उसको बहुत लाभ मिला था और उसने अपने होशियारी से बचाकर रखे हुए धन को जिस तरह कापुआ में ग्लैडिएटरों का एक छोटा सा स्कूल क़ायम करने में लगाया था वह एक बहुत बुद्धिमानी की चीज़ थी। जैसा कि वह अक्सर कहा करता था, वह भविष्य की लहरों पर सवार होकर आगे बढ़ रहा था। एक गुंडा इससे आगे न जा सकता था और कोई गुंडा इतना चतुर नहीं होता कि सदा जीतने वाले पक्ष की ही ओर खड़ा हो। उसके दल से कहीं मज़बूत दल किसी प्रतिद्वन्द्वी की अप्रत्याशित विजय और किसी नये मेयर की प्रतिहिंसा के कारण दृश्यपट से एकदम साफ़ हो गए थे।

दूसरी ओर, जोड़ों की लड़ाई—आम तौर पर यही उसको कहा जाता था—पैसा लगाने और मुनाफ़ा कमाने का एक नया क्षेत्र थी; वह एक क़ानूनी चीज़ थी; और

व्यापारों के समान वह भी एक व्यापार था जिसे मान्यता मिली हुई थी और कोई भी, जो कि युग के लक्षणों को ठीक से पढ़ सकता है, जानता था कि अभी उस चीज़ का शैशव ही था। कुछ ही दिनों में यह हल्का-फुल्का मनोविनोद एक पूरी समाज व्यवस्था पर छा जानेवाला उन्माद बन जाएगा। राजनीतिज्ञ अब इस बात को समझने लगे थे कि अगर दूसरे देश की धरती पर सफल युद्ध करके ख्याति नहीं पाई जा सकती तो बहुत कुछ वैसी ही चीज़ अपने देश में ही छोटे पैमाने पर खड़ी करके हासिल की जा सकती है और सौ-सौ जोड़ों की लड़ाइयाँ, जो हफ़्तों तक चलती थीं, अब तक काफ़ी प्रचलित हो गई थीं। अच्छे सीखे-सिखाए ग्लैडिएटरों की माँग बराबर बढ़ती जा रही थी और कभी पूरी न की जा सकती थी। और उनके दाम बराबर चढ़ते चले जा रहे थे। एक के बाद दूसरे शहर में पत्थर के अखाड़े बन रहे थे और आख़िरकार जब इटली का एक सबसे ख़ूबसूरत और शानदार अखाड़ा कापुआ में बना तो लेंटुलस बाटियाटस ने वहाँ जाकर अपना एक स्कूल चलाने का निश्चय किया।

उसने बहुत मामूली ढंग से शुरुआत की, बस ज़रा-सा एक बाड़ा और लड़ने का एक मोटा-झोटा अखाड़ा जहाँ पर वह एक वक़्त में एक जोड़ को लड़ना सिखलाता था, मगर उसका व्यापार बहुत तेज़ी से बढ़ने लगा और अब पाँच बरस के अन्दर-अन्दर उसके पास एक बहुत बड़ी-सी संस्था हो गई जहाँ वह सौ से ऊपर जोड़ों को रखता था और उन्हें लड़ना सिखलाता था। उसके पास ग्लैडिएटरों के रहने के लिए पत्थर की बनी अपनी कोठरियाँ थीं, कसरत करने के लिए अपनी व्यायामशाला और अपना स्नानागार था, ट्रेनिंग देने की अपनी जगह थी और अलग से खेल दिखलाने के लिए अपना अखाड़ा था—जो उन बड़े-बड़े एम्फ़ीथियेटरों जैसी चीज़ तो न थी कि जहाँ बैठकर आम पब्लिक तमाशा देखती थी मगर हाँ इतनी बड़ी ज़रूर थी कि वहाँ पचास-साठ लोग बैठ सकते थे और बयकवक़्त तीन जोड़ लड़ सकते थे। इसके साथ ही साथ उसने उचित रिश्वत के ज़ोर से सेना के साथ काफ़ी स्थानीय सम्पर्क स्थापित कर लिया था और हर समय उसके पास काफ़ी सैनिक मौजूद रहते थे और इस तरह अब उसने अपने-आप को उस ख़र्च से बचा लिया था जो उसे ख़ुद अपनी निजी पुलिस टोली बनाने के लिए करना पड़ता। उसके बावर्चीख़ाने में एक छोटी-मोटी फ़ौज का खाना पकता था क्योंकि ग्लैडिएटरों, उनकी औरतों, उनको ट्रेनिंग देनेवालों, घर का काम करनेवालों और पालकी ढोनेवाले ग़ुलामों वग़ैरह को लेकर उसकी गिरस्ती में चार सौ से ऊपर लोग थे। उसका आत्मसन्तोष सकारण था।

वह दफ़्तर, जिसमें बाटियाटस बसन्त की उस सुबह को बैठा हुआ था और धूप बहुत अच्छी फैली हुई थी, बाटियाटस की सबसे हाल की हासिल की हुई चीज़ थी। जब उसने अपनी यह जिन्दगी शुरू की उसने हर तरह की तड़क-भड़क

से बचने की कोशिश की। वह ऊँचे ख़ानदान का नहीं था और उसे कोई ख़्वाहिश नहीं थी कि दिखलाए कि वह है। लेकिन जैसे-जैसे उसके मुनाफ़े बढ़ने लगे उसने देखा कि उसके लिए शोभा की बात यही है कि अपनी धन-सम्पदा के अनुकूल ढंग से रहे। उसने यूनानी ग़ुलामों को ख़रीदना शुरू किया और उसकी इन ख़रीदों में औरों के साथ एक मेमार और एक मुनीम भी था। उस मेमार ने बाटियाटस को समझाया था कि दफ़्तर की इमारत यूनानी शैली की बनवाए, सपाट छत और मोटे-मोटे खम्भे, सिर्फ़ तीन दीवारें और चौथी दिशा एकदम खुली हुई ताकि बाहर का सुन्दर दृश्य मिल सके। परदे खींच दिये जाने पर वह कमरा एक तरफ़ से बिलकुल खुला हुआ था जिससे ख़ूब ताज़ी हवा और धूप आती थी। संगमरमर का फ़र्श और वह ख़ूबसूरत सफ़ेद मेज़ जिस पर वह अपने सारे काम करता था, दोनों ही सुरुचि का परिचय देते थे। कमरे की खुली हुई दिशा उसकी तरफ़ पड़ती थी और उसके ठीक सामने दरवाज़ा था। उसके आगे एक क्लर्कों के बैठने का कमरा था और एक कमरा था जिसमें उसके मिलने-जुलने वाले आकर उसके इन्तज़ार में बैठते थे। इसमें शक नहीं कि बाटियाटस की दुनिया अब बिलकुल बदल गई थी—कहाँ रोम की गलियों में होने वाली वे लड़ाइयाँ जिनमें वह भी एक टोली का सरदार होता था और कहाँ अब यह।

तभी मुनीम ने कहा, "दो हैं—रईसज़ादे मालूम होते हैं। कपड़ों में इत्र और गालों पर लाली लगाए हैं और बहुत बेशक़ीमत अँगूठियाँ और कपड़े पहने हैं। बहुत पैसा है सबों के पास, मगर हैं रईसज़ादे और मुसीबत करेंगे। उनमें से एक तो अभी बिलकुल नौजवान है, मेरा ख़याल है इक्कीस साल का होगा। और दूसरा जो है वह इस नौजवान को ख़ुश करने की कोशिश में लगा हुआ है।"

बाटियाटस ने कहा, "उनको अन्दर आने दो।"

पल-भर बाद, वे दोनों नौजवान कमरे में दाख़िल हुए और बाटियाटस अत्यधिक शिष्टाचार के साथ उठा और अपनी मेज़ के सामने पड़े हुए दो स्टूलों पर बैठने के लिए उन्हें इशारा किया।

उनके बैठते-बैठते बाटियाटस ने अपनी सधी हुई निगाहों से जल्दी से उन्हें भाँपा। उनको देखकर मालूम होता था कि वे अमीर हैं मगर अमीरी का यह भाव ऐसा न था कि अपने प्रदर्शन के लिए व्याकुल हों। वे दोनों अच्छे परिवारों के नवयुवक थे मगर किसी महान वंश-परम्परा के जान पड़ते थे—क्योंकि वे जो कुछ थे वह बहुत स्पष्ट था। और भी ऊँचे ख़ानदानों के लोग उन्हें शायद ख़ातिर में भी न लाते। उनमें जो छोटा था, केयस क्रैसस, वह बिलकुल छोकरी जैसा था, वैसा ही सुन्दर। ब्रैकस उससे कुछ बड़ा था और कुछ अधिक कठोर और उन दोनों में उसी का पलड़ा भारी था। उसकी आँखें सर्द, नीली, और बाल रेत-जैसे थे, होंठ पतले थे और चेहरे पर एक ऐसा भाव था जो बतलाता था कि इस व्यक्ति को किसी

चीज़ में आस्था नहीं है। बातचीत वही कर रहा था। केयस महज़ सुन रहा था और बीच-बीच में आदर और प्रशंसा की आँखों से अपने दोस्त को देख लेता था। और ब्रैकस ग्लैडिएटरों के बारे में इतने इत्मीनान से बात कर रहा था कि मालूम होता था यह व्यक्ति इस खेल का रसज्ञ है।

"मैं लेंटुलस बाटियाटस हूँ। मैं ही लानिस्ता हूँ," उस मोटे आदमी ने कहा, और जान-बूझकर अपने को उस बुरे नाम से पुकारा मगर उसके साथ ही साथ उसने मन-ही-मन तय किया कि दिन खतम होने के पहले-पहले इस चीज़ की क़ीमत इन्हें पाँच हज़ार दीनारें चुकानी होंगी।

ब्रैकस ने अपना और अपने मित्र का परिचय दिया और फ़ौरन काम की बात पर आ गया—"हम अलग से, सिर्फ़ अपने लिए दो जोड़ों की लड़ाई करवाना चाहते हैं।"

"बस आप दोनों के लिए?"

"हाँ, हम और हमारे दो दोस्त।"

लानिस्ता ने गम्भीरता से सिर हिलाया और अपने दोनों मोटे-मोटे हाथ मिलाकर मेज़ पर रख दिये जिससे कि उसके हाथ की अँगूठियों के दोनों हीरे, एक पन्ना और एक लाल बहुत शान के साथ दिखाई देने लगे।

उसने कहा, "ठीक है उसका प्रबन्ध हो सकता है।"

"आमरण," ब्रैकस ने बहुत इत्मीनान से कहा।

"क्या कहा आपने?"

"सुना तो आपने। मैं थ्रेसियनों के दो जोड़ चाहता हूँ जिनकी लड़ाई तब तक चलेगी जब तक एक मर नहीं जाता।"

बाटियाटस ने प्रश्न किया, "क्यों? ऐसा क्यों? आप नौजवान लोग जब रोम से आते हैं तो क्यों हमेशा ऐसी लड़ाई पर ही ज़ोर देते हैं? इतना ही ख़ून और इतनी ही अच्छी लड़ाई—बल्कि इससे भी अच्छी! आपको उस खेल में भी तो देखने को मिल सकती है जिसका फ़ैसला हार-जीत में होता है। आमरण लड़ाई की क़ैद क्यों रखते हैं?"

"क्योंकि हमें वही पसन्द है।"

"यह कोई जवाब नहीं। ज़रा मेरी बात सुनिए," बाटियाटस ने कहा और अपने हाथ इस तरह फैलाए कि जैसे कह रहा हो कि आइए, हम दोनों जो इस खेल को समझते हैं, शान्ति से, विचारपूर्वक, वैज्ञानिक ढंग से इस बात को सोचें। उसने कहा, "आप थ्रेसियनों की माँग करते हैं। मेरे पास थ्रेसियनों का दुनिया का सबसे अच्छा खेल आपको मिलेगा लेकिन अगर आपकी ज़िद यह हो कि लड़ाई का फ़ैसला मौत ही से हो तो इसका मतलब है कि आप न तो अच्छा खेल देखना चाहते हैं न छुरा चलाने का कमाल। आप भी इस बात को अच्छी तरह समझते हैं, जैसे कि मैं समझता हूँ। और बात समझ में आने वाली है भी। आप पैसा देते हैं और फिर

झट से पलक मारते में काम खतम। मैं आपको उनका दिन-भर का खेल दिखला सकता हूँ, जो ऐसा होगा जैसा आपने रोम में कभी देखा न होगा। सच बात तो यह है कि रोम में आपको थियेटर ऐसा देखने को मिल जाएगा जैसा कहीं भी नहीं मिलेगा। लेकिन अगर आप अपने निजी मनोरंजन के लिए मेरे पास आते हैं तो मुझे भी तो अपनी साख़ की चिन्ता करनी पड़ती है। मेरी साख़ बूचड़ के रूप में नहीं है। मैं आपको अच्छा खेल दिखलाना चाहता हूँ, सबसे अच्छा खेल जो पैसा ख़रीद सकता है।"

ब्रैकस ने मुस्कराकर कहा, "हम अच्छी लड़ाई चाहते हैं और हम चाहते हैं कि लड़ाई मौत में ही खतम हो।"

"मगर यह तो परस्पर विरोधी बात है!"

ब्रैकस ने धीमे से कहा, "आपके विचार में। आप मेरा पैसा भी रखना चाहते हैं और अपने ग्लैडिएटर भी। जब मैं किसी चीज़ के लिए पैसा देता हूँ, तो उसे ख़रीद लेता हूँ। मैं आपके दो जोड़ ख़रीद रहा हूँ जिन्हें वह लड़ाई लड़नी होगी जिसका फ़ैसला एक की मौत से ही होता है। अगर आप मेरी इच्छा नहीं पूरी करना चाहते तो मैं कहीं और चला जाऊँगा।"

"मैंने कब कहा कि मैं आपकी इच्छा पूरी नहीं करना चाहता? आप जैसा सोच रहे हैं मैं उससे भी अच्छी तरह आपकी सेवा करना चाहता हूँ। मैं आपको दो जोड़ दे सकता हूँ जो सवेरे से लेकर रात तक आठ घंटे तक लगातार मैदान में लड़ते रहेंगे, अगर आपकी ऐसी ख़्वाहिश हो। और अगर किसी जोड़ के किसी एक आदमी का कोई हिस्सा बहुत बुरी तरह कट जाएगा तो मैं उसके बदले में दूसरा आदमी दे दूँगा। मैं आपको वह सब रक्त और रोमांच दूँगा जो आप या आपकी प्रेमिकाएँ चाह सकती हैं और इस पूरी चीज़ के लिए मैं आपसे सिर्फ़ आठ हज़ार दीनारें लूँगा। इसमें खाना और शराब और दूसरी कोई ख़िदमत जो आप चाहें, सब कुछ शामिल है।"

"आप जानते हैं कि हम क्या चाहते हैं। हमें फ़िज़ूल की घिचघिच पसन्द नहीं है," ब्रैकस ने कठोरता से कहा।

"बहुत अच्छा, इसकी क़ीमत आपको पच्चीस हज़ार दीनार पड़ेगी।"

इतनी बड़ी रक़म की बात सुनकर केयस बहुत प्रभावित हुआ, बल्कि कहें कि आतंकित हुआ मगर ब्रैकस ने बहुत इत्मीनान से अपने कन्धे उचकाए।

"बहुत अच्छा। उन्हें नंगे लड़ना होगा।"

"नंगे?"

"कितनी बार कहूँ लानिस्ता!"

"बहुत अच्छा।"

"और देखिए कोई चालबाज़ी न होनी चाहिए—यह नहीं कि दोनों एक-दूसरे

को थोड़ा-थोड़ा काट दें और ज़मीन पर गिर जाएँ और ऐसा बहाना करें कि जैसे मर गए। अगर दोनों गिर पड़ते हैं तो आपका एक ट्रेनर उन दोनों की गर्दन काट देगा। और लड़ने वालों को भी यह बात मालूम होनी चाहिए।"

बाटियाटस ने हामी भरी।

"मैं आपको दस हज़ार अभी दूँगा और बाक़ी खेल खतम होने पर।"

"ठीक है। पैसे कृपया मेरे मुनीम को दे दीजिए। वह आपको रसीद दे देगा और आपके लिए एक शर्तनामा तैयार कर देगा। जाने के पहले आप उन्हें देखना चाहेंगे?"

"खेल सवेरे हो सकेगा?"

"हाँ, सवेरे हो सकता है। मगर मैं आपको पहले ही से आगाह कर दूँ कि बहुत मुमकिन है ऐसी लड़ाई जल्दी खतम हो जाए।"

"मुझे आगाह करने की ज़रूरत नहीं हैं लानिस्ता।" वह केयस की तरफ़ मुड़ा और उसने पूछा, "क्यों, तुम उन्हें देखना चाहोगे?"

केयस लजाकर मुस्कराया और सिर हिलाकर उसने स्वीकृति दी। वे लोग बाहर निकल गए और जब ब्रैकस ने पैसे दे दिये और शर्तनामे पर दस्तख़त कर दिये तो वे दोनों अपनी पालकियों में बैठ गए और पालकी ढोनेवाले उन्हें उस हाते के पास ले गए जहाँ ग्लैडिएटर कसरत करते थे। केयस ब्रैकस के चेहरे से अपनी आँखें अलग न कर पाता था। वह सोचने लगा कि मैंने कभी किसी आदमी को इतनी अच्छी तरह आचरण करते नहीं देखा। बात सिर्फ़ पच्चीस हज़ार दीनारों की न थी—गो कि वह भी कोई ऐसी-वैसी बात न थी क्योंकि उसे अपने ख़र्च के लिए महीने में जो एक हज़ार दीनारें मिलती थीं उसी को उसकी जान-पहचान वाले सभी लोग बहुत ज़्यादा समझते थे—हाँ तो बात महज़ पच्चीस हज़ार दीनारों की न थी बल्कि उस ढंग की थी जिस ढंग से उसे ख़र्च किया जा रहा था और उस इत्मीनान की थी जिससे आदमी की ज़िन्दगी का सौदा किया जा रहा था। आदमी की ज़िन्दगी को कठोरतम उपेक्षा से देखने का यह एक ऐसा तरीक़ा था जिसको अपना सकना केयस का एक बहुत बड़ा मनोरथ था और जो उसके समीप, सभ्यता और संस्कृति का उच्चतम धरातल था। और यहाँ पर तो उस चीज़ का समन्वय एक बहुत ही संयत-चित्त आभिजात्य से हो गया था। जहाँ तक उसकी अपनी बात है वह हज़ार साल में भी यह माँग करने का साहस न कर सकता कि ग्लैडिएटर लोग नंगे लड़ें। मगर आख़िरकार वह भी तो एक बड़ा कारण था जिसके लिए वे लोग रोम के किसी पब्लिक शो में न जाकर कापुआ में अपने निजी मनोरंजन के लिए इस शो की व्यवस्था कर रहे थे।

कसरत के अहाते के पास पहुँचकर ग़ुलामों ने पालकी उतारकर ज़मीन पर रख दी। कसरत करने का अहाता लोहे के जँगलों से घिरा हुआ एक बाड़ा था, डेढ़ सौ फ़ीट लम्बा और चालीस फ़ीट चौड़ा, जिसके तीन तरफ़ लोहे के जँगले

थे और चौथी तरफ़ वह छोटी-छोटी कोठरियाँ थीं जिनमें ग्लैडिएटर रहते थे। केयस ने महसूस किया कि इन ग्लैडिएटरों को रखना और ट्रेनिंग देना जंगली जानवरों को रखने और ट्रेनिंग देने से ज़्यादा ऊँची और ज़्यादा ख़तरनाक कला है : क्योंकि ग्लैडिएटर न सिर्फ़ एक ख़तरनाक जंगली जानवर था बल्कि सोच भी सकता था। उन आदमियों को बाड़े में कसरत करते देखकर भय और उत्तेजना से उसे इतना आनन्द मिला कि सारे शरीर में उसे रोमांच-सा हो आया। वे क़रीब सौ लोग थे जिनके शरीर पर बस एक लँगोटी थी। उनकी दाढ़ी-मूँछ साफ़ थी, बाल बहुत ही छोटे कटे हुए थे और वे अपने लकड़ी के डंडे और छड़ियाँ लिये हुए कसरत कर रहे थे। उनके बीच में क़रीब छह उस्ताद चल रहे थे और सभी उस्तादों की तरह, वे भी फ़ौज के पुराने लोग थे। उस्ताद के एक हाथ में एक छोटी स्पेनी तलवार थी, दूसरे में डंडा था जिसके एक सिरे पर पीतल की भारी मूठ लगी हुई थी, और वह बहुत सतर्क होकर मन-ही-मन डरते हुए चल रहा था और उसकी आँखों में घबराहट थी और था चौकन्नापन। फ़ौज के एक दस्ते के लोग बाड़े के चारों तरफ़ थोड़ी-थोड़ी दूर पर फैले हुए थे, उनके भारी, ख़ूनी बल्लम अनुशासन क़ायम रखने की असाधारण शक्ति से सम्पन्न थे। केयस ने सोचा, ठीक ही तो है कि ऐसे लोगों की मौत की क़ीमत इतनी ज़्यादा है।

ग्लैडिएटरों के शरीर एकदक साँचे में ढले हुए थे, उनकी एक-एक मांसपेशी अलग दिखाई देती थी और उनकी चाल में चीते की चाल जैसा सजीलापन था। मोटे रूप में उनकी तीन श्रेणियाँ थीं, लड़नेवालों की वे तीन श्रेणियाँ जो इस समय इटली में सबसे लोकप्रिय थीं। एक तो थे थ्रेसियन—जिन्हें एक जाति से अधिक एक दल या समान पेशेवालों का एक समुदाय समझना चाहिए क्योंकि उनमें बहुत से यहूदी और यूनानी भी थे। इस समय इन्हीं की माँग सबसे ज़्यादा थी। वे सीका से लड़ते थे। सीका एक छोटी और हल्की-सी मुड़ी हुई कटार थी जिसका आम चलन थ्रेस और जूडिया में था जहाँ से उनकी अधिकांश भरती होती थी। रेतियराई की लोकप्रियता का युग अभी आरम्भ ही हो रहा था और वे लोग दो विलक्षण अस्त्रों से लड़ते थे, एक तो मछली पकड़ने का जाल और दूसरा एक लम्बा-सा त्रिशूल। इस श्रेणी के लड़नेवालों में बाटियाटस को इथियोपिया से आनेवाले लम्बे-चौड़े स्याह अफ़रीकन सबसे ज़्यादा पसन्द थे। और उनका मुक़ाबला हमेशा मुर्मिलोन से किया जाता था, जो कि लड़नेवालों की एक ऐसी श्रेणी थी जिसका विभाजन बहुत बँधा-टँका न था और जो या तो अकेली तलवार या ढाल-तलवार दोनों से लड़ते थे। मुर्मिलोन या तो जर्मन होते थे या गॉल।

"उनको ज़रा ग़ौर से देखना," ब्रैकस ने उन काले आदमियों की तरफ़ इशारा करते हुए कहा, "उनका खेल सबसे अच्छा होता है और हाथ की सफ़ाई में सबसे बढ़-चढ़कर मगर वह बहुत उबानेवाला भी हो सकता है। वह खेल अगर सबसे

अच्छा देखना हो तो थ्रेसियनों को देखना चाहिए। आप मेरी बात से सहमत हैं न?" उसने बाटियाटस से पूछा।

लानिस्ता बाटियाटस ने अपने कन्धे उचकाकर जवाब दिया, "हर खेल की अपनी सिफ़त है।"

"मुझे एक थ्रेसियन और एक काले आदमी का जोड़ चाहिए।"

"बाटियाटस ने क्षण-भर उसकी ओर देखा और फिर सिर हिलाते हुए जवाब दिया, यह भी कोई जोड़ है। थ्रेसियन के पास तो सिर्फ़ कटार होती है।"

"मुझे वही चाहिए।"

बाटियाटस ने कन्धा उचकाया और अपने एक सिखानेवाले को अपनी ओर देखते पाकर उसे इशारे से अपने पास बुलाया। केयस मंत्रमुग्ध-सा ग्लैडिएटरों की क़तारों को बाक़ायदा अपनी नाच जैसी कसरतें करते देख रहा था। थ्रेसियन और यहूदी छोटी-छोटी लकड़ियों और लकड़ी की छोटी-छोटी डालों से अपने कटार के खेल का अभ्यास कर रहे थे, काले हब्शी अपने जाल और अपने लम्बे-लम्बे डंडे आगे को फेंक रहे थे जो देखने में बिलकुल झाड़ू के दस्ते जैसे मालूम होते थे और लहीम शहीम, गोरे-चिट्टे जर्मन और गॉल लकड़ी की तलवारों से लड़ रहे थे। अपनी सारी ज़िन्दगी में उसने ऐसे लोग न देखे थे जिनकी हर हरकत इतनी नपी-तुली, इतनी सजग, इतनी फुर्तीली, इतनी सजीली और इतने इत्मीनान की थी कि जैसे उन्हें ज़रा भी थकावट न मालूम हो रही हो; उनको बार-बार अपने वह नाच के-से क़दम सीखते हुए देखकर केयस के मन में यही विचार उठ रहा था। लोहे के जँगले के पीछे सूरज की रोशनी में उन्हें ऐसा करते देखकर केयस को भी—उसके दरिद्र, अनुभूतिशून्य, ऐंठे-बररे हुए अन्त:करण को भी—करुणा-सी मालूम हुई कि ऐसी ख़ूबसूरत, सजीली और जानदार ज़िन्दगी का इस्तेमाल सिर्फ़ उन्हें बूचड़ों की तरह हलाल करने के लिए हो। मगर यह भाव क्षण-भर के लिए ही उसके मन में आया, सिर्फ़ एक हल्की-सी भभक के रूप में। आगे आनेवाली किसी घटना के लिए उसके मन में ऐसी तीक्ष्ण उत्तेजना पहले कभी न आई थी। अभी जब वह बच्चा था तभी से ऊब और थकान ने उसकी ज़िन्दगी में घर कर लिया था। इस वक़्त उसके मन में कोई ऊब न थी।

उस्ताद बात समझा रहा था, "छुरे में सिर्फ़ एक तरफ़ तेज़ धार होती है। जहाँ एक बार छुरा जाल में फँसा कि थ्रेसियन का काम तमाम। इससे अखाड़े के रहनेवालों में आपस में अदावत होती है। यह कोई जोड़ नहीं है।"

"उन्हें बुलाओ," बाटियाटस ने संक्षेप में कहा।

"जर्मन के साथ क्यों नहीं...?"

ब्रैकस ने बहुत कठोरता से कहा, "मैं थ्रेसियन के लिए पैसा दे रहा हूँ। मुझसे बहस मत करो!"

"तुमने इनकी बात सुन ली न?" लानिस्ता ने कहा।

उस्ताद के पास चाँदी की एक छोटी-सी सीटी थी जिसे वह एक धागे में पिरोकर अपनी गर्दन में लटकाए रहता था। अब उसने तीन बार ज़ोर से सीटी बजाई और ग्लैडिएटरों की क़तारें अपनी-अपनी जगह रुक गईं।

"आप किसको चाहते हैं?" उसने बाटियाटस से पूछा।

"ड्राबा।"

"ड्राबा!" उस्ताद ने ज़ोर से पुकारा।

एक काला आदमी घूमा और अपना जाल और डंडा घसीटता हुआ उनकी तरफ़ आया। पूरा देव था वह और उसकी काली खाल पसीने से चमक रही थी।

"डेविड।"

"डेविड!" उस्ताद ने ज़ोर से पुकारा।

यह एक यहूदी था, दुबला-पतला, बाज का-सा चेहरा, पतले-पतले तिक्त होंठ, हरी-हरी आँखें, दाढ़ी-मूँछ साफ़, धूप में सीझा हुआ चेहरा और एकदम चिकना सफाचट सिर। उसकी उँगलियों में, जो कभी खुलती थीं और कभी बन्द होती थीं, उसकी लकड़ी की कटार फँसी हुई थी और उसकी आँखें जैसे उन मेहमानों को आर-पार चीरती निकल जाती थीं मगर उन्हें देखती न थीं।

ब्रैकस ने केयस से कहा, "यह आदमी यहूदी है। तुमने कभी यहूदी देखा है?"

केयस ने सिर हिलाया।

"बड़ा मज़ा आएगा। यहूदी लोग सीका से लड़ने में बड़े तेज़ होते हैं। लड़ाई का मतलब उनकी समझ में बस इतना ही है लेकिन अपने हथियार में वे होते बहुत अच्छे हैं।"

"पोलेमस।"

"पोलेमस!" उस्ताद ने ज़ोर से पुकारा।

यह एक थ्रेसियन था। बहुत कम उमर और सजीला और ख़ूबसूरत।"

"स्पार्टकस!"

वह भी इन तीनों से आ मिला। वे चारों आदमी खड़े रहे और उनके और इन दो रोमन नौजवानों, लानिस्ता और पालकी ढोनेवाले ग़ुलामों के बीच कसरत करने के हाते के भारी-भारी लोहे के डंडे थे। उनको देखते हुए केयस सोचने लगा कि वे लोग वाक़ई एक नई चीज़ हैं, दूसरों से भिन्न और विचित्र और उसके अपने सोचने के ढंग के अनुसार भयानक। और बात उनके उस म्लान, गम्भीर, उदास पौरुष ही की न थी—यद्यपि वह पौरुष भी ऐसा था जैसा कि उसके अपने परिचितों की गोष्ठी में शायद ही कभी देखने को मिलता हो—तो बात केवल उनके पौरुष की न थी बल्कि जिस तरीक़े से उन्हें बाक़ी में लोगों से काटकर अलग रखा गया था, उसकी थी। वे ऐसे लोग थे जिन्हें लड़ने और मारने की ही शिक्षा दी जाती है और

लड़ना भी वैसा नहीं जैसे कि सैनिक लड़ते हैं या जानवर लड़ते हैं बल्कि जैसे कि ग्लैडिएटर लड़ते हैं, जो कि एक बिलकुल ही दूसरी चीज़ थी। उसे लगा कि वह अपने सामने चार आदमियों को नहीं बल्कि चार डरावने नक़ली चेहरों को देख रहा है।

"क्यों कैसे लगे?" बाटियाटस ने पूछा।

लाख चाहकर भी केयस इस सवाल का न तो जवाब ही दे सकता था और न शायद कुछ भी बोल सकता था मगर ब्रैकस ने बहुत इत्मीनान से कहा, "एक उस टूटी नाक वाले को छोड़कर बाक़ी सब बहुत अच्छे हैं। उसकी तो शकल ही लड़नेवाले की नहीं है।"

"शकल से कभी-कभी धोखा भी हो जाया करता है," बाटियाटस ने उसे याद दिलाते हुए कहा, "वह स्पार्टकस है। बहुत अच्छा, बहुत ताक़तवर और बहुत फुर्तीला। मैंने उसे ख़ास तौर पर चुना है। वह बहुत फुर्तीला है।"

"आप उसका जोड़ किससे कराएँगे?"

"उस हब्शी से," बाटियाटस ने जवाब दिया।"

"तो ठीक है। उम्मीद करता हूँ कि दाम के लायक़ चीज़ मुझे मिलेगी," ब्रैकस ने कहा।

हाँ तो इस तरह केयस ने तब स्पार्टकस को देखा मगर चार बरस बाद। उसे किसी तरह भी ग्लैडिएटर का नाम न याद रह गया था और बस याद रह गई थी वह गरम धूप, उस जगह की अपनी अनुभूति और गन्ध और पुरुषों के पसीना बहते हुए शरीर की गन्ध।

2

यह वारिनिया है जो अँधेरे में जागती हुई पड़ी है और जो आज रात नहीं सोई है, ज़रा भी नहीं, कुछ क्षणों के लिए भी नहीं : मगर स्पार्टकस जो उसकी बग़ल में लेटा हुआ है, सो रहा था। कैसी गहरी पक्की नींद है उसकी! उसका धीरे-धीरे साँस लेना, श्वास और निःश्वास जो कि उसके भीतर की ज़िन्दगी की आग के लिए ईंधन के समान है, वह उतना ही सम और नियमित है जितना कि सृष्टि में किसी भी चीज़ का आरोह और अवरोह होता है और वारिनिया इस चीज़ के बारे में सोचती है और जानती है कि जिस चीज़ में भी शान्ति है और जो जीवन से संघर्ष कर रही है उसमें यही नियमितता होती है चाहे वह ज्वार-भाटा हो, चाहे ऋतुओं का आवागमन और चाहे स्त्री के गर्भ में पल्लवित होता हुआ डिम्ब।

मगर कोई इस तरह कैसे सो सकता है जबकि उसे मालूम हो कि जागने पर उसे किस चीज़ का सामना करना है? मौत की कगार पर वह कैसे इस तरह खर्राटे ले सकता है? उसकी इस मानसिक शान्ति का क्या रहस्य है?

बहुत धीरे से, बहुत ही धीरे से वारिनिया ने उसको छुआ और अँधेरे में पड़े हुए उसके शरीर की त्वचा पर उसके मांस पर और एक-एक अंग पर हाथ फेरा। उसकी त्वचा में ताज़गी है, जान है, लचीलापन है : उसकी मांसपेशियाँ विश्राम की स्थिति में ढीली पड़ी हैं, उसी तरह उसके अंग-प्रत्यंग ढीले हैं और आराम कर रहे हैं। नींद बड़ी अनमोल चीज़ है : नींद उसके लिए ज़िन्दगी है।

(सो सो सो मेरे प्रियतम, मेरे प्राण, मेरे सौम्य, मेरे सुशील, मेरे रुद्र, सो। सो और शक्ति संचय कर, मेरे पुरुष, मेरे पुरुष।)

बहुत नरमी से, आहिस्ता से उसकी समस्त गति जैसे एक हल्की-सी फुसफुसाहट हो, वारिनिया उसके पास से और पास पहुँचती जाती है और उसका शरीर स्पार्टकस के शरीर से घनिष्ठतर सम्पर्क में आता जाता है, उसकी लम्बी-लम्बी जाँघें और बाँहें स्पार्टकस की जाँघों और बाँहों से सट जाती हैं और उसके उन्नत, पूर्ण वक्ष स्पार्टकस के सीने को गद्दी का सहारा-सा देने लगते हैं और उसका चेहरा स्पार्टकस के चेहरे को छूने लगता है, गाल पर गाल, और उसके सुनहरे बाल उसके ऊपर छितरा जाते हैं और उसके मन का भय पुरानी स्मृतियों से और प्रेम से कम हो जाता है क्योंकि भय और प्रेम कभी साथ-साथ नहीं रह सकते।

(एक बार उसने स्पार्टकस से कहा था, मैं चाहती हूँ कि तुम मेरे संग एक काम करो। अपने क़बीले में हम ऐसा ही करते हैं क्योंकि हमारा यही विश्वास है। स्पार्टकस ने मुस्कराकर कहा था, 'तुम्हारे क़बीले में लोग क्या विश्वास करते हैं?' उसने कहा था, तुम हँसोगे और तब स्पार्टकस ने जवाब दिया था, 'क्या मैं कभी हँसता हूँ? क्या मैं कभी हँसा?' तब वारिनिया ने कहा था, 'हमारे क़बीले के लोगों में यह विश्वास है कि नाक और मुँह के रास्ते, हर साँस के साथ आत्मा शरीर में प्रविष्ट होती है।' देखो तुम मुस्करा रहे हो। तब उसने जवाब दिया, 'मैं तुम पर नहीं मुस्करा रहा हूँ। मैं इस पर मुस्करा रहा हूँ कि लोगों के विश्वास भी कैसे अजीब-अजीब होते हैं।' उसकी इस बात पर वारिनिया ने चीख़कर कहा था, 'क्योंकि तुम यूनानी हो और यूनान लोग किसी बात पर विश्वास नहीं करते।' तब स्पार्टकस ने कहा था, 'मैं यूनानी नहीं थ्रेस का हूँ और यह बात सच नहीं है कि यूनानी लोग किसी बात पर विश्वास नहीं करते। वे उन सभी अच्छी और अनमोल बातों पर विश्वास करते हैं जिन पर कहीं के लोग विश्वास कर सकते हैं।' इसके जवाब में वारिनिया ने कहा था कि मुझे इससे कोई बहस नहीं कि यूनानी किस बात पर विश्वास करते हैं या नहीं करते मगर तुम क्या वह बात करोगे जो अपने क़बीले में हम लोग किया करते हैं? क्या तुम मेरे मुँह पर अपना मुँह रखकर अपनी साँस और अपनी आत्मा को मेरे भीतर डालोगे? और तब मैं तुम्हारे संग भी यही बात करूँगी और हमेशा-हमेशा के लिए हमारी आत्माएँ एक हो जाएँगी और हम दो शरीरों में वास करते हुए एक व्यक्ति हो जाएँगे। कहीं ऐसा तो नहीं कि तुम्हें इस बात से डर लगता हो? और इसका जवाब स्पार्टकस ने यह कहकर दिया

था कि क्या तुम अब भी यह नहीं समझतीं कि मुझे किन चीज़ों से डर लगता है?)

अपनी कोठरी के फ़र्श पर, पतली-सी पुआल के बिस्तरे पर वह उसके संग लेटी हुई है। वह कोठरी ही उनका घर है। वह कोठरी ही उनका क़िला है। उनका साथ-साथ रहना हमेशा पत्थर की इसी कोठरी में हुआ है जो पाँच फ़ीट चौड़ी और सात फ़ीट लम्बी है और जिसमें सिर्फ़ एक पेशाबदान और एक पतला-सा पुआल का बिस्तरा है। मगर ये चीज़ें भी उनकी नहीं हैं : कुछ भी उनका नहीं है, यहाँ तक कि वे ख़ुद भी एक-दूसरे के नहीं हैं और इस वक़्त वह उसकी बग़ल में लेटी हुई उसके मुँह और उसके अंगों को छूती हुई धीरे-धीरे रो रही है—वह जिसे किसी ने दिन के समय रोते नहीं देखा।

(बाटियाटस अक्सर कहा करता था कि मैं औरतें किसी को देता नहीं, उधार देता हूँ। मैं उन्हें अपने ग्लैडिएटरों को उधार देता हूँ। ऐसा आदमी अखाड़े के किस काम का जिसके पुरुष अंग सूख गए हों, मुरझा गए हों। ग्लैडिएटर पालकी ढोनेवाला ग़ुलाम नहीं होता। ग्लैडिएटर मर्द होता है और अगर वह मर्द नहीं है तो कोई उसके लिए दस दीनारें भी नहीं देगा और मर्द को औरत की ज़रूरत होती है। मैं ऐसे लोगों को ख़रीदता हूँ जिनके सुधरने की कोई उम्मीद नहीं होती और वह इसलिए कि ऐसे लोग सस्ते होते हैं और अगर मैं उन्हें बस में नहीं कर सकता तो मेरे उस्ताद, जो इसी काम पर मुक़र्रर हैं, वे तो कर ही सकते हैं।)

रात बीत रही है और प्रभात का पहला हल्का कुहासा कोठरी में दाख़िल हो रहा है। वारिनिया अगर पूरी तरह तनकर खड़ी हो जाए तो उसका सिर कोठरी की अकेली खिड़की के बराबर पहुँच जाएगा। अगर वह अपनी कोठरी के बाहर देखे तो वह कसरत करने के उस लोहे के जँगले से घिरे हुए हाते को देखेगी और उसके उस पार दिन-रात पहरा देते हुए निंदासे सैनिकों को देखेगी। वह इस बात को अच्छी तरह जानती है। कोठरी और ज़ंजीरें उसके लिए स्वाभाविक निवास नहीं हैं जैसे कि स्पार्टकस के लिए हैं।

(इस स्त्री को देखकर बाटियाटस के मन में आनन्द और उत्कंठा का संचार हुआ था। उसके दलालों ने बहुत थोड़े पैसों में, सिर्फ़ पाँच सौ दीनारों में, उसे रोम में ख़रीदा था। इसलिए यह तो वह समझता था कि इस माल में कोई दाग़ न हो ऐसा नहीं हो सकता मगर तो भी उसको देखने ही से उसके मन में उत्कंठा और हर्ष का संचार हुआ था। एक बात तो यह थी कि वह लम्बी थी और उसका शरीर बहुत ख़ूबसूरत ढला हुआ था जैसा कि अधिकांश जर्मन क़बीलाई औरतों का होता है और बाटियाटस को लम्बी ख़ूबसूरत औरतें पसन्द थीं। दूसरी बात यह थी कि अभी वह कमसिन थी, मुश्किल से बीस-इक्कीस साल की, और बाटियाटस को कमसिन औरतें बहुत पसन्द थीं। इतना ही नहीं, वह बहुत ख़ूबसूरत थी और उसके पीले बाल ख़ूब घने और ख़ुशनुमा थे और बाटियाटस

को अच्छे बालोंवाली ख़ूबसूरत औरतें पसन्द थीं। इसलिए यह समझना मुश्किल नहीं है कि क्यों उसको देखकर लानिस्ता के मन में उत्कंठा, लालसा और हर्ष का उद्रेक हुआ।

(मगर दाग़ उसके अन्दर था और पहली ही बार जब उसने वारिनिया को अपने संग बिस्तर पर सुलाने की कोशिश की तो उसे इसका पता चला। वह ख़ूँख़ार जंगली बिल्ली बन गई, हाथ-पैर चलाने लगी, थूकने लगी, नोचने-बकोटने लगी और चूँकि वह काफ़ी ऊँची-पूरी और मज़बूत थी इसलिए उसको मार-मारकर बेहोश करने में बाटियाटस को काफ़ी मुश्किल का सामना करना पड़ा। उस संघर्ष में, वे सभी बहुमूल्य वस्तुएँ जिनसे उसने अपने शयनकक्ष को अलंकृत किया था, टूट-फूट गईं और इन टूटनेवाली चीज़ों में एक ख़ूबसूरत यूनानी गुलदान भी था जिसका इस्तेमाल उसने वारिनिया के सिर पर चोट करने के लिए किया। अतृप्त वासना के कारण उस समय उसे इतना क्रोध आ रहा था कि उसे लगा कि अगर मैं इस औरत को मार भी डालूँ तो उचित होगा : लेकिन जब उसने उन गुलदानों, लैम्पों और छोटी-छोटी मूर्तियों की क़ीमत ख़ुद उस औरत की क़ीमत में जोड़ी तो उसने निश्चय कि उन चीज़ों में उसकी इतनी ज़्यादा पूँजी लगी हुई है कि इस तरह अपने क्रोध के बहाव में बह जाना ठीक न होगा। और न वह यही कर सकता था कि उस औरत की उसके रूप के बल पर ऊँचे दामों में बाज़ार में बिक्री कर दे। कहा नहीं जा सकता मगर शायद इसलिए कि उसने अपनी ज़िन्दगी रोम की गलियों में एक गुंडे सरदार के रूप में शुरू की थी। बाटियाटस को व्यवसाय में अपनी नैतिकता का असाधारण ध्यान रहता था। उसे इस बात का गर्व था कि मैं कभी धोखा देकर कोई चीज़ नहीं बेचता। लिहाज़ा उसको बेचने के बदले उसने यह तय किया कि उसे अपने ग्लैडिएटरों के हवाले कर दे कि वे उसे ठीक करके क़ाबू में ले आएँ और चूँकि अब तक अकारण ही स्पार्टकस नाम के उस अजीब चुप्पे थ्रेसियन के ख़िलाफ़ चिढ़ उसके भीतर पैदा हो चुकी थी—वह स्पार्टकस, जो ऊपर से देखने में भेड़ जैसा था मगर जिसके भीतर एक आग थी जिसका आदर अखाड़े का हर ग्लैडिएटर करता था—इसलिए बाटियाटस ने उसी को इस औरत के लिए चुना।

(वारिनिया को स्पार्टकस के हाथ में देते समय स्पार्टकस को देखकर उसे बहुत मज़ा आ रहा था और उसने कहा, "लो, इस औरत को लो। इसके साथ सोओ। बच्चा हो या न हो यह तुम्हारी इच्छा की बात है। इससे अपनी आज्ञा का पालन करवाओ मगर घायल न करो और शकल भी न बिगाड़ो।" यही बात उसने स्पार्टकस से कही और स्पार्टकस शान्त खड़ा इत्मीनान से उस जर्मन लड़की को यों देखता रहा कि जैसे उस पर बाटियाटस की बात का कोई असर न हो रहा हो। उस समय वारिनिया ख़ूबसूरत न थी। उसके चेहरे पर दो लम्बे-लम्बे घाव थे। एक आँख इतनी सूजी हुई थी कि बन्द हो गई थी और उस पर चोट का पीला और बैंगनी

दाग़ था और उसी तरह उसके माथे, गर्दन और बाँहों पर भी हरे-लाल ज़ख़्म थे।

(बाटियाटस ने कहा, "ज़रा एक नज़र देखो तो कि तुम क्या चीज़ पा रहे हो" और यह कहकर उसने उस लड़की को अपने दिये हुए पहले से फटे कपड़े को और फाड़ दिया और वह स्पार्टकस के सामने एकदम नंगी हो गई। उस क्षण स्पार्टकस ने उसको देखा और उसे प्यार करने लगा। इसलिए नहीं कि वह नंगी थी बल्कि इसलिए कि बिना कपड़ों के भी वह ज़रा भी नंगी न थी और न वह सिटपिटाई और न अपनी लाज को अपनी बाँहों से ढकने की ही उसने कोई कोशिश की, बल्कि बड़ी शान्त दृप्त गरिमा से खड़ी रही। और न तो उसके चेहरे पर कोई कष्ट या यातना ही दिखाई पड़ती थी और न वह किसी को देख ही रही थी, न स्वयं उसको न बाटियाटस को। वह अच्छी तरह अपने भीतर समाई हुई और अपनी दृष्टि और अपनी आत्मा और अपने स्वप्नों में डूबी हुई खड़ी रही और ये तमाम चीज़ें उसके अन्दर इसलिए थीं कि उसने अपने जीवन का उत्सर्ग करने का निश्चय कर लिया था, जिसका मूल्य इससे अधिक कुछ न था। स्पार्टकस का हृदय उसके प्रति प्रेम से भर उठा।

(उस रात को वह कोठरी के उस सबसे दूर वाले कोने में सिमटी बैठी रही और स्पार्टकस ने उसको कुछ भी नहीं किया, उसके पास पहुँचने की भी कोई कोशिश नहीं की और शीत की कँपकँपी कम होने पर सिर्फ़ इतना पूछा, "छोकरी लैटिन बोलती है?" कोई जवाब नहीं। तब उसने कहा, "मैं तुझसे लैटिन में बात करूँगा क्योंकि मैं जर्मन नहीं बोलता और अब रात की सरदी बढ़ रही है और मैं चाहता हूँ कि तू मेरी चटाई पर सो जा।" और तब भी उस लड़की की तरफ़ से कोई जवाब नहीं आया। तब उसने वह चटाई लड़की की तरफ़ बढ़ा दी और वह उन दोनों के बीच पड़ी रही और सवेरे तक पड़ी रही और दोनों रात-भर नंगे पत्थर पर सोए। मगर जब आज से डेढ़ साल पहले जर्मनी के जंगलों से पकड़कर वे लोग उसे ले आए थे, तब से यह पहला अवसर था जब वारिनिया को किसी की ओर से ऐसी भलमनसी, ऐसा स्नेह मिला था।)

और आज की इस गीली रात को, जो अब सुबह में तब्दील हो रही थी, उस पहली रात की स्मृति बार-बार उसके मन में आ रही है और इस स्मृति के साथ उसके भीतर से निकलकर प्रेम की एक ऐसी लहर अपनी बग़ल में सोए हुए उस आदमी के अन्दर जा रही है कि अगर उसको इसका आभास न हो तो यही समझना चाहिए कि वह पत्थर का बना है। वह हिलता है और एकाएक अपनी आँखें खोल देता है और भोर के उस झुटपुटे में उसकी धुँधली-धुँधली आकृति देखता है मगर अपने मन की आँख से उसको सम्पूर्ण रूप से देख लेता है और अपनी उसी अर्द्ध-जाग्रत अवस्था में उसको अपने पास खींच लेता है और उसे दुलराने लगता है।

"ओ मेरे प्राण, मेरे प्राण," वह कहती है।

"मुझे..."

"मगर आज इसके लिए तुम्हारे पास शक्ति कहाँ है, मेरे प्राण?"

"मैं कहता हूँ। मेरे अन्दर शक्ति भरी हुई है।"

और तब वह उसकी बाँहों में लेट जाती है और उसके आँसू चुपचाप बहते रहते हैं।

3

लड़ने के लिए सवेरे का वक़्त मुक़र्रर है और यह चीज़ हर जगह हवा में गूँज रही है और उन दो सौ से ज़्यादा ग्लैडिएटरों में से एक-एक इस बात को जानता है और उनमें इस विद्युत ज्ञान की प्रतिक्रिया होती है। मैदान की रेत पर दो जोड़ों का ख़ून बहेगा क्योंकि दो नौजवान बहुत सा पैसा और उत्तेजना के रोमांच की चाह लेकर रोम से आए हैं। दो थ्रेसियन, एक यहूदी और एक अफ्रीकन हब्शी और चूँकि हब्शी को मछली के जाल और त्रिशूल से लड़ने का अभ्यास है इसलिए लड़ाई का जोड़ बहुत बेजोड़ है। यह एक ऐसी चीज़ है जो कि बहुत से लानिस्ता कभी न होने देते थे क्योंकि भले ही तुम एक कुत्ते को पाल-पोसकर बड़ा करो मगर उसका यह मतलब थोड़े ही है कि तुम उसे शेर से लड़ा दो। मगर बाटियाटस पैसे के लिए कुछ भी कर सकता है।

वह हब्शी ड्राबा सवेरे जागता है और अपनी बोली में कहता है, "ओ मेरे मौत के दिन, मैं तेरा स्वागत करता हूँ।"

वह अपनी चटाई पर लेटा हुआ है और अपनी ज़िन्दगी के बारे में सोच रहा है। वह इस अजीब सचाई के बारे में सोच रहा है कि सभी आदमियों को, यहाँ तक कि दीन से दीन आदमी को भी, प्रेम और दुलार और चुम्बनों और खेल और ख़ुशी और गाने और नाच की स्मृति होती है और यह कि सभी आदमियों को मरने से डर लगता है। यहाँ तक कि ज़िन्दगी की वक़त धूल के बराबर भी नहीं होती तब भी आदमी उससे चिपकता है। यहाँ तक कि जब वह अकेला होता है और अपने घर से बहुत दूर होता है और उसे अपने घर लौटने की कोई भी उम्मीद नहीं होती और उसे हर तरह के अपमान और कष्ट और क्रूरता का शिकार बनना पड़ता है और उसे जानवरों की तरह खिला-पिलाकर मोटा किया जाता है ताकि वह दूसरों के मनोरंजन के लिए लड़े—इस सबके बाद भी ज़िन्दगी का मोह उससे नहीं छूटता।

और वह जो कि कभी एक सद्गृहस्थ था और जिसके पास अपना घर था और पत्नी थी और बच्चे थे और शान्ति के दिनों में लोग जिसकी बात को सुनते थे और लड़ाई के दिनों में जिसकी बात की क़दर करते थे, उसे आज मछली पकड़ने

का जाल और उसी काम का त्रिशूल पकड़ाकर लड़ने के लिए भेजा जा रहा था ताकि लोग हँस सकें और तालियाँ बजा सकें।

वह धीरे से अपनी जाति और अपने पेशे के लोगों के उस छूँछे दर्शन को बुदबुदाता है—दुम विविमस, विवमस।

मगर वह बात छूँछी है और उसमें कोई सान्त्वना नहीं है और उसकी हड्डियाँ और मांसपेशियाँ दर्द कर रही हैं जबकि वह अपना दिन का काम शुरू करने के लिए खड़ा होता है और अपने शरीर और अपने मन को तैयार करता है, मजबूर करके तैयार करता है, स्पार्टकस को मारने के लिए—उस स्पार्टकस को जिसे वह प्यार करता है और जिसकी वह सबसे ज़्यादा क़दर करता है, उस जगह के सभी गोरी चमड़ी वालों से ज़्यादा। इसीलिए तो कहा गया है—ग्लैडिएटर, कभी दूसरे ग्लैडिएटर से दोस्ती न कर।

4

वे लोग पहले नहाने के लिए गए, चारों एक साथ मगर ख़ामोश। बात करना फ़िज़ूल था क्योंकि उस वक़्त बात करने के लिए उनके पास कुछ भी न था और चूँकि अब से लेकर अखाड़े में दाख़िल होने तक वे लोग बराबर साथ ही रहेंगे, इसलिए बात करने से हालत और ख़राब ही होगी।

नहाने के बड़े-बड़े टबों में गरम पानी था जिससे भाप निकल रही थी और वे लोग जल्दी से गँदले पानी में घुस गए जैसे बिना किसी सोच-विचार या लिहाज़ के उन्हें हर काम पूरा करना हो। नहाने का घर चालीस फ़ीट लम्बा और बीस फ़ीट गहरा और काफ़ी अँधेरा-सा था जिसमें दरवाज़ों के बन्द हो जाने पर सिर्फ़ एक छोटे से रोशनदान से रोशनी आती थी। इस पीली रोशनी में नहाने का पानी गँदले-से ख़ाकी रंग का हो रहा था और उस पर गरम भाप का बादल था। यह भाप आग में लाल किये हुए पत्थरों को पानी में डालने से उठ रही थी और उसकी वजह से नहाने की उस पूरी जगह में हवा भाप से भारी हो रही थी। वह स्पार्टकस के शरीर के पोर-पोर में प्रवेश कर रही थी और उससे उसकी तनी हुई मांसपेशियों में आलस्य का ढीलापन आ रहा था और आराम और सकून का एक अजीब-सा एहसास हो रहा था। वह गरम पानी उसके नज़दीक एक ऐसा रहस्य था जिसका कोई अन्त न था और न नूबिया की ख़ुश्क मौत कभी उसके जिस्म से पूरी तरह धुली ही : और कभी ऐसा न होता था कि नहानघर में दाख़िल होते समय उसे ख़याल न आता हो कि देखो हम जैसे लोगों के शरीरों की कितनी फ़िक्र की जाती है जो पैदा ही मौत के लिए हुए हैं और जिन्हें मौत पैदा करने की ही सीख दी जाती है। वह जब ज़िन्दगी की चीज़ें पैदा करता था, गेहूँ और जौ और सोना, तब उसका

शरीर एक गन्दी, बेकार, शर्मनाक और ग़लीज़ चीज़ था जिसकी एक ही वक़त थी कि उसे पीटा जाए और ठोकर मारी जाए और कोड़े लगाए जाएँ और भूखों मारा जाए—लेकिन अब जबकि वह एक मौत का जानवर हो गया था तब उसका शरीर वैसा ही बेशक़ीमत हो गया था जैसी कि वह पीली धातु जिसे वह अफ़्रीका में खान में से खोदकर निकालता था।

और यह एक अजीब बात थी कि अब जाकर उसके अन्दर घृणा अंकुरित हो रही थी। घृणा के लिए पहले कोई जगह न थी; घृणा भी एक विलास की चीज़ है जिसके लिए पहले खाने और शक्ति और एक प्रकार के विचार के लिए समय की आवश्यकता होती है। वे चीज़ें अब उसके पास थीं और लेंटुलस बाटियाटस उसकी घृणा का जीवित लक्ष्य था। बाटियाटस रोम था और रोम बाटियाटस था। उसे रोम से घृणा थी और बाटियाटस से घृणा थी और हर उस चीज़ से घृणा थी जो रोमन थी। वह एक ऐसे वातावरण में पैदा हुआ और पला था कि जिसमें खेत पर काम करने को, मवेशी चराने को और खान में से धातुओं की खुदाई करने को उसने ज़िन्दगी की शर्त के रूप में स्वीकार किया था; मगर रोम में आकर उसने देखा कि लोग इसीलिए पैदा किये जाते हैं और सिखाए-पढ़ाए जाते हैं कि वे एक-दूसरे के टुकड़े-टुकड़े कर सकें और रेत के मैदान में पड़े-पड़े ख़ून बहाएँ ताकि उन्हें देखकर कुलीन घरों के पुरुष और स्त्रियाँ हँसें और रोमांचित हों।

नहानघर से वे लोग मालिश की मेज़ों पर गए। हमेशा की तरह स्पार्टकस ने अपनी आँखें बन्द कर लीं और जैतून का ख़ुशबूदार तेल उसकी चमड़ी पर डाला गया और मालिश करनेवाले की सुबुक और समझदार उँगलियाँ उसके शरीर की एक-एक मांसपेशी के तनाव को मालिश से दूर करने लगीं। पहली बार जब यह चीज़ उसके संग हुई थी तो उसको वही अनुभूति हुई थी जो एक जाल में फँसे हुए जानवर को होती है, भय और आतंक की अनुभूति, कुछ ऐसी कि जैसे वे कुछ टटोलती हुई-सी, दर्द से ऐंठती हुई-सी उँगलियाँ उसकी उस रही-सही आज़ादी को जो कि उसके पास थी या कभी थी यानी उसके मांस को, उसके शरीर पर हमला करके उससे छीने ले रही हैं। मगर अब वह आराम से पड़ जाता था और मालिश करनेवाला जो कुछ उसे देता था उसका पूरा लाभ वह ले सकता था। बारह बार वह इसी तरह लेटा था; बारह बार वह लड़ा था, आठ बार कापुआ के विशाल एम्फ़ीथियेटर में जबकि ख़ून देखकर पागल और शोर करती हुई भीड़ लड़ने के लिए उसका जोश बढ़ा रही थी और चार बार बाटियाटस के निजी अखाड़े में, मार-काट के उन अमीर पारखियों के मनोरंजन की ख़ातिर, जो न जाने किन विशाल नगरों से आते थे, जिनके बारे में बहुत सी जनश्रुतियाँ थीं लेकिन जिन्हें स्पार्टकस ने कभी देखा न था, और जो कि आदमियों की लड़ाई देखने के लिए अपनी प्रेमिकाओं या पुरुष प्रेमियों के संग एक दिन गुज़ारने के लिए वहाँ पर आते थे।

आज भी जब वह हमेशा की तरह मालिश की मेज़ पर लेटा हुआ था तो वह उन बीते दिनों को फिर से अपनी स्मृति में जीने लगा। वे सब बातें उसके दिमाग़ पर ख़ुदी हुई थीं। खेत या खान की कोई विभीषिका वैसी न थी जैसी उस समय तुम्हें जकड़ लेती है जबकि तुम लड़ाई के अखाड़े की ठोंक-ठोंककर सख़्त की हुई रेत पर पैर रखते हो; कोई भय इस जैसा न था। कोई अपमान इस अपमान जैसा न था कि हत्या करने के लिए तुमको चुना जाए।

और इस तरह उसने समझा कि इनसान की ज़िन्दगी की कोई शकल ग्लैडिएटर की ज़िन्दगी से घटिया नहीं है, और चूँकि अपनी ज़िन्दगी में वह जानवरों के इतना क़रीब था इसलिए उसकी देखभाल भी उसी जतन से होती थी जिस जतन से अच्छे घोड़ों की होती है, फ़र्क़ बस इतना था कि लेंटुलस बाटियाटस या दूसरे किसी भी रोमन को इस ख़याल से ही आग लग जाती कि एक अच्छे घोड़े को अखाड़े में मार डाला जाए। वह भय और अपमान का अपना लबादा ओढ़े हुए था और अब मालिश करनेवाली उँगलियाँ उसकी नसों के ताने-बाने को बड़े जतन से सहला और दबा रही थीं।

वह बड़ा ख़ुशनसीब था। आज तक कभी उसकी कोई रग नहीं कटी थी, कोई हड्डी नहीं टूटी थी, कोई आँख नहीं लहूलुहान हुई थी, कान के पर्दों पर या गर्दन पर छुरी का कोई घाव नहीं लगा था और न उस क़िस्म का ही कोई ख़ास घाव लगा था जिससे उसके साथी इतना डरते थे और रात को जिनका सपना देखकर भय और आतंक से उन्हें पसीना हो आता था। आज तक कभी उसकी पिछली टाँग में घुटने के पीछे की मोटी नस नहीं कटी थी और न उसकी अँतड़ियों में ही छुरी भुँकी थी। उसके सभी ज़ख़्म उन लोगों की ज़बान में मामूली निशानियाँ थीं और उसका कभी यह ख़याल न था और न वह यह चाहता था कि लोग ऐसा समझें कि इसका कारण उसकी विशेष निपुणता है। निपुणता बूचड़ के इस काम में! वे कहा करते थे कि ग़ुलाम कभी अच्छा सैनिक नहीं बन सकता। मगर वह बिल्ली की तरह फुर्तीला था, बहुत कुछ वैसा ही फुर्तीला जैसा कि वह हरी आँखवाला यहूदी, वह नफ़रत और ख़ामोशी की दुनिया का बाशिन्दा, जो उसकी बग़ल में मेज़ पर लेटा हुआ था और जो मज़बूत और बहुत चिन्तनशील था। यही सबसे कठिन बात है—सोचना मगर फिर भी ग़ुस्सा न होना। ग़ुस्सा मौत है। और वे जो लड़ाई के अखाड़े में ग़ुस्सा होते थे, मारे जाते थे। डर और चीज़ है, मगर ग़ुस्सा नहीं। ख़ुद उसके लिए यह चीज़ कठिन न थी। अपनी सारी ज़िन्दगी में उसके विचार ही प्राण-रक्षा के उसके अस्त्र थे। बहुत थोड़े लोग इस बात को जानते थे। 'ग़ुलाम'—वह कुछ भी नहीं सोचता' और 'ग्लैडिएटर तो जानवर होता है'—यह बात तो बहुत साफ़ थी मगर इसके भीतर ही इसकी एकदम उलटी बात भी थी। बहुत कम ही ऐसा होता है कि कोई आज़ाद आदमी अपने चिन्तन के सहारे अपनी प्राण-रक्षा करता है। मगर

जहाँ तक ग़ुलाम की बात है उसके तो हर रोज़ ज़िन्दा रहने की शर्त यह है कि वह सोचे। यह एक दूसरी तरह का सोचना होता है मगर फिर भी होता तो सोचना ही है। सोच-विचार दार्शनिक का साथी था मगर ग़ुलाम का दुश्मन। जब स्पार्टकस ने उस सुबह वारिनिया को छोड़ा तो उसको अपने दिमाग़ से पोंछ डाला। उसके लिए अब वारिनिया का अस्तित्व नहीं। अगर वह ज़िन्दा रहता है तो वह भी ज़िन्दा रहेगी मगर अभी तो वह ज़िन्दा है न मुर्दा।

मालिश खतम हुई। चारों ग़ुलाम फिसलकर मेज़ पर से उतर आए और उन्होंने अपने-अपने लम्बे ऊनी लबादे, जिन्हें कफ़न कहा जाता था, अपने शरीर में लपेट लिये और हाते को पार करके खाना खाने के बड़े कमरे में पहुँच गए। सभी ग्लैडिएटर अपना सुबह का खाना खा रहे थे, सभी फ़र्श पर पलथी मारे बैठे थे और खाना उनके सामने छोटी-छोटी चौकियों पर रखा हुआ था। हर आदमी के पास एक प्याला बकरी के दूध का दही और एक कटोरा गेहूँ का दलिया था जिसमें सूअर के गोश्त के चर्बीदार टुकड़े थे। लानिस्ता अच्छा खाना खिलाता था और बहुत से लोग जो उसके अखाड़े में आते थे ज़िन्दगी में पहली बार भरपेट खाना खाते थे; उसी तरह जैसे मौत की सज़ा पाया हुआ आदमी सलीब पर टाँगे जाने के पहले भरपेट खाना खाता है। मगर आज जिन चार लोगों को अखाड़े में अपना खेल दिखाना था उनके लिए सिर्फ़ ज़रा सी शराब और मुर्ग़ का थोड़ा-सा ठंडा गोश्त था। पेट भारी होने पर आदमी ठीक से नहीं लड़ सकता।

मगर ख़ैर स्पार्टकस को भूख न थी। वे चारों एक-दूसरे से अलग-अलग बैठे थे और उन सभी को खाने से एक-सी अरुचि हो रही थी। वे धीरे-धीरे शराब की चुसकियाँ ले रहे थे। एकाध लुक़मा गोश्त का भी खा लेते थे और कभी-कभी एक-दूसरे को देख लेते थे। मगर बोल कोई नहीं रहा था और बातचीत से भरे हुए उस बड़े कमरे में उन लोगों का अपना एक छोटा सा ख़ामोशी का टापू था। दूसरे ग्लैडिएटर भी न तो उन्हें देख ही रहे थे और न उनकी ओर उनका कोई विशेष ध्यान ही था। यह उनका आख़िरी नाश्ते का शिष्टाचार था।

अब तक सब लोग जान गए थे कि कैसे जोड़ बने हैं। हर आदमी जानता था कि स्पार्टकस उस काले हब्शी से लड़ेगा और छुरी का मुक़ाबला जाल और काँटे से होगा। हर आदमी जानता था कि दूसरे जोड़ में थ्रेसियन का मुक़ाबला यहूदी से होगा। स्पार्टकस मारा जाएगा और नौजवान थ्रेसियन मारा जाएगा। ग़लती इसमें स्पार्टकस की है। यही नहीं, कि वह उस जर्मन लड़की के संग सोता था और हमेशा बातचीत में उसे अपनी बीवी कहता था, दूसरा कुछ नहीं; बल्कि यह भी उसकी ग़लती ही थी कि उसने ऐसा कुछ किया था कि दूसरे सभी लोग उसे प्यार करते थे। उस बड़े कमरे में बैठे हुए ग्लैडिएटरों में से कोई भी इस बात को स्पष्ट रूप में न व्यक्त कर सकता था। उन्हें नहीं मालूम था कि ऐसा क्यों हुआ या कैसे हुआ। हर

आदमी का अपना ढंग होता है, अपने तौर-तरीक़े होते हैं। भरे-भरे होंठ, टूटी नाक और भेड़-जैसे चेहरे वाले इस थ्रेसियन के व्यवहार में एक विशेष नरमी थी। यों उसके अन्दर ऐसा कोई गुण न था कि लोग उसके फ़ैसले को मानते, अपने मन की दहशतों और अपने झगड़ों को लेकर उसके पास पहुँचते या सान्त्वना और निश्चय के लिए उसकी ओर देखते लेकिन तब भी वह जब कोई निश्चय कर देता तो वे लोग वैसा ही करते जैसा कि वह बताता। जब वह उनसे अपनी हल्की आवाज़ और कुछ विचित्र उच्चारण की लैटिन में बोलता तो लोग उसके शब्दों को मान लेते। वह बोलता और लोगों को सान्त्वना मिल जाती। वह देखने में सुखी आदमी जान पड़ता था। वह सिर ऊँचा करके चलता था जो कि एक ग़ुलाम के लिए कुछ अजीब ही बात थी; वह कभी सिर नहीं झुकाता था; वह कभी आवाज़ चढ़ाकर बात न करता था और न कभी ग़ुस्सा ही होता था। उसका आत्मसन्तोष ही वह चीज़ थी जो उसे औरों से अलग करती थी और वह इन सिखाए-पढ़ाए ख़ूनियों और खोए हुए लोगों के बीच, जिनका कोई भविष्य नहीं था, अपने उसी ढंग से चलता था।

बाटियाटस अक्सर कहता, "ग्लैडिएटर जानवर होते हैं। उनको अगर कोई आदमी मान ले तो उसकी समझ ही में न आए कि क्या करे। वह ठीक से देख ही न सकेगा।"

और सीधी बात यह थी कि स्पार्टकस ने जानवर बनने से इनकार कर दिया। और इसीलिए वह ख़तरनाक है और इसीलिए बावजूद इसके कि छुरे के खेल में वह उस्ताद था और अगर उसे किराए पर दिया जाता तो उसके काफ़ी पैसे भी मिलते, बाटियाटस यही चाहता था कि वह मर जाए।

नाश्ता खतम हो गया। वे चारों, जिन्हें उनकी अपनी ज़बान में व्यंग से 'सुविधाभोगी' कहा जाता था, अलग ही अलग चल रहे थे। आज उन पर मनाही थी, न तो कोई उनसे बात कर सकता था और न उन्हें छू सकता था। मगर गैनिकस स्पार्टकस के पास गया, उसने उसको गले से लगाया और उसके होंठों को चूम लिया। यह एक अजीब सी हरकत थी और इसकी सज़ा भी कड़ी थी, तीस कोड़े, लेकिन उन ग्लैडिएटरों में शायद ही कोई रहा हो जिसको अपने मन में इस बात का आभास न मिला हो कि उसने ऐसा क्यों किया।

5

बाद के सालों में लेंटुलस बाटियाटस ने बहुत बार उस सुबह को याद किया और बहुत बार अन्वेषण करके इस बात को समझना चाहा कि क्या बाद में दुनिया को हिला देनेवाली जो घटनाएँ हुईं उनका कारण यह चीज़ हो सकती थी। मगर उसे इसका विश्वास न था कि उन बातों में ऐसा कोई कार्यकारण सम्बन्ध बिठाला जा

सकता है और इस बात को मानना उसके लिए सम्भव न था कि बाद में जो कुछ हुआ वह इसीलिए हुआ कि दो शौक़ीन रोमन रईसज़ादे उस खेल का एक विशेष शो देखना चाहते थे जिसका ख़ात्मा एक खिलाड़ी की मौत में होता हो। शायद ही कोई हफ़्ता गुज़रता हो कि उसके अपने निजी अखाड़े में एक या दो या तीन जोड़ों की लड़ाई का विशेष शो न होता हो और उसकी समझ में नहीं आ रहा था कि यह चीज़ उससे किस प्रकार भिन्न है। इस सिलसिले में उसे किराए के अपने उन कुछ बड़े-बड़े मकानों का ख़याल आया जो रोम में थे और जिनका मालिक वह था और उसने सोचा कि उनकी क़िस्मत भी बहुत कुछ ऐसी ही है। इन मकानों को, जिन्हें 'इन्स्यूली' कहा जाता था, आम तौर पर बहुत अच्छा धन्धा समझा जाता था जिसमें कोई व्यापारी अपनी पूँजी लगा सकता था, बेहतरीन धन्धों में से एक। सौदागरी के धन्धे में क़िस्मत के जो उतार-चढ़ाव होते थे उनसे यह चीज़ आज़ाद थी; उनसे बराबर बँधी हुई आमदनी होती थी और यह आमदनी बराबर बढ़ती जाती थी और बढ़ाई भी जा सकती थी। मगर इस आमदनी बढ़ाने में ही एक ख़तरा भी छिपा हुआ था। शुरू-शुरू में बाटियाटस ने दो मकान ख़रीदे जिनमें एक चौमंज़िला था और दूसरा पंचमंज़िला। दोनों में नीचे की मंज़िल में बारह-बारह कमरे थे और हर मंज़िल का किराया साल में क़रीब दो सौ पच्चीस रुपये था।

बाटियाटस को यह समझने में देर नहीं लगी कि मुनाफ़े में दिलचस्पी रखने वाला आदमी बराबर नई-नई मंज़िलें जोड़ता चला जाता है। ग़रीब मेहतरों के पास छोटे-छोटे नीची छत के मकान थे और अमीरों के पास गगनचुम्बी अट्टालिकाएँ थीं। लानिस्ता ने फ़ौरन पाँच मंज़िल के मकान को सात मंज़िल का मकान कर दिया मगर चौमंज़िले मकान में उसने पहली मंज़िल जो जोड़नी चाही तो वह भहराकर गिर पड़ी जिससे न सिर्फ़ उसे पैसे का बड़ा नुक़सान हुआ बल्कि उसके बीस से ज़्यादा किराएदार भी मर गए—जिसका मतलब हुआ कि रिश्वतों में अब और न जाने कितना ख़र्च करना होगा। कुछ ऐसी ही मात्रा में वृद्धि और उससे गुणात्मक परिवर्तन की बात यहाँ, इन ग्लैडिएटरों के मामले में भी थी। मगर तब भी बाटियाटस जानता था कि अपने व्यवहार में वह ज़्यादातर अखाड़े के मालिकों से बुरा नहीं है और सच तो यह है कि बहुतों से अच्छा है।

इसमें शक नहीं कि यह सुबह बुरी थी। सबसे पहले तो गैनिकस को कोड़े लगाने पड़े। ग्लैडिएटरों को कोड़े लगाना कोई अच्छी बात न थी मगर क्या किया जाए, इस बात का भी तो ख़याल रखना पड़ता है कि अखाड़े का अनुशासन दुनिया-भर में सबसे कड़ा अनुशासन हो, जैसा कि उसे होना चाहिए। कोई ग्लैडिएटर अगर थोड़ा-सा भी अनुशासन भंग करता था तो उसको सज़ा देनी पड़ती थी और सज़ा भी ऐसी कि फ़ौरन दी जाए और बेरहमी से दी जाए। इसके अलावा दूसरी बात यह थी कि ग्लैडिएटरों में इस बात को लेकर तीव्र आक्रोश था कि छुरीवाले

आदमी का मुक़ाबला जाल और काँटे से कराया जा रहा था। और तीसरी बात तो ख़ुद वह लड़ाई थी।

बाटियाटस खेल के अखाड़े में खड़ा मेहमानों के आने का इन्तज़ार कर रहा था। निजी तौर पर बाटियाटस इन रोमनों के बारे में चाहे कुछ भी सोचता हो मगर इस बात की उसे तीक्ष्ण चेतना थी कि जो पैसा देता है वह विशेष सम्मान का अधिकारी होता है। जब भी उसका सामना किसी लखपती आदमी से होता है यानी ऐसे आदमी से जिसके पास न सिर्फ़ लाखों हों बल्कि जो लाखों ख़र्च कर सकता हो तो हमेशा वह अपने-आप को इतना तुच्छ अनुभव करता कि जैसे वह एक बहुत ही छोटी-सी गड़हिया का एक बहुत ही छोटा सा मेढक हो। जिन दिनों वह शहर की गलियों में गुंडों की सरदारी करता था उन दिनों वह सपना देखा करता था कि पचास हज़ार रुपये जमा करेगा और उस रुपये के बल पर ऊँचे वर्ग में प्रवेश पा सकेगा। जब उसे यह पद मिला तब उसने पहले-पहल इस बात को समझा कि दौलत का क्या मतलब होता और गोकि वह काफ़ी ऊपर चढ़ा—अपनी चालाकी से—तब भी अभी चढ़ने को अनन्त सीढ़ियाँ बाक़ी थीं।

सम्मान देने का जहाँ पद हो वहाँ सम्मान देना चाहिए। इसीलिए वह यहाँ पर केयस और ब्रैकस और दूसरे लोगों का इन्तज़ार कर रहा था; और इसीलिए उसे पता न था कि गैनिकस को तीस कोड़ों की सज़ा मिली थी। इस चीज़ से अलग वह तो उन सम्मानित अतिथियों को उस जगह पर ले जा रहा था जो ख़ास उनके बैठने के लिए बनाई गई थी, जो इतनी ऊँची बनी थी कि वे बिना अपनी गर्दन को सारस की तरह लम्बा किये या खामखाह खींचे-ताने वहाँ से उस छोटे से अखाड़े के एक-एक कोने को अच्छी तरह से देख सकें। उसने ख़ुद अपने हाथों से उनकी कोचों की गद्दियाँ ठीक कीं ताकि लड़ाई देखते समय वे ज़्यादा से ज़्यादा आराम से उसमें पीछे की ओर टिककर बैठ सकें। उनके लिए ठंडी की हुई शराब और छोटे-छोटे बरतनों में मिठाइयाँ लाई गईं ताकि उनकी भूख और प्यास हमेशा शान्त रहे। उनके बैठने की जगह पर एक धारीदार कपड़े का छज्जा बनाया गया था जो सवेरे की धूप से उनकी हिफ़ाज़त करता था और दो ग़ुलाम ख़िदमतगार चिड़ियों के पर के पंखे लिये खड़े थे ताकि अगर सवेरे की ठंडक चली जाए और दोपहर के ठीक पहले मौसम ख़ुश्क और गरम हो जाए तो भी मेहमानों को कोई तकलीफ़ न हो। अतिथियों के सत्कार के लिए जो प्रबन्ध किये गए थे उनका मुआइना करके बाटियाटस का हृदय गर्व से फूल उठा—क्योंकि इसमें सन्देह नहीं कि कोई कितना ही नफ़ासतपसन्द आदमी क्यों न हो उसके आराम के लिए यहाँ पर हर चीज़ मौजूद थी। और अभी और खेल शुरू होने के बीच के समय में उनका जी न उकताए इसके लिए मैदान के फ़र्श पर दो गवैयों और एक नाचनेवाली की भी व्यवस्था की गई थी।

यह नहीं कि वे लोग संगीत या नृत्य की ओर कुछ ख़ास ध्यान दे रहे थे :

वे इससे ज़्यादा ऊँची चीज़ों की चर्चा कर रहे थे और ब्रैकस का विवाहित दोस्त कार्नीलियस लूसियस उन लोगों को बड़े विस्तार से यह बतला रहा था कि इन दिनों रोम में अच्छी तरह से रहने के लिए किन चीज़ों की ज़रूरत होती है। बाटियाटस ने भी ठहरकर उन लोगों की बातें सुनीं; वह यह जानने को उत्सुक था कि इन दिनों रोम में अच्छी तरह रहने के लिए किन चीज़ों की ज़रूरत होती है और उनकी बातचीत ने उसको अच्छी तरह अपनी गिरफ़्त में ले लिया जब उसे यह मालूम हुआ कि एक नये नानबाई के लिए लूसियस ने पाँच हज़ार दीनार दिये जो कि नानबाई को देने के लिए बहुत ही बड़ी रक़म है।

"मगर आदमी सूअर की तरह तो नहीं रह सकता—कि झूठ कहता हूँ?" लूसियस ने पूछा, "और न उसी तरह रह सकता है जिस तरह मेरे पिता रहते थे। अगर आदमी अच्छा खाना खाना चाहता है तो उसे कम-से-कम चार लोगों की ज़रूरत होती है, नानबाई, कोकस, पिस्टोर और एक डलसियारियस तो ज़रूर ही, क्योंकि अगर वह न हो तो मिठाइयों के लिए आदमी को बाज़ार भेजना पड़ेगा और अगर यही करना हो तो फिर उस चीज़ के बिना भी तो काम चल ही सकता है।"

"मेरी समझ में नहीं आता कि कैसे उसके बिना किसी का काम चल सकता है," उसकी बीवी ने कहा, "हर महीने एक नये हज्जाम की ज़रूरत होती है। तुम्हारी हजामत ठीक से बनाना हर आदमी के बस का रोग तो है नहीं, उसके लिए तो फ़रिश्ते चाहिए! लेकिन अगर मैं कहूँ कि मुझे अपने बालों की देखभाल के लिए या मालिश करने के लिए एक और औरत की ज़रूरत है तो..."

"इसके लिए कोई सौ ग़ुलामों की ज़रूरत नहीं है," ब्रैकस ने नरमी से उससे कहा, "मगर असल बात उनको काम सिखलाने की है और उनको काम सिखलाने के बाद भी मैं कभी-कभी सोचता हूँ तो उससे कोई नतीजा तो निकलता नहीं। अपने कपड़ों के लिए मेरे पास एक प्रिवाटा है, साइप्रस का रहने वाला एक यूनानी जो पूरे वक़्त आपको होमर के उद्धरण दे सकता है। और देखो वह न तो कपड़े धोता है और न उसकी सफ़ाई करता है। उससे मैं सिर्फ़ एक चीज़ की माँग करता हूँ कि वह मेरे कपड़ों को ज़रा क़ायदे से रखे। मेरे पास अपने लबादों के लिए एक बड़ी-सी आलमारी है। मैं बस इतना चाहता हूँ कि जब मैं कोई ख़ास लबादा उतारूँ तो उसे उसी आलमारी में रखा जाए। और ट्यूनिक उसी आलमारी में रखा जाए जिसमें ट्यूनिक रखे जाते हैं। यह काम तो ऐसा है कि कुत्ते को भी सिखलाया जा सकता है, कि नहीं? इसलिए जब मैं उससे कहूँ रेक्सिडीज़, मुझे वह पीला वाला ट्यूनिक तो दो, तो उसे यह काम कर सकना चाहिए। मगर वह नहीं कर सकता। और उसे ढंग से यह काम करना सिखलाने में जितना वक़्त लगेगा उससे कम में तो मैं ख़ुद अपने हाथों से उसे कर लूँगा।"

"तुम अपने हाथ से उसे नहीं कर सकते," केयस ने आपत्ति की।

"नहीं—हरगिज़ नहीं। ज़रा देखो तो लानिस्ता यह कैसी शराब हम लोगों को दे रहा है।"

बाटियाटस और भी तेज़ था। उसने शराब का पात्र उठाते हुए गर्व से कहा, "सिज़ाल्पिन।"

ब्रैकस ने नाक पर एक उँगली रखकर बड़ी नज़ाकत से थूका। "तुमको इन गद्दियों का ख़याल कैसे आया जब मैंने तुमसे यह नहीं कहा था कि हमें गद्दियाँ चाहिए? तुम्हारे पास जूडिया की शराब है लानिस्ता?"

"ज़रूर, ज़रूर सबसे अच्छी। हल्के गुलाबी रंग की हल्के-से-हल्के गुलाबी रंग की।" उसने ज़ोर से चीख़कर एक ग़ुलाम को फ़ौरन जूडिया की शराब लाने को कहा।

"इनसे कहो," लूसियस ने अपनी पत्नी से कहा, जो उसके कान में कुछ कह रही थी।

"नहीं।"

ब्रैकस उसकी ओर झुक गया और उसके हाथ को अपने हाथ में लेकर उसे अपने होंठ से लगा लिया। "प्रिये, क्या ऐसी भी कोई बात है जो तुम मुझसे नहीं कह सकतीं?"

"मैं कान में कहूँगी।"

उसने कान में कहा। ब्रैकस ने जवाब दिया, "ज़रूर, ज़रूर।" और फिर बाटियाटस से कहा, "लड़ने के पहले उस यहूदी को यहाँ लाना।"

बाटियाटस कभी उस एक धागे को न पकड़ पाता था जो कुलीन लोगों के सभी कामों में बराबर यकसाँ दौड़ता रहता था। वह जानता था कि ऐसा एक धागा है ज़रूर मगर वह कितना ही क्यों न करे, उस चीज़ को ठीक से बतला न पाता था और उसकी समझ में न आता था कि वह अपने लिए आचरण का कौन-सा तरीक़ा अपनाए कि उसका नीचे कुल में उत्पन्न होना छिप जाए। सभी लोग जो किसी विशेष शो के लिए उसके मैदान को किराए पर लेते थे, अलग-अलग ढंग से आचरण करते थे। ऐसी हालत में कोई बात समझे भी कैसे?

बाटियाटस ने उस यहूदी को बुलवाया।

वह दो उस्तादों के बीच आया और जहाँ पर ये लोग बैठे हुए थे वहाँ आकर खड़ा हो गया। वह अब भी अपने लम्बे खुरदुरे ऊनी लबादे में लिपटा हुआ था और उसकी हल्की हरी आँखें ठंडे पत्थरों की तरह नज़र आती थीं। अपनी उन आँखों से वह कुछ देख नहीं रहा था। वह बस वहाँ पर खड़ा था।

औरत ने खीस काढ़ दी। केयस डरा हुआ था। यह पहला मौक़ा था जब एक ग्लैडिएटर हाथ-भर की दूरी पर उसके पास खड़ा था, जब उसके और ग्लैडिएटर के बीच कोई दीवार या सीख़चे न थे और गो वहाँ उनको सिखानेवाले उस्ताद भी मौजूद थे मगर तब भी उसके मन को ढाढ़स न होता था। यह आदमी थोड़े ही था,

यह यहूदी, जिसकी आँखें हरी और मुँह पतला-सा था; नाक मुड़ी हुई और ख़ूँख़ार नज़र आती थी और सिर के बाल बहुत छोटे-छोटे कटे हुए थे!

ब्रैकस ने कहा, "लानिस्ता, इससे कहो कि अपना लबादा उतार दे।"

"कपड़ा उतार दो," बाटियाटस ने धीरे से कहा।

वह यहूदी इसके बाद भी थोड़ी देर वैसे ही खड़ा रहा और फिर एकाएक उसने अपना लबादा गिरा दिया और उनके सामने नंगा खड़ा हो गया। उस वक़्त उसका वह दुबला-पतला मगर कसा हुआ शरीर ऐसा निश्चल था जैसे काँसे को तराशकर उसे गढ़ा गया हो। केयस मंत्रमुग्ध-सा उसे घूरता रहा। लूसियस ने दिखलाना चाहा कि उसे इस चीज़ से ऊब मालूम हो रही है मगर उसकी बीवी उस यहूदी को घूरती रही, उसका मुँह थोड़ा खुला हुआ था और साँस ज़ोर-ज़ोर से चल रही थी।

ब्रैकस ने थके हुए ढंग से कहा, "दो पैर का जानवर है यह।"

यहूदी झुका, उसने अपना लबादा उठाया और घूम पड़ा। दोनों सिखानेवाले उसके पीछे-पीछे चल दिये।"

"पहले इसी की लड़ाई हो," ब्रैकस ने कहा।

6

इस वक़्त तक क़ानून की ऐसी कोई बन्दिश न थी कि जब कोई थ्रेसियन या यहूदी मैदान में अपनी पुराने ज़माने से चली आती हुई कटार या उस ज़रा-सी मुड़ी हुई छुरी से लड़े जिसे सीका कहते हैं तो उसे अपने बचाव के लिए लकड़ी की एक छोटी-सी ढाल दी जाए और इतना ही नहीं, जब यह क़ानून पास हो गया तब भी अक्सर इसका उल्लंघन होता था। पिंडलियों की हिफ़ाज़त के लिए पहने जानेवाले पुराने ज़माने से चले आते हुए पीतल के शाकपोश और लोहे के टोप की तरह लकड़ी की यह ढाल भी छुरे के खेल के असली मज़े को खतम कर देती थी—वह मज़ा जिसकी जान ही थी ग्लैडिएटरों की ग़ज़बनाक तेज़ी और फुर्तीलापन। अब से क़रीब चालीस साल पहले तक—और तब तक दो-दो आदमियों के जोड़ बहुत कम ही लड़ा करते थे—अखाड़े के खेल को आम तौर पर 'समनाइटीज़' कहा जाता था और उसमें लड़नेवाले जोड़ भारी-भारी ज़िरहबख़्तर पहनकर रोमन सेना की भारी-सी लम्बोतरी ढाल, 'स्कूटम' नाम की, और स्पेन की तलवार, 'स्पाथा', लेकर लड़ते थे। इस लड़ाई में न तो कुछ ख़ास उत्तेजना ही मिलती थी और न काफ़ी ख़ून ही बहता था और उसमें ढाल से ढाल की ओर तलवार से तलवार की टक्कर घंटों तक चल सकती थी और लड़नेवालों में से किसी को भी कुछ ख़ास नुक़सान न पहुँचता था। उस वक़्त भी लानिस्ता को उसी नफ़रत से देखा जाता था जिस नफ़रत से रंडी के दलाल को देखा जाता है। यह लानिस्ता अक्सर गुंडों का

कोई छोटा-मोटा सरदार होता था जो कुछ थोड़े से अधमरे ग़ुलामों को ख़रीदकर उन्हें एक-दूसरे पर छोड़ देता था ताकि वे एक-दूसरे पर अपने हथियार चलाएँ और या तो शरीर का ज़्यादा ख़ून बह जाने के कारण या थकान से चूर होकर ज़मीन पर ढेर हो जाएँ और मर जाएँ। बहुत बार लानिस्ता सचमुच रंडी का दलाल ही होता था। वह एक हाथ से ग्लैडिएटरों का सौदा करता था और दूसरे से रंडियों का।

दो नये आविष्कारों ने इस अखाड़े की लड़ाई में एक क्रान्ति ला दी—और पहले का वह उबा देनेवाला खेल एक ऐसी चीज़ बन गया कि सारा रोम उसके पीछे पागल हो उठा और बहुत से लानिस्ता लोगों को सेनेट में जगह मिल गई, गाँव में उनका अपना बड़ा-सा मकान हो गया और लाखों की सम्पत्ति हो गई। रोम जिस तरह फ़ौजी और व्यावसायिक रूप में अफ्रीका के भीतर घुस रहा था, पहला आविष्कार उसी का परिणाम था। काला हब्शी, जो पहले बहुत कम ही देखने में आता था, अब ग़ुलामों के बाज़ार में दिखाई देने लगा। वह ऊँचे डील-डौल का ग़ज़ब का ताक़तवर नीग्रो। किसी लानिस्ता को यह बात सूझ गई और उसने उस हब्शी को एक मछली जाल और मछली पकड़ने का त्रिशूल जैसा काँटा पकड़ा दिया और उसे ढाल-तलवार के मुक़ाबले में अखाड़े में खड़ा कर दिया। तत्काल यह चीज़ रोमवालों की आँखों पर चढ़ गई और वे खेल अब साधारण खेल नहीं रह गए। इस क्रिया को पूरा किया एक दूसरे आविष्कार ने, जो कि थ्रेस और जूडिया के भीतर घुसने का परिणाम था क्योंकि वहाँ पर उनको पहाड़ी किसानों की दो अक्खड़, मज़बूत, आज़ाद जातियाँ मिलीं जिनका ख़ास हथियार एक छोटा सा उस्तरे की तरह तेज़ छुरा था। जाल लेकर लड़ने वाले आदमियों से भी ज़्यादा इन लोगों ने ग्लैडिएटरों की लड़ाई की शकल बदल दी। उन दिनों शायद ही कभी कोई ढाल या ज़िरहबख़्तर का इस्तेमाल करता था। और इस तरह समनाइटीज़ की देर तक चलने वाली ढाल-तलवार की भारी टक्कर छुरी के बिजली जैसे तेज़ द्वन्द्व युद्ध में बदल गई जिसमें लम्बे-लम्बे भयानक ज़ख़्म थे, ख़ून था, अँतड़ियों का बाहर निकल आना था, हाथ की सफ़ाई थी, दर्द था और बिजली के कौंध जैसी तेज़ी थी।

इसी बात को ब्रैकस ने अपने नौजवान साथी से कहा, "एक बार थ्रेसियनों की लड़ाई देख लेने के बाद फिर कुछ भी अच्छा नहीं लगता, यह बात तय है। उसके बाद हर चीज़ बहुत धीमी और उबा देनेवाली और बेमतलब हो जाती है। थ्रेसियनों का अच्छा खेल दुनिया की सबसे रोमांचकारी चीज़ है।"

जोड़ों के लड़ने का वक़्त हो गया था। नाचनेवाली और गवैये चले गए थे। सुबह की गरम धूप में एरीना एकदम ख़ाली और सूना था। उस वक़्त वहाँ की हर चीज़ पर एक दर्द करती हुई और काँपती हुई ख़ामोशी बादल की तरह छाई हुई थी और वे चारों रोमन, यानी वह स्त्री और तीन पुरुष, धारीदार छज्जे की छाया में

अपनी कोचों पर लेटे हुए जूडिया की गुलाबी शराब की चुसकियाँ ले रहे थे और खेल के शुरू होने का इन्तज़ार कर रहे थे।

7

मैदान में उतरने के ठीक पहले ग्लैडिएटर एक जगह बैठकर इन्तज़ार करते थे। यह एक छोटा सा शेड था जो मैदान में खुलता था। वहीं पर वे तीनों ग्लैडिएटर, दो थ्रेसियन और वह हब्शी, बैठे हुए थे। वे एक बेंच पर बैठे थे और उन्हें कोई ख़ुशी न थी; जैसा कि वे अपनी ज़बान में कहा करते थे, उनका टिकट कट चुका था। अब सिर्फ़ ज़िल्लत ही उनकी संगिन थी, न कोई वीरोचित गौरव, न प्रेम, न सम्मान। और फिर आख़िरकार उस हब्शी ने उस मौन को भंग करते हुए जिसे उन्होंने अपने ऊपर बिठाल लिया था, कहा, "ईश्वर जिसे प्यार करता है वह बचपन में ही मर जाता है।"

"नहीं," स्पार्टकस ने कहा।

और तब हब्शी ने उससे पूछा, "तुम ईश्वर को मानते हो?"

"नहीं।"

"परलोक मानते हो?"

"नहीं।"

"तब फिर तुम क्या मानते हो, स्पार्टकस?" हब्शी ने पूछा।

"मैं मानता हूँ कि तुम हो और मैं हूँ।"

नौजवान ख़ूबसूरत थ्रोसियन ने कहा, "तुम और मैं, हम तो लानिस्ता की कसाई चौकी पर पड़े हुए गोश्त हैं।"

"तुम और क्या मानते हो स्पार्टकस?" हब्शी ने पूछा।

"और क्या?" आदमी काहे का सपना देखता है? जब कोई मरने जा रहा हो तब वह काहे का सपना देख ही सकता है?"

"मैंने तुमसे पहले भी यह बात कही थी और वही बात फिर तुमसे कहता हूँ," हब्शी ने धीरे से कहा। सीने से निकलती हुई उसकी भारी आवाज़ में गूँज थी और दर्द था। "और वह बात यह है कि मैं बहुत अकेला हूँ और अपने घर से बहुत दूर हूँ और अपने घर पहुँचने की भूख मुझे काँटों की तरह चुभ रही है। अब मैं और ज़िन्दा नहीं रहना चाहता। मैं तुम्हें नहीं मारूँगा, साथी।"

"यह क्या दया करने की जगह है?"

"यह थकान की जगह है और मैं थका हुआ हूँ।

स्पार्टकस ने कहा, "मेरा बाप ग़ुलाम था और उसने मुझे सिखलाया है कि ग़ुलाम की अकेली ख़ूबी यह होती है कि वह ज़िन्दा रहे।"

"हम दोनों ज़िन्दा नहीं रह सकते।"

"और ग़ुलाम के साथ ज़िन्दगी एक ही नेकी बरतती है और वह नेकी यह है कि दूसरे लोगों की तरह उसे भी अपनी मौत की घड़ी नहीं मालूम होती।"

सन्तरियों ने उनकी बात सुन ली और उन्हें चुप करने के लिए उनके शेड की दीवार पर अपने बल्लम पटकने लगे। यहूदी लौट आया। कुछ भी हो वह बोलता नहीं। वह कभी न बोलता था, उसे आदत ही न थी। अपना लबादा ओढ़े हुए वह दरवाज़े के भीतर आकर खड़ा हो गया और उसका सिर दुख से और अपमान से झुका हुआ था। नगाड़ा बजने लगा। नौजवान थ्रेसियन उठा, उसका निचला होंठ आवेग के कारण काँप रहा था और उसने और यहूदी ने अपने-अपने लबादे गिरा दिये। दरवाज़ा खुल गया और दोनों नंगे अगल-बग़ल, मैदान में निकल गए।

हब्शी को कोई दिलचस्पी न थी। वह मौत को वर चुका था। बावन बार वह अपने जाल और भाले से लड़ चुका था और ज़िन्दा बचकर निकल आया था। मगर अब वह धागा टूट गया था जो उसे जिन्दगी से बाँधे हुए था। वह अपनी स्मृतियों में खोया हुआ बेंच पर झुका बैठा था और उसका सिर उसके हाथों पर टिका हुआ था। मगर स्पार्टकस कूदकर दरवाज़े के पास गया और उसकी एक दरार में अपनी आँख लगाई ताकि वह देख सके, जान सके। वह किसी की ओर न था; थ्रेसियन उसी के देश और उसी की जाति का आदमी था मगर यहूदी तो कुछ ऐसा था जो एक अजीब तरीक़े से उसके दिल को मसोसता था। जब एक जोड़ किसी एक की मौत से फ़ैसला होनेवाली लड़ाई लड़ता था तो ज़ाहिर है कि किसी एक को उसमें मरना ही था मगर तत्त्व की बात ज़िन्दगी है, जब तक है। स्पार्टकस का सत ज़िन्दगी थी। लोग उसके अन्दर की इस चीज़ को पहचानते थे। वह ज़िन्दगी को बचा रखने की एक ऐसी बुलन्दी थी, जो सितारों को छू लेती थी और अब उसने दरवाज़े की सन्धि में आँख लगाई जहाँ से मैदान के बीच के हिस्से की पट्टी दिखाई देती थी।

पहले उन दोनों लड़नेवालों पर अकारण उसकी दृष्टि रुँधती रही। मगर जैसे-जैसे वे मैदान के मध्य की ओर बढ़ते गए उनका आकार छोटा होता गया और फिर वे जाकर उन लोगों के सामने खड़े हो गए जिन्होंने उनका गोश्त और ख़ून ख़रीदा था। उनकी परछाइयाँ उनके पीछे-पीछे चल रही थीं। उनके जिस्म काले थे और तेल से चमक रहे थे। तब वे दोनों एक-दूसरे से दस क़दम हटकर खड़े हो गए और स्पार्टकस को अपनी दृष्टि के चौखटे में जड़े हुए से दिखाई दिये और उन दोनों के दरम्यान रेत थी और धूप थी। स्पार्टकस उन गद्‌देदार कुरसियों को देख सकता था जहाँ पर रोमन बैठे हुए थे; वह उसकी दृष्टि परिधि का अन्त था, वह गुलाबी और पीले और लाल रंग का चौड़ा-सा ख़ुशनुमा खेमा जिस पर धूप से बचाव के लिए एक धारीदार छज्जा लगा हुआ था और स्पार्टकस को दिखाई दे रही थी ग़ुलाम हाथों के पर वाले पंखों की धीमी गति। वहाँ पर वे बैठे थे, वे मुट्‌ठी-भर शक्तिशाली लोग

जिन्होंने ज़िन्दगी और मौत ख़रीदी थी और उस समय स्पार्टकस के मन में वे सभी विचार आए जो हर युग में कम-से-कम एक आदमी के मन में ज़रूर आते हैं...।

तभी रियाज़ कराने वाला, मैदान का उस्ताद, दाख़िल हुआ। उसके हाथ में रोग़न की हुई चमकदार लकड़ी की एक तश्तरी में दो छुरे थे और प्रतीकात्मक रूप में उसने उन्हें उन लोगों को पेश किया जिन्होंने इस खेल का दाम दिया था। उसने जब तश्तरी उन लोगों की तरफ़ झुकाई तो चमचम चमकते हुए इस्पात के बारह इंच लम्बे छुरे, ख़ूब पैने किये हुए, उस्तरे की तरह तेज़, धूप में चमक उठे। उन्हें बहुत कारीगर हाथों ने बनाया था और उनमें अखरोट की काली लकड़ी की मूठ लगी हुई थी। छुरा हल्का-सा मुड़ा हुआ था और उसकी धार के हल्के से छू-भर जाने का मतलब था खाल का कट जाना।

ब्रैकस ने सिर हिलाया और उसे देखकर स्पार्टकस को सिर से पैर तक नफ़रत का वही एहसास हुआ जैसे उन छुरों में से एक छुरा आकर उसे लग गया हो—मगर उसने फिर अपने को वश में कर लिया और बिलकुल निरुद्वेग होकर उसने उन दोनों ग्लैडिएटरों को अपने हथियार चुनते हुए देखा और फिर वे एक-दूसरे से अलग होकर उसके दृष्टिपथ से बाहर हो गए। मगर तब भी वह जानता था कि उनके क्या पैंतरे होंगे; उसे हर पैंतरा मालूम था। एक-दूसरे को उस चौकन्नी दहशत और मुस्तैदी से देखते हुए जो मौत की सज़ा पाए हुए आदमी में मिलती है, वे दोनों बीस क़दम की उस जगह को नाप रहे थे जो उन्हें दी गई थी। अब वे नीचे झुके और उन्होंने अपने छुरों की मूठों पर और अपनी हथेलियों पर रेत मली और अपने दाँव की ताक में झुककर खड़े हो गए और उनकी एक-एक मांसपेशी ख़ूब तनी हुई कमानी की तरह काँपने लगी और उनका दिल ऐसे ज़ोर से धड़कने लगा जैसे मशीनें चल रही हों।

अखाड़े के उस्ताद ने अपनी चाँदी की सीटी बजाई और दोनों ग्लैडिएटर फिर स्पार्टकस के दृष्टिपथ में आ गए। नंगे, झुके-झुके, हर एक की दाहिनी मुट्ठी में वह चमकता हुआ छुरा, अब वे इनसान न थे। अब वे दो जानवर थे। वे मैदान की गरम रेत पर छोटे-छोटे क़दमों से इधर से उधर जाते, मैदान का चक्कर लगाते हुए दो जानवर थे। फिर दोनों पास आए और फिर एक मरोड़ती हुई गति के साथ छिटककर एक-दूसरे से अलग खड़े हो गए और रोमन तालियाँ बजाने लगे और यहूदी के सीने पर ख़ून की लकीर खिंच गई जैसे वह लाल रंग का पटका पहने हो।

मगर दोनों में से किसी को जैसे भान न हो कि उसे कहाँ चोट लग रही है। एक-दूसरे पर उनका ध्यान इतना एकाग्र, इतना पैना और तन-मन की सारी ताक़त को इतनी पूरी तरह तलब करनेवाला था कि ऐसा मालूम होता था कि सारी दुनिया की धुरी वह हो। वक़्त थम गया। सारा जीवन और जीवन के सारे अनुभव सभी कुछ एक-दूसरे पर पूरी तरह केन्द्रित थे और जिस तीक्ष्णता से वे एक-दूसरे की हर गति को परख रहे थे वह अब एक यातना बन गई थी। और अब एक बार फिर

शक्ति और निश्चय की भयानक थरथरी से काँपते हुए मुहूर्त में वे दोनों एक-दूसरे के पास आ गए और आपस में गुँथ गए, एक का बायाँ हाथ दूसरे के दाहिने हाथ को कसकर पकड़े हुए और इसी तरह जिस्म से जिस्म और निगाहों से निगाहें बँधी हुईं। वे दोनों खड़े रहे, यहाँ तक कि मुट्ठियों में जकड़ी हुई कलाइयाँ जैसे अपनी मौन आवाज़ में चिल्ला उठीं कि और क़रीब पहुँचो, वार करो, मार डालो। उनका रूपान्तर अब पूरा हो गया था; वे एक-दूसरे से नफ़रत करते थे; उन्हें सिर्फ़ एक उद्देश्य की चेतना थी, मृत्यु के उद्देश्य की, क्योंकि एक को मारकर ही दूसरा जी सकता था। उनकी मांसपेशियाँ सख़्त और दर्द करती हुई, एक-दूसरे की मुट्ठियों में जकड़े हुए वे दोनों अब एक हो गए थे, एक इकाई जो अपने भीतर ही भीतर टुकड़े-टुकड़े हुई जा रही थी।

जब तक रक्त-मांस सह सका तब तक उनकी मुट्ठियों की जकड़ क़ायम रही और फिर छूट गई और वे एक-दूसरे से छिटककर अलग हो गए और अब उस थ्रेसियन की बाँह में ऊपर से नीचे तक एक लाल शिगाफ़ हो गया था। एक-दूसरे से बारह क़दम दूर वे हाँफते और नफ़रत करते और काँपते हुए खड़े थे, दोनों के जिस्म ख़ून और तेल और पसीने से पुते हुए थे और उनके जिस्म से ख़ून चू-चू कर उनके पैरों के पास की रेत को भिगो रहा था।

तब फिर थ्रेसियन ने वार किया। छुरी का हाथ फैलाकर उसने यहूदी पर जस्त की और यहूदी ने झट एक घुटने के बल बैठकर वार को बचाते हुए छुरी ऊपर कर दी और थ्रेसियन को हवा में उछाल दिया और इसके पहले कि थ्रेसियन ज़मीन पर गिरे यहूदी उसके ऊपर सवार था। यह उस समूचे खेल में सबसे भयंकर और सबसे तीक्ष्ण उत्तेजना का क्षण था। मौत थ्रेसियन पर ताबड़तोड़ छुरियों के वार किये जा रही थी। दर्द से वह ऐंठा, मुड़ा, उसकी मांसपेशियाँ खिचीं, उस भयानक छुरी के वार को बचाने के लिए उसने अपने नंगे पैर चलाए मगर यहूदी उसके ऊपर पूरी तरह सवार था और वार-पर-वार किये जा रहा था। मगर इतने पर भी वह नौजवान थ्रेसियन अपनी जान को बचाने के लिए ऐसा पागलों की तरह लड़ रहा था कि यहूदी उसके काम को तमाम करनेवाला वार उस पर न कर पाता था।

आख़िरकार थ्रेसियन उठकर खड़ा हो गया। उसका लहूलुहान, कटा-फटा जिस्म सही मानी में हवा में उछला और अपने पैरों पर आ गया और वह खड़ा हो गया मगर ज़िन्दगी और ताक़त उसके जिस्म से बहकर निकली जा रही थी। वह विस्फोट जिसने उसको अपने पैरों पर खड़ा किया था, उसने उसकी ताक़त की आख़िरी बूँद तक निचोड़ ली थी। वह एक हाथ से अपने शरीर का सन्तुलन क़ायम करने की कोशिश कर रहा था और दूसरे हाथ से छुरे को पकड़े हुए था और लड़खड़ाता हुआ आगे-पीछे आ-जा रहा था और यहूदी को अपने से दूर रखने के लिए हवा में छुरा चला रहा था। मगर यहूदी उससे अलग दूर पर पीछे खड़ा था

और उसके पास पहुँचने की कोई कोशिश न कर रहा था—और सच पूछो तो अब उसकी कोई ज़रूरत भी न थी क्योंकि थ्रेसियन मौत के भाले से बिंध चुका था! उसका चेहरा, हाथ, जिस्म और टाँगें सब पर छुरे के गहरे ज़ख़्म थे और उसकी ज़िन्दगी ख़ून की शकल में बहकर उसके पैरों के पास रेत के एक फैलते हुए गीले धब्बे में डूबती जा रही थी।

मगर ज़िन्दगी और मौत का ग़ज़बनाक ड्रामा अभी खतम न हुआ था। रोमन अपनी तन्द्रा से जागे और उन्होंने अपनी सीटी की तरह तेज़ और फटी हुई भारी आवाज़ में आदेश देने के स्वर में चीख़कर यहूदी से कहा, "मारो, मारो!"

मगर यहूदी अपनी जगह से नहीं हिला। उसके सीने पर बस वह एक अकेला घाव था मगर जिस्म की उस वक़्त की हरकत ने पूरे शरीर में ख़ून ही ख़ून फैला दिया था और तब अचानक उसने अपना छुरा रेत पर फेंक दिया जो वहीं गड़ गया और काँपने लगा। यहूदी सिर झुकाए खड़ा रहा।

क्षण-भर और, और मौक़ा हाथ से निकल जाएगा। नंगा थ्रेसियन जो ऊपर से नीचे तक जैसे लाल ख़ून की पोशाक पहने हुए था, एक घुटने के बल ढेर हो गया। उसने अपने हाथ का छुरा फेंक दिया था और बहुत तेज़ी से मर रहा था। रोमन चीख़ रहे थे और अखाड़े का उस्ताद एक लम्बा और भारी, बैल के चमड़े का कोड़ा फटकारता भागता हुआ मैदान में आया। दो सैनिक भी उसके पीछे-पीछे आए।

"लड़ बे, हरामज़ादे!" उस्ताद गरजा और उसका कोड़ा यहूदी की पीठ पर पड़कर उसके पेट के चारों तरफ़ लिपट गया।—"लड़!" कोड़ा उसे बार-बार लग रहा था मगर वह नहीं हिला और तब थ्रेसियन पलटकर मुँह के बल पड़ रहा, थोड़ा-सा काँपा और धीमी आवाज़ में दर्द से कराहने लगा, मगर धीरे-धीरे यह आवाज़ ऊँची होती गई, जैसे कोई उसके ऐंठते हुए जिस्म को कोड़े मार-मारकर उसमें से यह आवाज़ निकाल रहा हो। फिर ये दर्द की चीख़ें बन्द हो गईं और वह निश्चेष्ट पड़ा रहा। तब अखाड़े के उस्ताद ने यहूदी को कोड़े मारना बन्द कर दिया।

हब्शी भी स्पार्टकस के पास आकर दरवाज़े की दरार में आँख लगाकर खड़ा हो गया। वे दोनों बिना बोले देखते रहे।

सिपाही थ्रेसियन के पास पहुँचे और उन्होंने अपने भालों से उसे गोदा। वह थोड़ा-सा हिला। एक सिपाही ने अपनी पेटी से झूलता हुआ एक छोटा सा मगर भारी हथौड़ा हुक खोलकर अपने हाथ में लिया। दूसरे सिपाही ने अपना भाला थ्रेसियन के शरीर के नीचे लगाकर उसे पलट दिया। तब पहले सिपाही ने अपने हथौड़े से उसकी कनपटी पर बहुत कसकर चोट की जिससे खोपड़ी चूर-चूर हो गई। इसके बाद सिपाही ने उस हथौड़े से दर्शकों को सलाम किया जिसमें थ्रेसियन के भेजे के टुकड़े चिपके हुए थे। उसी वक़्त अखाड़े का एक दूसरा उस्ताद एक गधा लेकर मैदान में आया। गधे के सिर पर पंखों की बनी चटकीले रंग की पोशाक थी और

चमड़े की जोत थी जिससे एक ज़ंजीर बँधी हुई थी। ज़ंजीर थ्रेसियन के पैरों में बाँधी गई और सिपाहियों ने अपने भालों से गधे को चाबुक लगाई और वह तेज़ दुलकी चाल से मैदान के चक्कर लगाने लगा। और वह ख़ून से लथपथ लाश, जिसका भेजा चू रहा था, गधे के पीछे-पीछे उससे पैरों से बँधी घिसटती रही। रोमनों ने इस पर तालियाँ बजाईं और उस कुलीन महिला ने आनन्द-विभोर होकर अपनी लेस की रूमाल हिलाई।

इसके बाद उस ख़ूनी रेत को पलटकर फिर से चिकना कर दिया गया और अगले जोड़ की लड़ाई के पहले वाला नाच-गाना शुरू हो गया।

8

बाटियाटस माफ़ी माँगने के लिए अपने ग्राहकों के पास भागकर गया, उन्हें इस बात की सफ़ाई देने के लिए कि क्यों, इतना होने पर भी कि उसे पैसे इतने अच्छे मिले थे, यहूदी ने लड़ाई के एकदम आख़ीर में जीवित मांस की हत्या नहीं की, क्यों गले या बाँह की कोई रग नहीं कटी ताकि उसका गरम-गरम ताज़ा लाल ख़ून लड़ाई के उचित अन्त को रंग देता। मगर मारियस ब्रैकस ने, जो एक हाथ में शराब का प्याला पकड़े हुए था, दूसरे हाथ से उसे चुप होने का इशारा किया और कहा, "एक शब्द नहीं लानिस्ता, बहुत मज़ा आया। बहुत काफ़ी था।"

"मगर मुझे अपनी साख़ का भी तो ख़याल है।"

"जहन्नुम में जाए तुम्हारी साख़। मगर रुको—मैं तुम्हें बतलाता हूँ। उस यहूदी को यहाँ लाओ। और कोई सज़ा न देना। जब एक आदमी अच्छी तरह लड़ा है तो इतना काफ़ी है, कि नहीं? उसे यहाँ लाओ।"

"यहाँ? अच्छा, ठीक है," लूसियस ने कहना शुरू किया।

"क्यों नहीं! उसका जिस्म साफ़ करने की कोशिश मत करना। वह जैसा है वैसा ही यहाँ ले आओ।"

जब बाटियाटस अपने काम पर चला गया तो जैसा कि पारखी लोग अक्सर किया करते हैं, ब्रैकस ने भी बतलाने की कोशिश की कि उन्होंने जो कुछ अभी देखा था उसका विशेष सौन्दर्य और नैपुण्य क्या था।

"अगर सौ जोड़ों की लड़ाई में एक बार भी आदमी ऐसी चीज़ देख ले तो उसे अपने-आप को ख़ुशनसीब समझना चाहिए। एक घंटे की उबा देनेवाली लड़ाई से कहीं अच्छा है ऐसा एक शानदार लम्हा। यही वह मशहूर jacienda ad mortem है—भागकर मौत की बाँहों में पहुँचना और इससे अच्छी मौत ग्लैडिएटर की दूसरी कौन हो सकती है? ज़रा परिस्थिति पर विचार करो। थ्रेसियन अपनी निगाहों से यहूदी को तौलता है और समझता है कि उसका पलड़ा हल्का है।"

"मगर ख़ून उसी ने पहले निकाला," लूसियस ने आपत्ति की।

"उससे क्या। बहुत मुमकिन है कि इसके पहले कभी उनकी लड़ाई न हुई हो। वह तो एक-दूसरे को तौलना हुआ। एक-दूसरे को समझने के लिए उन्हें इस तरह के पैंतरे करने ही पड़ते हैं। अगर उनका जोड़ बराबर का होता तो उनके छुरे टकराते और लड़ाई चलती और उसका मतलब होता उनकी हाथ की सफ़ाई और सहन-शक्ति का इम्तहान, मगर जब वे आपस में गुँथे तो यहूदी ने अपने-आप को छुड़ा लिया और थ्रेसियन की बाँह को काट दिया। अगर वह बाईं के बदले दाहिनी बाँह होती तो वहीं पर बात खतम थी; मगर चूँकि थ्रेसियन जानता था कि वह अपने दुश्मन से कमज़ोर है इसलिए उसने सब कुछ एक जस्त पर, अपने जिस्म की एक जस्त पर दाँव पर लगा दिया। दस में से नौ ग्लैडिएटरों ने उस जस्त को रोकने और उससे गुँथने की कोशिश की होती और इस कोशिश में बुरी तरह ज़ख़्मी हो गए होते। तुम समझते हो छुरे के एक ऐसे वार को बचाने का क्या मतलब होता है जिसके पीछे आदमी के जिस्म का सारा वज़न हो? मैंने यहूदी को क्यों बुलाया है—अभी दिखलाता हूँ...।"

यह बात कर ही रहा था कि इतने में यहूदी आ गया। वह अब भी नंगा था और उसके शरीर से ख़ून और पसीने की गन्ध आ रही थी और जिस तरह वह सिर झुकाए उनके सामने खड़ा था और उसकी मांसपेशियाँ अब भी काँप रही थीं, वह आदमी की एक भयानक वहशियाना तस्वीर था।"

"झुको!" ब्रैकस ने हुक्म दिया।

यहूदी ने कोई जुम्बिश न की।

"झुको!" बाटियाटस चिल्लाया।

अखाड़े के उन दोनों उस्तादों ने जो उसके साथ थे यहूदी को पकड़ लिया और उसे जबरन रोमनों के आगे घुटनों पर बिठाल दिया और ब्रैकस उसकी पीठ की ओर इशारा करके विजय गर्व से चिल्लाया, "वह देखो, वहाँ! वे कोड़े के दाग़ नहीं हैं। वह जगह देखते हो जहाँ की खाल कट गई है, जैसे किसी औरत के नाख़ून से हल्का-सा छिल गया हो। वही वह जगह है जहाँ पर थ्रेसियन के छुरे ने उस वक़्त उसको छुआ था जब यहूदी उसकी जस्त के सामने बैठ गया और उसने थ्रेसियन को हवा में फेंक दिया।"

"उससे कुछ मत बोलो लानिस्ता," ब्रैकस ने बाटियाटस से कहा, "अब और कोड़ा मत मारना। उससे कुछ भी मत बोलो और देख लेना तुम उसके बल पर जायदाद खड़ी कर लोगे। मैं ख़ुद उसकी शोहरत बढ़ाने के लिए कोशिश करूँगा। मैं तुम्हारी सेहत का जाम पीता हूँ ग्लैडिएटर," ब्रैकस ने ज़ोर से कहा।

मगर वह यहूदी अपना सिर झुकाए गूँगे की तरह ख़ामोश खड़ा रहा।

हब्शी ने कहा, "पत्थर भी रोते हैं और वह रेत भी जिस पर हम चलते हैं सुबकती है और दर्द से कराहती है मगर हम नहीं रोते।"

"हम ग्लैडिएटर हैं।" स्पार्टकस ने जवाब दिया।

"क्या तुम्हारा दिल पत्थर का है?"

"मैं ग़ुलाम हूँ। मेरा ख़याल है कि ग़ुलाम के या तो दिल होता ही नहीं और अगर होता है तो पत्थर का होता है। तुम्हारे पास याद करने के लिए अच्छी चीज़ें हैं मगर मैं तो कोरू हूँ और मेरे पास याद करने के लिए कुछ भी नहीं है।

"क्या इसीलिए तुम इस चीज़ को देखते हो और तब भी तुम्हारा दिल नहीं पसीजता?"

"दिल के पसीजने से मुझे क्या मिलेगा?" स्पार्टकस ने बुझे हुए ढंग से जवाब दिया कि जैसे यह बहस ही बेकार हो।

"मैं तुम्हें नहीं समझ पाता स्पार्टकस। तुम गोरे हो और मैं काला हूँ, हम दोनों एक-दूसरे से बहुत अलग हैं। मेरे देश में जब आदमी का दिल दर्द से भर आता है तो वह रोता है। मगर थ्रेसियनों के आँसू सूख गए हैं। मेरी ओर देखो। तुम क्या देख रहे हो?"

"मैं एक मर्द को रोते देख रहा हूँ," स्पार्टकस ने कहा।

"और क्या इस रोने की वजह से मैं कुछ कम मर्द हूँ? मैं कहता हूँ स्पार्टकस मैं तुमसे नहीं लड़ूँगा। ख़ुदा उन्हें ग़ारत करे, हमेशा-हमेशा के लिए जहन्नुम रसीद करे। मैं कहता हूँ कि मैं तुमसे नहीं लड़ूँगा।"

"अगर हम नहीं लड़ते तो हम दोनों मारे जाएँगे," स्पार्टकस ने धीरे से जवाब दिया।

"तो तुम मुझे मार डालो मेरे दोस्त। मैं ज़िन्दगी से थक गया हूँ। मैं ज़िन्दगी से बेज़ार हूँ।"

"भीतर क्या गुल-गपाड़ा मचा रखा है," सिपाहियों ने शेड की दीवार पर चोटें कीं, मगर हब्शी घूमा और उसने दीवार पर अपनी भारी मुट्ठियों से इतने कसकर घूँसा मारा कि सारा शेड हिल गया। फिर वह एकाएक थम गया और बेंच पर बैठ गया और उसने झुककर अपने चेहरे को हाथों में छिपा लिया। स्पार्टकस उसके पास गया। उसने उसका सिर उठाया और बड़े प्यार से उसके माथे पर के पसीने के दानों को पोंछा।

"ग्लैडिएटर, कभी ग्लैडिएटर से दोस्ती न कर।"

"स्पार्टकस, आदमी का जन्म क्यों हुआ है?" उसने बड़े दर्द से बुदबुदाकर कहा।

"जीने के लिए।"

“क्या यही पूरा जवाब है?”

“अकेला जवाब।”

“मैं तुम्हारे जवाब को नहीं समझता, थ्रेसियन।”

“क्यों? क्यों नहीं, मेरे दोस्त?” स्पार्टकस ने लगभग याचना के स्वर में पूछा, “माँ के गर्भ से बाहर आने के साथ-साथ बच्चा तक इस जवाब को समझ जाता है। यह तो बड़ा आसान जवाब है।”

हब्शी ने कहा, “मेरे लिए इस जवाब का कोई मतलब नहीं और मेरा दिल उन लोगों के लिए तड़प रहा है जो मुझे प्यार करते थे।”

“अब और लोग तुम्हें प्यार करेंगे।”

“अब और नहीं...अब और नहीं,” हब्शी ने कहा।

10

बाद के सालों में केयस को उस सुबह की बातें कुछ साफ़-साफ़ याद न रह गईं जब कापुआ में दोनों जोड़ों की लड़ाई हुई थी। उसकी ज़िन्दगी में बहुत सी सनसनी की चीज़ें थीं; सनसनी तो वह पैसा देकर ख़रीदता था और स्पार्टकस तो केवल एक थ्रेसियन नाम था। रोमन का कहना था कि सभी थ्रेसियन नाम सुनने में एक से मालूम पड़ते हैं, गैनिकस, स्पार्टकस, मैनियस, फ्लौरेकस, लियेकस। यह भी मुमकिन था कि कहानी कहते-कहते केयस ने यह कह दिया होता कि वह यहूदी भी थ्रेसियन था क्योंकि अखाड़े के सम्बन्ध में जिस तरह नई-नई जनश्रुतियाँ जुड़ती जा रही थीं और जिस तरह एक पूरी क़ौम को नशे की तरह उसकी लत पड़ती जा रही थी, इससे इस शब्द थ्रेसियन के दो अर्थ हो गए थे। थ्रेसियन का एक अर्थ तो था बालकन क्षेत्र के दक्षिण भाग में रहनेवाले क़बीलों में से किसी एक का आदमी, और जहाँ तक रोमनों की बात थी वे इस शब्द का और भी व्यापक अर्थ में इस्तेमाल करते थे और उनके नज़दीक तो वे सभी बर्बर लोग थ्रेसियन थे जो बालकन के पूरब में स्तेपी के उस पार काले सागर तक रहते थे। उनमें से वे जो मक़दूनिया के पास थे यूनानी ज़बान बोलते थे मगर इसका यह मतलब नहीं है कि वे सभी लोग जो थ्रेसियन कहलाते थे उन सबकी ज़बान यूनानी थी; उसी तरह जैसे वह मुड़ा हुआ छुरा उन सभी क़बीलों का हथियार नहीं था।

दूसरी ओर रोम के खेलकूद की ज़बान में और अखाड़े की आम बोलचाल की ज़बान में हर शख़्स जो सीका से लड़ता था थ्रेसियन था। इस तरह वह यहूदी भी थ्रेसियन था क्योंकि केयस को न तो बात मालूम थी और न उसे इससे कोई ग़रज़ थी कि जूडिया के पहाड़ों के वे जंगली सरकश किसान मुजाहिदों के क़बीले के थे, जो प्राचीन काल के मक़ाबियों और पहले किसान-युद्ध के ज़माने से अत्याचारियों

के ख़िलाफ़ बराबर बग़ावत और नफ़रत का युद्ध झंडा लिये चल रहे थे। केयस को जूडिया के बारे में कुछ भी न मालूम था और न उसे इस चीज़ की परवाह ही थी। वह यहूदी भी एक थ्रेसियन ही था, फ़र्क़ बस इतना था कि उसका ख़तना हुआ था। उसने एक जोड़ की लड़ाई देखी थी और अब दूसरा जोड़ आने वाला था। यह दूसरा जोड़ और भी अनहोना था मगर उस काले हब्शी के ऊपर क्या गुज़री उसको याद करने में केयस उस हब्शी के प्रतिद्वन्द्वी को भूल गया। हाँ, उसे उन दोनों के अखाड़े में प्रवेश करने की बात अच्छी तरह याद थी, उस वक़्त की जब वे दोनों अपने कठघरे में से बाहर आ रहे थे, छाया में से उस चमकती हुई लहूलुहान धूप में, और फिर किस तरह वे उस धब्बेदार पीली रेत पर पहुँचे थे। वे चित्तीदार पीली-पीली नन्ही-नन्ही चिड़ियाँ, ख़ून पर जीनेवाली चिड़ियाँ, जो उस दाग़ लगी रेत पर बराबर चोंच मार रही थीं और अच्छी तरह अपना पेट भर रही थीं, उड़ गईं। रेत की तरह उनका भी रंग धब्बेदार पीला था और जब वे उड़ीं तो ऐसा मालूम हुआ कि जैसे किसी ने मुट्ठी भर-भर कर रेत हवा में फेंक दी हो। इसके बाद दोनों आदमी अपनी नियत जगह पर आकर रुक गए। यह ठीक, यहाँ पर उन लोगों की अक़ीदत करो जिन्होंने तुम्हारा गोश्त और ख़ून ख़रीदा है! यही वह क्षण है जब जीवन धूल के मोल का हो जाता है। जब इज़्ज़त का ख़याल और उसको ज़िन्दगी में बरत न सकने की शर्म ज़िन्दगी का मतलब बदल देती है। यही वह जगह है जहाँ तुम आख़िरकार पहुँचे। संसार की स्वामिनी रक्त से अपना मनोरंजन कर रही है।

केयस को यह याद था कि अफ़्रीका के उस देव-जैसे हब्शी के मुक़ाबले में वह थ्रेसियन कितना छोटा नज़र आ रहा था क्योंकि वह पीली रेत की उस धूप से चमकती हुई पृष्ठभूमि पर एम्फ़ीथियेटर के उन बिना रंग-रोगन के लकड़ी के तख़्तों पर एक ख़ुदी हुई तस्वीर की तरह नज़र आ रहा था; मगर उसे यह याद न था कि ब्रैकस ने क्या कहा था। वे शब्द बहुत छोटे थे और बहुत महत्त्वहीन और समय की नदी उन्हें अपने संग बहा ले गई। ऐसे लोगों की वे छोटी-मोटी सनकें कभी कारण नहीं होतीं, वे बस कारण दीख पड़ती हैं; यहाँ तक कि स्पार्टकस भी कोई कारण न था। वह तो बस परिणाम था उस चीज़ का, जो केयस के नज़दीक एकदम साधारण और सहज थी। और जहाँ तक उस सनक की बात थी जिसके वश ब्रैकस ने अपने इस बेकार और अक़्ल से ख़ारिज दोस्त के मनोरंजन के लिए मृत्यु और यंत्रणा की यह विभीषिका रचाई थी, वह केयस को सनक नहीं मालूम पड़ी बल्कि इसके विपरीत बड़ी मौलिक सूझ-बूझ और उत्तेजना की चीज़ मालूम पड़ी।

इस तरह दोनों लड़नेवालों ने आकर अक़ीदत की और रोमन शराब की चुसकियाँ लेते रहे और अपनी मिठाइयाँ कुतरते रहे। इसके बाद वह आदमी आया जिसके हाथ में हथियार थे। स्पार्टकस के लिए छुरा। उस काले हब्शी के लिए वह लम्बा, भारी, मछली मारने के त्रिशूल जैसा काँटा और मछली पकड़ने का जाल।

उस वक़्त अपनी उस शर्म और ज़िल्लत के कारण वे दोनों दो विदूषक थे। सारी दुनिया को ग़ुलाम बनाया गया था ताकि ये रोमन यहाँ साये में अपनी गद्देदार कुरसियों पर बैठकर बड़ी नज़ाकत से अपनी मिठाइयाँ कुतर सकें और शराब की चुसकियाँ ले सकें।

दोनों लड़ने वालों ने अपने हथियार उठा लिये। और तब, जैसा कि केयस को दिखाई पड़ा, वह हब्शी पागल हो गया। केयस उस चीज़ को पागलपन के अलावा और कुछ भी न समझ सकता था। न वह न ब्रैकस न लूसियस, उनमें से किसी को भी उस जगह की यात्रा करने का ख़याल न आ सकता था जहाँ से हब्शी की ज़िन्दगी शुरू होती थी और अगर उन लोगों ने यह यात्रा की होती तो उन्होंने समझ लिया होता कि वह हब्शी ज़रा भी पागल नहीं हुआ था। वे अपनी कल्पना में भी नदी किनारे उसके मकान को न देख सकते थे और न उसके बच्चों को जो उसकी पत्नी ने उसके लिए जने और न उस ज़मीन को जो वह जोतता था और न उन फलों को जो उसके देश में पैदा होते थे जबकि सिपाही आए और ग़ुलामों के व्यापारी आए, इनसान की ज़िन्दगी की फ़सल काटने के लिए जिसे जादुई ढंग से सोने में तब्दील किया जा सकता था।

इसलिए उन्होंने तो बस उस काले आदमी को पागल होते देखा। उन्होंने देखा कि उसने अपना जाल अलग फेंक दिया और जैसे कि जंगली जातियाँ लड़ाई के वक़्त तरह-तरह की चीख़ें मुँह से निकालती हैं उसी तरह वह भी कुछ चिल्लाया। और फिर उन्होंने उसके देव-जैसे शरीर को उस तरफ़ बढ़ते देखा जहाँ पर वे लोग ख़ुद बैठे हुए थे। अखाड़े के उस्ताद ने जिसके हाथ में नंगी तलवार थी उसको रोकने की कोशिश की मगर तभी उन्होंने देखा कि वह उस्ताद काँटे में बँधी हुई मछली की तरह हब्शी के त्रिशूल की नोक पर छटपटा रहा है और फिर हब्शी ने मछली ही की तरह उसे हवा में उछाल दिया और वह हवा में कलाबाज़ियाँ खाता और चीख़ता हुआ ज़मीन पर आ गिरा। अब एक छह फ़ीट ऊँची बाड़ी उस काले देव का रास्ता रोके हुए थी मगर उसने उन लकड़ी के पटरों को ऐसे नोच डाला कि जैसे वे काग़ज़ के बने हों। उसकी शक्ति ने ही उसका रूप बदल दिया था; उसकी शक्ति ने ही उसे एक हथियार बना दिया था जो उन गद्देदार कुरसियों की तरफ़ बढ़ा जा रहा था जहाँ तमाशबीन बैठे थे।

मगर तब तक अखाड़े के अगल-बग़ल से सिपाही दौड़े चले आ रहे थे। उनमें जो सिपाही सबसे आगे था वह रेत पर अपनी टाँगें अच्छी तरह फैलाकर खड़ा हो गया, उसने अपने जिस्म को तौला और अपना भाला फेंका, वह लकड़ी का बड़ा-सा भाला जिसकी नोक लोहे की थी, जिसका मुक़ाबला दुनिया में कोई न कर सकता था, जिसने एक सौ राष्ट्रों की सेनाओं को ज़मीन पर बिछा दिया था। मगर वह उस हब्शी को ज़मीन पर नहीं बिछा सका। भाला उसकी पीठ में लगा था

और नोक उसके सीने को चीरती हुई बाहर निकल गई थी मगर तब भी वह रुका नहीं, और अपनी पीठ में भुँके हुए उस भयानक भाले को लिये-लिये वह अपने पंजे ज़मीन में गड़ाता हुआ रोमनों की तरफ़ बढ़ा। एक-दूसरे भाले ने आकर उसकी बग़ल को चीर दिया मगर तब भी वह आगे बढ़ता ही रहा। एक तीसरा भाला फिर उसकी पीठ में घुसा और एक चौथा भाला उसकी गर्दन में। और अब आख़िरकार उसका काम तमाम हो गया। मगर तब भी उसके फैले हुए हाथ का वह काँटा उस जगह को छू रहा था जहाँ पर रोमन दहशत के मारे सिमटे बैठे थे और वहीं पर वह लेटा हुआ था और उसके जिस्म से ख़ून के फ़ौवारे छूट रहे थे और वहीं पर उसने दम तोड़ दिया।

मगर यह ग़ौर करने की बात है कि इस पूरी घटना में स्पार्टकस हिला तक नहीं। अगर वह हिला होता तो मर गया होता। उसने अपना छुरा रेत में फेंक दिया और बिना हिले-डुले खड़ा रहा। ज़िन्दगी का जवाब ज़िन्दगी है।

भाग 4

जिसका सम्बन्ध मार्कस तुलियस सिसेरो और ग़ुलाम महायुद्ध की उत्पत्ति में उसकी दिलचस्पी से है।

अगर विला सलारिया में, जहाँ कुलीन रोमन परिवारों की कुछ स्त्रियाँ और पुरुष एक रोमन जागीरदार का सुव्यवस्थित आतिथ्य-सत्कार ग्रहण करने के लिए रात-भर को आए थे, सब लोगों का ध्यान स्पार्टकस और उसके नेतृत्व में होनेवाले महान विद्रोह पर ही पूरे वक़्त टिका रहा, तो यह कोई अप्रत्याशित बात न थी। वे सब एपियन मार्ग से इस हवेली में पहुँचे थे। उनमें से ज़्यादातर रोम से दक्षिण चलकर आए थे और सिसेरो सिसिली से, जहाँ ख़जांची के रूप में वह एक ऊँचे सरकारी पद पर था, रोम की ओर उत्तर चलकर आया था। इस तरह अपने सफ़र में पूरे समय उनको वे सलीब देखने को मिले थे जो सारी दुनिया को यह बतलाने के लिए एक कठोर प्रतीक थे कि रोमन न्याय निर्मम भी है और न्यायपूर्ण भी।

मगर कोई कितना ही भावशून्य क्यों न हो यह सम्भव न था कि इस विशाल राजमार्ग पर सफ़र करते हुए उसे ग़ुलामों और आज़ाद लोगों के बीच होनेवाली उन अनेक भयानक लड़ाइयों का ख़याल न आता जिन्होंने रोमन प्रजातंत्र की जड़ों तक को हिला दिया था और इतना ही नहीं, उस समूची दुनिया को हिला दिया था जिस पर रोमन प्रजातंत्र का राज्य था। वहाँ खेतों पर काम करनेवाले उन ग़ुलामों में एक भी ऐसा ग़ुलाम न था जो उन अनगिनत सलीबों पर लटके हुए अपने ही जैसे उन हज़ारों आदमियों की बात सोचकर नींद में भी बेचैनी से करवटें न बदलने लगा हो। लोगों का यह सलीबों पर चढ़ाया जाना एक बड़ा विराट नरमेध यज्ञ था और उन छह हज़ार लोगों का दर्द, जिनकी जान इतने धीरे-धीरे और क्रूर कष्ट से निकली, आस-पास के सारे देहाती इलाक़ों में फैल गया। यह स्वाभाविक ही था और फिर यह भी स्वाभाविक ही था कि मार्कस तुलियस सिसेरो जैसा विचारशील नवयुवक उसके प्रभाव से अछूता नहीं रह सका।

सिसेरो के बारे में यह चीज़ कहने की है कि एंटोनियस केयस जैसे लोग बहुत बार अकारण भी उसके प्रति वह सम्मान प्रदर्शित करते थे जो कि उसकी अवस्था के 32 वर्षों का प्राप्य नहीं था।

यह कुलीन परिवार में जन्म लेने का प्रश्न न था और न इसी बात का प्रश्न था कि सम्प्रति उसके परिवार का बड़ा महत्त्व था। बात उसके व्यक्तिगत आकर्षण की न थी और न यही थी कि उसके व्यवहार में दूसरों को लुभाने का कोई विशेष गुण था, क्योंकि उसके दोस्त तक सिसेरो को विशेष आकर्षक नहीं मानते थे! हाँ, चतुर वह था मगर दूसरे भी तो उतने ही चतुर थे। लेकिन सिसेरो में अपनी जो ख़ास बात थी वह यह थी कि वह उन नौजवानों में था—और ऐसे लोग हर युग में पाए जाते हैं—जो अपनी सफलता के रास्ते में आड़े आनेवाली हर चीज़ को छोड़ने के लिए तैयार रहते हैं, भले-बुरे का हर विवेक, नैतिकता-अनैतिकता की हर चिन्ता, समाज में प्रचलित सदाचार शास्त्र का हर झमेला, अपने अन्त:करण या पाप-भावना पर ठंडा फाहा रखने की हर इच्छा, करुणा या न्याय की ओर हर प्रवृत्ति, सब कुछ। इसका यह मतलब नहीं है कि उसे न्याय या नैतिकता या करुणा, इन सब चीज़ों से कोई बहस ही न थी; थी, मगर वहीं तक जहाँ तक उनसे उसको आगे बढ़ने में मदद मिलती हो। सिसेरो केवल महत्त्वाकांक्षी न था क्योंकि सीधी-सादी विशुद्ध महत्त्वाकांक्षा में भी संवेदना के कुछ तत्त्व हो सकते हैं। सिसेरो सिर्फ़ सफलता का आराधक था, निस्संग, धूर्त—और अगर कभी-कभी उसका हिसाब-किताब ग़लत हो जाता था तो यह भी उसके जैसे आदमियों के लिए कोई वैसी अनहोनी बात न थी।

इस वक़्त अब तक उसका कोई हिसाब-किताब ग़लत नहीं हुआ था। वह वो अद्‌भुत लड़का था जिसने अठारह साल की उमर में वकालत की थी और बाईस-चौबीस की उमर में एक बड़ी लड़ाई में हिस्सा लिया था—केवल अपनी प्रतिष्ठा के लिए और शरीर को उसमें कोई ख़तरा भी नहीं—और तीस का होते-होते शासन सम्बन्धी एक महत्त्वपूर्ण सरकारी पद पर पहुँच गया था। दर्शन शास्त्र और राज्य संचालन पर उसके निबन्ध और भाषण पढ़े जाते थे और प्रशंसित होते थे और उनके अन्दर जो थोड़ा-बहुत तत्त्व होता था वह अगर उसने किसी से उधार लिया होता था तो ज़्यादातर लोग इतने अशिक्षित होते थे कि जान भी नहीं पाते थे कि उसने कहाँ से चुराया है। जिन लोगों से काम निकल सकता था उनको वह जानता था और बड़ी सावधानी से उनका मूल्य आँकता था। उस वक़्त रोम के ज़्यादातर लोग ऐसे लोगों से सम्बन्ध बनाने की खोज में रहते थे जिनका असर हो; सिसेरो का सबसे बड़ा गुण यही था कि वह उपयोगी लोगों से अपने सम्बन्धों के रास्ते में किसी चीज़ को आड़े न आने देता था।

अब से बहुत पहले सिसेरो ने न्याय और नैतिकता के विराट अन्तर को पा लिया था। न्याय था मज़बूत के हाथ का एक औज़ार जिसे वह जैसे चाहे इस्तेमाल करे

और नैतिकता थी कमज़ोर के मन की एक भ्रान्ति, वैसी ही भ्रान्ति जैसे भगवान। गुलामी की प्रथा न्यायपूर्ण थी; सिसेरो के मतानुसार केवल मूर्खों का यह कहना था कि वह नैतिक है। राजमार्ग पर उत्तर की ओर बढ़ते हुए, उन अनगिनत सलीबों को देखकर उनकी भीषण यंत्रणा उसकी समझ में आई मगर उसने अपने दिल को पसीजने नहीं दिया। उस समय वह उन ग़ुलाम-युद्धों के बारे में एक निबन्ध लिख रहा था—और वह हमेशा कुछ-न-कुछ लिखता रहता था—जिन्होंने सारी दुनिया को हिला दिया था और उसे एपियन मार्ग में सलीबों पर झूलते हुए तरह-तरह के गुलामों में बड़ी गहरी दिलचस्पी थी। उसने इस कला में पूरी दक्षता पा ली थी कि कैसे किसी चीज़ में दिलचस्पी लेते हुए भी वह उस ओर से एकदम निस्संग रह सके और बिना किसी तरह की मितली या मन में कोई करुणा लाए, मज़े में, सलीबों पर लटके हुए उन अनेक जातियों के ग़ुलामों का अध्ययन कर सके जिनमें गॉल थे, अफ्रीकन थे, थ्रेसियन थे, यहूदी थे, जर्मन थे, यूनानी थे। उसे विचार आया कि नरमेध के इस विराट नाटक में संसार की किसी नई और वेगवती धारा की छाया है—एक ऐसी धारा जिसके परिणाम उन युगों तक पहुँचेंगे जो अभी आने वाले हैं—मगर इसके साथ ही यह विचार भी उसे आया कि स्वयं उसके युग में जो व्यक्ति ग़ुलाम विद्रोह की इस नई घटना का ठंडे मन से निरीक्षण और उसकी व्याख्या कर सकता है वह शक्ति के अछूते शिखर पर पहुँच सकता है। उन लोगों के लिए सिसेरो के मन में केवल उपेक्षा थी जो अपनी घृणा के पात्रों की निजी आवश्यकताओं को समझे बिना उनसे घृणा करते हैं।

सिसेरो के ये गुण ऐसे थे जिन्हें कुछ लोग देख पाते थे और बहुत से लोग नहीं देख पाते थे। उस शाम को क्लॉदिया जब विला सलारिया पहुँची तो उसने इन गुणों को नहीं लक्ष्य किया। क्लॉदिया की समझ में बस वह ताक़त आती थी जिसमें कम-से-कम उलझाव था। मगर हेलेना ने उस चीज़ को पहचाना और इसके लिए सिसेरो को मन-ही-मन सम्मान दिया। उसकी आँखों ने सिसेरो से कहा—मैं तुम्हारी तरह हूँ। क्या हम लोग इस चीज़ को और आगे बढ़ाएँगे?—और जब उसका भाई बिस्तर में लेटा हुआ एक महान सेनापति की प्रतीक्षा कर रहा था, वह सिसेरो के कक्ष में गई। उसमें उस स्त्री की यत्न-साधित गरिमा थी जो वास्तव में अपने से घृणा करती है और इसी में आनन्द पाती है। पर उसकी समझ में न आता था कि क्यों वह अपने-आप को इस व्यक्ति से हीन समझ रही है जो पैसा खसोटनेवाले मध्यवर्ग का आदमी है। अपने मन में भी वह इस बात को मानने के लिए तैयार न थी कि शाम गुज़रने के पहले वह ऐसी बहुत-सी चीज़ें करेगी जिनके लिए बाद को उसे अपने-आप से नफ़रत होगी।

जहाँ तक सिसेरो की बात थी, उसके समीप वह एक बहुत काम्य स्त्री थी। उसका लम्बा पुष्ट शरीर, उसका ख़ूबसूरत, नुकीला नक़्शा और उसकी ख़ूब ही काली आँखें सब जैसे पुकार-पुकारकर उससे कह रही थीं कि इसमें कुलीन पैट्रीशियन

रक्त के वे सारे गुण हैं जिनकी बात तुमने सुन रखी है। यही वह लक्ष्य था जिसकी ओर उसके लोग पीढ़ियों से पहुँचने की कोशिश कर रहे थे मगर जो कभी उनके हाथ न आ सका था। और ऐसे बहिरंग के भीतर उन गुणों को पाकर, जो इतनी रात गए एक ही स्पष्ट कारण से एक स्त्री को एक पुरुष के कक्ष में ले आए थे, उसको बहुत सन्तोष हुआ।

उन दिनों शायद ही कोई रोमन बहुत रात गए तक काम करता था। उस समाज का जो विचित्र सा ऊबड़-खाबड़ विकास हुआ था उसकी सबसे बड़ी कमज़ोरियों में से एक कमज़ोरी रोशनी की अव्यवस्था थी; रोमन लैम्प बहुत ही बेजान होते थे और पूरे वक़्त भकभक करते रहते थे और उनकी रोशनी में आँखों पर बहुत ज़ोर पड़ता था क्योंकि वह रोशनी बड़ी मद्धिम और पीली-सी होती थी। इसलिए रात को काम करना, ख़ासकर रात को जबकि ख़ूब शराब पी गई हो और खाना खाया गया हो, झक्कीपन में शुमार था जो प्रशंसनीय भी हो सकता था और सन्देहास्पद भी—और यह चीज़ इस पर निर्भर थी कि कौन काम कर रहा है। जहाँ तक सिसेरो की बात थी यह प्रशंसनीय चीज़ ही थी क्योंकि यही वह अद्‌भुत नवयुवक था, और जब हेलेना ने उसके कक्ष में प्रवेश किया तब वह अद्‌भुत नवयुवक अपनी गोद में एक बड़ा-सा खुला खाता रखे बिस्तर पर पलथी मारे बैठा था और उस खाते में कुछ लिखता और कुछ काटता जा रहा था। अगर वह प्रौढ़ स्त्री होती तो शायद उसने ज़रूर समझ लिया होता कि सिसेरो ने जान-बूझकर अपना यह रूपक खड़ा किया है मगर हेलेना अभी केवल तेईस साल की थी और उस पर इस चीज़ का वही प्रभाव हुआ जो कि अभीष्ट था। पुरानी जनश्रुतियों की वे बातें अब भी ख़ूब प्रचलित थीं जो ऐसे लोगों की कहानी कहती थीं जो शान्ति और युद्ध दोनों ही कालों में नेतृत्व करते थे और ऐसे रोमन थे जिनके बारे में कहा जाता था कि वे रात को बस दो-तीन घंटा सोते हैं और अपना बाक़ी समय राष्ट्र को देते हैं। उनका जीवन राष्ट्र को समर्पित था। हेलेना को यह बात अच्छी लगी कि ऐसे ही एक राष्ट्र को जीवन अर्पित करनेवाले व्यक्ति, सिसेरो ने उसे इस तरह से देखा था।

अभी हेलेना ने भीतर से दरवाज़ा बन्द भी नहीं किया था जब सिसेरो ने अपने सिर से उसे इशारा किया कि वहीं पलंग पर उसके पैताने बैठ जाए और ऐसा करना ज़रूरी था क्योंकि कमरे में उसके अलावा बैठने के लिए दूसरी आरामदेह जगह न थी—और अपना काम बदस्तूर करता रहा। उसने दरवाज़ा बन्द कर दिया और पलंग पर बैठ गई।

अब? हेलेना की नौजवान ज़िन्दगी के अनेक आश्चर्यों में से एक आश्चर्य यह भी था कि कोई दो पुरुष ठीक एक ही ढंग से किसी स्त्री के पास पहुँचने की कोशिश नहीं करते। मगर सिसेरो ने उसके पास पहुँचने की कोशिश ही नहीं की और क़रीब पन्द्रह मिनट तक यों ही बैठे रहने के बाद हेलेना ने पूछा, "क्या लिख रहे हो?"

सिसेरो ने प्रश्न करती हुई आँखों से उसे देखा। यह प्रश्न बेमतलब-सा था; असल बात तो यह थी कि यह बातचीत की शुरुआत थी और सिसेरो बात करना चाहता था। अपने ही जैसे दूसरे नौजवानों की तरह वह निरन्तर उस स्त्री की प्रतीक्षा में रहता था जो उसे समझ सकेगी—अर्थात जो ठीक से उसके अहं के लिए खाद्य जुटा सकेगी और उसने हेलेना से पूछा—"तुम क्यों पूछती हो?"

"क्योंकि मैं जानना चाहती हूँ।"

"मैं ग़ुलाम-युद्धों के बारे में एक निबन्ध लिख रहा हूँ," उसने नम्रता से कहा।

"तुम्हारा मतलब है उनका इतिहास?" यह वह समय था जब उच्च वर्गों के अवकाश-भोगी सज्जनों में इतिहास लिखने का फ़ैशन शुरू ही हो रहा था और बहुत से नये-नये आए हुए अभिजात कुल के महानुभाव प्रजातंत्र के आरम्भिक इतिहास को इस प्रकार तोड़ने-मरोड़ने में व्यस्त थे कि उनके अपने वंश और महान घटनाओं के ताने-बाने एक-दूसरे में अच्छी तरह से गुँथ जाएँ।

"इतिहास नहीं," सिसेरो ने गम्भीरता से कहा, और अपनी गम्भीर निर्निमेष दृष्टि से उस लड़की को देखा, अपने उस ख़ास ढंग से जिससे कि वह दूसरे पर अपनी ईमानदारी और सचाई का प्रभाव डालता था मगर जिसमें बनावट का अपना रंग भी शामिल था। "इतिहास का मतलब होगा काल अनुक्रम। मुझे ज़्यादा दिलचस्पी उस घटना में है, उस प्रक्रिया में। अगर आदमी सिर्फ़ उन सलीबों को देखे, दंड के उन प्रतीकों को जो एपियन मार्ग के दोनों ओर दूर तक चले गए हैं, तो उसे सिर्फ़ छह हज़ार आदमियों की लाशें दिखाई देंगी। इससे यह परिणाम निकाला जा सकता है कि हम रोमन प्रतिहिंसात्मक लोग हैं और यह कहना काफ़ी नहीं है कि हम बस न्याय चाहते हैं, न्याय की आवश्यकता का आवाहन करते हैं। हमें इस न्याय का तर्क समझना होगा, यहाँ तक कि ख़ुद अपने-आप को समझाना होगा। हमें बात को समझना होगा। उस बुड्ढे की तरह यह कहना काफ़ी नहीं है कि कार्थेज का ध्वंस आवश्यक है। वह तो झूठमूठ की तक़रीरबाज़ी है। जहाँ तक मेरी बात है मैं इस बात को समझना चाहूँगा कि क्यों कार्थेज का ध्वंस नितान्त आवश्यक है और क्यों छह हज़ार ग़ुलामों को इस तरह मौत की सज़ा देना ज़रूरी है।

हेलेना ने मुस्कराकर कहा, "कुछ लोगों का कहना है कि अगर उन सबको एक साथ ही बिक्री के बाज़ार में ला खड़ा किया गया होता तो बहुत से बड़े-बड़े मालदार लोगों का सफ़ाया हो गया होता।"

सिसेरो ने जबाव दिया, "इसमें थोड़ी-सी सचाई है और बहुत-सा झूठ। मैं ऊपरी, सतही बातों के आगे देखना चाहता हूँ। मैं देखना चाहता हूँ कि ग़ुलामों के विद्रोह का क्या मतलब है। अपने-आप को भरम में रखना रोमनों के लिए एक बड़ा मनोविनोद बन गया है; मुझे अपने-आप को भरम में रखना अच्छा नहीं मालूम होता। हम इस युद्ध की बात करते हैं, बड़ी-बड़ी लड़ाइयों और सेनापतियों की बात करते

हैं मगर हममें से कोई धीरे से बुदबुदाकर भी हमारे समय के उस निरन्तर चलते रहनेवाले युद्ध के बारे में नहीं बात करना चाहता जो दूसरे सब युद्धों से कहीं ज़्यादा महत्त्वपूर्ण है, ग़ुलाम-युद्ध, ग़ुलामों का विद्रोह। यहाँ तक कि इस चीज़ से सम्बन्ध रखनेवाले सेनापति भी इस बात को दबा देना चाहते हैं। ग़ुलाम-युद्ध में कोई गौरव नहीं है। ग़ुलामों पर विजय प्राप्त करने में कोई गौरव नहीं है।"

"मगर यह कुछ इतने महत्त्व की चीज़ तो है नहीं।"

"नहीं? और तुम जब एपियन मार्ग से आईं और तुमने दोनों तरफ़ की वे सलीबें देखीं तो वे तुम्हें महत्त्व की जान पड़ीं या नहीं?"

"उन्हें देखकर तबीयत ज़रूर ख़राब हुई। मुझे ऐसी चीज़ें देखने में मज़ा नहीं आता। मेरी सहेली क्लॉदिया को आता है।"

"यानी कि उसका कुछ महत्त्व है।"

"मगर सभी तो स्पार्टकस और उसके युद्ध के बारे में जानते हैं।"

"सचमुच जानते हैं क्या? मैं तो ऐसा नहीं सोचता। मुझे तो इसका भी यक़ीन नहीं कि क्रैसस भी इस चीज़ के बारे में बहुत कुछ जानता है। हमारे लिए स्पार्टकस एक रहस्य है। सरकारी बयान बतलाते हैं कि वह थ्रेस का रहनेवाला एक भाड़े का सिपाही और डाकू था। क्रैसस का कहना है कि वह एक पैदाइशी ग़ुलाम था जिसे नूबिया की सोने की खानों से लाया गया था। हम किसका विश्वास करें? वह हरामज़ादा बाटियाटस, जिसका अखाड़ा कापुआ में था, मर चुका है—एक यूनानी ग़ुलाम ने जो उसका मुनीम था उसकी गर्दन काट दी थी—और इसी तरह स्पार्टकस से सम्बन्ध रखनेवाले सभी लोग या तो मर चुके हैं या कहीं गुम हो गए हैं। और अब उसके बारे में कौन लिखेगा? मेरे जैसे लोग।"

"इसमें कोई बुराई है कि तुम्हारे जैसे लोग लिखें?" हेलेना ने पूछा।

"शुक्रिया मेरी जान! मगर मैं स्पार्टकस के बारे में कुछ भी नहीं जानता। मैं उससे सिर्फ़ नफ़रत करता हूँ।"

"क्यों? मेरा भाई भी उससे नफ़रत करता है।"

"और क्या तुम नहीं करतीं?

हेलेना ने कहा, "मेरे मन में उसके लिए कोई ख़ास भाव नहीं है। वह महज़ एक ग़ुलाम था।"

"मगर क्या वह महज़ एक ग़ुलाम था? मगर तब फिर यह बतलाना होगा कि कैसे महज़ एक ग़ुलाम, स्पार्टकस के दरजे को पहुँचा और स्पार्टकस बना? यही वह पहेली है जिसे हमें सुलझाना है। मुझे पता लगाना है कि यह चीज़ कहाँ शुरू हुई और कैसे शुरू हुई। मगर मुझे लगता है कि तुम मेरी बात से ऊब रही हो?"

सिसेरो के अन्दर ईमानदारी का कुछ ऐसा ढंग था जो झट लोगों की निगाह पर चढ़ जाता था और लोग उसकी बात पर विश्वास कर लेते थे और उसी चीज़

के बल पर बाद में जब उस पर अभियोग लगाए गए तो उन्होंने उसकी रक्षा की। "बोलते जाओ," हेलेना ने कहा। रोम में उसकी जान-पहचान के जो नौजवान थे, सिसेरो की उमर के, वे नये-से-नये इत्रों के बारे में बात करते थे, या उस ग्लैडिएटर की बात करते थे जिस पर उन्होंने शर्त बदी थी या उस घोड़े के बारे में जिस पर उन्होंने दाँव लगाया था और अगर यह नहीं तो अपनी सबसे नई प्रेमिका या रखैल के बारे में। "अपनी बात जारी रखो," उसने कहा।

सिसेरो ने कहा, "मुझे तक़रीरबाज़ी पर आस्था नहीं है। मुझे चीज़ों को लिख डालना पसन्द है ताकि हर चीज़ अपनी ठीक जगह पर पहुँच जाए। मुझे डर है कि ज़्यादातर लोग तुम्हारी ही तरह सोचते हैं कि ग़ुलामों का विद्रोह कुछ ख़ास महत्त्व की चीज़ नहीं है। मगर ज़रा देखो हमारी सारी ज़िन्दगियाँ ग़ुलामों के संग गुँथी हुई हैं और ग़ुलामों के विद्रोह को लेकर जितना युद्ध हुआ है वह हमारी सभी विजयों से बढ़कर है। क्या तुम इस बात का विश्वास कर सकती हो?"

हेलेना ने सिर हिलाया।

"मैं इसका प्रमाण दे सकता हूँ। इस चीज़ की शुरुआत क़रीब एक सौ बीस बरस पहले हुई—कार्थेज के ग़ुलामों के विद्रोह के साथ जिन्हें हमने ग़ुलाम बनाया था। फिर उसके दो पीढ़ी बाद, यूनान में लॉरियम की खानों में ग़ुलामों का महान विद्रोह। फिर स्पेन की खानों में काम करनेवाले ग़ुलामों का महान विद्रोह, उसके कुछ बरस बाद सिसिली के ग़ुलामों का विद्रोह जिसने हमारे राज्य की जड़ें तक हिलाकर रख दीं। उसके बीस बरस बाद सैल्वियस नाम के ग़ुलाम के नेतृत्व में ग़ुलाम-युद्ध। और देखो ये तो सिर्फ़ बड़े-बड़े युद्ध हैं, इनके बीच-बीच और भी एक हज़ार छोटी-मोटी बग़ावतें हैं—और सब मिलकर एक युद्ध बनती हैं, एक निरन्तर चलता हुआ, कभी अन्त न होनेवाला युद्ध, हमारे और हमारे ग़ुलामों के बीच, एक मौन निश्शब्द युद्ध, एक लज्जाजनक युद्ध जिसके बारे में कोई नहीं बोलता और इतिहासकार जिसका उल्लेख नहीं करना चाहते। हमको उसका उल्लेख करते डर लगता है, उस पर नज़र डालते डर लगता है, क्योंकि धरती पर यह एक नई चीज़ है। पहले राष्ट्रों के बीच युद्ध होते थे, नगरों के बीच युद्ध होते थे, दलों के बीच युद्ध होते थे, यहाँ तक कि भाइयों के बीच युद्ध होते थे, मगर यह तो एक नया राक्षस है हमारे ही भीतर, हमारे ही पेट में, और वह सभी राष्ट्रों, सभी दलों, सभी नगरों का समान रूप से दुश्मन है।"

"तुम्हारी बात से मुझे डर मालूम होता है," हेलेना ने कहा, "तुम समझ रहे हो तुम कैसी तस्वीर खींच रहे हो?"

सिसेरो ने सिर हिलाया और कुछ खोजती हुई-सी आँखों से उसको देखा। हेलेना ने भावावेश में अपना हाथ उसके हाथ पर रख दिया था और उसे अपने मन में उस आदमी के प्रति एक मीठी और मादक-सी अनुभूति हुई। इस नौजवान को देखो,

जो मुझसे ज़्यादा बड़ा नहीं, जिसे राष्ट्र के भाग्य और भविष्य के मसलों में इतनी गहरी दिलचस्पी है। उसे पुराने ज़माने की कहानियों की याद हो आई, बचपन की सुनी हुई कहानियों की, जिनकी उसे अब केवल धुँधली-धुँधली याद थी। सिसेरो ने अपनी पांडुलिपि अलग कर दी और धीरे-धीरे उसके हाथ को थपथपाने लगा और फिर झुककर उसने उसे चूम लिया। अब बहुत स्पष्ट चित्रमय रूप में उसे उन दंड के प्रतीकों की याद आई, एपियन मार्ग के दोनों ओर सलीबों पर लटकते हुए इनसानों के उस सड़ते हुए, गिद्धों के खाए हुए, धूप में तपे हुए गोश्त की। मगर अब उससे डर न मालूम होता था; सिसेरो ने उस चीज़ का रहस्य खोलकर उसके आगे रख दिया था मगर लाख कोशिश करने पर भी वह याद न कर पाई कि सिसेरो ने क्या कहा था, किस तर्क की शृंखला में उस चीज़ को बाँधकर उसके आगे उजागर कर दिया था।

'हम बड़े विलक्षण लोग हैं, जिनमें प्रेम और न्याय की महान क्षमता है'—सिसेरो ने सोचा। हेलेना से प्रणय-निवेदन करते हुए उसने अनुभव किया कि आख़िरकार यह एक औरत मिली जो उसको समझती है। मगर इससे अपनी शक्ति के गर्व का यह भाव उसके अन्दर कम नहीं हुआ कि इस लड़की को मैंने जीत लिया है। इसके विपरीत उसने अपने-आप को शक्ति से भरा हुआ पाया, अपनी शक्ति को बढ़ते हुए पाया और अगर सच बात कही जाए तो शक्ति का यह विस्तार जो कुछ उसने लिखा था उसका अन्तिम तर्क था। आध्यात्मिक उपलब्धि के एक क्षण में उसने अपनी पुरुष इन्द्रिय को उस शक्ति से मिलते हुए देखा जिसने स्पार्टकस को कुचला था और बार-बार कुचल देगी। उसको देखकर हेलेना को इस बात की भयाक्रान्त चेतना हुई कि सिसेरो का चेहरा घृणा और क्रूरता से भरा हुआ है। सदा की तरह उसने भय और अपने प्रति जुगुप्सा के भाव से अपने-आप को समर्पित कर दिया।

2

भयंकर थकान और भावों की उथल-पुथल के कारण हेलेना आख़िरकार सो गई और जागते समय का उसका वह दुःस्वप्न, जो किसी पुरुष के संग उसके सम्बन्ध का ज़रूरी अंग था, एक विचित्र और मन को उद्विग्न करनेवाले स्वप्न में बदल गया। उस स्वप्न में यथार्थ और कल्पना का कुछ ऐसा समन्वय था कि दोनों तत्त्वों को अलग करना कठिन था। स्वप्न में उसने उस समय को याद किया जब रोम की सड़कों पर उसके भाई केयस ने लानिस्ता लेंटुलस बाटियाटस को उसे दिखलाया था। वह अभी सिर्फ़ सात महीने पहले की बात थी और उसके कुछ ही रोज़ पहले की जब बाटियाटस का गला उसके यूनानी मुनीम ने काट दिया था—जैसी कि अफ़वाह थी, एक औरत को लेकर झगड़े में, जिस औरत को उस यूनानी ने लानिस्ता के चुराए

हुए पैसों से ख़रीदा था। स्पार्टकस के संग अपने सम्बन्ध के कारण बाटियाटस भी कुछ-कुछ मशहूर हो गया था। इस बार वह अपने एक मकान के मुक़दमे में पैरवी करने रोम आया हुआ था, मकान ढह पड़ा था और छह किराएदार जो मर गए थे उनके घरवालों ने उसके ऊपर नालिश की थी।

अपने स्वप्न में हेलेना ने उसे बहुत सहज और स्पष्ट रूप में देखा, एक भारी-भरकम मोटा थुलथुल आदमी जिसको देखकर ही पता चल जाता था कि ज़रूरत से ज़्यादा खाने और व्यभिचार ने ही उसको यह शकल दी है। वह किराए से पालकी न लेता था और एक भारी से चोग़े में लिपटा हुआ पैदल चल रहा था और पूरे वक़्त खखार रहा था और थूक रहा था और सड़क पर के भिखमंगे छोकरों को अपने हाथ की छड़ी से मार-मारकर भगा रहा था। बाद को उसी रोज़ हेलेना और केयस कचहरी पहुँच गए और संयोग से उस इजलास में पहुँच गए जहाँ बाटियाटस अपनी पैरवी कर रहा था। सपने की इतनी बात तो वैसी ही थी जैसी कि वाक़ई ज़िन्दगी में हुई थी। इजलास बाहर मैदान में हो रहा था। तमाम तमाशबीन भरे थे हुए थे—आलसी लोग जिन्हें कुछ करने को नहीं था, औरतें जिनके पास बेशुमार वक़्त था, शहर के चक्कर लगानेवाले आवारा नौजवान, बच्चे, दूसरे देशों के लोग जो बिना उस विख्यात न्याय को देखे उस रोमन नगरी को छोड़ने के लिए तैयार न थे, ग़ुलाम जो किसी काम पर जा रहे थे या किसी काम से लौट रहे थे। सचमुच यह एक विलक्षण बात थी कि ऐसी भीड़ में से न्याय की कौन कहे साधारण बुद्धि की भी कोई बात निकाली जा सकती है। मगर कचहरियाँ थीं कि हफ़्तों तक इसी तरह चला करती थीं। बाटियाटस से सवाल पूछे जा रहे थे और वह साँड़ की तरह गरज-गरजकर सवालों का जवाब दे रहा था और यह सब कुछ वैसा ही था जैसा कि उसने सचमुच देखा था।

मगर फिर, जैसा कि सपनों में होता है, अकारण ही उसने अपने-आप को लानिस्ता के शयनकक्ष में खड़े और उस यूनानी मुनीम को नंगा छुरा लेकर आगे बढ़ते हुए देखते पाया। वह छुरा मुड़ा हुआ सीका था जिससे थ्रेसियन लोग अखाड़े में लड़ते थे, और शयन कक्ष का फ़र्श भी अखाड़ा ही था क्योंकि दोनों के लिए लैटिन शब्द एक ही है। यह यूनानी असली थ्रेसियन के चौकन्नेपन से और अपने जिस्म को अच्छी तरह तौलता हुआ धीरे-धीरे रेत पर आगे बढ़ा और लानिस्ता जो जगकर बिस्तर पर बैठा हुआ था, उसे दहशत की आँखों से देखता रहा। मगर किसी के मुँह से एक भी शब्द या कोई भी आवाज़ नहीं हुई। तभी उस यूनानी के बग़ल में एक विशाल देव जैसी आकृति दिखाई दी, ऊपर से नीचे तक ज़िरहबख़्तर में ढका हुआ एक ग़ज़बनाक आदमी और हेलेना फ़ौरन जान गई कि यह स्पार्टकस था। उसका हाथ मुनीम की कलाई पर पड़ा और उसने हल्के से कलाई को दबाया और वह छुरा रेत पर गिर पड़ा। तब उस काँसे के बने ख़ूबसूरत देव ने, जो कि

स्पार्टकस था, हेलेना को इशारा किया और उसने छुरा उठा लिया और लानिस्ता का गला काट दिया। इसके बाद वह यूनानी और वह लानिस्ता दोनों ग़ायब हो गए और वह ग्लैडिएटर के संग अकेली छूट गई; मगर जब उसने उसको अपने आलिंगन में लेने के लिए अपनी बाँहें फैलाईं तो उस देव ने जो कि स्पार्टकस था उसके मुँह पर थूक दिया, घूम पड़ा और चल दिया। फिर वह उसके पीछे-पीछे रोती-सिसकती और रुकने के लिए उससे प्रार्थना करती हुई दौड़ी मगर वह ग़ायब हो चुका था और वह रेत के अनन्त विस्तार में अकेली खड़ी थी।

3

सचमुच लानिस्ता बाटियाटस की मौत बड़ी ज़लील और घटिया मौत थी, इस तरह ख़ुद अपने ग़ुलाम के हाथों खतम होना; और वह शायद इस चीज़ से और दूसरी कई चीज़ों से बच गया होता अगर, उसने उन दोनों ग्लैडिएटरों को जान से मरवा दिया होता जो ब्रैकस के लिए आयोजित उन निष्फल लड़ाइयों में से बचकर निकल आए थे। अगर उसने ऐसा किया होता तो यह उसके अपने अधिकारों के भीतर की बात होती; क्योंकि यह बहुत दिनों से चली आती हुई रीति थी कि फूट फैलानेवाले ग्लैडिएटरों को जान से मार दिया जाए। मगर यह सन्दिग्ध है कि अगर स्पार्टकस नष्ट भी हो गया होता तो इससे इतिहास का रूप बहुत बदला होता। जो शक्तियाँ उसको अंकुश लगा रही थीं, अनुप्रेरित कर रही थीं उन्होंने किसी और को खोज लिया होता, बस इतनी बात होती। जैसे इतने दिन बाद विला सलारिया में एक रोमन कुमारी हेलेना अपनी पाप-भावना से भरी निद्रा में मग्न थी और उसने जो स्वप्न देखा था उसका सम्बन्ध ख़ास स्पार्टकस से न होकर किसी भी एक ग़ुलाम से था जो कि तलवार उठा लेता है। उसी तरह उसके अपने सपनों में भी ऐसी कोई ख़ास बात न थी बल्कि यही रक्ताक्त स्मृतियाँ और आशाएँ थीं जो कि उसके अनेक सहकर्मियों, तलवार के बल पर जीने वाले ग्लैडिएटरों के मन में थीं। इससे उन लोगों को जवाब मिल जाएगा जो नहीं समझ पाते थे कि स्पार्टकस ने कैसे अपने षड्यंत्र की योजना बनाई। यह योजना किसी एक ने नहीं बनाई बल्कि बहुतों ने मिलकर बनाई।

स्पार्टकस सो रहा था और उसकी पत्नी, वह जर्मन बाला वारिनिया उसकी कराहों से और नींद में उसके पागल की तरह बड़बड़ाने से जगी हुई उसके पास बैठी थी। वह बहुत सी चीज़ों के बारे में बात कर रहा था। अभी देखो तो क्षण-भर पहले वह एक नन्हा बच्चा था और फिर देखो तो सोने की खानों में पहुँच गया और फिर दूसरे ही क्षण लड़ाई के अखाड़े में। और तभी जैसे सीका ने आकर उसके गोश्त को चाक कर दिया और वह दर्द से चीख़ पड़ा।

जब यह हुआ तब वारिनिया ने उसको जगा दिया क्योंकि अपनी नींद में जिन डरावने सपनों के बीच वह उस समय जी रहा था वह चीज़ अब वारिनिया की सहन-शक्ति के बाहर थी। उसने उसको जगा दिया और बड़े प्यार से उसे दुलराने लगी, उसके माथे पर हाथ फेरने लगी और उसकी ठंडी त्वचा को चूमने लगी। वारिनिया छोटी-सी बच्ची थी तो वह देखा करती थी कि उसके क़बीले में जब स्त्री-पुरुष को आपस में प्रेम हो जाता था तो उनके अन्दर कैसी एक नई बात पैदा हो जाती थी। इस चीज़ को वे लोग भय के ऊपर विजय कहते थे। दूसरों की कौन कहे उन घने-घने जंगलों के भूत-प्रेत भी, जहाँ पर उसके क़बीले के लोग रहते थे, इस बात को जानते थे कि प्रेमियों को भय नहीं सता सकता और यह चीज़ तुम उन प्रेम करनेवालों की आँखों में देख सकते थे और जिस तरह वे घूमते थे और एक की उँगलियाँ दूसरे की उँगलियों में गुँथी होती थीं, उसको देखकर समझ सकते थे। मगर क़ैद में पड़ने के बाद ये सारी स्मृतियाँ उसे भूल गईं और तब उसके जीवन की सबसे प्रबल भावना घृणा बन गई।

मगर फिर उसका सम्पूर्ण अस्तित्व, उसके भीतर का जीवन, उसकी एक-एक साँस, उसका जीना और काम करना, उसके रक्त की गति और उसके दिल का धड़कना सब कुछ इस थ्रेसियन गुलाम के प्रति उसके प्रेम में घुल-मिल गया। अब उसने जाना कि उसके क़बीले की स्त्रियों और पुरुषों का वह प्राचीन अनुभव बहुत सच्चा और बहुत भाव-व्यंजक था। अब उसे दुनिया की किसी चीज़ का डर न था। वह जादू में विश्वास करती थी और उसके प्रेम का जादू सच्चा था और प्रमाणित किया जा सकता था। इसके साथ ही साथ उसने महसूस किया कि उसका आदमी ऐसा है कि उसे प्रेम करना सहज है। वह उन अत्यन्त असाधारण मनुष्यों में था जो एकदम साँचे में ढले हुए निकलते हैं और जिनमें कहीं कोई जोड़ नहीं नज़र आता। स्पार्टकस में यही चीज़ थी जो सबसे पहले नज़र आती थी, उसकी सम्पूर्णता। वह असाधारण था, अनूठा था। वह सन्तुष्ट था, इस बात से नहीं कि वह कहाँ पर है बल्कि इस बात से कि मनुष्य के नाते वह क्या है। जीवन से हताश, मौत के मुँह में झोंके हुए, भयानक, जान पर खेल जानेवाले आदमियों के इस रैनबसेरे में भी—मौत की सज़ा पाए हुए हत्यारे, फ़ौज से भागे हुए सिपाही, खान पर काम करनेवाले मज़दूर, जिन्हें खान नष्ट न कर सकी, सब खोई हुई आत्माएँ जिनका कोई भविष्य नहीं, ऐसे लोगों को लेकर जो क़त्ल का अखाड़ा चलता था, उसमें भी स्पार्टकस को प्रेम मिलता था, सम्मान मिलता था, आदर मिलता था। मगर वारिनिया का प्रेम कुछ दूसरी ही चीज़ थी। स्पार्टकस समग्र रूप से जो कुछ था वह जैसे पुरुष जाति का सत था, पुरुष, जैसे कि नारी उसे देखती है और पाना चाहती है। वारिनिया सोचती थी कि उसके शरीर की वासनाएँ सब मर चुकी हैं, सदा-सदा के लिए, मगर स्पार्टकस के स्पर्श मात्र से उसको पाने की भूख उसके

अन्दर जग जाती थी। अगर वारिनिया मूर्तिकार होती और उसे मूर्ति गढ़नी होती तो स्पार्टकस जैसा कुछ भी था वही जैसे पुरुष के शरीर की रचना का उसके लिए अकेला ढंग होता। उसकी टूटी हुई नाक, उसकी बड़ी-बड़ी बादामी रंग की आँखें और उसका भरा-भरा चंचल मुँह, सभी कुछ बचपन में देखे हुए अन्य पुरुषों के चेहरे से इतना भिन्न था जितना कि हो सकता था मगर तो भी वारिनिया ऐसे किसी आदमी को अपने अन्दर लेने या प्यार करने की बात सोच भी नहीं सकती थी जो कि स्पार्टकस जैसा नहीं था।

वह समझ नहीं पाती थी कि स्पार्टकस में वह ख़ास चीज़ क्या है। वह रोमन अभिजात वर्ग के सभ्य सुसंस्कृत जीवन का अंग इतने काफ़ी समय तक रह चुकी थी कि वह समझने लगी थी कि उनके पुरुष कैसे होते हैं, मगर यह उसकी समझ में नहीं आता था कि कैसे एक ग़ुलाम वह कुछ हो सकता था जो कि स्पार्टकस था।

उसके सहलाने ने अब तक स्पार्टकस को शान्त कर दिया था और वारिनिया ने उससे पूछा, "तुम काहे का सपना देख रहे थे?"

उसने सिर हिलाया।

"मुझे अपने शरीर से चिपका लो और तब तुम्हें सपने नहीं आएँगे।"

स्पार्टकस ने उसे अपने शरीर से चिपका लिया और धीरे से पूछा, "तुम कभी यह भी सोचती हो कि हो सकता है एक दिन हम लोगों का साथ छूट जाए?"

"हाँ।"

"और तब तुम क्या करोगी, प्राण?" स्पार्टकस ने उससे पूछा।

"तब मैं मर जाऊँगी," वारिनिया ने सरल-सीधे ढंग से उत्तर दिया।

"मैं उसी चीज़ के बारे में तुमसे बात करना चाहता हूँ," स्पार्टकस ने कहा। अब वह अपने सपनों से जाग गया था और पुनः शान्त था।

"हम लोग क्यों उस चीज़ के बारे में सोचें या बात करें?"

"क्योंकि अगर तुम मुझे काफ़ी प्यार करती हो तो मेरे मरने या तुमसे छीन लिये जाने की हालत में भी तुम मरना न चाहोगी।"

"तुम क्या ऐसा ही सोचते हो?"

"हाँ।"

"और अगर मैं मर जाऊँ तो क्या तुम मरना न चाहोगे?" वारिनिया ने पूछा।

"मैं जीना चाहूँगा।"

"क्यों?"

"क्योंकि जीवन के बिना कुछ नहीं।"

"तुम्हारे बिना मेरे लिए जीवन का कोई अर्थ नहीं," वारिनिया ने कहा।

"मैं चाहता हूँ कि तुम मुझे वचन दो और उसका पालन करो।"

"मैं अगर वचन दूँगी तो उसका पालन करूँगी। नहीं तो वचन न दूँगी।"

"चाहता हूँ कि तुम मुझे वचन दो कि आत्महत्या नहीं करोगी," स्पार्टकस ने कहा।

वारिनिया ने थोड़ी देर तक कोई जवाब नहीं दिया।

"दोगी इस बात का वचन?"

अन्ततः वारिनिया ने कहा, "अच्छा, मैं वचन देती हूँ।"

इसके बाद थोड़ी ही देर में स्पार्टकस वारिनिया की बाँहों में अपनी शान्त मीठी नींद में डूब गया।

4

सवेरे के वक़्त डंके पर चोट पड़ी जिसने उन लोगों को कसरत के लिए बुलाया। उन्हें सवेरे के खाने के पहले चालीस मिनट तक बाड़े में दौड़ाया जाता था। हर आदमी को जागने पर एक गिलास ठंडा पानी दिया जाता था। उसकी कोठरी का दरवाज़ा खोला जाता था। अगर उसके संग कोई औरत होती थी तो उसे जाने के पहले कोठरी की सफ़ाई करने दी जाती थी और उसके बाद वह स्कूल की ग़ुलाम आबादी के संग मिलकर काम करने चली जाती थी। लेंटुलस बाटियाटस की संस्था में किसी क़िस्म की कोई बरबादी न होती थी। ग्लैडिएटरों की औरतें झाड़ू लगाती थीं और सफ़ाई करती थीं और खाना पकाती थीं और साग-भाजी के खेत गोड़ती थीं और नहानघरों में काम करती थीं और बकरियों की देखभाल करती थीं और इन औरतों के संग बाटियाटस वही सख़्ती बरतता था जो कोई भी जागीरदार अपने खेतिहरों के संग बरतता है। वह ख़ूब आज़ादी से और अच्छी तरह कोड़े का इस्तेमाल करता था और खाने के लिए उन्हें सड़े-गले आलुओं का भुरता देता था। मगर स्पार्टकस और वारिनिया से उसे एक विचित्र प्रकार का भय मालूम होता था; गो कि अगर कोई उससे पूछता कि उन लोगों में ऐसी कौन-सी चीज़ है जिसमें उसे भय मालूम होता है तो वह बतला न सकता।

मगर इस ख़ास सुबह को, जो भूलने की चीज़ न थी, स्कूल की हर चीज़ में बेसब्री और नफ़रत का एक जज़्बा दौड़ रहा था, डंके की आवाज़ में, जिस तरीक़े से अखाड़े के उस्ताद उन आदमियों को अपनी कोठरियों से खदेड़कर बाड़े में ले जा रहे थे, उसमें, और जिस तरह वे उन आदमियों को लोहे के जँगले के सामने ले जाकर क़तार में खड़ा कर रहे थे जहाँ उस काले अफ़्रीकन हब्शी को मौत के बाद भी सलीब पर टाँगा गया था, उस चीज़ में; यहाँ तक कि आज औरतों को भी उसी नफ़रत से कोड़े मार-मारकर काम पर लगाया जा रहा था। आज इस सुबह वारिनिया का डर नहीं था और न उस पर कोड़े ही दूसरों से हल्के पड़ रहे थे। अगर कुछ था तो यही कि दारोग़ा ने उसके संग विशेष सख़्ती बरतने के लिए उसे महान योद्धा स्पार्टकस की रंडी कहकर दूसरी औरतों से अलग कर दिया था और

दूसरों से ज़्यादा कोड़े उस पर पड़ रहे थे। वह बावर्चीख़ाने में काम कर रही थी जहाँ पर उसे खदेड़कर ले जाया गया था।

यह बाटियाटस का ग़ुस्सा था जो हर जगह पर छाया हुआ था, एक भारी, काँपता हुआ ग़ुस्सा जिसकी जड़ उस एक चीज़ में थी जो कि लानिस्ता को ग़ुस्से में लाने के लिए सबसे ज़्यादा कारगर थी, यानी पैसे का नुक़सान। ब्रैकस से जितनी रक़म तय हुई थी उसका आधा ब्रैकस ने रोक लिया था। और गो कि बाटियाटस नालिश वग़ैरह की बात सोचता था तो भी यह बात भी उससे छिपी नहीं थी कि एक रोमन अदालत में एक विख्यात रोमन परिवार के ख़िलाफ़ नालिश करके उसमें जीतने की उम्मीद बहुत नहीं है। उसके क्रोध के परिणाम हर जगह दिखाई दे रहे थे। बावर्चीख़ाने में बावर्ची उन औरतों को गाली दे रहा था और लकड़ी के अपने लम्बे डंडे से मार-मारकर उनसे काम ले रहा था। अखाड़े के उस्ताद लोग अपने मालिक से कोड़े खाकर ग्लैडिएटरों को कोड़े लगा रहे थे और वह सलीब पर टँगा हुआ काला हब्शी बाड़े के जंगले के उस पार क़रीब लाकर खड़ा कर दिया गया था ताकि अपनी सवेरे की कसरत के लिए इकट्ठा होनेवाले ग्लैडिएटर उसे अपने ठीक सामने खड़ा पा सकें।

स्पार्टकस अपनी जगह पर खड़ा हो गया। उसके एक ओर गैनिकस था और दूसरी ओर क्रिक्सस नाम का एक गॉल। अपनी कोठरियों के ब्लॉक के सामने वे लोग दो क़तारों में खड़े थे और उनके उस्ताद जो आज उनके सामने खड़े थे, हथियारों से बहुत अच्छी तरह लैस थे, उन्हें ख़ास तौर पर छुरी और तलवार दी गई थी। बाड़े के फाटक खोले गए और फ़ौज के चार दस्ते यानी चालीस लोग वहाँ अटेन्शन की हालत में खड़े हो गए, उनके लकड़ी के छोटे-छोटे भाले उनके हाथों में थे। सवेरे की धूप उस पीली रेत पर भर उठी थी और उन आदमियों को भी अपनी गरम-गरम उँगलियों से छू रही थी। मगर स्पार्टकस के अन्दर कोई गरमी न थी और जब गैनिकस ने उसके कान में फुसफुसाकर उससे पूछा कि क्या उसे मालूम है यह सब क्या माजरा है तो स्पार्टकस ने ख़ामोशी से सिर हिला दिया।

"तुम लड़े थे?" उस गॉल ने पूछा।

"नहीं।"

"मगर उसने उनमें से किसी को मारा तो नहीं और अगर आदमी को मरना ही हो तो वह इससे अच्छी तरह से भी मर सकता है।"

"क्या तुम सोचते हो कि तुम्हारी मौत इससे बेहतर होगी?" स्पार्टकस ने पूछा।

क्रिक्सस ने कहा, "वह कुत्ते की मौत मरेगा और तुम भी वैसे ही मरोगे। उसका पेट उधड़ा हुआ पड़ा होगा और वह रेत में दम तोड़ेगा और उसी तरह तुम भी।"

तब जाकर स्पार्टकस को एहसास होना शुरू हुआ कि उसे क्या करना चाहिए; या शायद यह कहना बेहतर होगा कि इतने दिनों से जो चेतना उसके अन्दर थी

वह कड़ी पड़कर एक वास्तविकता बन गई। वह वास्तविकता अभी आरम्भ ही हो रही थी; वह वास्तविकता उसके लिए कभी आरम्भ से अधिक कुछ न होगी, उसका अन्त या अनन्तता का विस्तार तो उस भविष्य तक है जिसका अभी जन्म नहीं हुआ है; मगर उस वास्तविकता का सम्बन्ध उन सब बातों से है जो उस पर और उसके आस-पास के आदमियों पर गुज़री और उन सबसे जो अब गुज़रने जा रही थी। वह उस काले हब्शी के विशाल शरीर को घूरने लगा, वह शरीर जो धूप में खड़ा था, जिसे कोड़े लगे थे, जिसकी खाल और जिसका गोश्त उस जगह पर उधड़ गया था जहाँ पर कि बल्लम उसके शरीर के पार हो गया था, ख़ून जमकर सख़्त हो गया था और उसके चौड़े-चौड़े कन्धों के बीच उसका सिर झूल रहा था।

इन रोमनों के लिए कितनी उपेक्षा की वस्तु है, स्पार्टकस ने सोचा। कितनी आसानी से ये किसी की जान लेते हैं और इसमें कितना आनन्द मिलता है इनको। और क्यों न हो, उसने अपने मन में कहा, जब उनके जीने की सारी क्रिया मेरे ही जैसे लोगों के ख़ून और हड्डियों पर खड़ी हुई है? लोगों को सलीब पर टाँगने में उन्हें विशेष आनन्द आता था। यह चीज़ कार्थेज से आई थी, कार्थेजवालों ने ही सबसे पहले इसे अपनाया था क्योंकि उनका ख़याल था कि एक ग़ुलाम के लिए यही मौत माक़ूल है मगर जब रोम की उँगलियों ने उसे छुआ तो उसको जैसे और चार चाँद लग गए और धीरे-धीरे उसने एक पागलपन की शकल अख़्तियार कर ली।

तभी बाटियाटस हाते के अन्दर आया और स्पार्टकस ने अपने पास खड़े हुए उस गॉल क्रिक्सस से मुँह-ही-मुँह में पूछा, इस तरह कि उसके होंठ भी मुश्किल ही से हिले होंगे, "और तुम कैसे मरोगे?"

"वैसे ही जैसे कि तुम थ्रेसियन।"

"वह मेरा दोस्त था," स्पार्टकस ने उस मरे हुए नीग्रो के बारे में कहा, "और वह मुझे प्यार करता था।"

"यही तुम्हारा अभिशाप है।"

बाटियाटस ग्लैडिएटरों की लम्बी क़तार के सामने खड़ा हो गया और सिपाही उसके पीछे इकट्ठा हो गए। लानिस्ता ने कहा, "मैं तुम्हें खाना खिलाता हूँ। मैं तुम्हें अच्छा-से-अच्छा खाना खिलाता हूँ, भुना हुआ गोश्त और मुर्ग़ और ताज़ी मछली। मैं तुम्हें इतना खिलाता हूँ कि तुम्हारे पेट फटने लगते हैं। मैं तुम्हें नहलाता हूँ और तुम्हारी मालिश करवाता हूँ। मैंने तुम्हें खदानों से और फाँसी के तख़्तों से छुड़ाकर यहाँ पर रखा है और यहाँ पर तुम देश-भर की चर्बी खाकर बादशाहों की तरह रहते हो जिन्हें कुछ भी करना नहीं होता। जब तुम यहाँ पर आए उसके पहले तुम्हारी जो हालत थी उससे गई-गुज़री हालत किसी की नहीं हो सकती मगर अब

तुम आराम से रहते हो और अच्छे-से-अच्छा खाना खाते हो।"

"क्या तुम मेरे दोस्त हो?" स्पार्टकस ने फुसफुसाकर कहा, और उस गॉल ने भी उसी तरह मुँह-ही-मुँह जवाब दिया, "ग्लैडिएटर, कभी दूसरे ग्लैडिएटर से दोस्ती न कर।"

"मैं तुम्हें अपना दोस्त कहता हूँ," स्पार्टकस ने कहा।

तभी बाटियाटस ने कहा, "इस काले कुत्ते के काले दिल में न तो कृतज्ञता थी न समझदारी। तुममें से कितने लोग उसकी तरह हैं?"

ग्लैडिएटर ख़ामोश खड़े रहे।

"मेरे पास एक काले आदमी को लाओ," बाटियाटस ने अखाड़े के उस्तादों से कहा, और वे वहाँ पर गए जहाँ अफ्रीकन खड़े थे और उनमें से एक को घसीटकर हाते के बीचोबीच ले आए। यह चीज़ पहले ही से तय कर ली गई थी। नगाड़े बजने लगे और दो सिपाही बाक़ी सिपाहियों से अलग हो गए और उन्होंने लकड़ी के बने अपने भारी-भारी बल्लम उठाए। नगाड़े बजते ही रहे। वह नीग्रो पागल की तरह छटपटाता और छूटने की कोशिश करता रहा और उन सिपाहियों ने बारी-बारी से अपने बल्लम उसके सीने के पार कर दिये। अब वह रेत पर चित पड़ा था और दोनों बल्लम एक विचित्र कोण बनाते हुए उसके सीने में गड़े थे। बाटियाटस अपने बग़ल में खड़े हुए अफ़सर की तरफ़ मुड़ा और बोला, "अब फिर गड़बड़ी नहीं होगी। अब ये कुत्ते गुर्राएँगे भी नहीं।"

"मैं तुम्हें अपना दोस्त कहता हूँ," गैनिकस ने स्पार्टकस से कहा, और वह गॉल जो स्पार्टकस की दूसरी बग़ल खड़ा हुआ था उसने कुछ नहीं कहा। वह बस ज़ोर-ज़ोर से साँस लेता रहा और घबराहट की आवाज़ उसके गले से निकलती रही।

इसके बाद सुबह की कसरत शुरू हुई।

5

बाद में, सेनेट की ओर से बिठाले गए जाँच कमीशन के सामने बाटियाटस ने कहा, और काफ़ी सचाई से कहा कि न सिर्फ़ उसे यह न मालूम था कि कोई साज़िश रची गई है बल्कि यह चीज़ ही उसे नामुमकिन मालूम होती थी कि कोई साज़िश भी रची जा सकती है। अपनी इस बात के समर्थन में उसने बताया कि ग्लैडिएटरों में वह अपने कम-से-कम दो आदमी ज़रूर रखता था जिन्हें वह तनख़्वाह देता था और जिन्हें उसने वचन दे रखा था कि अगर वे अपना काम ठीक से करेंगे तो उन्हें रिहा कर दिया जाएगा। बीच-बीच में इन दोनों के जोड़े को भी लड़ाया जाता था। तब एक को आज़ाद कर दिया जाता और दूसरा छोटे-मोटे घावों के साथ वापस अपनी जगह पर आ जाता और तब उसकी जोड़ को पूरा करने के लिए एक नया भेदिया भरती कर लिया जाता।

बाटियाटस ने ज़ोर देकर यह बात कही कि यह मुमकिन नहीं कि बिना मेरी जानकारी के कोई साज़िश रची गई हो।

ऐसा ही हमेशा होता था और चाहे जितनी ही बार ग़ुलामों ने विद्रोह क्यों न किया हो इसका पता चलाना मुमकिन न था कि यह चीज़ कहाँ से शुरू हुई, इसकी जड़ कहाँ पर है जहाँ से यह बार-बार शुरू होती है, क्योंकि इसमें तो सन्देह नहीं कि उस चीज़ की जड़ स्ट्रॉबेरी की जड़ों की तरह एक-में-एक लगी-लिपटी न जाने कहाँ तक चली गई थी और दिखाई न देती थी और दिखाई देता था सिर्फ़ उसका फूल देता हुआ पौधा। फिर वह चाहे सिसिली का बड़े पैमाने पर होनेवाला विद्रोह हो या किसी जागीर पर होनेवाली निष्फल कोशिश हो, जिसका अन्त दो-चार सौ अभागों को सलीब पर टाँगने में होता हो, उस चीज़ की जड़ों को खोदने की सेनेट की हर कोशिश नाकाम रही। मगर तब भी उन जड़ों को खोदना तो था ही। यहाँ पर मनुष्यों ने जीवन के एक ऐसे वैभव और विलास और समृद्धि की सृष्टि की थी जैसी कि संसार में पहले नहीं देखी गई थी; राष्ट्रों के आपसी युद्ध का अन्त रोमन शान्ति में हुआ था, रोमन सड़कों ने राष्ट्रों को एक-दूसरे से विभाजित किया था, और संसार के इस महान नागर केन्द्र में किसी को खाने की या आमोद-प्रमोद की कमी न थी। यह सब तो उचित ही था, जैसा कि होना ही था, जैसा कि सभी देवताओं की ओर से पूर्व निश्चित था, मगर तब भी न जाने कहाँ से शरीर के इस वसन्तागम के साथ यह रोग भी आ गया था जिसे उखाड़ना मुश्किल हो रहा था।

इसीलिए सेनेट ने बाटियाटस से पूछा, "क्या तब वहाँ पर षड्यंत्र के, असन्तोष के, दुरभिसन्धि के कोई लक्षण न थे?"

"नहीं, एक भी नहीं," बाटियाटस ने अपनी बात पर अड़ते हुए कहा।

"और जब तुमने उस अफ़्रीकन को मौत की सज़ा दी—और देखो हमको ग़लत मत समझना, हम तुम्हारे क़दम को बिलकुल उचित समझते हैं—तब भी क्या कोई विरोध नहीं हुआ?"

"नहीं।"

"हमको यह जानने में ख़ास दिलचस्पी है कि कहीं ऐसा तो नहीं है कि किसी तरह की बाहरी मदद, कोई बाहरी उकसावा इस मामले में दाख़िल हो गया हो?"

"यह असम्भव है," बाटियाटस ने कहा।

"और स्पार्टकस, गैनिकस और क्रिक्सस की यह जो त्रिमूर्ति थी उसको बाहर से तो किसी क़िस्म की सहायता, पैसे वग़ैरह से नहीं मिलती थी?"

"मैं भगवान की सौगन्ध खाकर कह सकता हूँ कि उन्हें ऐसी कोई सहायता नहीं मिलती थी," बाटियाटस ने कहा।

मगर यह बात पूरी तरह सच न थी और दुनिया में कोई आदमी अकेला नहीं। स्पार्टकस की यह अद्‌भुत शक्ति थी कि उसने कभी अपने-आप को अकेला नहीं समझा और कभी अपने ही भीतर समा जाने की उसने कोशिश नहीं की। उस नौजवान अमीर रोमन मारियस ब्रैकस ने अपने लिए जो दो जोड़ों की लड़ाई करवाई थी और जो निष्फल रही थी उसके कुछ ही पहले सिसिली की तीन बड़ी जागीरदारियों में ग़ुलामों का विद्रोह हुआ था। उसमें नौ सौ ग़ुलाम थे और मुट्ठी-भर को छोड़कर बाक़ी सबको मौत के घाट उतार दिया गया। और उनके ख़ून से अच्छी तरह नहा चुकने पर ही मालिकों को ख़याल आया कि इस तरह उनका इतना पैसा नाली में बहा जा रहा है। यह सोचकर बाक़ी बचे हुए क़रीब सौ ग़ुलाम बहुत थोड़े पैसों पर जहाज़वालों के हाथ बेच दिये गए और ऐसे ही एक जंगी जहाज़ में बाटियाटस के एक दलाल ने उस लहीम-शहीम, चौड़े कन्धे और लाल रंग के बालवाले उस गॉल को देखा था जिसका नाम क्रिक्सस था। चूँकि उन बड़े-बड़े जंगी जहाज़ों पर काम करनेवाले ग़ुलामों के बारे में लोगों का ख़याल था कि उन्हें सुधारा नहीं जा सकता इसलिए उनका दाम कम होता था और इस सौदे के सिलसिले में जो घूस-वूस देनी पड़ती थी वह भी थोड़ी होती थी और चूँकि ऑस्ट्रिया के बन्दरगाह पर नियंत्रण रखनेवाले ग़ुलामों के व्यापारी किसी क़िस्म की गड़बड़ी या झगड़ा नहीं चाहते थे इसलिए उन्होंने क्रिक्सस की उत्पत्ति के बारे में कुछ नहीं कहा।

तो कहने का मतलब कि स्पार्टकस न तो अकेला था न उन तमाम धागों से अलग था जो एक ख़ास ताना-बाना बुनते थे। क्रिक्सस उसके बग़ल की कोठरी में था। बहुत बार शाम को, अपनी कोठरी के फ़र्श पर लम्बे लेटे हुए और दरवाज़े के पास अपना सिर किये स्पार्टकस ने क्रिक्सस के मुँह से सिसिली के ग़ुलामों की उन अनन्त लड़ाइयों की कहानी सुनी थी जो पचास बरस से भी ज़्यादा पहले शुरू हुई थीं। वह ख़ुद ग़ुलाम था और उसका बाप ग़ुलाम था मगर यहाँ उसके अपने ही लोगों में ऐसे-ऐसे बहादुर और शानदार वीर थे जैसे कि पौराणिक कथाओं में पाए जाते हैं, जैसे कि एकिलीज़ और हेक्टर और वह बुद्धिमान ओडिसियस, वैसे ही द्युतिमान और उनसे भी गर्वीले, गो कि उनके बारे में कोई गाने न गाए जाते थे और उन्हें देवताओं की शकल न दी गई थी जिनकी लोग पूजा करते हैं जो कि अच्छा ही था क्योंकि देवता भी तो अमीर रोमनों ही की तरह थे, ग़ुलामों की ज़िन्दगी से उन्हें भी तो उतना ही कम सरोकार था। ये लोग इनसान थे और इनसान से घटकर थे, ग़ुलाम, नंगे ग़ुलाम जो कि बाज़ार में गधों से भी सस्ते बिकते थे और जागीरदारों के खेतों में जानवरों की जगह ख़ुद ही हल में जुतकर काम करते थे। मगर कैसे विराट पुरुष थे वे भी! युनुस जिसने उस द्वीप के एक-एक ग़ुलाम को आज़ाद

किया और ख़ुद खतम होने के पहले तीन रोमन सेनाओं का सफ़ाया किया, यूनान का वह एथीनियन, थ्रेस का वह सैल्वियस, जर्मनी का वह उंडार्ट और वह विचित्र यहूदी बेन जोश जो एक किश्ती में कार्थेज से भाग निकला था और अपने तमाम आदमियों के साथ एथीनियन से आ मिला था।

उसकी कहानी सुनते-सुनते स्पार्टकस का हृदय गर्व से और आनन्द से भर उठता और उसके मन में अपने इन मृत वीरों के प्रति मैत्री और भाईचारे का एक महान और हृदय के समस्त कल्मष को धोनेवाला भाव जाग उठता। उसका हृदय जैसे अपने इन साथियों से जा मिलता और वह सोचता कि मैं इन्हें अच्छी तरह जानता हूँ, मैं जानता हूँ कि उनके हृदय में क्या भाव उठते थे और वे किस चीज़ का स्वप्न देखते थे, किस चीज़ की आकांक्षा करते थे। जाति, नगर या राज्य से क्या आता-जाता है। उनकी दासता तो सब जगह एक थी। मगर इतना होते हुए भी उनके विद्रोहों में अपना एक करुण गौरव था, बात यह सच है कि वे सदा असफल रहे; हर बार रोमनों की ही जीत हुई और उन्होंने विद्रोह करनेवालों को सलीब पर टाँगा, वह नया पेड़ और उसका नया फल, ताकि सब लोग देख सकें कि उस ग़ुलाम को क्या पुरस्कार मिलता है जो ग़ुलाम नहीं रहना चाहता।

"अन्त में सदा वही होता था," क्रिक्सस ने कहा...

इस तरह क्रिक्सस को ग्लैडिएटर बने जितने ही दिन गुज़रते जाते थे उतना ही कम उन गुज़री हुई बातों के बारे में वह बोलता था। ग्लैडिएटर को न तो भूत से कोई सहायता मिलती है न भविष्य से। उसके लिए तो केवल वर्तमान होता है। क्रिक्सस ने अपने चारों ओर तीखी निराशा की एक दीवार खड़ी कर ली और केवल स्पार्टकस में यह साहस था कि वह उस देव-जैसे गॉल के मर्म में बैठे हुए उस तीखेपन के भीतर पैठने की कोशिश कर सके। और एक बार क्रिक्सस ने उससे कहा था, "स्पार्टकस, तुम ज़रूरत से ज़्यादा दोस्त बनाते हो। दोस्त की जान लेना कठिन होता है। मुझे छोड़ दो।"

आज इस सुबह, क़वायद के बाद, सवेरे के खाने के लिए जाने के पहले उन लोगों को थोड़ी देर के लिए हाते में एक जगह पर इकट्ठा किया गया था। ग्लैडिएटरों के शरीर गरम हो रहे थे और उनसे पसीना जारी था और वे छोटी-छोटी टोलियों में खड़े थे या बैठे थे और जँगले के उस पार सलीब पर लटकते हुए दो अफ़्रीकनों की उपस्थिति से उनकी बातचीत का गला घुटा हुआ था। वह आदमी जिसे एक दूसरे आदमी के एवज दंड का प्रतीक बनाया गया था उसके सलीब के नीचे बहुत सा ख़ून इकट्ठा हो गया था और ख़ून पीकर जीनेवाली चिड़ियाँ ज़मीन पर पड़े हुए उस मीठे धब्बे पर चोंच मार रही थीं और अपना पेट भर रही थीं। ग्लैडिएटर अपने को दबा हुआ महसूस कर रहे थे मगर उनके मन में ग़ुस्सा भरा हुआ था और वे उदास थे। उन्होंने महसूस किया कि अभी तो शुरुआत ही है।

बाटियाटस अब जितनी जल्दी मुमकिन हो सकेगा कोई ग्राहक फँसाएगा और उन्हें लड़ाएगा। बुरा वक़्त आया है।

सिपाही स्कूल के बग़ल से बहनेवाले नाले के उस पार, पेड़ों के एक छोटे से झुरमुट में बैठकर खाना खाने के लिए गए हुए थे। और स्पार्टकस, बाड़े के भीतर से उन्हें वहाँ ज़मीन पर लेटे हुए देख सकता था। उनके लोहे के टोप अलग और उनके भारी-भारी हथियारों का ढेर एक जगह पर लगा हुआ। उसकी आँखें उसके ऊपर से अलग ही न होती थीं।

"तुम क्या देख रहे हो?" गैनिकस ने पूछा। वे तीनों बहुत दिन तक साथ-साथ ग़ुलाम रहे थे, बचपन में भी वे साथ थे और खानों में भी उन्होंने एक साथ काम किया था।

"मुझे नहीं मालूम।"

क्रिक्सस भीतर-ही-भीतर अपने ग़ुस्से को दबाए हुए था और उसकी घुटन महसूस कर रहा था; अपने भीतर हिंसा के भावों को बन्द किये-किये अब वह उस जगह पर आ गया था जहाँ ऐसा करना अब उसको भारी हो रहा था। उसने भी पूछा, "तुम क्या देख रहे हो स्पार्टकस?"

"मुझे नहीं मालूम।"

"मगर तुम सब कुछ जानते हो और इसीलिए सब थ्रेसियन तुमको पिता कहते हैं।"

"तुम्हें किससे नफ़रत है क्रिक्सस?"

"क्या वह काला हब्शी भी तुम्हें पिता कहता था स्पार्टकस? तुम उससे क्यों नहीं लड़े? जब हमारी लड़ने की बारी आएगी तो तुम मुझसे लड़ोगे स्पार्टकस?"

स्पार्टकस ने शान्त भाव से कहा, "मैं अब किसी ग्लैडिएटर से नहीं लड़ूँगा। अब इस बात को जान गया हूँ। थोड़ी ही देर पहले न जानता था मगर अब जान गया हूँ।"

उसके लगभग आधा दर्जन साथियों ने उसके शब्द सुने। वे उसके पास घिर आए। अब वह सिपाहियों को नहीं देख रहा था, उसके बदले अब वह ग्लैडिएटरों को देख रहा था। उसकी निगाहें एक के बाद दूसरे चेहरे पर पड़ रही थीं। वे आधे दर्जन बढ़कर आठ हो गए और फिर दस और फिर बारह और तब भी उसने कुछ नहीं कहा, मगर उनके दिल की घुटन दूर हो गई और उनकी आँखों में एक उत्तेजना थी जो अपने लिए निकासी माँग रही थी। उसने उनकी आँखों में पैठकर देखा।

"हम लोग क्या करेंगे, पिता?" गैनिकस ने पूछा।

"जब कुछ करने का वक़्त आएगा तो हमें मालूम हो जाएगा कि हमको क्या करना है। अभी तो इस चीज़ को खतम करो।"

तब फिर भूत-भविष्यत-वर्तमान सब एक में मिल गए और उस थ्रेसियन ग़ुलाम ने एक हज़ार बरसों का बोझ अपने ऊपर अनुभव किया। जो कुछ एक हज़ार बरसों में नहीं हुआ था वह अब अगले कुछ घंटों में होगा। और तभी फिर थोड़ी देर के

लिए, वे ग़ुलाम बन गए। ग़ुलाम यानी ज़िन्दगी की तलछट, ग़ुलाम यानी बूचड़। वे बाड़े के फाटक की ओर बढ़े और फिर सवेरे के खाने के लिए हॉल में चले गए।

उसी वक़्त वे पालकी में जाते हुए बाटियाटस के पास से गुज़रे। वह अपने उस दुबले-पतले, छरहरे, शिष्ट-सभ्य मुनीम के संग अपनी उस बड़ी सी पालकी में बैठा हुआ था जिसे आठ ग़ुलाम ढोते थे। वे दोनों उस वक़्त रसद ख़रीदने कापुआ की बाज़ार जा रहे थे। जब वे ग्लैडिएटरों की क़तारों के पास से गुज़रे तो बाटियाटस ने लक्ष्य किया कि उसके ग़ुलाम बड़े ढंग से, बहुत अनुशासनपूर्वक चल रहे थे और उसने सोचा कि भले एक अफ़्रीकन की बलि चढ़ाने में उसे कुछ ख़र्च उठाना पड़ा था मगर वह ख़र्च उचित था।

यही सान्त्वना लेकर बाटियाटस जीता था और उसका मुनीम भी जीता रहा और आगे चलकर उसने अपने मालिक का गला काट दिया।

7

जिस कमरे में—उसे खाना खाने का हॉल कहना ज़्यादा ठीक होगा—ग्लैडिएटर खाना खाने के लिए इकट्ठा होते थे वहाँ पर क्या हुआ यह कभी कोई न तो ठीक से जान सकेगा और न कोई उसकी कहानी कहेगा क्योंकि ग़ुलामों के कारनामों के बारे में लिखनेवाले न तो इतिहासकार ही थे और न उनकी ज़िन्दगी को ही किसी मतलब में उल्लेख योग्य समझा जाता था; और जब किसी ग़ुलाम का कोई काम इतिहास का अंग बन जाता था तब भी उस इतिहास का लिखनेवाला वही होता था जो ख़ुद ग़ुलामों का मालिक था और उनसे डरता और नफ़रत करता था।

मगर बावर्चीख़ाने में काम करती हुई वारिनिया ने ख़ुद अपनी आँखों से उसको देखा और—जैसा कि आप देखेंगे—उसने बहुत बाद में जाकर उसकी कहानी एक और से कही और फिर चाहे ऐसी चीज़ का बज्र निर्घोष घटते-घटते एक फुसफुसाहट ही क्यों न बन जाए मगर पूरी तरह वह कभी नहीं खोता। बावर्चीख़ाना खाना खाने के हॉल के एक सिरे पर था। उसके भीतर जाने के दरवाज़े दूसरे सिरे पर थे।

खाना खाने का हॉल ख़ुद बाटियाटस की सूझ थी। बहुत सी रोमन इमारतें परम्परा से चली आती हुई शैली में बनाई जाती थीं मगर इतने विराट पैमाने पर ग्लैडिएटरों को रखना और उन्हें खेल सिखाना और पैसा लेकर उनके खेल दिखलाना वह इसी पीढ़ी की उपज थी, वैसे ही जैसे इन जोड़ों की लड़ाई देखने का उन्माद, और इतने ग्लैडिएटरों को रियाज़ करवाना और उन्हें अपने वश में रखना, यह एक नया प्रश्न था। बाटियाटस ने एक पुरानी पत्थर की दीवार ली और उसके तीन तरफ़ दीवारें खड़ी कर दीं। इस तरह जो चतुर्भुज बना उसकी छत पुराने ढंग की थी यानी लकड़ी का एक शेड जो हर ओर से क़रीब आठ फ़ीट तक भीतर

को निकला हुआ था। उसका बीचवाला हिस्सा यों हो छोड़ दिया गया था जहाँ से खुला आकाश दिखाई देता था और भीतर बीच की एक नाली को छोड़कर जहाँ से बरसाती पानी बह सके, बाक़ी फ़र्श अब पक्का कर दिया गया था। भवन निर्माण की यह प्रणाली एक शताब्दी पहले अधिक प्रचलित थी मगर कापुआ की मृदु जलवायु में यही काफ़ी था यद्यपि जाड़े में वह जगह ठंडी भी हो जाती थी और अक्सर नम रहा करती थी। ग्लैडिएटर शेड के नीचे फ़र्श पर पलथी मारे बैठे खाना खा रहे थे। अखाड़े के उस्ताद, रियाज़ करानेवाले, खुले आँगन के बीचोबीच चहलक़दमी कर रहे थे क्योंकि वहाँ से वे सभी लोगों को बहुत आसानी से देख सकते थे। बावर्चीख़ाना जिसका मतलब था ईंट और खपड़े का एक बड़ा-सा चूल्हा और काम करने की बड़ी सी मेज़, इस चतुर्भुज के एक सिरे पर था और यहाँ बैठे हुए लोगों को बावर्चीख़ाने की हर चीज़ दिखाई देती थी; लकड़ी के दो भारी-भारी दरवाज़े दूसरे सिरे पर थे और ग्लैडिएटरों के अन्दर आने पर फ़ौरन वे दरवाज़े कसकर बन्द कर दिये जाते थे।

रोज़-रोज़ की तरह आज भी वही बात हुई, ग्लैडिएटर अपनी जगह पर आकर बैठ गए और बावर्चीख़ाने में काम करनेवाली ग़ुलाम औरतें उन्हें खाना परोसने लगीं। बावर्चीख़ाने में काम करनेवाले ग़ुलामों में ज़्यादातर औरतें ही थीं। अखाड़े के चार उस्ताद आँगन के बीचोबीच घूम रहे थे। उनके पास छुरे और बटे हुए चमड़े के छोटे-छोटे कोड़े थे। दरवाज़े बाक़ायदा बाहर से बन्द थे और दो सिपाही जिन्हें इसी काम के लिए दस्ते से अलग कर दिया गया था, अपनी ड्यूटी पर तैनात थे। बाक़ी सिपाही क़रीब सौ गज़ दूर पेड़ों की ठंडी छाँह में अपना सवेरे का खाना खा रहे थे।

स्पार्टकस ने यह सब देखा और लक्ष्य किया। उसने बहुत थोड़ा खाना खाया। उसका मुँह सूख रहा था और उसका दिल ज़ोर-ज़ोर से धड़क रहा था। जैसा कि उसने देखा, कोई बड़ी बात न हो रही थी और भविष्य जितना औरों के लिए खुला और बन्द था उतना ही उसके लिए भी। मगर कुछ लोग उस बिन्दु पर पहुँच जाते हैं जहाँ वे अपने-आप से कहने लगते हैं—अगर मैं अमुक काम नहीं करता तो मेरे ज़िन्दा रहने की न तो कोई ज़रूरत है और न उसमें कोई तुक ही है—और जब बहुत से लोग उस बिन्दु पर पहुँच जाते हैं तो धरती काँपने लगती है।

आज भी दिन डूबने के पहले, यानी इसके पहले कि सुबह दोपहर में और फिर रात में तब्दील हो जाए, धरती थोड़ा काँपने वाली थी; मगर स्पार्टकस को इसका पता न था। उसे बस अगला क़दम मालूम था और वह था ग्लैडिएटरों से बात करना। क्रिक्सस से यह बात कहते समय उसने अपनी बीवी वारिनिया को देखा जो चूल्हे के सामने खड़ी उसी को देख रही थी। दूसरे ग्लैडिएटर भी उसको देख रहे थे। उस यहूदी डेविड ने उसके होंठों के कम्पन का अर्थ पढ़ा। गैनिकस

अपना कान उसके और पास ले आया। फ्रैक्सस नाम का एक अफ़्रीकी बात सुनने के लिए उसके और क़रीब झुक गया।

स्पार्टकस ने कहा, "मैं खड़े होकर कुछ बोलना चाहता हूँ। मैं अपने दिल को खोलना चाहता हूँ। मगर जब मैं बोलूँगा तो फिर पीछे हटना मुमकिन न होगा और हमारे यह उस्ताद हमको रोकने की कोशिश करेंगे।"

लाल-लाल बालोंवाले उस दैत्याकार गॉल क्रिक्सस ने कहा, "वे तुमको नहीं रोक सकेंगे।"

आँगन के उस पार भी हवा की इस बिजली को महसूस किया गया। दो उस्ताद स्पार्टकस और उसके चारों ओर घिरे हुए आदमियों की तरफ़ मुड़े। उन्होंने अपने कोड़े फटकारे और अपने छुरे निकाल लिये।

"अब बोलो," गैनिकस चिल्लाया।

अफ़्रीकन ने कहा, "हम लोग कुत्ते हैं क्या जो तुम हमारे ऊपर कोड़े फटकारते हो?"

स्पार्टकस खड़ा हुआ और उसके साथ दर्जनों ग्लैडिएटर खड़े हुए। उन उस्तादों ने उनके ऊपर अपने कोड़े और अपने छुरे चलाए मगर ग्लैडिएटरों की भीड़ उनके ऊपर चढ़ गई और उन्होंने देखते-देखते ही उनको मार डाला। औरतों ने बावर्ची को मार डाला। इस सब काम में शोरगुल बहुत थोड़ा हुआ। सिर्फ़ ग्लैडिएटरों की गुँथी हुई भीड़ की हल्की-सी गुर्राहट सुनाई दी। तब स्पार्टकस ने बहुत धीरे से, मन्द स्वर में, धीमे-धीमे अपना पहला आदेश दिया और क्रिक्सस और गैनिकस और डेविड और फ्रैक्सस से कहा, "तुम लोग दरवाज़े पर आओ और उसकी रखवाली करो ताकि मैं बोल सकूँ।"

क्षण-भर को वे हिचकिचाए मगर फिर उन्होंने आदेश का पालन किया और बाद में जब स्पार्टकस ने उनका नेतृत्व किया तो अधिकांश ने उसकी बात को माना। वे उसको प्यार करते थे। क्रिक्सस जानता था कि हम लोग मारे जाएँगे मगर उससे क्या और वह यहूदी डेविड जिसके मन में अब तक कहीं कोई भाव न था उसने टूटी हुई नाक और भेड़ जैसे चेहरे वाले इस अजीब, नेक, बदसूरत थ्रेसियन के लिए अपने मन में एक अजीब सोज़ और प्यार की एक लहर-सी उठती महसूस की।

8

"मेरे पास आ जाओ," उसने कहा।

यह चीज़ बहुत फुर्ती से हुई थी और अब तक बाहर खड़े हुए सिपाहियों की ओर से कोई आवाज़ न आ रही थी। सब ग्लैडिएटर और बावर्चीख़ाने में काम करनेवाले ग़ुलाम—तीस औरतें और दो मर्द—उसके चारों ओर घिरकर खड़े हो गए और वारिनिया भय और आशा और आतंक से उसको अपलक देखने लगी

और उसने चाहा कि स्पार्टकस के पास पहुँच जाए। भीड़ ने उसके लिए रास्ता बना दिया, वह उसके पास चली गई और स्पार्टकस ने उसे अपनी बाँह में लेकर कसकर अपने शरीर से चिपटा लिया और अपने मन में सोचने लगा, "अब मैं आज़ाद हूँ। मेरे बाप ने और मेरे दादा ने आज़ादी का एक पल भी न जाना था लेकिन इस वक़्त यहाँ पर खड़ा हुआ मैं एक आज़ाद आदमी हूँ।" इस चीज़ से उसे नशा-सा हो रहा था और उसने महसूस किया कि जैसे यह भाव शराब की तरह उसकी रगों में बह रहा हो। मगर उसके साथ ही भय था। आज़ाद होना कोई हल्की चीज़ नहीं है; आज़ाद होना कोई छोटी चीज़ नहीं है, जब तुम बहुत दिनों तक ग़ुलाम रहे आए हो, वे तमाम दिन जो तुमने देखे हैं और तुम्हारे बाप ने देखे थे। स्पार्टकस के मन में भय का वह दबा हुआ और जाग्रत भाव भी था जो उस आदमी में होता है जो कोई अपरिवर्तनीय निश्चय करता है और जानता है कि अपनी उस राह में जो भी क़दम वह उठाएगा हर क़दम पर मौत उसका इन्तज़ार कर रही है। और सबसे अन्त में अपने प्रति एक महान प्रश्न क्योंकि उन लोगों ने जिनका पेशा मार-काट था अपने मालिकों को मार डाला था और उनके मन में वह भयंकर सन्देह भरा हुआ था जो उस ग़ुलाम के भीतर पैदा होता है जिसने अपने मालिक पर वार किया हो। उनकी आँखें उसके ऊपर लगी थीं। वही वो थ्रेस का रहनेवाला, नेक, खान का मज़दूर था जो उनके दिल की बात जानता था और उनके बहुत पास आ गया था और चूँकि उनके भीतर अनेक अन्धविश्वास थे और बहुत सा अज्ञान था, जैसी कि उस समय अधिकांश लोगों कि स्थिति थी, इसलिए उन्होंने महसूस किया कि जैसे किसी देवता ने उसे स्पर्श कर दिया हो, किसी ऐसे विचित्र देवता ने जिसके हृदय में थोड़ी-सी दया है। इसलिए उसकें लिए ज़रूरी है कि वह भविष्य को समझे और उसे उसी तरह पढ़े जैसे कि आदमी किताब पढ़ता है, और उन लोगों को अपने पीछे-पीछे उस भविष्य तक ले जाए; और अगर कोई मार्ग नहीं हैं जिन पर वे लोग उस भविष्य की यात्रा कर सकें तो वह मार्ग बनाए। ये सारी बातें उनकी निगाहों ने उससे कहीं; वे सारी बातें उसने उनकी आँखों में पढ़ीं।

"बतलाओ तुम क्या मेरे अपने लोग हो?" उसने उन लोगों से पूछा जब वे लोग उसके चारों ओर आकर खड़े हो गए थे। "अब मैं फिर कभी ग्लैडिएटर नहीं बनूँगा। पहले मैं मरूँगा। तुम मेरा साथ दोगे?"

उनमें से कुछ की आँखों में आँसू भर आए और वे उसके और भी पास घिर आए। कुछ के मन में ज़्यादा भय था और कुछ के मन में कम मगर उसने उन सबको एक उदास भावना का स्पर्श दे दिया था—इस चीज़ की विलक्षण प्रतिभा उसके अन्दर थी।

उसने कहा, "अब हम सब साथी होंगे और हर काम में एक साथ रहेंगे जैसे हम एक ही आदमी हों; और मैंने सुना है कि प्राचीन काल में मेरी जाति के लोग जब लड़ने के लिए जाते थे तो वैसे नहीं जाते थे जैसे कि रोमन जाते हैं बल्कि

अपनी इच्छा से जाते थे और अगर कोई ऐसा होता था जो लड़ना नहीं चाहता था तो वह चला जाता था और फिर कोई उस पर ध्यान न देता था।"

"क्या करेंगे हम लोग?" कोई चिल्लाया।

"हम लोग निकल जाएँगे और लड़ेंगे और ख़ूब लड़ेंगे क्योंकि हम सारी दुनिया के सबसे अच्छे लड़नेवाले लोग हैं"—एकाएक उसकी आवाज़ गूँज उठी और उसका वह शान्त नम्र रूप एकदम बदल गया जिसे देखकर वे लोग मंत्रमुग्ध-से खड़े रहे। उसका स्वर दुर्दान्त था, प्रचंड था और बाहर खड़े हुए सिपाहियों ने ज़रूर उसके चिल्लाने की आवाज़ सुनी होगी जब उसने कहा, "हम उनको अखाड़े की ऐसी लड़ाई दिखलाएँगे जैसी कि आज तक उन्होंने रोम में कभी देखी न होगी और फिर वे मरते दम तक कापुआ के ग्लैडिएटरों को न भूलेंगे।"

एक ऐसा वक़्त आता है जब आदमी को जो कुछ करना होता है उसे करना ही पड़ता है और वारिनिया यह जानती थी और इस समय उसके मन में जो आह्लाद था उसमें एक महान गर्व भी था जैसा कि उसने पहले कभी अनुभव नहीं किया था। उसके भीतर गर्व था और एक अनोखा आह्लाद था क्योंकि उसका आदमी ऐसा था जैसा दुनिया में कोई दूसरा न था। वह स्पार्टकस को जानती थी; धीरे-धीरे सारी दुनिया उसको जान जाएगी मगर ठीक उस रूप में नहीं जैसे कि वह स्पार्टकस को जानती थी। न जाने कैसे वह समझ रही थी कि यह किसी विराट और अनन्त वस्तु का आरम्भ है और उसका आदमी सौम्य है, नम्र है, पवित्र है और उसके जैसा दूसरा कोई नहीं है।

9

"सबसे पहले सिपाहियों को," स्पार्टकस ने कहा।

"हम लोग उनके एक-एक पर पाँच-पाँच पड़ेंगे और शायद वे भाग जाएँगे।"

"वे भागेंगे नहीं," उसने गुस्से से कहा, "सिपाहियों के बारे में यह बात तुम्हें जाननी ही चाहिए कि वे भागेंगे नहीं। या तो वे हमें मार डालेंगे या हम उन्हें मार डालेंगे और अगर हम उन्हें मार डालते हैं तो उनकी जगह दूसरे आ जाएँगे। रोमन सैनिकों का कहीं अन्त नहीं है।"

जब उन लोगों ने उस तरह उसकी ओर देखा जैसे कि वे देख रहे थे तो उसने कहा, "मगर ग़ुलामों का भी कहीं अन्त नहीं है।"

इसके बाद उन लोगों ने बड़ी जल्दी-जल्दी अपनी तैयारियाँ कीं। उन मुर्दा उस्तादों के पास से उन्होंने छुरे लिये और बावर्चीख़ाने से वे सभी चीज़ें ले लीं जो हथियार की तरह इस्तेमाल की जा सकती थीं, छुरियाँ और गोश्त का क़ीमा बनानेवाले बड़े-बड़े छुरे और लोहे की सलाख़ें जिनमें गोदकर गोश्त भूना जाता था और ख़ासकर मूसल

जिससे अनाज कूटकर दलिया बनाया जाता था और जो कि वहाँ पर कम-से-कम बीस की संख्या में थे, लकड़ी के वे मोटे-मोटे डंडे जिनके एक सिरे पर लकड़ी की एक भारी-सी गाँठ होती थी और वह चीज़ ऐसी थी जिसका इस्तेमाल डंडे के रूप में भी हो सकता था और उसे दुश्मन पर फेंका भी जा सकता था। उन्होंने जलाने की लकड़ी भी ले ली और एक आदमी को कुछ और न मिला तो उसने गोश्त की एक हड्डी ही उठा ली और ढाल की तरह इस्तेमाल करने के लिए उन्होंने बरतनों के ढक्कन भी उठा लिये। एक-न-एक रूप में अब उन सबके पास हथियार थे और तब उन्होंने खाने के हॉल का वह भारी-सा दरवाज़ा खोल दिया और लड़ने के लिए बाहर निकल गए। औरतें सबके पीछे थीं।

उन्होंने काफ़ी तेज़ी से काम लिया था मगर फिर भी वह तेज़ी इतनी न थी कि सैनिकों के तैयार होने के पहले ही अचानक उन पर जा टूटते। बाहर जो दो सैनिक पहरा दे रहे थे उन्होंने अपने बाक़ी साथियों को होशियार कर दिया था और उनको इतना काफ़ी वक़्त मिल गया था कि वे अपने ज़िरहबख़्तर पहन लें और दस-दस सैनिकों के अपने चार दस्ते बना लें। लिहाज़ा अब वे नाले के दूसरे किनारे पर हमला करने की हालत में तैयार खड़े थे, चालीस सैनिक, दो अफ़सर और एक दर्जन उस्ताद जो सैनिकों ही की तरह हथियारों से पूरी तरह लैस थे, हथियार, यानी तलवार और ढाल और भाला। इस तरह अस्त्र-शस्त्रों से सुसज्जित चौवन सैनिक दो सौ ग्लैडिएटरों का मुक़ाबला कर रहे थे जो नंगे थे और निरस्त्र थे। यह जोड़ बराबरी का न था मगर पलड़ा उन्हीं सैनिकों का भारी था और वे रोमन सैनिक थे जिनके सामने दुनिया की कोई चीज़ ठहर न सकती थी। उन्होंने अपने भाले उठाए और एक के पीछे दूसरा दस्ता इस तरह से तेज़ी से आगे बढ़े। सुबह की हवा में उनके अफ़सरों के हुक्म ऊँची आवाज़ में और साफ़ सुन पड़े और वे अपने रास्ते की इस गन्दगी को साफ़ करने के लिए गोया एक झाड़ू की तरह तेज़ी से लपके। बूट पहने हुए उनके क़दम नाले के पानी में छप-छप करते हुए आगे बढ़े। किनारे पर पहुँचकर जब उन्होंने चढ़ना शुरू किया तो वहाँ जंगली फूल एक ओर को झुक गए, और आस-पास सारी जगह से बाक़ी ग़ुलाम भी दौड़ते हुए निकल आए और छोटे-छोटे गुच्छों में आकर खड़े हो गए ताकि इस अद्भुत और कल्पनातीत घटना को देख सकें। उनकी मुड़ी हुई बाँहों पर टिके हुए उनके भयानक बल्लमों की नोकें धूप में चमक रही थीं और अगर रोमन शक्ति का कुछ भी मतलब था, उस रोमन शक्ति का जिसका अत्यन्त साधारण प्रतीक ये चार दस्ते थे, तो इन ग़ुलामों को भाग खड़े होना चाहिए था, धूल हो जाना चाहिए था।

मगर उस समय रोमन शक्ति पर आक्रमण हो रहा था और वह अपने बचाव की युक्ति कर रही थी और उसी क्षण में स्पार्टकस सेनापति बन गया। दूसरों का नेतृत्व करनेवाले व्यक्ति की कोई स्पष्ट परिभाषा नहीं है; नेतृत्व एक ऐसी वस्तु है

जो देखने में भी बहुत कम नज़र आती है और जिसे पकड़ पाना कठिन है कि वह क्या है। विशेषकर उस स्थिति में, जब उसके पीछे कोई सत्ता या वैभव न हो। यों तो आदेश कोई भी दे सकता है मगर वह आदेश ऐसे देना कि दूसरे उसको सुनें और उसका पालन करें, यह एक विशेष गुण है और स्पार्टकस के अन्दर यह गुण था। उसने ग्लैडिएटरों को आदेश दिया कि दूर-दूर फैल जाओ और वे दूर-दूर फैल गए। उसने उन्हें आदेश दिया कि उन सैनिक दस्तों के चारों ओर एक बड़ा-सा ढीला-ढाला घेरा बना लो और उन्होंने ऐसा घेरा बना लिया। अब आक्रमण के लिए उद्यत उन चारों दस्तों की गति धीमी पड़ गई, वे दुविधा में पड़ गए, रुक गए। दुनिया में कहीं ऐसे सैनिक न थे जो कि क़दमों के फुर्तीलेपन में ग्लैडिएटरों का मुक़ाबला कर सकते हों, जिनका जीवन ही गति और गति ही जीवन था और फिर उनके शरीर पर सिवाय छोटी-छोटी लँगोटियों के और कुछ न था। जबकि उन रोमन पैदल सिपाहियों के ऊपर उनकी तलवार और बल्लम और ढाल और ज़िरहबख़्तर और लोहे का टोप, इन सभी चीज़ों का भारी बोझ था। ग्लैडिएटर एक चौड़े घेरे में जो इस ओर से उस ओर तक डेढ़ सौ गज़ था, दौड़ रहे थे और उनके घेरे के ठीक बीचोबीच वे सैनिक दस्ते थे जो कभी इधर होते थे और कभी उधर और बल्लम को उठाए हुए फेंकने की तैयारी में थे—जो कि तीस-चालीस गज़ से ज़्यादा दूरी के लिए एकदम बेकार था। आख़िरकार यह रोमन बल्लम एक ही बार तो फेंका जा सकता था। फेंको और चढ़ दौड़ो। मगर फेंको काहे पर?

उसी क्षण, स्पार्टकस ने आश्चर्यजनक स्पष्टता से अपने दाँव-पेच की जैसे एक झलक पा ली, वे दाँव-पेच जिनका आनेवाला सालों में उसने बराबर इस्तेमाल किया। उसने अपने मन की आँखों से उस एक झाँकी में ही बड़े सजीव चित्रमय रूप में उन सभी कहानियों के तर्क को देख लिया जिनमें बताया जाता था कि कैसे सेनाएँ रोम की उन लोहे की नोकों पर अपने-आप को फेंक देती थीं और रोमन भाला उन्हें वहीं ढेर कर देता था और फिर कैसे उस छोटी-सी रोमन तलवार की उस्तरे जैसी तेज़ धार उनके टुकड़े-टुकड़े कर देती थी। मगर यहाँ इन शोर करते हुए, मुँह से तमाम गालियाँ निकालते हुए, सरकश और नंगे ग्लैडिएटरों के घेरे के भीतर रोम का सारा अनुशासन और रोम की सारी शक्ति निपट असहाय थी।

स्पार्टकस चिल्लाया, "पत्थर उठाओ! हमारी तरफ़ से पत्थर लड़ेंगे।" अपने हल्के फुर्तीले क़दमों से वह उस घेरे के चारों ओर दौड़ रहा था और बहुत सजीला लगता था—"पत्थर चलाओ!"

पत्थरों की इस बौछार में सैनिकों को मजबूरन झुकना पड़ा। हवा में तमाम पत्थर ही पत्थर उड़ रहे थे। औरतें भी घेरे में शामिल हो गई थीं, घरों में काम करनेवाले ग़ुलाम भी आकर उनसे मिल गए थे और खेतों में काम करनेवाले ग़ुलाम भी उनसे आकर मिलने के लिए बाग़ों से दौड़े। पत्थरों से बचने के लिए सैनिकों ने अपनी

ढालों के पीछे छुपने की कोशिश की मगर इससे ग्लैडिएटरों को और भी पास आने और उन पर चोट करने का मौक़ा मिल गया। एक दस्ते ने घेरे पर हमला किया और अपने भाले फेंके। एक ग्लैडिएटर को आकर वह भयानक हथियार लगा मगर बाक़ी सब दस्ते के ऊपर आकर कूद पड़े और उन्होंने उनको घसीटकर लगभग नंगे हाथों से ही मारकर गिरा दिया। वे सैनिक भी जमकर लड़े। उनके दो दस्तों ने एक घेरा बनाया और पत्थरों की उस बरसात में जब उनमें मुट्ठी-भर ही अपने पैरों पर खड़े रह गए और जब भेड़ियों के एक झुंड की तरह ग्लैडिएटर उनके ऊपर चढ़ दौड़े तब भी वे लड़ते रहे और उस वक़्त तक लड़े जब तक कि मर नहीं गए। चौथे दस्ते ने घेरे को काटकर रास्ता बनाने और भागने की कोशिश की मगर इस दाँव को कामयाब बनाने के लिए दस आदमी बहुत कम थे और उन्हें पकड़कर गिरा दिया गया और मार डाला गया। उसी तरह उस्तादों को भी मार डाला गया और उस्तादों में से दो को, जो दया की भिक्षा माँग रहे थे, औरतों ने ढेले मार-मारकर खतम कर दिया।

यह अजीब, ख़ूँख़ार, छोटी-सी लड़ाई जो खाना खाने के हॉल के पास शुरू हुई थी अब स्कूल के मैदान पर और कापुआ की सड़क पर हो रही थी, जहाँ उस आख़िरी सैनिक को गिराया और मारा गया था और उस सारी जगह पर काफ़ी दूर तक मुर्दा और घायल आदमी पड़े थे। मुर्दों में चौवन रोमन और उस्ताद थे और भी बहुत थे जो ग्लैडिएटर थे।

मगर यह तो अभी आरम्भ ही था। विजय के गर्व से भरा हुआ, ख़ून से लथपथ और उसके उल्लास को लिये हुए, यह तो अभी आरम्भ ही था—और स्पार्टकस वहाँ उस राजमार्ग पर खड़ा हुआ दूर पर कापुआ की दीवारों को देख रहा था जो सवेरे की सुनहली धूप में कुहरे से लदा हुआ, कुछ धुँधला धुँधला-सा सोने का नगर जान पड़ता था। स्पार्टकस देख रहा था कापुआ की दीवारों को और सुन रहा था वहाँ पर स्थित सेना के बजते हुए नगाड़ों को। अब कहीं आराम न मिलेगा क्योंकि अनेक घटनाएँ हो रही थीं और हवा में शोर था और कापुआ में बहुत सैनिक रहते थे। संसार में विस्फोट हो गया था। जब वह चारों ओर ख़ून और मौत से घिरा हुआ, हाँफता हुआ उस पक्के राजमार्ग पर खड़ा था, उस समय स्पार्टकस को लगा कि वह एक विराट, अत्यन्त वेगवती, तुमुल कोलाहलपूर्ण धारा के ऊपर सवार चला जा रहा है और उसने देखा कि वह लाल-लाल बालोंवाला गॉल क्रिक्सस हँस रहा है, गैनिकस अत्यन्त प्रसन्न है और उस यहूदी डेविड के छुरे पर ख़ून और आँखों में ज़िन्दगी की चमक है और वे विशालकाय अफ्रीकी अत्यन्त शान्त खड़े लड़ाई का अपना कोई मंत्र बुदबुदा रहे हैं। उसने वारिनिया को अपनी बाँहों में ले लिया। दूसरे ग्लैडिएटर भी अपनी औरतों को घुमा रहे थे, उन्हें अपनी बाँहों में उठाए चक्कर खिला रहे थे और उनके संग हँस रहे थे जबकि घर के भीतर काम करनेवाले ग़ुलाम बाटियाटस

की शराब की मशकें लिये हुए दौड़े आए। जो घायल थे वे अपने घावों को छोटा करके दिखलाने की कोशिश कर रहे थे और दर्द की अपनी चीख़ों को दबा देते थे। और उस जर्मन लड़की ने स्पार्टकस को निहारा जो कि एक साथ ही हँस भी रहा था और रो भी रहा था, और उसने स्पार्टकस के चेहरे को, उसकी बाँहों को और उसके हाथ को छुआ जिसमें वह अपना छुरा पकड़े हुए था। शराब की मशकों में से शराब ढाली जा रही थी जब स्पार्टकस उन्हें अपने होश में ले आया। उसी वक़्त, अपनी जीत में मगन और शराब के नशे में चूर, वे लोग इतिहास के बाहर निकल जा सकते थे क्योंकि सैनिक कापुआ के फाटक से बाहर निकलने लगे थे मगर तभी स्पार्टकस ने अपने ग़ुलाम साथियों को बस में कर लिया। उसने गैनिकस को हुक़्म दिया कि मरे हुए सैनिकों के सारे हथियार ले लो और नॉर्डो नाम के एक अफ़्रीकी को यह पता लगाने के लिए भेजा कि क्या हथियारख़ाने को तोड़ सकना मुमकिन है। उसकी कोमलता अब ग़ायब हो चुकी थी और किस तरह वे लोग वहाँ से भाग जाएँ, इसी का एकाग्र संकल्प उसके भीतर एक तेज़ लौ की तरह जल रहा था और उसी ने उसका रूपान्तर कर दिया था। उसकी सारी ज़िन्दगी आज की इसी चीज़ के लिए बनी थी और उसका सारा धीरज इसी दिन की तैयारी के लिए था। उसने सदियों इन्तज़ार किया था; आज के दिन का इन्तज़ार वह उस दिन से कर रहा था जबकि पहले ग़ुलाम को ज़ंजीरों में जकड़ा गया था, उसे लकड़ी चीरने और पानी खींचने के लिए कोड़े मारे गए थे, और अब वह किसी भी हालत इधर से विरत नहीं हो सकता, पैर नहीं हटा सकता।

पहले वह उनसे अनुरोध करता था, अब वह उन्हें आदेश देता था। रोमन हथियारों को कौन इस्तेमाल कर सकता है? बल्लम लेकर लड़ना किसे आता है? उसने अपने सिपाहियों को चार दस्तों में बाँटा।

उसने कहा, "मैं चाहता हूँ कि औरतें घेरे के अन्दर रहें। उनको कोई चोट न आनी चाहिए और न उन पर हमला करने का मौक़ा हमें दुश्मन को देना चाहिए। औरतें नहीं लड़ेंगी।"

औरतों के ग़ुस्से को देखकर वह आश्चर्य में पड़ गया था। उनका ग़ुस्सा तो पुरुषों से भी कहीं बढ़-चढ़कर था। औरतें लड़ना चाहती थीं। लड़ने की उनके भीतर घोर प्रेरणा थी और इसीलिए वे रो-रोकर स्पार्टकस से भीख-सी माँग रही थीं कि वह अपनी स्वीकृति दे दे। उन छुरों को देखकर उनका जी ललचा गया और उन्होंने कुछ छुरों को पाने के लिए बड़ी अनुनय-विनय की मगर जब स्पार्टकस ने उनकी बात नहीं मानी तो उन्होंने अपनी ट्यूनिक के फेंटे बाँधे और उनमें ईंट-पत्थर भर लिये।

स्कूल के पास ही ढलवाँ पहाड़ी खेत थे जो कि किसी की जागीर थे। खेत में काम करनेवाले ग़ुलाम यह देखकर कि आज और दिनों से भिन्न कोई अनोखी और भयानक चीज़ हो रही है, उसको देखने के लिए दौड़े और आकर छोटी-छोटी टोलियों

में पत्थर की दीवारों पर यहाँ-वहाँ खड़े हो गए और उनको देखकर स्पार्टकस की आँखों के आगे स्पष्ट रूप से उसका भविष्य अपनी पूरी सादगी के साथ आ गया। उसने उस यहूदी डेविड को बुलाया और कहा कि उसको क्या करना है और वह यहूदी उन खेत के ग़ुलामों की ओर दौड़ गया। स्पार्टकस का अनुमान ग़लत नहीं था; खेत के उन ग़ुलामों में से तीन चौथाई डेविड के संग आ गए। वे दौड़ते हुए आए और उन्होंने ग्लैडिएटरों को सलाम किया और उनके हाथों को चूम लिया। वे अपने साथ अपनी कुदालें लिये हुए थे और अब देखते-देखते इन कुदालों का रूप बदल गया था, अब वे औज़ार नहीं हथियार थे। तब तक अफ़्रीकन लौट आए। वे हथियारख़ाने को तोड़ने में नाकाम रहे थे; उसको तोड़ने में कम-से-कम आधा घंटा लगेगा; मगर हाँ, उन्होंने हाल की आई हुई एक पेटी ज़रूर तोड़ डाली थी जिसके अन्दर त्रिशूल थे, मछली पकड़ने के वही तीन नोकवाले काँटे। इस तरह अब तीन नोक वाले ये तीस भाले उनके पास थे और स्पार्टकस ने उन्हें उन लोगों में बाँट दिया जिनको इस हथियार से लड़ने का अभ्यास था और उन अफ़्रीकियों ने अपने हथियार को चूमा, प्यार से थपथपाया और अपनी विचित्र बोली में उनके प्रति अपनी विचित्र शपथ ली।

इस सब में बहुत थोड़ा समय ही लगा था मगर तब भी स्पार्टकस को और भी जल्दी करने की ज़रूरत पहले से भी ज़्यादा बोझ बनकर सता रही थी। वह इस जगह से दूर चला जाना चाहता था, स्कूल से दूर, कापुआ से दूर। "मेरे पीछे आओ," वह चिल्लाया—"मेरे पीछे आओ!" वारिनिया उसकी बग़ल में थी। वे सड़क से दूर खेतों में निकल गए और खेत पार करके ढालुआँ पहाड़ियों पर चढ़ने लगे। "मुझे पीछे मत छोड़ना, मुझे पीछे मत छोड़ना," वारिनिया ने कहा, "मैं भी तुम आदमियों की ही तरह लड़ सकती हूँ।"

तभी उन्होंने सैनिकों को कापुआ की तरफ़ से सड़क पर आते देखा। वे दो सौ सैनिक थे। वे दौड़ते आ रहे थे जबकि उन्होंने ग्लैडिएटरों को पहाड़ियों पर चढ़ते देखा। तब उनके अफ़सरों ने उन्हें एकदम तिक्खे एक ओर को मोड़ दिया ताकि वे बीच में ही जाकर ग्लैडिएटरों को पकड़ लें और वे सैनिक खेतों में होकर तेज़ी से दौड़े। उनके उस पार उधर दूर पर कापुआ के नागरिकों की भीड़ें फाटक में से बाहर आ रही थीं। वे लोग ग़ुलामों के विद्रोह का दमन देखने के लिए और ग्लैडिएटरों की एक ऐसी लड़ाई देखने के लिए आ रहे थे जिसमें उनका कोई ख़र्च नहीं लगना था।

यह चीज़ यहीं पर खतम हो सकती थी या इसके एक घंटा पहले या एक महीना बाद। ऐसे असंख्य बिन्दुओं में से किसी एक पर पहुँचकर इस चीज़ का अन्त हो सकता था। ग़ुलाम इसके पहले भी भागे थे। अगर ये ग़ुलाम भी भागे होते तो वे खेतों में जाते और जंगलों में जाते। वहाँ पर वे चोरी की चीज़ों पर और कन्द-मूल

खाकर जानवरों की तरह ज़िन्दगी बिताते। और फिर एक के बाद एक उन्हें उसी तरह पकड़ लिया जाता जिस तरह जानवरों को पकड़ा जाता है और फिर एक के बाद एक उन्हें सलीब पर टाँग दिया जाता। गुलाम के लिए कहीं शरण लेने को जगह न थी, दुनिया ही ऐसी बनी थी। और जब स्पार्टकस ने उन कापुआ में स्थित सैनिकों को अपनी तरफ़ भागकर आते देखा तो यह सीधी-सी बात उसकी समझ आ में गई। छिपने के लिए कहीं जगह न थी, कोई बिल न था जिसमें वे लोग घुस सकें। इस दुनिया ही को बदलना होगा। उसने दौड़ना बन्द कर दिया और कहा, "हम इन सैनिकों का मुक़ाबला करेंगे।

10

इसके बहुत बाद स्पार्टकस ने अपने मन में कभी कहा, "हमारी लड़ाइयों के बारे में कौन लिखेगा कि हम क्या जीते और क्या हारे? और कौन है जो सच बात कहेगा?" ग़ुलाम के नज़दीक जो कुछ सत्य था वह उस युग के, जिसमें वे रहते थे, सभी सत्यों के विपरीत पड़ता था। सत्य असम्भव था; हर हालत में सत्य असम्भव था, इसलिए नहीं कि वह हुआ नहीं; बल्कि इसलिए कि उस युग के सन्दर्भ में किसी के पास उसकी व्याख्या न थी। ग़ुलामों से अधिक सैनिक थे और सैनिक अस्त्र-शस्त्रों से ख़ूब सुसज्जित थे; मगर सैनिकों को आशा न थी कि ग़ुलाम लड़ेंगे और ग़ुलाम जानते थे कि सैनिक लड़ेंगे। ढलवान से नीचे गिरते हुए एक पहाड़ी नाले की तरह ग़ुलाम तेज़ी से नीचे को दौड़े और सैनिक, जो कि बेतरतीब इधर-उधर भाग रहे थे, ठीक वैसे जैसे लोग ख़रगोश का पीछा करते हैं, इस हल्ले का मुक़ाबला न कर सके और उन्होंने ऊटपटाँग अपने भाले इधर-उधर फेंकने शुरू किये और औरतें उन पर जो पत्थर बरसा रही थीं उनसे बचने का उपाय करने लगे।

तो सच बात तो यह है कि सैनिक ग़ुलामों के हाथ मार खाकर भाग गए थे और कापुआ जब आधी दूर रह गया था तो उनका पीछा करते हुए ग़ुलामों ने वहाँ जाकर उन्हें पकड़ लिया था और मार गिराया था। पहली लड़ाई में ग़ुलामों को बड़ी क्षति पहुँची मगर दूसरी लड़ाई में उनमें सिर्फ़ मुट्ठी-भर आदमी मारे गए और रोमन सैनिक भाग खड़े हुए। सचाई तो यही थी मगर इस कहानी को एक सौ तरीक़ों से कहा गया और इसकी पहली रिपोर्ट कापुआ के सैनिकों के सेनापति ही ने लिखी।

उसने लिखा—"लेंटुलस बाटियाटस के ट्रेनिंग स्कूल के ग़ुलामों ने विद्रोह कर दिया और उनमें से बहुत से भाग गए और एपियन मार्ग पर होकर दक्षिण की ओर निकल गए। उनका पीछा करने के लिए कापुआ की आधी सैन्य-शक्ति भेजी गई मगर तब भी उनमें से कुछ भाग गए। किसी को यह नहीं मालूम है कि उनके नेता कौन हैं या कि उनके इरादे क्या हैं मगर यह ज़रूर है कि उन्होंने देहातों के ग़ुलामों

में भी असन्तोष का बीज डाल दिया है और यहाँ के नागरिकों का यह मत है कि कापुआ की सैन्य-शक्ति को और बढ़ाने के लिए हमारी महान सेनेट को कुछ भी उठा न रखना चाहिए ताकि तत्काल इस विद्रोह का दमन किया जा सके। शायद बाद को यह विचार आने पर सेनापति ने इतना और जोड़ दिया था—"बहुत से लोमहर्षक कांड हो चुके हैं और इस बात का डर है कि देहात के सारे इलाक़े में लूटपाट, मार-काट का बाज़ार गरम हो जाएगा।"

और ख़ैर बाटियाटस ने तो जैसे अपनी कहानी कापुआ के उत्सुक नागरिकों को सुनाई ही। सच पूछिए तो किसी को कोई परेशानी न थी एक बाटियाटस को छोड़कर, जो अपनी सालों की मेहनत को नाली में बहे जाते देख रहा था—मगर उनमें से हर एक यह समझ रहा था कि वह गाँव का इलाक़ा तब तक गड़बड़ी में पड़ा रहेगा जब तक कि उन भयानक आदमियों (ग्लैडिएटरों) को पकड़कर या तो तलवार के घाट नहीं उतार दिया जाता या कील ठोंककर सलीब पर टाँग नहीं दिया जाता ताकि दूसरे उनकी मिसाल से नसीहत लें। यह कहानी का कहना अपने-आप में एक प्रक्रिया थी। इस कहानी को ऐसे सैकड़ों लोगों ने सुनाया था और फिर-फिर सुनाया था जिनकी पूरी ज़िन्दगी ग़ुलामों की उस अस्थिर आधारशिला पर टिकी हुई थी और उन्होंने अपनी कहानियाँ डर के मारे सुनाईं और इसलिए सुनाईं कि अपने भीतर वे उस चीज़ की हलचल महसूस कर रहे थे। ऐसा ही हमेशा हुआ है। बरसों बाद इसी चीज़ की यह शकल हो जाएगी—"हाँ, मैं कापुआ में शर्बत पी रहा था जब स्पार्टकस वहाँ से भागा। मैंने उसे देखा, कहता तो हूँ। आदमी क्या है, देव है। मेरी आँखों के सामने उसने एक बच्चे को अपनी बर्छी की नोक पर उठा लिया। बड़ी भयानक चीज़ थी, देखकर कलेजा मुँह को आता था।"

या इसी क़िस्म की और कोई बात, उन हज़ार बातों में से कोई एक जो इस घटना को लेकर फैल रही थीं। मगर उनके भीतर जो सत्य था उसकी तो उस समय स्पार्टकस तक को कभी-कभी केवल झलक मिल जाती थी। उसकी दृष्टि काल की शृंखला को तोड़कर मुक्त हो गई थी। दो छोटी-छोटी लड़ाइयों में, उसके नेतृत्व में चलनेवाले ग़ुलामों ने रोमन सैनिकों को हरा दिया था। यह बात बिलकुल ठीक है कि ये सिर्फ़ मुट्ठी-भर रोमन सैनिक थे और सो भी मध्य श्रेणी के जिन्हें शहर की आरामदेह ज़िन्दगी ने नाज़ुक बना दिया था, और उनका मुक़ाबला कर रहे थे तमाम इटली के सबसे अच्छे पेशेवर तलवार चलानेवाले मगर इतना होते हुए भी यह एक दुनिया को हिला देनेवाली घटना थी कि ग़ुलाम दिन में दो बार अपने मालिक को मार गिराए। और जब वे सैनिक भाग गए तो उन ग़ुलामों ने अपनी जीत के लाभ को हाथ से जाने नहीं दिया। स्पार्टकस ने जब उन्हें बुलाया तो वे लौट आए—वे अनुशासन की डोर में बँधे हुए लोग थे और इन कुछ ही घंटों में स्पार्टकस उनके लिए भगवान के समान हो गया था। उनके अन्दर स्वाभिमान लहरें मार रहा था और

उनके मन के दर्द ग़ायब हो चुके थे। वे बार-बार एक-दूसरे को छू रहे थे, कुछ इस तरह कि जैसे प्यार से हाथ फेर रहे हों मानो वह निष्ठुर कहावत, 'ग्लैडिएटर, किसी ग्लैडिएटर से दोस्ती न कर,' एकाएक बिलकुल पलट गई हो। और इसी तरह एक-दूसरे को छूकर उन्हें आपस में एक-दूसरे के अस्तित्व की चेतना हो रही थी। उन्होंने इस चीज़ के बारे में न तो सोचा और न तर्क करके ही किसी निष्कर्ष पर पहुँचे; वे लोग अधिकांश में सीधे-सादे अनपढ़, गँवार लोग थे मगर एकाएक किसी ने उन्हें बहुत ऊँचाइयों पर चढ़ा दिया और उनके सारे कल्मष को धोकर पवित्र कर दिया था। वे इस तरह एक-दूसरे को देख रहे थे जैसे पहले उन्होंने एक-दूसरे को देखा ही न हो और शायद इस बात में कुछ सचाई भी थी। इसके पहले उन्हें कभी सचमुच एक-दूसरे को देखने का साहस न हुआ था। क्या जल्लाद उस आदमी को देख सकता है जिसे वह सज़ा देने जा रहा है? मगर अब उनका सम्बन्ध जल्लाद और उसके हाथ सज़ा पानेवाले आदमी का न था जिन्हें अनिवार्य रूप से एक ही डोर में बाँध दिया गया है, दोनों एक-दूसरे के लिए जल्लाद। अब उनका सम्बन्ध भाईचारे का था, ऐसे भाइयों का जिन्होंने मिलकर विजय प्राप्त की है और अब स्पार्टकस की समझ में आया कि कैसे यह चीज़ सिसिली और दूसरी बहुत सी जगहों में हो सकी थी। उसने उनकी शक्ति को अपने भीतर महसूस किया क्योंकि उनका एक अंश स्वयं उसके भीतर भी बढ़ रहा था, पल्लवित हो रहा था और यही धारणा जो उसके भीतर दौड़ रही थी उसने उन सब कष्टों और यातनाओं को धो डाला जिनसे कि उसका अतीत बना था और धो डाला उसकी समस्त भीतियों और लज्जा और अपमान को। वह इतने दिनों तक ज़िन्दगी को दाँत से पकड़े रहा था और इतने दिनों से बराबर उसने प्राण-रक्षा को बिलकुल ठीक-ठीक विज्ञान का रूप दे रखा था कि कोई उसके बारे में यह समझने की भूल कर सकता था कि उसके लिए ज़िन्दगी बड़ी सावधानी से और सतर्कता से बरती जाने वाली चीज़ हो गई होगी। मगर यही तो वह सब था जो उसने इतने दिनों तक बचाया था और एकाएक मृत्यु के विचार का उसे कोई डर न रह गया क्योंकि मृत्यु अब उसके लिए नगण्य थी...।

कापुआ से क़रीब पाँच मील दक्षिण को, एपियन मार्ग से थोड़ी दूर हटकर, वे सब ग्लैडिएटर और उनकी स्त्रियाँ और उनके साथ में आनेवाले ग़ुलाम एक पहाड़ी पर इकट्ठा हुए जहाँ से किन्हीं रोमन महाशय की जागीर पर बनी हुई विशाल हवेलियों में से एक दिखाई दे रही थी। दोपहर का वक़्त हो रहा था और उन दोनों लड़ाइयों के दौरान में और उसके बाद दक्षिण की ओर बढ़ने के दौरान में वे ग्लैडिएटर अब एक छोटी-सी सेना बन गए थे। कुछ दूर से उनको देखकर रोमन सैनिकों की एक टुकड़ी का धोखा हो सकता था अगर उनके बीच वे काले हब्शी न होते। उन्होंने आपस में हथियार बाँट लिये थे, रोमन सैनिकों के वही सब

लोहे के टोप और ज़िरहबख़्तर और बर्छी और ढाल। अब कोई निहत्था न था और हथियारों से लैस होकर और अग्नि-परीक्षा में से निकलने के बाद अब इसमें सन्देह था कि रोम के पहले कोई दूसरी शक्ति उनका मुक़ाबला कर सकेगी। औरतों को छोड़कर मगर घर में और खेतों पर काम करनेवाले ग़ुलामों को लेकर अब उनकी संख्या ढाई सौ थी। उनकी तीन मुख्य श्रेणियाँ थीं, गॉल, अफ़्रीकी और थ्रेसियन और वे तीनों टुकड़ियों के रूप में मार्च कर रही थीं और उनके सबसे आगे चलते हुए लोग ही कहने-सुनने के लिए उनके अफ़सर थे। चूँकि इतने दिनों तक उन्होंने रोमन सैनिकों की दस-दस की टुकड़ियाँ देखी थीं इसलिए स्वभावत: उन्होंने उसी तरीक़े को अपना लिया। स्पार्टकस उनका नेता था। इसके बारे में कोई बहस न थी। उसके लिए वे जान दे सकते थे। उनके पास ऐसे लोगों की, जिनको भगवान का स्पर्श मिला था, न जाने कितनी जनश्रुतियाँ भरी पड़ी थीं। उन्होंने जब स्पार्टकस को देखा तो उनका यह विश्वास उनके चेहरे पर लिख गया।

मार्च करते समय वही सबसे आगे था और वह जर्मन लड़की वारिनिया उसकी कमर में बाँह डाले उसकी बग़ल में चल रही थी। कभी-कभी वह उसको देख लेती थी। उसके लिए यह कोई नई बात न थी। उसने अब से बहुत पहले इस आदमी से शादी की थी जो सभी आदमियों में सबसे ज़्यादा अच्छा और सबसे बहादुर था और क्या उस वक़्त भी उसको यह बात न मालूम थी—जैसी कि आज मालूम है? उनकी जब आँखें मिलीं तो वह मुस्करा दी। वह सैनिकों से लड़ी थी। उसे यह नहीं पता था कि उसकी इस बात से स्पार्टकस ख़ुश था या नाख़ुश मगर ख़ैर जो भी हो उसने उसके हाथ के उस छुरे पर कोई आपत्ति न की थी। वे दोनों बराबर थे। दुनिया में उन अमेज़ॉन स्त्रियों की पुराने ज़माने की कहानियाँ भरी पड़ी थीं जो कि उस प्राचीन, अति प्राचीन काल में पुरुषों ही की तरह उनके साथ-साथ युद्ध-क्षेत्र में जाया करती थीं—और तब स्पार्टकस के समय में इन कहानियों के अलावा उस अतीत की और भी कहानियाँ प्रचलित थीं जबकि स्त्री और पुरुष बराबर थे और न कोई स्वामी था और न कोई दास और सबका सब चीज़ों पर बराबर अधिकार था। वह प्राचीन काल समय के कुहासे में खो गया था; वह स्वर्णयुग था। अब फिर से वही स्वर्णयुग आएगा।

एक तरह से वह स्वर्णयुग इसी समय आ गया था जबकि सूरज अपनी प्रखर ज्योति से उस सुन्दर ग्रामांचल को नहला रहा था और अखाड़े के वे हिंस्र लोग उसको और उस ग़ुलाम जर्मन लड़की को घेरकर बैठे हुए थे और सवाल पर सवाल पूछते चले जा रहे थे। जहाँ पर वे इकट्ठा हुए थे उस चरागाह में घास नम थी और हरी थी। उस पर मक्खन के गोलों की तरह पीले-पीले फूल फूले हुए थे और चारों ओर तितलियाँ और मधुमक्खियाँ भरी हुई थीं और हवा में उनके गाने की गूँज थी। थ्रेसियन ढंग पर उन्होंने स्पार्टकस को पिता कहकर पुकारा।

"अब हम लोग क्या करेंगे और कहाँ जाएँगे?"

वह उनके घेरे के बीच खड़ा था। वारिनिया घास पर बैठी हुई थी और उसका गाल स्पार्टकस के पैर से टिका हुआ था। वे सब उसके चारों ओर घास पर बैठे थे या सिमटे खड़े थे, वे सब लहीम-शहीम हब्शी, सुर्ख़ चेहरों और नीली आँखोंवाले गॉल और थ्रेसियन जिनके बाल और शरीर की एक-एक मांसपेशी लोहे के तार जैसी बटी हुई थी। उसने कहा, "हम एक क़बीला हैं। तुम्हारी क्या राय है?" उन लोगों ने सिर हिलाकर अपनी स्वीकृति दी। उस क़बीले में कोई ग़ुलाम न था और सब बराबरी से बोल सकते थे और अभी यह बहुत पुरानी बात न थी, उसकी स्मृति की स्मृति तो उनको थी ही।

"कौन बोलना चाहता है?" उसने पूछा, "कौन तुम्हारा नेता बनकर आगे आएगा? जो नेतृत्व करना चाहता हो खड़ा हो जाए। अब हम आज़ाद लोग हैं।"

कोई खड़ा नहीं हुआ। थ्रेसियनों ने अपने छुरे की मूठ से अपनी उन छोटी-छोटी ढालों को बजाया और उसकी आवाज़ से चरागाह की बहुत-सी चिड़ियाँ उड़ीं। कुछ लोग दूर पर जागीरदार की हवेली के आस-पास दिखाई दिये मगर वे इतनी दूर थे कि यह कहना असम्भव था क़ि वे कौन थे या क्या थे। हब्शियों ने अपने चेहरों के आगे हाथ ले जाकर ताली बजाई और इस तरह स्पार्टकस का अभिवादन किया। उन सबको अपने भीतर एक विचित्र सन्तोष; एक अद्‌भुत तृप्ति मिल रही थी और उस समय तो वे निश्चय ही स्वप्न में जी रहे थे। वारिनिया का गाल स्पार्टकस के पैर से बराबर लगा रहा। गैनिकस चिल्लाया—"स्पार्टकस ज़िन्दाबाद।"

एक आदमी जो मर रहा था, धीरे-धीरे अपने कमज़ोर पैरों पर खड़ा हो गया। वह घास पर पड़ा हुआ था, उसकी बाँह ऊपर से नीचे तक कट गई थी, भीतर से सफ़ेद हड्डी झाँक रही थी और ख़ून का परनाला जारी था। वह एक गॉल था और वह पीछे नहीं छूटना चाहता था और इस रूप में उसने आज़ादी का थोड़ा-बहुत स्वाद पा लिया था। ख़ून में भीगे हुए कपड़े से उसकी बाँह बँधी हुई थी और वह धीरे-धीरे चलकर स्पार्टकस तक गया और स्पार्टकस ने उसे तनकर खड़े होने में मदद दी।

उसने ग्लैडिएटरों से कहा, "मुझे मरने का डर नहीं है। इस तरह मरना लोगों को तमाशा दिखलाते हुए मरने से कहीं बेहतर है। लेकिन अगर मेरा बस चलता तो मैं मरने के बदले इस आदमी के पीछे चला चलता। मैं मरना नहीं चाहता। मैं चाहता हूँ कि मैं इस आदमी के पीछे-पीछे चलूँ ओर देखूँ कि यह हमें कहाँ ले जाता है। लेकिन अगर मैं मर जाऊँ तो मुझे याद करना और इस आदमी के संग कोई बुराई न करना। इसकी बात सुनना। थ्रेसियन उसको पिता कहकर बुलाते हैं और हम सब छोटे बच्चों की तरह हैं और वह हमारे भीतर की सारी बुराई को चूसकर फेंक देगा। मेरे अन्दर अब कोई बुराई, कोई पाप नहीं है। मैंने एक बड़ा काम किया है और

मैं स्वच्छ हूँ और मुझे मरने का डर नहीं है। मैं शान्तिपूर्वक सोऊँगा। मरने के बाद फिर मुझे सपने न आएँगे।"

कुछ ग्लैडिएटर अब खुलकर रो रहे थे। उस गॉल ने स्पार्टकस को चूमा और स्पार्टकस ने उसको चूमा। "मेरे पास रहो," स्पार्टकस ने कहा, और वह आदमी वहीं पास ही घास पर ढेर हो गया और खेत पर काम करनेवाले वे ग़ुलाम जो इन लोगों के संग आ मिले थे, मुँह खोलकर भौंचक से इन ग्लैडिएटरों को देखने लगे जिनका मृत्यु से इतना सहज और इतना घनिष्ठ परिचय था।

स्पार्टकस ने उससे कहा, "तुम मर रहे हो मगर हम जिएँगे। हम तुम्हारे नाम को याद रखेंगे और हवा में उसकी गूँज भर देंगे। देश-भर में लोग तुम्हारे नाम को जानेंगे!"

"तुम कभी हथियार डालोगे तो नहीं?" उस गॉल ने विनती के स्वर में पूछा।

"क्या जब वे सैनिक हमसे लड़ने के लिए आए तो हमने हथियार डाले? हम दो बार उन सैनिकों से लड़े और हम जीते। तुम जानते हो अब हमें क्या करना होगा?" उसने ग्लैडिएटरों से पूछा!

वे ग़ौर से उसको देखने लगे।"

"क्या हम लोग भाग सकते हैं?"

"भागकर कहाँ जाएँगे?" क्रिक्सस ने पूछा, "सब जगह तो यही बात है। सब जगह तो यही मालिक और ग़ुलाम का सवाल है।"

स्पार्टकस ने, जो अब सारी बात जानता था, और अच्छी तरह, पूरे निश्चय के साथ जानता था, ऐसे कि जैसे उसे कभी कोई सन्देह न रहा हो, कहा, "हम भागेंगे नहीं। हम एक के बाद दूसरी जागीरदारी में जाएँगे, घर-घर जाएँगे और जहाँ भी जाएँगे ग़ुलामों को आज़ाद करेंगे और उन्हें अपने में मिला लेंगे। जब वे फिर हमसे लड़ने के लिए अपने सैनिक भेजेंगे तो हम उनसे लड़ेंगे और फिर भगवान ही यह निश्चय करेगा कि वह किस तरीक़े को ज़्यादा पसन्द करता है, रोमन तरीक़े को या हमारे तरीक़े को।"

"और हथियार? हथियार हमें कहाँ मिलेंगे?" किसी ने पूछा।

"हथियार हम सैनिकों से छीनेंगे। और हथियार बनाएँगे भी। रोम अगर हमारा ख़ून-पसीना और हमारा ज़ख़्म नहीं है तो और है क्या? ऐसी कौन सी चीज़ है जो हम नहीं बना सकते?"

"तब हम रोम के ख़िलाफ़ लड़ाई छेड़ देंगे।"

"हाँ, तब रोम हमारे ख़िलाफ़ लड़ाई छेड़ देगा।" स्पार्टकस ने शान्त भाव से कहा, "हम लोग रोम का अन्त कर देंगे और एक ऐसी दुनिया बनाएँगे जिसमें न कोई ग़ुलाम होगा न कोई मालिक।"

यह एक स्वप्न था, मगर इस समय उन्हें स्वप्न देखने का ही जी हो रहा था।

वे आसमानों में गोते लगा रहे थे और अगर उस काली-काली आँखों और टूटी हुई नाक वाले अजीबोग़रीब थ्रेसियन ने उनसे कहा होता कि वह स्वयं उनको लेकर भगवान पर चढ़ाई करने जा रहा है तो उन्होंने फ़ौरन उसकी बात मान ली होती और उसी वक़्त उसके पीछे चल दिये होते।

"हम अपने-आप को ज़लील नहीं करेंगे" स्पार्टकस ने मद्धिम स्वर में कहा, कुछ इस तरह से कि वह उनमें से हर एक से अलग-अलग सीधे कोई बात कह रहा हो। "हम वैसा नहीं करेंगे जैसा रोमन करते हैं। हम रोमन क़ानून को नहीं मानेंगे। हम ख़ुद अपना क़ानून बनाएँगे।"

"हमारा क़ानून क्या है?"

"हमारा क़ानून बहुत आसान है। हमारे हाथ में जो कुछ भी आएगा उस पर सब का बराबर अधिकार होगा और किसी आदमी के पास अपने हथियारों और अपने कपड़ों को छोड़कर दूसरी कोई चीज़ अपनी न होगी। सब कुछ वैसा ही होगा जैसा कि पुराने ज़माने में होता था। हम उन्हीं क़ायदों को बरतेंगे।"

एक थ्रेसियन ने कहा, "माल तो इतना है कि हम सभी रईस हो सकते हैं।"

"तब फिर तुम्हीं क़ानून बनाओ, मैं नहीं बनाता," स्पार्टकस ने कहा।

वे इसी तरह बातें करते रहे और उनके बीच ऐसे लालची लोग भी थे जो रोमनों की तरह ख़ुद भी बड़े-बड़े जागीरदार बनने के स्वप्न देखते थे और ऐसे भी थे जो ख़ुद रोमनों को ग़ुलाम बनाकर रखने के स्वप्न देखते थे। और वे इसी तरह बातें करते रहे और करते रहे मगर अन्त में हुआ वैसा ही जैसा स्पार्टकस ने कहा।

स्पार्टकस ने कहा, "और हम लोग किसी स्त्री को रखैल बनाकर नहीं रखेंगे। हम स्त्री को केवल पत्नी के रूप में रखेंगे और किसी आदमी के पास एक से अधिक पत्नी न होगी। दोनों के बीच समान रूप से न्याय होगा और अगर वे शान्तिपूर्वक जीवन निर्वाह नहीं कर सकते तो वे अलग हो जाएँगे। मगर कोई आदमी किसी स्त्री के संग चाहे वह रोमन हो चाहे और कोई, जो कि उसकी धर्मपत्नी नहीं है, नहीं सोएगा।"

उनके क़ानून थोड़े से थे और उनके बारे में उनके बीच पूर्ण मतैक्य था। इसके बाद उन्होंने अपने हथियार उठाए और उस जागीरदार की हवेली पर हमला करने के लिए चले गए। वहाँ पर सिर्फ़ ग़ुलाम बच गए थे क्योंकि रोमन लोग भागकर कापुआ चले गए थे...और वे ग़ुलाम ग्लैडिएटरों से आ मिले।

11

कापुआ में उन लोगों ने इस पहली हवेली से उठते हुए धुएँ को देखा और इससे यह नतीजा निकाला कि ग़ुलाम अनावश्यक रूप से क्रूर और प्रतिहिंसा से भरे हुए

हैं। वे चाहते थे कि ये ग़ुलाम शराफ़त और हमदर्दी से पेश आएँ, और व्यावहारिक शब्दों में कहें तो वे चाहते थे कि ग़ुलाम भागकर उन जंगली पहाड़ों में, उनकी गुफ़ाओं में इक्के-दुक्के छिप जाएँ और जानवरों की तरह छिपे-छिपे तब तक साँस लेते रहें जब तक कि उनमें से एक-एक जानवर का शिकार नहीं कर लिया जाता। कापुआ के नागरिकों ने जब पहले जलते हुए मकान से उठते धुएँ को देखा तब भी उन्हें कुछ ख़ास चिन्ता या परेशानी नहीं हुई। यह तो स्वाभाविक ही था कि ग्लैडिएटरों को जो कुछ अपने सामने मिलेगा उसी पर वे अपना ग़ुस्सा निकालेंगे। कापुआ की इस बग़ावत की ख़बर सेनेट को देने के लिए तेज़ चलनेवाले हरकारे एपियन मार्ग पर चल चुके थे—और इसका मतलब था कि थोड़े ही दिनों में स्थिति क़ाबू में आ जाएगी और तब इन ग़ुलामों को ऐसा पाठ पढ़ाया जाएगा जो वे फिर कभी न भूलेंगे।

मारियस एकैनस नाम के एक बड़े जागीरदार को पहले ही से सूचना मिल गई थी और उसने अपने सात सौ ग़ुलामों को इकट्ठा किया ताकि उन्हें लेकर हिफ़ाज़त के साथ कापुआ की दीवारों के पीछे पहुँच जाए! मगर रास्ते में ही उसे ग्लैडिएटर मिल गए और फिर ये ग्लैडिएटर निर्मम होकर शान्त खड़े देखते रहे और उनकी आँखों के सामने उन ग़ुलामों ने अपने मालिक को और मालकिन को और मालकिन की बहन को और मालिक की बेटी को और उसके पति को मार डाला। यह बड़ी निर्मम, भयानक चीज़ थी मगर स्पार्टकस जानता था कि वह इसको रोक नहीं सकता और न उसकी ऐसी इच्छा ही थी। उन्होंने जो कुछ बोया था आख़िर वही तो वे काट रहे थे और ख़ुद उनके पालकी ढोनेवाले ग़ुलामों ने यह काम किया, जब उनको यह मालूम हुआ कि ये रोमन सैनिक नहीं बल्कि वही भागे हुए ग्लैडिएटर हैं जिनकी ख्याति सब जगह पहुँच चुकी थी, हवा में जिनके नाम की गूँज थी। यह तीसरे पहर का वक़्त था मगर ख़बर वक़्त से भी तेज़ दौड़ रही थी। कुल सौ को लेकर जो चीज़ शुरू हुई थी वह अब एक हज़ार को पहुँच चुकी थी और जिस समय वे दक्षिण की ओर बढ़ रहे थे, तमाम पहाड़ों से और वादियों से भाग-भागकर ग़ुलाम आ रहे थे और उनमें मिल रहे थे। खेतिहर अपने काम करने के औज़ार लेकर आ रहे थे; बकरी चरानेवाले अपनी भेड़-बकरियों के झुंड लेकर आ रहे थे। जब वे नदी की तरह बहते हुए एक मकान के क़रीब पहुँचे, आदमियों की एक बड़ी-सी भीड़ के रूप में क्योंकि अब सिर्फ़ ग्लैडिएटरों में कुछ थोड़ा-सा फ़ौजी चाल-ढाल, क़ायदा-क़ानून बाक़ी बचा था—तो उनके पहुँचने के पहले ख़बर पहुँच चुकी थी और बावर्चीख़ाने में काम करनेवाले ग़ुलाम अपनी छुरियाँ और बोगदे लेकर उनका स्वागत करने के लिए बाहर आए और घर के भीतर काम करनेवाले ग़ुलाम उन्हें रेशम और अच्छे-अच्छे कपड़ों का उपहार देने के लिए दौड़े आए। ज़्यादातर जगहों पर रोमन भाग गए थे और जहाँ पर रोमनों

और उनके दारोग़ाओं ने मुक़ाबला करने की कोशिश की वहीं पर इसका भयानक प्रमाण मिलता था कि यहाँ कुछ हुआ है।

वे लोग तेज़ी से आगे न बढ़ पाते थे। अब वे हँसते-गाते हुए मर्दों और औरतों और बच्चों की एक बहुत बड़ी भीड़ बन गए थे जिसमें हर कोई आज़ादी की वही शराब पिये हुए था। अभी वे कापुआ से बीस मील से भी ज़्यादा दूर थे जब साँझ हो गई और उन्होंने एक पहाड़ी सोते के पास एक घाटी में पड़ाव डाल दिया, आग सुलगा ली और ताज़ा मारकर लाया हुआ गोश्त छक-छककर खाने लगे। उनकी सलाखों पर पूरी-पूरी बकरियाँ और भेड़ और यहाँ-वहाँ एकाध बैल भी, आग पर भूना जाने लगा और उसकी सोंधी ख़ुशबू हवा में बस गई। उन लोगों के लिए यह एक बड़ी शानदार दावत थी जो साल-के-साल प्याज़ और शलजम और जौ के दलिये पर ही गुज़र करते थे। गोश्त के बाद उन्होंने शराब पी और उनके गानों और हँसी ने खाने में मिर्च-मसाले का काम किया। कैसी अच्छी टोली थी यह भी, गॉल और यहूदी और यूनानी और मिस्री और थ्रेसियन और नूबियन और सूडानी और लीबियन, ईरानी और असीरियन और समारियन, जर्मन और स्लाव, बुल्गारियाई और मक़दूनियावाले और स्पेनवाले और बहुत से इटलीवाले भी जो पुश्तहापुश्त एक-न-एक कारण से बेचे गए थे, साबीन और उम्ब्रियन और टान और सिसीलियन और बहुत से ऐसे क़बीले जिनके नाम भी भूले जा चुके हैं, ख़ून और क़ौम के रिश्ते से बँधी हुई एक अनोखी टोली जिन्हें पहले उनकी ग़ुलामी ने एक किया था और जो अब अपनी आज़ादी में एक थे।

उस प्राचीन काल में पूरे जन का एक परिवार होता था और क़बीले के सारे लोग एक समुदाय के समझे जाते थे और सारे राष्ट्र को उन पर अभिमान होता था मगर सताए हुओं की इस दोस्ती और भाईचारे में दुनिया को एक नई ही चीज़ मिल रही थी और उस रात उस टोली में, जिसमें न जाने कितनी क़ौमों और कितने राष्ट्रों के लोग थे, ग़ुस्से या असन्तोष की एक भी आवाज़ नहीं सुनाई दी। उन सबको प्रेम और स्वाभिमान का थोड़ा-थोड़ा स्पर्श मिल गया था। उनमें से बहुतों ने स्पार्टकस को शायद ही कभी देखा था या किसी ने काफ़ी दूर से स्पार्टकस को उन्हें दिखलाया था मगर तब भी वे स्पार्टकस से भरे हुए थे। वह उनका नेता और उनका भगवान था—क्योंकि यह चीज़ उनके दिमाग़ में बहुत साफ़ न थी कि कभी-कभी भगवान मनुष्य का रूप धरकर धरती पर भी उतर आते हैं और क्या यह बात सच नहीं है कि ख़ुद प्रोमीथ्यूस ने स्वर्ग की उस पवित्र अग्नि को चुराया था और उसे मानवता को एक सबसे अनमोल उपहार के रूप में भेंट किया था? और जो बात एक बार हो सकती है वह दुबारा भी हो सकती है। अभी से ही लोग अपनी आग के चारों ओर बैठे हुए कहानियाँ कह रहे थे और स्पार्टकस की वीरताओं का एक नया महाकाव्य अस्तित्व में आता जा रहा था। उनमें से एक भी ऐसा न था—नहीं, एक भी नहीं,

यहाँ तक कि उन नन्हे बच्चों में भी नहीं—जिसने ऐसे संसार का स्वप्न न देखा हो जिसमें कोई ग़ुलाम न होगा...।

और स्पार्टकस ग्लैडिएटरों के बीच अभी बैठा हुआ था और वे लोग बातें कर रहे थे और जो कुछ हुआ था उसे तौल रहे थे, उसका जायज़ा ले रहे थे। उनका वह छोटा सा पहाड़ी नाला तब तक एक नदी बन चुका था और अब एक भीम प्रवाह का रूप लेने जा रहा था। गैनिकस ने यह बात कही। वह जब भी स्पार्टकस की ओर देखता था तो उसकी आँखें चमकने लगती थीं। "हम इसी तरह बढ़ते हुए सारी दुनिया को सर कर सकते हैं और उसके एक-एक पत्थर को उलटकर रख दे सकते हैं!" ऐसा उसने कहा, मगर स्पार्टकस ज़्यादा समझदार था। वह वारिनिया की गोद में सिर रखे लेटा हुआ था और वारिनिया उसके कड़े, भूरे, घुँघराले बालों में अपनी उँगलियाँ दौड़ा रही थी और कभी-कभी उसकी दाढ़ी के बालों पर भी हाथ फेर लेती थी और उसे अपने भीतर एक अपूर्व समृद्धि और तृप्ति भरी हुई महसूस होती थी। अब वह सन्तुष्ट थी मगर स्पार्टकस के भीतर आग जल रही थी; वह पुरानी ही दशा में अधिक सन्तुष्ट था। उसने इटली की रात की वेला में नीले आकाश पर फैले हुए उन साफ़-साफ़ चमकते हुए तारों को देखा और उसका मन एक-से-एक विचित्र विचारों और आकांक्षाओं और भीतियों और सन्देहों से भर उठा और उसे जो कुछ करना है उसका भारी बोझ उसने अपने ऊपर महसूस किया। उसे रोम को नष्ट करना है। इस विचार से ही, कि कोई ऐसा सोचने की धृष्टता भी करे, उसको मुस्कराहट आ गई और वारिनिया प्रसन्न हो गई और उसके होंठों पर अपनी उँगलियाँ फेरते हुए, अपनी ज़बान में कुछ गाने लगी—

जब शिकारी, जंगल से
लाता है लाल हिरण, करके शिकार
टिकाता है अपनी आँखें आग पर,
बोलते हैं बच्चे, बोलती है औरत—

एक ठंडे और जंगली मुल्क के रहनेवाले जंगली लोगों का संगीत। उसने वारिनिया के मुँह से उसके न जाने कितने वे अजीब-अजीब जंगली गाने सुने थे। वह गाती थी और स्पार्टकस उसको अपने मन में दुहराता था और उसके विचार उस संगीत की पृष्ठभूमि में आप-से-आप न जाने कैसे जम जाते और उसे अपने स्वप्न आकाश में चमकते हुए तारों के बीच फैले हुए दिखाई देते—

"तुम्हें रोम का ध्वंस करना है, तुम्हें, हाँ स्पार्टकस तुम्हें। तुम्हें इन लोगों को यहाँ से ले जाना होगा और इनके संग कठोर निर्मम बरताव करना होगा। तुम्हें इनको लड़ने और मारने का विज्ञान सिखाना होगा। अब लौटना नहीं हो सकता—नहीं एक

क़दम पीछे नहीं। सारे संसार पर रोम का आधिपत्य है इसलिए रोम का ही ध्वंस करना होगा ताकि वह बस एक बुरी स्मृति के रूप में रह जाए और तब फिर जहाँ पहले रोम था वहाँ हम एक नये जीवन का निर्माण करेंगे जिसमें सब लोग शान्ति से और प्रेम से भाई-भाई की तरह रहेंगे, जिसमें न कोई ग़ुलाम होगा और न कोई ग़ुलामों का मालिक, जिसमें न ग्लैडिएटर होंगे और न उनके अखाड़े, बल्कि जो उस प्राचीन युग के समान ही, उस स्वर्णयुग जैसा ही एक युग होगा। भाईचारे के आधार पर हम नये नगर बनाएँगे और उनके चारों ओर दीवारें न होंगी।"

तभी वारिनिया ने गाना बन्द कर दिया और उससे पूछा, "काहे का स्वप्न देख रहे हो तुम, मेरे पुरुष, मेरे थ्रेसियन? क्या तारों में बैठे हुए देवता तुमसे बातें कर रहे हैं? तो वे तुमसे क्या कह रहे हैं मेरे हृदयेश्वर? क्या वे तुम्हें कुछ ऐसी रहस्यभरी गोपन बातें बतला रहे हैं जो कि दूसरों को नहीं बतलाई जातीं?" सच बात यह है कि वह आधे मन से स्वयं इस पर विश्वास करती थी। जहाँ देवताओं की, भगवान की बात हो वहाँ क्या सच है क्या सच नहीं है, यह कौन कह सकता है? स्पार्टकस ईश्वर से घृणा करता था और उसे किसी प्रकार का कोई सम्मान न देता था, उसके प्रति स्पार्टकस के मन में ज़रा भी भक्ति न थी। एक बार उसने वारिनिया से पूछा था, "क्या ग़ुलामों के लिए भी ईश्वर होता है?"

उसने वारिनिया के सवाल का जवाब देते हुए कहा, "मेरे जीवन में ऐसा कुछ भी न होगा जो मैं तुम्हारे संग न बाँट सकूँ, मेरी प्राण।"

"तब फिर तुम काहे का स्वप्न देख रहे हो?"

"मैं स्वप्न देख रहा हूँ कि हम एक नया संसार बनाएँगे।"

तब वारिनिया को उससे भय मालूम हुआ मगर स्पार्टकस ने बड़े प्यार से उससे कहा, "आदमियों ने ही तो इस संसार को बनाया था। क्या यह सब यों ही हो गया था, प्राण? ज़रा सोचो। क्या इस संसार में ऐसी भी कोई चीज़ है जो हमने नहीं बनाई है—नगर, मीनारें, दीवारें, सड़कें, जहाज़? सभी कुछ तो हमने बनाया है। तब फिर हम एक नया संसार क्यों नहीं बना सकते?"

"रोम," वारिनिया ने कहा, और उस एक शब्द में वह शक्ति निहित थी जो सारी दुनिया पर शासन करती थी।

"तब हम रोम का ध्वंस कर देंगे," स्पार्टकस ने उत्तर दिया, "दुनिया रोम से उकता चुकी। हम रोम का ध्वंस कर देंगे और जिन चीज़ों में रोम की आस्था है उनका ध्वंस कर देंगे।"

"कौन? कौन करेगा?" वारिनिया ने अनुनय के स्वर में कहा।

"ग़ुलाम। पहले भी ग़ुलामों के विद्रोह हो चुके हैं मगर अब यह चीज़ कुछ और होगी। हम दुनिया-भर के ग़ुलामों का आवाहन करेंगे और वे हमारी बात सुनेंगे।"

इस तरह शान्ति गई और आशा गई और बहुत दिन बाद वारिनिया ने उस रात को याद किया जब उसके पुरुष का सिर उसकी गोद में था और उसकी आँखें दूर के तारों पर जमी हुई थीं। तब भी वह प्रेम की रात थी। कुछ ही लोगों को थोड़ी-सी ऐसी रातें मिलती हैं और वे भाग्यशाली होते हैं। वे वहाँ पर ग्लैडिएटरों के बीच, आग के इर्द-गिर्द लेटे रहे और समय धीरे-धीरे बीतता रहा। वे एक-दूसरे को छूते थे और इस प्रकार उन्हें एक-दूसरे का बोध होता था। वे एक व्यक्ति के समान हो गए।

भाग 5

जिसमें लेंटेलस ग्रैकस का वृत्तान्त है, यानी उसकी कुछ स्मृतियाँ और विला सलारिया में उसके ठहरने से सम्बन्ध रखनेवाली कुछ ख़ास बातें।

लेंटेलस ग्रैकस अक्सर कहा करता था कि जैसे-जैसे उसका वज़न बढ़ रहा है, तनी हुई रस्सी पर चलने की उसकी योग्यता भी बढ़ती जा रही है और जिस तरह उसने अपनी छप्पन साल की ज़िन्दगी के सैंतीस साल रोमन राजनीति की सफल साधना में बिताए थे उससे निश्चय ही उसके कथन की पुष्टि होती थी। वह कभी-कभी कहा करता था कि सनातन काल से राजनीति के लिए व्यक्ति के अन्दर तीन योग्यताओं की ज़रूरत होती है—योग्यताएँ तीन और सद्गुण एक नहीं। उसका दावा था कि सज्जनता के कारण जितने राजनीतिज्ञ बरबाद हुए हैं उतने और किसी कारण नहीं; और जिन योग्यताओं की बात वह करता था वे निम्नोक्त हैं—

पहली योग्यता, जीतते हुए पक्ष को चुन सकना। अगर वह सम्भव न हो तो फिर दूसरी योग्यता, हारते हुए पक्ष से अपना पिंड छुड़ा सकना और तीसरी योग्यता यह कि कभी किसी को अपना शत्रु न बनाओ।

ये तीनों ही योग्यताएँ आदर्श थीं और आदर्श तो फिर आदर्श ही हैं और लोग भी जैसे होते हैं वैसे ही होते हैं, इस सबसे यह चीज़ कहीं पर शत-प्रतिशत न मिलती थी। जहाँ तक उसकी अपनी बात है, उसका हाल अच्छा ही रहा था। उसने एक सीधे-सादे मगर मेहनती मोची के बेटे के रूप में करियर शुरू किया था। मगर मोची का बेटा होने से क्या होता है, उन्नीस साल की उमर में वह वोट ख़रीदने-बेचने लग गया था, पच्चीस तक पहुँचते-पहुँचते संस्थाओं के पद बेचने-ख़रीदने लग गया था और साथ ही बीच-बीच में दो-एक क़त्ल-वत्ल, अट्ठाईस की उमर में वह एक ताक़तवर राजनीतिक गिरोह का नेता था और तीस की उमर में तो सीलियन जैसे विख्यात वार्ड का निर्विरोध नेता था ही। पाँच साल बाद वह मजिस्ट्रेट हो गया था

और चालीस की उमर में सेनेट के अन्दर दाख़िल हुआ। वह शहर के दस हज़ार लोगों को नाम से और और भी बीस हज़ार लोगों को शकल से पहचानता था। जिन लोगों पर उसके एहसान थे उनकी फ़ेहरिस्त में उसके कट्टर से कट्टर दुश्मन भी थे और जहाँ एक ओर उसने कभी यह समझने की भूल नहीं की कि उसके सहकर्मियों में कोई ईमानदार आदमी भी है, वहाँ दूसरी ओर उसने कभी उससे भी बड़ी भूल यह नहीं की कि पहले ही से बेईमान को बेईमान मानकर बैठ जाए।

उसका वज़न, आकार, सब कुछ उसके पद के अनुरूप ही था। उसने कभी स्त्रियों पर विश्वास नहीं किया था और न उसके देखने में यही आया था कि उसके मित्रों और सहयोगियों को स्त्रियों से कुछ ख़ास लाभ पहुँचा हो। उसकी अपनी कमज़ोरी थी खाना और अपने जीवन के इतने सफल बरसों में उसने चर्बी की जो मोटी-मोटी तहें इकट्ठा कर ली थीं उनसे वह न सिर्फ़ देखने में बहुत रोबीला हो गया था बल्कि इसके साथ ही साथ उसी चर्बी की वजह से वह उन थोड़े से रोमनों की कोटि में आ गया था जिन्हें कभी किसी ने उनके चोग़ों के बिना देखा ही न था, जो हमेशा अपने चोग़ों की तहों में अच्छी तरह लिपटकर बाहर निकलते थे। ट्यूनिक पहनकर लेंटेलस ग्रैकस भला न मालूम होता था। हाँ चोग़ा पहनकर वह ज़रूर रोम के वैभव और रोम के ऊँचे चारित्रिक गुणों का प्रतीक मालूम होता था। उसका तीन सौ पौंड वज़न अपने ऊपर उसके भारी-से गंजे सिर का बोझ सँभाले था, जो गर्दन और गले पर चर्बी के कारण ऐसा लगता था कि जैसे उसको बड़ी मज़बूती से चर्बी के उस घेरे के बीच बिठाला गया हो। उसकी आवाज़ भारी और फटी हुई थी, उसकी मुस्कराहट बड़ी दिलचस्प थी और उसकी छोटी-छोटी, ख़ुशी से नाचती हुई नीली-नीली आँखें गोश्त की उन तहों के भीतर से झाँकती नज़र आती थीं। और उसकी त्वचा का रंग वैसा ही गुलाबी था जैसा कि एक नन्हे बच्चे का होता है।

ग्रैकस वास्तव में जीवन से इतना निराश या जीवन के प्रति इतना कठोर न था पर बातें ग्रैकस को सब मालूम थीं। रोमन समाज में शक्ति प्राप्त करने का नुस्ख़ा कभी उसके लिए रहस्य की चीज़ न रही थी और सिसेरो को बड़े भारी-भरकम ढंग से उस चीज़ की ओर बढ़ते देखकर जिसे वह सबसे अन्तिम और सबसे महत्त्वपूर्ण सत्य समझता था, ग्रैकस को मन-ही-मन हँसी आती थी। जब एंटोनियस केयस ने सिसेरो के बारे में उसकी राय पूछी तो ग्रैकस ने संक्षेप में उत्तर दिया—"छोकरा है।"

एंटोनियस केयस के संग ग्रैकस के बेहतरीन ताल्लुक़ात थे जैसे कि और भी कई बड़े-बड़े सामन्तों से थे। आभिजात्य उसके समीप एक बड़ा रहस्य था, अकेला रहस्य, वह अकेली चीज़ जिसकी पूजा ग्रैकस करता था। वह अभिजात वर्ग के लोगों को पसन्द करता था, उनसे स्पृहा करता था और एक विशेष क्षेत्र के भीतर ही भीतर उनसे घृणा करता था क्योंकि उन सबको मूर्ख समझता था और कभी वह

इस बात पर से अपना ध्यान नहीं हटा सका कि वे लोग अपने कुल और अपनी सामाजिक स्थिति से कितना थोड़ा लाभ उठाते हैं। तब भी वह उनसे अपने सम्बन्ध बनाए रखने और दृढ़तर करने के लिए यत्न किया करता था और जब उसे विला सलारिया जैसी किसी शानदार हवेली से निमंत्रण मिलता तो वह गर्व और आनन्द से भर उठता। वह झूठी शान न दिखलाता और इस बात की कोशिश न करता कि लोग उसे भी अभिजात कुल का समझें। वह उनकी साफ़-सुथरी, ख़ूबसूरती से तराशी हुई लैटिन ज़बान न बोलता था बल्कि वह सीधी-सादी ज़बान बोलता था जो कि मध्य वर्ग के लोग बोला करते थे और न उसने कभी ख़ुद अपनी कोई जागीर खड़ी करने की कोशिश की, गोकि ऐसा वह कर सकता था क्योंकि पैसों की उसे कोई कमी न थी। जहाँ तक उन जागीरदारों की बात थी, वे उसकी व्यावहारिकता के प्रशंसक थे और यह बात उन्हें पसन्द थी कि इस आदमी से उन्हें अपने काम की बहुत सी बातें मालूम हो जाती थीं; और उसके भारी-भरकम डील-डौल से भी उन्हें बहुत आश्वासन मिलता था। एंटोनियस केयस इसलिए ग्रैकस को पसन्द करता था कि ग्रैकस एक ऐसा व्यक्ति था जो अपने निर्णय करते समय कभी नैतिकता आदि के झगड़ों में न पड़ता था और इसीलिए एंटोनियस केयस अक्सर ग्रैकस के बारे में कहा करता था कि उसने जितने लोगों को जाना है उनमें एक वही पूरी तरह ईमानदार आदमी है।

आज शाम को ग्रैकस अपने सामने होनेवाली हर चीज़ में पूरी-पूरी दिलचस्पी ले रहा था। वह हर चीज़ को तौल रहा था, हर चीज़ का मूल्यांकन कर रहा था मगर कोई निर्णय नहीं दे रहा था। केयस के लिए उसके मन में केवल घृणा थी। उस महान और वैभवशाली सेनापति क्रैसस को देखकर उसे बड़ा मज़ा आ रहा था और जहाँ तक सिसेरो की बात है तो उसके बारे में तो उसने अपने मेज़बान से कहा भी कि—"इस आदमी में महानता छोड़कर और सब कुछ है। मैं सोचता हूँ कि अगर अपने लक्ष्य की ओर बढ़ने में उसे इस बात से सहायता मिले तो वह अपनी माँ का गला भी काट देगा।"

"मगर सिसेरो का लक्ष्य इतना महत्त्वपूर्ण तो नहीं है?"

"यही तो बात है। और इसीलिए वह प्राय: सभी चीज़ों में असफल रहेगा। चूँकि वह आदमी प्रशंसा के योग्य नहीं है इसलिए उससे भय खाने की भी कोई ज़रूरत नहीं है।"

ग्रैकस ने यह एक बड़ी गहरी बात एंटोनियस केयस से कह दी थी क्योंकि स्वयं केयस प्रशंसा के योग्य व्यक्ति था, यद्यपि उसकी यौन प्रवृत्तियाँ और आचरण अब भी बारह बरस के लड़के जैसे थे। ग्रैकस इस बात को अपने तईं मानने के लिए तैयार था कि जिस ज़मीन पर वह खड़ा था वह दलदल में तब्दील होती जा रही थी। उसकी दुनिया टूट-फूट रही थी, बिखर रही थी लेकिन चूँकि

टूटने-फूटने और बिखरने की यह प्रक्रिया अत्यन्त धीमी थी और चूँकि स्वयं वह भी अमृत की घरिया पीकर नहीं आया था इसलिए ख़ुद अपने-आप को धोखा देने में उसे कोई दिलचस्पी न थी। उसके सामने जो कुछ हो रहा था उसको वह बिना किसी एक पक्ष का साथ दिये निर्विकार भाव से देख रहा था; उसका मानसिक गठन जिस प्रकार का था उसमें उसके लिए किसी का पक्ष लेने की कोई ज़रूरत न थी।

आज की इस शाम वह घर के दूसरे तमाम लोगों के सो जाने के बाद भी जागता पड़ा था। उसे बहुत थोड़ी नींद आती थी और वह भी बहुत कच्ची और इसलिए उसने उस दूधिया चाँदनी में मैदान का चक्कर लगाने की सोची। अगर किसी ने उससे पूछा होता तो उसने काफ़ी ठीक-ठीक रिपोर्ट इस बात की दी होती कि उस शाम को कौन किसके साथ सोया; मगर यह सब कुछ उसे अनायास ही दिख गया था, उसने कुछ ख़ास ताक-झाँक नहीं की थी और न उसके मन में किसी प्रकार का कोई आक्रोश था। यह रोम है। ऐसी बातों के लिए जिसके मन में आक्रोश हो उसे मूर्ख समझना चाहिए।

जब वह टहल रहा था तभी उसने जूलिया को पत्थर की एक बेंच पर बैठे देखा। उस समय रात को, चाँदनी की उस रोशनी में जूलिया का रूप बहुत करुण और उदास दिखाई दे रहा था; वह अपनी अपूर्णता के विचार से बड़ी उद्विग्न और भयभीत थी और ख़ासकर यह सोचकर कि किस तरह वह बुरे माल की तरह अस्वीकार कर दी गई थी। ग्रैकस उसकी ओर मुड़ा। उसने जूलिया से कहा, "आज रात हम दोनों। बड़ी ख़ूबसूरत रात है, न जूलिया?"

"अगर तुम इसे ख़ूबसूरत समझते हो।"

"और तुम नहीं समझतीं जूलिया?" उसने अपने चोग़े को ठीक किया। "तुम्हारी इजाज़त हो तो मैं भी ज़रा देर यहीं बैठ जाऊँ?"

"बैठो, बैठो।"

वह थोड़ी देर तक शान्त बैठा रहा और उसका मन उन मैदानों के चाँदनी में नहाए हुए सौन्दर्य का रस हल्के-हल्के लेता रहा, झाड़ियों और सदाबहार की क्यारियों के बीच से उठता हुआ वह बड़ा सफ़ेद मकान, वह छत, वह फ़व्वारे, यहाँ-वहाँ मूर्तियों की वह हल्की पीली-सी झलक, वे लताकुंज और उनकी हल्के गुलाबी या गहरे काले रंग के संगमरमर की ख़ूबसूरत बेंचें। रोम ने कितने सौन्दर्य की व्यवस्था कर ली थी! अन्त में उसने कहा, "ऐसा लगता है जूलिया कि इससे हमारा सन्तोष होना चाहिए।"

"हाँ, लगता तो ऐसा ही है।"

वह उसके पति का मित्र और अतिथि था। "रोमन होना बड़े गौरव की बात है," उसने कहा।

"तुम जब मेरे साथ होते हो तभी इस तरह की बेवक़ूफ़ी से भरी बेसिर-पैर की बातें करते हो न," जूलिया ने धीरे से उत्तर दिया।

"सच?"

"सच, मैं तो ऐसा ही सोचती हूँ। बताओ, वारिनिया की फिर कभी कोई ख़बर मिली?"

"वारिनिया?"

"क्या कभी ऐसा होता है कि बिना किसी बात को कम-से-कम पाँच बार अपने दिमाग़ में घुमाए-फिराए तुम कोई जवाब देते हो? देखो मैं तुम्हारे संग बहुत चतुर बनने की कोशिश नहीं कर रही हूँ।" उसने अपना हाथ उसके भालुओं जैसे भारी-भारी पंजों पर रख दिया। "मैं चाहूँ भी तो नहीं कर सकती। वारिनिया स्पार्टकस की पत्नी थी।"

"हाँ, मुझे उसकी ख़बर मिली है। अगर मुझसे पूछो तो सच बात यह है कि तुम लोगों के सिर पर स्पार्टकस का भूत सवार हो गया है। आज रात मैंने स्पार्टकस की चर्चा के अलावा दूसरा कुछ शायद ही सुना हो।"

"वह और बात है मगर इतना ज़रूर है कि स्पार्टकस ने विला सलारिया को बख़्श दिया। मैं नहीं जानती कि मुझे उसका कृतज्ञ होना चाहिए या नहीं। हो सकता है कि इसका कारण दंड के वे प्रतीक हों। मैं अब तक बाहर सड़क पर नहीं निकलती हूँ। क्या बड़े भयानक हैं वे सलीब?"

"भयानक? मैंने तो इसके बारे में शायद बहुत सोचा भी नहीं। वे हैं, बस और क्या। जान बहुत सस्ती है और आजकल तो ग़ुलाम मिट्टी के मोल बिक रहे हैं, कोई उन्हें नहीं पूछता। तुमने मुझसे वारिनिया के बारे में क्यों पूछा?"

"मैं सोचने की कोशिश कर रही हूँ कि वह कौन है जिससे मुझे ईर्ष्या है। मेरा ख़याल है कि मैं उससे ईर्ष्या करती हूँ।"

"सच कहती हो जूलिया? वह तो एक बर्बर ग़ुलाम छोकरी है। तुम कहो तो मैं कल उसकी जैसी एक दर्जन छोकरियाँ बाज़ार से उठवाकर यहाँ भेज दूँ?"

"तुम कभी किसी चीज़ के बारे में गम्भीरता से नहीं सोचते, कि मैं झूठ कहती हूँ ग्रैकस?"

"इसमें गम्भीरता से सोचने की कौन-सी बात है। मैं तो समझता हूँ कि ऐसी कोई बात नहीं। तुम क्यों उससे ईर्ष्या करती हो?"

"क्योंकि मैं अपने-आप से घृणा करती हूँ।"

"यह तो बड़े पेच की बात है, मेरी समझ में नहीं आती," ग्रैकस ने अपनी भारी आवाज़ में कहा, "तुम्हारी उस ग़ुलाम शहज़ादी की असल शकल क्या है, यह तुमने कभी सोचा है—गन्दी, गन्दी, हाथ से नाक पोंछती हुई, खो-खो करके थूकती हुई, नाख़ून गन्दे और टेढ़े-मेढ़े टूटे हुए, चेहरे पर मुँहासे-ही-मुँहासे! यह है

उसकी शकल। अब भी तुम उससे ईर्ष्या करती हो?"

"वह क्या ऐसी ही थी?"

ग्रैकस हँसा, "कौन जाने? राजनीति तो झूठ का नाम है जूलिया। और जिसे हम इतिहास कहते हैं वह भी तो इसी झूठ की क़लमबन्दी है। अगर कल तुम बाहर निकलकर सड़क पर जाओ और उन सलीबों को देखो तो तुम्हें स्पार्टकस के सम्बन्ध की अकेली सचाई दीख जाएगी। मौत। और कुछ नहीं। और सब कुछ झूठ है, बनावट है। मैं जानता हूँ।"

"मैं अपने ग़ुलामों को देखती हूँ।"

"और तुम स्पार्टकस को नहीं देखतीं? ज़रूर-ज़रूर। अपने मन को अब और त्रास देना बन्द करो जूलिया। मैं उमर में तुमसे बड़ा हूँ। तुम्हें सलाह देना मैं अपना हक़ समझता हूँ। चाहे फिर मुझे उस सिलसिले में उन बातों में भी हस्तक्षेप करना पड़े जिनमें दिलचस्पी रखने का मुझे कोई हक़ नहीं है और हो सकता है तुम्हें यह बात बुरी भी लगे। अपने ग़ुलामों की कोठरियों में से किसी भी एक तगड़े जवान को ले लो...।"

"इसे बन्द करो ग्रैकस।"

"और वह भी तो एक तरह से स्पार्टकस ही है।"

वह अब रो रही थी। ग्रैकस ने अपने वर्ग की कम ही स्त्रियों को रोते देखा था इसलिए जूलिया को रोते देखकर उसे एकाएक बड़ी बौखलाहट-सी मालूम हुई और न जाने कैसा लगा। उसने उससे पूछना शुरू किया कि कहीं उससे तो कोई ख़ता नहीं हो गई। उसने जो कुछ कहा था उसमें ऐसी अपमानजनक कोई ख़ास बात न थी मगर यह ख़ता क्या उसकी थी?

"नहीं-नहीं ग्रैकस, ऐसी बात दिल में न लाओ। तुम मेरे गिनती के दोस्तों में से एक हो और देखो मेरी बेवक़ूफ़ी के कारण मुझे छोड़ न देना।" उसने आँसू पोंछ लिये और ग्रैकस को वहीं छोड़कर उसकी इजाज़त लेकर चली गई। उसने कहा, "मैं बहुत थकी हुई हूँ। मेरे संग मत आओ!"

2

सिसेरो की भाँति ग्रैकस को भी इतिहास की चेतना थी; दोनों में एक बड़ा अन्तर यह था कि ग्रैकस को इस सम्बन्ध में कोई दिमाग़ी उलझाव न था कि उस इतिहास में स्वयं उसकी कौन-सी जगह और क्या भूमिका है; और इसलिए वह बहुत-सी चीज़ों को सिसेरो की अपेक्षा कहीं ज़्यादा सफ़ाई से देख पाता था। इस समय वह इटली की उस ख़ुशगवार और मन को मोहनेवाली रात में अकेले बैठा हुआ एक रोमन पैट्रीशियन महिला के बारे में सोच रहा था जिसे एक बर्बर ग़ुलाम स्त्री से ईर्ष्या

थी और यह चीज़ उसे बड़ी विचित्र जान पड़ रही थी। पहले तो उसने ग़ौर किया कि जूलिया सच बात कह रही है या नहीं और फिर निश्चय किया कि बात वह सच ही कह रही है। किसी कारण से जूलिया के अपने जीवन के दर्द-भरे नाटक पर वारिनिया की ज़िन्दगी की रोशनी पड़ती थी और उस रोशनी में जूलिया की ज़िन्दगी का दर्द और भी उजागर होकर सामने आ जाता था—और यह सोचने-सोचते ग्रैकस के मन में विचार आया कि कहीं ऐसा तो नहीं है कि स्वयं उसके अपने जीवन का अर्थ भी इसी प्रकार एपियन मार्ग के दोनों ओर खड़े हुए उन अनन्त सलीबों के भीतर छिपा हुआ हो। ग्रैकस को नैतिकता की कोई चिन्ता न थी, वह अपने राष्ट्र के लोगों को जानता था और रोम की कुलवधुओं और रोम के परिवारों के सम्बन्ध में जो अनेक जनश्रुतियाँ प्रचलित थीं उनका उसके ऊपर कोई असर न था। मगर पता नहीं क्यों जूलिया ने जो कुछ कहा था उससे उसका मन बहुत उद्विग्न हो गया था और वह सवाल उसका पीछा नहीं छोड़ रहा था।

जवाब उसे मिला, चेतना की एक तेज़-सी झलक में; जैसे कौंधा लपके, और ग्रैकस को लगा कि उसका शरीर सुन्न पड़ गया है और वह ऐसा काँपने लगा जैसा कि जीवन में शायद पहले कभी नहीं काँपा था; और उसका मन मृत्यु के भय से और मृत्यु के संग आनेवाली अस्तित्वहीनता के उस भयानक सूचीभेद्य अन्धकार के भय से भर उठा क्योंकि वह उत्तर उसके उन क्रूर विश्वासों को डिगा गया जिन पर वह टिका हुआ था और वहाँ पत्थर की उस बेंच पर बैठे हुए उसने अपने-आप को बिलकुल अकेला और दीन-हीन अनुभव किया, एक मोटा, तोंदिल, बुड्ढा आदमी जिसका व्यक्तिगत अन्त एकाएक इतिहास की धाराओं के उद्दाम वेग के साथ जुड़ गया था।

उसने इस चीज़ को साफ़-साफ़ देखा। संसार में यह जो चीज़ अभी इतने हाल में आई थी वह एक ऐसा पूरा समाज था जो ग़ुलामों की पीठ पर खड़ा था और उस समाज से जो मिली-जुली आवाज़ निकलती थी वह सनसनाते हुए कोड़ों का संगीत था। उसने उन लोगों के जीवन के साथ क्या किया जिनके हाथ में कोड़ा था? जूलिया का क्या मतलब है? ख़ुद उसने, ग्रैकस ने, कभी शादी न की थी; उसकी आज की इस समझ के एक बीजाणु ने उसे विवाह करने से रोका था इसलिए वह औरतों को ख़रीदता था और जब उसे रखैलों की ज़रूरत होती थी तो रख़ैलें उसके घर में पहुँच जाती थीं। मगर एंटोनियस केयस के पास भी तो रखैलों का एक अस्तबल था, जैसा कि उसकी जान-पहचान के हर कुलीन आदमी के पास था जो सब उसी तरह काफ़ी संख्या में अपने पास औरतें रखते थे जैसे कोई घोड़े रखता है या कुत्ते रखता है और उनकी बीवियाँ भी इस बात को जानती थीं और स्वीकार करती थीं और पुरुष ग़ुलामों के साथ मिलकर हिसाब-किताब बराबर कर देती थीं। यह केवल व्यभिचार की बात न थी, वह तो बड़ी मामूली बात है, बल्कि एक ऐसे राक्षस की

बात थी जिसने सारी दुनिया को उलटकर रख दिया था; ये सब लोग जो एक रात के लिए विला सलारिया में इकट्ठा हुए थे, इन सब पर स्पार्टकस भूत बनकर छाया हुआ था क्योंकि स्पार्टकस वह सब था जो वे नहीं थे। सिसेरो की समझ में भले यह बात न आए कि इस रहस्यपूर्ण ग़ुलाम की शक्ति क्या है मगर वह, ग्रैकस, इस बात को समझता है। घर और परिवार और इज़्ज़त और शराफ़त और नेकी और जो कुछ भी अच्छा था और पवित्र था उसके मालिक ग़ुलाम थे और वही उसकी रक्षा कर रहे थे—इसलिए नहीं कि वे अच्छे और पवित्र थे बल्कि इसलिए कि जो कुछ भी पवित्र था सब उनके मालिकों ने उन्हीं के हवाले कर दिया था।

जैसे कि स्पार्टकस को आगे आनेवाली वस्तुओं की अन्तर्दृष्टि मिलती थी—स्वयं उसके भीतर से निकलनेवाली अन्तर्दृष्टि—उसी तरह ग्रैकस को भी भविष्य का चित्र अपने सामने उपस्थित दीख पड़ा और भविष्य के अन्दर उसने जो कुछ देखा उससे वह घबरा गया और डर के मारे सुन्न पड़ गया। वह उठा, अपने चोग़े को उसने सँभाला और भारी-भारी क़दमों से अपने कमरे और बिस्तर की तरफ़ बढ़ा मगर उसे आसानी से नींद न आई। जूलिया की इच्छा को उसने अपना लिया और एक छोटे से लड़के की तरह अपने अकेलेपन में किसी एक साथी के लिए उसका मन ख़ामोश और ख़ुश्क आँसू गिराने लगा और एक छोटे से लड़के की तरह उसने अपने मन को भरमाना चाहा कि जैसे वह ग़ुलाम लड़की वारिनिया उसके बिस्तर पर सोई हुई है। उसके मन की भीति ने सच्चरित्रता की करुण चाह को शक्ति पहुँचाई। उसके मोटे-मोटे चर्बीदार हाथों ने बिस्तर की चादर पर किसी प्रेत को थपथपाया। घंटे गुज़रते गए और वह अपनी स्मृतियों को लिये वहीं पड़ा रहा। वे सब स्पार्टकस से नफ़रत करते थे। यह घर स्पार्टकस से भरा हुआ था; कोई भी उसके रूप-रंग, आचार-विचार या तौर-तरीक़े को न जानता था मगर तब भी यह घर उसकी उपस्थिति से भरा हुआ था और रोम उसकी उपस्थिति से भरा हुआ था। यह एक सरासर झूठी और कल्पित बात थी कि ग्रैकस के मन में यह नफ़रत न थी। इसके बिलकुल विपरीत, उसकी नफ़रत, जिसे वह हमेशा इतनी होशियारी से छिपाए रखता था, उसकी नफ़रत से ज़्यादा हिंस्र, ज़्यादा तीक्ष्ण और ज़्यादा गहरी थी।

वह जैसे-जैसे अपनी स्मृतियों से लड़-झगड़ रहा था वैसे-वैसे उसकी स्मृतियों ने रूप-रंग, आकार ग्रहण किया और वास्तविकता बन गईं। उसे याद आया कि कैसे वह सेनेट में बैठा हुआ था—और कभी ऐसा न होता था कि सेनेट के कक्ष में बैठने के समय उसे उन महान अभिजातवर्गीय लोगों के संग बैठने के अपने अभिमान पर क्रोध न आया हो—जब कापुआ से यह ख़बर आई कि लेंटुलस बाटियाटस के स्कूल के ग्लैडिएटरों ने विद्रोह कर दिया है और यह विद्रोह आस-पास के देहातों में फैल रहा है। उसे भय की उस लहर की याद आई जो सारे सेनेट में फैल गई थी और फिर कैसे वे लोग बहुत-सी घबराई हुई बतख़ों की तरह चख़चख़ करने

लगे थे, वे सब-के-सब एक साथ बात कर रहे थे, वे सब-के-सब अजीब-अजीब डरी और घबराई हुई बातें कर रहे थे और यह सब केवल इसलिए कि मुट्ठी-भर ग्लैडिएटरों ने अपने उस्तादों को मार डाला था। उसे याद आया कि उन लोगों के प्रति उसके मन में कितनी घृणा थी। उसे याद आया कि कैसे वह उठा, उसने अपने चोग़े को सँभाला और अपने ख़ास तरीक़े से उसको अपने कन्धे पर फेंका और गरजकर अपने उन महान सहयोगियों से बोला, "सज्जनो, सज्जनो, आप अपने-आप को भूल रहे हैं।"

उन्होंने अपनी चख़चख़ बन्द कर दी और उसकी ओर मुड़े।

"सज्जनो, इस वक़्त हमारे सामने मुट्ठी-भर ज़लील गन्दे बूचड़ ग़ुलामों का जुर्म है। हम किसी बर्बर आक्रमण का सामना नहीं कर रहे हैं। लेकिन अगर ऐसा भी हो, सज्जनो, तो मैं तो यही समझता हूँ कि उस स्थिति में भी सेनेट का आचरण इससे कुछ भिन्न होना चाहिए। मैं समझता हूँ कि हमारी भी कुछ मर्यादा है।"

वे सब उस पर क्रुद्ध थे मगर वह उन पर क्रुद्ध न था। उसने यह अपने अभिमान की एक बात बना ली थी कि कभी ग़ुस्सा न होगा, अपने मिज़ाज को हाथ से जाने न देगा। मगर इस बार तो ऐसा ही हुआ था और वह जो कि एक साधारण आदमी था, छोटे कुल में पैदा हुआ था और पला था उसने सारे संसार की सबसे महान संस्था का अपमान किया था और उसे नीचा दिखाया था। जहन्नुम में जाए! उसने अपने मन में कहा, और अभी जबकि वे लोग अपने आत्मसम्मान की रक्षा के बारे में बड़ी-बड़ी बातें कर ही रहे थे और उनकी बातें ख़ुद ग्रैकस के कानों में गूँज रही थीं तभी वह उठा और सेनेट के बाहर गया और अपने घर चला गया।

वह दिन सदा उसके साथ रहता था। उस दिन का हर मिनट उसके साथ रहता था। उसे पहले डर मालूम हुआ था। उसने आचरण के अपने पवित्र नियमों का स्वयं उल्लंघन किया था। ग़ुस्से में उसने अपनी सुध-बुध खो दी थी। उसने लोगों को अपना शत्रु बनाया था। वह अपने प्रिय रोम की सड़कों पर घूम रहा था और उसने जो कुछ कर डाला था उसका भय उसके अन्दर भरा हुआ था। मगर उस भय के साथ ही मिली हुई थी अपने उन सहयोगियों के प्रति घृणा और स्वयं अपने प्रति घृणा, अपने प्रति घृणा इसलिए कि वह सेनेट के प्रति अपने भय के ऊपर नहीं उठ पा रहा था और सेनेट की कुरसियों पर बैठे हुए उन बेवक़ूफ़ों के प्रति संस्कार बनकर चले आते हुए आदर भाव से भी उसे छुटकारा नहीं मिल रहा था।

उस समय एक बार उसे अपने प्रिय रोम के रूप-गन्ध-ध्वनि किसी की चेतना न रही। ग्रैकस शहर में ही पैदा हुआ था और पला था और यह शहर ही असल में उसके रहने की जगह थी। वह चीज़ उसका अंग थी और वह स्वयं उसका अंग था और उसके मन में दूर के उन क्षितिजों और हरी-भरी घाटियों और कलकल करके बहते हुए पहाड़ी नालों के लिए असीम उपेक्षा थी। उसने रोम की टेढ़ी-मेढ़ी गलियों

और गन्दे नालों के बीच चलना और दौड़ना और लड़ना और झगड़ना सीखा था। अपने बचपन में वह उन बड़े-बड़े किराए के मकानों की छतों पर जिनका कहीं ओर-छोर दिखाई न देता था, बकरी की तरह चढ़ जाया करता था। जलते हुए कोयले की गन्ध, जो शहर-भर में फैली रहती थी, उसके लिए सबसे मीठी सुगन्ध थी। उसके जीवन का यह एक ऐसा क्षेत्र था जिसमें जीवन से हताश या वितृष्णा कभी विजयी न हुई थी। बाज़ार की उन सँकरी-सँकरी सड़कों के बीच होकर जाना, जहाँ ठेलों और छोटी-मोटी दूकानों की क़तारें खड़ी थीं, जिनमें दुनिया-भर की चीज़ें दिखाई देती थीं और बिकती थीं, उसके लिए हमेशा एक नये रोमांचकारी आनन्द की चीज़ थी। शहर के आधे लोग उसको शकल से पहचानते थे। वह जिधर से निकल जाता, 'अरे ग्रैकस' कहनेवाले लोग मिल जाते और वे बिना किसी शिष्टाचार या घबराहट के उससे मिलते और तमाम खोमचेवाले और मोची और भिखमंगे और आवारे और शराब का ठेला चलानेवाले और मकान बनानेवाले राजगीर और बढ़ई सब उसे पसन्द करते थे क्योंकि वह उन्हीं में से एक था और लड़-झगड़कर नोच-खसोट करके ऊपर चढ़ा था। वे उसे पसन्द करते थे क्योंकि जब वह वोट ख़रीदता था तो उनके ऊँचे से ऊँचे दाम देता था। वे उसको पसन्द करते थे क्योंकि वह झूठी शान नहीं दिखलाता था और पालकी में चढ़कर चलने की अपेक्षा पैदल चलना पसन्द करता था और क्योंकि किसी पुराने दोस्त से मिलकर दो गाल बात करने के लिए हमेशा उसके पास समय रहता था। इस बात से कोई फ़र्क़ न पड़ता था कि वह उनकी बढ़ती हुई बदहाली और नाउम्मीदी का कोई इलाज न बतला पाता था और दुनिया का रंग-ढंग ऐसा था कि ग़ुलाम उन्हें आवारा बनने पर और सरकारी दान के भरोसे जीने पर मजबूर कर रहे थे। उन्हें किसी इलाज का पता न था। और इसके बदले में ग्रैकस भी उनकी दुनिया को प्यार करता था, उनकी वह अँधेरे की दुनिया जिसमें ऊँचे-ऊँचे मकान उन गन्दी गलियों के ऊपर एक-दूसरे से मिल से जाते थे और शहतीरें लगाकर उन्हें अलग-अलग खड़ा किया जाता था, वह सड़कों की दुनिया, संसार के सबसे बड़े शहर की शोरगुल से भरी हुई गन्दी ज़लील सड़कें।

मगर आज इस रोज़ जिसकी स्मृति उसे इतनी सजीव थी, उसे इन सब चीज़ों से कोई सरोकार न था और न उनके लिए उसके पास निगाह ही थी। वह लोगों की सलाम-बन्दगी पर ध्यान दिये बग़ैर सड़कों पर घूमता रहा। उसने दूकानों से कुछ भी नहीं ख़रीदा। यहाँ तक कि बहुत से ठेलों पर पकते हुए ऐसे-ऐसे लज़ीज़ टुकड़े भी उसे अपनी तरफ़ न खींच सके जैसे तला हुआ सूअर का गोश्त, भरा हुआ डर्मा और सॉसेज। आम तौर पर सड़क पर पकती हुई अच्छी-अच्छी चीज़ों को देखकर अपने ऊपर उसका वश न रहता था और इन अच्छी चीज़ों में जो चीज़ें उसे सबसे ज़्यादा पसन्द थीं वे थे शहर के बने केक और भुनी हुई मछली और सुखाई और नमक लगाई हुई सार्डीन और सेब का मुरब्बा और हिरन का गोश्त; मगर आज के

रोज़ इन चीज़ों पर उसका कोई ध्यान न था और वह अपने मन के अन्धकार में डूबा-डूबा अपने घर लौट आया।

ग्रैकस क़रीब-क़रीब क्रैसस के बराबर ही अमीर था मगर शहर के नये हिस्से में, नदी के किनारे-किनारे बने हुए बाग़-बग़ीचों के बीच तैयार होते हुए तमाम बँगलों में से उसने न तो अपने लिए एक बँगला ख़रीदा और न बनवाया। उसे अपने पुराने वार्ड के पुराने मकान की नीचे की मंज़िल ही ज़्यादा पसन्द थी और जो उससे मिलना चाहे उसके लिए उसके दरवाज़े हमेशा खुले रहते थे। यह बतलाने की ज़रूरत है कि बहुत से अच्छे खाते-पीते परिवार इन्हीं नीचे की मंज़िलों में रहते थे। किराएदारों के लिए बने मकानों में ये सबसे अच्छे मकान थे और किराए के लिए बने हुए इन रोमन मकानों में आदमी जैसे-जैसे उनकी कमज़ोर और पुरानी सीढ़ियों पर होकर ऊपर की मंज़िलों पर जाता था वैसे-वैसे दाम कम होता जाता था और मुसीबत बढ़ती जाती थी। अक्सर यह होता था कि बस नीचे की दो मंज़िलों में नल और टट्टी और नहाने वग़ैरह की जैसी-तैसी सुविधा मिलती थी; मगर उस पुराने क़बीलाई समाज को बीते अभी इतने दिन न हुए थे कि ग़रीब और अमीर दोनों एक-दूसरे से पूरी तरह पृथक हो गए हों और इसलिए यह देखने में आता था कि बहुत से धनाढ्य व्यापारियों और बैंकरों के सिर के ऊपर सात मंज़िल तक ग़रीबी और मुफ़लिसी का एक अच्छा-ख़ासा अड्डा रहता था।

इस तरह ग्रैकस को याद आया कि कैसे उस रोज़ वह बिना किसी से हँसे-बोले या सलाम-बन्दगी किये अपने घर वापिस आ गया था और अपने ग़ुलामों को यह कुछ अजीब-सा आदेश देते हुए कि कोई उसे छेड़े नहीं वह अपने दफ़्तर में चला गया था। उसने अपने लिए जितने ग़ुलाम रख छोड़े थे वे सब-की-सब औरतें थीं; इस चीज़ पर उसका आग्रह था और उसे यह मंज़ूर नहीं था कि कोई मर्द उसके मकान में रहे; और न इस सिलसिले में वह किसी क़िस्म की ज़्यादती ही करता था जैसा कि उसके बहुत से दोस्त करते थे। उसकी तमाम ज़रूरतों के लिए चौदह औरतें काफ़ी थीं। वह अलग से कोई हरम नहीं रखता था जैसा कि बहुत से कुँआरे लोग अक्सर रखा करते थे; उन ग़ुलाम औरतों में से जो उसे पसन्द आती थी उसी को वह जब-तब ज़रूरत पड़ने पर अपने बिस्तर की संगिनी के रूप में ले लेता था और चूँकि उसे यह नहीं पसन्द था कि उसके घर में किसी क़िस्म की झंझटें हों, इसलिए जब उन औरतों में से किसी को गर्भ रह जाता था तो वह उसे किसी जागीरदार के हाथ बेच देता था। वह तर्क यह देता था कि बच्चों के लिए देहात में पलना और पढ़ना ज़्यादा अच्छा होता है और अपनी इस हरकत में उसे न तो कोई अनैतिकता दिखाई देती थी और न कोई क्रूरता।

उन औरतों में से उसकी कोई ख़ास चहेती न थी—और उसकी वजह यही थी कि वह किसी भी औरत के संग नितान्त क्षणिक सम्बन्ध रखने से अधिक कुछ न

करता था—और वह अक्सर कहा करता था कि उसकी गिरस्ती बहुतों से ज़्यादा क़ायदे की है और ज़्यादा शान्तिपूर्ण है। मगर इस वक़्त जबकि वह विला सलारिया में अपने बिस्तर पर लेटा हुआ था और उस दिन को याद कर रहा था, तब अपनी गिरस्ती की स्मृति में उसे कोई उल्लास न मिला, कोई गरमाहट न मिली। नैतिकता के एक मानदंड ने उसे अपना बन्दी बना लिया था और अपनी ज़िन्दगी के बारे में सोचकर, अपने रहने-सहने की बात को ख़याल में लाकर उसे जैसे मितली-सी आती थी। मगर इतने पर भी वह उस दिन की घटनाओं के पीछे पड़ा ही रहा। उसने अपने-आप को एक ऊँचाई पर से देखा—एक मोटा, भद्दा-सा आदमी चोग़ा पहने हुए, एक ख़ाली-ख़ाली से कमरे में जिसे कि वह अपना दफ़्तर कहता है, अकेला बैठा हुआ है, और वह उस जगह पर एक घंटे से ज़्यादा देर तक बैठा रहा होगा जबकि विघ्न पड़ा। इसके बाद दरवाज़े पर एक दस्तक।

"क्या है?" उसने पूछा।

"कुछ लोग आपसे मिलने आए हैं," ग़ुलाम ने कहा।

"मैं किसी से नहीं मिलना चाहता।" वह कैसा बचपना कर रहा है!

"ये नगर-पिता हैं और सेनेट के बड़े-बड़े लोग हैं जो आपसे मिलने आए हैं।"

अच्छा, तो वे लोग उससे मिलने आए हैं और इसका मतलब है कि उन्होंने उसको अपनी गोष्ठी में से बाहर नहीं निकाल फेंका है और अभी उसका सितारा एकदम डूबा नहीं। मगर यह ख़याल उसको कैसे आया कि वे लोग उसे अपनी गोष्ठी से निकाल बाहर करेंगे? यह तो मानी हुई बात थी कि वे उसके पास आएँगे! एक बार फिर से उसकी जान में जान आई। उसका अहंभाव लौट आया। वह उछलकर खड़ा हुआ और उसने झटके से दरवाज़े को खोल दिया और अब वह फिर वही हमेशा का जाना-पहचाना ग्रैकस था, मुस्कराता हुआ, आत्मविश्वास से भरा हुआ, निपुण।

उसने कहा, "सज्जनो, मैं आपका स्वागत करता हूँ।"

कमेटी में वे पाँच लोग थे। उनमें से दो राजदूत थे और बाक़ी तीन विख्यात और अत्यन्त चतुर पैट्रीशियन थे। कमेटी के ये लोग जो आए थे वह इस वक़्त की परिस्थिति की किसी ख़ास ज़रूरत के ख़याल से उतना नहीं आए थे जितना कि राजनीतिक जीवन में ग्रैकस के हाथ से होनेवाली तोड़-फोड़ में फिर से सीमेंट भरने के लिए और टूटे हुए सम्बन्धों को फिर से जोड़ने के लिए। इसलिए वे बड़े याराने के ढंग से मिले और उन्होंने ग्रैकस को बुरा-भला कहा।

"क्यों ग्रैकस, क्या तुम साल-भर तक इसी दिन के इन्तज़ार में बैठे थे कि कब तुम्हें मौक़ा मिले और तुम हम लोगों को ज़लील करो?"

"आपसे माफ़ी माँगने की न तो मेरे पास अक़्ल ही है और न मुझे उसका ढंग ही आता है," ग्रैकस ने माफ़ी माँगते हुए कहा।

"तुम्हारे पास वे दोनों चीज़ें हैं। मगर इस वक़्त उनसे हमें बहस नहीं।"

उसने कुरसियाँ मँगवाईं और वे सब लोग उसे चारों तरफ़ से घेरकर बैठ गए, पाँच वयस्क और सम्मानित लोग, अपने अच्छे-अच्छे सफ़ेद चोग़ों में लिपटे हुए जो कि सारी दुनिया में रोमन सत्ता का प्रतीक बन गया था। उसने शराब और मिठाइयों की एक तश्तरी मँगाई। राजदूत कैस्पियस मुख-पात्र बना। उसने ग्रैकस की प्रशस्ति गाई और उसे उलझन में डाल दिया क्योंकि ग्रैकस की समझ में नहीं आ रहा था कि यह मौक़ा इतने बड़े संकट का है। उसने बहुत बार अपने राजदूत होने का स्वप्न देखा था मगर वह चीज़ उसके लिए न बनी थी, उसके पास न तो उस काम के लिए वे योग्यताएँ थीं और न वैसे पारिवारिक सम्बन्ध-सूत्र ही थे। उसने अटकल लगाने की कोशिश की कि आख़िर वह कौन सी चीज़ है जिसके पीछे यह दौड़ रहे हैं और वह केवल अनुमान लगा सका कि हो न हो इसका सम्बन्ध स्पेन से है जहाँ सेनेट—और जिसका मतलब है—रोम के विरुद्ध सर्टोरियस के नेतृत्व में होनेवाला विद्रोह सर्टोरियस और पॉम्पी के बीच सत्ता के संघर्ष में बदल गया था। इस चीज़ के बारे में ग्रैकस का अपना हिसाब-किताब था। उसे दोनों प्रतिद्वन्द्वियों से घृणा थी और उसने अपने मन में तय कर लिया था कि चुपचाप बैठा रहेगा और उन्हें आपस में लड़कर खतम हो जाने का पूरा मौक़ा देगा। और वह जानता था कि उसके सामने बैठे हुए वे पाँच सज्जन भी यही चाहते हैं।

कैस्पियस ने कहा, “हाँ तो देखो कापुआ का यह विद्रोह अपने भीतर बड़ी भयानक सम्भावनाएँ छिपाए हुए है।”

“मेरी तो समझ में नहीं आता,” ग्रैकस ने तड़ाक से जवाब दिया।

“यह देखते हुए कि ग़ुलामों के विद्रोह से हमें कितना-कितना नुक़सान हुआ है...।”

“उस विद्रोह के बारे में तुम्हें क्या मालूम है?” ग्रैकस ने पहले से अधिक कोमल स्वर में पूछा, “कितने ग़ुलामों ने विद्रोह किया है? वे कौन हैं? कहाँ गए हैं? तुम्हारी परेशानी किस हद तक सच्ची है?”

कैस्पियस ने एक-एक करके सभी प्रश्नों का उत्तर दिया, “हम लोगों ने उनके बारे में बराबर जानकारी बनाए रखी है। शुरू-शुरू में तो उसमें सिर्फ़ ग्लैडिएटर थे। एक रिपोर्ट कहती है कि बस सत्तर लोग भागे। उसके बाद की एक रिपोर्ट कहती है कि दो सौ से ऊपर लोग भागे, जिसमें थ्रेसियन हैं और गॉल हैं और बहुत से काले अफ़्रीकी हैं। बाद की रिपोर्टों में यह संख्या और भी बढ़ जाती है। हो सकता है कि यह घबराहट का परिणाम हो। दूसरी ओर यह भी हो सकता है कि जागीरदारियों में भी बदअमनी हुई हो। ऐसा मालूम होता है कि उन्होंने काफ़ी नुक़सान किया है मगर इस चीज़ के बारे में कोई तफ़सील हमारे पास नहीं है। जहाँ तक कि यह सवाल है कि वे लोग गए कहाँ हैं तो हमें ऐसा मालूम होता है कि वे विसूवियस पहाड़ की ओर बढ़ रहे हैं।”

ग्रैकस ने अधीरता से कहा, “जब होता है तब यही कि ऐसा मालूम होता है!

गाड़ी 'ऐसा मालूम होता है' के आगे कभी बढ़ती ही नहीं। कापुआ में वे सब उल्लू के पट्ठे बैठे हैं जो इसका भी ठीक-ठीक जायज़ा नहीं ले पाते कि ख़ुद उनके आँगन में क्या हुआ है! उनके पास वहाँ पर गारद है। गारद ने इस चीज़ को चटपट क्यों नहीं खतम कर दिया?"

कैस्पियस ने शान्त-संयम भाव से ग्रैकस को देखा, "उनके पास वहाँ पर कापुआ में बस एक टुकड़ी है।"

"एक टुकड़ी? इन मुट्ठी-भर ग्लैडिएटरों को मारकर गिराने में क्या पूरी फ़ौज लगती है?"

"मेरी ही तरह तुम भी अच्छी तरह इस बात को जानते हो कि कापुआ में क्या हुआ होगा।"

"मैं जानता नहीं मगर अनुमान लगा सकता हूँ। और मेरा अनुमान है कि वहाँ के सैनिकों का जो कमांडर है वह उस जगह के तमाम लानिस्ता लोगों से पैसा खाता होगा और उसने टुकड़ी के सैनिकों को सभी जगहों में बाँट दिया होगा। बीस सिपाही यहाँ और एक दर्जन वहाँ, फिर शहर में भला कितने बच रहे होंगे?"

"ढाई सौ। बस। ग्रैकस, नाराज़ होने की ज़रूरत नहीं है कि इसने यह बदमाशी कर दी और उसने वह बदमाशी कर दी। ग्लैडिएटरों ने सैनिकों को हरा दिया और परेशानी की बात यह है ग्रैकस। हम सोचते हैं कि शहर की टुकड़ियों को फ़ौरन वहाँ भेजना चाहिए।"

"कितनी?"

"कम-से-कम छह टुकड़ियाँ—कम-से-कम तीन हज़ार सैनिक।"

"कब?"

"अभी इसी वक़्त।"

ग्रैकस ने सिर हिलाया। वह पहले भी जानता था कि ठीक यही बात होगी। उसने सोचा कि वह क्या कहना चाहता है। उसने बहुत ग़ौर से इस चीज़ के बारे में सोचा। ग़ुलामों के मनोविज्ञान के बारे में उसे जो कुछ मालूम था और जो कुछ कि अब वह जानता था उस सबको उसने अपने दिमाग़ में बटोरा।

"नहीं, ऐसा मत करो।"

उसे उनका विरोध करने की आदत थी। उन्होंने जानना चाहा कि—"क्यों?"

"क्योंकि मुझे शहर की इन सैनिक टुकड़ियों पर विश्वास नहीं है। उन ग़ुलामों को फ़िलहाल यों ही छोड़ दो, उनसे कुछ न बोलो। उनके भीतर ही सड़न शुरू होने दो। शहर की इन टुकड़ियों को मत भेजो।"

"तो फिर किसे भेजें?"

"किसी एक लीजन को वापिस बुला लो।"

"स्पेन से? और पॉम्पी?"

"जहन्नुम में जाए पॉम्पी? अच्छा तो स्पेन को छोड़ दो, वहाँ से मत बुलाओ। सिस्-ऐल्पाइन गॉल से तीसरी लीजन को बुला लो। हड़बड़ी न करो। यह महज़ ग़ुलाम हैं, मुट्ठी-भर ग़ुलाम। इनके किये-धरे कुछ नहीं बनेगा, तुम्हीं इन्हें आसमान पर चढ़ाए दे रहे हो..."

वे लोग इसी तरह तर्क करते रहे और अपनी स्मृति में ग्रैकस ने इस तर्क को फिर से जिया और फिर वह उसके हाथ से खो गया और फिर उसने देखा कि कैसे ग़ुलाम विद्रोह से बुरी तरह डरने के कारण उन्होंने शहर की छह टुकड़ियों को वहाँ भेजने का निर्णय कर डाला। ग्रैकस बहुत थोड़ा सोता था। वह बहुत भोर में ही उठ गया जैसी कि उसकी आदत थी, चाहे कोई समय हो, कोई स्थान हो। उसने अपना सवेरे का पानी और फल उठा लिया और उसे खाने के लिए पक्के चबूतरे पर निकल गया।

3

दिन की रोशनी आदमी के मन की भीतियों और चिन्ताओं को कम कर देती है और बहुत बार एक मरहम का और आशीष का काम करती है। बहुत बार, मगर सदा नहीं; क्योंकि कुछ ऐसे भी लोग होते हैं जो दिन की रोशनी का स्वागत नहीं करते। क़ैदी रात को सीने से चिपकाए रहता है क्योंकि रात उसके लिए एक लबादा है जो उसे गरम रखता है और उसकी हिफ़ाज़त करता है और उसे आराम पहुँचाता है। मौत की सज़ा पाए हुए आदमी को भी दिन की रोशनी आकर कोई ख़ुशी का सन्देश नहीं देती। मगर बहुत बार दिन की रोशनी रात की उलझनों को धो डालती है। महान व्यक्ति हर रोज़ सवेरे अपनी महानता का चोग़ा पहन लेते हैं क्योंकि रात के वक़्त तो महान व्यक्ति भी दूसरे साधारण जनों की तरह हो जाते हैं और उनमें से कुछ बड़े घृणित काम करते हैं और कुछ रोते हैं और कुछ मौत के डर से और अपने चारों तरफ़ के अँधेरे से भी ज़्यादा घटाटोप अँधेरे के डर से दुबके-सिमटे बैठे रहते हैं। मगर सवेरे के वक़्त वे फिर महान व्यक्ति हो जाते हैं और चबूतरे पर अपना बर्फ़ जैसा सफ़ेद और ताज़ा चोग़ा पहने और अपना आत्मविश्वास और उल्लास से भरा हुआ मांसल चेहरा लिये ग्रैकस इस समय एक आदर्श रोमन सेनेटर की तस्वीर बना हुआ था। यह बात बहुत बार कही गई है, उस वक़्त भी और बाद को भी, कि प्रजातांत्रिक रोम के सेनेट से ज़्यादा अच्छी और समझदार और पवित्र विचारों की विधानसभा दूसरी कोई नहीं हुई। और ग्रैकस को देखकर इस बात को मान लेने को जी चाहता था। यह बात सच थी कि वह कुलीन घर में नहीं पैदा हुआ था और उसकी रगों में बहनेवाला ख़ून अत्यन्त सन्दिग्ध था मगर वह बहुत पैसेवाला था और यह उस प्रजातंत्र का एक गुण था कि वहाँ पर आदमी को जितना उसके ख़ानदान की तराज़ू पर तौला जाता था उतना ही ख़ुद उसकी

अपनी औक़ात की तराज़ू पर भी तौला जाता था। भगवान किसी को धन देता है यह अपने-आप में उसके जन्मजात गुणों का एक चिह्न है और कोई अगर इस बात का प्रमाण चाहे तो वह देख सकता है कि ग़रीब लोग कितनी बड़ी संख्या में हैं और अमीर कितने थोड़े हैं।

उस वक़्त जबकि ग्रैकस वहाँ पर बैठा हुआ था, विला सलारिया में आए हुए दूसरे लोग भी उससे आ मिले। यह मर्दों और औरतों की एक बड़ी असाधारण टोली थी जो वहाँ पर रात-भर के लिए इकट्ठा हुई थी और उन्हें यह जानकर बड़ा सुख मिलता था कि वे लोग बहुत महत्त्वपूर्ण और हर तरह से शानदार लोग हैं। इस विचार से उनके आपसी सम्बन्धों में बड़ी आसानी पैदा हो जाती थी और उससे यह भी पता लगता था कि एंटोनियस केयस को वे कितने विश्वास की दृष्टि से देखते हैं क्योंकि एंटोनियस केयस कभी अपने यहाँ बेजा तरीक़े से लोगों को गड्डमड्ड करने की भूल नहीं करता था। मगर रोम की देहाती ज़िन्दगी के आम एतबार से वे लोग कुछ बहुत असाधारण न थे। यह बात सच है कि उनमें दुनिया के दो सबसे अमीर लोग थे, एक नौजवान औरत थी जो कि आगे चलकर एक बहुत बड़ी वेश्या बनेगी जिसका नाम सदियों तक रोशन रहेगा और एक नौजवान था जो कि सारी ज़िन्दगी अपने हिसाब-किताब, जोड़-तोड़, षड्यंत्र-दुरभिसन्धि के बल पर आगे आनेवाली कई सदियों तक विख्यात रहेगा और एक और भी नौजवान था जिसकी पतनशीलता ही अपने-आप में एक प्रसिद्धि की चीज़ बन जाएगी; मगर इस तरह के लोग तो किसी समय विला सलारिया में पाए जा सकते थे।

इस सुबह को वे लोग ग्रैकस को घेरकर बैठे हुए थे। उन लोगों में वही एक था जो चोग़ा पहने था। वही वह अचल न्यायाधीश था जो अपने सुवासित जल को लिये वहाँ पर बैठा था और एक सेब छील रहा था और कभी-कभी किसी पर बड़ी कृपा करके एकाध शब्द बोल देता था। 'ये जल्दी ही स्वास्थ्य पा लेते हैं', उसने अपने मन में कहा, और उन अच्छी तरह बने-सँवरे आदमियों को और रँगी-चुँगी औरतों को देखा जिनका सुन्दर केशविन्यास बड़े निपुण हाथों से हुआ था और जिनके होंठों की लिपस्टिक और गालों की लाली इतनी कलापूर्ण सजावट के साथ, रंगों के ऐसे सुन्दर तालमेल के साथ वहाँ पर बिठाली गई थी। वे लोग इस उस चीज़ के बारे में गपशप कर रहे थे और उनकी गपशप से पता चलता था कि वे चतुर लोग हैं और उन्होंने मन-ही-मन कई बार दुहरा लिया है कि उन्हें क्या कहना है। अगर वे लोग मूर्तिकला के बारे में बात करते थे तो जैसी कि उम्मीद की जा सकती थी, सिसेरो एक अधिकारी की मुद्रा बनाकर बैठ जाता था और कहता था :

"मैं यह यूनानियों की बातें सुनते-सुनते तंग आ गया हूँ। उन्होंने ऐसा कौन सा काम किया है जो कि मिस्त्रियों ने उनसे एक हज़ार साल पहले नहीं कर डाला

था? दोनों ही हालतों में तुम्हें एक ख़ास तरह की पतनशीलता दिखाई देती है, कि गोया वे ऐसे लोग हों जिनमें विकास करने की या हुकूमत करने की क्षमता न हो। उनकी मूर्तिकला पर इस चीज़ की छाप है। रोमन कलाकार कम-से-कम यथार्थ को तो चित्रित करता है।"

"मगर यथार्थ तो बहुत उबानेवाला हो सकता है," हेलेना ने आपत्ति की जो कि युवती और विदुषी और स्त्री होने के नाते उसका अधिकार था। ग्रैकस से यह उम्मीद की जाती थी कि वह कहेगा कि मैं कला के बारे में कुछ भी नहीं जानता। मगर उसने अपने मन में कहा, 'मैं जानता हूँ मुझे क्या पसन्द है।' ग्रैकस कला के बारे में बहुत कुछ जानता था। वह मिस्र की कला की वस्तुएँ ख़रीदता था क्योंकि उनसे उसके भीतर के कुछ तार झनझना उठते थे। कला के बारे में क्रैसस के अपने कोई दृढ़ मत न थे। यह एक बड़ी अजीब और ग़ौर करने की चीज़ है कि बहुत थोड़ी-सी बातों में ही उसके पास अपने कोई दृढ़ मत थे मगर इसके बाद भी वह एक अच्छा सेनापति था। तो भी सिसेरो ने जिस तरह अपनी बात को पाव-रत्ती सही मानकर और ज़ोर देकर कहा, वह चीज़ क्रैसस को बुरी मालूम हुई। पतनशीलता के बारे में लम्बी-चौड़ी बात बघारना बहुत आसान है जबकि तुम्हें उन तथाकथित पतनशीलों से लड़ना न पड़ता हो!

एंटोनियस केयस ने कहा, "मैं तो ज़रूर कहूँगा कि मुझे यूनानी मूर्तिकला पसन्द है। वह सस्ती होती है और एक बार रंग धुल जाने पर देखने में बड़ी अच्छी मालूम होती है। कहने की ज़रूरत नहीं कि ये पुरानी मूर्तियाँ ही हैं जिनका सब रंग-वंग धुल-धुला गया है जो यहाँ-वहाँ दिखाई देती हैं मगर बाग़ीचे में वे बड़ी भली मालूम होती हैं और मुझे तो उसी रूप में पसन्द हैं।"

"तब तो तुमने स्पार्टकस के भी स्मारक ख़रीद लिये होते, इसके पहले कि हमारे दोस्त क्रैसस ने उसको टुकड़े-टुकड़े करवा डाला," सिसेरो ने मुस्कराकर कहा।

"स्मारक?" हेलेना ने पूछा।

"उन्हें तुड़वाना पड़ा," क्रैसस ने शान्त भाव से कहा।

"कौन से स्मारक?"

सिसेरो ने कहा, "अगर मैं भूल नहीं करता तो उनको नष्ट करने के आदेश पर ग्रैकस ने ही हस्ताक्षर किये थे।"

ग्रैकस अपनी भारी आवाज़ में गड़गड़ाया, "तुम कभी कोई भूल नहीं करते, यही कहना चाहते हो न? तुम बिलकुल ठीक कहते हो।" उसने हेलेना को अपनी बात समझाई, "ज्वालामुखी पत्थर के दो बड़े-बड़े स्मारक स्पार्टकस ने विसूवियस के पूर्वी ढाल पर खड़े करवाए थे। मैंने उन्हें देखा नहीं मगर उनको नष्ट करने के आदेश पर हस्ताक्षर ज़रूर किया था।"

"कैसे कर सके आप?" हेलेना ने जवाबतलब किया।

"क्यों, इसमें कौन-सी बात है? अगर गन्दगी अपना कोई स्मारक खड़ा करती है तो उसे धोना ही पड़ता है।"

"देखने में कैसे थे वे?" क्लॉदिया ने पूछा।

ग्रैकस ने सिर हिलाया और यह सोचकर कुछ उदास ढंग से मुस्कराया कि कैसे उन ग़ुलामों का भूत और उनके नेता का भूत हमेशा उनके बीच में घुस आता था, बातचीत चाहे जहाँ भी क्यों न शुरू होती हो। "मैंने उन्हें देखा नहीं, मेरी जान। क्रैसस ने देखा था। उनसे पूछो।"

क्रैसस ने कहा, "मैं तुम्हें एक कलाकार की राय तो नहीं दे सकता मगर हाँ देखने में ये चीज़ें ऐसी ही थीं जैसी कि होनी चाहिए। दो थीं। एक तो मेरा ख़याल है क़रीब पचास फ़ीट लम्बी एक ग़ुलाम की मूर्ति थी। वह पैर फैलाकर खड़ा हुआ था और उसकी ज़ंजीरें टूट गई थीं और आस-पास झूल रही थीं। एक बाँह में वह एक बच्चे को उठाए और छाती से चिपकाए हुए था और दूसरे, झूलते हुए हाथ में एक स्पेनी तलवार थी। एक तो वह थी और उसे तुम एक विराट मूर्ति कह सकते हो। जहाँ तक मैं समझ सकता हूँ, बहुत अच्छी बनी हुई थी लेकिन जैसा कि मैंने अभी कहा, मैं कला का कोई पारखी नहीं हूँ। मगर यह ज़रूर है कि वह चीज़ बड़ी सादगी से बनी थी और उस आदमी और उस बच्चे को बड़े कुशल हाथों ने गढ़ा था और अपनी बारीकियों तक में वह चीज़ अत्यन्त स्वाभाविक थी, हाथ के घट्टे और जंज़ीर की रगड़ से पैदा हुए ज़ख़्म तक उसके अन्दर नक़्श कर दिये गए थे। मुझे याद है नौजवान केयस तानेरिया ने उस ग़ुलाम के भारी-भारी कन्धों और उसके हाथ की उभरी हुई नसों को मुझे दिखलाया था, वे बिलकुल वैसी ही थीं जैसी कि किसी भी हल जोतनेवाले की होती हैं। तुम जानती ही हो कि स्पार्टकस के पास बहुत से यूनानी भी थे और यूनानी लोग इस चीज़ में बड़े निपुण होते हैं। उन्हें इस चीज़ को तस्वीर में उतारने का मौक़ा नहीं मिला या शायद रंग नहीं मिल सके, मगर कुल मिलाकर उन्हें देखकर मुझे एथेन्स के कुछ पुराने भित्ति-चित्र याद आ गए, वे जिनके रंग धुल गए हैं और मैं केयस से सहमत हूँ कि वे वैसे ही अच्छे लगते हैं—और बहुत सस्ते भी होते हैं।"

"दूसरा स्मारक इतना लम्बा न था; उसकी मूर्तियाँ ज़्यादा से ज़्यादा बीस फ़ीट ऊँची रही होंगी मगर वे भी बहुत अच्छी तरह बनाई गई थीं। उनमें तीन ग्लैडिएटर थे, एक थ्रेसियन, एक गॉल और एक अफ़्रीकी। बड़ी दिलचस्प बात है कि उस अफ़्रीकी की मूर्ति काले पत्थर से गढ़ी गई थी; दूसरी मूर्तियाँ सफ़ेद थीं। वह अफ़्रीकी बीच में खड़ा था, वह दूसरों से थोड़ा अधिक लम्बा था और दोनों हाथों से अपना त्रिशूल पकड़े हुए था। उसके एक ओर वह थ्रेसियन था जिसके हाथ में छुरा था और दूसरी ओर हाथ में तलवार लिये वह गॉल था। वह चीज़ बहुत अच्छी बनी थी और उसको देखकर साफ़ मालूम होता था कि वे लोग अभी ज़रा देर पहले तक

लड़ते रहे हैं क्योंकि उनकी बाँहों और टाँगों में बहुत जगह कटा हुआ था। उनके पीछे एक औरत खड़ी थी और बड़े गर्व के साथ खड़ी थी और लोगों का कहना है कि वारिनिया को देखकर ही वह मूर्ति बनाई गई थी। यह औरत एक हाथ में करनी और दूसरे में कुदाल लिये हुए थी। सच बात यह है कि मैं आज तक नहीं समझ सका कि उस चीज़ का क्या महत्त्व था।"

"वारिनिया?" ग्रैकस ने धीमे से पूछा।

"उन्हें नष्ट करने की आख़िर ऐसी क्या ज़रूरत थी?" हेलेना ने पूछा।

ग्रैकस ने जवाब दिया, "क्या उनके स्मारकों को खड़ा रहने दिया जा सकता है? क्या तुम उन्हें खड़ा रहने दे सकती थीं ताकि सब लोग उनकी तरफ़ इशारा करके कहें कि यह देखो ग़ुलामों ने यह चीज़ बनाई है?"

"रोम इतना शक्तिशाली था कि वह उन स्मारकों को वैसे ही छोड़ दे सकता था—हाँ, और जिसका जी चाहे उनकी तरफ़ इशारा करे," हेलेना ने कहा।

"बहुत ख़ूब!" सिसेरो ने कहा।

मगर क्रैसस सोचने लगा कि उस वक़्त क्या शकल थी जबकि उसके दस हज़ार बेहतरीन सिपाही ख़ून से भीगे हुए, मैदान में पड़े थे और ग़ुलाम ग़ुस्से में बिफरे हुए एक ऐसे शेर-बबर की तरह दूर चलते चले जा रहे थे जिसे ग़ुस्सा तो आ गया है मगर चोट ज़्यादा नहीं लगी है।

"वारिनिया की मूर्ति देखने में कैसी थी?" ग्रैकस ने पूछा और इस बात की कोशिश की कि उसका प्रश्न अधिक-से-अधिक सहज मालूम पड़े, ऐसा कि जैसे उसे कुछ ख़ास दिलचस्पी नहीं है।"

"मैं यह नहीं कह सकता कि मुझे अच्छी तरह उसकी याद है। उसे देखकर तुम उसे जर्मन या गॉल औरत समझते—लम्बे बाल, ढीला गाउन और ऐसी सब चीज़ें। उसके बाल चोटी में गुँथे हुए थे जैसे कि जर्मन और गॉल स्त्रियों के बाल होते हैं। बड़ा सुन्दर वक्ष था—देखकर ही लगता था कि यह कैसी हृष्ट-पुष्ट सुन्दर स्त्री है! वैसी जर्मन स्त्रियाँ अब भी बाज़ार में कभी-कभी दिखाई दे जाती हैं और लोग उनको ख़रीदने के लिए कितने लालायित रहते हैं तुम्हें पता ही है। हाँ, यह कहना मुश्किल है कि वह सचमुच वारिनिया ही थी या नहीं। स्पार्टकस से ताल्लुक़ रखनेवाली हर चीज़ की तरह इस चीज़ के बारे में भी हमें कुछ नहीं मालूम। हाँ अगर तुम उस सारे प्रचार को ज्यों का त्यों पी जाने के लिए तैयार हो तो उसकी बात और है। वारिनिया के बारे में मुझे उतना ही मालूम है जितना कि उस हरामज़ादे लानिस्ता बाटियाटस ने मुझे बतलाया था और कुछ ख़ास बतलाया भी तो नहीं था। सिवाय इसके कि उसकी याद करके उसके मुँह में पानी भर आया था और उसकी लिजलिजी जीभ बाहर निकल आई थी। इसका मतलब है कि वह ज़रूर सुन्दरी रही होगी।"

"और आपने उसे भी नष्ट कर दिया," हेलेना ने कहा।

क्रैसस ने सिर हिलाया। वह जल्दी ही अस्थिर हो जानेवाला आदमी न था। उसने हेलेना से कहा, "मेरी जान, मैं सिपाही था और सेनेट के आदेश का पालन मेरा धर्म था। तुम्हें यह सुनने को मिलेगा कि ग़ुलाम-युद्ध एक छोटी चीज़ थी। काफ़ी स्वाभाविक है कि लोग इस चीज़ को यों देखें क्योंकि रोम को दुनिया को यह बतलाने से कोई फ़ायदा न होगा कि कुछ ग़ुलामों को लेकर हम कैसी मुसीबत में पड़ गए थे। मगर यहाँ पर मेरे अज़ीज़ और नेक दोस्त एंटोनियस केयस के मकान के इस आरामदेह चबूतरे पर बैठकर, अपने लोगों की इस सोहबत में हम उन गढ़ी हुई बातों को उठाकर ताक़ पर रख दें तो अच्छा हो। सच बात यह है कि स्पार्टकस रोम के विध्वंस के जितने पास पहुँच गया था उतने पास कभी कोई दूसरा नहीं पहुँचा। किसी ने रोम को इतने भयानक रूप से ज़ख़्मी नहीं किया। मैं अपनी बात को ज़ोर पहुँचाने की कोशिश नहीं कर रहा हूँ। पॉम्पी को ही यश लूटने दो, ग़ुलामों का दमन करने में कोई यश नहीं है। मगर सचाई सचाई है और अगर ये सलीब, दंड के ये प्रतीक, देखने में इतने बुरे लगते हैं, तो ज़रा सोचो उस वक़्त मुझे कैसा लगा होगा जब मैंने रोम के बेहतरीन सिपाहियों की लाशों को क़ालीन की तरह मैदान पर बिछते देखा। इसलिए जब उन ग़ुलामों की तैयार की हुई किसी चट्टानी मूर्ति को नष्ट करने की बात आई तो मैं झिझका नहीं। इसके बरअक्स मुझे इनमें कुछ सन्तोष ही मिला। हमने ख़ूब अच्छी तरह उन मूर्तियों का ध्वंस किया और पीसकर उन्हें धूल कर दिया—ताकि उनका कोई चिह्न बाक़ी न रहे। और इसी तरह हमने स्पार्टकस और उसकी फ़ौज का ध्वंस किया था। और आगे चलकर, यक़ीनन हम उसकी स्मृति का भी ध्वंस कर देंगे कि उसने क्या किया था और कैसे किया था। मैं बहुत मामूली सीधा-सादा आदमी हूँ और कुछ ख़ास चतुर भी नहीं हूँ। मगर मैं इतना जानता हूँ कि संसार का नियम यह है कि कुछ लोग शासन करेंगे और कुछ लोग शासित होंगे। भगवान का चलाया हुआ नियम यही है और सदा ऐसा ही रहेगा।"

क्रैसस के अन्दर वह गुण था कि वह स्वयं ज़रा भी आवेश में आए बिना दूसरे के अन्दर आवेश पैदा कर सकता था। वह जो कुछ कह रहा था उसको उसके ख़ूबसूरत मज़बूत फ़ौजी चेहरे से बल पहुँच रहा था। प्रजातंत्र का राजचिह्न वह जो काँसे का बना हुआ बाज़ था उससे कितना ज़्यादा मिलता-जुलता था यह आदमी!

ग्रैकस अपनी झुकी हुई पलकों के नीचे से उसको देख रहा था। ग्रैकस वहाँ पर बैठा था और उन सबको देख रहा था, उस पतले से चेहरेवाले आक्रमणशील सिसेरो को, उस बाँके, छैले नौजवान केयस को, हेलेना को, उस ख़ामोशी से तकलीफ़ भुगतती हुई और कुछ-कुछ उपहासास्पद-सी जूलिया को, स्निग्ध और सन्तुष्ट क्लॉदिया को, एंटोनियस केयस को और क्रैसस को—उन सबको वह देख रहा था और उनकी बातें सुन रहा था और उसे फिर याद आया कि कैसे जब वह

चला आया था तब सेनेट की कमेटी के लोग उसके पीछे-पीछे आए थे। वह तो शुरुआत ही थी जबकि तीन हज़ार सैनिकों की छह टुकड़ियाँ भेजी गईं और जैसा कि क्रैसस ने कहा, लोग उस शुरुआत को भी भूल जाएँगे और उस अन्त को भी भूल जाएँगे, जब तक कि कहीं ऐसा न हो कि वह अन्त अभी आनेवाला हो।

4

शुरू-शुरू में सेनेट का निर्णय यह था कि ग़ुलामों के विद्रोह को तत्काल दबा देने के लिए शहर की छह टुकड़ियों को फ़ौरन कापुआ भेजा जाए। यही वह निर्णय था जिसका ग्रैकस ने विरोध किया था और जिसे कि किसी-न-किसी रूप में कार्यान्वित किया गया था ताकि ग्रैकस को थोड़ी-बहुत नम्रता सिखलाई जा सके। बाद में जो कुछ हुआ उसकी रोशनी में जब ग्रैकस इस नम्रता के प्रश्न पर विचार करता था तो उसे कुछ एक तीखे स्वाद का सन्तोष मिलता था।

शहर की हर टुकड़ी में पाँच सौ साठ सिपाही थे—जो कि साधारण सिपाहियों से ज़्यादा अच्छी तरह हथियारों से लैस थे। रहने के लिए शहर अच्छी जगह थी। लीजन के सैनिक दुनिया के कोने-कोने में जाते थे और बहुत बार ऐसा होता था कि वे कभी लौटकर न आते थे और उनकी क़ब्रें विदेशी धरती पर बन जाया करती थीं। और बहुत बार जब वह लौटते भी थे तो पाँच या दस या पन्द्रह बरस बाद। लीजन के सैनिक मुट्ठी-भर खाना खाकर दिन-भर मार्च करते थे और जी तोड़कर परिश्रम करते थे और जंगल में सड़कें और शहर बनाते थे और कभी-कभी उनके वे बड़े-बड़े नगर उनके लिए केवल स्मृति बनकर रह जाते थे। शहर की टुकड़ियाँ देश-भर की चर्बी पर जीती थीं और उनके लिए लड़कियों, शराबों और खेलकूद का कोई अन्त न था। शहर की टुकड़ियों का एक मामूली सैनिक भी अपनी जगह पर कुछ राजनीतिक ताक़त रखता था और हमेशा कुछ-न-कुछ पैसा उसके हाथ में पहुँचा करता था जिससे उसे गुदगुदी मालूम होती थी। इनमें से बहुत से थे जिनके पास शहर में अपने अच्छे-अच्छे मकान थे जिनमें वे अपने ड्यूटी से ख़ाली घंटों में रहा करते थे और उनमें से कुछ तो छह-छह ग़ुलाम औरतें रखते थे। शहर के एक सैनिक के बारे में कहानी मशहूर थी कि वह रोम के एक बड़े से मकान में अपनी चौदह रखैलों को रखता था और उनसे पैदा होनेवाले बच्चों को छह साल की उमर तक बड़ा करके और फिर उन्हें बाज़ार में बेचकर उसने एक अच्छा-ख़ासा मुनाफ़े का धन्धा खड़ा कर लिया था। इसी तरह की बहुत-सी कहानियाँ कही जाती थीं।

वे लोग ख़ूबसूरत वर्दियाँ पहनते थे। इन सभी टुकड़ियों के नायक अच्छे घरों के नौजवान थे जो सेना को अपनी ज़िन्दगी का पेशा तो बनाना चाहते थे मगर साथ ही यह भी चाहते थे कि वे थिएटर और एरेना और अच्छे-अच्छे जलपान-गृहों से

कुछ ही क़दम के फ़ासले पर रहे आएँ। उनमें से आधे लोग केयस के दोस्त थे और एक-दो बार ख़ुद उसके दिल में ख़याल आया था कि वह ख़ुद भी क्यों न वही नौकरी कर ले मगर फिर यह सोचकर कि वह चीज़ उसकी अपनी योग्यताओं से अलग पड़ती है, उसने विचार तज दिया था। मगर उन लोगों के यह सब ठाट-बाट और फिर यह कि लगभग सभी सार्वजनिक उत्सवों में उनकी बाक़ायदा रस्मी परेड हुआ करती थी, इससे ऊँचे-ऊँचे ख़ानदानों के उन नवयुवकों में स्वभावत: यह होड़ लगी रहती थी कि सबसे अच्छी वरदी पहने हुए सैनिकों का नायक कौन बनता है। शहर में पहुँचकर मैदान में लड़नेवाले सैनिक के पसीने में डूबे हुए चमड़े के पतलून बहुत अच्छी तरह सिझाकर नरम किये हुए, ख़ूबसूरत रंगे हुए, हिरन के चमड़े के पतलून में बदल जाते थे। हर रेजिमेंट के पास अपनी अलग वरदी थी और उनको अपने लोहे के टोपों में पंख खोंसने की भी विशेष सुविधा आमतौर पर मिल जाया करती थी। कन्धे पर की वह लोहे की पट्टी जो सामने की तरफ़ नीचे को पड़ी रहती थी और ब्रेस्ट प्लेट से जुड़ी रहती थी और जिसे वे लोग ह्यूमरालिया कहते थे, उस पर आमतौर पर सोने या चाँदी का पानी चढ़ा रहता था। एक टुकड़ी ऊपर से नीचे तक पीतल के ज़िरहबख़्तर में थी और हर रेजिमेंट के पास अपना एक ख़ास बूट था जो कि अक्सर घुटनों तक पहुँचता था और जिसमें अलंकार के लिए नन्ही-नन्ही चाँदी की घंटियाँ लगी हुई थीं। काँसे के साकपोश जो पिंडलियों पर पहने जाते थे, और जिन्हें सरहदी सैनिकों ने बहुत पहले छोड़ दिया था क्योंकि धात की पकड़ में बन्द टाँगों को लेकर उनके लिए एक-एक दिन में कई-कई मील का मार्च करना असम्भव हो जाता था, उनको यहाँ शहर की आधी रेजिमेंटें अब भी बड़े ठाट-बाट से इस्तेमाल करती थीं और हर टुकड़ी के पास अपनी ढाल के लिए अलग एक नक़्शा था। सारी इटली में उनके हथियारों और उनके ज़िरहबख़्तर की बराबरी कोई न कर सकता था।

यह भी न था कि उनको ट्रेनिंग ठीक से न मिलती हो। इन टुकड़ियों को इस ज़माने में दिन के वक़्त क़वायद करनी पड़ती थी, हर रोज़। आम तौर पर बहुत सवेरे सरकस मैक्सिमस में उनकी ट्रेनिंग होती थी। सरकस मैक्सिमस वैलिस मर्सिया के खाले में एक खुला हुआ घुड़दौड़ का मैदान था और वहाँ पर उन लोगों को एक सौ तुरहियों की लय पर क़वायद करते देखकर बहुत अच्छा मालूम होता था। किसी भी सुबह उस सरकस के चारों ओर की पहाड़ियों पर रोम के तमाम बच्चों को देखा जा सकता था जो इस फ़ौजी क़वायद को बड़े मुग्ध होकर प्यासी आँखों से देखा करते थे।

मगर सच बात यह थी कि ये टुकड़ियाँ मैदान में लड़नेवाले सैनिकों की टुकड़ियाँ न थीं। और ज़िन्दगी से बेज़ार भूखे बेकारों की एक भीड़ को दबाना या शहर की उन सँकरी सड़कों पर होनेवाले एक राजनीतिक झगड़े से जूझकर पार हो

जाना एक बात है और स्पेनियार्डों या गॉलों या जर्मनों या थ्रेसियनों या यहूदियों या अफ़्रीकियों का मुक़ाबला करना बिलकुल दूसरी। मगर तब भी इस बात से इनकार नहीं किया जा सकता कि यह सिर्फ़ मुट्ठी-भर ग़ुलामों की बग़ावत थी और फिर उनमें चाहे जितनी भी कमज़ोरियाँ क्यों न रही हों, शहर की इन छह टुकड़ियों में साढ़े तीन हज़ार से ज़्यादा रोमन सैनिक थे। ग्रैकस भी अंशत: इस बात को मानता था। सिद्धान्त रूप में उसको यह बात न पसन्द थी कि ये टुकड़ियाँ शहर की दीवारों से एक दिन के मार्च के फ़ासले से ज़्यादा दूर जाएँ। मगर कुल मिलाकर वे सत्ताईस टुकड़ियाँ थीं और ग्रैकस भी इस बात को मानता था कि जो काम उन्हें करना था वे कर सकते थे। उसके विरोध के मूल में मुख्य रूप से यह बात थी कि उसे इन राजनीतिक रेजिमेंटों से बहुत डर लगता था जिनमें देहातों से आए हुए किसान सैनिक न थे बल्कि शहर के ही पैदा और शहर में ही पले हुए ऐसे लोग थे जिनके पास कहीं कोई काम न था, जिनके पास अपने अन्त:करण के नाम पर कुछ भी न था और जो कि एकदम बिगड़े हुए, परजीवी लोग थे जिन्हें समाज ने उठाकर घूर पर फेंक दिया था और जिनको ज़िन्दगी में अब कोई आशा बाक़ी न रह गई थी और जो समाज को अपने ऊपर टिकाए हुए ग़ुलामों की उस बहुत बड़ी तादाद और उनके मुट्ठी-भर शासकों के बीच की जगह पर जीते थे। वे संख्या में रोम के मेहनतकशों से ज़्यादा थे, यानी उन दस्तकारों और दूकानदारों से ज़्यादा थे जिनकी संख्या रोज़-ब-रोज़ कम होती जा रही थी। उनका दिन सड़कों पर या अखाड़े में गुज़रता था; वे सरकार से मिलनेवाली मदद पर जीते थे और जुआ खेलते थे और घुड़दौड़ में शर्त लगाते थे और हर चुनाव में अपने वोट बेचते थे और अपने नवजात बच्चों का गला घोंट देते थे ताकि उनकी परवरिश की ज़िम्मेदारी से बच सकें और घंटों हम्मामों में गुज़ारते थे और उन ऊँचे-ऊँचे चालों में छोटी-छोटी गन्दी-गन्दी खोलियाँ लेकर रहते थे—और ऐसे ही लोगों में से शहर की टुकड़ियों की भरती होती थी।

सेनेट के फ़ैसले के दूसरे रोज़ पौ फटते-फटते वे छह टुकड़ियाँ रवाना हो गईं। उनकी कमान एक नौजवान सेनेटर वारिनियस ग्लैबरस को दी गई। उसे सेनेट के एक सदस्य के रूप में, उसका प्रतिनिधि बनाकर भेजा गया और उपयुक्त राजचिह्न भी दे दिया गया। रोम में ज़्यादा उमर वाले लोगों की वैसी कोई कमी न थी जिनके पास कई बरस का फ़ौजी तजुर्बा था; मगर रोम पिछले कई बरसों से अपने भीतर ही भीतर चलनेवाले सत्ता के संघर्ष के कारण एकदम जर्जर हो रहा था और सेनेट इस सम्बन्ध में बहुत ही अधिक सतर्क थी कि अपने से बाहर किसी आदमी के हाथों में फ़ौजी ताक़त न दे। वारिनियस ग्लैबरस घमंडी था, बेवक़ूफ़ कहना चाहिए, और राजनीति के मामले में विश्वसनीय था।

उस वक़्त उसकी उमर उनतालीस साल थी और अपनी माँ की ओर उसके पारिवारिक सम्बन्ध बहुत ऊँचे लोगों से थे। वह बहुत अधिक महत्त्वाकांक्षी न था

और उसने और उसके घरवालों ने इस नये काम का स्वागत किया, जो उसे दिया जा रहा था, यह सोचकर कि एक तो इसमें किसी तरह की कोई अनिश्चितता न होगी और दूसरे काफ़ी ख्याति पाने का अवसर भी मिल सकता है। उसको चुनने से सेनेट के बहुमत को नगर की पैट्रीशियन आबादी के एक पूरे हिस्से का समर्थन मिल रहा था जिससे उसकी ताक़त और भी बढ़ गई थी। उसके नीचे काम करनेवाले अफ़सरों को जो कुछ करना होगा, फ़ौजी ढंग से करेंगे, और जो कुछ थोड़े से निर्णय स्वयं उसे करने होंगे उनके सम्बन्ध में उसको सभी बातें बड़ी सावधानी से और सफ़ाई से समझा दी गई थीं और उपयुक्त निर्देश दे दिये गए थे। उसे अपने सैनिकों को मैदानी रफ़्तार से कापुआ तक ले जाने का आदेश मिला था यानी दिन-भर में बीस मील। यह सारा का सारा फ़ासला एपियन मार्ग के संग-संग ही उसे तय करना था जिसका मतलब था कि खाना और पानी जो कि मैदान में लड़नेवाले साधारण सैनिकों को अपनी पीठ पर लादकर ले चलना पड़ता था, उसको गाड़ियाँ ढोएँगी। उसको आदेश मिला था कि वह अपने आदमियों को कापुआ की दीवारों के बाहर रोककर पड़ाव डाल दे और उस शहर में ग़ुलामों के विद्रोह की प्रगति के बारे में पता लगाने के लिए और उसको दबाने की अपनी योजना बनाने में एक दिन से ज़्यादा न ख़र्च करे।

उसके बाद उसे आदेश दिया गया था कि अपनी योजनाओं की सूचना सेनेट को दे मगर सेनेट की तरफ़ से उसकी तसदीक़ आने का इन्तज़ार किये बिना बदस्तूर अपनी कार्रवाई करता रहे। वह जैसी ज़रूरत महसूस करे उसी तरह ग़ुलामों के संग बरते मगर उसे हर मुमकिन कोशिश इस बात की करनी थी कि विद्रोह के नेताओं को पकड़ लिया जाए और फिर उनको और और भी जितने पकड़ में आएँ उन सबको रोम भेज दिया जाए ताकि वहाँ उनके ऊपर खुलेआम मुक़दमा चलाया जाए और सज़ा दी जाए। अगर कापुआ की कौन्सिल यह अनुरोध करे कि दंड के कुछ प्रतीक भी होने चाहिए तो उसके लिए उसको अधिकार दिया गया था कि वह दस ग़ुलामों को कापुआ के बाहर सलीब पर टाँग सकता था मगर शर्त यह थी कि बीस से ज़्यादा लोगों को गिरफ़्तार किया गया हो। सेनेट की स्पष्ट राजाज्ञा से ग़ुलामों पर सारे सम्पत्तिगत अधिकार छीन लिये गए थे और वारिनियस को निर्देश किया गया था कि वह इस सम्बन्ध में किसी की माँग पर कोई ध्यान न दे, हाँ अगर कोई बाद में दावा दायर करने के लिए विशेष अनुमति चाहता हो तो वह चीज़ मंज़ूर की जा सकती थी और उसे अधिकारों की कमेटी के सामने पेश किया जा सकता था।

यह सब उस समय हो रहा था जब रोम में किसी को पता न था कि विद्रोह का नेता कौन है। स्पार्टकस का नाम अब तक लोगों को मालूम न था और न लोग यही स्पष्ट रूप से समझ पा रहे थे कि कैसे बाटियाटस के स्कूल में विद्रोह हो गया। शहर की टुकड़ियाँ भोर में परेड के लिए इकट्ठा हुईं मगर इन सब में कुछ देर हो

गई क्योंकि अफ़सरों में इस बात को लेकर झगड़ा हो गया कि कौन टुकड़ी कहाँ पर खड़ी होगी। सूरज आसमान में अच्छी तरह चढ़ आया था जब उन्होंने प्रयाण किया। उनके नगाड़ों और तुरही का जोश दिलानेवाला फ़ौजी संगीत शहर-भर में गूँज रहा था और जब वे लोग शहर के फाटक पर पहुँचे तब तक उनको जाते हुए देखने के लिए एक अच्छी-ख़ासी भीड़ जमा हो गई थी।

ग्रैकस को यह बात अच्छी तरह याद थी—ख़ूब ही अच्छी तरह। फाटक पर की उस भीड़ में दो और सेनेटरों के संग वह भी था और उसने याद किया कि उस वक़्त कैसा अच्छा दृश्य था जब टुकड़ियाँ बाहर जा रही थीं, बैंड बज रहा था, झंडे उड़ रहे थे, उनकी अपनी फ़ौजी पहचान के झंडे कितने गर्व के साथ झूम रहे थे, सैनिकों के टोप जिनमें रंग-बिरंगे पंख खोंसे हुए थे उनके मार्च करते समय कैसी अदा से हिल रहे थे और वारिनियस सैनिकों के आगे-आगे चमचम चमकते हुए पीतल की ब्रेस्टप्लेट लगाए एक ख़ूबसूरत सफ़ेद घोड़े पर सवार चला जा रहा था और हाथ हिला-हिलाकर उस शोर करती हुई भीड़ की हर्षध्वनि का जवाब दे रहा था। अच्छी तरह से क़वायद कराए गए सैनिकों की परेड से ज़्यादा रोमांचकारी दुनिया में और कुछ नहीं है। ग्रैकस को यह बात ख़ूब ही अच्छी तरह याद थी।

5

इस तरह से सेनेट ने स्पार्टकस का नाम सुना और ग्रैकस को उस वक़्त की याद थी जब पहली मर्तबा किसी ने उसके सामने यह नाम बोला था। बहुत मुमकिन है कि पहली बार किसी ने रोम में वह नाम खुलकर बोला हो। वारिनियस ने जो रिपोर्ट बहुत तेज़ हरकारों के हाथ कापुआ से रोम में सेनेट के पास भेजी थी, उसमें उसने बहुत मामूली ढंग से बिना उसको कोई विशेष महत्त्व दिये, उसका उल्लेख किया था। वारिनियस की रिपोर्ट बहुत उत्साह बढ़ानेवाली न थी। वह उसी प्रचलित ढंग से शुरू हुई थी—महान सेनेट की सेवा में निवेदन है—और इसके बाद उसमें बतलाया गया था कि जब वे लोग एपियन मार्ग के बग़ल से होकर मार्च करते चले जा रहे थे तो कौन-कौन सी घटनाएँ हुईं और फिर कापुआ पहुँचकर उन्हें क्या-क्या बातें मालूम हुईं। उनके मार्च की सबसे ख़ास बात यह थी कि तीन टुकड़ियाँ जो काँसे के साकपोश पहने हुए थीं उनके पैरों में ज़ख़्म हो गए थे जो बहुत दर्द करते थे। वारिनियस ने उन साकपोशों को अलग करने का फ़ैसला किया था और एक गाड़ी में उस चीज़ को भरकर रोम वापस भेज दिया था। उन टुकड़ियों के अफ़सरों को ऐसा महसूस हुआ कि जैसे यह उनके रेजिमेंट की इज़्ज़त के ऊपर एक लांछन हो, गोया उनके सैनिकों का अपमान किया जा रहा हो और यह कि पैर में थोड़ी-सी चिकनाई लगाने से काम बन सकता था। वारिनियस उनकी बात मान गया। और

उसका परिणाम यह होगा कि एक सौ से ऊपर सैनिकों को अयोग्य क़रार देकर कापुआ में छोड़ना होगा। और भी कई सौ सैनिक लँगड़ा रहे थे मगर उनके बारे में यह ख़याल किया जाता था कि वे ग़ुलामों के ख़िलाफ़ कार्रवाई में हिस्सा लेने के लिए काफ़ी ठीक हैं।

(ग्रैकस को झुरझुरी-सी मालूम हुई जब उसने कार्रवाई का लफ़्ज़ सुना।)

जहाँ तक उस विद्रोह की बात थी, वारिनियस एक विचित्र-सा अन्तर्द्वन्द्व अनुभव कर रहा था। एक ओर तो उसकी इच्छा यह थी कि वास्तविकता को सीधे-सीधे बयान कर दे और कहे कि कहीं कुछ नहीं है और दूसरी ओर वह इसमें अपने को आगे बढ़ाने का मौक़ा भी देख रहा था जिसका स्पष्ट मतलब था कि वह उस चीज़ को ख़ूब बढ़ा-चढ़ाकर पेश करे। उस विद्रोही की पृष्ठभूमि के सम्बन्ध में उसने अपनी रिपोर्ट के साथ बाटियाटस का एक वक्तव्य भी लगा दिया था और लिखा था कि—"ऐसा मालूम होता है कि विद्रोह का एक नेता स्पार्टकस है जो कि थ्रेसियन है और दूसरा नेता एक गॉल है जिसका नाम क्रिक्सस है।" ये दोनों ग्लैडिएटर थे मगर उस रिपोर्ट से यह न मालूम होता था कि विद्रोह में कितने ग्लैडिएटर शरीक हैं। वारिनियस ने बड़े विस्तार से तीन अलग-अलग जागीरों का बयान किया था जिनमें आग लगा दी गई थी। इन जागीरों पर काम करनेवाले ग़ुलाम निस्सन्देह स्वामिभक्त थे मगर उन्हें मौत का डर दिखाकर ग़ुलाम विद्रोहियों का साथ देने के लिए विवश किया गया था। जिन्होंने इनकार किया उन्हें फ़ौरन मार डाला गया।

(ग्रैकस ने सिर हिलाया। यह बात इसके सिवा दूसरी किसी तरह न कही जा सकती थी।)

दो जागीरदारों ने कापुआ में शरण लेने की कोशिश की थी मगर ग्लैडिएटरों ने बीच में ही उन्हें पकड़ लिया था और मार डाला था और उनके ग़ुलामों को मजबूर करके अपने विद्रोह में शरीक कर लिया था। इनके अलावा उस इलाक़े के बहुत से बदमाश ग़ुलाम भागकर विद्रोहियों से जा मिले थे। ग़ुलामों के तथाकथित अत्याचारों की एक लम्बी तालिका भी वारिनियस ने जोड़ दी थी। और अपनी रिपोर्ट के साथ उसने तीन लोगों के बयान भी रख दिये थे जो कि ख़ुद उसने लिये थे और जिनकी सचाई में कोई सन्देह नहीं किया जा सकता था। इन बयानों में ग़ुलामों के कुछ और अत्याचारों का हवाला था। उसने यह कहकर अपनी रिपोर्ट खतम की थी कि जहाँ तक उसे पता चलता है उन ग़ुलामों ने अपना हेडक्वार्टर विसूवियस पहाड़ के जंगली और चट्टानी ढलवान पर बनाया था और यह कि उसका इरादा फ़ौरन वहाँ पर जाने और उन पर सेनेट की इच्छा को लागू करने का है।

सेनेट ने उसकी रिपोर्ट ले ली थी और स्वीकार कर ली थी। इसके साथ ही सेनेट के अन्दर यह प्रस्ताव भी रखा गया था और पास हुआ था कि भागे हुए ग़ुलामों में से क़रीब अस्सी को, जिन्हें इस वक़्त खान पर काम करने ने लिए रोक

लिया गया था, दंड देने के लिए भेंट कर दिया जाए ताकि उन्हें सलीब पर टँगा हुआ देखकर नगरों के सभी ग़ुलाम डरें और उनसे नसीहत लें। उसी रोज़ उन ग़रीबों को दो घुड़दौड़ों के बीच के समय में सरकस मैक्सिमस में सलीब पर चढ़ा दिया गया। वे अपने सलीब पर लटके हुए थे जबकि उस वक़्त का सबसे ज़्यादा चहेता घोड़ा ऐरेस्टोनीज, जो कि पार्थिया का एक बाँका घोड़ा था, नूबिया की एक घोड़ी शारोश से हार गया जिसकी किसी को आशा न थी—और उसकी हार से रोम के बहुत से घुड़दौड़ प्रेमी दिवालिया हो गए।

मगर इसके बाद छह रोज़ तक वारिनियस या शहर की टुकड़ियों के पास से और कोई ख़बर न आई। और उसके बाद एक बहुत छोटी-सी ख़बर आई। उन शहर की टुकड़ियों को ग़ुलामों ने हरा दिया था। यह एक बड़ी छोटी-सी रिपोर्ट थी और उसके बारे में दूसरे तथ्य न थे और इसलिए कोई चौबीस घंटे तक सेनेट और सारा शहर बहुत तनाव की हालत में आगे की ख़बर का इन्तज़ार करता रहा। हर शख़्स ग़ुलामों के इस नये विद्रोह के बारे में बात कर रहा था मगर किसी को कुछ मालूम न था। मगर तब भी सारे शहर पर ख़ौफ़ छाया हुआ था।

6

सेनेट की पूरी बैठक बन्द दरवाज़ों के भीतर हुई और बाहर भीड़ इकट्ठा हो गई और बढ़ती गई यहाँ तक कि चौक भर उठा और उस तक पहुँचनेवाली सड़कें बन्द हो गईं और चारों तरफ़ अफ़वाहें फैल गईं क्योंकि सेनेट को शहर की उन टुकड़ियों की कहानी अब मालूम थी।

सिर्फ़ एक या दो कुरसियाँ ख़ाली थीं। सेनेट की उस बैठक का ख़याल करके ग्रैकस ने अपने मन में यह निश्चय किया कि ऐसे ही मौक़ों पर—संकट और कटु ज्ञान के ऐसे ही मौक़ों पर—सेनेट का सबसे अच्छा रूप दिखाई देता है। उन बुड्ढे लोगों की आँखें, जो अपने चोग़ों में लिपटे हुए इतने ख़ामोश बैठे थे, निश्चय से भरी थीं और उनमें किसी भी प्रकार का कोई डर या उद्विग्नता न थी और जो कुछ कम उमर के लोग थे उनके चेहरे कठोर और ग़ुस्से से भरे हुए! मगर उन सबको रोमन सेनेट की मर्यादा की तीक्ष्ण चेतना थी और उसके सन्दर्भ में ग्रैकस के लिए वह जीवन के प्रति अपनी वितृष्णा और निराशा छोड़ देना सम्भव था। वह इन लोगों को जानता था; वह जानता था कि किन घटिया और गन्दे तरीक़ों से उन्होंने अपनी सीटें ख़रीदी थीं और राजनीति का कैसा गन्दा खेल वे खेलते थे। उनमें से हर एक आदमी, जो अपने मकान के पिछवाड़े गन्दगी का अपना ख़ास कुआँ रखे हुए था, को वह जानता था; मगर तब भी उनके बीच में बैठने में उसे गर्व और रोमांच का अनुभव हो रहा था।

स्वयं अपनी विजय की ख़ुशी मनाने की योग्यता अब उसके अन्दर न थी। उसकी अपनी विजय उस चीज़ से अलग न थी जिसका वे सब सामना कर रहे थे और इसलिए उन लोगों ने उसको सेनेटर इनक्विज़िटर चुना और उसने उनके दर्द को अपना लिया और अपने ओछे विजय-पर्व को अलग कर दिया। वह उनके सामने खड़ा था और उसके सामने वह रोमन सैनिक था जो ख़बर लेकर लौटा था, जो शहर की सड़कों और गलियों में पैदा हुआ और पला था और बढ़ा था मगर अब अपनी ज़िन्दगी में पहली मर्तबा उस महान सेनेट के सामने खड़ा हुआ था। वह एक पतले से चेहरे का, काली-काली आँखोंवाला आदमी था जिसकी आँखें चोरों की-सी और डरी हुई थीं, जिसकी एक आँख बराबर मुलमुला रही थी और जीभ बार-बार होंठों पर फिर-फिर जाती थी। मगर तब भी वह अपना ज़िरहबख़्तर पहने था, निशस्त्र था—क्योंकि इसी तरह सेनेट के सामने आया जाता है—उसकी हजामत बनी हुई थी और कम-से-कम अंशत: तो उसके शरीर की सफ़ाई हुई ही थी मगर उसकी एक बाँह पर ख़ून में भीगी हुई पट्टी थी और वह बहुत थका हुआ था। ग्रैकस ने एक ऐसा काम किया जो दूसरे किसी ने न किया होता। उसने सवाल-जवाब बाक़ायदा शुरू करने के पहले एक नौकर से कहकर शराब मँगाई और उस सिपाही के पास एक छोटी-सी मेज़ पर रखवा दी। वह आदमी बहुत कमज़ोर हो रहा था और ग्रैकस यह नहीं चाहता था कि वह बेहोश होकर वहीं ढेर हो जाए। उससे कुछ फ़ायदा न होगा। वह आदमी अपने हाथों में राजदूत का वह छोटा सा हाथीदाँत का डंडा लिये हुए था, जिसके बारे में लोग कहा करते थे कि उसके अन्दर एक हमला करती हुई फ़ौज से भी ज़्यादा ताक़त है क्योंकि वह सेनेट की शक्ति और सत्ता का प्रतीक है।

"उसको मुझे दे दो," ग्रैकस ने शुरू किया।

सैनिक ने पहले उसकी बात नहीं समझी और तब ग्रैकस ने उसके हाथ से डंडा ले लिया और उसे वेदी पर रख दिया और उसको महमूस हुआ कि जैसे उसका गला रुँध रहा हो और उसके सीने में दर्द हो रहा है। मनुष्यों के लिए तो उसके मन में घृणा हो सकती थी क्योंकि मनुष्य जैसे होते हैं वह तो सबको पता ही है मगर उस छोटे से डंडे के लिए मन में कोई घृणा न थी क्योंकि वह डंडा उसके जीवन की समस्त मर्यादा और शक्ति और गौरव का प्रतीक था और उसे कुछ ही दिन पहले वारिनियस को दिया गया था।

इसके बाद उसने सैनिक से पूछा, "पहले अपना नाम बताओ।"

"अरालस पोर्थस।"

"पोर्थस।"

"अरालस पोर्थस," सैनिक ने दुहराया।

एक सेनेटर ने अपने कान के पास हाथ लगाकर कहा, "और ज़ोर से बोलो, सुनाई नहीं देता। तुम और ज़ोर से नहीं बोल सकते क्या?"

ग्रैकस ने कहा, "बोलो-बोलो, यहाँ पर बोलने से तुम्हारे ऊपर कोई ख़तरा नहीं आएगा। तुम यहाँ सेनेट के पवित्र भवन में हो और तुम्हारा कर्तव्य है कि तुम भगवान की सौगन्ध खाकर पूरा-पूरा सत्य कहो, बोलो।"

सैनिक ने सिर हिलाया।

"थोड़ी शराब ले लो," ग्रैकस ने कहा।

सैनिक ने सफ़ेद चोग़ा पहने हुए धीर-गम्भीर लोगों की उन क़तारों में एक के बाद दूसरे का चेहरा देखा, पत्थर की उन सीटों को देखा जिन पर वे मूर्तियों की भाँति बैठे हुए थे और तब काँपते हुए हाथ से उसने एक गिलास में शराब ढाली और ढालता ही चला गया, यहाँ तक कि शराब बहने लगी और फिर वह उसे एक ही घूँट में पी गया और फिर एक बार उसने होंठों पर जीभ फेरी।"

"तुम्हारी क्या उमर है?" ग्रैकस ने पूछा।"

"पच्चीस बरस।"

"और तुम पैदा कहाँ हुए थे?"

"यहीं, इसी नगर में।"

"तुम्हारा कोई व्यवसाय है?"

उस आदमी ने सिर हिलाया।

"मैं चाहता हूँ कि तुम हर सवाल का जवाब दो। मैं चाहता हूँ कि तुम कम-से-कम हाँ या ना कहो। अगर और विस्तार में जवाब दे सकते हो तो दो।"

"नहीं, मेरे पास युद्ध को छोड़कर दूसरा कोई व्यवसाय नहीं है," सैनिक ने कहा।

"तुम्हारी कौन सी रेजिमेंट थी?"

"मैं तीन नम्बर टुकड़ी में था।"

"और तुम इस तीन नम्बर टुकड़ी में कितने ज़माने से हो?"

"दो साल और दो महीने।"

"इसके पहले?"

"मैं सरकारी मदद पर जीता था।"

"तीन नम्बर टुकड़ी का नायक कौन था?"

"सिल्वियस केयस सल्वारियस।"

"और नायब?"

"मारियस ग्रैकस आल्वियो।"

"बहुत अच्छा, अरालस पोर्थस। अब मैं चाहता हूँ कि तुम मुझको और यहाँ पर एकत्र इन सम्मानित महानुभावों को ठीक-ठीक बतलाओ कि जब तुम्हारी टुकड़ी

और बाक़ी पाँचों टुकड़ियाँ कापुआ से दक्षिण की तरफ़ बढ़ीं तो क्या हुआ। यह चीज़ तुम मुझे सीधे-सीधे और साफ़-साफ़ शब्दों में बतलाओ। तुम जो कुछ भी चाहे कह सकते हो, इसके लिए तुमको दंडित नहीं किया जाएगा और सेनेट के इस पवित्र भवन में तुमको किसी तरह की क्षति न पहुँचने पाएगी।"

मगर तब भी उस सैनिक के लिए क़ायदे से, सुलझे हुए ढंग से बात कहना आसान न था और उसके कई बरस बाद, विला सलारिया के पक्के चबूतरे पर बसन्त की सवेरे की मन्द-मन्द बयार में बैठे हुए ग्रैकस को आज भी उस सैनिक के शब्दों से कहीं ज़्यादा साफ़ तरीक़े पर वे तीखी और डरावनी तसवीरें याद थीं जो कि उस सैनिक के शब्दों के भीतर से निकलती थीं। कापुआ से दक्षिण को जो सेना वारिनियस ग्लैबरस के नेतृत्व में चली वह कोई बहुत सन्तुष्ट और प्रसन्न सेना न थी। मौसम बहुत गरम हो गया था जैसा कि उन दिनों नहीं हुआ करता और उन शहर की टुकड़ियों को, जिन्हें इतने लम्बे मार्च की आदत न थी, उस गरमी से बड़ी तकलीफ़ हो रही थी। गोकि यह बात सच है कि वे लीजन के सिपाहियों के मुक़ाबले में फ़ी-आदमी बीस-बीस पौंड वज़न कम लेकर चल रहे थे मगर तब भी यही क्या कम था कि वे अपने लोहे के टोप और ज़िरहबख़्तर और ढाल और बल्लम और तलवार का बोझ ढो रहे थे। जिस जगह उनके हथियारों की गरम धातु उनकी चमड़ी से छुलती थी वहाँ पर ज़ख़्म हो गए थे और फिर यह भी उनको पता चला कि वे नरम-नरम ख़ूबसूरत सरकस परेड बूट जो कि मैक्सिमस के मैदान में इतने ठाठदार नज़र आते थे वे सड़कों और मैदानों पर चलने के उतने काम के न थे। तीसरे पहर की बारिश ने उनको भिगो दिया और शाम होते-होते वे बहुत उदास और नाराज़ हो गए थे।

ग्रैकस की आँखों के आगे उनकी तसवीर-सी खड़ी थी, सैनिकों की लम्बी-सी क़तार, एपियन मार्ग से ज़रा हटकर, धूल से ढके हुए गाड़ी के रास्ते पर धीरे-धीरे आगे बढ़ती हुई, उनके टोपों के गीले पंख अपनी जगह पर से झूलते हुए और ख़ुद उनकी हालत अब ऐसी कि शिकायत का स्वर भी उनकी थकान के भीतर जाकर खो गया था। लगभग इसी वक़्त वे खेत पर काम करनेवाले उन चार ग़ुलामों को पकड़ पाए और मार डाला। तीन आदमी और एक औरत।

"तुमने उन्हें क्यों मारा?" ग्रैकस ने बाधा दी।

"हमारा ख़याल था कि उस पूरे इलाक़े में हर ग़ुलाम हमारे ख़िलाफ़ है।"

"अगर वे तुम्हारे ख़िलाफ़ थे तो फिर क्यों तुम्हारी क़तारों को मार्च करते हुए देखने के लिए अपनी पहाड़ियों से उतरकर नीचे सड़क पर आए थे?"

"मुझे नहीं मालूम। दो नम्बर टुकड़ी के लोगों ने यह काम किया था। उन्होंने क़तारें तोड़ दीं और उस औरत को पकड़ लिया। उन आदमियों ने उसको बचाने की कोशिश की तो सिपाहियों ने उनको बर्छी भोंककर मार डाला! मुश्किल से एक मिनट लगा होगा और वे तीनों आदमी मर चुके थे। जब मैं वहाँ पर पहुँचा..."

"तुम्हारा मतलब है कि तुम्हारी रेजिमेंट ने भी क़तार तोड़ दी थी?" ग्रैकस ने जवाबतलब किया।"

"जी हुज़ूर। पूरी फ़ौज ने यही किया था। हम लोग उस जगह के इर्द-गिर्द भीड़ लगाकर खड़े हो गए—यानी हममें से वे लोग जो कि उस घटनास्थल पर पहुँच सके। उन्होंने उस औरत के कपड़े नोच डाले और उसके हाथ-पाँव अच्छी तरह छितराकर उसे वहीं नंगा ज़मीन पर लिटा दिया और फिर एक के बाद एक उन लोगों ने..."

"उसके विस्तार में जाने की ज़रूरत नहीं है," ग्रैकस ने बाधा दी, "तुम्हारे अफ़सरों ने हस्तक्षेप किया?"

"नहीं हुज़ूर।"

"तुम्हारा कहने का मतलब है कि उन्होंने इस चीज़ को होने दिया और कुछ भी नहीं बोले?"

सैनिक ने कोई जवाब नहीं दिया और एक क्षण तक यों ही खड़ा रहा।

"मैं चाहता हूँ कि तुम सच-सच बात कहो। मैं नहीं चाहता कि तुम सच बात कहने से डरो।"

"अफ़सरों ने कोई हस्तक्षेप नहीं किया। वे कुछ भी नहीं बोले।"

"वह औरत मरी कैसे?"

"जो कुछ उसके संग किया जा रहा था उसी से वह मर गई," सैनिक ने धीरे से जवाब दिया। तब उन्होंने उसको फिर से अपनी बात कहने के लिए आदेश दिया। अब उसकी आवाज़ और भी डूब गई।

उसने बतलाया कि उस रात को उन लोगों ने कैसे पड़ाव डाला था—"दो टुकड़ियों ने अपने तम्बू भी नहीं ताने। रात गरम थी और सैनिक खुले मैदान में सो गए।"

यहाँ पर उसको बाधा दी गई।

"क्या तुम्हारे कमांडर ने बाक़ायदा क़िलेबन्दी के साथ पड़ाव डालने की कोशिश की? तुम्हें पता है कि उसने ऐसी कोशिश की या नहीं?"

यह रोमन सेना के लिए गर्व की बात थी कि कोई भी सैनिक किसी जगह एक रात के लिए भी बिना क़िलेबन्दी के पड़ाव नहीं डालता। वह शहतीरें खड़ी करता है या मिट्टी की दीवार बनाता है, खाई खोदता है, खम्भे गाड़ता है और कुल मिलाकर उस जगह को एक छोटे-मोटे क़िले का रूप दे देता है।

"मैं जानता हूँ कि लोग क्या कहते थे।"

"हमको वही बतलाओ।"

"वे कहते थे श्रीमान कि वारिनियस ग्लैबरस ऐसा करना चाहता था मगर रेजिमेंट के कमांडरों ने उसे नहीं करने दिया। सैनिक कहते थे कि अगर वे सब

लोग एकमत हो भी जाएँ तो भी हमारे पास न तो कोई इंजीनियर है और न हमने उस चीज़ की कोई ढंग की योजना ही बनाई है।"

"डरो मत, हमको बतलाओ कि वे क्या कहते थे।"

"जी हाँ, वे कहते कि जिस तरह से इस चीज़ की योजना बनाई गई थी उसमें कोई तुक न थी। मगर अफ़सरों का कहना था कि मुट्ठी-भर ग़ुलाम कोई ऐसा बड़ा ख़तरा नहीं हैं। रात होने ही वाली थी और जैसा कि मैंने सुना, उन अफ़सरों की दलील यह थी कि अगर वारिनियस ग्लैबरस को क़िलेबन्दी के साथ ही पड़ाव डालना था तो उसने क्यों हमसे ख़ामख़ा झुटपुटे के इस वक़्त तक मार्च कराया? सिपाही भी यही कह रहे थे। इस पूरी यात्रा में यही सबसे बुरा मार्च था। पहले तो धूल से भरी हुई सड़कों पर, इतनी धूल इतनी धूल कि हम लोग साँस भी नहीं ले पाते थे, और फिर उसके बाद मूसलाधार बारिश में। वे कहते थे कि अफ़सरों के लिए तो सब ठीक है, उनको क्या वे तो अपने घोड़ों पर सवार हैं मगर हमको तो पैदल चलना पड़ता है। मगर दलील यह थी कि चूँकि हमारा सामान लेकर अब गाड़ियाँ चल रही थीं इसलिए जब तक कि गाड़ियाँ हमारे संग हैं हमको ज़्यादा-से-ज़्यादा फ़ासला तय कर लेना चाहिए।"

"तब फिर तुम कहाँ थे?"

"पहाड़ के बहुत पास।"

हाँ, इसमें सन्देह नहीं कि यह डरा हुआ, कल्पना-शक्ति से हीन सैनिक जिन सीधे-सादे सपाट शब्दों में अपनी साखी दे रहा था उनकी अपेक्षा उसकी बातों से निकलती हुई तसवीरों के ज़रिये उन बातों को याद करने में ज़्यादा आसानी पड़ती थी। और इनमें से कुछ तसवीरें ग्रैकस के दिमाग़ में इतनी साफ़ थीं कि उसको कभी-कभी लगता था कि जैसे उसने ख़ुद अपनी आँखों से उन घटनाओं को देखा हो। धूल से ढकी हुई वह सड़क जो सँकरी होती-होती बैलगाड़ी की एक छोटी-सी पगडंडी बन जाती है, जागीरों के वे ख़ूबसूरत खेत और चरागाह जिनके खतम हो जाने पर झाड़ियों से भरे हुए जंगल, ज्वालामुखी की सूनी-सूनी चट्टानें विसूवियस की विचारशील मुद्रा की गरिमा। वे छहों सैन्य दल एक मील दूर तक सड़क पर फैले हुए थे। सामान की गाड़ियाँ कच्चे रास्ते पर गड्ढों में से अपना रास्ता बनाते हुए घिसटती चली जा रही थीं। सैनिक सब असन्तुष्ट थे और थके हुए थे। और तभी उन्हें अपने सामने एक चट्टान की चोटी दिखलाई दी और उसके नीचे एक छोटा सा खुला मैदान जिसके बीच से होकर एक पतला-सा पहाड़ी नाला बहता था और फिर बटरकप और डेज़ी के फूल और नरम घास; और रात हो रही थी।

उन लोगों ने वहीं पर अपना पड़ाव डाला और क़िलेबन्दी के सवाल पर वारिनियस ने उन अफ़सरों की बात मान ली। इसकी भी तसवीर ग्रैकस की आँखों के आगे खिंची हुई थी। रेजिमेंट के कमांडरों ने कहा होगा कि उनके पास तीन हज़ार

से ऊपर रोमन सैनिक हैं और अच्छी तरह हथियारों से लैस हैं। ऐसे में आक्रमण की भला क्या आशंका? इतने पर भी कोई हमला कर सकता है? विद्रोह के शुरू में ग्लैडिएटरों की संख्या मुश्किल से दो सौ रही होगी और उनमें से बहुत से मारे भी जा चुके थे। और हमारे सैनिक जो थे वे बहुत थके हुए थे। उनमें से कुछ घास पर लेटे और उसी दम सो गए। कुछ टुकड़ियों ने तम्बू खड़े करने की और रेजिमेंट की सड़कों को ठीक ढंग से बनाने की कोशिश की। ज़्यादातर टुकड़ियों ने रसोई के लिए आग भी तैयार की मगर चूँकि सामान की गाड़ियों में बहुत ढेर सी रोटी भी थी इसलिए कुछ ने वह आग जलाना भी ज़रूरी न समझा। पहाड़ के साये में हमारे खेमे की उस वक़्त यही तसवीर थी। वारिनियस ने खेमे के बीचोबीच अपना तम्बू खड़ा करवाया था और वहाँ पर हमारी सेना का झंडा और अपना सेनेटर का राजचिह्न गाड़ दिया था। कापुआ के लोगों ने बहुत ही स्वादिष्ट चीज़ें तैयार करके झोलों में हमारे साथ रख दी थीं। वह अपने बड़े अफ़सरों के साथ बैठकर उनका ख़ूब भोग लगाता था—उसको भी शायद अब इत्मीनान था कि चलो क़िलेबन्दी कराने की झंझट से बचे। कुछ भी कहो यह दुनिया की सबसे बुरी लड़ाई तो थी नहीं। इसमें इज़्ज़त भी थी और शायद थोड़ी-सी प्रसिद्धि भी और यह सब कुछ हमारी महान नगरी से चन्द दिनों के मार्च के फ़ासले पर।

इस तरह अपनी स्मृति में ग्रैकस ने अपने भीतर की उस आँख पर, जो उसे जानवरों से अलग करती थी और उनसे ऊँची सतह पर बिठाल देती थी, उन तसवीरों का अक्स फेंका जिनसे कि कहानी शुरू हुई थी। स्मृति ही मनुष्य जाति का सुख और दुख है, उसका हर्ष और विषाद। ग्रैकस धूप में ख़ूब फैलकर बैठा हुआ था और अपने हाथ के पानी के गिलास में देख रहा था और उस दयनीय सैनिक की दूरागत गूँज को सुन रहा था जो राजदूत का हाथीदाँत का बना राजदंड लेकर लौट आया था। तसवीरें आती जा रही थीं। उन लोगों को कैसा लगता होगा जिन्हें कुछ ही घंटों में मौत का सामना करना हो मगर जिन्हें उसका कुछ भी पता न हो? क्या वारिनियस ग्लैबरस ने कभी स्पार्टकस का नाम सुना था? शायद नहीं।

"मुझे याद है कि कैसे रात हुई और कैसे उस वक़्त आसमान में तमाम तारे खिले हुए थे," सैनिक ने पत्थर के-से चेहरेवाले उन सेनेटरों से कहा।

यह एक बेवक़ूफ़ की वक्तृता का सहज सौन्दर्य था। रात हुई और वारिनियस ग्लैबरस और उसके अफ़सर अपने आमोद-कक्ष में बैठे हुए शराब पी रहे होंगे और शहद में डूबे हुए टुकड़ों में से गोश्त कुतर रहे होंगे। उस रात बड़ी अच्छी बातें हुई होंगी, बड़ी चुस्त-दुरुस्त बातें। यहाँ पर दुनिया के अब तक के सबसे सुसंस्कृत समाज के वे बहुत से नवयुवक इकट्ठा थे। अच्छा, बोलो तो उन्होंने काहे के बारे में बातें की होंगी? अब चार बरस बाद ग्रैकस ने याद करने की कोशिश की कि उस समय किन चीज़ों की सबसे ज़्यादा चर्चा थी—रंगमंच पर, घुड़दौड़ के मैदान में, अखाड़े

में? अच्छा यह तो बोलो कि क्या यह पाकूवियस के नाटक 'आरमोरम यूडीसियम' के नये अभिनय के कुछ ही दिन बाद की बात तो नहीं है? और क्या उस समय फ़्लैबियस गैलिस ने अपनी नायक की भूमिका जैसे गाकर अदा की थी वैसे उसके पहले कभी नहीं हुई थी? (या यह केवल कल्पना की ही बात है कि कोई भूमिका ऐसी अभिनीत होती है या गाई जाती है जैसी कि पहले कभी अभिनीत न हुई थी, गाई न गई थी?) मगर तब भी हो सकता है और शायद नगर के सैन्य दल के उन नवयुवकों ने शराब की चुसकियाँ लेते हुए अपनी आवाज़ें ऊँची करके कहा होगा :

'ज़िन्दगी हसीन है ज़िन्दगी जवान है।'

उनकी आवाज़ गूँजी होगी और शायद खेमे के तमाम लोगों ने सुना होगा। क्या ताज्जुब, बहुत मुमकिन है। स्मृति एक अजीब चीज़ है, वह हर बात को कुछ का कुछ बना देती है। खेमे में सभी जगह थकान ग़ायब हो गई होगी। शहर की टुकड़ी के लोग चित लेटे हुए थे, अपनी रोटी चबा रहे थे और सितारों को देख रहे थे, यानी वे जिन्होंने तम्बू नहीं खड़े किये थे, और इस तरह नींद आ गई, मीठी कोमल नींद आ गई रोम के उन तीन हज़ार और कुछ सैनिकों को जो दक्षिण चलकर विसूवियस पहाड़ तक इसीलिए गए थे कि ग़ुलामों को सबक़ दें कि उन्हें अपने मालिकों के ख़िलाफ़ कभी हाथ उठाने की जुर्रत न करनी चाहिए...।

ग्रैकस सेनेटर इंक्विज़िटर था। उसका काम प्रश्न पूछना था और उस सैनिक के एक उत्तर और दूसरे उत्तर के बीच सेनेट के कक्ष में ऐसी निविड़ शान्ति होती थी कि मक्खी का उड़ना भी सुना जा सकता था।

"तुम सोए थे?" ग्रैकस ने पूछा।

"मैं सोया था," उस डरे हुए सैनिक ने उत्तर दिया जो गवाही देने के लिए अकेला बच रहा था और यहाँ लौटकर आया था।"

"और फिर किस चीज़ ने तुमको जगाया?

यहाँ पर सैनिक शब्दों के लिए अटकने लगा जैसे उसकी समझ में न आ रहा हो कि कैसे कहे। उसका चेहरा बिलकुल सफ़ेद हो गया और ग्रैकस ने समझा कि अब वह बेहोश होने ही वाला है मगर वह बेहोश नहीं हुआ और यहाँ पर आकर उसकी रिपोर्ट बहुत स्पष्ट और सुसंगत हो गई। लेकिन हाँ, उसमें भावना का लेशमात्र भी न था। जो कुछ उसने देखा उसके अनुसार उसका कहना था कि यह हुआ—

"मैं सो गया था और फिर मैं जाग पड़ा क्योंकि कोई चीख़ रहा था। कम-से-कम मैंने सोचा कि कोई एक आदमी चीख़ रहा है मगर जब मैं जागा तो मेरी समझ में आया कि यह तो हवा में बहुत से लोगों की चीख़ भरी हुई है। मैं जाग पड़ा और फ़ौरन पलट गया। मैं पेट के बल सोता हूँ इसलिए मैं पलट गया। मेरे बग़ल में कैलियस सो रहा था जिसका बस इतना ही नाम है। वह सड़कों पर से उठाया हुआ एक अनाथ लड़का था मगर वही मेरा सबसे पहला और सबसे अच्छा दोस्त था।

वह मेरा दाहिना हाथ था और इसीलिए हम लोग अगल-बग़ल सोते थे और जब मैं पलटा तो मेरी दाहिनी कलाई किसी गीली और गरम और मुलायम चीज़ में पड़ गई और जब मैंने उस पर नज़र डाली तो देखा कि वह तो कैलियस की गर्दन थी मगर गर्दन ऐसी कि ऊपर से नीचे तक एकदम कटी हुई, और हवा में वह चीख़ तो पूरे वक़्त भरी ही रही। फिर मैं ख़ून से लथपथ उठ बैठा और मेरी समझ में नहीं आया कि यह मेरा ख़ून है या किसी और का। मगर वह ख़ैर जो भी हो मेरे चारों तरफ़ उस चाँदनी में लाशें पड़ी हुई थीं, वहीं पर जहाँ पहले वे सो रही थीं और सारे खेमे में गुलाम भरे हुए थे जिनके पास उस्तरे की तरह तेज़ छुरे थे और उनके ये छुरे ऊपर उठते थे और नीचे आते थे और फिर ऊपर उठते थे और फिर नीचे आते थे और चाँद की रोशनी में चमक-चमक जाते थे और इसी तरह हम लोग मारे गए, हममें से आधे तो सोते में ही मारे गए और जब कोई आदमी उछलकर खड़ा होता था तो वे लोग उसको भी मार डालते थे। यहाँ-वहाँ कुछ थोड़े से सैनिकों ने एक छोटी-सी टोली बनाई मगर वे ज़्यादा देर तक लड़ नहीं सके। इससे भयानक कोई चीज़ मैंने अपनी ज़िन्दगी में न देखी थी और वे ग़ुलाम अपनी मार-काट में बराबर लगे हुए और रुकते ही न थे।

"फिर मैं भी पागल-सा हो गया और चीख़ने लगा। मुझे यह बात कहने में कोई शर्म नहीं है। मैंने अपनी तलवार निकाल ली और बड़ी तेज़ी से खेमे में होकर भागा और रास्ते में एक ग़ुलाम पर वार किया और मेरा ख़याल है कि मैंने उसे मार भी गिराया मगर जब मैं उस चरागाह के सिरे पर पहुँचा तो मैंने देखा कि खेमे के चारों तरफ़ नेज़ों की एक ठोस क़तार है और जो उन नेज़ों को उठाए हुए थे उनमें से ज़्यादातर औरतें थीं मगर वैसी औरतें नहीं जैसी कि मैंने कभी देखी थीं या कल्पना की थी बल्कि बड़ी भयानक वहशियाना औरतें थीं वे और उनके बाल रात की हवा में उड़ रहे थे और उनके मुँह नफ़रत की एक भयानक चीख़ में खुले हुए थे। जो चीख़ मैं सुन रहा था उसमें इस चीख़ का भी हिस्सा था और तभी एक सैनिक तेज़ी से मेरी बग़ल से गुज़रा और सीधे उन्हीं नेज़ों से जा टकराया क्योंकि उसे उम्मीद न थी कि वे औरतें उसे नेज़ा भोंक देंगी। मगर उन्होंने भोंक दिया और कोई भी उस जगह से भाग नहीं सका। और जब घायल लोग घिसटते हुए आए तो उन्होंने उनको भी अपने नेज़े भोंक दिये। मैं दौड़कर उस क़तार तक गया और उन्होंने मेरी बाँह में नेज़ा मार दिया और तब मैं वहाँ से बचकर भागकर वापस खेमे में पहुँच गया और ख़ून में गिर पड़ा और पड़ा रहा! मैं वहाँ पर पड़ा रहा और मेरे कानों में वे चीख़ें गूँजती रहीं।

"मुझे नहीं मालूम कि मैं कितनी देर तक वहाँ पड़ा रहा। मालूम तो नहीं होता था कि ज़्यादा समय गुज़रा है। मैंने अपने मन में कहा, अब तुम उठोगे और लड़ोगे और मरोगे मगर मैं इन्तज़ार करता रहा। इसके बाद चीख़-पुकार कम हो गई और

तब कुछ हाथों ने मुझे पकड़ा और मुझे अपने पैरों पर खड़ा किया, और मैंने उन पर अपनी तलवार चला दी होती मगर उन्होंने एक झटका देकर उसे मेरे हाथ से गिरा दिया था और मेरे हाथ में उस नेज़े की चोट के दर्द की वजह से ताक़त न थी। उन ग़ुलामों ने मुझे पकड़ लिया और मेरी गर्दन काटने के लिए एक छुरा उठा और फिर मैं समझ गया कि अब मेरा काम तमाम हुआ। मगर तभी किसी ने पुकारकर कहा, रुको! और छुरा रुक गया। वह मेरे गले से एक इंच की दूरी पर रुका रहा। फिर एक ग़ुलाम वहाँ पर आया, उसके भी हाथ में वह थ्रेसियन छुरा था और उसने कहा, रुको। मेरा ख़याल है कि यह अकेला बच गया है। वे लोग खड़े रहे और रुक गए, मेरी ज़िन्दगी भी रुकी रही। फिर एक लाल बालोंवाला ग़ुलाम आया और उन लोगों में आपस में बातचीत हुई। मैं अकेला बचा था इसीलिए उन्होंने मुझको नहीं मारा। मैं अकेला बचा था और बाक़ी सब मर चुके थे। वे मुझे खेमे के बीच से होकर ले चले और मैंने देखा हमारे सैनिक सब मरे पड़े थे। हमारे अधिकांश सैनिक तो वहीं मरे पड़े थे जहाँ वे सोये थे। फिर वे कभी नहीं जागे।

"वे मुझको राजदूत वारिनियस ग्लैबरस के खेमे में ले गए। मगर वह भी मरा पड़ा था। वह अपनी गद्‌देदार कुरसी पर मरा पड़ा था। हमारे दस्तों के कुछ अफ़सर भी उसी खेमे में थे क्योंकि वहीं पर वे भी मारे गए थे। सब मर चुके थे। इसके बाद उन्होंने मेरी बाँह के ज़ख़्म पर पट्टी बाँधी और फिर मुझ पर पहरा देने के लिए कुछ ग़ुलामों को तैनात करके मुझे वहीं छोड़ दिया। अब आसमान का रंग भूरा हो रहा था और पौ फट रही थी। मगर हमारे सैनिक सब मर चुके थे।"

ये बातें उसने बिना किसी भावावेश के, सीधे-सादे, काम की बात कहने के ढंग से कहीं। मगर उसकी दृष्टि अस्थिर थी और वह एक बार भी उन सेनेटरों की क़तारों से नज़र नहीं मिला सका जो पत्थर जैसे चेहरे लिये वहाँ पर बैठे थे।

"तुम्हें यह कैसे मालूम कि वे सब मर चुके थे?" ग्रैकस ने पूछा।

"उन लोगों ने उस खेमे में सवेरा होने तक मुझको रखा। उस खेमे के आसपास नज़र के लिए कोई रुकावट न थी और मैं अपने पड़ाव की पूरी ज़मीन को देख सकता था। चीख़ें अब बन्द हो गई थीं मगर मेरे सिर में अब भी चीख़ें गूँज रही थीं। मैं चारों तरफ़ निगाह दौड़ाकर देख सकता था और जहाँ भी मेरी नज़र जाती थी ज़मीन पर लाशें पड़ी हुई थीं। हवा में ख़ून और मौत की बू थी। उन औरतों में ज़्यादातर अब वहाँ न थीं जिन्होंने हमारे चारों तरफ़ नेज़ों का वह घेरा डाला था। वे कहीं चली गईं। मुझे पता नहीं वे कहाँ गईं। मगर ख़ून की बू के बीच से मैंने आग पर भुनते हुए गोश्त की ख़ुशबू भी पाई। हो सकता है कि वे औरतें नाश्ते के लिए गोश्त पका रही हों। मुझे तो यह सोचकर ही मितली आने लगी कि लोग ऐसे वक़्त भी खाना खा सकते हैं। मैंने क़ै कर दी। उन ग़ुलामों ने मुझको खेमे से घसीटकर बाहर कर दिया ताकि मैं अच्छी तरह क़ै कर लूँ। अब रोशनी काफ़ी फैल गई थी।

मैंने ग़ुलामों की टोलियों को खेमे के बीच आते-जाते देखा। वे मुर्दों के जिस्म पर से चीज़ें उतार रहे थे। यहाँ-वहाँ उन्होंने हमारे तम्बू फैला दिये थे। मैं वहाँ सब जगह ज़मीन पर इन सफ़ेद धब्बों को देख सकता था। मुर्दों के जिस्म पर जो कुछ था उन्होंने सब उतार लिया, ज़िरहबख़्तर और कपड़े और बूट और फिर उनके ढेर उन फैले हुए तम्बुओं पर लगा दिये। तलवारों और नेज़ों और ज़िरहबस्तर को उन्होंने नाले में धो लिया। यह पहाड़ी नाला खेमे के बिलकुल पास से होकर बहता था और उसके अन्दर जो ख़ून में लिथड़े हुए हथियार और ज़िरहबख़्तर धोए गए थे उससे नाले का पानी जंग के रंग का हो गया था। इसके बाद उन्होंने हमारे ग्रीज़ के डिब्बे लिये और हथियारों का पानी पोंछकर उनमें ग्रीज़ लगा दी। खेमे से दो ही चार क़दम पर एक तम्बू फैलाया हुआ था। उस पर वे तलवारों के ढेर लगा रहे थे, हज़ारों तलवारें...।"

"वहाँ पर कितने ग़ुलाम थे?" ग्रैकस ने पूछा।

"सात-आठ सौ या हो सकता है एक हज़ार रहे हों—मैं कह नहीं सकता। वे दस-दस की टोलियों में काम कर रहे थे। वे बड़ी मेहनत से काम कर रहे थे। उनमें से कुछ ने हमारी सामान ढोनेवाली गाड़ियों को जोता और उन पर वे तमाम चीज़ें लादीं जो उन्होंने मुर्दों के जिस्म पर से उतारी थीं और गाड़ियों को हाँक ले गए। जब वे लोग काम कर रहे थे तभी उनमें से कुछ औरतें डोलचियों में भुना हुआ गोश्त लेकर आईं। एक वक़्त में एक टोली रुककर खाना खा लेती थी। वे हमारी तमाम रोटियाँ भी खा गए।"

"लाशों का उन्होंने क्या किया?"

"कुछ नहीं। जहाँ पर वे थीं वहीं उन्हें छोड़ दिया। वे लोग इस तरह से वहाँ आ-जा रहे थे, मुर्दों के जिस्म पर से चीज़ें उतारने के बाद, कि जैसे वहाँ पर लाशें हों ही नहीं। और लाशें सब जगह थीं। ज़मीन पर उनकी कालीन-सी बिछी हुई थी और धरती उनके ख़ून से तर थी। अब सूरज ऊपर चढ़ आया था। ऐसी भयानक चीज़ मैंने कभी नहीं देखी थी। तभी मैंने ग़ुलामों की एक टोली को मैदान के एक सिरे पर खड़े होकर यहाँ जो कुछ हो रहा था उस सबको देखते पाया। उस टोली में छह लोग थे। उनमें से एक काला आदमी था, अफ़्रीकी हब्शी। वे लोग ग्लैडिएटर थे।"

"तुमको यह बात कैसे मालूम हुई कि वे ग्लैडिएटर थे?"

"वे लोग जब उस जगह पर आए जहाँ पर मैं था यानी खेमे में तो मैं उन्हें देखकर पहचान गया कि वे ग्लैडिएटर थे। उनके बाल बहुत ही छोटे कटे हुए थे और उनके शरीर-भर में तमाम घावों के निशान ही निशान थे। ग्लैडिएटर को पहचानना कुछ वैसी मुश्किल बात नहीं है। उनमें से एक का एक कान ग़ायब था। एक के बाल लाल थे। मगर टोली का नेता एक थ्रेसियन था। उसकी नाक टूटी

हुई थी और काली-काली आँखें ऐसी थीं कि बिना हिले-डुले और बिना एक बार झपके बराबर सामने को देखती रहती थीं।"

अब उन सेनेटरों में कुछ अन्तर आ गया था। अभी यह अन्तर अस्पष्ट और अलक्षित-सा ही था मगर था ज़रूर। वे लोग एक नये ढंग से अब बात सुन रहे थे। अब वे नफ़रत और तनाव और भी गहरी दिलचस्पी से बात सुन रहे थे। ग्रैकस को उस क्षण की याद बहुत अच्छी तरह थी क्योंकि उसी क्षण स्पार्टकस का जन्म हुआ। वह न जाने कहाँ से निकलकर आया और सारी दुनिया को हिला गया। दूसरे व्यक्तियों की कहीं पर जड़ें होती हैं, कोई अतीत होता है, कहीं आरम्भ होता है, कोई स्थान होता है, ज़मीन होती है, देश होता है—मगर स्पार्टकस के पास यह सब कुछ नहीं था। उसका जन्म एक सैनिक के होंठों पर हुआ जो बच गया था और जिसे स्पार्टकस ने इसीलिए बचाया था ताकि वह लौटकर सेनेट के लोगों से कहे कि वह आदमी ऐसा था और ऐसा था। वह देखने-सुनने में कोई देव न था और न वहशी नज़र आता था और न वह कोई बड़ा ख़ूँख़ार भयानक आदमी था। वह तो महज़ एक ग़ुलाम था, मगर उस आदमी में सैनिक ने ऐसी कोई चीज़ देखी थी जिसे विस्तार से बतलाना ज़रूरी था।

"और उसका चेहरा मुझे भेड़ के चेहरे-जैसा लगा। वह ट्यूनिक पहने हुए था और पीतल की बनी भारी-सी पेटी लगाए था और ऊँचे-ऊँचे बूट पहने था मगर न तो उसके जिस्म पर कोई ज़िरहबख़्तर था और न सिर पर लोहे का टोप। उसकी पेटी में एक छुरा लगा हुआ था और बस वही हथियार था उसके पास। उसकी ट्यूनिक पर ख़ून के छींटे थे। उसका चेहरा ऐसा था कि एक बार देख लेने पर फिर कोई उसे भूल नहीं सकता। उसको देखकर मुझे डर मालूम हुआ। दूसरों से मुझे डर नहीं मालूम होता था मगर उससे डर मालूम हुआ।"

सैनिक उनको यह बता सकता था कि कैसे उसने सपने में उस चेहरे को देखा और कैसे वह डरकर जाग गया और उसके शरीर से ठंडा-ठंडा पसीना छूट रहा था और वह सपाट, धूप से तपा हुआ, टूटी नाक और काली-काली आँखोंवाला चेहरा उसे अपनी आँखों के आगे खड़ा दिखाई दे रहा था। मगर इस तरह की तफ़सीली बातें कहीं सेनेट से कही जाती हैं? सेनेट को उसके सपनों में दिलचस्पी न थी।

"तुमको यह कैसे मालूम कि यह थ्रेसियन है?"

"उसके उच्चारण से मैं जान गया। वह ग़लत-सलत लैटिन बोल रहा था और मैंने थ्रेसियनों को बोलते सुना है। बाक़ियों में से भी एक थ्रेसियन था और शेष शायद बस गॉल थे। वे सब मुझे देख रहे थे, मुझ पर नज़र डाल रहे थे। मुझे लगा कि मैं भी दूसरों के साथ मर गया हूँ। उन्होंने मुझ पर नज़र डाली और खेमे के दूसरी ओर चले गए। कमांडर के खेमे से लाशें निकालकर अब बाहर सभी सैनिकों की लाशों के साथ ज़मीन पर डाल दी गई थीं। मगर उसके पहले उन लोगों ने वारिनियस

ग्लैबरस के शरीर पर की हर चीज़ उतार ली थी और उसका ज़िरहबख़्तर और तमाम चीज़ें जो उसके पास थीं उनका ढेर गद्देदार कुरसी पर लगा हुआ था। उसका राजदूत का दंड भी उसी कुरसी पर ही था। ग़ुलाम लौट आए और उस कुरसी के इर्द-गिर्द खड़े हो गए और ज़िरहबख़्तर को, कमांडर की तमाम चीज़ों को देखने लगे। उन्होंने तलवार उठा ली और उसका मुआइना किया और फिर वह एक के हाथ से दूसरे के हाथ में घूमने लगी। उसकी म्यान हाथीदाँत की थी और उस पर ऊपर से नीचे तक नक़्क़ाशी की हुई थी। उन लोगों ने उसको देखा और फिर वहीं कुरसी पर डाल दिया। इसके बाद उन्होंने उस दंड की परीक्षा की। वह टूटी हुई नाक वाला आदमी—उसका नाम स्पार्टकस है—मेरी ओर मुड़ा और उस दंड को हाथ में लेकर उसने मुझसे पूछा रोमन, तुम्हें मालूम है यह क्या है? मैंने जवाब दिया यह हमारे महान सेनेट की बाँह है। मगर उनकी समझ में कुछ नहीं आया मुझे उनको अपनी बात समझानी पड़ी। स्पार्टकस और वह लाल सिरवाला गॉल दोनों उस गद्देदार कुरसी पर बैठ गए। बाक़ी लोग खड़े रहे। स्पार्टकस ने अपनी ठुड्डी अपने हाथों में ले ली, कोहनी अपने घुटनों पर टिका ली और मुझको एकटक देखने लगा। मुझको उस वक़्त ऐसा लगा कि जैसे कोई साँप मुझे घूर रहा हो। इसके बाद जब मेरा बोलना खतम हो गया तो उन्होंने कुछ नहीं कहा, और स्पार्टकस मुझे उसी तरह घूरता रहा। मुझको महसूस हुआ कि मेरे सारे जिस्म से पसीना छूट रहा है। मैंने सोचा कि अब वे लोग मुझको मारने जा रहे हैं। तब उसने मुझको अपना नाम बतलाया। उसने कहा, मेरा नाम स्पार्टकस है। मेरे नाम को याद रखना, रोमन। और वे लोग फिर मुझे उसी तरह घूरने लगे। और तब स्पार्टकस ने कहा, तुमने कल उन तीन ग़ुलामों को क्यों मारा रोमन? उन्होंने तुम्हारा कुछ नहीं बिगाड़ा था। वे लोग तो केवल उधर से गुज़रते हुए सैनिकों को देखने के लिए आए थे। क्या रोम की स्त्रियाँ इतनी सती-साध्वी हैं कि एक पूरी सेना को एक बेचारी ग़ुलाम औरत के ऊपर बलात्कार करना पड़ता है? तुमने ऐसा क्यों किया रोमन? मैंने उसको बतलाना चाहा कि क्या हुआ था। मैंने उसको बतलाया कि हमारी दूसरी टुकड़ी ने उसके संग बलात्कार किया था और ग़ुलामों को मारा था। मैंने उसको बतलाया कि मैं तीसरी टुकड़ी में था और मेरा इसमें कोई क़सूर नहीं है और मैंने उस औरत के संग बलात्कार नहीं किया था। पता नहीं, उन्हें इस चीज़ के बारे में कैसे मालूम हो गया क्योंकि जब वे तीन ग़ुलाम मारे गए उस वक़्त वहाँ पर कोई आस-पास न था। मगर हम लोग जो कुछ भी करते थे उन्हें सब मालूम हो जाता था। उन्हें मालूम था कि हम लोग कापुआ से कब चले। ये सारी बातें उसकी उन काली-काली साँप-जैसी आँखों में थीं, जो कभी झपकती न थीं। ये सारी बातें उसकी आवाज़ में थीं। वह कभी अपनी आवाज़ चढ़ाता न था। वह मुझसे उसी तरह बात कर रहा था जैसे कोई बच्चे से बात करता है। मगर उसके इस तरह बात करने से मैं चकमे में आनेवाला थोड़े

ही था। वह हत्यारा था। उसकी आँखें यह बात कह रही थीं। उन सबकी आँखों में यही बात थी। वे सब हत्यारे थे, ख़ूनी। मैं वैसे ग्लैडिएटरों को जानता हूँ ग्लैडिएटर ही ख़ूनी बन जाते हैं। उस रात उन लोगों ने जैसा क़त्लेआम किया था, ग्लैडिएटर ही कर सकते थे। मैं ग्लैडिएटरों को जानता हूँ जो..."

ग्रैकस ने बाधा दी। वह सैनिक मंत्रमुग्ध-सा अपनी ही बात के नशे में था और कुछ तेज़ ढंग से ही ग्रैकस को उससे कहना पड़ा, "सैनिक, तुम जो सब जानते हो उसमें हमारी दिलचस्पी नहीं। हमें सिर्फ़ इसमें दिलचस्पी है कि तुम्हारे और ग़ुलामों के बीच क्या हुआ।"

"यह हुआ," सैनिक ने शुरू किया और फिर रुक गया। वह नींद से जैसे जागा और उसने शक्तिशाली रोम के उन महान सेनेटरों के चेहरे एक के बाद एक देखे। वह काँप उठा और बोला, "इसके बाद मैं इन्तज़ार करने लगा कि वे मुझको बतलाएँगे कि अब मेरे संग वे क्या करने जा रहे हैं। स्पार्टकस वहाँ बैठा था और वह राजदूत का दंड उसके हाथ में था। उसके ऊपर उसकी उँगलियाँ दौड़ रही थीं और फिर एकाएक उसने उसको मेरी तरफ़ बढ़ा दिया। मैं पहले तो समझा नहीं कि इसका क्या मतलब है या कि वह क्या चाहता है। उसने कहा, 'इसे लो, सैनिक। रोमन, इसे लो। लो इसे।' मैंने ले लिया। उसने कहा, 'अब तुम महान सेनेट की बाँह हो। उसके चेहरे पर क्रोध का कोई भाव न था।' वह कभी अपनी आवाज़ न चढ़ाता था। वह केवल एक तथ्य रख रहा था, मेरा कहने का मतलब कि उसके नज़दीक तो यह एक तथ्य ही था। यही वह चाहता था। मैं कुछ भी करने की हालत में न था। वरना उस पवित्र दंड का स्पर्श करने के पहले मैं मर गया होता। मैंने उसका स्पर्श न किया होता। मैं रोमन हूँ। मैं एक रोमन नागरिक हूँ।"

"इसके लिए तुमको सज़ा नहीं मिलेगी," ग्रैकस ने कहा, "अपनी बात जारी रखो।"

"स्पार्टकस ने फिर कहा, 'अब तुम महान सेनेट की बाँह हो। तुम्हारी महान सेनेट की बाँह लम्बी है और अब यहाँ पर तुम्हीं उसके अवशेष हो।' सो मैंने दंड ले लिया और लिये रहा और वह मुझ पर अपनी आँखें गड़ाए बैठा रहा और फिर उसने मुझसे पूछा, 'क्या तुम नागरिक हो रोमन?' मैंने उसको बतलाया कि मैं नागरिक हूँ। उसने सिर हिलाया और थोड़ा-सा मुस्कराया। उसने कहा, 'अब तुम राजदूत हो। मैं तुम्हें एक सन्देश देता हूँ। इसे अपनी महान सेनेट के पास ले जाओ। शब्दश:—मैं जैसे कहता हूँ वैसे ही इसको ले जाकर उनको दो'—फिर वह रुक गया।" उसने बोलना बन्द कर दिया और सेनेट इन्तज़ार करने लगा। ग्रैकस भी इन्तज़ार करने लगा। वह नहीं चाहता था कि एक ग़ुलाम के सन्देश के लिए उससे माँग करे। मगर तब भी उसे बोलना तो होगा। स्पार्टकस शून्य में से आ गया था—मगर अब तो वह सेनेट कक्ष के मध्य में खड़ा था और ग्रैकस ने उस समय उसको देखा वैसे ही

जैसे बहुत बार बाद को भी देखा। यद्यपि कभी उसने स्पार्टकस नाम के रक्त-मांस के आदमी को नहीं देखा था।

और आख़िरकार ग्रैकस ने सैनिक को बोलने के लिए कहा।

"मैं नहीं बोल सकता।"

"सेनेट तुमको बोलने का आदेश देती है।"

"ये एक ग़ुलाम के शब्द थे। मेरी ज़बान कटकर गिर जाए।"

"इस सबकी ज़रूरत नहीं," ग्रैकस ने कहा, "हमको बतलाओ कि उस ग़ुलाम ने हमको बतलाने के लिए तुमसे क्या कहा था।"

लिहाज़ा सिपाही ने स्पार्टकस के शब्द बोले। स्पार्टकस ने उससे यह कहा था—कई बरस बाद वह बात लगभग ऐसी ही कुछ उसे याद रह गई थी और उसको याद करके ग्रैकस के सामने तसवीर आई कि वह प्रिटोरियम कैसा रहा होगा, रोमन कमांडर का वह ठाठदार खेमा, जिस पर ख़ुशनुमा नीले और पीले रंग की पट्टियाँ हैं, मैदान के बीचोबीच खड़ा हुआ और मैदान में तमाम नंगी लाशें बिछी हुईं, वह ग़ुलाम स्पार्टकस कमांडर की गद्देदार कुरसी पर बैठा हुआ, उसके सेनानायक ग्लैडिएटर उसके इर्द-गिर्द खड़े हुए और स्पार्टकस के सामने यह अकेला बचा हुआ भयभीत घायल रोमन सैनिक जिसे दो ग़ुलाम पकड़े हुए थे और जिसके हाथ में शक्ति का वह राजदंड, सेनेट की वह बाँह थी।

"'वापस जाओ और सेनेट से कहो', स्पार्टकस ने कहा, 'और उन्हें यह हाथीदाँत का डंडा दे दो। मैं तुम्हें दूत बनाता हूँ, लौटकर जाओ और उनको बतलाओ कि तुमने यहाँ पर क्या देखा। उनको बतलाओ कि उन्होंने हमारे ख़िलाफ़ अपनी पलटन भेजी थी और हमने उसके टुकड़े-टुकड़े कर दिये। उनको बतलाओ कि हम लोग ग़ुलाम हैं—उनकी ज़बान में, एक बोलनेवाला औज़ार, एक औज़ार जिसके पास आवाज़ है। उनको बतलाओ कि हमारी आवाज़ क्या कहती है। हम कहते हैं कि दुनिया तुम लोगों से तंग आ चुकी है, तुम्हारी उस सड़ी हुई सेनेट और तुम्हारे इस सड़े हुए रोम से तंग आ चुकी है। दुनिया उस तमाम दौलत और तमाम शान-शौक़त से तंग आ चुकी है जो तुमने हमारे ख़ून और हमारी हड्डी से निचोड़ा है। दुनिया कोड़ों का संगीत सुनते-सुनते तंग आ चुकी है। हमारे ये श्रेष्ठ रोमन बस एक यही संगीत जानते हैं मगर अब हम उस संगीत को और नहीं सुनना चाहते। शुरू में सब लोग शान्ति से रहते थे और जो कुछ उनके पास था उसे आपस में बाँट लेते थे। मगर अब दो तरह के लोग हैं, एक मालिक और एक ग़ुलाम मगर हमारी तरह के लोग तुम्हारी तरह के लोगों से ज़्यादा हैं, बहुत ज़्यादा। और हम तुमसे मज़बूत हैं, तुमसे अच्छे हैं, तुमसे नेक हैं। इनसानियत के पास जो कुछ अच्छा है वह हमारा है। हम अपनी औरतों की इज़्ज़त करते हैं और संग-संग दुश्मन से लड़ते हैं। मगर तुम अपनी औरतों को वेश्या बना देते हो और हमारी औरतों को मवेशी। हमारे बच्चे

जब हमसे छिनते हैं तो हम रोते हैं और हम अपने बच्चों को पेड़ों के बीच छिपा देते हैं ताकि हम उन्हें कुछ और दिन अपने पास रख सकें; मगर तुम तो बच्चों को उसी तरह पैदा करते हो जिस तरह मवेशी पैदा किये जाते हैं। तुम हमारी औरतों से अपने बच्चे पैदा करते हो और उन्हें ले जाकर सबसे ऊँची बोली बोलनेवाले के हाथ ग़ुलामों के हाट में बेच देते हो। तुम आदमियों को कुत्तों में बदल देते हो और उन्हें अखाड़े में भेजते हो ताकि वे तुम्हारी तफ़रीह के लिए एक-दूसरे के टुकड़े-टुकड़े कर डालें। तुम्हारी वे श्रेष्ठ रोमन महिलाएँ हमको एक-दूसरे की हत्या करते देखती हैं और अपनी गोद के कुत्तों को प्यार से सहलाती जाती हैं और उन्हें एक-से-एक नफ़ीस चीज़ें खाने को देती हैं। कितने ज़लील लोग हो तुम और ज़िन्दगी को तुमने कितना गन्दा बना दिया है। इनसान जो भी सपने देखता है उन सबका तुम मख़ौल उड़ाते हो। इनसान के हाथ की मशक़्क़त का और उसके माथे से गिरे हुए पसीने की बूँद का। तुम्हारे अपने नागरिक सरकार के दिये हुए टुकड़ों पर जीते हैं और अपना दिन सरकस और अखाड़े में गुज़ारते हैं। तुमने इनसान की ज़िन्दगी को एक मज़ाक़ बना दिया है और उसकी सारी ख़ूबसूरती लूट ली है। तुम मारने के लिए मारते हो और ख़ून को बहता हुआ देखकर तुम्हारी तफ़रीह होती है। तुम नन्हे-नन्हे बच्चों को अपनी खानों में रखते हो और उनसे इतना काम लेते हो कि वे कुछ ही महीनों में मर जाते हैं। और यह जो सारी दौलत तुमने इकट्ठा की है वह सारी दुनिया की चोरी करके। मगर अब यह चीज़ नहीं चल सकती। अपनी सेनेट से जाकर कह दो कि अब यह चीज़ खतम हुई। औज़ार की यही आवाज़ है। अपनी सेनेट से जाकर कहो कि अपनी फ़ौजें हमारे ख़िलाफ़ भेजें और हम उन फ़ौजों को भी उसी तरह काटकर गिरा देंगे जैसे कि हमने इस फ़ौज को काटकर गिराया है और तुम्हारी फ़ौजों के हथियारों से हम अपने-आप को लैस करेंगे। सारी दुनिया औज़ार की आवाज़ को सुनेगी और हम सारी दुनिया के ग़ुलामों से चिल्लाकर कहेंगे, उठो और अपनी ज़ंजीरें तोड़ दो। हम सारी इटली में होकर गुज़रेंगे और हम जहाँ भी जाएँगे ग़ुलाम हमसे आकर मिल जाएँगे और फिर एक रोज़ हम तुम्हारी अमरावती पर धावा करेंगे, तुम्हारी अमर नगरी रोम पर और तब वह अमर न रह जाएगी। अपनी सेनेट से जाकर यह कहो। उनसे जाकर कहो कि हम उनको पहले से बतला देंगे कि हम कब आ रहे हैं। और फिर हम रोम की दीवारें गिरा देंगे। और तब हम उस इमारत में आएँगे जहाँ तुम्हारी सेनेट बैठती है और हम उनकी उन ऊँची-ऊँची शानदार सीटों पर से उनको घसीटकर बाहर निकालेंगे और उनके चोग़े चीर देंगे ताकि वे नंगे खड़े हो जाएँ और उस हालत में, उसी नंगी हालत में, उनके ऊपर फ़ैसला किया जा सके, उसी तरह जैसे सदा हमारे संग किया गया है। मगर हम उनके संग पूरा-पूरा न्याय करेंगे और न्याय से जो कुछ उनको प्राप्य होगा वह उनको देंगे। उन्होंने जो-जो अपराध किये हैं वे उनके सामने रखे जाएँगे और

उन्हें उनका पूरा हिसाब देना होगा। उनको जाकर बतला दो ताकि उनको अपनी तैयारी के लिए और अपनी आत्मपरीक्षा के लिए वक़्त मिल जाए। उन्हें गवाही देनी होगी और हम कुछ भूलते नहीं। और इसके बाद जब न्याय हो चुकेगा तब हम आज से अधिक सुन्दर नगर बनाएँगे, साफ़-सुथरे, ख़ूबसूरत नगर जिनमें दीवारें न होंगी—जहाँ मानवता शान्ति से और सुख से रह सकेगी। सेनेट के लिए यही हमारा सन्देश है। यह उनके पास ले जाओ। उनसे कहना कि इसे स्पार्टकस नाम के एक ग़ुलाम ने उनके पास भेजा है...'।"

इसी तरह या लगभग इसी तरह सैनिक ने यह बात कही। बहुत पुरानी बात हुई, ग्रैकस ने सोचा—और इसी तरह सेनेट ने उसको सुना था, उनके चेहरे पाषाणवत हो रहे थे। मगर यह तो बहुत पुरानी बात है। इतनी पुरानी कि बहुत कुछ तो भूली भी जा चुकी और स्पार्टकस के शब्द कहीं लिखे भी तो नहीं गए और उनका अस्तित्व अगर था तो कुछ थोड़े से लोगों की स्मृति में। सेनेट के काग़ज़ात में से भी ये शब्द मिटा दिये गए। यह बात ठीक थी, उतनी ही ठीक जितनी कि ग़ुलामों के खड़े किये हुए उन स्मारकों को ढहा देना और पीसकर धूल कर देना। क्रैसस इस बात को समझता था गोकि क्रैसस कुछ मूर्ख-सा आदमी था। महान सेनापति बनने के लिए कुछ मूर्ख होना ज़रूरी होता है जब तक कि वह स्पार्टकस न हो क्योंकि स्पार्टकस भी एक महान सेनापति था। मगर वह भी मूर्ख था क्या? क्या वे किसी मूर्ख के शब्द थे? तब फिर यह कैसे होता है कि एक मूर्ख चार लम्बे सालों तक रोम की शक्ति का मुक़ाबला करता है और एक के बाद दूसरी रोम सेना को चकनाचूर कर देता है और इटली को हमारे सैनिकों का एक क़ब्रिस्तान बना देता है? यह कैसे होता है? वे कहते हैं कि वह मर गया। मगर कुछ लोगों का कहना है कि मुर्दे भी जीते हैं। क्या वह उसी की जीती-जागती मूर्ति है जो ग्रैकस की तरफ़ बढ़ती चली आ रही है? दैत्याकार और तब भी उससे इतनी मिलती-जुलती, वही टूटी हुई नाक, वही काली-काली आँखें, वही कड़े घुँघराले बाल, छोटे-छोटे, उसकी खोपड़ी से चिपके हुए? क्या मुर्दे चलते हैं?

7

ग्रैकस का वह बड़ा-सा सिर सामने को लटक गया था—मगर उस हालत में भी वह अपने सुवासित जल के पात्र को ऐसे ढंग से पकड़े हुए था कि उसमें से एक बूँद भी नहीं गिरी। इसको देखकर एंटोनियस केयस ने मुस्कराते हुए कहा, "ज़रा इस बुड्ढे खुर्राट ग्रैकस को देखो!"

"उनका मज़ाक़ मत बनाओ!" जूलिया ने कहा।

"कौन हँसता है, ग्रैकस पर? कोई तो नहीं, मेरी प्यारी जूलिया," सिसेरो ने

कहा, "मैं उस आन-बान को पाने के लिए सारी ज़िन्दगी कोशिश करूँगा।"

और तब भी उसके पास कभी न पहुँचोगे, हेलेना ने सोचा।

ग्रैकस जाग गया और आँख झपकाते हुए बोला, "क्या मैं सो रहा था?"

यह उसकी ख़ास अपनी बात थी कि वह जूलिया की ओर मुड़ा, "प्यारी, मैं तुमसे माफ़ी माँगता हूँ। मैं दिन के वक़्त सपना देख रहा था।"

"अच्छी चीज़ों का?"

"पुरानी चीज़ों का। मैं नहीं समझता कि स्मृति मनुष्य के लिए वरदान है, अधिकतर वह अभिशाप ही होती है। मेरे पास आवश्यकता से अधिक स्मृतियाँ हैं।"

"उतनी ही जितनी किसी और के पास," क्रैसस ने कहा, "हम सभी के पास अपनी-अपनी स्मृतियाँ हैं और एक-सी अप्रिय।"

"और प्रिय कभी नहीं?" क्लॉदिया ने पूछा।

ग्रैकस ने कहा, "प्रिये, तुम्हारी स्मृति मेरे लिए जीवन की अन्तिम साँस तक सुनहली धूप की तरह रहेगी। एक बुड्ढे आदमी को इतना कहने दो।"

"वह एक नौजवान को भी यह कहने देगी," एंटोनियस केयस हँसा, "अभी जब तुम सो रहे थे तो क्रैसस हमको बतला रहा था कि..."

"क्या हम लोग स्पार्टकस को छोड़कर और किसी चीज़ के बारे में बात नहीं कर सकते?" जूलिया चीख़ पड़ी, "क्या दुनिया में राजनीति और युद्ध को छोड़कर और कुछ नहीं है? मुझे इस तरह की बातचीत से घिन आती है।"

"जूलिया...," एंटोनियस केयस ने उसकी बात काटते हुए कहा।

वह रुक गई, जल्दी से गले की घूँट निगली और फिर उसको देखने लगी। वह उससे उसी तरह बात कर रहा था जैसे कोई किसी ज़िद्दी बच्चे से करता है।

"जूलिया, क्रैसस हमारे अतिथि हैं। हम लोगों को उनसे ऐसी तमाम बात मालूम करके ख़ुशी हो रही है जो हमें दूसरी किसी तरह नहीं मालूम हो सकती थीं। मैं समझता हूँ कि क्रैसस की बात सुनने में तुमको भी आनन्द आएगा जूलिया, बशर्ते तुम सुनो।"

उसका मुँह खिंच उठा और उसकी आँखें लाल हो गईं और उनमें पानी भर आया।

उसने अपना सिर झुका लिया। मगर क्रैसस ने बड़ी नम्रता से उससे क्षमा-याचना की—

"जूलिया, मेरी प्यारी! ऐसी बातें मुझे भी उतना ही उबाती हैं जितना कि तुम्हें। मुझे माफ़ करो।"

एंटोनियस केयस ने कहा, "मेरा ख़याल है कि जूलिया भी सुनना चाहेगी, चाहोगी न जूलिया? सुनना चाहोगी न जूलिया?"

"हाँ," उसने धीरे से बुदबुदाकर कहा, "अपनी बात कृपया जारी रखो क्रैसस।"

"नहीं-नहीं, बात क्या है?"

"मैं बड़ी बेवक़ूफ़ हूँ और मैंने बहुत बदतमीज़ी की," जूलिया ने ऐसे कहा, जैसे कोई सबक़ दुहरा रही हो, "बराय मेहरबानी अपनी बात जारी रखो।"

तभी ग्रैकस ने इस बात में दख़ल दिया जो कि धीरे-धीरे बहुत ही अप्रिय रूप लेती जा रही थी। उसने बातचीत का रुख़ जूलिया की तरफ़ से क्रैसस की तरफ़ मोड़ दिया और बोला, "मुझे विश्वास है कि मैं अन्दाज़ लगा सकता हूँ सेनापति क्या कहना चाहते हैं। वे आप लोगों को बतला रहे थे कि ग़ुलाम लोग इसलिए लड़ाइयाँ जीत जाते थे कि उनको आदमी की ज़िन्दगी के लिए कोई भी लिहाज़ न था। उनकी वे जंगली भीड़ें हमारे ऊपर चढ़ आती थीं और फिर हमारा कुछ बस न चलता था। क्यों मैं ठीक बात कह रहा हूँ क्रैसस?"

"इससे ज़्यादा ग़लत बात तुम दूसरी नहीं कर सकते थे," हेलेना हँसी।

ग्रैकस ने अपने-आप को दूसरों के मज़ाक़ का निशाना बनने दिया और यहाँ तक कि जब सिसेरो ने अपनी यह बात कही तो भी उसका बुरा न माना—"ग्रैकस, मैं हमेशा समझता था कि कोई भी जिसका प्रचार तुम्हारे जैसा हो वह स्वयं अपने ही प्रचार पर विश्वास किये बिना नहीं रह सकता।"

"कुछ-कुछ तो विश्वास हो ही जाता है," ग्रैकस ने बड़ी उदारता से स्वीकार कर लिया, "रोम महान है क्योंकि रोम खड़ा है। स्पार्टकस घृण्य है क्योंकि स्पार्टकस उन सलीबों से ज़्यादा कुछ नहीं है। यह ऐसी बात है जिसको हमें अपने ध्यान में रखना चाहिए। क्यों, तुम मेरी बात से सहमत नहीं हो क्रैसस?" सेनापति ने सिर हिलाया।

सिसेरो ने कहा, "मगर तब भी इस बात से कैसे इनकार किया जाए कि स्पार्टकस ने पाँच बड़ी-बड़ी लड़ाइयाँ जीती थीं। नहीं, वे लड़ाइयाँ नहीं जिनमें उसने हमारी फ़ौजों को खदेड़ दिया था और वे भी नहीं, जिनमें हमारी फ़ौजों में भगदड़ पड़ गई थी। मैं उन पाँच लड़ाइयों का ज़िक्र कर रहा हूँ जिनमें उसने हमारी सबसे अच्छी फ़ौजों का ध्वंस किया था, और उन्हें धरती से मिटा दिया था और उनके हथियार ले लिये थे। क्रैसस कहना चाह रहा था कि स्पार्टकस लड़ाई के दाँव-पेच का कुछ वैसा बड़ा उस्ताद न था, बात बस इतनी थी कि वह लड़नेवालों की एक ख़ास टोली का भाग्यशाली—या अभागा, जैसा भी आप समझें—नेता था। वे अपराजेय थे क्योंकि पराजय का अर्थ उनके लिए संपूर्ण विनाश होता। क्यों तुम यही कह रहे थे न क्रैसस?"

"एक हद तक," सेनापति ने स्वीकार किया। वह जूलिया को देखकर मुस्कराया, "मैं एक कहानी कहकर अपनी बात को साफ़ करूँगा और वह शायद तुम्हें ज़्यादा अच्छी लगेगी जूलिया। थोड़ा-सा युद्ध, थोड़ी-सी राजनीति और थोड़ी-सी बातें वारिनिया के बारे में। वारिनिया यानी वही स्पार्टकस की औरत।"

"मैं जानती हूँ," जूलिया ने धीरे से जवाब दिया। उसने कुछ इत्मीनान और कृतज्ञता के भाव से ग्रैकस की ओर देखा। ग्रैकस ने अपने मन में कहा, मैं जानता हूँ,

मैं जानता हूँ मेरी प्यारी जूलिया। हम दोनों ही कुछ-कुछ दयनीय हैं और उपहासास्पद भी। हम दोनों में अन्तर यही है कि मैं पुरुष हूँ और तुम स्त्री। तुम बहुत आडम्बर नहीं कर सकतीं। मूलत: हम दोनों की ज़िन्दगी में वही रीतापन है, उसी रीतेपन का विषाद है। हम दोनों प्रेतों से प्रेम करते हैं क्योंकि हमने कभी मनुष्यों से प्रेम करना या प्रेम पाना नहीं सीखा।

क्लॉदिया ने कुछ अप्रत्याशित ढंग से कहा, "मैं हमेशा सोचती थी कि वह निरी कपोल कल्पना है, किसी कहानी कहनेवाले ने यों ही उसकी सृष्टि कर दी होगी।"

"क्यों, ऐसा क्यों प्रिये?"

"ऐसी औरतें नहीं हुआ करतीं," क्लॉदिया ने निश्चयात्मक ढंग से कहा।

"नहीं? कौन जाने, शायद तुम्हारी बात ठीक हो। कहना कठिन है कि कौन सी बात सच है और कौन-सी बात सच नहीं है। मैंने एक ऐसी लड़ाई के बारे में पढ़ा जिसमें मैं ख़ुद लड़ा था और मैंने जो कुछ पढ़ा उसका यथार्थ से बहुत थोड़ा सम्बन्ध था। तो ऐसा तो होता है। मैं इस बात की सचाई का तो कोई दावा नहीं करता लेकिन उस पर विश्वास करने के लिए मेरे पास कारण है। हाँ, मेरा ख़याल है कि मैं उस पर विश्वास करता हूँ।"

उसकी आवाज़ में अजब ही एक सुर था और तेज़ निगाहों से उसकी तरफ़ देखते हुए हेलेना को एकाएक महसूस हुआ कि वह आदमी कितना ख़ूबसूरत है। सुबह की धूप में बाहर उस पक्के सहन में बैठे हुए क्रैसस का वह ख़ूबसूरत मज़बूत चेहरा तरुण रोमन प्रजातंत्र के पौराणिक अतीत की याद दिलाता था। मगर पता नहीं क्यों, इस विचार से उसको ख़ुशी नहीं हुई और वह आँख की कोर से अपने भाई को देखने लगी। केयस मंत्रमुग्ध भाव से सेनापति को निर्निमेष देख रहा था। दूसरों ने इसको लक्ष्य नहीं किया। क्रैसस में यह गुण था कि वह बरबस लोगों का ध्यान अपनी ओर खींच लेता था; उसकी मद्धिम मगर गहरी, ईमानदारी से भरी हुई आवाज़ लोगों को अपनी गिरफ़्त में ले लेती थी और पकड़ रखती थी, यहाँ तक कि सिसेरो को भी, जो अब एक नई सजगता से उसकी ओर देख रहा था। और ग्रैकस ने एक बार फिर क्रैसस के इस गुण को, जिसे पहले भी उसने लक्ष्य किया था, दुबारा लक्ष्य किया कि वह बिना स्वयं आवेश में आए दूसरों के अन्दर आवेश भर देता था।

क्रैसस ने कहना शुरू किया, "अपनी बात की भूमिका के तौर पर बस एक शब्द। मैंने जब कमान सँभाली तो लड़ाई को कई बरस हो चुके थे, जैसा कि आप जानते ही हैं। एक हारी हुई लड़ाई में दाख़िल होना बड़ी नाज़ुक बात होती है और ख़ासकर जब वह लड़ाई बाग़ी ग़ुलामों से हो। जीतने पर कोई नामवरी नहीं मिलती और हारने पर भयानक ज़िल्लत मिलती है, इतनी कि कुछ न पूछिए। सिसेरो बिलकुल ठीक कहता है। स्पार्टकस ने पाँच सेनाओं का ध्वंस कर दिया था, सम्पूर्ण ध्वंस।" उसने ग्रैकस की ओर देखकर सिर हिलाया, "तुम्हारा प्रचार बहुत मोहक है मगर

तुम मानोगे कि मुझे तो स्थिति को वैसे ही देखना है जैसी कि वह सचमुच थी।"

"ज़रूर, इसमें क्या शक।"

"मैंने पाया कि ग़ुलामों की ऐसी कोई बहुत बड़ी फ़ौजें न थीं। कभी ऐसा नहीं हुआ कि हमारी तादाद उनसे ज़्यादा न रही हो, अगर सच्ची बात कही जाए। यह बात शुरू में सच थी और यही बात अन्त में भी सच थी। अगर स्पार्टकस के पास वे तीन लाख आदमी होते जो कि कहे जाते हैं तो हम लोग आज यहाँ इस ख़ुशगवार सुबह के वक़्त इटली की जागीरदारी हवेली में न बैठे होते। स्पार्टकस ने रोम ले लिया होता और सारी दुनिया ले ली होती। दूसरे चाहें तो इस पर शक कर सकते हैं मगर मैं स्पार्टकस से इतनी काफ़ी बार लड़ चुका हूँ कि मेरे पास शक करने का कारण नहीं है। मैं जानता हूँ, कि पूरी सचाई यह है कि इटली के ज़्यादातर ग़ुलाम स्पार्टकस के संग शरीक नहीं हुए। क्या तुम सोचते हो कि अगर वे इस धातु के बने होते कि एक हो सकते तो हम यहाँ इस जागीर पर यों बैठे होते जहाँ हमारे एक पीछे उनकी तादाद सी है? हाँ यह सच है कि बहुत से ग़ुलामों ने स्पार्टकस का साथ दिया मगर उसके पास कभी पैंतालीस हज़ार से ज़्यादा लड़नेवाले नहीं रहे। और वह भी उस वक़्त जबकि स्पार्टकस अपनी शक्ति के शिखर पर था। उसके पास घुड़सवार सेना न थी, जैसी कि हैनिबल के पास थी, मगर तब भी उसने रोम को घुटने टेकने के जितना क़रीब ला दिया था उतना हैनिबल कभी नहीं लाया—और स्पार्टकस को जिस रोम का सामना करना पड़ा वह इतना मज़बूत था कि उसने एक लड़ाई में हैनिबल को पीसकर रख दिया होता। नहीं, इसमें शक नहीं कि सबसे अच्छे, सबसे ख़ूँख़ार, सबसे भयानक, सबसे सरकश लोगों ने ही स्पार्टकस का साथ दिया था।

"यह एक ऐसी चीज़ थी जिसका पता ख़ुद मुझे लगाना पड़ा। मुझे रोम के ऊपर शर्म आती थी जब मैं देखता था कि इन ग़ुलामों ने कैसी दहशत और वहम की हालत पैदा कर दी है। मैं सचाई चाहता था। मैं ठीक-ठीक जानना चाहता था कि मैं किससे लड़ रहा हूँ, किस क़िस्म के आदमी से, किस क़िस्म की फ़ौज से। मैं जानना चाहता था कि क्यों दुनिया के बेहतरीन सिपाही जिन्होंने जर्मनों से लेकर स्पेनवालों और यहूदियों तक सबसे लड़ाई लड़ी थी और सबको चकनाचूर कर दिया था, वे क्यों इन ग़ुलामों को देखते ही अपनी ढालें पटककर भाग जाते थे। मैंने अपना पड़ाव उस वक़्त सिस-ऐल्पाइन गॉल में डाला था और वह पड़ाव की एक ऐसी जगह थी जिस पर हमला करने के पहले स्पार्टकस को दो बार सोचना होता। और फिर मैं इस मामले की छानबीन करने लगा। मुझमें शायद ही कोई अच्छाई हो मगर एक अच्छाई मुझमें ज़रूर है कि मैं काम को पक्के-पोढ़े ढंग से करता हूँ और इस सिलसिले में मैंने कम-से-कम एक सौ लोगों से मुलाक़ात की होगी और एक हज़ार काग़ज़ात पढ़े होंगे। उन्हीं में वह लानिस्ता बाटियाटस भी था। उन्हीं में सैनिकों और अफ़सरों की वे टोलियाँ भी थीं जो स्पार्टकस से

लड़ी थीं। और उन्हीं में से एक ने मुझको यह कहानी सुनाई थी। और मैं उस पर विश्वास करता हूँ।"

एंटोनियस केयस ने कहा, "अगर कहानी भी उतनी ही लम्बी है जितनी कि भूमिका तो दोपहर का खाना हम लोग यहीं खाएँगे।" ग़ुलाम मिस्र के खरबूज़े और अंगूर और सवेरे के वक़्त पी जानेवाली एक हल्की शराब ले आ रहे थे। सहन में बड़ी अच्छी ठंडक थी और बड़ा आनन्द आ रहा था, यहाँ तक कि वे लोग जो उसी दिन अपनी यात्रा पर आगे बढ़ जानेवाले थे उन्हें भी अब जाने की कोई जल्दी न थी।

"और भी लम्बी। मगर अमीर आदमी की बात सुननी ही पड़ती है।"

"कहो, कहो," ग्रैस ने रूखे ढंग से कहा।

"मैं कहने ही तो जा रहा हूँ। यह कहानी जूलिया के लिए है। तुम्हारी आज्ञा है जूलिया?"

जूलिया ने सिर हिलाया और ग्रैकस सोचने लगा—निश्चय ही इस आदमी में कोई अन्तर्दृष्टि नहीं है। आख़िर यह कमबख़्त करना क्या चाहता है?

"यह उस वक़्त की बात है जब स्पार्टकस ने दूसरी बार एक रोमन सेना का ध्वंस किया था। पहली बार शहर की टुकड़ी के संग जो कुछ हुआ था उसकी बातें तो मैं समझता हूँ मेरे दोस्त ग्रैकस को बहुत अच्छी तरह याद होंगी जैसी कि हम सभी को याद हैं," क्रैसस ने कहा। उसकी आवाज़ में द्वेष का एक हल्का-सा स्वर था, "उसके बाद सेनेट ने पुब्लियस को स्पार्टकस के ख़िलाफ़ भेजा था। वह एक पूरी सेना थी और मेरा ख़याल है बहुत अच्छी सेना थी। वह तीसरी सेना थी न ग्रैकस?"

"हर काम को पक्के-पोढ़े ढंग से करने की सिफ़त तो तुम्हारे अन्दर है, कुछ मेरे अन्दर तो है नहीं, मैं क्या जानूँ?"

"मेरा ख़याल है मैं ठीक ही कह रहा हूँ और अगर मैं ग़लती नहीं कर रहा हूँ तो उस फ़ौज के साथ शहर के कुछ घुड़सवार दस्ते भी गए थे—कुल मिलाकर सात हज़ार सैनिक थे वे जूलिया।" उसने कहा, "मेरी बात का विश्वास करो कि युद्ध कला में रहस्य की वैसी कोई बात नहीं है। पैसा पैदा करने में या कपड़े का एक टुकड़ा बुनने में एक अच्छा सेनापति बनने से ज़्यादा अक़्ल लगती है। जिन लोगों का धन्धा युद्ध होता है उनमें से ज़्यादातर बहुत चतुर नहीं होते। कारण स्पष्ट है। स्पार्टकस काफ़ी चतुर था। वह लड़ाई के कुछ सीधे-सादे क़ायदे समझता था और वह रोमन सेनाओं की ताक़त और उनकी कमज़ोरियों को भी समझता था। उसके अलावा शायद ही किसी ने कभी उनको समझा हो। हैनिबल समझता था मगर उसके अलावा और तो शायद कोई नहीं। और मुझे तो डर है कि हमारे आदरणीय सहयोगी पॉम्पी बिलकुल नहीं समझते।"

"और आख़िर वे महान रहस्य क्या हैं, कुछ बतलाओ भी तो?" सिसेरो ने पूछा।

"वे न तो महान हैं और न उनमें ऐसा कोई रहस्य ही है। जूलिया की ख़ातिर

मैं उनको दुहराता हूँ। ऐसा लगता है कि जैसे उनको समझना आदमी के बस की बात नहीं है। पहला क़ायदा तो यह कि जब तक कि अपने बचाव के लिए एकदम ज़रूरी न हो उठे तब तक अपनी शक्ति को टुकड़ों में न बाँटो। दूसरा क़ायदा यह कि अगर तुम लड़ना चाहते हो तो हमला करो और अगर हमला करना नहीं चाहते तो लड़ने से बचो। तीसरा क़ायदा यह कि लड़ाई का समय और स्थान तुम ख़ुद निर्णय करो और कभी किसी हालत में यह निर्णय दुश्मन पर न छोड़ो। चौथा क़ायदा यह कि हर हालत में अपने-आप को घिरने से बचाओ। और आख़िरी क़ायदा यह कि दुश्मन जहाँ पर सबसे कमज़ोर हो वहीं उस पर हमला करो और उसे खतम करो।"

सिसेरो ने टिप्पणी की, "क्रैसस, इस तरह का क ख ग लड़ाई की किसी भी किताब में मिल सकता है। अगर तुम मुझे कहने दो तो यही कहूँगा कि इसमें कोई गहराई नहीं है। यह तो बहुत ही आसान-सी बात है।"

"शायद। मगर मैं तुमको यक़ीन दिलाता हूँ कि जो चीज़ें इतनी आसान होती हैं उनमें ज़रूर गहराई रहती है।"

"और अपनी बात तो पूरी करो," ग्रैकस ने कहा, "रोमन सेनाओं की वह ताक़त और वे कमज़ोरियाँ क्या हैं?"

"वे भी उतनी ही आसान हैं और मुझे पूरा यक़ीन है कि सिसेरो को एक बार फिर मुझसे इख़्तलाफ़ होगा।"

"मैं तो एक महान सेनापति के चरणों में एक जिज्ञासु विद्यार्थी हूँ," सिसेरो ने सुबुक अन्दाज़ में कहा।

क्रैसस ने सिर हिलाया, "नहीं, मैं सच कहता हूँ। दो चीज़ों के बारे में जब लोगों को पूरा यक़ीन होता है कि उनकी योग्यता उनके अन्दर है और यह कि उनमें न तो किसी तैयारी की ज़रूरत होती है और न अध्ययन की। एक तो किताब लिखना और दूसरी सेना का संचालन करना और इसका कारण भी है क्योंकि बेशुमार गधे ये दोनों काम कर डालते हैं। मैं तो ख़ुद अपने-आप को कहता हूँ," उसने लोगों को निरस्त्र करते हुए इतना और जोड़ा।

"यह तो बड़ी चतुर बात तुमने कही," हेलेना ने कहा।

क्रैसस ने उसकी ओर देखकर सिर हिलाया। उसको औरतों से ग़रज़ तो थी मगर सच पूछो तो उनमें दिलचस्पी न थी; कम-से-कम हेलेना की यही राय थी। "जहाँ तक हमारी अपनी सेना की बात है," क्रैसस ने कहना शुरू किया, "उसकी कमज़ोरी और उसकी ताक़त को एक ही शब्द में रखा जा सकता है—अनुशासन। हमारी सेना सारी दुनिया में सबसे अनुशासनपूर्ण सेना है, शायद दुनिया की अकेली अनुशासनपूर्ण सेना। एक अच्छी सेना, दिन में पाँच घंटे और हफ़्ते में सात रोज़ अपने सिपाहियों को क़वायद कराती है। यह क़वायद लड़ाई की बहुत सी सम्भावनाओं के लिए सैनिकों को तैयार करती है। मगर सबके लिए तो नहीं कर सकती। अनुशासन

तो एक हद तक यांत्रिक चीज़ है और जब कोई नई सम्भावना पैदा होती है तो अनुशासन की परीक्षा होती है। इतना ही नहीं, इसके साथ ही साथ यह भी है कि हमला करने के लिए हमारी सेना बेजोड़ है, इसकी फ़तह हमला करने में ही है और इसके सारे हथियार हमला करने के हथियार हैं। इसीलिए जब हमारी फ़ौज कहीं पर रात के लिए ठहरती है तो वहाँ पर बाक़ायदा क़िलेबन्दी के साथ अपने खेमे लगाती है। हमारी फ़ौज की सबसे बड़ी कमज़ोरी यही रात को होनेवाला हमला है। रोमन सेना का सबसे पहला दाँव-पेच यह है कि हम लड़ाई के लिए अपना मैदान ख़ुद चुनते हैं। मगर स्पार्टकस ने कभी यह चीज़ हमको न करने दी। और पुब्लियस जब उस तीसरी फ़ौज को लेकर दक्षिण गया तो उसने इन सब बेहद सीधे-सादे क़ायदों को एक-एक करके तोड़ा। और क्यों तोड़ा यह समझ में आने की बात है। स्पार्टकस के लिए उसके मन में बड़ी घृणा थी, वह उसको अत्यन्त हीन समझता था।"

तभी एंटोनियस केयस की दोनों बेटियाँ सहन में आकर इन लोगों से मिल गईं। वे दौड़ती हुई आईं, उनका चेहरा खेलकूद के आवेग और हँसी से तमतमाया हुआ था, और जब उन्होंने आकर जूलिया की बाँहों में शरण ली तो क्रैसस अपनी बात खतम ही कर रहा था।

"क्या तुम स्पार्टकस को जानते थे?" बड़ीवाली ने पूछा, "क्या तुमने उसको देखा था?"

"मैंने उसको कभी नहीं देखा," क्रैसस मुस्कराया, "मगर मैं उसका आदर करता हूँ, मेरी बच्ची।"

ग्रैकस ने बड़ी संजीदगी से एक सेब छीला और अपनी सोच में डूबी हुई अधखुली आँखों से क्रैसस को देखा। वह क्रैसस को पसन्द नहीं करता था। अब वह सोच रहा था कि उसे कभी सेना का कोई ऐसा आदमी न मिला था जिसके लिए उसने मन में कभी कोई प्यार या गरमाहट महसूस की हो। उसने सेब के छिलके का एक लम्बा-सा टुकड़ा उठाया और वे छोटी-छोटी लड़कियाँ ख़ुशी से ताली बजाने लगीं। उन्होंने सेब के उस छिलके की तरफ़ हाथ बढ़ाया मगर ग्रैकस ने आग्रह किया कि "पहले अपने मन में कोई इच्छा ले लो। इसके बाद इस छिलके को अपनी इच्छा के चारों ओर लपेट लो। सेब में सब ज्ञान है।"

"और कभी-कभी एकाध कीड़ा भी," जूलिया ने कहा, "तुम वारिनिया के बारे में कोई कहानी कह रहे थे क्रैसस।"

"अभी हमारी मुलाक़ात उससे होती है। मैं तो सिर्फ़ उसकी पृष्ठभूमि तैयार कर रहा हूँ। स्पार्टकस अभी तक विसूवियस के आस-पास के इलाक़े में था। और मूर्ख पुब्लियस ने अपनी सेना को तीन टुकड़ों में बाँट दिया, एक-एक टुकड़े में दो-दो हज़ार से कुछ ज़्यादा लोग। और फिर वहाँ की ऊँची-नीची, ऊबड़-खाबड़ ज़मीन की गश्त लगाने लगा—स्पार्टकस की तलाश में। तीन अलग-अलग लड़ाइयों में

स्पार्टकस ने उसकी फ़ौज का नाम-निशान धरती से मिटा दिया। हर बार उसने यही किया, वह उनको किसी छोटे से दर्रे में पकड़ लेता था जहाँ पर हमारे दस्ते लड़ न पाते थे और फिर उनका काम तमाम कर देता था। मगर ख़ैर एक बार एक पूरा घुड़सवार दस्ता और पैदल सेना का भी लगभग एक दस्ता लड़ते-भिड़ते उनसे जान बचाकर बाहर निकल आया, वे पैदल सिपाही घोड़ों की दुम पकड़े हुए और घोड़े जान छोड़कर बेहताशा भागते हुए। अगर तुम इस बात को समझ लो कि ग़ुलाम कैसे लड़ते थे तो तुम समझ जाओगे कि इस तरह की चीज़ से वे अपना ध्यान नहीं बँटने देते। जो सामने है उसी पर वे अपना सारा ध्यान लगाते हैं। और यही उन्होंने किया। और वे आठ या नौ सौ पैदल और घुड़सवार जंगल में होकर पीछे लौटे, खो गए और फिर ग़ुलामों के उस खेमे पर जा निकले जहाँ पर उनकी औरतें और बच्चे थे। मैं उसे खेमा कहता हूँ मगर दरअसल उसे एक छोटा-मोटा गाँव कहना ज़्यादा ठीक होगा। उसके चारों ओर एक खाई थी, एक मिट्टी की दीवार थी और उसके ऊपर एक मज़बूत जँगला था। हमारी फ़ौजों से भागे हुए बहुत से सिपाही स्पार्टकस के संग रहे होंगे क्योंकि इस खेमे की बनावट वैसी ही थी जैसी कि हमारे खेमे की होती है। और उसके भीतर की झोंपड़ियाँ बाक़ायदा सड़कों पर बनी हुई थीं। हाँ, फाटक खुले हुए थे और बहुत से बच्चे बाहर खेल रहे थे और कुछ औरतें उनको देख रही थीं। तुमको यह बात समझनी चाहिए कि जब सिपाहियों को मार पड़ी हो और वे भाग खड़े हुए हों तो फिर अपने ऊपर उनका कुछ ख़ास बस नहीं रह जाता। मैं न्यायाधीश की तरह उन लोगों पर विचार करने नहीं बैठा हूँ जो ग़ुलामों को मारते हैं, फिर चाहे वे मर्द हों चाहे औरतें चाहे बच्चे। ग़ुलामों से नफ़रत करने के लिए हमारे पास काफ़ी कारण हैं और वे सिपाही भी नफ़रत से भरे हुए थे। वे उस जगह पर टूट पड़े और घुड़सवारों ने इस तरह उन बच्चों को अपने नेज़ों पर उठा लिया जैसे कि शिकार के वक़्त खरगोश को। इस पहले हल्ले में उन्होंने कुछ औरतों को भी मार डाला मगर फिर बाक़ी औरतों ने मुक़ाबला किया। और फिर गाँव की औरतें अपने छुरों और तलवारों और नेज़ों से लैस होकर बहुत बड़ी तादाद में फाटक के बाहर निकल आईं। मुझे नहीं मालूम कि उस वक़्त उन सिपाहियों के जी में क्या था—सिर्फ़ घृणा और प्रतिशोध या और भी कुछ। मेरा ख़याल है उन्होंने कुछ औरतों को मार डाला होता और बाक़ी के संग बलात्कार किया होता। याद करो कि उस वक़्त सारे देश में ग़ुलामों के बारे में लोगों के बहुत बुरे भाव थे। स्पार्टकस के पहले अगर कोई आदमी अपनी एक ग़ुलाम औरत का क़त्ल करता था तो फिर वह बाहर सड़क पर निकल न सकता था और शर्म से उसका सर झुका रहता था। यों कहिए कि इसको एक बहुत ज़लील काम समझा जाता था और अगर यह साबित हो जाता कि उसने अकारण ही ऐसा किया है तो उसके ऊपर कसकर जुर्माना भी हो सकता था। वह क़ानून तीन साल हुए बदल दिया गया। क्यों ठीक कहता हूँ न ग्रैकस?"

ग्रैकस ने बेमन से कहा, "हाँ ठीक कहते हो। मगर अपनी कहानी कहो। तुम वारिनिया के बारे में बतला रहे थे।"

"हाँ!" क्रैसस पल-भर को जैसे अपनी बात भूल गया हो। जूलिया की निगाहें क्रैसस पर थीं मगर दरअसल वह अपने दूब के मैदानों को देख रही थी। उसने अपने बच्चों से कहा, "अच्छा अब भागो। जाओ खेलो।"

"आपका मतलब है कि वे औरतें सिपाहियों से लड़ीं?" क्लॉदिया ने जानना चाहा।

क्रैसस ने सहमति में सिर हिलाते हुए कहा, "यही तो बात है। फाटक पर बड़ी भयानक लड़ाई हुई। हाँ, वे औरतें सिपाहियों से लड़ीं। और फिर सिपाही भी पागल हो गए और वे भूल गए कि वे औरतों से लड़ रहे हैं। मेरा ख़याल है कि यह लड़ाई लगभग एक घंटे चली होगी। और जैसा कि बताया जाता है उन औरतों का नेतृत्व सुनहले बालोंवाली यही जंगली औरत कर रही थी जिसके बारे में लोगों का ख़याल है कि वह वारिनिया थी। वह एक ही समय में हर जगह दिखाई देती थी। उसके कपड़े फट गए थे और वह नंगी अपने नेज़े से लड़ रही थी। एकदम चंडिका...।"

"मैं यह सब कुछ भी नहीं मानता," ग्रैकस ने बात काटते हुए कहा।

"अगर तुम विश्वास नहीं करना चाहते तो न करो, कोई ज़रूरत नहीं है," क्रैसस ने सिर हिलाया और महसूस किया कि उसकी कहानी का रंग बिलकुल नहीं जमा, "मैंने तो यह कहानी सिर्फ़ जूलिया के लिए सुनाई है।"

"सिर्फ़ मेरे लिए क्यों?" जूलिया ने पूछा।

क्रैसस को एकटक देखते हुए हेलेना ने कहा, "अपनी कहानी खतम कीजिए। वह सच हो या न हो, उसका अन्त तो होगा ही, कि नहीं?"

"एक साधारण अन्त। सभी लड़ाइयों का कुल मिलाकर एक ही अन्त होता है। या तो तुम लड़ाई में जीत जाते हो या हार जाते हो। हम यह लड़ाई हार गए। कुछ ग़ुलाम लौट आए और तब दोतरफ़े हमले में पड़कर हमारे सभी सिपाही मारे गए और सिर्फ़ मुट्ठी-भर घुड़सवार बचकर निकल पाए। उन्हीं ने रिपोर्ट दी।"

"मगर वारिनिया नहीं मारी गई?"

"अगर वह वारिनिया ही थी तो वह निश्चय ही नहीं मारी गई। वह अब भी बीच-बीच में कई बार दिखाई दे जाती है।"

"और क्या वह अब भी ज़िन्दा है?" क्लॉदिया ने पूछा।

"क्या वह अब भी ज़िन्दा है?" क्रैसस ने दुहराया, "मगर उससे क्या फ़र्क़ पड़ता है, कि ग़लत क़हता हूँ?

तभी ग्रैकस उठा, उसने अपने ख़ास अन्दाज़ से अपना चोग़ा पीछे को फेंका और वहाँ से चल दिया। थोड़ी देर तक ख़ामोशी रही और तब सिसेरो ने पूछा, "वह क्या चीज़ है जो इस बुड्ढे को भीतर ही भीतर खाए जा रही है?"

"ईश्वर जाने।"

"आप यह क्यों कहते हैं कि इससे क्या फ़र्क़ पड़ता है कि वारिनिया अब भी ज़िन्दा है या नहीं?" हेलेना ने जानना चाहा।

क्रैसस ने बेहिसी से कहा, "वह बात खतम हो गई न? स्पार्टकस मर गया। वारिनिया एक ग़ुलाम औरत है। रोम का बाज़ार ऐसी औरतों से भरा हुआ है। वारिनिया और दस हज़ार और।" उसकी आवाज़ में एकाएक ग़ुस्सा भर आया...

एंटोनियस केयस ने उन लोगों से इजाज़त ली और ग्रैकस के पीछे-पीछे चला गया। उसे यह बात तकलीफ़ पहुँचा रही थी कि ग्रैकस और क्रैसस जैसे दो आदमी, जो राजनीतिक तौर पर एक-दूसरे से इस तरह बँधे हुए हों, ऐसी बेकार-सी बात पर आपस में झगड़ पड़ें। उसने इसके पहले ग्रैकस को इस तरह बरताव करते नहीं देखा था। वह सोचने लगा कि कहीं जूलिया को लेकर तो यह बात नहीं है? नहीं—इस बुड्ढे ग्रैकस, इस मोटे, नारीविहीन, बुड्ढे ग्रैकस के संग यह बात नहीं हो सकती। ग्रैकस में और बहुत सी बातें थीं लेकिन इन काम सम्बन्धी मामलों में एंटोनियस केवल उसको ख़सी समझता था। और जहाँ तक क्रैसस की बात है, वह क्यों इस अत्यन्त साधारण, दयनीय-सी जूलिया को लेकर परेशान हो जबकि वह रोम की किसी भी औरत को पा सकता है, चाहे वह आज़ाद हो चाहे ग़ुलाम। ईश्वर जानता है कि अगर उनमें से किसी को जूलिया की दरकार हो तो उसका स्वागत है और वह अपनी जूलिया के संग-संग अपना बिस्तर और खिलाना-पिलाना भी उसकी नज़र कर देगा। इससे ज़्यादा ख़ुशी उसे और किसी बात से नहीं हो सकती थी।

उसने ग्रैकस को उस जगह पर चुपचाप बैठे देखा जहाँ पर पौधे हिफ़ाज़त और परवरिश के लिए रखे जाते हैं। वह अपने उस पुराने दोस्त के पास गया और जाकर उसे धीरे से कुहनी मारी—"क्या बात है दोस्त, सब ठीक तो है?"

ग्रैकस ने कहा, "एक दिन वह आएगा जब इस दुनिया में क्रैसस और मैं हम दोनों न रह सकेंगे।"

भाग 6

जिसमें विला सलारिया में एकत्र उन लोगों में से कुछ की कापुआ यात्रा की कहानी है, उस सुन्दर नगर के बारे में कुछ विस्तार की बातें हैं और इसका वर्णन है कि कैसे उन यात्रियों ने एक अन्तिम ग्लैडिएटर को सलीब पर चढ़ते देखा।

उसी रोज़ सिसेरो और ग्रैकस ने उन लोगों से विदा ली और रोम चले गए। क्रैसस और नौजवान केयस की मंडली के लोग एंटोनियस का कहना मानकर और एक दिन विला सलारिया में रुके और मान गए कि अगले दिन ख़ूब तड़के रवाना होंगे और इस तरह उन्हें सड़क पर पूरे एक दिन की यात्रा मिल जाएगी। क्रैसस ने पहले ही केयस को सुझाया था कि वे लोग साथ-साथ यात्रा करें और हेलेना और क्लॉदिया को ऐसे मशहूर सेनापति के संग रहने के विचार से ही ख़ुशी हो रही थी।

सूरज निकलने के थोड़ी ही देर बाद वे लोग उस जागीर पर से रवाना हो गए। उनकी वे चार पालकियाँ, बहुत से नौकर और सामान ढोनेवाले, कुल मिलाकर सड़क पर एक अच्छा-ख़ासा जुलूस बन गया और जब वे एपियन मार्ग पर पहुँचे तो क्रैसस ने दस सिपाही अपने हुज़ूर में ले लिये। कापुआ में ग़ुलामों के विद्रोह के अन्तिम दमन की ख़ुशियाँ मनाने के लिए जो उत्सव हो रहे थे उनके लिए क्रैसस को आमंत्रित किया गया था—ये उत्सव कापुआ में ही मनाए जा रहे थे क्योंकि विद्रोह वहीं पर शुरू हुआ था। स्पार्टकस की हार और मौत के बाद जो ग़ुलाम क़ैदी बनाए गए थे उनमें से एक सौ ग्लैडिएटरों को चुना गया था और अब हफ़्तों से उनकी लड़ाइयाँ बराबर करवाई जा रही थीं। ये लड़ाइयाँ ऐसी थीं जिनमें हर जोड़ का एक-एक आदमी मरता जाता था और अन्त में केवल एक आदमी बच जाता था। जब एक जोड़ लड़ता था तो उसमें एक मरता था और एक बच जाता था और फिर उस बचनेवाले एक आदमी को दूसरे के संग लड़ाया जाता था। मौत के इस नाच का कोई अन्त न था।

"मैंने सोचा कि तुमको शायद इस खेल में मज़ा आए," केयस ने कहा।

चारों पालकियाँ अगल-बग़ल चल रही थीं ताकि यात्रा करते समय वे लोग बराबर बातचीत कर सकें। दूसरी तरफ़ से आनेवाले लोगों को सिपाही सड़क के एक ओर कर देते थे और लोग इस जुलूस की लम्बाई-चौड़ाई और शान-शौकत को देखकर ही इस बात को मान लेते थे कि पहले इन्हीं को जाने का अधिकार है।

केयस और क्रैसस बीच में अगल-बग़ल चल रहे थे, क्लॉदिया क्रैसस के एक ओर थी और हेलेना अपने भाई के। अपनी उमर के कारण और उन लोगों के प्रति अपने मन के कुछ विशेष भावों के कारण क्रैसस अब मेज़बान बन गया था। उसके ग़ुलाम बहुत अच्छी तरह से सीखे-पढ़े थे और अभी जबकि पालकियाँ उस शानदार सड़क पर आगे बढ़ ही रही थीं क्रैसस को अपने उन साथियों की ज़रूरतों और इच्छाओं का ख़ासा अन्दाज़ हो गया था, फिर चाहे वह जूडिया की ख़ुशबूदार और बर्फ़ पड़ी हुई नई शराब की चाह हो चाहे मिस्र के रसीले अंगूरों की या फिर चाहे हवा को साफ़ करने के लिए इत्र के एक हल्के से छिड़काव की। अनेक धनाढ्य व्यक्तियों की तरह वह भी अपने सामाजिक वर्ग के लोगों की सुख-सुविधा के प्रति बड़ा सजग था; इस वक़्त वह उनका मेज़बान, साथी, और राह दिखलानेवाला था। केयस के सवाल के जवाब में उसने कहा, "नहीं। तुम्हें चाहे सुनकर कुछ ताज्जुब होगा केयस, मगर अब मुझे इन खेलों में कोई मज़ा नहीं मिलता। हाँ कभी-कभी, अगर कोई जोड़ बहुत अच्छा और बहुत असाधारण हो तो उसकी बात और है। मगर मैं समझता हूँ कि इस चीज़ से तो मुझे उकताहट ही मालूम होगी। लेकिन अगर मैंने जाना होता कि तुम इसको देखना चाहोगे..."

"ऐसी कोई ख़ास ज़रूरत नहीं है।"

"मगर मुनेरा के बाद भी आदमी बच जाता ही होगा," क्लॉदिया ने कहा।

"नहीं, कोई ज़रूरी नहीं है क्योंकि यह भी हो सकता है कि आख़िरी जोड़ के दोनों लड़नेवाले बुरी तरह ज़ख़्मी हो जाएँ लेकिन अगर एक बच जाता है, जिसकी कि काफ़ी उम्मीद रहती है, तो उसे प्रतीक के रूप में शहर के बड़े दरवाज़े के सामने सलीब पर चढ़ा दिया जाता है। तुम्हें मालूम ही है कि कुल सात ऐसे दरवाज़े हैं और जब ये सलीब खड़े किए गए तो हर फाटक के सामने एक सलीब था। जो भी बच जाएगा वह बस एपियन दरवाज़े की लाश की जगह ले लेगा। क्या तुम कभी कापुआ गई हो?" उसने क्लॉदिया से पूछा।

"नहीं, मैं कभी नहीं गई।"

"तब फिर एक बहुत बड़ी चीज़ तुम्हारा इन्तज़ार कर रही है। बड़ा ख़ूबसूरत शहर है, मैं समझता हूँ कि दुनिया का सबसे ख़ूबसूरत शहर और आज के जैसे साफ़ दिन तो कापुआ की दीवारों से खाड़ी का दृश्य भी बड़ा सुन्दर होगा और दूर

पर विसूवियस की चमकती हुई सफ़ेद चोटियाँ भी। मैं ऐसी और कोई चीज़ नहीं जानता जो उसका मुक़ाबला कर सके। वहाँ पर मेरे पास एक छोटा सा मकान है और अगर तुम लोग मेरा आतिथ्य स्वीकार करो तो मुझे बड़ी ख़ुशी होगी।"

केयस ने बतलाया कि उसके नाना, कोई फ़्लेवियन, उन लोगों की राह देख रहे हैं और अब उनके लिए अपनी योजना बदलना सम्भव न होगा।

"ख़ैर, हम लोग एक-दूसरे से मिला तो करेंगे। शुरू के कुछ दिन तो बड़ी ऊब के होंगे मगर जबकि रस्मी स्वागत और भाषण और ये सब अलाय-बलाय खतम हो लेंगी तो हम लोग कुछ घंटों के लिए कश्तियाँ लेकर खाड़ी पर निकल जाएँगे—सब खेलों का बादशाह है वह—और एक छोटा-मोटा पिकनिक भी कर लेंगे। और फिर तीसरा पहर इत्रफ़रोशों के यहाँ गुज़ारेंगे। कापुआ को उसके इत्रों से अलग करके नहीं देखा जा सकता और मेरा वहाँ के एक इत्र के कारख़ाने में हिस्सा है और मैं कुछ-कुछ जानता हूँ कि कैसे ये इत्र बनाए जाते हैं। तुम लोगों को जो भी इत्र पसन्द हो," उसने उदारता से कहा, "मुझे उसको तुम्हें भेंट करने में बड़ी ख़ुशी होगी।"

"आप बड़े मेहरबान हैं," हेलेना ने कहा।

"मैं यह क्यों न कहूँ कि इस मेहरबानी की क़ीमत मुझे बहुत कम चुकानी पड़ती है और इसका फ़ायदा मुझे काफ़ी मिलता है। वह ख़ैर जो भी हो, मुझे कापुआ से प्रेम है और हमेशा से मैं उसके लिए एक प्रकार का गर्व अनुभव करता रहा हूँ। यह एक बहुत प्राचीन शहर है। तुम जानते होगे, इसके बारे में जनश्रुति यह है कि एक हज़ार साल पहले एत्रुस्कनो ने इटली के इस हिस्से में बारह शहर बनवाए थे—उन्हें सोने के हार के बारह हीरे-जवाहर कहा जाता था। उनमें से एक का नाम वोलतुरनम था और लोगों का ख़याल है कि वही आज का कापुआ है। वह तो ख़ैर एक जनश्रुति ही है और समनाइटीज़ ने, जिसने एत्रुस्कनो से उस शहर को क़रीब साढ़े तीन सौ साल पहले लिया था, बहुत कुछ नये सिरे से इस शहर को बनाया था और जब फिर यह शहर हमारे हाथ में आया तो हमने नई दीवारें बनाईं और सब जगह नई सड़कें बिछाईं। यह शहर रोम से कहीं ज़्यादा ख़ूबसूरत है।"

इसी तरह वे लोग एपियन मार्ग पर आगे बढ़ते रहे। अब तक वे उन सलीबों को देखने के इतने आदी हो गए थे कि अब उस ओर उनका ध्यान न जाता था। जब हवा चलती थी और उसके संग सड़ते हुए गोश्त की बदबू आती थी तो इत्रों का छिड़काव हवा में फिर मीठी ख़ुशबू भर देता था। मगर अक्सर वे लोग उन सलीबों को देखते ही न थे। सड़क साधारण रूप से चल रही थी और कोई विशेष घटनाएँ न हुईं। उन्होंने देहात के घरों में दो रातें गुज़ारीं और एक रात एक बड़े शानदार डाक बँगले पर। धीरे-धीरे वे लोग कापुआ पहुँच गए।

कापुआ अपनी ख्याति और ऐश्वर्य और समृद्धि के शिखर पर था और इस वक़्त जश्न मना रहा था। ग़ुलाम-युद्ध के दाग़ धुल चुके थे। शहर की सफ़ेद दीवारों पर बारह सौ झंडे उड़ रहे थे। शहर के सातों मशहूर दरवाज़े बिलकुल खोल दिये गए थे क्योंकि देश में अब शान्ति थी और कहीं किसी तरह की कोई गड़बड़ी न थी। उनके आने की ख़बर उनके पहले पहुँच चुकी थी और उनका स्वागत करने के लिए शहर के बहुत से बड़े-बड़े पदाधिकारी मौजूद थे। पीतल के झाँझ और तुरही और नगाड़े समेत एक सौ दस बाजेवाला नगरपालिका का बैंड, ज़ोर-शोर से स्वागत-संगीत बजाए जा रहा था। और शहर की टुकड़ी अपना चाँदी की क़लई किया हुआ ज़िरहबख़्तर पहने उन लोगों को एपियन द्वार में से ले चली। इस चीज़ को देखकर उन लड़कियों की तबीयत फड़क उठी और यहाँ तक कि केयस का मन भी, भले ही वह उदासीनता दिखला रहा हो, उस असाधारण रंग-बिरंगे स्वागत को देखकर जो उन्हें अपने उस मशहूर साथी के संग मिल रहा था, वह गर्व और आनन्द से भर उठा। अपने उस मशहूर शहर के भीतर पहुँचने पर वे क्रैसस से अलग हो गए और अपने सम्बन्धियों के घर चले गए; मगर कुछ ही घंटे बाद सेनापति के पास से एक निमंत्रण-पत्र आया जिसमें उनसे अनुरोध किया गया था कि उसी शाम को होनेवाले राजकीय भोज में वे सब यानी केयस और उसकी बहन और उसकी सहेली और उसके परिवार के सब लोग क्रैसस के अतिथि हों। केयस को काफ़ी गर्व अनुभव हो रहा था कि सेनापति उसकी ओर इतना ध्यान दे रहे हैं और उस तमाम लम्बे और कुल मिलाकर उबा देनेवाले भोज में क्रैसस बराबर उन लोगों के प्रति कुछ-न-कुछ छोटी-मोटी ख़ातिरें करता ही रहा। सेनापति के सम्मान में जो पचपन तरह के खाने पेश किये गए उनमें से केयस और क्लॉदिया और हेलेना ने थोड़े से ही चखे। कापुआ अब भी कीड़े-मकोड़ों की एक से एक अनोखी चटनियाँ और मुरब्बे बनाने की उस प्राचीन एत्रुस्कन परम्परा को लिये चल रहा था मगर केयस बहुत प्रयत्न करने पर भी कीड़े-मकोड़ों के लिए रुचि न उत्पन्न कर पाता था भले वे शहद में डुबाए गए हों या क़ीमा किये हुए झींगे के संग मिलाकर उनके नफ़ीस केक बनाए गए हों। उस शाम की एक ख़ास बात थी एक नया नृत्य जो विशेष रूप से क्रैसस के सम्मान में ही रचा गया था। उसमें दिखलाया गया था कि किस तरह वे ख़ूँख़ार ग़ुलाम रोम की कुमारियों के संग बलात्कार करते हैं और इसमें सन्देह नहीं कि उस घंटे-भर के नृत्य में जो दृश्य दिखलाए गए वे सत्य को बड़ी निर्मम सचाई से पेश करते थे। और अन्त में जब उन ग़ुलामों को मारा गया तो उस विशाल कक्ष की छत से सफ़ेद फूल बर्फ़ की तरह बरसने लगे।

हेलेना ने लक्ष्य किया कि जैसे-जैसे शाम बढ़ती जा रही थी और भोज में आए हुए वे सैकड़ों अतिथि नशे में ज़्यादा-से-ज़्यादा चूर होते जा रहे थे वैसे-वैसे क्रैसस का पीना कम होता जा रहा था। वह शराब को केवल चख रहा था और उसमें कापुआ की उस मशहूर आलूबुखारे की ब्रांडी को उसने चखा भी नहीं जो कि उतनी ही मशहूर थी जितने कि दुनिया-भर में प्रसिद्ध कापुआ के इत्र। क्रैसस इन्द्रिय-निग्रह और ऐन्द्रिकता का एक विचित्र समन्वय था। वे लोग अब एक-दूसरे को अक्सर देख लेते थे और हेलेना देख रही थी कि उसके ये दोनों ही गुण उसकी आँखों में थे। दूसरी ओर केयस और क्लॉदिया नशे में चूर थे।

काफ़ी रात जा चुकी थी जबकि भोज खतम हुआ मगर हेलेना को एकाएक यह विचित्र हठ मन में आया कि वह लेंटुलस बाटियाटस का स्कूल देखना चाहेगी, उस जगह को देखना चाहेगी जहाँ पर ग़ुलामों के विद्रोह की शुरुआत हुई थी। यह सोचकर उसने क्रैसस से पूछा कि क्या वह उनको वहाँ पर ले जाएगा और उनका मार्गदर्शक बनेगा। रात बड़ी शानदार थी, ठंडी और थकी हुई इन्द्रियों पर मरहम की तरह और बसन्त फूलों की ख़ुशबू से लदी हुई, जो फूल शहर-भर में हर जगह गहगहाकर फूले हुए थे। एक बड़ा-सा पीला चाँद आसमान पर ऊपर उठ ही रहा था और उस अँधेरे में भी इसीलिए उनको अपना रास्ता पाने में कोई कठिनाई न होगी।

वे लोग चौक में खड़े थे, एक भीड़ सेनापति को घेरे हुए थी और एक सवाल यह भी था कि कैसे उन दोनों लड़कियों को हेलेना के परिवार से अलग किया जाय; मगर हेलेना आग्रह कर रही थी कि केयस उन लोगों के साथ चले। वह नशे में इतना चूर था कि फ़ौरन बात मान गया; वह कुछ-कुछ लड़खड़ाता हुआ-सा खड़ा रहा और क्रैसस को भक्ति-भाव से देखता रहा। सेनापति ने दो-चार औपचारिक शब्द कहकर विदा ली और थोड़ी ही देर बाद वे लोग अपनी पालकियों में थे जो कि एपियन द्वार की ओर जा रही थीं।

द्वार पर के सन्तरियों ने सेनापति को सलामी दी और सेनापति ने उनसे एकाध मज़ाक़ की बातें कीं और आपस में बाँट लेने के लिए मुट्ठी-भर चाँदी के सिक्के दिये। उन्हीं से उसने रास्ता भी पूछ लिया।

"तब क्या आप कभी वहाँ पर नहीं गए?" हेलेना ने पूछा।

"नहीं। मैंने कभी वह जगह नहीं देखी।"

हेलेना ने कहा, "कैसी अजीब बात है। अगर मैं आपकी जगह पर होती तो मैंने ज़रूर चाहा होता कि उसको देखूँ। जिस तरह से आपकी ज़िन्दगी और स्पार्टकस की ज़िन्दगी के धागे यहाँ पर आकर एक में मिल जाते हैं।"

"मेरी ज़िन्दगी और स्पार्टकस की मौत!" क्रैसस ने अत्यन्त शान्त भाव से कहा।

द्वार के कप्तान ने उनको बतलाया, "इस जगह में अब कोई दम नहीं है। उस पुराने लानिस्ता ने इस जगह को बनाने के लिए बहुत रुपया ख़र्च किया था और

ऐसा मालूम होता था कि वह लखपती बनने के रास्ते पर है। मगर उस विद्रोह के बाद ऐसा मालूम होता है कि दुर्भाग्य उसका पीछा करने लगा और उसके बाद तो फिर जब वह अपने ग़ुलाम के हाथों मारा गया तो यह जगह अदालती झगड़ों में फँस गई, तब से आज तक फँसी हुई है। इसके अलावा और जो बड़े-बड़े स्कूल थे वे शहर के अन्दर चले गए हैं। उनमें से दो ने बड़े-बड़े किराए के मकानों का रूप ले लिया है।

क्लॉदिया ने जम्हाई ली। केयस अपनी पालकी में सो रहा था।

सन्तरियों का कप्तान उल्लासपूर्वक अपनी बात कहे जा रहा था, "इस विद्रोह के इतिहास में, वह जो फ़्लेसियस मोनाइया ने लिखा है, बाटियाटस के स्कूल के बारे में बताया गया है कि वह शहर के बीचोबीच था। हम लोग यात्रियों को, जो इन जगहों को देखना चाहते हैं, अब वहीं पर ले जाते हैं। मेरी बात का विश्वास कीजिए, वैसे एक इतिहासकार के मुक़ाबले में मेरे शब्दों का क्या मूल्य। मगर बाटियाटस की जगह ढूँढ़ना काफ़ी सरल है। उस पहाड़ी नाले के संग-संग जो छोटी-सी पगडंडी चली गई है उसी पर आगे बढ़ते जाइए। चाँद की रोशनी तो इस समय इतनी काफ़ी है कि जैसे दिन हो। अखाड़ा आपको न मिले ऐसा नहीं हो सकता। उसका लकड़ी का बना दर्शक-मंच इतना ऊँचा है कि दूर से ही देखा जा सकता है।"

वे लोग जब बातें कर रहे थे तभी ग़ुलामों की एक टोली फावड़े और कुदाल लेकर उस दरवाज़े में से निकली। फावड़े और कुदाल के अलावा वे एक सीढ़ी और बेंत की एक टोकरी भी लिये हुए थे। वे उस जगह पर गए जहाँ वह बड़ा-सा सलीब खड़ा था; दंड के प्रतीक उन छह हज़ार सलीबों में जो कि वहाँ से लेकर रोम तक पूरे रास्ते में खड़े हुए थे, वही सलीब पहला और सबसे अधिक प्रतीकात्मक था। उन ग़ुलामों ने जब अपनी सीढ़ी उस सलीब के सहारे टिकाई तो बहुत से कौवे ग़ुस्से से काँव-काँव करते हुए उड़े।

"ये लोग क्या कर रहे हैं?" क्लॉदिया ने सहसा पूछा।

"वे एक कुत्ते को काटकर नीचे गिरा रहे हैं ताकि उसकी जगह पर हम दूसरे कुत्ते को टाँग सकें," द्वार के कप्तान ने यों ही जवाब दिया, "सवेरे के वक़्त, मुनेरा से बचकर निकले हुए ग्लैडिएटर को उसके अधिकार के अनुरूप सम्मानित किया जाएगा। इस जगह पर वह आख़िरी ग़ुलाम मरेगा जो कि स्पार्टकस के साथ था!"

क्लॉदिया काँप गई। उसने क्रैसस से कहा, "मैं सोचती हूँ कि आपके साथ न जाऊँ।"

"अगर तुम घर जाना चाहती हो तो जाओ। क्या तुम इनके साथ अपने दो आदमी कर सकोगे?" उसने कप्तान से पूछा।

मगर केयस जो कि बड़े आराम से खर्राटे ले रहा था उन लोगों के संग गया। हेलेना ने पैदल चलने की इच्छा व्यक्त की, क्रैसस ने हामी भरी और अपनी पालकी

छोड़कर वह भी उसके संग-संग टहलने लगा। पालकियाँ आगे-आगे चल रही थीं और उनके पीछे-पीछे वह बड़ा अर्थपति और सेनापति और वह नवयुवती चाँद के आलोक में चले जा रहे थे। जब वे लोग सलीब के पास से गुज़रे उस समय ग़ुलाम सलीब पर मरे हुए उस आदमी की धूप से काली, गिद्धों और कौओं की नोची हुई, बदबूदार लाश के टुकड़े को नीचे खड़े आदमी को पकड़ा रहे थे। दूसरे ग़ुलाम सलीब के नीचे ज़मीन खोद रहे थे और सलीब को सीधा करने के लिए, और भी मज़बूत बनाने के लिए उसके भीतर खपाचियाँ ठोंक रहे थे।

"तुमको सचमुच कभी किसी चीज़ से परेशानी नहीं होती, है न?"—क्रैसस ने हेलेना से पूछा।

"इस तरह की चीज़ से मुझे परेशानी क्यों हो?"

क्रैसस ने अपना कन्धा उचकाया, "मैंने यह बात आलोचना के रूप में नहीं कही थी। मेरा तो ख़याल है कि यह बड़ी प्रशंसा की बात है।"

"कि औरत औरत न हो?"

क्रैसस ने तटस्थ ढंग से उत्तर दिया, "मैं जिस दुनिया में रहता हूँ उसको मानकर चलता हूँ। मैं दूसरी किसी दुनिया की बात नहीं जानता। तुम जानती हो क्या?"

हेलेना कुछ नहीं बोली—उसने सिर्फ़ सिर हिलाया और वे लोग आगे बढ़ते रहे। स्कूल बहुत दूर न था और वह प्राकृतिक दृश्य जो कि दिन के समय भी इतना सुन्दर था, इस समय चाँद के आलोक में बिलकुल परियों का देश जान पड़ रहा था। तभी उनको अपनी आँखों के सामने अखाड़े की दीवार दिखलाई दी। क्रैसस ने पालकी ढोनेवालों से कहा कि वे सब अपनी-अपनी पालकियाँ नीचे रख दें और उनके पास ही रहे आएँ जब तक कि वह लौटकर न आए। इसके बाद हेलेना के संग बढ़ गया।

वह जगह छोटी और अपने उस सूनेपन में एक ओछा-सा भड़कीलापन लिये हुए थी। जहाँ ग्लैडिएटर कसरत करते थे वहाँ के जँगले का बहुत-सा लोहा चोरी चला गया था। लकड़ी के वे झोंपड़े सड़ने लगे थे और अखाड़े की आधी दीवार ढह चुकी थी। क्रैसस हेलेना को अखाड़े की बालू तक ले गया और वहाँ खड़े होकर वे उस जगह को देखने लगे जहाँ से दर्शक लोग खेल देखा करते थे। अखाड़ा बहुत छोटा और घटिया मालूम हो रहा था मगर उसकी बालू चाँदनी में चाँदी के रंग की हो रही थी।

हेलेना ने कहा, "मैंने अपने भाई को इस चीज़ के बारे में बोलते सुना था। वह तो इसकी इतनी तारीफ़ कर रहा था कि कुछ न पूछिए और यह तो कुछ यों ही-सी चीज़ मालूम होती है।"

"क्रैसस ने इस छोटे से भद्दे स्कूल के संग, मैदान-भर में बिछी हुई लाशों और उन ख़ूँख़ार लड़ाइयों और कभी न खतम होनेवाले, तन-मन को पीसकर रख देनेवाले संघर्षों को जोड़ने की कोशिश की मगर जोड़ न सका। उसके नज़दीक वह स्कूल

कोई मतलब न रखता था, निदान उसके लिए क्रैसस के मन में कोई भाव न था।

"मैं वहाँ ऊपर, मंच पर जाना चाहती हूँ," हेलेना ने कहा।

"जाओ, अगर ऐसी ही इच्छा है तो। मगर ज़रा सँभलकर जाना। मुमकिन है लकड़ी सड़ी हुई हो।"

वे दोनों उस बॉक्स तक गए जिसका बाटियाटस को इतना अभिमान था और जिसे देखकर उसको इतना गर्व होता था। दर्शक मंच का धारीदार छज्जा चीथड़ा होकर लटक रहा था और फटी-पुरानी गद्दियों में से निकल-निकलकर चूहे इधर-उधर दौड़ लगा रहे थे। हेलेना एक कोच पर बैठ गई और क्रैसस उसकी बग़ल में बैठ गया। फिर हेलेना ने कहा, "क्या तुम्हारे मन में मेरे लिए कोई भाव नहीं है?"

"यही कि तुम एक बहुत सुन्दर और बुद्धिमती युवती हो," क्रैसस ने उत्तर दिया।

हेलेना ने बड़े शान्त भाव से कहा, "और मैं, महान सेनापति, सोचती हूँ कि आप सूअर हैं।" वह उसकी ओर झुका और हेलेना ने उसके मुँह पर थूक दिया। इसके बाद वहाँ की उस मद्धिम रोशनी में भी हेलेना ने देखा कि कैसे क्रैसस की आँखें ग़ुस्से से शोले के मानिन्द चमकने लगीं। यही सेनापति था, यही वह आवेग था जो कभी उसके शब्दों में नहीं आता था। क्रैसस ने ज़ोर से उसको एक झापड़ रसीद किया और हेलेना कोच पर से फिंककर लकड़ी की उस सड़ी हुई आड़ से जा टकराई जो कि उसके वज़न के कारण चरमरा उठा। वह उसी तरह वहाँ पर पड़ी रही, उसका आधा शरीर आड़ में बाहर को लटका हुआ, अखाड़े का फ़र्श नीचे बीस फ़ीट की दूरी पर, मगर तभी उसने अपने-आप को सँभाल लिया और पीछे की तरफ़ घसीटा और इस बीच सेनापति अपनी जगह से ज़रा भी नहीं हिला। फिर वह जंगली बिल्ली की तरह उसके ऊपर टूट पड़ी और उसे नोचने-बकोटने लगी। मगर उसने उसकी दोनों कलाइयाँ पकड़ लीं और अपने शरीर से कुछ दूर पर उसको वैसे ही पकड़े खड़ा रहा और ताक़तवर के अभिमान से मुस्कराता हुआ बोला, "असल बात कुछ और है, मेरी जान, मैं जानता हूँ।"

हेलेना के ग़ुस्से का दौरा अब ठंडा पड़ गया था और वह रोने लगी। वह एक छोटी-सी, बिगड़ी हुई, ज़िद्दी लड़की की तरह रो रही थी और जब वह रो रही थी तभी क्रैसस उसके संग प्रणय व्यापार कर रहा था। हेलेना ने न तो कोई विरोध किया और न स्वागत किया और जब क्रैसस ने बिना किसी आवेश या आतुरता के उस काम को खतम कर दिया तो हेलेना से बोला, "तुम यही चाहती थीं न, मेरी जान?"

हेलेना ने कोई जवाब नहीं दिया और अपने कपड़े और बाल ठीक करती रही और लिपिस्टिक को पोंछा जो तमाम उसके चेहरे पर फैल गई थी और आँजन को साफ़ किया जो बहकर गालों पर आ लगा था। लौटते समय पालकी की तरफ़ बढ़ते हुए वही आगे-आगे थी और वहाँ पहुँचकर ख़ामोशी से वह अपनी

पालकी में बैठ गई। क्रैसस पैदल चलता रहा। पालकी ढोनेवाले कापुआ के रास्ते पर लौट पड़े और केयस अब भी सो रहा था। रात अब प्राय: शेष हो रही थी और चाँद की तेज़ रोशनी पीली पड़ रही थी। एक नई रोशनी धरती को छू रही थी और थोड़ी ही देर में एक भूरा-सा बादल चाँद की रोशनी और दिन की रोशनी को एक में मिला देगा। पता नहीं क्यों, क्रैसस को अपने भीतर शक्ति और जीवन का एक नया उद्रेक अनुभव हो रहा था। उसे एक ऐसी अनुभूति हो रही थी जो कि कभी-कभी ही होती थी, जीवन और शक्ति की एक ऐसी विराट अनुभूति कि उसका मन उन प्राचीन किंवदन्तियों को सच मानने की ओर कुछ-कुछ झुका जिनमें कहा जाता था कि देवता ही मर्त्यलोक की कुछ स्त्रियों में अपना बीज डालते हैं जिससे कुछ विशेष मनुष्यों की सृष्टि होती है। वह अपने मन में सोचने लगा कि क्या ऐसा नहीं हो सकता कि मैं भी उन्हीं में से एक हूँ? ज़रा सोचो कि भाग्य ने मेरा साथ कितना दिया। तब फिर यह कैसे सम्भव नहीं है कि मैं भी उन्हीं मनुष्यों में से एक होऊँ?

अपने लम्बे-लम्बे डग भरता हुआ वह हेलेना की पालकी के बग़ल-बग़ल चलने लगा और हेलेना ने विचित्र ढंग से उसको देखा और कहा, "अभी थोड़ी देर पहले तुमने यह कहा था कि असल बात कुछ और है, इसका क्या मतलब था? क्या मैं बनावटी हूँ? तुमने ऐसी भयानक बात क्यों कही?"

"क्या वह बात इतनी भयानक थी?"

"तुम जानते हो कि वह कितनी भयानक थी। असल चीज़ क्या है?"

"औरत।"

"कौन औरत?

क्रैसस के चेहरे पर बादल-सा घिर आया और उसने सिर हिलाया। अपने आन्तरिक ऐश्वर्य की अनुभूति को बचाए रखने के लिए वह जी-जान से संघर्ष कर रहा था और उसका बहुत कुछ उसके भीतर बचा हुआ भी था। एपियन द्वार पर पहुँचकर उसने हेलेना की पालकी छोड़ दी और द्वार के कप्तान के पास गया और तब भी अपने-आप को देवताओं के बीज से उत्पन्न समझने का संघर्ष उसके मन में चल ही रहा था। उसने काफ़ी रूखे ढंग से कप्तान को आदेश दिया, "इनको हिफ़ाज़त के साथ घर पहुँचाने के लिए साथ में कुछ सिपाही कर दो!"

कप्तान ने आदेश का पालन किया और हेलेना वहाँ से हाँककर ले जाई गई। क्रैसस ने रात की शुभकामनाएँ तक न दीं। क्रैसस द्वार की गहरी छाया में कुछ सोचता हुआ खड़ा था। द्वार का कप्तान और वहाँ काम करनेवाले सिपाही हैरान होकर उसको देख रहे थे। तभी क्रैसस ने पूछा, "कितना बजा है?"

"अन्तिम घड़ी प्राय: बीत गई है। आप थक गए होंगे?"

क्रैसस ने कहा, "नहीं, मैं थका नहीं हूँ। मैं बिलकुल थका नहीं हूँ कप्तान।"

उसकी आवाज़ कुछ-कुछ नरम पड़ गई, "बहुत दिन बाद आज मैं इस तरह पहरे पर खड़ा हुआ हूँ।"

"रातें बहुत लम्बी होती हैं," कप्तान ने स्वीकार किया, "अब से आध घंटे बाद यह जगह बिलकुल बदल जाएगी। तरकारी बेचनेवाले आएँगे और अपनी गाएँ लिये ग्वाले आएँगे और बोझा ढोनेवाले और मछुए और इसी तरह के तमाम लोग आएँगे। यह तो बड़ा व्यस्त द्वार है और आज सुबह तो वह ग्लैडिएटर वहाँ पर टँगेगा।" उसने सलीब की तरफ़ इशारा करके सिर हिलाया, सलीब, जो कि सवेरे के उस अँधेरे में धुँधला-धुँधला भूरा-भूरा दिखाई दे रहा था।

"क्या बहुत भीड़ होगी?" क्रैसस ने पूछा।

"जी हुज़ूर—शुरू में तो बहुत न होगी मगर जैसे-जैसे दिन चढ़ेगा, भीड़ बढ़ती जाएगी। इस बात को मानना ही होगा कि किसी आदमी को सलीब पर चढ़ाए जाते देखने में एक अजीब मज़ा होता है। आज दोपहर तक यह दरवाज़ा और आसपास की सब दीवारें ठसाठस भर जाएँगी। आप सोचेंगे कि एक बार यह चीज़ देख ली तो हो गया मगर ऐसा होता नहीं।"

"वह कौन आदमी है?"

"यह मैं नहीं कह सकता। बस एक ग्लैडिएटर है, जहाँ तक मैं जानता हूँ। शायद बहुत अच्छा ग्लैडिएटर है और मुझे तो बेचारे के लिए दुख-सा होता है।"

"अपनी हमदर्दी को बेकार ख़र्च मत करो कप्तान," क्रैसस ने उससे कहा।

"मेरा मतलब यह नहीं था हुज़ूर। मेरा मतलब सिर्फ़ यह था कि मुनेरा का जो आख़िरी आदमी होता है उसके लिए इनसान को कुछ-न-कुछ दर्द महसूस होता ही है।"

"अगर तुमको गणित की कल्पनाओं में आनन्द मिलता हो तो मैं कहना चाहूँगा कि उनका मुनेरा तो अब से बहुत पहले शुरू हुआ था। किसी-न-किसी को तो आख़िरी आदमी होना ही था।"

"सही कहते हैं हुज़ूर।"

अन्तिम घड़ी बीत चुकी थी। दिन की रोशनी के साथ पहली घड़ी शुरू हुई। चाँद डूब चुका था और आसमान गन्दे दूध के रंग का हो रहा था। सुबह का कुहरा हर जगह फैला हुआ था, एक उस मार्ग को छोड़कर जिसकी काली रेखा उत्तर में न जाने कहाँ तक चलती चली गई थी। आसमान में रोशनी फैलती आ रही थी और उसी को पृष्ठभूमि बनाकर वह कंकाल जैसा नया और डरावना सलीब खड़ा था और उधर पूरब में एक हल्की-सी गुलाबी आभा फैल रही थी जो कि उगते हुए सूरज के आगमन की सूचना थी। क्रैसस प्रसन्न था कि उसने जागते रहने का निश्चय किया। उसका अपना मन इस समय ऐसा था कि उसे भोर का यह कड़वा-मीठा स्वाद अच्छा लग रहा था। भोर की बेला में सदा शोक और उल्लास के रंग घुले-मिले रहते हैं।

तभी एक ग्यारह बरस का लड़का हाथ में एक सुराही लिये वहाँ पर पैदल आया। द्वार के कप्तान ने उसका स्वागत किया और उसके हाथ से सुराही ले ली।

उसने क्रैसस को बतलाया, "यह मेरा बेटा है हुज़ूर। यह रोज़ सवेरे मेरे लिए गरम शराब लेकर आता है। आप उससे दो शब्द बोलेंगे नहीं हुज़ूर? उसके लिए यह एक बहुत बड़ी बात होगी। बाद को वह इस चीज़ को याद करेगा। उसका नाम मारियस लिक्तस है। मैं जानता हूँ हुज़ूर कि मैं अपनी औक़ात से ज़्यादा बड़ी चीज़ माँग रहा हूँ मगर ख़ुद उसके लिए और मेरे लिए उसकी बहुत बड़ी क़ीमत होगी।"

"कहो मारियस लिक्तस," क्रैसस ने कहा।

"मैं आपको जानता हूँ," लड़के ने उससे कहा, "आप ही सेनापति हैं। मैंने कल आपको देखा था। आपकी वह सीनेवाली सोने की पट्टी कहाँ गई?"

"वह सोने की नहीं पीतल की थी और मैंने उसको उतार दिया क्योंकि पहनने में आराम नहीं मिलता था।"

"मेरे पास जब होगी तो मैं कभी नहीं उतारूँगा।"

इसी तरह रोम ज़िन्दा है और रोम का वैभव, उसकी कीर्ति और उसकी परम्पराएँ इसी तरह चिरकाल तक जिएँगी, क्रैसस ने सोचा। इस दृश्य ने उसके मर्म को एक विशेष रूप में स्पर्श किया था। कप्तान ने सुराही उसकी तरफ़ बढ़ाई।

"आप भी लेंगे हुज़ूर?"

क्रैसस ने सिर हिलाकर इनकार किया। तभी दूर पर नगाड़ों की आवाज़ सुनाई दी और कप्तान ने सुराही लड़के को पकड़ा दी और चिल्लाकर दरवाज़े के सन्तरियों को आदेश देने लगा। सैनिक खुले हुए दरवाज़े में दोनों ओर क़तार बाँधकर खड़े हो गए, उनकी ढालें ज़मीन पर टिकी हुई थीं और उनके भारी-भारी नेज़े उनके हाथों में ऊपर नोक किये खड़े थे। उस हालत में नेज़े को रखना एक मुश्किल काम था और क्रैसस को उससे थोड़ी चिढ़ मालूम हुई क्योंकि उसने सोचा कि अगर वह ख़ुद उस जगह पर न होता तो हथियारों के इस खेल के पीछे वे लोग हरगिज़ न पड़ते। नगाड़ों की आवाज़ बढ़ती गई और इसके थोड़ी ही देर बाद फ़ौजी बैंड की पहली क़तारें उस चौड़े रास्ते पर दिखाई दीं जो दरवाज़े से फ़ोरम को जाता था। अब चढ़ता हुआ सूरज ऊँची-ऊँची इमारतों की चोटियों को छू रहा था और लगभग उसी वक़्त कुछ थोड़े से लोग सड़कों पर दिखाई दिये। वे लोग दरवाज़े और फ़ौजी बैंड की आवाज़ की तरफ़ बढ़े।

छह नगाड़े थे और चार तुरहियाँ; उनके पीछे छह सैनिक; उनके बाद नंगा ग्लैडिएटर, जिसकी बाँहें पीछे को कसकर बँधी हुई थीं और फिर एक दर्जन सैनिक और। एक आदमी को ले जाने के लिए सैनिकों की यह काफ़ी बड़ी संख्या थी और यह आदमी जिसको ले जाया जा रहा था कुछ ख़ास ख़तरनाक या मज़बूत नहीं नज़र आता था। मगर जब वह कुछ और पास आया तब क्रैसस ने अपनी राय बदल

दी। ख़तरनाक ज़रूर है—ऐसे आदमी ख़तरनाक होते हैं। यह चीज़ उसके चेहरे पर लिखी हुई है। उसके चेहरे पर वह खुलापन, वह स्नेह की गरमी नहीं है जो किसी रोमन के चेहरे पर दिखाई देती है। उसका चेहरा बाज़ की तरह है, लम्बी-सी, बाहर को निकली हुई नाक, उभरी हुई गाल की हड्डियों पर तनी हुई चमड़ी, पतले होंठ और आँखें बिल्ली की आँखों की तरह हरी-हरी और नफ़रत से भरपूर। उसका चेहरा नफ़रत से भरा हुआ था मगर उस नफ़रत के पास अपनी भाषा न थी, उसकी नफ़रत एक जानवर की-सी नफ़रत थी और उसका चेहरा इनसान का चेहरा नहीं नाटकवाला नक़ली चेहरा था। देखने-सुनने में वह बड़ा न था मगर उसकी मांसपेशियाँ चमड़े और कोड़े की बटी हुई रस्सी की तरह थीं। उसके शरीर पर सिर्फ़ दो जगह ताज़े घाव थे जहाँ गोश्त कट गया था, एक तो सीने के ऊपर और एक सीने के बग़ल में मगर उनमें से कोई भी घाव बहुत गहरा न था और उनके ऊपर का ख़ून जमकर सख़्त हो गया था। मगर उन ज़ख़्मों के नीचे शरीर-भर में घावों के दाग़ ही दाग़ थे। एक हाथ की एक उँगली ग़ायब थी और एक कान पूरा साफ़ हो गया था।

जब उस अफ़सर ने, जो इस टुकड़ी के आगे-आगे चल रहा था, क्रैसस को देखा तो उसने अपना हाथ उठा दिया ताकि उसके सिपाही रुक जाएँ और फिर उसने आगे बढ़कर सेनापति को सलामी दी। ज़ाहिर है कि वह ख़ूब समझ रहा था कि वह मौक़ा कितना अहम है।

उसने कहा, "मैंने स्वप्न में भी नहीं सोचा था कि मुझे आपको यहाँ पर देखने का सौभाग्य प्राप्त होगा।"

"यह संयोग की बात है," क्रैसस ने सिर हिलाकर कहा। वह भी इस चीज़ को लक्ष्य किये बिना न रह सका कि कैसे उस ग़ुलाम सेना के आख़िरी आदमी के संग उसका सामना हो रहा था। "क्या तुम अभी इसी वक़्त उसको सलीब पर चढ़ाने जा रहे हो?"

"मुझको आदेश तो यही मिला है।"

"यह कौन है? यह ग्लैडिएटर? यह तो काफ़ी ज़ाहिर सी बात है कि वह अखाड़े का कोई पुराना घाघ है। उसके जिस्म में तलवार के तमाम निशान ही निशान हैं। मगर तुम्हें मालूम है कि यह है कौन?"

"हमें थोड़ा-बहुत मालूम है। यह एक अफ़सर था और शायद एक दस्ते का या उससे भी बड़ी टुकड़ी का सेनापति था। यह भी मालूम होता है कि यह आदमी यहूदी है। बाटियाटस के साथ बहुत से यहूदी थे जो कि कभी-कभी सीका से लड़ने में थ्रेसियनों से भी ज़्यादा अच्छे पड़ते थे। सच बात तो यह है कि बाटियाटस ने डेविड नाम के एक यहूदी के बारे में बयान दिया था और उसने बतलाया था कि वह स्पार्टकस के साथ-साथ विद्रोह के पहले नेताओं में से एक था। हो सकता है कि यह वही आदमी हो और यह भी हो सकता है कि न हो। उसको जब इस

मुनेरा में शरीक होने के लिए यहाँ पर लाया गया तब से वह एक शब्द नहीं बोला। वह ख़ूब-ख़ूब लड़ा—हे ईश्वर, मैंने छुरे का ऐसा खेल सारी ज़िन्दगी में नहीं देखा था। वह पाँच जोड़ लड़ा और यह देखिए उसके शरीर पर बस दो जगह ज़ख़्म हैं। तीन जोड़ों की लड़ाई तो मैंने ख़ुद देखी और मैं कह सकता हूँ कि मैंने ज़िन्दगी में छुरे का इससे बेहतर खेल नहीं देखा था। उसे पता था कि अन्त में उसे सलीब पर चढ़ना होगा मगर तब भी वह इस तरह से लड़ रहा था कि जैसे लड़ाई में जीतने का मतलब आज़ादी होगी। मेरी समझ में यह बात नहीं आती।"

"नहीं—हाँ ज़िन्दगी अजीब चीज़ है, नौजवान।"

"जी हुज़ूर, आप सच कहते हैं।"

"अगर यही वह यहूदी डेविड है," क्रैसस ने सोच में डूबे-डूबे कहा, "तो इसका मतलब यह है कि दुनिया में नियति के व्यंग्य जैसी कोई चीज़ है। क्या मैं उससे बात कर सकता हूँ?"

"ज़रूर-ज़रूर। गोकि मैं समझता हूँ हुज़ूर कि उससे बात करके आपको कुछ भी हासिल न होगा। वह एक ख़ामोश जानवर है जो भीतर-ही-भीतर घुटता रहता है मगर ज़बान पर एक लफ़्ज़ नहीं लाता।"

"कोशिश करने में क्या बुराई है।"

वे लोग वहाँ पर गए जहाँ ग्लैडिएटर खड़ा था और जहाँ लोगों की एक बढ़ती हुई भीड़ उसे घेरे हुए थी और सैनिकों को भीड़ को पीछे हटाना पड़ रहा था। भारी-भरकम ढंग से, बड़े शानदार लहजे में अफ़सर ने ऐलान किया, "ग्लैडिएटर, तुम्हें बहुत इज़्ज़त मिल रही है। ये सेनापति मार्कस लिसिनियस क्रैसस हैं जो तुमसे बात करना चाहते हैं।"

जब इस नाम का ऐलान हुआ तो भीड़ तालियाँ बजाने लगी। मगर उस ग़ुलाम पर इस सबका कोई असर न था गोया वह एकदम बहरा हो। वह ज़रा भी नहीं हिला और सामने की ओर उसी तरह एकटक देखता रहा। उसकी आँखें हरे पत्थर के टुकड़ों की तरह चमक रही थीं मगर उसके चेहरे पर दूसरा कोई चिह्न या गति न थी।

क्रैसस ने कहा, "तुम मुझे जानते हो ग्लैडिएटर? मेरी तरफ़ देखो।"

मगर तब भी वह नंगा ग्लैडिएटर नहीं हिला और फिर उस टुकड़ी का नायक अफ़सर उसके पास गया और उसने कसकर उसे एक झापड़ लगाया।

"अबे सूअर, तुझसे कौन बोल रहा है कुछ पता है?" वह चीख़ा।

उसने दुबारा उसे झापड़ रसीद किया। ग्लैडिएटर ने वार से बचने की कोई कोशिश न की और क्रैसस ने महसूस किया कि अगर यही चीज़ चलती रही तो वह इस आदमी से शायद ही कुछ हासिल कर सके।

"बहुत काफ़ी हो गया अफ़सर," क्रैसस ने कहा, "उसको छोड़ दो और तुम्हें जो काम करना हो, जाओ करो।"

"मुझे सख़्त अफ़सोस है। मगर वह बोला नहीं। शायद वह बोल नहीं सकता। उसको कभी किसी ने अपने साथियों तक से बोलते नहीं देखा।"

"कोई बात नहीं," क्रैसस ने कहा।

वह उन्हें दरवाज़े में से होकर सलीब की तरफ़ बढ़ते हुए देखता रहा। अब दरवाज़े में से लगातार लोगों की भीड़ें आ रही थीं और रास्ते के दोनों तरफ़ फैलती चली जा रही थीं जहाँ से वे तमाम कार्रवाइयों को कुछ ऊँचाई पर से निर्बाध रूप में देख सकती थीं। क्रैसस भीड़ को चीरता हुआ उस सलीब तक गया और उसके मन में न चाहते हुए भी एक विचित्र-सा कुतूहल यह जानने के लिए था कि इस चीज़ की प्रतिक्रिया उस ग़ुलाम पर क्या होती है। उस आदमी की पत्थर जैसी ख़ामोशी अब एक चुनौती बन गई थी और क्रैसस, जिसने कभी किसी आदमी को चाहे वह कितना ही सख़्त जान क्यों न हो, इस तरह से एकदम ख़ामोशी से सलीब पर चढ़ते नहीं देखा था, सोचने लगा कि उसके जाने का असर उस आदमी पर क्या होता है।

वे सिपाही लोगों को खड़े-खड़े सलीब पर लटकाने के काम में बड़े निपुण थे और बड़ी फुर्ती और चतुराई से अपना काम कर रहे थे। एक रस्सी उस बँधे हुए ग़ुलाम की बाँह के नीचे से डाली गई और फिर खींचकर उस रस्सी के दोनों हिस्से बराबर कर दिये गए। वह सीढ़ी जिसे पिछली रात ग़ुलाम वहाँ छोड़ गए थे, पीछे से सलीब से टिका दी गई। रस्सी के दोनों हिस्से सलीब की बाँहों पर फेंक दिये गए और दो सिपाहियों ने एक-एक सिरा पकड़ लिया। फिर उसी फुर्ती और निपुणता से ग्लैडिएटर को ऊपर खींचकर लगभग उस जगह तक ले आया गया जहाँ दोनों लकड़ियाँ मिलती थीं। इसके बाद एक और सिपाही सीढ़ी पर चढ़ गया और ग्लैडिएटर को सहारा देकर ऊपर चढ़ाने लगा और नीचे वाले लोग रस्सियाँ खींचते रहे। अब वह सलीब पर इस तरह लटक रहा था कि उसके कन्धे उस जगह के ठीक नीचे पड़ते थे जहाँ लकड़ी की दोनों शहतीरें आपस में मिलती थीं। सीढ़ी पर वाला सिपाही कूदकर ऊपर चढ़ गया और एक दूसरा सिपाही एक हथौड़ा और बहुत सी लम्बी-लम्बी मोटी-मोटी कीलें लेकर सीढ़ी से ऊपर आ गया और सलीब की दूसरी बाँह पर दोनों ओर पैर लटकाकर बैठ गया।

इस बीच क्रैसस बड़ी गहरी दिलचस्पी से ग्लैडिएटर को देख रहा था। गोकि उसका नंगा शरीर उस वक़्त ऐंठा जबकि उसे सलीब की खुरदुरी लकड़ी पर ऊपर खींचा गया मगर तब भी उसके चेहरे पर कोई भाव न था और न उसी वक़्त उसके चेहरे पर कोई भाव आया जबकि रस्सी ने दर्द के साथ उसके शरीर को काटा। वह निश्चेष्ट और निस्पन्द झूल रहा था जबकि पहले सिपाही ने रस्सी उसकी बाँहों के नीचे से निकालकर, सीने को लपेटते हुए ऊपर सलीब में गाँठ लगा दी। इसके बाद वह पहली रस्सी खींच ली गई। और फिर वह रस्सी जो उसके हाथों को बाँधे हुए थी काट दी गई और दोनों सिपाहियों ने एक-एक बाँह उठाकर उसकी कलाइयाँ

सलीब की आड़ी शहतीर से बाँध दीं। जबकि दूसरे सिपाही ने ज़ोर लगाकर उसकी मुट्ठी खोली और उस पर कील रखी और अपने हथौड़े की एक भारी चोट से कील को लकड़ी के अन्दर धँसाया तब कहीं जाकर ग्लैडिएटर के अन्दर वस्तुत: दर्द की कोई प्रतिक्रिया हुई। मगर तब भी वह न बोला और न चीख़ा मगर उसका चेहरा विकृत हो गया और उसका शरीर रह-रहकर ऐंठने लगा। हथौड़े की तीन और चोटों ने कील को लकड़ी के भीतर पाँच इंच धँसा दिया और एक अन्तिम चोट ने उसका सिर एक ओर को ऐसे झुका दिया कि हाथ फिर अपनी जगह से हिल नहीं सकता था। फिर दूसरे हाथ के साथ भी यही क्रिया दुहराई गई और एक बार फिर ग्लैडिएटर यंत्रणा से ऐंठ गया और एक बार फिर जब कील उसके हाथों की मांसपेशियों और रगों को काटती हुई अन्दर घुसी तो उसका चेहरा दर्द से विकृत हो गया। मगर तब भी वह चीख़ा नहीं गोकि आँसू उसकी आँख से जारी थे और उसके खुले हुए मुँह से लार टपक रही थी।

अब वह रस्सी जो उसके सीने के चारों तरफ़ लिपटी हुई थी काट दी गई और अब वह केवल अपने हाथों के सहारे लटक रहा था और उसकी कलाइयों पर बँधी हुई रस्सी ही कीलों पर पड़नेवाले शरीर के बोझ को कुछ कम कर रही थी। सिपाही सीढ़ी से नीचे उतर आए, सीढ़ी हटा दी गई और भीड़, जिसमें अब सैकड़ों लोग थे, उस निपुणता की प्रशंसा में तालियाँ बजाने लगी जिससे कुछ ही मिनटों में एक आदमी को सलीब पर चढ़ा दिया गया था।

इसके बाद ग्लैडिएटर बेहोश हो गया।

अफ़सर ने क्रैसस को समझाया, "ये लोग हमेशा इसी तरह बेहोश हो जाते हैं। कीलों की चोट के कारण ही ऐसा होता है मगर उन्हें फिर होश आ जाता है और तब कहीं बीस-तीस घंटे बाद ही वे फिर बेहोश होते हैं। हमको एक गॉल मिला था जो चार दिन तक होश में रहा। उसकी आवाज़ बन्द हो गई। वह चीख़ न पाता था मगर फिर भी होश में था। ऐसी कोई चीज़ हमारे देखने में फिर नहीं आई। मगर जब ये कीलें उसके हाथों में भी ठोंकी गईं तो वह भी बेहोश हो गया। कितनी प्यास लगी है मुझे...उसने एक फ़्लास्क खोला, ख़ूब अच्छी तरह जी भरकर पानी पिया और फिर क्रैसस की तरफ़ फ़्लास्क को बढ़ाया, "गुलाब जल का पानी लीजिएगा?"

"शुक्रिया," क्रैसस ने कहा। एकाएक वह अपने को बहुत ख़ुश्क और थका हुआ महसूस कर रहा था। फ़्लास्क में जितना पानी बचा था वह सब पी गया। भीड़ अब भी बढ़ती जा रही थी फिर सिर से उनकी ओर इशारा करते हुए क्रैसस ने पूछा, "क्यों, ये लोग सारे दिन यहीं रहेंगे?"

"उनमें से ज़्यादातर तो केवल उसके होश आने तक यहाँ पर रहेंगे। वे देखना चाहते हैं कि उस समय यह क्या करेगा। उस समय वे लोग अजीब-अजीब हरकतें करते हैं। बहुत से तो अपनी माँ को पुकारते हैं। आपने कभी गुलामों के बारे में

इस रूप में न सोचा होगा, है न?" क्रैसस ने कन्धा उचका दिया। अफ़सर अपनी बात कहता गया, "मुझे यह सड़क साफ़ करनी होगी। यह लोग रास्ते का चलना बन्द कर देते हैं। कोई सोचेगा कि इन लोगों में इतनी अक़्ल तो होगी कि सड़क का थोड़ा-सा हिस्सा तो ख़ाली छोड़ दें—मगर नहीं, कभी नहीं। वे सब एक से होते हैं। भीड़ में कोई अक़्ल नहीं होती।" उसने अपने दो सिपाहियों को तैनात किया कि वे इतनी सड़क ख़ाली करवा दें कि आने-जानेवालों का रास्ता न रुके।

उसने क्रैसस से कहा, "हुज़ूर। आपको मैं एक तकलीफ़ देना चाहता हूँ। मुझे इस चीज़ पर कोई बहस तो न करनी चाहिए थी मगर मुझे यह जानने का बड़ा कुतूहल है कि आपने यह बात क्यों कही थी कि अगर यह वही यहूदी डेविड है तो इस चीज़ में नियति का एक व्यंग्य छिपा हुआ है? आपने ऐसी ही कोई बात कही थी।"

"क्या मैंने ऐसी कोई बात कही थी?" क्रैसस ने पूछा, "मुझे नहीं मालूम मेरा क्या मतलब था या हो सकता था। वह एक गुज़री हुई बात थी और बीती हुई बातें दबी रहें, यही अच्छा है।" और उस ग़ुलाम-युद्ध में कोई गौरव न था। वे जीतें और ज़बरदस्त लगन की कहानियाँ सब दूसरों के लिए थीं; जहाँ तक उसकी अपनी बात थी उसके लिए तो इन्हीं सलीबों के बूचड़ख़ाने का ओछा सन्तोष था। इस सब मार-काट और मृत्यु और यंत्रणा से वह कितना थक गया था। मगर इससे कोई बचकर जाए कहाँ? रोज़-ब-रोज़ वे एक ऐसे समाज की सृष्टि करते जा रहे थे जिसमें ज़िन्दगी मौत पर टिकी हुई थी। सारी दुनिया के समस्त इतिहास में कभी ऐसा नहीं हुआ कि क़त्ल को निपुणता के इतने ऊँचे स्तर पर पहुँचाया गया हो और इतने परिमाण में हत्या की गई हो और कहाँ होगा इस चीज़ का अन्त और कब होगा?

उसे एक घटना की याद आई जो उसके कुछ ही दिन बाद हुई थी जबकि उसने रोम की पराजित और हतोत्साह सेनाओं की कमान सँभाली थी। उसने तीन फ़ौजें अपने दोस्त और बचपन के साथी पिलिको ममियस के हवाले कर दी थीं, जो दो अहम लड़ाइयों में अब तक हिस्सा ले चुका था, और उसने ममियस को आदेश दिया था कि वह स्पार्टकस को तंग करे और अगर मुमकिन हो तो उसकी सेना के एक टुकड़े को काटकर अलग कर दे। इसके बदले हुआ यह कि ममियस एक जाल में फँसा और उसकी तीनों फ़ौजें ग़ुलामों से अचानक सामना हो जाने पर, इस तरह जान लेकर भागीं कि इससे ज़्यादा अन्धी और शर्मनाक भगदड़ किसी रोमन सेना में पहले देखी न गई थी। उसे याद आया कि कैसे उसने ममियस को ख़ूब कसकर डाँट बताई थी। उसे याद आया कि उसने उसको क्या-क्या गालियाँ दी थीं और किस तरह उसके ऊपर कायरता का अभियोग लगाया था। मगर ममियस जैसे आदमी के संग इससे अधिक कुछ नहीं किया जा सकता था। फ़ौजों की बात और थी। सातवीं फ़ौज के पाँच हज़ार सिपाहियों को क़तार में

खड़ा किया गया और उनमें से हर दसवें आदमी को लेकर कायरता के अभियोग में मौत की सज़ा दे दी गई।

"तुम्हें चाहिए था कि मुझे भी मार डालते," ममियस ने बाद में उससे कहा था।

अब इस समय उसको इस चीज़ की बड़ी स्पष्ट स्मृति थी—क्योंकि उसके लिए यह ममियस और वह भूतपूर्व राजदूत मार्कस सर्वियस दोनों ग़ुलामों के प्रति उसकी गहरी घृणा के प्रतीक थे। यह कहानी घूम-फिरकर उसके पास आई मगर ग़ुलामों के खेमे में से उठनेवाली सभी कहानियों की तरह इसमें से भी झूठ और सच को अलग-अलग करना मुश्किल था। मार्कस सर्वियस कुछ हद तक स्पार्टकस के प्यारे साथी क्रिक्सस नाम के एक गॉल की मौत के लिए ज़िम्मेदार था। क्रिक्सस अपनी फ़ौज से कटकर अलग जा पड़ा था, दुश्मन से घिर गया था और अपनी फ़ौज के साथ मारा गया था। इसीलिए जब बहुत बाद में स्पार्टकस न सर्वियस और ममियस को गिरफ़्तार किया और अपनी ग़ुलाम अदालत में उनके ऊपर मुक़दमा चलाया तो यह कहा जाता है कि डेविड नाम के एक यहूदी ने इस बात पर ज़ोर दिया था कि उनको किस तरह मारा जाए। या शायद जिस तरह उनको मारने का फ़ैसला किया गया रहा हो, डेविड नाम के उस यहूदी ने उसका विरोध किया था। क्रैसस को यह बात कुछ ठीक से मालूम न थी। वे दोनों ग्लैडिएटरों की तरह लड़कर मरे थे। उनको यही सज़ा दी गई थी। उनको एकदम नंगा कर दिया गया था, रोमन सेनाओं के उन दो प्रौढ़ सेनापतियों को, और एक-एक छुरा दे दिया गया था और एक कामचलाऊ अखाड़े में एक-दूसरे के सामने खड़ा कर दिया गया था ताकि वे आपस में लड़कर एक-दूसरे को खतम कर दें। यह पहली बार स्पार्टकस ने ऐसी चीज़ की थी मगर क्रैसस कभी इस बात को नहीं भूला और न कभी उसने इसके लिए स्पार्टकस को माफ़ किया।

मगर यह बात ऐसी न थी कि वह अपने उस अफ़सर से कह सकता जो कि सलीब के साये में उसके पास ही खड़ा था। क्रैसस ने कहा, "मुझे पता नहीं, कि मेरा क्या मतलब था। मगर वह कोई ख़ास बात नहीं थी।"

वह थक गया था और उसने तय किया कि घर लौटकर सोएगा।

3

तत्त्व की बात यह थी कि क्रैसस को इसकी कोई चिन्ता न थी कि यह जो इस आख़िरी ग्लैडिएटर को सलीब पर चढ़ाया जा रहा था वह इन ख़ास तथ्यों की रोशनी में न्यायपूर्ण था या नहीं। उसकी न्याय भावना भोंथी हो गई थी; उसकी प्रतिशोध भावना भोंथी हो गई थी; और मौत में उसके लिए अब कोई नयापन न था। रोमन प्रजातंत्र के अन्य 'बड़े' घरानों के बच्चों की तरह वह भी अपने बचपन में सुनी

हुई प्राचीन काल की पौराणिक वीरगाथाओं से भरा हुआ था। उसे पूरा विश्वास था कि रोमन ही दुनिया के श्रेष्ठतम मनुष्य हैं। राज्य और क़ानून सभी मनुष्यों के लिए हैं और क़ानून न्यायपूर्ण होता है। वह ठीक-ठीक नहीं कह सकता था कि किस जगह पर आकर उसका यह विश्वास टूट गया। मगर पूरी तरह तो तब भी नहीं टूटा। उसके भीतर कहीं पर अब भी वह थोड़ा-सा पुराना भ्रम बना हुआ था; मगर तब भी वह जो किसी समय न्याय की इतनी स्पष्ट परिभाषा किया करता था आज अब न कर पाता था। दस बरस पहले उसने विरोधी दल के नेताओं के हाथ अपने पिता और अपने भाई को निर्मम रूप से मौत के घाट उतरते देखा था मगर न्याय ने तो उसका बदला नहीं लिया। क्या चीज़ न्यायपूर्ण है और क्या अन्यायपूर्ण, इसकी उलझन घटने के बजाय बढ़ गई थी और अब वह केवल धन-सम्पदा और शक्ति के आधार पर ही कोई तर्क-शृंखला खड़ी कर पाता था। तर्क की दृष्टि से न्याय का मतलब होता था कि धन-सम्पदा और शक्ति पर किसी तरह आँच न आए; नैतिकता का महत्त्व धीरे-धीरे ग़ायब हो गया इसीलिए उसने जब अख़िरी ग्लैडिएटर को सलीब पर चढ़ाए जाते देखा तो उसके मन में ऐसा कोई भाव नहीं आया कि जैसे कोई ईश्वरी न्याय सम्पन्न हो रहा है। सच पूछो तो उसके मन में किसी तरह का भाव न था, कोई अनुभूति न थी। उसका मन तनिक भी उद्वेलित न हुआ था।

तो भी ग्लैडिएटर के दिमाग़ में न्याय और अन्याय के प्रश्न थे—और इस वक़्त दर्द और चोट और थकान से पैदा हुई बेहोशी में गड्डमड्ड हो गए थे। उसकी स्मृति के अनगिनत धागों में ये प्रश्न गुँथे हुए थे। हो सकता है कि उन धागों को अलग किया जा सकता; हो सकता है कि यंत्रणा की उन अन्धा कर देनेवाली, छुरा-सा मारनेवाली लहरों के बीच में से उन धागों को एक-एक करके अलग किया जा सकता। उसके दिमाग़ में कहीं पर उस घटना की स्मृति साफ़-साफ़ और ठीक-ठीक बनी हुई थी जिसका उल्लेख क्रैसस ने किया था।

क्रैसस के समान ही ग्लैडिएटरों के सामने भी न्याय का प्रश्न था; और बाद को जबकि ग़ुलामों का इतिहास लिखा गया और उसको उन लोगों ने लिखा जो ग़ुलामों से सबसे ज़्यादा नफ़रत करते थे और ग़ुलामों के बारे में बिलकुल नहीं जानते थे तब उसमें कहा गया कि ग़ुलामों ने रोमनों को बन्दी बनाया और ग्लैडिएटरों की तरह आपस में लड़ाकर मारा और इसमें उन्हें पैशाचिक उल्लास मिला। इस तरह यह बात पहले से मान ली गई जैसा कि मालिक लोग हमेशा पहले से मान लेते हैं। कि जब उन लोगों के हाथ में सत्ता आएगी जो आज दलित हैं, पीड़ित हैं तो वे उस सत्ता का प्रयोग उसी तरह करेंगे जिस तरह कि उनका दमन करनेवाले और उनको पीड़ा पहुँचानेवाले आज कर रहे हैं।

और यह बात उस आदमी की स्मृति में थी जो सलीब पर लटक रहा था। कभी किसी बड़े पैमाने पर रोमन क़ैदियों को ग्लैडिएटरों की तरह आपस में लड़ाकर

नहीं मारा गया था। वह केवल एक बार की बात थी जब स्पार्टकस ने क्रोध और घृणा के निर्मम ठंडे आवेश में आकर उन दो कुलीन रोमनों की तरफ़ इशारा करके कहा था, "जैसा हम करते थे वैसा ही तुम करोगे! छुरा हाथ में लेकर, नंगे होकर सामने की उस बालू पर निकल जाओ ताकि तुम सीख सको कि रोम की गौरव वृद्धि के लिए और उसके नागरिकों के मनोरंजन के लिए हम किस तरह मरते थे।"

वह यहूदी तब वहीं पर बैठा हुआ था और सारी बातें सुन रहा था और जब वे दोनों रोमन वहाँ से ले जाए गए तो स्पार्टकस उसकी ओर मुड़ा और तब भी उस यहूदी ने कुछ नहीं कहा। उन दोनों के बीच एक बड़ा गहरा सम्बन्ध इतने बरसों में पैदा हो गया था। इन तमाम बरसों में, इन तमाम लड़ाइयों में कापुआ से भागे हुए ग्लैडिएटरों का वह छोटा सा गिरोह और भी छोटा होता गया। सबसे ज़्यादा वही मारे गए थे और उस विराट ग़ुलाम सेना के नेताओं में से जो मुट्ठी-भर लोग बचे थे उनका आपसी सम्बन्ध और भी गहरा हो गया था।

तब स्पार्टकस ने उस यहूदी को देखा था और पूछा था—"मैं ठीक कर रहा हूँ कि ग़लत?"

"जो उनके लिए ठीक है वह कभी हमारे लिए ठीक नहीं हो सकता।"

"उनको लड़ने दो आपस में!"

"लड़ने दो, अगर तुम्हारी ऐसी ही इच्छा है। उन्हें एक-दूसरे को मार डालने दो। मगर इससे हमीं को और चोट पहुँचेगी। यह चीज़ कीड़े की तरह हमीं को अन्दर-अन्दर खाने लगेगी। तुम और मैं, हम दोनों ग्लैडिएटर हैं। अभी उस बात को कितने दिन हुए जब हमने कहा था कि हम दो इनसानों की इस लड़ाई की स्मृति को भी धरती से मिटा देंगे।"

"और हम मिटा देंगे। मगर इन दोनों को लड़ना ही होगा।..."

तो ऐसी थी यह बात। वह आदमी जो सलीब पर इस वक़्त लटका हुआ था उसकी स्मृति का एक छोटा सा टुकड़ा यह था। क्रैसस ने उसकी आँखों के भीतर झाँककर देखा था और क्रैसस ने उसको सलीब पर चढ़ाए जाते देखा था। एक विशाल वृत्त अब पूरा हो रहा था। क्रैसस सोने के लिए अपने घर चला गया, क्योंकि वह रात-भर जागता रहा था और जैसा कि स्वाभाविक ही था वह थक गया था और वह ग्लैडिएटर कीलों के सहारे सलीब पर लटक रहा था और बेहोश था।

4

लगभग एक घंटे बाद ग्लैडिएटर को फिर होश आया। दर्द एक सड़क की तरह था और चेतना उस दर्द की सड़क पर सफ़र कर रही थी। अगर उसकी सारी इन्द्रियों

और उनकी अनुभूतियों को नगाड़े के चमड़े की तरह ताना गया होता तो इस वक़्त यह कहा जा सकता था कि उस नगाड़े पर चोट पड़ रही है। उसका संगीत असह्य था और वह जब जागा तो इसी दर्द का ज्ञान उसको हुआ। दर्द की दुनिया में वह और किसी चीज़ को न जानता था और दर्द ही सारी दुनिया थी। वह अपने छह हज़ार साथियों में आख़िरी था और उनका दर्द भी उसके जैसा ही था; मगर ख़ुद उसका अपना दर्द इतना विराट था कि कोई उसको बाँट न सकता था। उसने आँखें खोलीं मगर दर्द एक लाल झिल्ली की तरह था जो उसे दुनिया से अलग कर रहा था। वह एक रेशम के कीड़े की तरह था, उसके लार्वे की तरह, जिसके चारों तरफ़ दर्द का कोया बुना जा रहा हो।

उसका जागना एक बार में नहीं बल्कि लहरों में हुआ। रथ ही वह सवारी थी जिसको वह सबसे अच्छी तरह जानता था; वह एक ऊबड़-खाबड़ रास्ते पर बुरी तरह हिलते-डोलते झटके देते हुए रथ पर होकर वापस चेतना के देश को लौट रहा था। वह उस पहाड़ी देश में तब एक छोटा सा लड़का था और बड़े-बड़े लोग, दूर-दूर के राजा और सामन्त, सभ्य लोग, स्वच्छ लोग कभी-कभी रथों पर चढ़ा करते थे और वह पहाड़ के चट्टानी रास्तों पर उनके रथ के साथ दौड़ता हुआ उनसे भीख माँगा करता था कि उसको भी वे थोड़ी देर के लिए रथ पर चढ़ा लें। वह चिल्लाता था—ऐ मालिक, मेरे मालिक, मुझको भी चढ़ा लीजिए। उनमें से कोई उसकी ज़बान न बोलता था मगर कभी-कभी वे उसको और उसके दोस्तों को रथ के पीछे, नौकरों के खड़े होने की जगह पर बैठ जाने दिया करते थे। वे बड़े लोग कितने उदार थे। कभी-कभी वे लोग उसको और उसके दोस्तों को मिठाइयाँ देते थे। जिस तरह से ये छोटे-छोटे, धूप से झँवाए हुए, काले बालोंवाले बच्चे गाड़ी के पीछे के तख्ते को पकड़कर लटके रहते थे उसको देखकर वे लोग हँसते थे। मगर तभी बहुत बार वे अपने घोड़ों को चाबुक मार देते थे, और फिर गाड़ी एकाएक तेज़ झटके के साथ दौड़ पड़ती थी और पीछे तख्ते से लटके हुए बच्चे इधर-उधर फिंक जाते थे। पश्चिमी दुनिया के ये बड़े लोग सचमुच ऐसे थे कि इनके बारे में कुछ कहा नहीं जा सकता था और मीठी चीज़ों के साथ-साथ कड़वी चीज़ें भी लेनी ही पड़ती थीं, मगर हाँ यह ज़रूर है कि गाड़ी से गिरने पर चोट लगती थी।

तभी उसको चेतना होती कि वह गैलिली की पहाड़ियों के बीच रहनेवाला बच्चा नहीं, सलीब पर लटकता हुआ आदमी है। टुकड़े-टुकड़े करके उसको यह चेतना हो रही थी क्योंकि उसका सारा शरीर अब हर समय उसका अपना न था। वह उस चीज़ को महसूस करता अपनी बाँहों में जहाँ स्नायु लाल भट्ठी में तपे हुए तारों की तरह था और गरम-गरम उसकी बाँहों से बहकर उसके कन्धों के ऐंठे हुए कूबड़ पर गिर रहा था। वह उस चीज़ को महसूस करता अपने पेट

में, जहाँ उसकी अँतड़ियाँ दर्द और तनाव की भयानक बेरहम गाँठें बन गई थीं।

और जो भीड़ उसको देख रही थी वह बहती हुई, कलकल करती हुई, वास्तविक और अवास्तविक, लहरों के समान थी। अब उसकी आँख की रोशनी ठीक न थी। वह कहीं पर आँख जमा न पाता था और जिन लोगों को वह देख रहा था वे कभी सिमट जाते थे और कभी खुल जाते थे जैसी कि किसी टेढ़े शीशे में पड़ने वाली परछाईं। और लोग देख रहे थे कि ग्लैडिएटर को होश आ रहा है और वे बड़ी उत्सुकता से उसको देख रहे थे। जैसे और बहुत-से सलीब पर चढ़ाए गए अगर यह भी उसी तरह यों ही किसी एक आदमी का सलीब पर चढ़ाया जाना होता तो फिर इसमें कोई नई बात न होती। लोगों का सलीब पर चढ़ाया जाना रोम में बड़ी आम बात थी। जब अब से चार पीढ़ी पहले रोम ने कार्थेज को फ़तह किया तो उसने वहाँ से बेहतरीन चीज़ें ले लीं और उनमें दो सबसे बड़ी चीज़ें थीं, जागीरदारी की प्रथा और यह सलीब। सलीब पर लटकते हुए आदमी में ऐसी कोई बात थी जो रोमवालों को बहुत भा गई थी और अब दुनिया यह भूल गई थी कि यह चीज़ जो सारी दुनिया में सभ्यता का प्रतीक बन गई थी, वास्तव में कार्थेज में ही पैदा हुई थी। जहाँ-जहाँ रोमन सड़कें जाती थीं वहाँ-वहाँ सलीब गया और जागीरदारी की प्रथा गई और ग्लैडिएटरों की लड़ाई गई और ग़ुलामी में पड़ी हुई इनसानियत की ज़िन्दगी के प्रति एक विराट उपेक्षा का भाव गया और आदमी के ख़ून और पसीने को निचोड़कर सोना हासिल करने की तमाम कोशिशें गईं।

मगर अच्छी से अच्छी चीज़ भी धीरे-धीरे बासी पड़ जाती है और अच्छी-से-अच्छी शराब भी उबाने लगती है जब बहुत ज़्यादा ढाल ली जाती है और एक आदमी का उन्माद हज़ारों आदमियों के उन्माद में जाकर खो जाता है।

अगर किसी दूसरे आदमी को सलीब पर चढ़ाया जा रहा होता तो उसको देखने के लिए यह भीड़ न उमड़ी होती; मगर यह तो एक वीर की मौत थी, एक महान ग्लैडिएटर की, स्पार्टकस के एक साथी की, एक ऐसे ग्लैडिएटर की जिसका नाम लोग सदा याद रखेंगे, एक ऐसा महान ग्लैडिएटर जो मुनेरा में से बचकर निकल आया जिसमें से सिर्फ़ एक ही आदमी बचकर निकलता है। हमेशा उन लोगों के सामने एक अजीब-सा अन्तर्विरोध रहता था क्योंकि एक ओर तो वे उस आदमी को एक ग्लैडिएटर के रूप में देखते थे, एक ऐसे ग़ुलाम के रूप में जिसके ऊपर मौत का ठप्पा लगा हुआ है, एक लड़नेवाले कठपुतले के रूप में, एक घृणित-से-घृणित व्यक्ति के रूप में और दूसरी ओर वे उसी आदमी को लड़ाई के ख़ूनी मैदान से बचकर निकले हुए मर्द के रूप में देखते थे।

इसीलिए आज वे इस ग्लैडिएटर को मरता हुआ देखने के लिए आए थे, यह देखने के लिए कि वह उस विराट रहस्य का स्वागत कैसे करता है जिसके सभी मनुष्य भागी हैं और यह देखने के लिए कि जब कीलें उसके हाथों में ठोंकी जाएँगी

तब वह क्या करेगा। वह एक अजीब ही आदमी था जो एकदम ख़ामोश होकर सब कुछ सह रहा था। वे यह देखने के लिए आए थे कि यह ख़ामोशी, यह चुप्पी तोड़ी जा सकती है या नहीं और जब कील ठोंकने से भी वह न टूटी तो लोग यह देखने के लिए ठहर गए कि जब वह दुबारा फिर इस दुनिया में आँख खोलेगा तो उस वक़्त यह चुप्पी टूटेगी या नहीं।

आख़िरकार वह टूटी। आख़िरकार जब उसने उन लोगों को देखा, जब आँखों के सामने की आकृतियों का तैरना खतम हुआ तो वह चीख़ पड़ा, दर्द और यंत्रणा की एक भयावनी चीख़।

ज़ाहिर है कि कोई उसके शब्दों को नहीं समझा। लोग अटकल लगाने लगे कि स्वर के उस यातना से भरे हुए विस्फोट में उसने क्या कहा था। कुछ ने इस बात पर शर्त बदी थी कि वह बोलेगा या नहीं बोलेगा और शर्त बदनेवालों में शर्त के पैसे देने के सवाल को लेकर इस वक़्त झगड़ा हो रहा था क्योंकि यह तय नहीं था कि उसने कोई शब्द बोले थे या केवल कराहा था या किसी विदेशी ज़बान में कुछ कहा था। कुछ ने कहा कि उसने भगवान को पुकारा था; दूसरे लोगों का कहना था कि वह अपनी माँ को बुला रहा था।

सच बात यह है कि उसने यह दोनों ही बातें नहीं कही थीं। सच बात यह है कि वह चीख़ा था—"स्पार्टकस, स्पार्टकस, हम लोग क्यों नाकाम रहे?"

5

अगर किसी जादू से उन छह हज़ार लोगों के दिमाग़ों को खोला जा सकता और नक़्शे की तरह सामने फैलाकर रखा जा सकता, उन छह हज़ार लोगों के दिमाग़ों को, जो उस वक़्त बन्दी बनाए गए थे जबकि स्पार्टकस का जीवन लक्ष्य इतिहास की धूल में खो गया, और सलीब से फिर पीछे की तरफ़ बढ़ते हुए उन तमाम उलझे हुए तानों-बानों को सुलझाया जा सकता जो कि उनको उस जगह पर ले आए थे—यानी अगर छह हज़ार इनसानों की ज़िन्दगी के नक़्शे बनाए जा सकते तो शायद उनसे यह बात ज़ाहिर हो जाती कि उनमें से ज़्यादातर के गुज़रे ज़माने एक-दूसरे से बहुत अलहदा न थे। यों तो अन्त की उनकी यातनाएँ भी एक-दूसरे से बहुत भिन्न न थीं। यह एक सबके लिए समान यातना थी और सबकी यातनाएँ एक में मिल गई थीं और अगर आकाश में कहीं देवता हैं या कोई एक ईश्वर है और यह मेह जो बरसता है उसी के आँसू हैं तो निश्चय ही न जाने कितने दिनों तक लगातार मेह बरसा होता। मगर इसके बदले चिलचिलाती हुई धूप निकली और उसने उनके दर्द को और भी सुखा डाला और गिद्ध और कौए उनके ख़ून बहते हुए गोश्त को नोचते रहे और वे लोग मर गए।

मरनेवालों में यही अन्तिम था, वह उन सबका योग था। उसका दिमाग़ एक आदमी की ज़िन्दगी में होनेवाली तमाम बातों से भरा हुआ था मगर ऐसे दर्द में आदमी सोचता नहीं और स्मृतियाँ डरावने सपनों की तरह हो जाती हैं। जैसे-जैसे उसके मन में स्मृतियाँ आ रही थीं वैसे-वैसे उनको दर्ज करते जाना मुमकिन न था क्योंकि दर्द की उस छाया से हटकर उनका कोई मतलब न होता। मगर उसकी स्मृतियों के बीच से एक कहानी निकाली जा सकती थी और ताश के पत्तों की तरह उसकी स्मृतियों को फिर से फेंटा जा सकता था ताकि उसमें से कोई एक नक़्शा निकल सकता; और उस हालत में वह नक़्शा दूसरों के नक्शों से बहुत भिन्न न था।

उसके जीवन में चार युग आए थे। पहला तो वह युग था जब उसे कोई ज्ञान न था। दूसरा युग वह था जब उसे ज्ञान हुआ और वह युग घृणा से भर उठा और उसके अन्दर घृणा ही घृणा रह गई। तीसरा आशा का युग था और उसकी घृणा दूर हो गई और उसने अपने ही जैसे दूसरे मनुष्यों के लिए एक गहरा प्यार और साथी की मुहब्बत जानी। चौथा निराशा का युग था।

अज्ञान के युग में, उस भोले वक़्त में जब उसे कुछ न मालूम था वह एक छोटा सा लड़का था और उस वक़्त उसके चारों तरफ़ ख़ुशी और धूप की आभा थी। इस वक़्त जबकि वह सलीब पर चढ़ा हुआ था और उसके दिमाग़ पर यंत्रणा के आरे चल रहे थे और उसे ठंडक की तलाश थी और वह उस दर्द से दूर भाग जाना चाहता था तब उसे वह मुबारिक़ ठंडक अपने बचपन की याद में मिली। उसके बचपन के वे हरे-हरे पहाड़ ठंडे थे और ख़ूबसूरत थे। पहाड़ी चशमे पत्थरों से टकराते हुए बहते रहते थे और उनका पानी चमकता रहता था और काली-काली बकरियाँ पहाड़ियों के ढलवानों पर घास चरती रहती थीं। पहाड़ियों के ढलवानों पर ख़ुशनुमा खेत थे जो बहुत प्यार से सँजोए जाते थे और मोती के दानों की तरह जौ और लाल और नीलम जैसे अंगूर पैदा होते थे। वह पहाड़ के ढलवानों पर खेलता था, नालों में हलता था और गैलिली की उस बड़ी ख़ूबसूरत झील में तैरता था। वह हिरन की तरह कुलाँचें भरता था, उन्मुक्त, स्वस्थ, वन्य हिरन की तरह और उसके भाई और उसकी बहनें और उसके दोस्त उसके लिए एक ऐसा समाज थे जिसमें वह मुक्त था, आश्वस्त था, सुखी था।

उस वक़्त भी उसे ईश्वर के बारे में मालूम था; उसके बाल-मन पर ईश्वर की एक साफ़ और गहरी तसवीर थी जिसमें किसी सन्देह के लिए स्थान न था। वह एक पहाड़ी क़बीले में पैदा हुआ था, जिनकी कल्पना ने ईश्वर को एक ऐसे शिखर पर बिठाल दिया था जहाँ दूसरा कोई आदमी नहीं रह सकता था। ईश्वर सबसे ऊँचे पहाड़ पर रहता था जिस पर कभी कोई चढ़ा भी नहीं था। ईश्वर वहाँ पर अकेले बैठा रहता था। ईश्वर एक ही था, बस एक। ईश्वर एक बुड्ढा आदमी था जो कभी

और बुड्ढा न होता था और उसकी दाढ़ी उसके सीने पर लहराती रहती थी और उसके सफ़ेद कपड़े आसमान में एकाएक छा जानेवाले सफ़ेद बादलों की तरह हवा में उड़ते रहते थे। वह एक न्यायपूर्ण ईश्वर था, और कभी-कभी दयालु भी, मगर प्रतिशोध उसका सहज स्वभाव था; और उस छोटे से लड़के को यह बात मालूम थी। रात हो या दिन वह छोटा सा लड़का कभी अपने को ईश्वर की आँखों से अलग न पाता था। वह जो कुछ भी करता था, ईश्वर उसे देखता था। वह जो कुछ भी सोचता था, ईश्वर को वह मालूम था।

वह एक धर्मप्राण अत्यन्त धर्मप्राण जाति से आया था। उनकी ज़िन्दगी के ताने-बाने में ईश्वर की वही जगह थी जो लबादे की बुनावट में धागों की होती है। वे भेड़ चराते समय लम्बे-लम्बे धारीदार लबादे पहनते थे जिनके एक-एक धागे में आतंक के उस भाव का कुछ अंश होता था जो ईश्वर के प्रति उनके मन में था। सवेरे-शाम वे ईश्वर से प्रार्थना करते; वे जब रोटी खाने बैठते तब प्रार्थना करते; जब शराब का एक गिलास लेते तो ईश्वर को धन्यवाद देते और यहाँ तक कि जब उनके ऊपर कोई विपत्ति भी आती तो ईश्वर का गुणगान करते ताकि वह यह न सोचे कि उनको अपनी विपत्ति खल रही है और वे अहंकार के शिकार हुए जा रहे हैं।

इसलिए यह कोई अचरज की बात न थी कि उस लड़के के मन में उस बच्चे के मन में जो कि अब एक पूरा आदमी था और इस वक़्त सलीब पर लटका हुआ था, ईश्वर का ज्ञान और उसकी उपस्थिति का बोध अच्छी तरह समाया हुआ था। वह बच्चा ईश्वर से डरता था और वह ईश्वर एक ऐसा ईश्वर था जिससे डरना ही उचित है। मगर उस चारों तरफ़ फैली हुई धूप और उन पहाड़ों और उन पहाड़ी चश्मों की मीठी ठंडक के बीच यह डर एक छोटी-सी चीज़ थी। वह बच्चा भागता फिरता था और हँसता था और गाने गाता था और भेड़-बकरियाँ चराता था और अपने से बड़े लड़कों को गैलिली की उस्तरे की तरह तेज़ छुरी फेंकते देखता था, जिसे वे लोग चाबो कहते थे और बड़े गर्व से अपनी बग़ल में लगाए रहते थे। उसके पास अपनी एक छुरी थी जो उसने लकड़ी काटकर बनाई थी और उससे बहुत बार वह अपने भाइयों और दोस्तों से झूठी लड़ाइयाँ लड़ा करता था।

और अगर वह कोई ख़ास कमाल दिखलाता तो वे लड़के जो उससे बड़े थे बहुत बेमन से उसको स्वीकार करते हुए सिर हिलाते और कहते—थ्रेसियन की तरह लड़ता है! ज़रा देखो तो इस ज़रा-से छोकरे को, बन्दर कहीं का! हर बुराई के लिए और लड़ाई के बेहतरीन कमाल के लिए एक ही शब्द था, थ्रेसियन। अब से बहुत-बहुत पहले भाड़े के सिपाही उस देश में आए थे और उनसे बरसों तक लड़ाई हुई थी और तब कहीं जाकर उन्हें मारा और देश से खदेड़कर बाहर किया जा सका था। इन भाड़े के सिपाहियों को थ्रेसियन कहते थे मगर इस छोटे से लड़के ने अपनी ज़िन्दगी में कभी किसी थ्रेसियन को देखा नहीं था।

वह उस दिन की आस लगाए था जब वह भी एक छुरी अपनी बग़ल में लटकाएगा और तब वे लोग देखेंगे कि वह भी किसी थ्रेसियन ही की तरह भयानक और ख़ूँख़ार है या नहीं। मगर तब भी यह तो कहना ही होगा कि वह कोई ख़ास भयानक या ख़ूँख़ार लड़का न था, वह तो एक छोटा सा सीधा-सादा, नेक और मुहब्बती लड़का था और बहुत अंशों में सुखी भी।

यह वो युग था जब उसे कोई ज्ञान न था।

अपने जीवन के दूसरे युग में अर्थात् जब उसे ज्ञान हुआ और उसने जाना और समझा, तब वह बच्चा न रह गया और चारों तरफ़ फैली हुई सूरज की रोशनी और धूप बर्फ़ की तरह ठंडी और हड्डी को कँपा देनेवाली हवा में बदल गई। धीरे-धीरे उसने अपने-आप को बचाने के लिए कवच के रूप में अपने चारों तरफ़ नफ़रत का एक लबादा चढ़ा लिया! यही वह युग था जो कि इस वक़्त जबकि वह सलीब पर लटका हुआ था लाल यंत्रणा के तेज़ कौंधों में उसके दिमाग़ में छुरे भोंक रहा था। उस युग के बारे में उसके विचार बेलगाम थे और ऐंठे हुए थे और भयानक थे। उसकी स्मृतियाँ टुकड़े-टुकड़े होकर वैसे ही बिखर गई थीं जैसे कि उस पहेली के अलग-अलग टुकड़े जिन्हें मिलाकर एक तस्वीर बनती है। अपने जीवन के उस दूसरे युग को उसने आदमियों की उस भीड़ में देखा, उस हिलती हुई भीड़ में जो उसको देख रही थी; उनके चेहरों में, उनके इधर से आनेवाली आवाज़ों में उसने अपने जीवन के उस दूसरे युग को देखा। जब तक उसके मन में आवेग रहा तब तक वह बार-बार अपनी स्मृति में अपने जीवन के उस दूसरे युग के भीतर पहुँच गया, उस युग के भीतर जबकि उसे ज्ञान हुआ।

उस युग में उसको दुनिया का ज्ञान हुआ और उसी ज्ञान में उसका बचपन मर गया। उसे अपने बाप का ज्ञान हुआ। वह एक गन्दुमी रंग का, मेहनत से सख़्त पड़ा हुआ आदमी था जो सवेरे से रात तक मेहनत करता था मगर तब भी वह मेहनत कभी काफ़ी न पड़ती थी। उसे दुख का, दर्द का ज्ञान हुआ। उसकी माँ मर गई और वे लोग उसके लिए रोए। उसे टैक्सों का ज्ञान हुआ क्योंकि उसका पिता चाहे कितनी ही मेहनत क्यों न करता घर के लोगों का पेट भरने के लिए पूरा न पड़ता, गोकि धरती उतनी ही उपजाऊ थी जितनी कि कहीं की धरती हो सकती थी। और फिर उसे उस विराट खाई का ज्ञान हुआ जो अमीर को ग़रीब से अलग करती है।

आवाज़ें अब भी वही थीं जो पहले थीं, फ़र्क़ बस इतना था कि वह उन आवाज़ों को सुन रहा था और समझ रहा था जबकि पहले उसने उनको सुना था मगर समझा न था। अब जब लोग बातें करते तो उसको भी थोड़ी दूर पर खड़े होकर सुनने देते, पहले वे लोग उसको घर से भगा दिया करते थे कि जाओ खेलो।

इसके साथ-ही-साथ उसको एक छुरी दी गई मगर वह छुरी अपने संग कोई ख़ुशी न लाई। एक रोज़ अपने पिता के साथ वह पहाड़ियों के उस पार पूरे पाँच मील की दूरी पर एक जगह गया जहाँ एक लोहार रहता था और वहाँ पर वे लोग तीन घंटे भट्ठी के पास बैठे रहे और लोहार उनके लिए छुरी गढ़ता रहा। और पूरे वक़्त उसका पिता और वह लोहार उन दुखों और दर्दों की बात करते रहे जो कि देश पर आए हुए थे और बात करते रहे कि छोटा आदमी किस तरह पिसता चला जा रहा है। ऐसा लगता था कि जैसे उसके पिता और उस लोहार में होड़ लगी हो और दोनों एक-दूसरे को दिखलाना चाह रहे हों कि मैं ज़्यादा पिसा हुआ हूँ।

लोहार ने कहा, "लो यह छुरी। तुमसे मैं इसके चार दीनार लूँगा। उसमें से एक चौथाई मन्दिर का आदमी ले लेगा जो चन्दा जमा करने आता है। एक चौथाई टैक्सवाला ले लेगा। इसका मतलब हुआ कि मेरे पास बस दो दीनार बचेंगे। अगर मैं दूसरी छुरी बनाना चाहता हूँ तो मुझे दो दीनार उसके लोहे को ख़रीदने के लिए देने पड़ेंगे। मेरी मेहनत की क़ीमत कहाँ है? उस सींग की क़ीमत कहाँ है जो कि मुझे इस छुरी की मूठ बनाने के लिए ख़रीदनी पड़ेगी? उस खाने की क़ीमत कहाँ है जो कि मुझे अपने घरवालों को खिलाना पड़ता है? लेकिन अगर मैं इसकी क़ीमत पाँच दीनार लूँ तो फिर उसी हिसाब से हर चीज़ की क़ीमत चढ़ जाएगी और फिर कोई मुझसे इस दाम में छुरी क्यों लेगा जब इससे कम में दूसरी जगह से मिल सकती हो? ईश्वर तुम्हारे ऊपर ज़्यादा मेहरबान है। तुम कम-से-कम धरती में से अपना खाना तो निकाल लेते हो और पेट तो भर सकते हो!!"

लड़के के पिता के पास हमेशा एक और ही तर्क होता था, "तुम्हारे पास कभी-कभी कुछ थोड़ा-सा नक़द पैसा तो होता है। मेरी अपनी हालत यह है। मैं अपनी जौ की फ़सल काटता हूँ और फिर उसकी मड़ाई करता हूँ और फ़िर ओसता हूँ। डोलचियाँ भर जाती हैं और जौ मोती के दानों की तरह चमकने लगती है। हम परम पिता परमात्मा को अनेक-अनेक धन्यवाद देते हैं क्योंकि हमारी जौ इतनी सुन्दर है और इतनी पोषक है। किसी को क्यों कोई परेशानी होने लगी अगर उसकी बखार में मोती के दानों जैसी जौ की डलियाँ भरी पड़ी हों। मगर इसके बाद वह मन्दिर का चन्दा लेनेवाला आदमी आता है और हमारी एक चौथाई जौ मन्दिर के लिए ले जाता है। इसके बांद टैक्स जमा करनेवाला आता है और एक चौथाई वह ले जाता है। मैं उसके सामने गिड़गिड़ाता हूँ, उसको समझाता हूँ कि मेरे पास बस इतनी जौ है कि मैं जाड़े-भर अपने जानवरों को खिला सकूँ तो वह मुझसे कहता है, अपने जानवरों को खा जाओ! और फ़िर यही भयानक काम हमको करना पड़ता है। और फिर जब वह वक़्त आता है कि घर में न तो गोश्त होता है और न अनाज और बच्चे खाने के लिए रीं-रीं करते हैं तो हम अपनी कमानों पर डोर चढ़ाते हैं और पहाड़ों के उन थोड़े से बचे हुए खरगोशों और हिरनों की बात सोचते हैं। मगर एक

यहूदी के लिए यह मांस अपवित्र होता है जब तक कि उसे पवित्र न किया जाए। इसलिए पिछड़े जाड़े में हमने अपने रबाई को यरूशलम भेजा कि वह जाकर हमारी बात मन्दिर के लोगों के सामने रखे। हमारा रबाई बहुत अच्छा आदमी है। उसकी भूख हमारी भूख है। मगर पाँच रोज़ तक वह मन्दिर के आँगन में पड़ा रहा तब कहीं जाकर पुरोहितों ने उसकी बात सुनी और बड़ी उपेक्षा से सुनी। उन्होंने उसकी भयानक भूख को कम करने के लिए उसको रोटी का एक टुकड़ा तक नहीं दिया। उन्होंने उससे कहा, 'यह गैलिली के लोगों का रोना-गिड़गिड़ाना आखिर कब बन्द होगा? तुम्हारे किसान आलसी हैं। वे धूप में लेटे रहना चाहते हैं और फिर भी चाहते हैं कि भगवान स्वर्ग का खाना उनके मुँह में डाल दे। उनसे कहो कि और ज़्यादा मेहनत करें, और ज़्यादा जौ बोएँ।' ऐसी उनकी सलाह है मगर ज़्यादा जौ बोने के लिए किसान को और ज़्यादा धरती कहाँ से मिले और अगर धरती मिले भी और हम और जौ बोएँ भी तो जानते हो क्या होगा?"

उस लोहार नें कहा, "मैं जानता हूँ क्या होगा। तब भी अन्त में तुम्हारी वही हालत होगी जो कि आज है, तुम्हारे लिए और न बचेगा। उस तरह सदा यही होता है। ग़रीब और ग़रीब होते जाते हैं, अमीर और अमीर होते जाते हैं।"

यह उस दिन की बात है जब लड़का अपनी छुरी लेने गया था मगर घर में भी बहुत कुछ यही हालत थी। घर पर शाम के वक़्त, पड़ोसी लोग उसके पिता के उस छोटे से घर में आते थे, जिसमें वे सब लोग एक कमरे में घुस-पिलकर रहते थे, और फिर वहाँ बैठकर वे लोग आपस में अनन्त काल तक यही चर्चा करते रहते थे कि आदमी के लिए जीना कितना मुश्किल हो गया है और वे लोग कैसे उनको चूसते ही जा रहे हैं, चूसते ही जा रहे हैं, चूसते ही जा रहे हैं—और आख़िर कितना चूसेंगे और फिर पत्थर को चूसने से, उसको दबाने से उसमें से ख़ून थोड़े ही निकलेगा?

सलीब पर का आदमी यही सोच रहा था और ये उसकी स्मृति के वो टुकड़े थे जो उसे छुरा भोंक रहे थे। मगर इतनी यातना सहते हुए भी वह जीना चाह रहा था, जबकि दर्द की ऐसी लहरें उठती थीं जो सही न जा सकती थीं और कभी थोड़ा घटकर ऐसी हो जाती थीं कि सही जा सकती थीं मगर बस सही जा सकती थीं। वह मर चुका था, सलीब पर लटकाया जा चुका था, मगर तब भी वह जीना चाह रहा था। जीवन में कितनी शक्ति है। कितनी उमंग है। केवल प्राण-रक्षा के लिए आदमी क्या-क्या नहीं कर सकता। मगर ऐसा क्यों है, वह न जानता था। अपनी यंत्रणा में उसने ईश्वर को नहीं पुकारा क्योंकि उस चीज़ में किसी सवाल का कोई जवाब न था। अब वह न एक ईश्वर में विश्वास करता था न बहुत से ईश्वरों में। अपने जीवन के उस दूसरे युग में ईश्वर के संग उसका सम्बन्ध बदल गया था! ईश्वर केवल अमीरों की प्रार्थना सुनता है।

इसलिए उसने ईश्वर को नहीं पुकारा। अमीर लोग सलीब पर नहीं लटका करते और उसकी सारी ज़िन्दगी एक सलीब पर गुज़री थी, एक अनन्त काल थी उसकी ज़िन्दगी जिसमें उसके हाथों में बराबर कीलें ठुँके हुए थे। या वह और किसी की ज़िन्दगी थी? वह उसका पिता तो नहीं था न? उसका दिमाग़ अब ठीक काम नहीं कर रहा था; उसके दिमाग़ की वे कलें जो हर चीज़ को इतनी ख़ूबसूरती से और ठीक-ठीक क़ायदे से सजाकर रखती हैं अब उलट-पलट गई थीं और जब उसने याद किया कि कैसे उसके पिता को सलीब पर चढ़ाया गया था तो सारी बातें उसके दिमाग़ में गड्डमड्ड हो गईं और वह नहीं तय कर सका कि इस वक़्त सलीब पर कौन था, वह या उसका पिता। उसने अपने दर्द से ऐंठते हुए ख़ाली दिमाग़ को टटोला ये बातें याद करने के लिए कि यह सब कैसे हुआ था और उसे वह वक़्त याद आया जब टैक्सवाले आए थे और ख़ाली हाथों लौटा दिये गए थे। उसे वह वक़्त याद आया जब मन्दिर के पुरोहित आए थे और उन्हें भी ख़ाली हाथों लौटा दिया गया था।

इसके बाद विजयोल्लास का एक छोटा सा क्षण आया था। उस महान वीर, मकॉबी जूडस की एक देदीप्यमान स्मृति उसके मन में थी और जब उन लोगों के ख़िलाफ़ पुरोहितों ने अपनी पहली सेना भेजी तो पहाड़ के किसानों ने अपने तीर-कमान और छुरे उठा लिये और उस सेना को ध्वंस कर दिया। वह भी उस लड़ाई में था। तब उसकी उमर मुश्किल से चौदह साल की थी। मगर तब भी उसने अपनी छुरी का इस्तेमाल किया था और अपने पिता के बग़ल में खड़े होकर लड़ा था और विजय का स्वाद जाना था।

मगर विजय का स्वाद बहुत दिन चला नहीं। भाड़े के सैनिकों की बड़ी-बड़ी हथियारबन्द फ़ौजें गैलिली के बाग़ियों के ख़िलाफ़ मार्च करती हुई आईं, और मन्दिर के ख़ज़ाने में सोने का एक ऐसा कुआँ था जिसका कहीं अन्त न था और इसलिए वे हमेशा नये-नये सिपाही ख़रीद सकते थे। किसान अपने छुरों और अपने नंगे शरीरों से एक बड़ी फ़ौज का मुक़ाबला न कर सकते थे। किसानों की ताक़त तोड़ दी गई और दो हज़ार किसान क़ैद कर लिये गए। उन क़ैदियों में से नौ सौ को सलीब के लिए चुना गया। यही सभ्य तरीक़ा था, पश्चिमी तरीक़ा, और जब तमाम पहाड़ियों पर सब जगह सलीब मनके के दानों की तरह एक धागे में पिरोए हुए-से खड़े हो गए तो मन्दिर के पुरोहित उनको देखने के लिए आए और उनके संग उनके रोमन सलाहकार भी आए। और वह लड़का डेविड वहीं पर खड़ा देखता रहा और उसकी आँखों के सामने उसके पिता को कीलों से एक सलीब पर जड़ दिया गया और वे अपने हाथों के सहारे वहाँ पर लटकता रहे और चील-कौवे धीरे-धीरे उनके गोश्त को खा गए।

और अब वह ख़ुद सलीब पर था। कहानी जैसे शुरू हुई थी वैसे ही उसका

अन्त हुआ, और अब कितना थका हुआ था वह और कितना दर्द और कितनी व्यथा उसके अन्दर-बाहर भर उठी थी। सलीब पर जैसे-जैसे वक़्त गुज़र रहा था—वक़्त जिसका कोई सम्बन्ध उस वक़्त से नहीं है जिसे इनसानियत जानती है क्योंकि सलीब पर चढ़ा हुआ इनसान इनसान नहीं रह जाता—वह बार-बार अपने-आप से यही एक सवाल पूछ रहा था कि ऐसी ज़िन्दगी का क्या मतलब है जो न जाने किस शून्य से आई और फिर न जाने किस शून्य में खो गई? ज़िन्दगी पर उसकी वह गिरफ़्त, जिस पर एकाएक यक़ीन न आता था, और जो अब तक उसको सहारा दिये हुए थी, अब खतम होने लगी। पहली बार उसके दिल में आया कि मर जाए।

(स्पार्टकस ने उससे क्या कहा था? ग्लैडिएटर, ज़िन्दगी से प्यार कर। यही सारे सवालों का जवाब है। मगर स्पार्टकस मर गया था और वह अभी ज़िन्दा था।)

वह अब थक गया था। थकान और दर्द में होड़ थी और इसलिए उसकी अस्त-व्यस्त स्मृतियाँ भी थकान की ही थीं। विद्रोह के असफल होने पर उसको और दूसरे सात सौ जवानों को उनकी गर्दनों में एक ही लम्बी ज़ंजीर डालकर उत्तर की ओर ले जाया गया था। कितना लम्बा सफ़र था वह! मैदान और रेगिस्तान और पहाड़, उन सबके भी आगे, यहाँ तक कि गैलिली के हरे-भरे पहाड़ जन्नत का एक ख़्वाब बन गए थे। उनके मालिक बदलते रहते थे मगर उनके जिस्म पर पड़नेवाला कोड़ा हमेशा वही रहता था। और आख़िरकार वे ऐसे देश में आए जहाँ के पहाड़ गैलिली के पहाड़ों से ऊँचे थे, जहाँ पहाड़ों के शिखर गरमी और जाड़े सभी ऋतुओं में बर्फ़ का एक लबादा ओढ़े रहते थे।

और वहाँ पर उसको ताँबा खोदने के लिए धरती के गर्भ में भेजा गया। दो साल तक उसने ताँबे की खानों में काम किया। उसके दो भाई, जो उसके साथ थे मर गए मगर वह ज़िन्दा रहा आया। उसका जिस्म इस्पात और बटे हुए चमड़े का बना था। दूसरे बीमार पड़ते थे, उनके दाँत झड़ जाते थे या उन्हें इतनी क़ै मालूम होती थी कि वे क़ै कर-करके जान दे देते थे। मगर वह ज़िन्दा रहा आया और दो साल तक उसने खानों में काम किया।

और उसके बाद वह भाग निकला। वह भागकर उन जंगली पहाड़ों में निकल गया। ग़ुलामी का पट्टा अब भी उसके गले में था और पहाड़ों के उन सीधे-सादे, आदिम, क़बीलाई लोगों ने उसको शरण दी और उसके गले का पट्टा हटा दिया और उसको अपने संग रहने दिया। जाड़े-भर वह उनके संग रहा। वे लोग रहमदिल और ग़रीब थे और शिकार करके और जानवरों को जाल में फँसाकर अपना पेट पालते थे और उनके यहाँ पैदा कुछ न होता था। उसने उनकी ज़बान सीख ली और वे चाहते थे कि वह उनके संग ही रह जाए और उनके यहाँ की किसी औरत से शादी कर ले। मगर उसका दिल गैलिली के लिए तड़प रहा था और जब बसन्त के

दिन आए तो वह दक्खिन की ओर चल पड़ा। मगर ईरानी सौदागरों के एक गिरोह ने उसको पकड़ लिया और पच्छिम की ओर जानेवाले ग़ुलामों के एक कारवाँ के हाथ उसको बेच दिया और तब उसे टायर के नगर में नीलाम पर चढ़ाया गया, जहाँ से उसकी अपनी मातृभूमि प्राय: दिखाई देने लगी थी। कितनी मनोव्यथा उसको तब न हुई। कितने तल्ख़ आँसू वह न रोया कि हाय रे क़िस्मत! मैं अपने घर और अपने सम्बन्धियों और स्वजनों से कितने पास हूँ, कितने पास हूँ अपने देश भाइयों से, जो मुझे प्यार करेंगे, मगर तो भी आज़ादी से कितनी दूर। फ़िनीशिया के एक सौदागर ने उसे ख़रीदा और उसको डाँड़ के पास ज़ंजीर से कसकर बिठाल दिया गया एक ऐसे जलपोत में, जो सिसिली के बन्दरगाहों के संग वाणिज्य करता था और पूरे एक साल तक वह उस जगह के नीले अँधेरे और गीली गन्दगी में बैठा पानी में अपना डाँड़ घसीटता रहा।

इसके बाद यूनानी समुद्री डाकुओं ने जलपोत पर क़ब्ज़ा कर लिया और फिर एक घिनौने उल्लू की तरह आँख मुचमुचाते हुए उसको ऊपर, जहाज़ के डेक पर, घसीटकर लाया गया और फिर उन ख़ूँख़ार यूनानी मल्लाहों ने उससे सवाल-जवाब किये। फ़िनीशिया के उस सौदागर और पोत खेनेवालों का देखते-देखते काम तमाम कर दिया गया : उनको इस तरह उठाकर पानी में फेंक दिया गया कि जैसे वे भूसे के गट्ठर हों। मगर उससे और दूसरे ग़ुलामों से उन्होंने सवाल-जवाब किये और हरेक से भूमध्य सागर की अपनी ऐरेमेइक बोली में पूछा गया—"तुम लड़ भी सकते हो या सिर्फ़ डाँड़ चलाना आता है।"

उसको अपने बैठने की उस बेंच से और अँधेरे से और गन्दे पानी से शैतान का-सा डर मालूम होता था और उसने जवाब दिया मैं लड़ सकता हूँ। मुझे सिर्फ़ एक मौक़ा दो। उस वक़्त वह पूरी फ़ौज से लड़ सकता था और सिर्फ़ इसलिए कि उसे फिर से डेक के नीचे डाँड़ के ऊपर झुकने और अपनी कमर तोड़ने के लिए न भेजा जाए। लिहाज़ा उन लोगों ने उसको डेक के ऊपर एक बार मौक़ा दिया और समुन्दर के सभी काम उसको सिखलाए—यह नहीं कि बिना मार-पीट के या गाली दिये—पाल को खोलना और तीस फुट लम्बे डाँड़ से कश्ती को खेना और पाल को उठाना, रस्सी के सिरे जोड़ना और रात के वक़्त तारों के सहारे ठीक दिशा में कश्ती को ले जाना, यह सब कुछ उन्होंने उसको सिखलाया। एक रोमन जहाज़ के संग अपनी पहली ही लड़ाई में डेविड ने ऐसी फुर्ती और अपने उस लम्बे छुरे को चलाने में ऐसी हाथ की सफ़ाई दिखलाई कि डाकुओं के उस वहशियाना गिरोह में उसको एक बहुत अच्छी जगह मिल गई। मगर उसके दिल में कोई ख़ुशी न थी और वह इन आदमियों से नफ़रत करने लगा जो सिर्फ़ मार-काट और ज़ुल्म और मौत का हाल जानते थे। अपने बचपन के दिनों से वह जिस तरह के सीधे-सादे किसानों के बीच में रहता चला आया था उनसे ये लोग उतने ही भिन्न थे जितनी

कि रात दिन से। वे किसी ईश्वर में विश्वास न करते थे, यहाँ तक कि समुद्र के देवता पोसीडन में भी नहीं और यद्यपि उसका अपना विश्वास डिग चुका था मगर तब भी उसकी ज़िन्दगी के अच्छे साल वही थे जबकि उसे विश्वास था। वे लोग जब भी किनारे पर कोई हमला करते थे तो हमेशा मारकाट और आतिशज़नी और बलात्कार के लिए।

यही वह ज़माना था जबकि उसने अपने चारों तरफ़ एक मज़बूत और सख़्त दीवार खड़ी कर ली। इसी दीवार के पीछे वह रहता था और तरुणाई के सभी चिह्न उसके चेहरे से ग़ायब हो गए, उसका चेहरा जिसकी आँखें एकदम ठंडी, सूनी और हरी-हरी थीं और नाक बाज़ जैसी थी। वह जब उन लोगों के गिरोह में शरीक हुआ तब उसकी उमर अठारह साल से कुछ कम थी मगर उसकी आकृति में कुछ एक ऐसी बात आ गई थी कि उसको देखकर उसकी उमर का अन्दाज़ा नहीं लगाया जा सकता था, कुछ ऐसा भाव कि वह हमेशा से ऐसा ही है और हमेशा ऐसा ही रहेगा। और अभी से उसके बालों के काले-काले गुच्छों में बीच-बीच में सफ़ेद बाल भी दिखाई देने लगे थे। वह किसी से मिलता-जुलता न था और कभी-कभी पूरे एक हफ़्ते तक उसके मुँह से एक शब्द न निकलता था; वे लोग भी उसको छेड़ते न थे। उन्हें पता था कि वह कैसे लड़ सकता है और इसीलिए वे उससे डरते थे।

वह एक स्वप्न पर जी रहा था और वह स्वप्न ही उसकी मदिरा और उसका आहार था। वह स्वप्न यह था कि आगे-पीछे एक न एक रोज़ वे लोग फ़िलिस्तीन के किनारे पर पहुँचेंगे और तब फिर वह एक ओर से चुपचाप समुद्र में उतर जाएगा और तैरकर किनारे पर पहुँच जाएगा और फिर पैदल गैलिली के अपने प्यारे पहाड़ों में पहुँच जाएगा। मगर तीन साल गुज़र गए और वह दिन नहीं आया। उन लोगों ने पहले अफ़्रीका के साहिल पर हमला किया और फिर इटली के साहिल के आस-पास। वह स्पेन के साहिल पर लड़ते थे और रोम की हवेलियों को जलाते थे और जो माल-मत्ता और औरतें उनके हाथ लगती थीं उनको अपने क़ब्ज़े में ले लेते थे। इसके बाद वह फिर समुद्र पार करते थे और हरकुलीज़ के स्तम्भ के पास एक दीवार से घिरे हुए डाकुओं के नगर में पूरा जाड़ा गुज़ारते थे। फिर वे जिब्राल्टर के जलडमरूमध्य में होकर ब्रिटेन आते थे जहाँ वह अपना जहाज़ साहिल से लगा देते थे और फिर वहाँ उसकी सफ़ाई और मरम्मत करते थे। इसके बाद वे लोग आयरलैंड चले जाते थे जहाँ वे कपड़े के टुकड़े और घटिया हीरे-जवाहरात देकर आयरलैंड के क़बीलेवालों से उनके सोने के गहने ले लेते थे। इसके बाद वे लोग गॉल और फ्रांस के साहिल के ऊपर नीचे आते-जाते थे और फिर वापस अफ़्रीका। इस तरह तीन साल गुज़र गए और वे लोग उसकी मातृभूमि के किनारे नहीं पहुँचे। मगर वह स्वप्न और वह आशा उसके हृदय में बनी रही—और इस बीच वह कठोर से कठोरतर होता गया और होते-होते इतना कठोर हो गया जितना कि किसी को होने का अधिकार नहीं है।

मगर इस बीच उसने बहुत कुछ सीखा। उसने सीखा कि समुद्र एक सड़क है जिस पर ज़िन्दगी बहती है उसी तरह जैसे ख़ून आदमी के जिस्म में बहता है। उसने सीखा कि दुनिया बहुत बड़ी और अनन्त है और उसने सीखा कि तुम चाहे जहाँ जाओ तुम्हें सीधे-सादे ग़रीब लोग मिलेंगे, तुम्हारे अपने लोगों की तरह, जो अपनी रोटी के लिए और अपने बच्चों की रोटी के लिए धरती को जोतते हैं, और उन्हें फल क्या मिलता है? सिर्फ़ यह कि धरती से उन्होंने जो कुछ उपजाया उसका बहुत बड़ा हिस्सा किसी सरदार के पास या राजा के पास या समुद्री डाकू के पास चला जाता है। और उसने यह भी सीखा कि सबके ऊपर एक सबसे बड़ा सरदार और राजा और समुद्री डाकू है और उसका नाम रोम है।

और अन्त में वे लोग एक रोमन जंगी जहाज़ से हारे। और उनके आदमियों में जो लोग बच गए थे उनमें डेविड था और चौदह और लोग थे और उनको फाँसी पर टाँगने के लिए ऑस्ट्रिया ले जाया गया। इस तरह उसकी ज़िन्दगी के दिन पूरे होने आ रहे थे मगर ठीक आख़िरी क्षण में लेंटुलस बाटियाटस के एक आदमी ने उसको कापुआ के स्कूल के लिए ख़रीद लिया...यह उस ग्लैडिएटर के जीवन के दूसरे युग की बात थी, उस युग की जब उसे ज्ञान हुआ और उसने घृणा करना सीखा। यह युग कापुआ में आकर पूरा हुआ। यहाँ आकर उसने सभ्यता के उस अन्तिम संस्कार को सीखा, यानी कुछ थोड़े से रोम के आलसियों और लानिस्ता नाम के एक मोटे, ग़लीज़, बदमाश आदमी के फ़ायदे के लिए आदमियों का एक-दूसरे को मार डालने के लिए सिखाया जाना, सभ्यता का यह अन्तिम संस्कार। वह ग्लैडिएटर बन गया। उसके बाल बहुत छोटे-छोटे कर दिये गए। वह हाथ में एक छुरा लेकर मैदान के अन्दर दाख़िल हुआ लेकिन उन लोगों को मारने के लिए नहीं जिनसे उसको घृणा थी बल्कि उनको जो ख़ुद उसी की तरह ग़ुलाम थे या जिनकी मौत का पट्टा लिखा जा चुका था।

यहाँ पर आकर घृणा और ज्ञान एक हो गए। उसमें घृणा भर चली जैसे किसी बरतन में। वह अपनी कोठरी के उस भयानक एकान्त और निराशा के बीच रहता था; वह अपने भीतर ही सिमट गया। अब उसे किसी ईश्वर में विश्वास न था और अगर वह कभी अपने बाप-दादाओं के ईश्वर के बारे में सोचता भी था तो केवल घृणा से और उपेक्षा से। एक बार उसने अपने-आप से कहा था—"मैं चाहता हूँ कि पहाड़ों की चोटी पर रहनेवाले उस बदजात बुड्ढे के साथ मैदान में एक बार उतरूँ। उसने इनसानों को जितना रुलाया है और अपने तमाम वादे तोड़कर जितना हताश किया है उस सबका भुगतान मैं उससे कराऊँगा। उसको दे दो उसका बज्र और उसकी बिजली। मैं सिर्फ़ अपने हाथ में एक छुरा चाहता हूँ, क़ुर्बानी करने के लिए। और तब मैं उसको बतलाऊँगा कि ग़ुस्सा कैसा होता है।"

उसको एक बार एक सपना आया था और उस सपने में वह ईश्वर के

सिंहासन के पास खड़ा हुआ था। मगर उसको डर नहीं मालूम हो रहा था। उसने मख़ौल उड़ाते हुए चिल्लाकर कहा, 'तुम मेरा क्या कर लोगे? मैं इक्कीस बरस ज़िन्दा रहा और दुनिया ने मेरे संग जो कुछ किया है उससे ज़्यादा तुम क्या कर लोगे? मैंने अपने बाप को सलीब पर चढ़ते देखा। मैंने गन्दे गोबरैले की तरह खान के भीतर काम किया। दो साल तक मैंने खान पर मशक़्क़त की और एक साल तक कश्ती के उस ग़लीज़ पानी के भीतर रहा जबकि चूहे मेरे पैरों पर दौड़ लगाते थे। तीन साल तक मैं एक चोर था जो अपने वतन के सपने देखता था और अब मैं भाड़े के लिए आदमियों को क़त्ल करता हूँ। जहन्नुम में जाओ तुम, तुम मेरा क्या कर लोगे!'

अपने जीवन के दूसरे युग में वह ऐसा ही हो गया था और उन्हीं दिनों एक थ्रेसियन ग़ुलाम कापुआ के स्कूल में लाया गया, एक अजीब-सा आदमी जिसकी बड़ी नरम मीठी आवाज़ थी और नाक टूटी हुई थी और आँखें गहरी-गहरी काली-काली थीं। इसी तरह इस ग्लैडिएटर की मुलाक़ात स्पार्टकस से हुई।

6

इसके बहुत बाद एक बार एक रोमन ग़ुलाम को सलीब पर चढ़ाया गया। और जब उसको वहाँ पर लटके हुए चौबीस घंटे हो चुके थे तो ख़ुद शहंशाह ने उसको माफ़ कर दिया और किसी-किसी तरह उसकी जान बच गई। उसने एक जगह पर यह लिखा है कि सलीब पर उसको कैसा महसूस हुआ और अपने उस बयान में जो सबसे बड़ी बात उसने लिखी है उसका सम्बन्ध समय के प्रश्न से है। वह कहता है—"सलीब पर सिर्फ़ दो चीज़ें रह जाती हैं, दर्द और अनादि अनन्त काल। ये लोग मुझसे कहते हैं कि मैं सिर्फ़ चौबीस घंटे सलीब पर रहा मगर मैं तो जानता हूँ कि सृष्टि से आज तक जितना समय गुज़रा है उससे भी ज़्यादा देर तक मैं सलीब पर था। जब समय न रह जाता हो, काल की परिभाषा मिट जाती हो तब हर क्षण चिरकाल है, अनन्त है।"

उस विचित्र, दर्द से ऐंठे हुए अनन्त काल में, उस ग्लैडिएटर का दिमाग़ बिखर गया और व्यवस्थित बुद्धि से सोच सकने की ताक़त धीरे-धीरे खतम हो गई। स्मरण-शक्ति धोखा देने लगी। अब वह फिर से एक बार अपनी बेशतर ज़िन्दगी को जी रहा था। वह एक बार फिर स्पार्टकस से पहली बार बोला। वह इस वक़्त एक खेल खेल रहा था, जो उसने पहले भी बहुत बार खेला था और अपनी स्मृति में अपनी उस आकांक्षा को जी रहा था कि अपनी तबाह ज़िन्दगी के उस मलबे में से कोई ऐसी चीज़ निकाल लाए जिसकी कुछ क़ीमत हो—उसकी ज़िन्दगी, समय की तेज़ बहती हुई लहर में एक गुमनाम ग़ुलाम की गुमनाम ज़िन्दगी।

(वह स्पार्टकस को देख रहा है। वह उसके ऊपर निगरानी रख रहा है। यह आदमी बिल्ले की तरह है और इसकी हरी-हरी आँखें बिल्ले से उसके सादृश्य को और बढ़ा देती हैं। तुम तो जानते ही हो, बिल्ला कैसे चलता है, कैसे उसके चलने में हर वक़्त एक तनाव-सा रहता है। यह ग्लैडिएटर भी उसी तरह चलता है और उसको देखकर न जाने क्यों यह ख़याल होता है कि अगर उसको उठाकर हवा में फेंक दिया जाए तो वह नीचे आते-आते ख़ुद-ब-ख़ुद सीधा हो जाएगा और जब गिरेगा तो अपने पैरों के बल। वह कभी किसी आदमी की तरफ़ सीधे नहीं ताक़ता; जब ताकेगा, आँख की कोर से और इसी तरह एक दिन के बाद दूसरे दिन वह स्पार्टकस को देखता रहता है, उसकी चौकसी करता रहता है। ख़ुद उसको समझ में नहीं आता कि स्पार्टकस के अन्दर वह कौन-सा गुण है जिसकी वजह से वह इस क़दर उसकी ओर झुका रहता है, ध्यान लगाए रहता है। मगर सच पूछो तो यह कोई बड़ा रहस्य नहीं है। वह ऊपर से नीचे तक तनाव ही तनाव और स्पार्टकस हर तरफ़ से एकदम ढीला, कहीं कोई तनाव नहीं। वह किसी से नहीं बोलता मगर स्पार्टकस सबसे बोलता है और वे सब स्पार्टकस के पास आते हैं और अपनी मुसीबतें लेकर आते हैं। स्पार्टकस ग्लैडिएटरों के उस स्कूल में एक नई चीज़ डाल रहा है, उसका ध्वंस कर रहा है।

इस यहूदी को छोड़कर बाक़ी सब उसके पास आते हैं। स्पार्टकस को इस बात से हैरानी होती है। फिर एक रोज़, क़वायद के बीच आराम के घंटे में वह उस यहूदी के पास जाता है और उससे बात करता है।

("तुम ग्रीक बोलते हो?" वह उससे पूछता है।

(वे हरी-हरी आँखें निर्निमेष उसको देखती रहती हैं। एकाएक स्पार्टकस को महसूस होता है कि यह तो बहुत कम उमर आदमी है बल्कि यों कहो कि लड़का ही है। अपने चेहरे को इसने एक नक़ली चेहरे के नीचे छुपा लिया है और सच बात यह है कि वह ख़ुद उस आदमी को नहीं बल्कि उसके चेहरे पर लगे हुए चेहरे को देख रहा है।

(वह यहूदी अपने मन में कहता है—ग्रीक—क्या मैं ग्रीक बोलता हूँ? मेरा ख़याल हैं मैं तमाम ज़बानें बोलता हूँ, इबरानी और ऐरेमेइक और ग्रीक और लैटिन और और भी बहुत सी ज़बानें जो दुनिया के बहुत से हिस्सों में बोली जाती हैं मगर मैं क्यों किसी ज़बान में बोलूँ? क्यों?

(बड़ी नरमी से स्पार्टकस उससे आग्रह करता है, "एक शब्द मैं बोलूँ और तब एक शब्द तुम बोलो। हम सब एक क़ौम हैं। हम अकेले नहीं हैं। मुसीबत तब होती है जब तुम अकेले होते हो। सचमुच यह बड़ी भयानक चीज़ है—अकेले होना। मगर यहाँ पर हम अकेले नहीं हैं। हम जो कुछ हैं उसके लिए हमें शर्म क्यों हो। क्या अपने-आप को यहाँ पर लाने के लिए हमने कोई भयानक बीभत्स काम किये हैं? मैं

नहीं समझता कि हमने कोई ऐसे काम किये हैं। इससे कहीं भयानक काम करते हैं वे जो हमारे हाथों में छुरे पकड़ा देते हैं और हमसे कहते हैं कि रोमनों की क्रीड़ा के लिए हत्या करो। इसलिए हमको शर्मिंदा न होना चाहिए और एक-दूसरे से नफ़रत न करनी चाहिए। आदमी के पास चुटकी-भर ताक़त होती है, चुटकी-भर उम्मीद, चुटकी-भर मुहब्बत। ये चीज़ें बीजों की तरह हैं जो सभी इनसानों के दिल में छींटे गए हैं। लेकिन अगर आदमी उनको अपने ही भीतर बन्द कर ले और दूसरे को न दे तो ये बीज सड़ जाते हैं और बड़ी जल्दी मर जाते हैं और तब उस ग़रीब को भगवान ही बचाए क्योंकि फिर उसके पास कुछ नहीं बचता और ज़िन्दगी जीने योग्य नहीं रह जाती। इसके बरअक्स अगर वह अपनी ताक़त और उम्मीद और मुहब्बत दूसरों को देता है तो उसके पास इन चीज़ों का एक ऐसा ख़ज़ाना आ जाता है जो कभी चुकता नहीं। तब फिर कभी ऐसी हालत नहीं आ सकती कि ये चीज़ें उसके भीतर से एकदम सूख जाएँ। तब ज़िन्दगी जीने योग्य रहती है और मेरी बात का यक़ीन करो ग्लैडिएटर, यह ज़िन्दगी ही दुनिया में सबसे अच्छी चीज़ है। हम इस बात को जानते हैं। हम ग़ुलाम हैं। हमारे पास यही ज़िन्दगी तो है। इसीलिए हम जानते हैं कि इसकी क़ीमत क्या है। रोमनों के पास और भी बहुत सी चीज़ें हैं इसीलिए ज़िन्दगी की उनके लिए कुछ ख़ास क़ीमत नहीं है। वे ज़िन्दगी के संग खिलवाड़ करते हैं मगर हम ज़िन्दगी को संजीदा तरीक़े पर बरतते हैं और इसीलिए हमें कभी अपने-आप को अकेले न होने देना चाहिए। तुम बहुत ज़्यादा अकेले हो ग्लैडिएटर। मुझसे थोड़ी बात करो।"

(मगर वह यहूदी कुछ नहीं कहता और उसके चेहरे पर और उसकी आँखों में कहीं कुछ नहीं बदलता। तो भी वह सुनता है। वह ख़ामोशी से सुनता है और ध्यान लगाकर सुनता है और फिर मुड़ता है और चला जाता है। मगर कुछ ही क़दम जाने के बाद वह रुक जाता है, अपने सिर को आधा घुमाता है और अपनी आँख की कोरों से स्पार्टकस को देखता है। और स्पार्टकस को ऐसा मालूम होता है कि जैसे उन आँखों में अब कोई चीज़ हो जो पहले न थी, एक चिनगारी, एक याचना, आशा की एक किरण। शायद।)

ग्लैडिएटर की ज़िन्दगी को जिन चार युगों, चार दौरों में बाँटा जा सकता है उसके तीसरे दौर की वह शुरुआत थी। इसे उम्मीद का दौर कहा जा सकता है। और यही वह वक़्त था जबकि उसकी नफ़रत दूर हो गई और उस ग्लैडिएटर ने अपने ही जैसे दूसरे लोगों के लिए एक ज़बरदस्त मुहब्बत और भाईचारे को ज़िन्दगी में पहली बार जाना। यह चीज़ एकाएक नहीं हो गई और एक बार में नहीं हुई। धीरे-धीरे करके उसने एक आदमी पर विश्वास करना सीखा और उस आदमी के माध्यम से उसने ज़िन्दगी को प्यार करना सीखा। स्पार्टकस के अन्दर यही चीज़ थी जिसने शुरू से उसको अपनी तरफ़ खीचा था, उस थ्रेसियन के दिल में ज़िन्दगी की

ज़बरदस्त मुहब्बत। स्पार्टकस जीवन के एक संरक्षक के समान था। बात इतनी ही न थी कि उसे ज़िन्दगी प्यारी थी और वह उसे बहुत सँजोकर रखता था : पूरी बात यह थी कि ज़िन्दगी उसे पूरी तरह अपने में समोये हुए थी। वह एक ऐसी चीज़ थी जिसके बारे में वह कभी कोई सवाल न उठाता था और न कभी आलोचना करता था। किसी हद तक ऐसा भी मालूम होता था कि जैसे स्पार्टकस और ज़िन्दगी की तमाम ताक़तों के बीच कोई गुप्त समझौता हो।

स्पार्टकस को देखते-देखते वह ग्लैडिएटर डेविड धीरे-धीरे उसका अनुसरण करने लगा। यह चीज़ उसने प्रदर्शनपूर्ण ढंग से नहीं की बल्कि लगभग गोपनीय ढंग से, चुपचाप। जब भी कोई मौक़ा आता था और इस बात का अन्देशा न रहता था कि दूसरे इस बात को ताड़ जाएँगे तो वह स्पार्टकस के पास खड़ा हो जाता था। उसके कान लोमड़ी के कान की तरह तेज़ थे। वह स्पार्टकस के शब्दों को सुनता था : वह उन शब्दों को अपने भीतर ले जाता था और उनको मन-ही मन दुहराता था। वह जानने की कोशिश करता था कि उन शब्दों के भीतर क्या है। और इस बीच पूरे वक़्त उसके भीतर कुछ हो रहा था। वह बदल रहा था : वह विकास कर रहा था। बहुत कुछ उसी तरह कुछ थोड़ा-सा परिवर्तन और कुछ थोड़ा-सा विकास उस स्कूल के हर ग्लैडिएटर के अन्दर हो रहा था मगर डेविड के अन्दर यह चीज़ और थी। वह एक ऐसी क़ौम से आया था जिनकी ज़िन्दगी में ईश्वर की बहुत बड़ी जगह थी। जब उसका ईश्वर खो गया तो उसकी ज़िन्दगी में एक बहुत बड़ा सूराख़ हो गया। अब वह आदमी से उस सूराख़ को भर रहा था। वह आदमी से प्यार करना सीख रहा था। वह आदमी की महानता को सीख रहा था। वह इस चीज़ के बारे में इस रूप में और किसी हद नहीं सोचता था मगर उसके संग यही चीज़ हो रही थी—और किसी हद तक तक दूसरे ग्लैडिएटरों के संग भी।

यह ऐसी चीज़ न थी जिसे बाटियाटस या रोम की सेनेट के सदस्य समझ सकें। उनकी समझ में विद्रोह पूर्ण विकसित रूप में और बिना किसी पूर्वनिश्चित योजना के एकाएक विस्फोट के रूप में हो गया था। जहाँ तक उनकी समझ जाती थी, कोई तैयारी न हुई थी और उसका कोई आरम्भ न था और ऐसा ही उनको लिखना पड़ा। इसको किसी दूसरी तरह से लिखने का ढंग उनको न आता था।

मगर इस चीज़ का आरम्भ था, एक सूक्ष्म और विचित्र और विकासशील आरम्भ। डेविड कभी उस पहले मौक़े को न भूल सका जब स्पार्टकस ने उसको ओडीसी की कविताएँ सुनाई थीं। यह एक नया और मोहक संगीत था। यह एक ऐसे बहादुर आदमी की कहानी थी जिसने बहुत कुछ सहा मगर हारा नहीं। बहुत-सी कविताएँ पूरी-पूरी उसकी समझ में आती थीं। वह उस विफलता से भरी हुई यातना को जानता था जो उस आदमी को होती है जो अपने प्यारे वतन से दूर पड़ा हुआ

है। वह जानता था कि भाग्य कैसे-कैसे खिलवाड़ करता है। वह गैलिली के पहाड़ों की एक लड़की से मुहब्बत करता था जिसके होंठ पॉपी की तरह सुर्ख़ और गाल रूई की तरह नरम थे और उसका दिल उसके लिए तड़पा करता था क्योंकि वह उसको पा नहीं सका। मगर यह कैसा संगीत था और यह कैसी शानदार बात थी कि एक ग़ुलाम, जो कि ग़ुलाम के बेटे का बेटा था, और ज़िन्दगी में कभी आज़ाद इनसान न रहा था, इस तरह इस अच्छी कहानी के न जाने कितने टुकड़े यों ही सुनाता चला जा रहा था। क्या कभी कोई स्पार्टकस के जैसा आदमी हुआ है? इतना नेक, इतना धैर्यवान, इतना शान्त जिसे इतनी देर में ग़ुस्सा आता हो।

अपने मन-ही-मन उसने स्पार्टकस को ओडिसियस समझ लिया था, वह धीर-गम्भीर और बुद्धिमान ओडिसियस; और इसके बाद हमेशा के लिए डेविड के मन में वे दोनों एक ही बने रहे। सब कुछ होते हुए भी तब तक वह अभी लड़का ही था, और उस लड़के को स्पार्टकस की शकल में अपना आदर्श नायक मिल गया था और मिल गया था ज़िन्दगी का नक़्शा और उस ज़िन्दगी को जीने का नक़्शा। पहले-पहले अपने भीतर की इस प्रवृत्ति को उसने अविश्वास की दृष्टि से देखा। किसी आदमी पर विश्वास न करो और फिर किसी आदमी से तुम्हें निराशा न होगी, यह बात उसने अपने-आप से बहुत बार कही थी, इसीलिए वह इस बात का इन्तज़ार करता रहा और इस बात की टोह में रहा कि स्पार्टकस जो कुछ है उससे घटकर कुछ हो जाए। और धीरे-धीरे उसको यह समझ में आने लगा कि स्पार्टकस कभी अपने-आप को घटाएगा नहीं, वह जो कुछ है उससे कम नहीं होने देगा—और उसकी यह चेतना इतनी ही न रही बल्कि और आगे बढ़ी क्योंकि उसकी समझ में आया कि कोई आदमी अपने-आप से घटकर नहीं होता—इस चीज़ का पूरा ज्ञान नहीं बल्कि उसकी एक हल्की सी झलक कि हर मनुष्य के भीतर कैसी अद्‌भुत रत्नराशियाँ छिपी हुई हैं।

इसीलिए जब रोम के उन दो, इत्र में बसे हुए, अप्राकृतिक मैथुनाचारियों के मनोरंजन के लिए दो-दो की जोड़ में आमरण लड़नेवाले चार ग्लैडिएटरों में से एक उसको भी चुना गया तो उसके मन में एक ऐसा संघर्ष, एक ऐसा अपवित्र अन्तर्विरोध अनुभव हुआ जैसा कि पहले कभी नहीं हुआ था। यह एक नया संघर्ष था और जब उसे इस संघर्ष में विजय मिली तब उसने पहली बार सही मानी में उस दीवार को भेदा जो उसने अपने बचाव के लिए अपने चारों तरफ़ उठा रखी थी। इस समय सलीब पर चढ़ा हुआ वह उस क्षण को भी पुनः जी रहा था। वह लौट आया था और अपने-आप से लड़ रहा था और सलीब पर उस समय उसके सूखे हुए होंठों से पीड़ा भरे हुए वे शब्द निकले जो उसने चार बरस पहले अपने-आप से कहे थे।

(वह अपने-आप से कहता है—मैं दुनिया का सबसे अभिशप्त आदमी हूँ क्योंकि देखो मुझे उस आदमी को मारने के लिए चुना गया है जिसको मैं दुनिया

में सबसे ज़्यादा प्यार करता हूँ। यह कैसी क्रूर नियति है! मगर ऐसे ईश्वर से या ईश्वरों से जिनका काम केवल मनुष्य को यंत्रणा देना है, दूसरी और किस चीज़ की आशा की जा सकती है? वही तो उनके जीवन का सम्पूर्ण उद्देश्य है। मगर मैं उनको सन्तुष्ट नहीं करूँगा। मैं उनके सामने अपना तमाशा नहीं बनाऊँगा। वे भी इत्र में बसे हुए उन्हीं रोमन सूअरों की तरह हैं जो कि मैदान में लड़ते हुए लोगों का ख़ून करते हैं और इन्तज़ार करते हैं कि एक आदमी की अँतड़ियाँ निकलकर बाहर आ जाएँ और रेत पर लोटने लगें। मगर इस बार मैं उन्हें नहीं सन्तुष्ट करूँगा। इस बार मैं उन्हें, उन नीच और कुत्सित लोगों को यह मनोरंजन न पाने दूँगा कि वे दो आदमियों को लड़ते हुए देखें, भले उन्हें किसी और चीज़ में मनोरंजन न मिलता हो वे मुझे मरा हुआ देख सकते हैं मगर किसी आदमी को मारा हुआ देखने से तो उनको सन्तोष नहीं होता। वह तो वे किसी भी समय देख सकते हैं। मगर मैं स्पार्टकस से नहीं लड़ूँगा। उससे लड़ने से पहले मैं ख़ुद अपने भाई का क़त्ल कर देना पसन्द करूँगा। मैं किसी भी हालत में स्पार्टकस से नहीं लड़ूँगा।

(मगर इसके बाद? पहले मेरी पूरी ज़िन्दगी में सिर्फ़ पागलपन था और फिर यहाँ की ज़िन्दगी ने उस पागलपन को और बढ़ा दिया। स्पार्टकस ने मुझे क्या दिया है? मुझे अपने-आप से यह सवाल पूछना चाहिए और इसका जवाब देना चाहिए। इसका जवाब मुझे इसलिए देना चाहिए कि स्पार्टकस ने मुझको कोई बड़ी क़ीमती चीज़ दी है। उसने मुझको ज़िन्दगी का राज़ दिया है। ज़िन्दगी ही ज़िन्दगी का राज़ है। हर आदमी किसी न किसी तरफ़ है। या तो तुम ज़िन्दगी के तरफ़दार हो या मौत के तरफ़दार हो। स्पार्टकस ज़िन्दगी का तरफ़दार है और इसलिए अगर उसको मुझसे लड़ना ही होगा तो वह लड़ेगा। वह यों ही नहीं मर जाएगा। वह उन्हें यह मौक़ा नहीं देगा कि यों आसानी से वे उसे मौत के घाट उतार दें और वह एक शब्द भी न बोले और पलटकर उन पर एक वार भी न करे। इसलिए मुझको भी यही करना चाहिए। मुझको स्पार्टकस से लड़ना ही होगा और ज़िन्दगी हमारा फ़ैसला करेगी। ओह, कितना भयानक निर्णय है यह भी। क्या दूसरा कोई आदमी कभी इतना अभिशप्त था? मगर शायद इसको ऐसा ही होना है। शायद दूसरी कोई गति नहीं है।)

वह एक बार फिर स्मृति में उन विचारों और उन निर्णयों को जीने लगा और उसे अब यह चेतना न रही कि वह क्रूस पर मर रहा है, कि भाग्य उस पर कृपालु रहा है, कि उसको स्पार्टकस से लड़ना नहीं पड़ा। उसका दर्द से ऐंठता हुआ दिमाग़ टुकड़ा-टुकड़ा करके उस बीते हुए ज़माने को इकट्ठा कर रहा था और एक बार फिर उसे जी रहा था। एक बार फिर ग्लैडिएटरों ने खाना खाने के उस बड़े हॉल में अपने ट्रेनरों को मार डाला। एक बार फिर वे लोग अपने छुरों से और नंगे हाथों उन रोमन सैनिकों से लड़े। एक बार फिर वे उस पूरे ग्रामांचल में घूमे और जागीरों

पर के ग़ुलाम निकल आए और उनसे आकर मिल गए। और एक बार फिर रात के वक़्त उन्होंने नगर सेना पर हमला किया और उसको तहस-नहस कर डाला और उनके तमाम हथियार और ज़िरहबख़्तर ले लिये। यह सब कुछ वह एक बार फिर अपनी स्मृति में जी रहा था, बुद्धि से नहीं, काल के अनुक्रम के अनुसार नहीं, आसानी से भी नहीं बल्कि इस तरह जैसे गरम आग का एक गोला समय के विस्तार में पीछे की तरफ़ फेंका जाए।

(—स्पार्टकस—वह कहता है, स्पार्टकस?—उनकी दूसरी बड़ी लड़ाई अब पीछे छूट चुकी है। ग़ुलाम अब एक फ़ौज हैं। वे फ़ौज की तरह नज़र भी आते हैं। उनके पास दस हज़ार रोमनों के हथियार और ज़िरहबख़्तर हैं। वे सैकड़ों की तादाद में, हज़ारों की तादाद में क़तार बनाए खड़े हैं। उनका रात का खेमा एक ऐसा क़िला है जिसके चारों तरफ़ खाई है और जिसकी दीवारें लकड़ी की हैं। उनका यह खेमा वैसा ही है जैसा कि रोमन फ़ौजें अपने लिए बनाती हैं। वे घंटों तक रोमन नेज़े को फेंकने का अभ्यास किया करते हैं। उन्होंने जो कुछ किया है उसकी शोहरत और उसकी दहशत सारी दुनिया में फैल चुकी है। हर ग़ुलाम की झोंपड़ी में, ग़ुलामों की हर बारिक में लोग कानों में फुसफुसाकर उस आदमी के बारे में बातें करते हैं जिसका नाम स्पार्टकस है और जिसने सारी दुनिया में आग लगा दी है। हाँ, उसने ऐसा ही किया है। उसके पास एक ज़बरदस्त फ़ौज़ है। जल्दी ही वह ख़ुद रोम पर धावा करेगा और अपने ग़ुस्से में रोम की दीवारों को तोड़कर गिरा देगा। वह जहाँ भी जाता है ग़ुलामों को आज़ाद करता है और दुश्मन का जो भी सामान उसके हाथ लगता है वह सबके मिले-जुले ख़ज़ाने में चला जाता है, जैसाकि उस पुराने ज़माने में होता था जबकि सारी दौलत क़बीले की होती थी और किसी आदमी की अपनी कोई दौलत न होती थी। उसके सिपाहियों के पास बस अपने हथियार हैं और जिस्मों पर अपने कपड़े हैं पैरों में अपने जूते हैं। अब यही स्पार्टकस है।

(वह कहता है, "स्पार्टकस?"

(धीरे-धीरे इस यहूदी डेविड की बोलने की ताक़त लौट आई है। वह धीरे-धीरे और अटक-अटककर बोल रहा है मगर बोल रहा है। अब वह ग़ुलामों के नेता से बोल रहा है।

("स्पार्टकस, मैं अच्छा योद्धा हूँ। है न?"

("अच्छे, बहुत अच्छे। सबसे अच्छे। तुम बहुत अच्छा लड़ते हो।"

("और मैं कायर भी नहीं हूँ, यह भी तो तुम जानते हो न?"

("मैं बहुत दिनों से यह बात जानता हूँ," स्पार्टकस कहता है, "ग्लैडिएटर भी कभी कायर होता है?"

("और मैंने कभी लड़ाई में पीठ नहीं दिखाई है।"

("कभी नहीं।"

("और जब मेरा कान एकदम कट गया तब भी मैंने बस दाँत-पर-दाँत रख लिये और दर्द से चीख़ा नहीं।"

(स्पार्टकस कहता है, "दर्द से चीख़ना शर्म की बात नहीं है। मैं ऐसे मज़बूत लोगों को जानता हूँ जो दर्द से चीख़ पड़ते हैं। मैं ऐसे मज़बूत लोगों को जानता हूँ जो रोने लगते हैं जब उनका मन दुख से भर जाता है। उसमें कोई शर्म की बात नहीं है।"

("मगर हम दोनों यानी तुम और मैं कभी नहीं रोते और एक रोज़ मैं तुम्हारी तरह बनूँगा स्पार्टकस।"

("तुम मुझसे ज़्यादा अच्छे आदमी बनोगे। तुम मुझसे ज़्यादा अच्छे योद्धा हो।"

("नहीं मैं कभी तुम्हारा आधा अच्छा भी नहीं बन सकूँगा मगर मेरा ख़याल है कि मैं लड़ता अच्छा हूँ। मैं बहुत फुर्तीला हूँ, बिल्ले की तरह। बिल्ला अपने ऊपर होनेवाली चोट को पहले ही से देख लेता है। बिल्ले के सारे जिस्म में आँखें ही आँखें होती हैं, वह अपनी चमड़ी से देखता है। कभी-कभी मुझको भी ऐसा ही महसूस होता है। प्राय: सदा ही मैं आनेवाली चोट को पहले ही से देख लेता हूँ। इसीलिए मैं तुमसे कुछ माँगना चाहता हूँ। मैं तुमसे यह माँगना चाहता हूँ कि तुम मुझे अपने बग़ल में रहने दिया करो। हम जब भी लड़ें मैं चाहता हूँ कि मैं तुम्हारे बग़ल में रहूँ। मैं तुम्हारी हिफ़ाज़त करूँगा। अगर हम तुमको खो देते हैं तो इसका मतलब होगा कि सभी कुछ खो गया। हम अपने लिए नहीं लड़ रहे हैं। हम सारी दुनिया के लिए लड़ रहे हैं इसीलिए मैं चाहता हूँ कि लड़ाई के वक़्त मैं सदा तुम्हारे बग़ल में रहूँ, इसकी इजाज़त तुम मुझे दे दो।"

("मेरे बग़ल में खड़े होने से ज़्यादा ज़रूरी काम तुम्हारे पास करने को हैं। मेरे बग़ल में रहकर क्या करोगे? मुझे ऐसे लोगों की ज़रूरत है जो सेना का नेतृत्व कर सकें।"

("मगर उन लोगों को भी तो तुम्हारी ज़रूरत है। क्या मैं बहुत बड़ी चीज़ माँग रहा हूँ?

("तुम बहुत छोटी चीज़ माँग रहे हो डेविड, और यह चीज़ तुम अपनी ख़ातिर नहीं मेरी ख़ातिर माँग रहे हो।"

("तो फिर मान क्यों नहीं जाते?"

(स्पार्टकस स्वीकृति में सिर हिलाता है।

("और फिर कभी तुम्हें कोई चोट न पहुँच सकेगी। मैं तुम्हारे ऊपर पहरा दूँगा। रात-दिन मैं तुम्हारे ऊपर पहरा दूँगा।")

इस तरह वह यहूदी, ग़ुलाम नेता स्पार्टकस का दाहिना हाथ बन गया। जिसने अपनी उस छोटी-सी ज़िन्दगी में सिर्फ़ हिंसा और रक्तपात और शरीर को चूर कर डालनेवाले श्रम को जाना था, अब उसने अपने सामने चमकते हुए स्वर्ण क्षितिज देखे। उनके विद्रोह का क्या परिणाम होगा यह उसके दिमाग़ में स्पष्ट से स्पष्टतर

होने लगा। चूँकि दुनिया में ज़्यादा बड़ी संख्या ग़ुलामों की है, इसलिए वे जल्दी ही एक ऐसी शक्ति बन जाएँगे जिसका मुक़ाबला कोई नहीं कर सकेगा। तब राष्ट्र और नगर सबका लोप हो जाएगा और एक बार फिर से स्वर्णयुग आ जाएगा। सभी देश के लोगों की कहानियों और किंवदन्तियों के अनुसार प्राचीन काल में कभी स्वर्णयुग था जब लोग निष्पाप थे और उनमें कोई कटुता न थी और जब वे आपस में प्रेम और शान्ति से रहा करते थे। इसलिए जब स्पार्टकस और उसके ग़ुलाम सारी दुनिया को जीत लेंगे तो फिर ऐसा ही हो जाएगा। उस युग के स्वागत में बड़े-बड़े झाँझ-मजीरे बजेंगे, नगाड़े बजेंगे और सब लोग मिलकर उसकी अभ्यर्थना करेंगे, समवेत स्वर में।

उसका मस्तिष्क तप्त और ज्वरग्रस्त हो रहा था और उसने उसी स्थिति में उस समवेत गान को सुना। उसने मानवता के स्वर को ऊपर चढ़ते और फैलते हुए सुना, वह समवेत गान जो पहाड़ों से टकराकर लौट रहा था।

(वह वारिनिया के साथ अकेले में है। वह जब वारिनिया को देखता है तो उसके लिए यह वास्तविक जगत् लुप्त हो जाता है और केवल यह नारी रह जाती है जो कि स्पार्टकस की पत्नी है। डेविड की आँखों में वह दुनिया की सबसे अधिक सुन्दर और स्पृहणीय स्त्री है और उसके लिए डेविड का प्रेम ऐसा है कि जैसे पेट में कोई कीड़ा बैठा उसे कुतर रहा हो। कितनी बार उसने अपने-आप से कहा था।

(कितने घृणित व्यक्ति हो तुम जो स्पार्टकस की पत्नी से प्यार करते हो। दुनिया में तुम्हारे पास जो कुछ भी है वह स्पार्टकस का दिया हुआ है और इसका बदला तुम उसे इस तरह चुका रहे हो? उसी की पत्नी से प्यार करके? कितना भयंकर पाप है! कितनी भयानक बात है! भले तुम मुँह पर इस बात को न लाओ, भले तुम इसको किसी तरह ज़ाहिर न होने दो मगर तब भी यह है तो भयानक बात। और इससे भी बड़ी बात यह है कि ऐसा करना बेकार है, एकदम बेसूद। ज़रा अपने-आप पर नज़र डालो। आईने में ज़रा अपनी शकल देखो। क्या कभी तुमने ऐसी शकल देखी थी, ऐसी तेज़ और वहशियाना, बाज़ के जैसा चेहरा, एक कान ग़ायब, जिस्म में हज़ार ज़ख़्म और उनके निशान!

(अब वारिनिया उससे कहती है, "तुम कैसे अजीब लड़के हो डेविड। तुम कहाँ के रहनेवाले हो? क्या तुम्हारे देश में सभी लोग तुम्हारी तरह हैं? अभी तुम लड़के ही हो मगर तुम न तो मुस्कराते हो न हँसते हो। जीने का यह भी कैसा अजीब ढंग है!"

("मुझको लड़का मत कहो वारिनिया। मैं साबित कर चुका हूँ कि मैं कभी-कभी लड़के से ज़्यादा भी कुछ हूँ।"

("सचमुच? जो भी हो, मुझ पर तो तुम्हारा चकमा नहीं चल सकता। तुम अभी बिलकुल लड़के हो। तुम्हारे पास कोई लड़की होनी चाहिए। तुम्हें उसकी कमर में बाँह डालकर घूमने के लिए निकल जाना चाहिए जबकि शाम अभी हो रही हो

और वक़्त बहुत ख़ूबसूरत हो। तुम्हें उसको चूमना चाहिए। तुम्हें उसके संग हँसना चाहिए। दुनिया में क्या काफ़ी लड़कियाँ नहीं हैं?"

("मेरे पास अपना काम है। मेरे पास उस सबके लिए वक़्त नहीं है।"

("प्रेम करने के लिए वक़्त नहीं है! अरे डेविड, डेविड, तुम कह क्या रहे हो! कैसी अजीब बात कह रहे हो!"

(वह बड़े हिंस्र ढंग से उत्तर देता है, क्रोध में भरकर—"और अगर कोई इन सब चीज़ों के बारे में सोचे-विचारे नहीं तो फिर हम कहाँ होंगे? तुम क्या इसको बच्चों का खिलवाड़ समझती हो, सेना का नेतृत्व करना, इतने हज़ारों लोगों के लिए हर रोज़ खाने का प्रबन्ध करना, सिपाहियों को लड़ाई की शिक्षा देना। हमारे पास एक-से-एक ज़रूरी काम करने को हैं और तुम चाहती हो कि मैं लड़कियों से आँखें लड़ाऊँ।"

("डेविड मैं तुमसे आँखें लड़ाने को नहीं कहती, प्रेम करने को कहती हूँ।"

("मेरे पास उसके लिए समय नहीं है।"

("समय नहीं है! अच्छा तुम्हीं बताओ मुझे कैसा लगे अगर स्पार्टकस मुझसे कहे कि उसके पास मेरे लिए समय नहीं है? मैं तो सोचती हूँ कि मैं उस हालत में मर जाना चाहूँगी। आदमी बनने से, एक सीधा-सादा मामूली, इनसानियत से भरा आदमी बनने से ज़्यादा बड़ी चीज़ दूसरी नहीं है। मैं जानती हूँ कि तुम स्पार्टकस को आदमी से ज़्यादा बड़ी चीज़ समझते हो। मगर वह है नहीं। अगर वह होता तो किसी काम का न होता। स्पार्टकस के भीतर कोई रहस्य नहीं है। मैं इस बात को जानती हूँ। जब स्त्री किसी पुरुष से प्यार करती है तो उसके बारे में बहुत सी बातें जान जाती है।"

(वह अपना सारा साहस बटोरकर कहता है—"तुम स्पार्टकस से प्यार करती हो न?"

("तुम कह क्या रहे हो? मैं उसको अपनी ज़िन्दगी से भी ज़्यादा प्यार करती हूँ। अगर वह चाहे तो मैं उसके लिए जान भी दे सकती हूँ।"

("मैं भी उसके लिए जान दे सकता हूँ," डेविड कहता है।

("वह बात और है। मैं कभी-कभी तुमको देखती हूँ, उस वक़्त जबकि तुम स्पार्टकस को देखते रहते हो। वह बात और है। मैं उसको प्यार करती हूँ क्योंकि वह आदमी है। वह एक सीधा-सादा आदमी है। उसमें कहीं कोई उलझाव नहीं है। वह सरल है, नेक है, भला है और उसने मुझे आज तक कभी नहीं डाँटा और न कभी मुझ पर हाथ उठाया। कुछ लोग होते हैं जिनके मन में अपने लिए बड़ी व्यथा होती है मगर स्पार्टकस के पास अपने लिए न तो कोई व्यथा है और न कोई करुणा। करुणा और व्यथा उसके पास दूसरों के लिए है। तुमने यह बात कैसे पूछी कि मैं उसको प्यार करती हूँ या नहीं? क्या सब लोग जानते नहीं कि मैं उसको कितना प्यार करती हूँ।")

इस तरह अपनी उस पीड़ा में, बीच-बीच में, यह अन्तिम ग्लैडिएटर पुरानी बातों को बड़ी सफ़ाई से और ठीक-ठीक याद कर पा रहा था : मगर कभी-कभी यह भी होता था कि उसकी स्मृति बिलकुल ही अस्त-व्यस्त और भयानक हो जाती थी, कि जैसे कोई डरावना सपना, लड़ाई, चीख़-पुकार, ख़ून और दर्द का एक डरावना सपना, जिसमें वहशियाना भीड़ें इधर से उधर दौड़ लगाती रहती थीं और उन पर किसी का कोई बस न होता था। अपने विद्रोह के पहले दो सालों में कभी-न-कभी उनको यह एहसास हुआ था कि रोम की दुनिया में रहनेवाले तमाम ग़ुलाम विद्रोह नहीं करेंगे या शायद नहीं कर सकते, वे सब उन लोगों का साथ न देंगे। तब वे अपनी शक्ति के शिखर पर पहुँच चुके थे मगर रोम की शक्ति का कहीं कोई अन्त दिखाई न देता था। उसने उस समय की एक लड़ाई को याद किया, एक भयानक लड़ाई को जो इतनी बड़ी थी; जिसमें दोनों तरफ़ के इतने सिपाही लड़ रहे थे कि लगभग एक दिन और पूरी एक रात स्पार्टकस और उसके इर्द-गिर्द के लोग मुश्किल से यह अनुमान लगा पाते थे कि लड़ाई किस नतीजे की ओर जा रही है। इस स्मृति के समय, कापुआ के लोगों ने, जो इस सलीब पर चढ़े हुए ग्लैडिएटर को देख रहे थे, देखा कि कैसे उसका शरीर ऐंठा और बल खा गया और कैसे उसके होंठों पर सफ़ेद झाग आ गया था और कैसे उसके सभी अंग दर्द से अलग-अलग ऐंठ रहे थे। उन्होंने उसके मुँह से आवाज़ें निकलते सुनीं और उनमें से कई लोगों ने कहा, "अब इसके मरने में देर नहीं है। काम तमाम ही समझो।"

(उन लोगों ने एक पहाड़ी की चोटी पर, एक लम्बी-सी पहाड़ी की चोटी पर, जिसके दोनों ओर लम्बी-लम्बी चट्टानें थीं, अपने पैर जमाए हैं और उनके पैदल दस्ते दोनों ओर आधे मील की दूरी तक फैले हुए हैं। वहीं पर एक बड़ी ख़ूबसूरत घाटी है जिसके बीचोबीच होकर एक छोटी-सी उथली नदी, टेढ़ी-मेढ़ी गति से बह रही है, घाटी की तलहटी में हरी-हरी घास है और दूध से भरे हुए भारी-भारी थनों वाली गाएँ घास चर रही हैं और घाटी के दूसरी ओर पहाड़ी की वह ज़मीन है जहाँ रोमन सेनाएँ अपने पैर जमाए खड़ी हैं। अपनी सेना के बीचोबीच स्पार्टकस ने अपनी कमान चौकी क़ायम की है, एक टीले पर सफ़ेद रंग का एक मंडप जहाँ से वह सारा इलाक़ा दिखाई देता है। यहीं पर उसने वे तमाम चीज़ें शुरू कर दी हैं जो कि लड़ाई की कमान चौकी के लिए एकदम ज़रूरी हैं। एक मुंशी लिखने के सामान और काग़ज़ लेकर बैठा हुआ है। पचास हरकारे तैयार खड़े हैं कि आदेश मिले और वे दौड़कर रणक्षेत्र के किसी भी हिस्से में पहुँच जाएँ। झंडी दिखाने वाले आदमी के लिए एक मस्तूल बनाया गया है और वह आदमी उस मस्तूल के बग़ल में अपनी रंग-बिरंगी झंडियाँ लिये खड़ा है। और उस बड़े से खेमे के बीचोबीच एक लम्बी-सी मेज़ पर लड़ाई के क्षेत्र का एक बड़ा-सा नक़्शा तैयार किया जा रहा है।

(यही वे तरीक़े हैं जो ग़ुलामों ने निकाले हैं और दो साल की सख़्त लड़ाई के दौरान में निकाले हैं, उसी तरह जिस तरह उन्होंने अपनी लड़ाई के दाँव-पेच निकाले हैं। इस वक़्त सेना के नेता उस मेज़ के चारों तरफ़ खड़े हैं, नक़्शे को देख रहे हैं और दुश्मन की फ़ौज के बारे में उनको जो ख़बरें मिली हैं उनको छाँटकर उनके अन्दर से यह मालूम कर रहे हैं कि वाक़ई दुश्मन की फ़ौज कितनी बड़ी है और कैसी है। मेज़ के चारों तरफ़ आठ लोग हैं। एक सिरे पर स्पार्टकस खड़ा है। डेविड उसके बग़ल में खड़ा है। अगर कोई अजनबी स्पार्टकस को पहली मर्तबा देखे तो कहेगा कि यह आदमी कम-से-कम चालीस साल का है। उसके घुँघराले बालों में यहाँ-वहाँ सफ़ेद बाल भी मिले हुए हैं। वह पहले से दुबला हो गया है और रात को नींद न मिलने की वजह से उसकी आँखों के नीचे स्याह हलक़े हैं।

(देखनेवाला यह कहेगा कि वक़्त इस आदमी को पकड़े ले रहा है। वक़्त इस आदमी के कन्धों पर अच्छी तरह बैठ गया है, आसन मारकर और सवारी कर रहा है। यह सचमुच पैना निरीक्षण होगा, क्योंकि कभी ही कभी अनेक वर्षों और अनेक शताब्दियों में कोई एक आदमी आता है जो सारी दुनिया को आवाज़ देता है : और फिर जब सदियाँ गुज़र जाती हैं, और दुनिया मोड़ ले लेती है, तब भी इस आदमी को कोई भूलता नहीं। अभी कुछ ही समय पहले तक यह आदमी महज़ एक ग़ुलाम था मगर अब कौन है जो स्पार्टकस का नाम नहीं जानता? मगर उसके पास यह देखने के लिए कि ख़ुद उसके अन्दर क्या तब्दीली हुई है, रुककर सोचने का वक़्त नहीं है। इससे भी कम वक़्त उसके पास यह सोचने के लिए है कि इन दो वर्षों में उसके अन्दर क्या तब्दीली हुई है, कि तब वह कैसा आदमी था और अब कैसा है। अब वह लगभग पचास हज़ार सिपाहियों की एक फ़ौज का सेनापति है और बहुत सी बातों में वह एक ऐसी फ़ौज है जिससे अच्छी फ़ौज दुनिया में आज तक किसी ने देखी न थी।

(यह एक ऐसी फ़ौज है, जो कि बहुत सीधे-सीधे शब्दों में बग़ैर किसी क़लई-मुलम्मे की आज़ादी के लिए लड़ती है। पुराने ज़माने में न जाने कितनी फ़ौजें हुई हैं, फ़ौजें जो राष्ट्रों के लिए लड़ती थीं या नगरों के लिए या धन-सम्पदा के लिए या लूट के सामान के लिए या सत्ता के लिए या इस-उस क्षेत्र पर अपना आधिपत्य ज़माने के लिए; मगर यह एक ऐसी फ़ौज है जो कि इनसान की आज़ादी और स्वाभिमान के लिए लड़ती है; यह एक ऐसी फ़ौज है जो कि किसी देश या किसी नगर को अपना नहीं कहती क्योंकि इसके सिपाही सभी देशों और नगरों और जातियों के लोग हैं; यह एक ऐसी फ़ौज है जिसमें हर सिपाही ग़ुलामी की एक ही परम्परा को ढो रहा है और उन सभी के दिल में उन लोगों के लिए समान रूप से नफ़रत है जो दूसरों को ग़ुलाम बनाते हैं। यह एक ऐसी फ़ौज है जो जीतने के लिए कृतसंकल्प है, जिसे जीतना ही होगा क्योंकि पीछे लौटने को उसके पास पुल नहीं है, कोई देश नहीं है जो उसे शरण

दे या आश्रय दे। वह इतिहास की बदली हुई गति का एक क्षण है, एक आरम्भ, एक हलचल, एक निश्शब्द फुसफुसाहट, एक सूचना, रोशनी का एक कौंधा जो दुनिया को हिला देनेवाली गरज और अन्धा कर देनेवाली बिजली की चमक का पता देता है। यह एक ऐसी फ़ौज है जिसे एकाएक यह ज्ञान हो गया है कि वह विजय जिसके लिए कि वह कृतसंकल्प है, दुनिया को बदले बिना न रहेगी और इसलिए या तो उसको दुनिया को बदल ही देना है या फिर विजय नहीं प्राप्त करनी है।

(शायद उस वक़्त जबकि स्पार्टकस उस नक़्शे के पास खड़ा हुआ, उसको देखता हुआ अपने विचार में मग्न है, यह सवाल उसके दिमाग़ में उठता है कि आख़िर इस सेना का जन्म कैसे हुआ? वह उन मुट्ठी-भर ग्लैडिएटरों की बात सोचता है जिन्होंने उस मोटे थुलथुल लानिस्ता के स्कूल में से लड़कर निकलने के लिए अपनी राह बनाई थी। वह सोचता है कि वे लोग वैसे ही थे जैसे कि समुद्र में फेंका हुआ एक भाला जो कि समुद्र में हरकत पैदा कर देता है और उसी तरह यहाँ भी एकाएक ग़ुलामों की दुनिया की बहुत दिनों से चली आती हुई स्थिरता और शान्ति में एकाएक विस्फोट हो जाता है। वह उस अनन्त संघर्ष की बात सोचता है जो इन ग़ुलामों को सैनिक बनाने के लिए करना होता है, उन्हें आपस में मिलकर काम करने और मिलकर सोचने के लिए, और फिर वह यह समझने की कोशिश करता है कि क्यों वह गति रुक गई।

(मगर इस सब सोच-विचार के लिए अब समय नहीं है। अब वे लोग लड़ने जा रहे हैं। उसका दिल डर के कारण भारी हो रहा है, जैसा कि हर लड़ाई के पहले होता है। लड़ाई जब शुरू होती है तो बहुत-सा डर ग़ायब हो जाता है मगर अभी तो उसे डर लग रहा है। वह मेज़ के इर्द-गिर्द खड़े हुए अपने सभी साथियों को मुड़कर देखता है। उनके चेहरे इतने शान्त क्यों हैं? उनके मन में कोई डर नहीं है क्या? वह क्रिक्सस को देखता है, उस लाल बालोंवाले गॉल को, उसकी छोटी-छोटी नीली-नीली आँखें उसके सुर्ख़, हल्के भूरे रंग के धब्बेवाले चेहरे पर कितनी गहरी और कितनी शान्त दिखाई देती हैं और उसकी लम्बी-सी पीली मूँछ झुककर उसकी ठुड्डी के नीचे तक पहुँच गई है। और वह गैनिकस है, उसका दोस्त, उसी के क़बीले का आदमी और उसी का ग़ुलाम भाई। वह कैस्टस है और वह फ्रैक्सस और भारी-भारी कन्धोंवाला वह काला अफ़्रीकन नॉर्डो और वह दुबला-पतला नाज़ुक-सा तेज़ अक़्ल का मिस्री मोज़ार और वह यहूदी डेविड और उनमें से किसी को देखने से ऐसा नहीं पता चलता कि उनके मन में कोई डर है। तब फिर वही क्यों डर रहा है?

(अब वह उनसे तेज़ स्वर में कहता है, "अच्छा तो दोस्तो, अब हम लोग क्या करने जा रहे हैं? क्या हम लोग दिन-भर यहीं पर खड़े पहेली बूझते रहेंगे कि घाटी के उस पार की फ़ौज में कितने लोग हैं?"

(गैनिकस कहता है, "बहुत बड़ी फ़ौज है। इतनी बड़ी फ़ौज न तो हमने पहले देखी और न हमें इतनी बड़ी फ़ौज का सामना ही करना पड़ा। उनको गिनना मुश्किल है मगर मैं तुमको बतला सकता हूँ कि हम लोगों ने दस लीजनों के झंडे पहचान लिये हैं। सातवीं और आठवीं लीजन को वे गॉल से ले आए हैं। तीन लीजनें वे अफ़्रीका से और दो स्पेन से ले आए हैं। मैंने अपनी सारी ज़िन्दगी में आज तक ऐसी कोई फ़ौज न देखी थी। घाटी के उस पार कम-से-कम सत्तर हज़ार सिपाही होंगे।"

(क्रिक्सस भी हमेशा डर और हिचकिचाहट की तलाश में रहता है। अगर क्रिक्सस का बस चलता तो वे लोग अब तक सारी दुनिया फ़तह कर चुके होते। उसके पास बस एक नारा है, रोम पर धावा करो। इन चूहों को मारना बन्द करो और सीधे उनके घर में ही आग लगा दो। अब वह कहता है, "मैं तो तुमसे हैरान हूँ गैनिकस, क्योंकि तुम्हारे लिए हमेशा सामने की फ़ौज सबसे बड़ी फ़ौज होती है और सामने का वक़्त लड़ाई के लिए सबसे बुरा वक़्त होता है। मैं तुम्हें बतलाता हूँ। मैं ख़ाक-धूल परवाह नहीं करता उनकी फ़ौज की। अगर फ़ैसला मुझे करना हो तो मैं तो उन पर हमला कर दूँगा और अभी इसी वक़्त करूँगा, एक घंटे या एक दिन या एक हफ़्ते बाद नहीं।"

(गैनिकस चाहता है अभी लड़ाई न लड़ी जाए। हो सकता है कि रोमन अपनी फ़ौज को टुकड़ों में बाँटें। उन्होंने पहले ऐसा किया भी है, इसलिए मुमकिन है फिर करें।

(स्पार्टकस कहता है, "वे अपनी फ़ौज को बाँटेंगे नहीं, मैं तुमसे कहता हूँ। और क्या ज़रूरत है उनको ऐसा करने की? हम सब तो यहीं पर हैं। वे जानते हैं कि हम सभी यहाँ पर हैं। तब फिर फ़ौज को टुकड़ों में बाँटने की उन्हें क्या ज़रूरत?"

(तब वह मिस्री मोज़ार कहता है, "इस बार तो मैं क्रिक्सस से सहमत हूँ। यह एक बड़ी असाधारण घटना है मगर इस बार क्रिक्सस ठीक कह रहा है। घाटी के उस पार वह बहुत बड़ी फ़ौज है और आगे-पीछे, जल्दी या देर से हमें उनसे लड़ना ही होगा। तो जल्दी ही क्यों न लड़ लें? वे लोग हमसे ज़्यादा देर तक बैठे रह सकते हैं क्योंकि उनके पास खाने को है और हम तो थोड़ी देर बाद भूखों मरने लग जाएँगे। और फिर जब हम अपनी जगह से हटेंगे तो उनको वह मौक़ा मिल जाएगा जिसकी कि उनको तलाश है।"

("तुम्हारे ख़याल में कितने लोग होंगे?" स्पार्टकस उससे पूछता है।

("बहुत ज़्यादा कम-से-कम सत्तर हज़ार।"

(स्पार्टकस गम्भीरता से सिर हिलाता है, "ओह, यह तो बहुत हुआ, बहुत ही ज़्यादा। मगर मेरा ख़याल है तुम ठीक कहते हो। हमें उनसे यहीं पर लड़ना होगा।"

वह बात ऐसे अन्दाज़ में कहता है कि हल्की-फुल्की मालूम हो मगर उसका दिल ज़रा भी हल्का नहीं है।

(वे फ़ैसला करते हैं कि तीन घंटे के अन्दर बग़ल से रोमनों पर हमला कर देंगे मगर लड़ाई उसके पहले ही शुरू हो जाती है। ये सब कमांडर अपनी रेजिमेंटों में वापस पहुँचते ही हैं कि रोमन सैनिक ग़ुलाम फ़ौज के मध्य भाग पर हल्ला बोल देते हैं। उसमें कोई पेचीदा दाँव-पेच नहीं है; एक लीजन आगे बढ़कर ग़ुलामों के केन्द्रीय भाग पर हमला करता है, वैसे ही जैसे कमान चौकी पर भाला फेंका जाए और फिर वह सारी ज़बरदस्त फ़ौज उस लीजन के पीछे-पीछे लड़ाई में आ जाती है। डेविड स्पार्टकस के संग रहता है मगर वे लोग अपनी कमान चौकी पर से सुसंगठित-सुसम्बद्ध आत्मरक्षा की लड़ाई एक घंटे से कम ही देर तक लड़ पाते हैं। इसके बाद लड़ाई उनके ऊपर आ जाती है और वह डरावना सपना शुरू होता है। स्पार्टकस का खेमा चकनाचूर कर दिया जाता है। लड़ाई उनको समुद्र की तरह अपने संग बहा ले जाती है और स्पार्टकस के चारों तरफ़ तूफ़ान चल रहा है।

(इसे लड़ाई कहते हैं! अब डेविड को मज़ा आएगा कि हाँ कोई लड़ाई लड़ी। इसके मुक़ाबले में पहले की हर लड़ाई एक छोटी-मोटी झड़प थी। अब स्पार्टकस एक महान सेना का सेनापति नहीं बल्कि एक साधारण सैनिक है जिसके हाथ में एक तलवार और एक चौकोर ढाल है और वह लड़ क्या रहा है बिलकुल क़यामत बरपा कर रहा है। यहूदी भी इसी तरह लड़ रहा है। वे दोनों एक चट्टान की तरह हैं और उनके चारों तरफ़ घनघोर लड़ाई हो रही है। एक बार वे अकेले पड़ जाते हैं और अपनी जान बचाने के लिए लड़ते हैं। तब एक सौ आदमी उनकी मदद के लिए आ जाते हैं। डेविड स्पार्टकस को देखता है और स्पार्टकस उस ख़ून और पसीने के नीचे से मुस्करा रहा है।

(और चिल्लाता है—"वाह, क्या ख़ूब लड़ाई है! मज़ा आ गया डेविड! क्या ऐसी लड़ाई के बाद हम फिर सूरज को उगता हुआ देखने के लिए ज़िन्दा रहेंगे? कौन जानता है?"

(डेविड सोचता है, कितना मज़ा आ रहा है इसको लड़ाई में। कैसा अजीब आदमी है यह! इसको लड़ाई में मज़ा आता है! और देखो लड़ कैसे रहा है, ख़ूँखार वहशी की तरह, सर पर क़फ़न बाँधकर! वह गाना जो वह गाता है उसी के आदमियों की तरह वह भी लड़ रहा है!

(उसको नहीं मालूम कि वह ख़ुद भी उसी तरह लड़ रहा है। कोई भाला स्पार्टकस को छुए इसके पहले उसकी लाश गिरेगी। वह एक बिल्ले की तरह है, जो कभी नहीं थकता, एक बड़े भारी जंगली बिल्ले की तरह और उसकी तलवार ही उसके पंजे हैं। वह कभी स्पार्टकस से अलग नहीं होता और जिस तरह हर

हालत में वह उसके बग़ल में ही रहा आता है उससे कोई भी यही ख़याल करेगा कि उसका शरीर स्पार्टकस के शरीर से जुड़ा हुआ है। वह लड़ाई को समग्र रूप में बहुत थोड़ा ही देख पाता है। वह सिर्फ़ इतना देख रहा है कि उसके और स्पार्टकस के ठीक सामने क्या है, मगर इतना ही काफ़ी है। रोमनों को मालूम है कि स्पार्टकस यहाँ पर है और उसको जा पकड़ने की जल्दी में वे बरसों के अभ्यास से सीखी हुई अपनी व्यूह रचना भूल जाते हैं। अपने अफ़सरों द्वारा ठेले हुए वे लोग एक भीड़ की तरह आगे बढ़ते हैं, लड़ते हैं और मार-काट करते हैं कि किसी तरह स्पार्टकस के पास पहुँचें ताकि उसे घसीटकर गिराएँ, मारें, उस राक्षस का सिर काट लें। वे लोग इतने पास हैं कि डेविड उनके मुँह से निकली हुई उन तमाम गन्दी-गन्दी बातों को सुन सकता है। लड़ाई के शोर के ऊपर भी यह आवाज़ सुनी जा सकती है। मगर ग़ुलाम भी जानते हैं कि स्पार्टकस यहीं पर है और दूसरी तरफ़ से वे भी लड़ाई के इस केन्द्रीय हिस्से में पहुँच जाते हैं।

वे झंडे की तरह स्पार्टकस के नाम को हवा में फहरा देते हैं और यह नाम लड़ाई के मैदान में यों ही झंडे की तरह फहराता रहता है। स्पार्टकस! मीलों तक यह नाम सुना जा सकता है। वहाँ से पाँच मील दूर, चहारदीवारी से घिरे हुए एक शहर में वे लोग लड़ाई का शोर सुनते हैं।

(मगर डेविड सुनकर भी कुछ नहीं सुनता : उसे इसके अलावा कुछ नहीं मालूम कि वह किस चीज़ से लड़ रहा है और उसके सामने क्या है। उसकी ताक़त कम होती चली जाती है, उसके होंठ सूखते चले जाते हैं और लड़ाई भयानक से और भी भयानक होती जाती है। उसे नहीं मालूम कि लड़ाई दो मील तक फैली हुई है। उसे नहीं मालूम कि क्रिक्सस ने दो लीजनों का सफ़ाया कर दिया है और अब उनका पीछा कर रहा है। उसे मालूम है सिर्फ़ अपनी बाँह और अपनी तलवार और यह कि स्पार्टकस उसके बग़ल में है। उसे यह भी होश नहीं कि वे लड़ते-लड़ते पहाड़ के ढलवान ने नीचे उतरकर घाटी में पहुँच गए हैं और जब उसके पैर उस नम घासवाली ज़मीन पर पड़ते हैं तभी उसको इसका एहसास होता है। फिर वे नदी के भीतर पहुँच जाते हैं और घुटने-घुटने भर पानी में खड़े होकर लड़ते रहते हैं और नदी का पानी ख़ून की तरह सुर्ख़ हो जाता है। सूरज डूब जाता है और सारा आसमान लाल है, जैसे कि वह उन हज़ारों आदमियों को एक दर्द से भरी हुई सलामी दे रहा हो जो उस घाटी को अपनी नफ़रत और अपनी मारकाट से भर रहे हैं। अँधेरे में लड़ाई कम हो जाती है मगर रुकती नहीं और चाँद की ठंडी रोशनी में ग़ुलाम नदी के उस ख़ूनी पानी में सिर डुबोते हैं और पीते हैं और पीते ही चले जाते हैं क्योंकि अगर अब वो पानी न पिएँगे तो मर जाएँगे।

(पौ फटते-फटते रोमनों का हमला खतम हो जाता है। इन ग़ुलामों जैसे आदमियों से कौन कभी लड़ा होगा! तुम चाहे जितनों को मारो उनकी जगह लेने के लिए दूसरे

लोग चीख़ते हुए पहुँच जाते हैं। वे जानवरों की तरह लड़ते हैं, आदमियों की तरह नहीं क्योंकि जब तुम्हारी तलवार उनके पेट को चाक कर देती है और वे ज़मीन पर गिर पड़ते हैं तब भी वे गिरते-गिरते तुम्हारे पैर को अपने दाँतों से पकड़ लेते हैं और तुम्हें अपनी टाँगों को छुड़ाने के लिए उनकी गर्दन काटनी पड़ती है। दूसरे होते हैं कि घायल होने पर लड़ाई से बाहर रेंग जाते हैं मगर ये ग़ुलाम मरते दम तक लड़ते रहते हैं। दूसरे होते हैं कि सूरज डूबने पर लड़ाई बन्द कर देते हैं मगर ये ग़ुलाम बिल्लियों की तरह अँधेरे में भी लड़ते हैं और कभी सुस्ताते नहीं।

(इस चीज़ को देखकर रोमन अब ख़ौफ़ खाने लगते हैं। बहुत पहले जो बीज कभी उनके भीतर पड़ा था वह अब बढ़ने लगता है, अंकुरित होने लगता है—ग़ुलामों का भय। तुम ग़ुलामों के साथ रहते हो मगर उन पर विश्वास नहीं करते। वे भीतर हैं मगर बाहर भी हैं। वे तुमको देखकर हर रोज़ मुस्कराते हैं मगर उनकी मुस्कराहट के पीछे नफ़रत है। वे सिर्फ़ तुमको मार डालने की तदबीर सोचते हैं। वे नफ़रत पर पनपते हैं। वे इन्तज़ार करते हैं और करते रहते हैं और करते रहते हैं। उनके पास ऐसा धीरज है, ऐसी स्मृति है जिसका कहीं कोई अन्त नहीं है। रोमनों में जब से कुछ भी सोचने की ताक़त आई तभी से उनके अन्दर यह बीज पड़ा और अब इस बीज में फल लग रहा था।

(वे थक गए हैं। उनमें अब इतनी भी ताक़त नहीं है कि अपनी ढालें ले चल सकें या अपनी तलवारें उठा सकें। मगर ग़ुलामों को कहीं कोई थकन नहीं है। यहाँ पहुँचकर अक़्ल जवाब दे देती है। दस यहाँ टूटते हैं सौ वहाँ। फिर वे सौ एक हज़ार बन जाते हैं और वे हज़ार दस हज़ार बन जाते हैं और फिर एकाएक सारी फ़ौज पर आतंक छा जाता है और रोमन अपने हथियार फेंक-फेंक कर भागने लगते हैं। उनके अफ़सर उनको रोकने की कोशिश करते हैं मगर वे अपने अफ़सरों को मार डालते हैं और घबराहट से चीख़ते हुए वे उन ग़ुलामों से दूर भाग जाना चाहते हैं। और ग़ुलाम उनका पीछा कर रहे हैं, उनके संग अपना पुराना हिसाब-किताब बराबर कर रहे हैं और मीलों तक ज़मीन पर रोमनों की लाशें बिछी हुई हैं जो मुँह के बल पड़ी हैं और जिनकी पीठों में ज़ख़्म हैं।

(जब क्रिक्सस और दूसरों ने स्पार्टकस को पाया तो उस वक़्त भी वह यहूदी के बग़ल में ही था। स्पार्टकस ज़मीन पर इत्मीनान से फैलकर लेटा हुआ है और उन लाशों के बीच सो रहा है और वह यहूदी हाथ में तलवार लिये उस पर पहरा दे रहा है। यहूदी कहता है, "इसको सोने दो। यह एक बहुत बड़ी जीत रही। इसको सोने दो।"

(मगर इस महान विजय में दस हज़ार ग़ुलाम खेत रहे। और रोमनों की दूसरी फ़ौजें, और भी बड़ी फ़ौजें आएँगी।)

जब लोगों को यह बात मालूम हुई कि वह ग्लैडिएटर मर रहा है तो उनकी दिलचस्पी कम हो गई। दोपहर होते-होते बस मुट्ठी-भर लोग वहाँ पर रह गए थे जो कि लोगों को सलीब पर चढ़ाने के बड़े कट्टर समर्थक थे। बस वो और कुछ थोड़े से आवारा लड़के और भिखमंगे जिनको कापुआ के बहुत से मनोरंजन के स्थानों में कहीं कोई जगह न मिल सकती थी। यह बात सच है कि उस वक़्त कापुआ में कोई घुड़दौड़ न हो रही थी मगर इसमें तो शक नहीं कि उन दो अखाड़ों में से एक में ज़रूर कोई न कोई ऐसी लड़ाई हो रही होगी। चूँकि बाहर के बहुत से यात्री कापुआ आया करते थे इसलिए कापुआ के जो ज़रा ज़्यादा पैसेवाले नागरिक थे वे इसको अपनी प्रतिष्ठा की एक बात समझते थे कि साल में कम-से-कम तीन सौ दिन ग्लैडिएटरों की लड़ाई की व्यवस्था नगर में हो। कापुआ में एक बहुत अच्छा रंगमंच था और वेश्यावृत्ति के बहुत से बड़े-बड़े अड्डे थे जो कि इतने खुले रूप में काम करते थे जितना कि रोम में मुमकिन न था। इन जगहों में सभी जातियों और सभी देशों की स्त्रियाँ थीं और इनको इस बात की विशेष शिक्षा मिली हुई थी कि कैसे वे अपने नगर का सम्मान बढ़ाएँ। वहाँ पर बहुत अच्छी-अच्छी दूकानें भी थीं, इत्र का बाज़ार था, बड़े-बड़े स्नानागार थे और रमणीक सागर-तट पर जलक्रीड़ा के बहुत से अच्छे-अच्छे साधन थे।

इसलिए यह कोई अचम्भे की बात न थी कि सलीब पर चढ़ा हुआ मरता हुआ एक ग्लैडिएटर क्षणिक आकर्षण मात्र हो। अगर वह मुनेरा का वीर न होता तो किसी ने दुबारा उसको देखने की भी तकलीफ़ न उठाई होती। और अब यों भी लोगों को उसमें कुछ ख़ास दिलचस्पी न रह गई थी। 'कापुआ में रहनेवाले रोम के नागरिकों' के नाम एक चिट्ठी में वहाँ के तीन धनाढ्य व्यापारियों ने, जो कि स्थानीय यहूदियों के चौधरी थे, यह लिख दिया था कि हम इस ग्लैडिएटर के बारे में कुछ भी नहीं जानते और किसी तरह इसके लिए ज़िम्मेदार नहीं हैं। उन्होंने बतलाया था कि उनकी मातृभूमि में विद्रोह और असन्तोष के सभी तत्त्वों को जड़ से उखाड़ फेंका गया था और उन्होंने यह भी बतलाया था कि ख़तने का मतलब यह नहीं है कि कोई आदमी यहूदी ही है। मिस्त्रियों में, फ़िनीशियावालों में और यहाँ तक कि ईरानियों में भी ख़तने का बहुत चलन है। यहूदियों के स्वभाव में यह बात नहीं है कि वे एक ऐसी शक्ति के ऊपर हमला करें जिसने दुनिया के बहुत बड़े हिस्से पर, लगभग पूरी दुनिया पर, शान्ति और व्यवस्था स्थापित की और समृद्धि की राह दिखलाई। इस तरह हर ओर से तिरस्कृत होकर वह ग्लैडिएटर अपनी पीड़ा और अपने कलंक में अकेला ही धीरे-धीरे मौत की तरफ़ बढ़ रहा था। सिपाहियों को उससे मनोरंजन न मिल रहा था और दर्शकों का भी कुछ ऐसा ही हाल था।

एक बड़ी ज़लील-सी बुढ़िया थी जो अपने घुटनों को अपनी बाँहों में लिये बैठी थी और इस सलीब पर चढ़े हुए आदमी को घूर रही थी। सिपाही इस क़दर उकताए हुए थे कि उन्होंने उस बुढ़िया को चिढ़ाना शुरू कर दिया।

उनमें से एक ने कहा, "अरे मेरी जान, अब उस आदमी को देख-देखकर क्या ख्वाब देख रही हो?"

दूसरे ने पूछा, "कहो तो हम लोग उसे काटकर नीचे गिरा दें और तुम्हारे हवाले कर दें? ऐसे अच्छे नौजवान के संग सोए न जाने तुम्हें कितना ज़माना हो गया होगा?"

उसने धीरे से बुदबुदाकर कहा, "बहुत लम्बा ज़माना।"

"अपने संग बिस्तर में तुम उसे बस एक साँड़ ही समझो। वह तुम्हारे ऊपर सवारी करेगा, वैसे ही जैसे घोड़ा घोड़ी पर सवारी करता है। कहो क्या राय है?"

वह बोली, "कैसे बोलते हो! कैसे अजीब हो तुम लोग! मुझसे इसी तरह बात करनी चाहिए तुमको, कुछ तो शरम खाओ!"

"क्षमा कीजिए श्रीमती जी," कहकर सभी सिपाही एक के बाद एक बुढ़िया को बड़ा फ़र्शी सलाम करने लगे। जो थोड़े से तमाशबीन वहाँ पर खड़े थे, उनको भी अब इस खेल में मज़ा आने लगा और वे भी वहाँ पर घिर आए।

"भाड़ में जाओ तुम और तुम्हारा क्षमा कीजिए," बुढ़िया ने कहा, "छि:! मैं गन्दी हूँ मगर तुम तो ग़लाज़त से भरे हो। मैं तो नहाकर अपनी धूल-मिट्टी धो सकती हूँ। तुम नहीं धो सकते।"

सिपाहियों को अब यह खेल पसन्द नहीं आया क्योंकि बुढ़िया भी जवाब देने लगी थी और अब उन्होंने उसके ऊपर अपनी हुकूमत का रोब ज़माना चाहा। इसका क्या मतलब है कि यह गन्दी बुढ़िया इस तरह हमसे ज़बान लड़ाए। वे सख़्त हो गए और उनकी आँखें चमकने लगीं। उनमें से एक ने कहा, "ज़रा ज़बान सँभालकर बात कर बुढ़िया!"

"मेरे मन में जो आएगा कहूँगी।"

"तो जाओ नहाकर आओ। ऐसी गन्दी हो रही हो और ठीक शहर के फाटक पर बैठी हो, कोई तुमको देखेगा तो क्या कहेगा?"

बुढ़िया ने कहा, "देखेगा तो कहेगा क्या? बड़ी भयानक दिखाई दे रही हूँ न? कैसे लोग हो तुम सब रोमन! दुनिया के सबसे साफ़ लोग। जो हर रोज़ नहाए नहीं वह रोमन कैसा, फिर भले वह आवारा हो, लुच्चा हो जैसे कि तुम लोग ज़्यादातर होते हो, और उसकी सुबह जुए में और तीसरा पहर मैदान में लड़ाइयाँ देखने में ही क्यों न गुज़रता हो। वाह कितना साफ़-सुथरा आदमी है!"

"अच्छा-अच्छा, बहुत हुआ बुढ़िया। अब अपना मुँह बन्द करेगी भी कि नहीं।"

"अभी बहुत कहाँ हुआ। मैं नहा नहीं सकती। मैं ग़ुलाम हूँ। ग़ुलाम तुम्हारे हम्मामों में नहीं जाते। मैं बुड्ढी हूँ और ढल चुकी हूँ, अब तुम मेरा क्या कर सकते

हो। कुछ भी नहीं कर सकते। मैं यहाँ धूप में बैठी रहती हूँ और किसी को परेशान नहीं करती मगर वह भी तुम्हें अच्छा नहीं लगता। दिन में दो बार मैं अपने मालिक के घर जाती हूँ और वह मुझे मुट्ठी-भर रोटी दे देता है। अच्छी रोटी। रोम की रोटी जिसे ग़ुलाम ही बोते हैं और ग़ुलाम ही काटते हैं और ग़ुलाम ही पीसते हैं और ग़ुलाम ही पकाते हैं। मैं सड़कों पर घूमती हूँ और वह कौन सी चीज़ है जिस पर मेरी नज़र पड़ती हो और उसे ग़ुलाम हाथों ने न बनाया हो? तुम सोचते हो मुझे तुमसे डर लगता है? मैं तुम्हारे मुँह पर थूकती हूँ।"

अभी जब यह सब चल रहा था उसी बीच क्रैसस एपियन द्वार पर लौट आया। उसे नींद अच्छी तरह न आई थी, जैसा कि उन लोगों के संग हमेशा होता है जो दिन के वक़्त अगली रात के आराम की कमी पूरी करना चाहते हैं। अगर किसी ने उससे पूछा होता कि वह फिर क्यों दुबारा सलीब की जगह पर लौट रहा था तो शायद उसने बस अपना कन्धा उचका दिया होता। मगर सच बात यह है कि वह ख़ूब अच्छी तरह जानता था कि वह क्यों वहाँ पर जा रहा है। क्रैसस की ज़िन्दगी का एक सम्पूर्ण महान युग इस अन्तिम ग्लैडिएटर की मृत्यु के संग खतम हो रहा था। क्रैसस केवल एक बहुत धनाढ्य व्यक्ति के रूप में नहीं याद किया जाएगा बल्कि ग़ुलामों के विद्रोह को कुचलनेवाले के रूप में भी याद किया जाएगा।

मगर यह बात कहनी जितनी आसान है, करनी उतनी आसान न थी। क्रैसस ताज़िन्दगी ग़ुलाम-युद्ध की स्मृतियों से अपने-आप को जुदा न कर सकेगा। उन्हीं स्मृतियों के संग वह जिएगा, उन्हीं के संग जागेगा और उन्हीं के संग सोएगा। आख़िरी साँस तक वह, क्रैसस, स्पार्टकस को विदा न कर सकेगा।

तब स्पार्टकस और क्रैसस का संघर्ष समाप्त हो जाएगा मगर तभी, उसके पहले नहीं। इसलिए अब क्रैसस दुबारा उस द्वार पर इसलिए लौटकर आया कि वह अपने शत्रु के उस जीवित अवशेष को देख सके।

एक नया कप्तान इस समय नायक का काम कर रहा था मगर वह सेनापति को जानता था—जैसे कि कापुआ के अधिकांश लोग जानते थे—और वह सेनापति को ख़ुश करने के लिए ज़रूरत से ज़्यादा कोशिश कर रहा था। उसने इस बात के लिए भी माफ़ी माँगी कि ग्लैडिएटर की मौत को देखने के लिए इतने थोड़े से लोग क्यों बच गए।

उसने कहा, "वह बड़ी तेज़ी से मर रहा है। बड़े ताज्जुब की बात है। देखने में तो बड़ा कड़ियल नज़र आता था, कि जैसे अभी कुछ दिन चलेगा। रहने को तो वह तीन दिन तक ज़िन्दा रह सकता था। मगर अब तो लगता है कि सवेरा होने के पहले ही मर जाएगा।"

"तुम्हें कैसे मालूम?" क्रैसस ने पूछा।

"मालूम हो जाता है। मैंने बहुतों को सलीब पर चढ़ाए जाते देखा है और वे

सब-के-सब एक ही रास्ते पर जाते हैं। हाँ, अगर कीलें उनकी किसी बड़ी रग को काट देती हैं, तब तो बात और है क्योंकि तब तो ख़ून बड़ी तेज़ी से बहने लगता है और जल्दी ही उनका काम तमाम हो जाता है। मगर इसका तो वैसा कुछ ख़ास ख़ून भी नहीं बह रहा है। शायद अब वह जीना नहीं चाहता और फिर उस सूरत में उनकी मौत काफ़ी जल्दी हो जाती है। आपने न सोचा होगा कि ऐसा होता होगा?"

"मुझे किसी बात पर आश्चर्य नहीं होता," क्रैसस ने कहा।

"आप ठीक फ़रमाते हैं। आपने जो-जो कुछ देखा है, उसके बाद..."

उसी वक़्त सिपाहियों ने उस बुढ़िया को पकड़ा और वह उनसे लड़ने लगी और उसकी सीटी की तरह तेज़ चीख़ों ने सेनापति और द्वार के कप्तान का ध्यान अपनी ओर खींचा। क्रैसस टहलता हुआ उधर गया, मौक़े पर एक नज़र डाली और सिपाहियों को फटकारते हुए कहा, "वाह, क्या ख़ूब जवाँमर्दी दिखला रहे हो! छोड़ दो उस बुड्ढी को!"

उसकी आवाज़ में कुछ ऐसा गुण था कि उसने उन लोगों को आदेश पालन पर मजबूर किया। उन्होंने बुढ़िया को छोड़ दिया। उनमें से एक ने क्रैसस को पहचाना और दूसरों से धीरे-धीरे बुदबुदाकर बतलाया और तब फिर कप्तान आया और उसने जानना चाहा कि क्या माजरा है और वे लोग और कुछ क्यों नहीं कर रहे हैं, उनके पास इसके सिवा दूसरा काम नहीं है क्या?

"वह हमसे बदतमीजी करती है और हमारे लिए गन्दी ज़बान का इस्तेमाल करती है।"

पास खड़ा हुआ एक आदमी ठठाकर हँसा।

"तुम सब यहाँ से निकल जाओ," कप्तान ने उन आलसियों से कहा। वे लोग कुछ क़दम पीछे हटे मगर ज़्यादा दूर नहीं और उस बुढ़िया ने बड़ी तेज़ और समझदार आँखों से क्रैसस को देखा।

वह बोली, "अच्छा तो महान सेनापति ही मेरे रक्षक हैं!"

क्रैसस ने पूछा, "तू कौन है बुढ़िया?"

"हुज़ूर, मैं आपके सामने घुटने टेकूँ या आपके मुँह पर थूक दूँ?"

"देखा आपने? मैंने कहा था न?" सिपाही चिल्लाया।

"हाँ—मगर कोई बात नहीं, सब ठीक है। बुढ़िया, तू बता चाहती क्या है?" क्रैसस ने पूछा।

मैं सिर्फ़ यह चाहती हूँ कि कोई मुझे न छेड़े। मैं एक नेक आदमी को मरता हुआ देखने के लिए आई थी। उसको एकदम अकेले नहीं मरना चाहिए। वह मर रहा है और मैं उसके पास बैठी उसको देखती रहती हूँ। मैं उसे प्रेम की एक भेंट देती हूँ। मैं उसको बतलाती हूँ कि वह कभी नहीं मरेगा। स्पार्टकस नहीं मरा। स्पार्टकस ज़िन्दा है।

"तू यह सब क्या बक रही है बुढ़िया?"

"क्या तुम समझ नहीं पा रहे हो कि मैं क्या कह रही हूँ, मार्कस लिसिनियस क्रैसस? मैं स्पार्टकस के बारे में बात कर रही हूँ। हाँ, मैं जानती हूँ कि तुम क्यों यहाँ आए हो। कोई और नहीं जानता। उन लोगों को कुछ भी नहीं मालूम। मगर तुमको और मुझको तो मालूम है कि नहीं?"

कप्तान ने अपने सिपाहियों को हुक्म दिया कि बुढ़िया को पकड़कर वहाँ से घसीटकर दूर कर दें, मगर क्रैसस ने काफ़ी ग़ुस्से में उनको इशारे से वहाँ से दूर भगा दिया।

"मत छेड़ो उसको, मैंने तुमको कहा न! मेरे सामने अपनी जवाँमर्दी मत दिखलाओ। अगर तुम ऐसे ही जवाँमर्द हो तो शायद गरमियों के आराम के लिए बनी हुई इस पहाड़ी जगह के बदले मोर्चों पर लड़नेवाली पलटन में रहना पसन्द करोगे। मैं अपनी हिफ़ाज़त आप कर सकता हूँ। एक बुढ़िया से अपने-आप को बचा सकने की ताक़त मेरे अन्दर है।"

"तुम डरते हो?" बुढ़िया मुस्कराई।

"किस चीज़ से डरता हूँ?"

"हमसे डरते हो। सच कहो कि नहीं डरते? कितना डरते हो तुम लोग। इसीलिए तो तुम यहाँ पर आए ताकि उसे मरता हुआ देख सको। ताकि इस बात का तुमको निश्चय हो जाए कि उनमें का वह आख़िरी आदमी भी मर गया। हे भगवान, उन थोड़े से ग़ुलामों ने तुम्हें कौन-कौन सा नाच नहीं नचाया! और तुम अब भी उनसे डर रहे हो। और जब यह आदमी मर जाएगा, तब भी यहीं क्या इस चीज़ का अन्त हो जाएगा? इस चीज़ का क्या कभी अन्त होगा, मार्कस लिसिनियस क्रैसस?"

"तू कौन है बुड्ढी?"

"मैं एक ग़ुलाम हूँ," उसने जवाब दिया और अब ऐसा मालूम हुआ कि जैसे वह एकाएक बड़ी भोली और बचकानी-सी हो गई हो, सठिया-सी गई हो। "मैं अपनी क़ौम के इस आदमी के साथ होने के लिए यहाँ पर आई ताकि मैं उसे थोड़ा-सा आराम पहुँचा सकूँ। मैं यहाँ पर उसके लिए रोने को आई। दूसरों को आने में डर लगता है। कापुआ में मेरी क़ौम के लोग भरे हुए हैं मगर वे डरते हैं। स्पार्टकस ने हमसे कहा—उट्ठो और आज़ाद हो जाओ! मगर हम डरते थे। हम इतने मज़बूत हैं और तब भी हम डर के मारे दुबकते हैं और बिसूरते हैं और भाग जाते हैं।" अब उसकी उन बुड्ढी आँखों से आँसू बहने लगे। "तुम मुझे क्या सज़ा दोगे?" उसने याचना के स्वर में पूछा।

"कुछ भी नहीं बुढ़िया। अगर तेरा ऐसा ही जी है तो वहीं पर बैठी रह और रो।" उसने एक मुद्रा उसकी ओर फेंकी और कुछ सोचता हुआ-सा वहाँ से चला

गया। वहाँ से वह उस सलीब के पास पहुँचा। उसने उस मरते हुए ग्लैडिएटर को निगाह उठाकर देखा और उस बुढ़िया के शब्दों को दिमाग़ में उलटने-पलटने लगा!

8

उस ग्लैडिएटर की ज़िन्दगी में चार वक़्त आए थे। बचपन एक सुखी वक़्त था जबकि वह नादान था और सुखी था और जवानी वह वक़्त था जब उसने बातों को जाना, समझा और दुख से और नफ़रत से भर उठा। उम्मीद का वक़्त वह था जबकि वह स्पार्टकस के संग लड़ा था और निराशा का वक़्त वह था जब उसने जाना कि उन्हें सफलता न मिलेगी। यह निराशा के वक़्त की अन्तिम घड़ियाँ थीं। अब वह मर रहा था।

लड़ना-भिड़ना ही उसकी ज़िन्दगी थी, उसकी ज़िन्दगी का हवा-पानी मगर अब वह लड़-भिड़ नहीं रहा था। उसके भीतर अब संघर्ष न बचा था। उसके भीतर ज़िन्दगी क्रोध और संघर्ष की एक उद्दाम हिंस्र शक्ति थी, एक तेज़ चीख़ कि आदमी आदमी के आपसी सम्बन्ध में संगति हो! कुछ लोग इसी के लिए बने होते हैं कि जो कुछ जैसा है उसको स्वीकार करें और कुछ होते हैं जो स्वीकार नहीं कर पाते। वह कुछ भी स्वीकार नहीं कर पाता था जब तक कि स्पार्टकस से उसकी मुलाक़ात नहीं हुई। तब उसने इस ज्ञान को स्वीकार किया कि आदमी की ज़िन्दगी एक क़ीमती चीज़ है। स्पार्टकस की ज़िन्दगी एक क़ीमती चीज़ थी, पवित्र चीज़ थी और उसके संग के आदमी भले इनसानों की ज़िन्दगी बसर करते थे मगर तब भी वे नाकाम रहे और यही सवाल इस वक़्त भी जबकि वह सलीब पर चढ़ा हुआ था और मर रहा था वह पूछ रहा था, आख़िर क्यों हम नाकाम रहे? उसके दिमाग़ में अब सभी कुछ अस्त-व्यस्त था, गड़बड़ में था और उसी गड़बड़ी में वह सवाल अपना जवाब ढूँढ़ रहा था मगर जवाब उसको मिल नहीं रहा था।

(वह स्पार्टकस के संग है जब ख़बर आती है कि क्रिक्सस मर गया। क्रिक्सस की मृत्यु क्रिक्सस के जीवन की संगत परिणति थी। क्रिक्सस एक सपने को अपने सीने से चिपकाए हुए था। स्पार्टकस जान जाता था कि कब कोई सपना मर गया और असम्भव हो गया। क्रिक्सस का सपना था और क्रिक्सस के जीवन की प्रेरणा थी कि रोम का ध्वंस किया जाए। मगर एक क्षण आया जब स्पार्टकस ने समझा कि वे कभी रोम का ध्वंस नहीं कर सकेंगे, कि रोम ही उनको ध्वंस करेगा। वही आरम्भ था और उसका अन्त वह था जब क्रिक्सस के नेतृत्व में बीस हज़ार ग़ुलाम अलग होकर चले गए। और अब क्रिक्सस मर चुका है और उसकी सेना नष्ट हो चुकी है। क्रिक्सस मर चुका है और उसके आदमी मर चुके हैं। वह लहीम-शहीम,

मिज़ाज का तेज़, लाल सिरवाला गॉल अब फिर कभी न हँसेगा और कभी न चिल्लाएगा। वह मर गया है।

(डेविड स्पार्टकस के संग है जब यह ख़बर आती है। उस सेना का बचा हुआ एक सैनिक यह ख़बर लाता है। ऐसी ख़बर लानेवालों पर ऊपर से नीचे तक मौत छाई रहती है। स्पार्टकस सुनता है। तब वह डेविड की ओर मुड़ता है।

(वह डेविड से पूछता है, "तुमने सुना?"

("मैंने सुना।"

("तुमने सुना कि क्रिक्सस मर गया और उसकी समूची सेना मर गई?"

("मैंने सुना।"

("दुनिया में क्या इतनी मौत है? सच कहो?"

("दुनिया में मौत भरी हुई है। तुमको जानने के पहले दुनिया में केवल मौत थी।"

("दुनिया में अब केवल मौत है," स्पार्टकस कहता है। वह बदल गया है। वह पहले से भिन्न हो गया है। अब वह फिर कभी पहले जैसा नहीं होगा। अब फिर कभी ज़िन्दगी के संग उसका वह अनमोल सम्बन्ध न होगा जो कि अब तक था, जो कि उस वक़्त भी उसको ज़िन्दगी के संग जोड़े हुए था जबकि वह नूबिया की सोने की खानों में काम करता था, जो कि उस वक़्त भी उसको ज़िन्दगी के संग जोड़े हुए था जबकि वह छुरा हाथ में लिये मैदान में नंगा खड़ा था। उसके लिए अब मौत ज़िन्दगी से जीत गई थी। उसका चेहरा सूना है और उसकी आँख सूनेपन से भरी हैं और फिर उसी सूनेपन में से आँसू निकलने लगते हैं और उसके उन चौड़े-चौड़े भूरे-भूरे गालों पर बहने लगते हैं। डेविड के लिए यह कितनी भयानक, कितनी दिलशिकन बात थी कि वह वहाँ पर खड़ा-खड़ा स्पार्टकस को रोते हुए देखे। यह रोता हुआ स्पार्टकस है। देखो, स्पार्टकस रो रहा है। उस यहूदी के दिमाग़ में ख़याल यों आता है। तुम्हें मैं स्पार्टकस के बारे में बतलाऊँ?

(क्योंकि सिर्फ़ उसके ऊपर नज़र डालकर तुम कुछ भी नहीं देख सकोगे। उसके ऊपर नज़र डालकर तुम कुछ भी नहीं जान सकोगे। तुम सिर्फ़ उसकी टूटी हुई, सपाट नाक देखोगे और देखोगे उसका चौड़ा-सा मुँह उसकी भूरी चमड़ी और उसकी फैली-फैली आँखें। उसके बारे में तुम कैसे जान सकोगे? वह एक नया आदमी है। लोग कहते हैं कि वह पौराणिक काल के वीरों जैसा है : मगर पौराणिक काल के उन वीरों और स्पार्टकस में कौन सी चीज़ समान है? क्या कोई वीर ऐसा भी हो सकता है जिसके पिता का पिता भी ग़ुलाम रहा हो? और यह आदमी कहाँ से आया? यह आदमी कैसे बिना घृणा और बिना ईर्ष्या के जी लेता है? आदमी की पहचान तो है उसके भीतर का तीखापन और द्वेष मगर यह एक आदमी है जिसमें कोई तीखापन नहीं और कोई द्वेष नहीं। यह एक नेक आदमी है। यह एक ऐसा आदमी है जिसने अपनी सारी ज़िन्दगी में कोई बुरा काम नहीं किया। वह तुमसे

भिन्न है मगर हमसे भी भिन्न है। हम जो कुछ होना आरम्भ कर रहे हैं स्पार्टकस पहले से है; मगर वह जो कुछ है वह हममें से कोई नहीं है। वह हमारे आगे-आगे चलता था। और अब वह रो रहा है।

(डेविड पूछता है, "तुम क्यों रो रहे हो? अब हमारे लिए और कितना कठिन हो जाएगा—तुम क्यों रो रहे हो? वे लोग हमें चैन न लेने देंगे जब तक कि हम सब मर नहीं जाएँगे।"

("तुम कभी नहीं रोते?" स्पार्टकस पूछता है।

("जब उन्होंने मेरे बाप को सलीब पर टाँगा था और उनके हाथों और पैरों में कीलें ठोंकी थीं, तब मैं रोया था। तब से फिर मैं कभी नहीं रोया।"

(स्पार्टकस कहता है, "तुम अपने बाप के लिए नहीं रोए थे और मैं भी क्रिक्सस के लिए नहीं रोता। मैं तुम सबके लिए रोता हूँ। ऐसा क्यों हुआ हम लोगों ने कहाँ पर भूल की? शुरू-शुरू में कभी मेरे मन में सन्देह न उठता था। मेरी सारी ज़िन्दगी उस क्षण के लिए थी जबकि ग़ुलामों के भीतर ताक़त होगी और उनके हाथों में हथियार होंगे। और तब इस सम्बन्ध में मेरे मन में कोई सन्देह न था। कोड़ों की मार का ज़माना चला गया था। सारी दुनिया में नई सुबह के घंटे बज रहे थे। तब फिर क्यों हम नाकाम रहे? क्यों नाकाम रहे हम? क्रिक्सस तुम क्यों मरे, मेरे साथी? तुम क्यों इतने हठीले और इतने भयानक थे? अब तुम मर चुके हो और तुम्हारे वे तमाम सजीले जवान मर चुके हैं।"

(यहूदी कहता है, "मरने वाले चले गए। रोना बन्द करो!"

(मगर स्पार्टकस ज़मीन पर ढेर हो जाता है, उसका चेहरा धूल में जा पड़ता है और वहीं धूल में अपना चेहरा छिपाए-छिपाए वह चिल्लाता है, "वारिनिया को मेरे पास भेज दो। उसको मेरे पास भेज दो, उससे कह दो कि मुझे डर लग रहा है और मौत मेरे ऊपर हावी है।")

9

ग्लैडिएटर के मरने के पहले एक क्षण ऐसा आया जबकि उसके दिमाग़ में हर चीज़ बिलकुल साफ़ थी। उसने अपनी आँखें खोलीं; दृष्टि का केन्द्रबिन्दु साफ़ हो गया; और थोड़ी देर के लिए उसे दर्द की किसी प्रकार की कोई चेतना न रही। उसने अपने चारों ओर के दृश्य को साफ़-साफ़ देखा। वह एपियन मार्ग है, वह महान रोमन मार्ग, रोम की कीर्ति, रोम के अंग-अंग को रक्त पहुँचानेवाली धमनी। वह उत्तर को न जाने कितनी दूर तक, रोम की नगरी तक फैली हुई। वह रही उसके दूसरी ओर शहर की दीवार और एपियन द्वार। एक दर्जन उकताए हुए शहरी सिपाही वहाँ पर थे। द्वार का कप्तान वहाँ पर था जो एक ख़ूबसूरत लड़की से चुहलबाज़ी कर

रहा था। सड़क के एक छोर पर मुट्ठी-भर आलसी लोग बैठे हुए थे जिन्हें इन्हीं सब चीज़ों में मज़ा आता था और दूसरा कुछ करने को न था। ख़ुद सड़क पर आमदरफ़्त इस वक़्त कम थी क्योंकि काफ़ी देर हो चुकी थी और शहर की आज़ाद आबादी का बड़ा हिस्सा इस वक़्त स्नानागारों में था। ग्लैडिएटर ने आँख उठाई तो उसको लगा कि जैसे वह सड़क के पार समुद्र की एक झलक देख रहा हो, दुनिया की सबसे सुन्दर खाड़ी के बीच समुद्र की। समुद्र की ओर से ठंडी-ठंडी हवा बह रही थी और चेहरे पर उसका ठंडा स्पर्श वैसा ही था जैसा कि उस औरत के हाथों का स्पर्श जिसे आदमी प्यार करता है।

उसने उन हरी-हरी झाड़ियों को देखा जो शहर के छोर पर थीं और उनके भी परे सरो के गहरे हरे पेड़ों को देखा और उत्तर में दूर तक फैली हुई उन पहाड़ियों और उन सूने पहाड़ों के उभरे हुए हिस्सों को देखा जहाँ भागे हुए ग़ुलाम छिपा करते थे। उसने तीसरे पहर के उस नीले आकाश को देखा, नीले और सुन्दर आकाश को और उसके मन में पीड़ा हुई कि उसकी कोई चाह पूरी न हो सकेगी। और उसने आँखें नीची कर लीं और एक अकेली बुढ़िया को देखा जो सलीब से कुछ ही गज़ की दूरी पर सिमटी हुई बैठी थी और उसे बराबर एकटक देख रही थी रोती जा रही थी। ग्लैडिएटर ने अपने मन में कहा—अरे, यह तो मेरे लिए रो रही है। तू कौन है, बूढ़ी माँ, जो वहाँ बैठी मेरे लिए रो रही है?

वह जानता था कि वह मर रहा है। उसका दिमाग़ साफ़ था। वह जानता था कि वह मर रहा है और उसके मन में कृतज्ञता थी कि थोड़ी ही देर में कोई स्मृति और कोई पीड़ा न रह जाएगी और बस वह नींद रह जाएगी, वह अकेली नींद जो सबको एक-न-एक दिन आती ही है। अब उसके मन में मौत से लड़ने की, संघर्ष करने की कोई इच्छा न रह गई। वह महसूस कर रहा था कि जब वह आँखें बन्द कर लेगा तो ज़िन्दगी बड़ी आसानी से और बड़ी तेज़ी से उसके भीतर से निकल जाएगी।

और उसने क्रैसस को देखा। देखा और पहचान लिया। उनकी आँखें मिलीं। वह रोमन सेनापति मूर्ति के समान सीधा और निश्चल खड़ा था। उसके सफ़ेद चोग़े की तहें सिर से पैर तक उसको ढके हुए थीं। उसका वह ख़ूबसूरत, सजीला, धूप में तपा हुआ सिर रोम की शक्ति और सत्ता और विजयश्री के प्रतीक के समान था।

ग्लैडिएटर ने सोचा—"अच्छा तो तुम मुझे मरता हुआ देखने के लिए आए हो क्रैसस! तुम आख़िरी बाग़ी ग़ुलाम को सलीब पर मरता हुआ देखने के लिए आए हो। इस तरह एक ग़ुलाम मरता है और आख़िरी चीज़ जो वह देखता है वह दुनिया का सबसे अमीर है!"

तभी ग्लैडिएटर को वह मौक़ा याद आया जब उसने क्रैसस को देखा था। तभी उसको स्पार्टकस याद आया। उसे याद आया कि स्पार्टकस कैसा था। वे जानते

थे कि खेल अब खतम हो गया, कि अब उसमें कुछ भी बाक़ी नहीं; वे जानते थे कि यही उनकी आख़िरी लड़ाई है। स्पार्टकस वारिनिया को अन्तिम बार विदा कर चुका था। उसने बड़ी याचना की, पागलों की तरह याचना की कि स्पार्टकस उसे अपने पास रहने दे मगर स्पार्टकस ने उसको अन्तिम बार नमस्कार किया और उसे जाने पर विवश किया। तब वह गर्भवती थी और स्पार्टकस को आशा थी कि इसके पहले कि रोमन उन लोगों को परास्त कर सकें, वह अपने नवजात शिशु को देख लेगा। मगर अभी वह शिशु अजन्मा ही था जबकि वह वारिनिया से अलग हुआ और तब उसने डेविड से कहा, "अपने बच्चे को कभी न देख सकूँगा मेरे दोस्त, मेरे पुराने साथी। मुझे बस इसी एक चीज़ का दुख है, और किसी चीज़ का दुख नहीं, किसी चीज़ का।"

लड़ाई के लिए सफ़ें बन गई थीं और लड़ाई शुरू होने ही वाली थी जब उन लोगों ने स्पार्टकस को वह सफ़ेद घोड़ा लाकर दिया। क्या ख़ूब घोड़ा था वह! ख़ूबसूरत ईरानी घोड़ा था, बर्फ़ की तरह सफ़ेद और गर्वीला और जोश से भरा हुआ। वह सचमुच स्पार्टकस के योग्य घोड़ा था। स्पार्टकस के मन में अब कोई चिन्ता न थी, सारी चिन्ताएँ उसने अपने ऊपर से झाड़ दी थीं। वह कोई चेहरा नहीं था जो उसने ऊपर से लगा लिया था। वह सचमुच सुखी था और उसके भीतर तरुणाई का जोश और ज़िन्दगी और ताक़त और आग भरी हुई थी। इन पिछले छह महीनों में उसके बाल सफ़ेद हो गए थे मगर इस वक़्त उसके सफ़ेद बाल नहीं दिखाई देते थे, सिर्फ़ उसके चेहरे का जवान जोश दिखलाई देता था। वह कुरूप चेहरा सुन्दर हो रहा था। सब देख रहे थे कि वह कितना सुन्दर था। लोग उसको देखते थे और कुछ बोल न पाते थे। तब उन्होंने लाकर उसे वह ख़ूबसूरत सफ़ेद घोड़ा दिया।

उस वक़्त उसने कहा था, "मेरे प्यारे दोस्तो, साथियो, मैं सबसे पहले तुमको इस सुन्दर भेंट के लिए धन्यवाद देता हूँ। सबसे पहले मैं तुम्हें धन्यवाद देता हूँ। अपने सारे हृदय से धन्यवाद देता हूँ।" तब फिर उसने अपनी तलवार निकाली और बिजली की-सी गति से उसको घोड़े की छाती में मूठ तक घुसा दिया और फिर तलवार पकड़कर लटक गया और घोड़े ने अपनी अगली टाँगें उठाईं और चीख़ा और घुटनों के बल गिर गया और लुढ़ककर मर गया और स्पार्टकस ने तलवार खींच ली। उसके हाथ में तलवार थी और तलवार से ख़ून टपक रहा था और वह उनके सामने खड़ा था और वे उसको भय से और आश्चर्य से देख रहे थे। मगर उसके अन्दर कुछ भी नहीं बदला था।

उसने कहा, "एक घोड़ा मर गया। क्या तुम रोना चाहते हो क्योंकि एक घोड़ा मर गया? हम आदमी की ज़िन्दगी के लिए लड़ते हैं, जानवरों की ज़िन्दगी के लिए नहीं। रोमन घोड़ों को प्यार करते हैं मगर आदमी के लिए उनके दिल में सिर्फ़ नफ़रत है। अब हम देखेंगे कि इस मैदाने जंग से कौन जाता है, हम या वे।

मैंने तुमको तुम्हारी इस भेंट के लिए धन्यवाद दिया था। यह बड़ी ही सुन्दर भेंट थी। इससे पता चलता है कि तुम मुझको कितना प्यार करते हो। मगर यह जानने के लिए मुझको इस भेंट की ज़रूरत न थी। मैं जानता हूँ मेरे दिल में क्या है। मेरे दिल में तुम्हारे लिए प्यार ही प्यार है। सारी दुनिया में ऐसे शब्द नहीं हैं, मेरे प्यारे साथियो, जो उस प्यार को बतला सकें जो कि मेरे दिल में तुम्हारे लिए है। हमारी ज़िन्दगियाँ साथ-साथ गुज़री हैं। अगर आज हम नाकाम भी रहते हैं तो हमने एक ऐसा काम किया है जिसे आदमी हमेशा-हमेशा याद करेंगे। चार साल तक हम रोम से लड़े हैं—चार लम्बे साल। हमने कभी किसी रोमन सेना को पीठ नहीं दिखाई। हम कभी नहीं भागे। आज भी हम मैदान से भागेंगे नहीं। तुम यह चाहते थे कि मैं घोड़े पर सवार होकर लड़ूँ? घोड़े रोमनों को ही मुबारक़ हों। मैं पैदल, अपने भाइयों के बग़ल में खड़े होकर लड़ता हूँ। अगर हम आज की लड़ाई जीत जाते हैं तो हमारे पास तमाम घोड़े-ही-घोड़े हो जाएँगे और हम उन्हें हल में जोतेंगे, रथों में नहीं। और अगर हम हार जाते हैं—तब तो हमें घोड़ों की कोई ज़रूरत यों भी न होगी।"

फिर उसने उन लोगों को गले लगाया। उसके पुराने साथियों में जो-जो बच रहे थे उन सबको उसने गले से लगाया और होंठों पर चूमा। और जब वह डेविड के पास आया तो उसने कहा, "आह, मेरे दोस्त, महान ग्लैडिएटर। क्या तुम आज भी मेरे पास रहोगे?"

"हमेशा।"

और इस वक़्त जबकि वह सलीब पर लटका हुआ था और क्रैसस को देख रहा था, डेविड के मन में ख़याल आया—आदमी कितना कर ही सकता है? उसकी बिसात ही कितनी! उसके मन में अब कोई खेद न था। वह स्पार्टकस के बग़ल में खड़े होकर लड़ा था। वह उस वक़्त वहाँ पर लड़ा था जबकि यह आदमी जो उसके सामने इस वक़्त खड़ा है, यह महान सेनापति, इसने अपने घोड़े को दोनों अगली टाँगों पर खड़ा किया था और ग़ुलामों की सफ़ों को चीरने की कोशिश की थी। उस वक़्त स्पार्टकस के साथ-ही-साथ डेविड भी चिल्लाया था—हमारे पास आओ क्रैसस। यहाँ आओ और स्वागत का मज़ा चखो।

वह तब तक लड़ा था जब तक कि गोफन से छूटे हुए एक पत्थर ने उसे ढेर नहीं कर दिया। वह अच्छी तरह लड़ा था। उसे ख़ुशी थी कि उसने स्पार्टकस को मरते नहीं देखा। उसे ख़ुशी थी कि सलीब पर चढ़ने का यह अन्तिम अपमान, यह ज़िल्लत उसी को उठानी पड़ी और स्पार्टकस को नहीं। इस वक़्त उसके मन में कोई खेद नहीं था, कोई चिन्ता न थी, और कम-से-कम इस क्षण, कोई दर्द न था। उसने स्पार्टकस के उस अन्तिम, तरुणाई भरे उल्लास को समझा। पराजय कहीं न थी। अब वह स्पार्टकस के समान था क्योंकि अब वह भी जीवन के उस गहरे रहस्य को समझने लगा था जिसको स्पार्टकस समझता था। वह स्पार्टकस को भी वह

चीज़ बतलाना चाहता था। उसके होंठ हिले और क्रैसस सलीब के पास आ गया। क्रैसस खड़ा था और उस मरते हुए आदमी को देख रहा था मगर ग्लैडिएटर की ओर से कोई आवाज़ न आई। इसके बाद उस ग्लैडिएटर का सिर आगे को लुढ़क गया, उसके शरीर से शक्ति की अन्तिम बूँद भी निकल गई, और वह मर गया।

क्रैसस वहाँ खड़ा रहा जब तक कि वह बुढ़िया भी वहाँ न आ गई। बुढ़िया ने कहा, "अब वह मर गया है।"

क्रैसस ने जवाब दिया, "मैं जानता हूँ।"

फिर वह द्वार पर आ गया और कापुआ की सड़कों पर निकल गया।

10

उस रात क्रैसस ने अकेले ही खाना खाया। वह किसी से मिल नहीं रहा था और उसके ग़ुलाम, उसके मन पर छाए इस अँधेरे को देखकर, जैसा कि अक्सर हो जाया करता था, बहुत हल्के पैरों से और सहमे-सहमे से चल रहे थे। रात के खाने के पहले ही शराब की बोतल का ज़्यादा बड़ा हिस्सा वह ठिकाने लगा चुका था; एक और बोतल खाने के साथ लगी और खाने के बाद वह सर्वियस की एक बोतल लेकर बैठ गया। सर्वियस खजूर की एक तेज़ ब्रांडी थी जो मिस्र में खींची जाती थी और वहीं से मँगाई जाती थी। अकेले और न जाने किस विचार में मग्न पीते-पीते वह नशे में बुरी तरह चूर हो गया और यह नशा ऐसा था जिसमें निराशा और आत्मग्लानि मिली हुई थी और जब वह इस हालत को पहुँचा कि किसी तरह बड़ी-बड़ी मुश्किल से चल भर पाता था तो वह लड़खड़ाता हुआ अपने शयन-कक्ष में पहुँचा और उसके ग़ुलामों ने रात के विश्राम के लिए उसे बिस्तर पर लिटा दिया।

मगर ख़ैर, वह सोया बहुत अच्छी तरह। उसे ख़ूब ही गहरी नींद आई। सवेरे जब वह उठा तो उसके अंग-अंग में रात के विश्राम की अनुभूति थी; उसके सिर में दर्द नहीं हो रहा था और उसे उन बुरे स्वप्नों की कोई स्मृति न थी जिन्होंने सम्भवत: उसकी नींद में विघ्न डाला हो। दिन में दो बार नहाने का उसको अभ्यास था, एक बार तो एकदम सवेरे नींद खुलते ही और दूसरी बार, तीसरे पहर खाने के पहले। बहुत से अमीर रोमनों की तरह उसने भी इसको एक राजनीतिक आवश्यकता बना लिया था कि हफ़्ते में कम-से-कम दो बार सार्वजनिक स्नानागारों में ज़रूर जाता था मगर इस चीज़ के पीछे राजनीति थी और दूसरी कोई ज़रूरत नहीं। कापुआ तक में उसके पास अपना एक बड़ा सुन्दर निजी स्नानागार था, बारह वर्ग फुट का एक संगमरमर का टब जो फ़र्श की सतह से कुछ नीचे पर गड़ा हुआ था और जिसमें गरम और ठंडे पानी की कभी कोई कमी न होती थी। वह जहाँ भी रहता था, नहाने

की सुविधाओं पर उसका ख़ास आग्रह होता था और जब वह अपने लिए कोई घर बनवाता था तो नल वग़ैरह हमेशा पीतल या चाँदी के लगवाता था ताकि वह गले नहीं, कोई चीज़ उनकी धात को खा न सके।

नहाने के बाद हज्जाम उसकी हजामत बनाता था। उसे दिन का यह वक़्त बहुत ही प्यारा था, यह तेज़ उस्तरे के आगे गालों का आवश्यक समर्पण, वह नन्हे बच्चों की-सी अनुभूति जिसमें विश्वास के साथ ही भय भी मिला होता था, और फिर उसके बाद गरम तौलिये, सुगन्धित अंगराग और फिर सबके अन्त में सिर की मालिश जिसके बिना इतिश्री न होती थी। उसको अपने बालों का बहुत घमंड था और अब उसे परेशानी हो रही थी क्योंकि उसके बाल झड़ने लगे थे।

वह एक सादा-सा गहरे नीले रंग का कुरता पहने हुए था जिसमें चाँदी की गोट लगी हुई थी और अपनी आदत के अनुसार हिरन के चमड़े के नरम-नरम सफ़ेद जूते पहने था जो कि उसके घुटनों तक पहुँचते थे। चूँकि इन जूतों की सफ़ाई ठीक से न हो सकती थी और दो दिन पहनने से ही वे कीचड़ में लिथड़ जाते थे, इसलिए क्रैसस ने अपने जूते बनवाने के लिए ख़ुद एक जगह क़ायम कर दी थी जहाँ एक कारीगर के नीचे चार ग़ुलाम काम करते थे। इसमें ख़र्चा तो था मगर फ़िज़ूलख़र्ची उसको नहीं कह सकते क्योंकि उस गहरे नीले कुरते और सफ़ेद जूतों से उसकी जो तसवीर बनती थी वह बहुत ही आकर्षक थी। मौसम अब गरम हो चला था इसलिए आज ही उसने निश्चय किया कि चोग़े को अब छुट्टी दे देगा और फलों और बिस्कुटों का हल्का सा नाश्ता करने के बाद उसने एक पालकी ली और उस घर पर गया जहाँ वे तीनों नौजवान ठहरे हुए थे। उसने हेलेना के साथ जैसा बरताव किया था उसकी वजह से वह कुछ-कुछ लज्जित और अस्थिर हो रहा था और दूसरी कोई बात हो या न हो, उसने कापुआ में उन लोगों के मनोरंजन की व्यवस्था करने का वचन तो उनको दिया ही था।

इसके पहले भी एक या दो बार वह इस मकान पर आ चुका था और हेलेना के मामा को थोड़ा-बहुत जानता था; इसीलिए दरवाज़े पर तैनात ग़ुलाम ने बहुत अच्छी तरह उसका स्वागत किया और तत्काल उसको लेकर सहन में पहुँचा जहाँ उस परिवार के लोग और उनके मेहमान बैठे अब भी नाश्ता कर रहे थे। उसको देखकर हेलेना के गाल रक्तिम हो उठे और उसने अपना जो तरुणाई मिला हुआ संयत रूप यत्नपूर्वक बना रखा था उसमें थोड़ी कमी आ गई। केयस उसको देखकर सचमुच ख़ुश जान पड़ा और मामा-मामी को तो यह ख़ुशी थी कि सेनापति ने उनके घर आकर उनको इतना बड़ा सम्मान दिया और इसलिए वे दोनों अपनी तरफ़ से ज़्यादा-से-ज़्यादा आतिथ्य-सत्कार कर रहे थे। केवल क्लॉदिया एक ऐसी थी जो बड़ी सतर्क दृष्टि से उसको देख रही थी। उसकी आँखों में विश्वास था और थी विद्वेष की एक हल्की सी चमक।

क्रैसस ने कहा, "अगर तुम लोगों ने आज के लिए अपनी कोई योजना न बनाई हो तो मैं चाहूँगा कि मैं तुमको इत्र का एक कारख़ाना दिखाऊँ। बड़े शर्म की बात होगी कि तुम कापुआ आकर इत्र का कारख़ाना भी न देखो, ख़ास करके तब जबकि हमारा यह बेचारा छोटा सा शहर सिर्फ़ अपने ग्लैडिएटरों और इत्रों के लिए मशहूर हो।"

"कैसी दो विचित्र चीज़ों का संयोग।" क्लॉदिया मुस्कराई।

"हमारी अपनी कोई योजना नहीं है।" हेलेना ने जल्दी से कहा।

"उसका मतलब है कि हमारे पास अपनी योजना है तो लेकिन हम उसको एक तरफ़ रखकर बड़ी ख़ुशी से तुम्हारे साथ जाएँगे।"

केयस ने तेज़ निगाहों से, लगभग ग़ुस्से में अपनी बहन को देखा। क्रैसस ने बताया कि घर के बड़े लोग तो जैसे इस योजना में सम्मिलित हैं ही मगर उन लोगों ने माफ़ी माँग ली और कहा, कि वे न जाएँगे। इत्र के कारख़ाने उनके लिए कोई नई चीज़ न थे और गृह स्वामिनी ने यह भी कहा, कि इत्रों की ज़्यादा भाप सूँघने से उनके सिर में दर्द हो जाया करता है।

थोड़ी देर बाद वे लोग इसके कारख़ाने की तरफ़ रवाना हुए। उनकी पालकियाँ कापुआ के पुराने हिस्से में से होकर जा रही थीं। वहाँ पर सड़कें बराबर सँकरी और मकान ऊँचे होते चले जा रहे थे। ज़ाहिर था कि मकानों के बारे में जो थोड़े-बहुत क़ानून रोम में थे वे भी यहाँ पर लागू नहीं किये गए थे क्योंकि किराए पर उठाने के लिए बने हुए वे मकान ऐसे बेतहाशा ऊँचे होते चले गए थे जैसे कि बच्चे खेल में बनाया करते हैं। बहुत बार ऐसा मालूम होता था कि जैसे ऊपर पहुँचकर वे एक-दूसरे से मिल जाते हों और एक की शहतीरें दूसरे से गले मिलती हों। यह सवेरे का वक़्त था और गोकि आसमान साफ़ और नीला था, तब भी ये सड़कें वैसी ही अँधेरी थीं जैसे कि झुटपुटे के वक़्त होती हैं। सड़कें गन्दी थीं; मकानों से निकला हुआ कूड़ा-करकट ढेर का ढेर वहाँ पर पड़ा हुआ था और पड़ा रहता था जब तक कि वह सड़ न जाता और तब उस गन्दगी के ढेर की सड़ाँध ख़ुशबूदार तेलों और इत्रों की मीठी-मीठी और कुछ-कुछ मितली-सी पैदा करनेवाली गन्ध में मिल जाती थी और इसी तरह धीरे-धीरे सड़ाँध का अनुपात बढ़ता जाता था।

क्रैसस ने कहा, "तुमने देखा हमारे ये कारख़ाने इस जगह पर क्यों हैं? यहाँ पर इस बदबू की अपनी उपयोगिता है।"

इन सड़कों पर मकानों के अन्दर ख़िदमत करनेवाले वैसे साफ़-सुथरे, अच्छे-अच्छे कपड़े पहने हुए ग़ुलाम नहीं दिखाई देते जैसे कि शहर के दूसरे बेहतर हिस्सों में दिखाई देते थे। वहाँ पर पालकियाँ भी ज़्यादा न थीं। गन्दे-गन्दे अधनंगे बच्चे नालियों में फिर रहे थे। फटे-पुराने कपड़े पहने हुए औरतें गलियों की छोटी-मोटी दूकानों पर खाने की चीज़ों के लिए मोल-भाव कर रही थीं या अपनी कोठरियों

पर बैठी हुई बच्चों को दूध पिला रही थीं। अजब-अजब बोलियाँ गड्डमड्ड होकर हवा में घूम रही थीं और घर के अन्दर पकते हुए अजीब-अजीब खानों की गन्ध खिड़कियों से आ रही थी।

"कैसी बीभत्स जगह है?" हेलेना ने कहा, "क्या आप सचमुच यह कहना चाहते हैं कि इस गन्दी तलैया में से वे सब ख़ुशबुएँ आती हैं?"

"हाँ, मेरी जान, बिलकुल यही बात है। और दुनिया के किसी भी शहर से ज़्यादा, और बेहतर ख़ुशबुएँ, इत्र-तेल। और जहाँ तक इन लोगों की बात है, इनमें से ज़्यादातर शाम और मिस्र के रहनेवाले हैं और कुछ यूनानी और यहूदी भी हैं। हमने ग़ुलामों की मदद से अपने कारख़ाने चलाने की कोशिश की मगर काम बना नहीं। तुम ग़ुलाम को काम करने के लिए मजबूर कर सकते हो मगर इसके लिए उसको मजबूर नहीं कर सकते कि वह काम को बिगाड़े नहीं। उसको इस चीज़ की परवाह ही नहीं रहती। तुम उसको हल या हँसिया या फावड़ा या हथौड़ा पकड़ा दो और फिर देखो वह क्या-क्या कमाल दिखलाता है, और फिर यह भी तो है कि उन सब औज़ारों को ख़राब करना भी उतना आसान नहीं है। मगर तुम उसे बुनने के लिए रेशम या दूसरा कोई बारीक कपड़ा या नाज़ुक कलाबत्तू का कोई काम या ऐसा कोई काम दे दो जिसमें ठीक-ठीक नाप-जोख और नपे-तुले ढंग से हाथ चलाने की ज़रूरत हो या कारख़ाने में कोई काम दे दो और फिर देखो, यह हो ही नहीं सकता कि वह काम को न बिगाड़े। और तब फिर उसको तुम चाहे कितना ही कोड़ा मारो, कोई फ़ायदा नहीं, काम को तो वह बिगाड़ता ही है। जहाँ तक हमारे अपने ग़रीबों की बात है—काम करने के लिए भला उनको किस चीज़ से प्रेरणा मिले, हर काम के लिए एक की जगह दस लोग मौजूद रहते हैं। एक आदमी क्यों काम करे जब बाक़ी नौ सरकारी इमदाद के बल पर ज़्यादा अच्छी ज़िन्दगी बसर करते हैं और अपने दिन जुए में या खेल के मैदान में या सार्वजनिक स्नानागारों में गुज़ारते हैं? वे सेना में इसलिए जाना पसन्द करते हैं कि अगर भाग्य साथ दे तो उसमें अमीर होने का मौक़ा है मगर सेना में भी हमको ज़्यादा-से-ज़्यादा उन्हीं बर्बरों का सहारा लेना पड़ता है। मगर हम लोग उनको जो मज़दूरी देते हैं उसके लालच में वे कारख़ाने में जाकर काम करने के लिए तैयार नहीं। हमने उनके दस्तकारों के संघ तोड़ दिये क्योंकि दूसरा चारा न था, हमें या तो उनके संघ तोड़ने थे या अपने कारख़ाने चलाने का ख़याल छोड़ देना था। इसलिए अब हम शामवालों और मिस्रियों और यहूदियों और यूनानियों से भाड़े पर काम लेते हैं और वे तभी तक काम करते हैं जब तक कि उनके पास इतने पैसे नहीं हो जाते कि वे किसी नगरपालिका से नागरिकता के अधिकार ख़रीद सकें। मैं समझ नहीं पाता कि इसका अन्त क्या होगा। मगर फिलहाल जो स्थिति है वह यही कि कारख़ाने बन्द हो रहे हैं, खुल नहीं रहे हैं।"

तब तक वे लोग कारख़ाने पहुँच गए थे। वह एक नीची छत की लकड़ी की इमारत थी जो उन बड़ी-बड़ी चालों के बीच बहुत छोटी और कुरूप दिखाई दे रही थी। वह प्राय: डेढ़ सौ वर्ग फुट की रही होगी। वह बड़ी टूटी-फूटी हालत में थी, उसकी लकड़ी की दीवारें जगह-जगह सड़ी हुई थीं और पटरे यहाँ-वहाँ ग़ायब थे, छत में से धुआँ उगलती हुई चिमनियों का एक जंगल झाँक रहा था। एक ओर वह चबूतरा था जहाँ माल लादा जाता था और बहुत सी गाड़ियाँ उस चबूतरे के पास खड़ी हुई थीं। उन गाड़ियों पर छालों के ढेर, फलों की टोकरियाँ और मिट्टी के बरतन ऊपर तक लदे हुए थे।

क्रैसस अपनी पालकियों को घुमाकर कारख़ाने के सामने की तरफ़ ले गया। उनके पहुँचने पर लकड़ी के वे बड़े-बड़े फाटक अन्दर को खुल गए और क्रैसस और हेलेना और क्लॉदिया ने इत्र खींचने के एक कारख़ाने के भीतरी हिस्से की पहली झलक पाई। वह इमारत एक बड़ा-सा शेड थी जिसमें लकड़ी की शहतीरें छत को सहारा दिये हुए थीं और ख़ुद छत के बहुत से हिस्से में जँगला लगा हुआ था ताकि हवा और रोशनी अन्दर आ सके। खुले हुए चूल्हों की गरमी और रोशनी से वह जगह भरी हुई थी। लम्बी-लम्बी मेज़ों पर मिट्टी के सैकड़ों बरतन रखे थे। और भभके में लगे हुए, भाप को ठंडा करनेवाले नलकों का जाल ऐसा था कि जैसे कोई विचित्र सपना हो। और उन सबके बीच से इत्रों के सत की वही भारी ख़ुशबू निकल रही थी जिससे मितली मालूम होती थी।

उन लोगों ने सैकड़ों मज़दूरों को भी काम करते देखा। छोटे-छोटे, मटीले रंग के आदमी जिनमें से बहुतों के दाढ़ी थी और जो सिर्फ़ एक लँगोटी से अपनी नग्नता को ढके हुए थे। वे खड़े भभकों की देखभाल कर रहे थे, भट्ठियों में आग डाल रहे थे, काटने की मेज़ों पर खड़े पेड़ों की छालें और फलों के छिलके काट रहे थे या चाँदी की छोटी-छोटी नलियों में सत भर रहे थे, बूँद-बूँद करके उस बेशक़ीमती चीज़ को उनके अन्दर डाल रहे थे और फिर हर नली को गरम मोम से बन्द कर देते थे। कुछ और लोग थे जो फल छील रहे थे और सूअर के गोश्त की चर्बी के लम्बे-लम्बे सफ़ेद पतले टुकड़े काट रहे थे।

कारख़ाने के मैनेजर ने—जो कि एक रोमन था और जिसका क्रैसस ने ऐवलस के नाम से परिचय कराया और जिसे अपने वंश या गोत्र के नाम का सम्मान प्राप्त नहीं था—सेनापति और उसके मेहमानों का स्वागत एक ऐसे ढंग से किया जिसमें एक विचित्र स्निग्धता और लोभ और सतर्कता मिली हुई थी। क्रैसस ने उसको थोड़ी-सी मुद्राएँ दीं जिससे कि वह उन लोगों को प्रसन्न करने के लिए और भी उत्सुक हो उठा और फिर वह उनको एक के बाद दूसरी जगह दिखाने लगा। मज़दूर अपना काम करते रहे। उनके चेहरे रूखे, कठोर, कटुता लिये हुए थे। वे जब इन लोगों को अपनी आँख की कोरों से एक झलक देख भी लेते थे तो

भी उनके चेहरे का भाव किसी तरह नहीं बदलता था। वहाँ पर जितनी भी चीज़ें उन लोगों ने देखीं उनमें केयस और हेलेना और क्लॉदिया को सबसे विचित्र वे मज़दूर ही लगे। उन्होंने ऐसे आदमी इससे पहले नहीं देखे थे। वे दूसरों से भिन्न थे और उनमें कुछ ऐसी बात थी कि उन्हें देखकर डर मालूम होता था। वे ग़ुलाम न थे और न वे रोमन ही थे। और न वे उन किसानों की ही तरह थे जिनकी तादाद बराबर कम होती जा रही थी मगर जो अब भी इटली में यहाँ-वहाँ अपनी ज़मीन के छोटे-छोटे टुकड़ों से चिपके हुए थे, वे भिन्न लोग थे और उनकी यह भिन्नता ही परेशान करनेवाली थी।

क्रैसस ने बतलाया, "यहाँ हमारा काम है इत्र खींचना। इस चीज़ के लिए हमको मिस्रियों को धन्यवाद देना चाहिए। मगर वे लोग कभी भी इस इत्र खींचने की क्रिया को किसी बड़े पैमाने पर न चला सके। संगठन तो रोम ही कर सकता है।"

"मगर क्या यह चीज़ कभी इससे भिन्न भी थी?" केयस ने पूछा।

"अरे हाँ, क्यों नहीं। पुराने ज़माने में लोग इत्रों की प्राकृतिक उपज पर निर्भर रहते थे—ख़ासतौर पर लोबान, मिर और कपूर। ये सब-के-सब गोंद हैं और पेड़ की छाल से निकलते हैं। मैंने सुना है कि पूरब के देशों में लोग ऐसे पेड़ों की खेती करते हैं। वे छालों में चाकू मार देते हैं और फिर बाक़ायदा फ़सल के तौर पर गोंद को इकट्ठा करते हैं। ज़्यादातर ये सुगन्धियाँ धूप जलाने के काम में आती थीं। इसके बाद मिस्रवालों ने भभके की ईजाद की जिसने हमको न सिर्फ़ शराब दी और नशे में चूर हो जाने का छोटा रास्ता दिखलाया बल्कि ख़ुशबुएँ भी दीं, इत्र भी दिए।"

वह उन लोगों को काटने की मेज़ पर ले गया जहाँ एक मज़दूर नीबू के काग़ज़ जैसे पतले छिलके उतार रहा था। क्रैसस ने एक छिलके को रोशनी के सामने करके देखा।

"अगर तुम ध्यान से देखो तो तुम्हें इसके नन्हे-नन्हे तैल-कोष दिखाई दे जाएँगे। और ख़ैर यह तो तुम जानते ही हो कि इस छिलके की ख़ुशबू कितनी अच्छी होती है। सत निकालने के लिए आधार यही है—और नीबू ही नहीं और भी सैकड़ों फलों और छालों के लिए भी वही बात है। और अब अगर आप मेरे पीछे-पीछे आइए...।"

इसके बाद वह उन लोगों को एक भट्ठी के पास ले गया। वहाँ पर एक बहुत बड़े से बरतन में छिलकों के टुकड़े पकने के लिए चढ़ाए जा रहे थे। जब वह बरतन भट्ठी पर रखा गया तो उसके ऊपर धातु का एक ढक्कन रखकर बरतन का मुँह अच्छी तरह कसकर बन्द कर दिया गया। उस ढक्कन में से ताँबे का एक नलका निकला हुआ था जो चक्कर खाता हुआ उस जगह पर पहुँचता था जहाँ उसे ठंडा करने के लिए उस पर पानी की फुहार गिरती थी। इस नलके का दूसरा सिरा एक ओर बरतन में था।

क्रैसस ने समझाया, "यही भभका है। चाहे छाल हो या पत्ती या फल का छिलका, हम हर चीज़ को पकाते हैं जब तक कि उसके तैलकोष अलग नहीं हो जाते। इसके बाद वह चीज़ भाप बन जाती है और फिर हम पानी की फुहार से उस भाप को ठंडा कर देते हैं।...वह उन लोगों को एक दूसरी भट्ठी के पास ले गया जहाँ भभके में से द्रव गिर रहा था।—यह देखिए, यही वो पानी है। पात्र जब भर जाता है तो हम इस पानी को ठंडा करते हैं और तेल ऊपर सतह पर आ जाता है। यह तेल ही सत है और उसे बड़ी होशियारी से अलग किया जाता है और उन चाँदी की नलियों में डालकर मुहरबन्द कर दिया जाता है। जो बच जाता है वही वह ख़ुशबूदार पानी है जो आजकल जलपान के समय लोकप्रिय होता जा रहा है।"

"आपका मतलब है हम लोग उसी को पीते हैं?" क्लॉदिया ने ज़ोर से कहा।

"कमोबेश। उसमें भाप से इकट्ठा किया हुआ पानी मिला लिया जाता है लेकिन मैं तुमको विश्वास दिलाता हूँ कि स्वास्थ्य के लिए वह बहुत ही अच्छा होता है। इतना ही नहीं, स्वाद के लिए इन पानियों को आपस में मिला भी दिया जाता है उसी तरह जैसे सुगंध के लिए उन तेलों को एक-दूसरे के संग मिला दिया जाता है। और फिर उस पानी को हाथ-मुँह धोने के काम में लाया जाता है।"

उसने हेलेना को मुस्कराते देखा और पूछा, "तुम समझती हो कि मैं झूठ कह रहा हूँ?"

"नहीं-नहीं, ऐसी बात नहीं। मुझे सिर्फ़ हैरत हो रही है कि तुमको ये सब बातें कैसे मालूम हो गईं। मुझे अपनी ज़िन्दगी के वह मौक़े याद हैं जब मैं यह सुनती थी कि कोई चीज़ कैसे बनाई जाती है। मेरा ख़याल है कि तब किसी को कुछ भी नहीं मालूम था कि कोई चीज़ कैसे बनती है।"

क्रैसस ने बड़े शान्त भाव से उत्तर दिया, "इन बातों को जानना, यही तो मेरा काम है। मैं बहुत अमीर आदमी हूँ। मुझे इस बात की कोई शर्म नहीं है, जैसी कि बहुत से लोगों को होती है। तमाम लोग हैं जो मुझको सिर्फ़ इसीलिए नीची निगाह से देखते हैं कि मेरी दृष्टि पैसा बनाने पर रहती है। मुझे इससे बहस नहीं। मुझे सम्पत्ति बटोरना अच्छा लगता है। मगर अपने दूसरे साथियों की तरह मेरा यह ख़याल नहीं है कि सम्पत्ति जागीरदारी से आती है और उन लोगों ने जब मुझको लड़ने को कहा, तो जीतने के लिए उन्होंने मुझको कोई शहर नहीं दिये जैसे कि पॉम्पी को दिये थे। उन्होंने मुझको ग़ुलामों का युद्ध पकड़ाया जिसमें कोई आर्थिक लाभ न था। इसलिए मुझे विवश होकर अपनी अलग छोटी-मोटी भेदभरी चीज़ें खड़ी करनी पड़ीं और यह कारख़ाना उनमें से एक है। वह जो तुम चाँदी की नलियाँ देख रही हो जिनमें इत्रों का सत भरा हुआ है उनकी क़ीमत अपने वज़न से दस गुना ज़्यादा सोने के वज़न की क़ीमत के बराबर है। ग़ुलाम तुम्हारा खाना खाता है और मर जाता है मगर यह

मज़दूर अपने-आप को सोने में बदल देते हैं। और फिर मुझे इसकी भी फ़िक्र नहीं करनी पड़ती कि उन्हें क्या खिलाऊँ और कहाँ रखूँ।"

केयस ने अटकल लगाते हुए कहा, "मगर वे लोग भी तो स्पार्टकस जैसा ही कुछ कर सकते हैं।"

"मज़दूर विद्रोह करें?" क्रैसस मुस्कराया। फिर उसने निषेध में सिर हिलाया और कहा नहीं, "ऐसा कभी नहीं हो सकता। देखो बात यह है कि ये लोग ग़ुलाम नहीं हैं। ये आज़ाद लोग हैं। ये अपनी मर्ज़ी के मुताबिक़ आ-जा सकते हैं। उन्हें भला विद्रोह करने की क्या ज़रूरत?" क्रैसस ने उस बड़े से शेड पर चारों तरफ़ निगाह दौड़ाई। "नहीं! सच बात यह है कि पूरे ग़ुलाम-युद्ध में हमने एक दिन के लिए भी अपनी भट्ठियाँ बन्द नहीं कीं। इन आदमियों और ग़ुलामों के बीच़ एकता का कोई बन्धन नहीं।"

मगर तब भी जब वे लोग वहाँ से चले तो केयस का मन उद्विग्न था। यह अजीबोग़रीब ख़ामोश, दढ़ियल आदमी जो इतनी फुर्ती से और इतनी दक्षता से अपना काम कर रहे थे, उनको देखकर उसका मन भय और आशंका से भर उठा और वह समझ नहीं सका ऐसा क्यों।

भाग 7

जिसमें सिसेरो और ग्रैकस के रोम वापस लौटने का वर्णन है, यानी उन्होंने रास्ते में क्या-क्या बातें कीं और फिर स्पार्टकस का सपना और फिर वह सपना कैसे ग्रैकस को बतलाया गया।

जिस तरह केयस और क्रैसस और वे दोनों लड़कियाँ दक्खिन के एपियन मार्ग से कापुआ गई थीं उसी तरह सिसेरो और ग्रैकस कुछ दिन पहले उत्तर रोम को गए थे। विला सलारिया शहर से एक दिन के फ़ासले पर था और आगे चलकर उसे रोम का एक क़स्बा ही समझा जाएगा। इसलिए सिसेरो और ग्रैकस बहुत धीरे-धीरे चले जा रहे थे, उन्हें कोई जल्दी न थी और उनकी पालकियाँ अगल-बग़ल चल रही थीं। सिसेरो का अन्दाज़ सरपरस्ती का था और वह अपने को ख़ासा बड़ा आदमी समझता था मगर वह भी अपने-आप को इसके लिए मजबूर कर रहा था कि इस आदमी के प्रति सम्मान दिखलाए जो नगर की एक इतनी बड़ी शक्ति था, और सच बात यह है कि ग्रैकस के अन्दर जो व्यवहार कुशलता थी उसका असर दूसरे पर न पड़े, ऐसा सम्भव न था।

जब कोई आदमी अपनी ज़िन्दगी लोगों का समर्थन पाने और उनकी शत्रुता को बचाने में ही लगा देता है तो उसके अन्दर अनिवार्य रूप से सामाजिक व्ययहार के कुछ ख़ास गुण पैदा हो जाते हैं और ग्रैकस को शायद ही कोई ऐसा व्यक्ति मिला हो जिसको उसने अपना समर्थक न बना लिया हो। मगर सिसेरो ऐसा नहीं था कि उसको बहुत पसन्द किया जाता; वह उन चतुर नवयुवकों में था जो सिद्धान्तों को कभी अपनी सफलता के मार्ग में आड़े नहीं आने देते। जहाँ यह बात सच थी कि ग्रैकस भी उतना ही अवसरवादी था वहाँ इस बात में वह सिसेरो से भिन्न था कि वह सिद्धान्तों का आदर करता था; बस इतना था कि असुविधा होने पर वह स्वयं उन्हें त्याग देता था। सिसेरो जिसे अपने-आप को भौतिकतावादी समझना अच्छा लगता था और जो इसीलिए किसी भी मनुष्य में सज्जनता के गुणों को स्वीकार करने से इनकार करता था, वास्तव में ग्रैकस से कम यथार्थवादी था।

यही वजह थी कि कभी-कभी उसको इस मोटे थुलथुल बुड्ढे की ऊपरी सौजन्य से भरी हुई बदमाशी से बड़ा झटका-सा लगता था। सचाई यह थी कि ग्रैकस किसी और से ज़्यादा बदमाश न था, जैसे और थे वैसा ही वह भी था। बस इतनी बात थी कि उसने दूसरों की अपेक्षा कुछ ज़्यादा सख़्ती से आत्मछलना के विरुद्ध लड़ाई लड़ी थी, क्योंकि वह उस चीज़ को अपनी महत्त्वाकांक्षा के रास्ते में एक रुकावट पाता था।

दूसरी ओर उसके मन में सिसेरो के लिए उतनी हिकारत न थी जितनी कि हो सकती थी। एक हद तक, सिसेरो उसके लिए एक पहेली था। दुनिया बदल रही थी; ग्रैकस जानता था कि उसकी अपनी ज़िन्दगी में ही, उसके देखते-देखते एक बहुत बड़ा परिवर्तन आ गया था और वह सिर्फ़ रोम में ही नहीं बल्कि सारी दुनिया में। सिसेरो उस परिवर्तन का अग्रदूत था। चतुर और निर्मम नवयुवकों की सम्पूर्ण पीढ़ी में सिसेरो भी एक था। ग्रैकस भी कठोर और निर्मम था मगर वह दुख को पहचानता था, उसकी निर्ममता में करुणा का एक भाव ज़रूर था, भले उस करुणा के आधार पर वह कोई काम न करे। मगर इन नवयुवकों के पास न तो करुणा थी, न दुख। ऐसा मालूम होता था कि उन्होंने एक ऐसा कवच पहन रखा है जिसमें कहीं कोई छेद नहीं है। सिसेरो बहुत ही अच्छा सुशिक्षित व्यक्ति था और उसके सम्बन्ध भी बहुत बड़े-बड़े लोगों से थे, इसलिए ग्रैकस के मन में उसके प्रति कुछ सामाजिक स्पर्द्धा का भाव था मगर यह स्पर्द्धा कुछ इसलिए भी थी कि सिसेरो के अन्दर एक विशेष हिमकठोर निर्ममता थी। किसी हद तक ग्रैकस सिसेरो के अन्दर शक्ति का एक ऐसा क्षेत्र पाता था जहाँ पर वह स्वयं कमज़ोर था और इसीलिए सिसेरो के प्रति उसके मन में स्पर्द्धा थी। और इसी चीज़ के बारे में वह सोचने लगा, उसके ख़याल इधर-उधर भटकने लगे।

"क्या तुम सो रहे हो?" सिसेरो ने धीरे-से पूछा। पालकी के हिचकोले ख़ुद उसके अन्दर भी नींद पैदा करते थे।

"नहीं, यों ही कुछ सोच रहा हूँ।"

"राज्य संचालन के गम्भीर प्रश्नों के बारे में?" सिसेरो ने हल्के ढंग से पूछा और अपने-आप को मन-ही-मन आश्वस्त कर लिया कि यह बुड्ढा ठग किसी सीधे-सादे सेनेट सदस्य को नष्ट करने का कोई जाल रच रहा है।

"नहीं किसी बड़ी चीज़ के बारे में नहीं। केवल एक प्राचीन जनश्रुति के बारे में। बड़ी पुरानी कहानी है यह, कुछ-कुछ बेवक़ूफ़ी से भरी हुई, जैसी कि पुरानी कहानियाँ हुआ करती हैं।"

"मुझको बतलाइएगा?"

"तुमको ख़ामख़ा ऊब मालूम होगी।"

"यात्री को ऊब सिर्फ़ प्राकृतिक दृश्यों से मालूम होती है।"

"जो भी हो, यह तो उपदेशात्मक कहानी है और उपदेशात्मक कहानी से ज़्यादा थकानेवाली चीज़ दूसरी नहीं होती। सिसेरो, तुम्हारा क्या ख़याल है, आज हमारी ज़िन्दगी में उपदेशात्मक कहानियों की कोई जगह है?"

"छोटे-छोटे बच्चों के लिए ऐसी कहानियाँ अच्छी पड़ती हैं। जो कहानी मुझे पसन्द थी उसका सम्बन्ध एक दूरदराज़ी रिश्तेदार से था। ग्राकी की माँ से।"

"कोई सम्बन्ध नहीं।"

"मैं तब छह साल का था। सात साल की उमर में मैंने उसके बारे में सवाल किया।"

"सात की उमर में तुम इतने शैतान नहीं हो सकते थे," ग्रैकस मुस्कराया।

"मगर मैं था। मुझे जो चीज़ तुम्हारे अन्दर सबसे अच्छी मालूम होती है ग्रैकस, वह यह है कि तुमने अपने लिए उत्तम वंश-परम्परा जुटाने की परवाह नहीं की।"

"वह मेरी भलमनसी नहीं मितव्ययिता थी।"

"और वह कहानी?"

"उसके लिए अब तुम बहुत बड़े हो गए हो।"

"सुनाकर तो देखो," सिसेरो ने कहा, "तुम्हारी कहानियों से मुझे कभी निराशा नहीं हुई।"

"तब भी जब उसमें कुछ ख़ास तुक नहीं होती?"

"ऐसा कभी नहीं होता कि तुम्हारी कहानियों में तुक न हो। उसकी तुक को समझ सकने की अक़्ल भर होनी चाहिए।"

"तो फिर मैं अपनी कहानी कहता हूँ," ग्रैकस हँसा, "यह एक ऐसी माँ की कहानी है जिसके सिर्फ़ एक बेटा था। वह लम्बा था और ख़ूबसूरत था और उसका एक-एक अंग साँचे में ढला हुआ था। और वह अपने बेटे को उतना ही प्यार करती थी जितना कि कोई माँ अपने बेटे को प्यार करती है।"

"मेरा ख़याल है कि ख़ुद मेरी माँ मुझको अपनी महत्त्वाकांक्षाओं के रास्ते में एक रुकावट समझती थी।"

"आओ हम मान लें कि यह एक बहुत पुरानी कहानी है, जबकि लोगों में सद्गुण हुआ करते थे। यह माँ अपने बेटे को प्यार करती थी। उसकी ज़िन्दगी का सूरज उसी में उगता था और उसी में डूब जाता था। फिर उसे किसी से प्रेम हो गया। वह एक ऐसी औरत को अपना दिल दे बैठा जो कि उतनी ही बदमाश थी जितनी कि वह ख़ूबसूरत थी। और चूँकि वह बहुत ही बदमाश थी इसलिए मानी हुई बात है कि वह बहुत ही ख़ूबसूरत थी। बहरहाल, जहाँ तक इस लड़के की बात थी, इसकी तरफ़ वह नज़र उठाकर भी नहीं देखती थी, उसके लिए उस औरत की निगाहों में किसी तरह का हल्का-सा इशारा भी मुहब्बत का नहीं था। ज़रा भी नहीं।"

"मैं ऐसी औरतों से मिला हूँ।" सिसेरो ने अपनी सहमति व्यक्त की।

"इस तरह वह लड़का उस औरत के लिए जान देने लगा, घुलने लगा। उसको जब मौक़ा मिला तो उसने उस औरत को बतलाया कि उसके लिए वह क्या-क्या करेगा, कैसे-कैसे क़िले बनवाएगा, कैसे-कैसे हीरे-जवाहरात इकट्ठा करेगा। ये बातें कुछ ठोस न थीं, कुछ हवाई-सी थीं और इसलिए उस औरत ने कहा, कि उसको उन चीज़ों में कोई दिलचस्पी नहीं है। उनके बदले उसने लड़के से एक ऐसा उपहार माँगा जिसको देना पूरी तरह उसके बस में था।"

"सादा-सा उपहार?"— सिसेरो ने पूछा।

ग्रैकस को कहानी कहने में बड़ा लुत्फ़ आता था। उसने उस सवाल पर ग़ौर किया और सिर हिलाया—"बहुत ही सादा-सा उपहार। उस औरत ने नौजवान से कहा कि वह अपनी माँ का दिल उसको लाकर दे। और उसने लाकर दिया। उसने एक चाकू लिया और उससे अपनी माँ की छाती चीरकर उसका दिल निकाल लिया। और फिर उसने जो कुछ किया था उससे डरकर और घबराकर वह जंगल के बीच होकर उस जगह की ओर भागा जहाँ पर यह बदमाश मगर ख़ूबसूरत जवान औरत रहती थी। और जब वह दौड़ रहा था तब उसका अँगूठा एक पेड़ की जड़ में फँस गया और वह गिर पड़ा और वह गिरा तो उसकी माँ का दिल उसके हाथ से छिटककर दूर जा पड़ा। वह उस अनमोल दिल को उठाने के लिए दौड़ा, जिसके बदले में उसे एक औरत की मुहब्बत मिल जाएगी, और जब वह उसको उठाने के लिए झुका तो उसने अपनी माँ के दिल को कहते सुना—मेरे बेटे, मेरे बेटे, तुम्हें गिरने से चोट तो नहीं आई?" ग्रैकस अपनी पालकी में लेट गया और अपने दोनों हाथों की उँगलियों के छोरों को मिला लिया और किसी सोच में डूबे-डूबे उनको देखने लगा।

"फिर?" सिसेरो ने पूछा।

"बस इतनी ही तो कहानी है। मैंने तुमसे कहा था न कि यह एक उपदेशात्मक कहानी है जिसमें कोई तुक नहीं।"

"क्षमा? यह रोमन कहानी नहीं है। हम रोमनों के अन्दर क्षमा का गुण नहीं है। कुछ भी हो, यह ग्राकी की माँ की नहीं हो सकती।"

"क्षमा नहीं, प्रेम।"

"आह!"

"तुमको प्रेम में आस्था नहीं है?"

"जो सभी चीज़ों के ऊपर हो? हरगिज़ नहीं और यह रोमन गुण भी नहीं है।"

"हे भगवान, तुम कैसे हो सिसेरो? क्या तुम दुनिया की हर चीज़ को रोमन और अ-रोमन की श्रेणियों में बाँट सकते हो?"

"ज़्यादातर चीज़ों को," सिसेरो ने आत्मतुष्ट ढंग से कहा।

"और तुम उसमें विश्वास करते हो?"

"सच पूछो तो मैं नहीं करता," सिसेरो हँसा।

ग्रैकस सोचने लगा, बड़ा बदमज़ाक़ आदमी है। यह हँसता इसलिए है कि वह समझता है कि किन्हीं ख़ास मौक़ों पर हँसना चाहिए। और उसने प्रकट कहा, "मैं तुमको यह सलाह देनेवाला था कि तुम राजनीति छोड़ दो।"

"सच?"

"गो कि मैं समझता हूँ कि मेरी सलाह का तुम्हारे ऊपर कोई असर न होगा।"

"मगर तब भी तुम्हारा यह ख़याल ज़रूर है कि मैं राजनीति के क्षेत्र में कभी सफल न होऊँगा? क्यों यही बात है न?"

"नहीं, यह तो मैं न कहूँगा। तुमने कभी राजनीति के विषय में सोचा है, यह चीज़ क्या है?"

"उसके अन्दर बहुत सी चीज़ें हैं। जहाँ तक मेरा ख़याल है वह बहुत सी चीज़ों का एक सामूहिक नाम है और उनमें से कोई भी चीज़ बहुत साफ़ नहीं है।"

"वह चीज़ उतनी ही साफ़ या गन्दी है जितनी कि कोई और चीज़। मैंने अपनी सारी ज़िन्दगी राजनीतिज्ञ बनने में गुज़ारी है," ग्रैकस ने कहा, मगर वह सोच रहा था, यह आदमी मुझको पसन्द नहीं करता। मैं उस पर चोट करता हूँ, वह मुझ पर चोट करता है। मुझको यह स्वीकार करने में इतनी कठिनाई क्यों होती है कि कोई व्यक्ति मुझको पसन्द नहीं करता?

सिसेरो ने उस मोटे आदमी से कहा, "मैंने सुना है कि तुम्हारी सबसे बड़ी सिफ़त यह है कि तुमको नाम बहुत याद रहते हैं। क्या यह बात सच है कि तुमको एक लाख लोगों के नाम याद हैं?"

"राजनीति के बारे में यह दूसरा भ्रम है। मैं कुछ थोड़े से लोगों का नाम जानता हूँ। एक लाख लोगों का नहीं।"

"मैंने सुना है कि हैनिबल को अपनी सेना के एक-एक आदमी का नाम याद रहता था।"

"हाँ। कुछ वक़्त गुज़रने दो और हम स्पार्टकस के बारे में यही बात कहने लग जाएँगे कि उसकी भी स्मरण-शक्ति ऐसी ही थी। हम इस बात को स्वीकार नहीं कर पाते कि कोई आदमी अगर जीतता है तो इसलिए कि वह हमसे बेहतर है। तुमको इतिहास के ये बड़े-बड़े और छोटे-छोटे झूठ क्यों इतने पसन्द हैं?"

"क्या वे सब झूठ हैं?

ग्रैकस ने अपनी भारी आवाज़ में कहा, "ज़्यादातर। इतिहास धूर्तता और लोभ की सफ़ाई देने की कोशिश का नाम है। मगर यह सफ़ाई कभी ईमानदार नहीं होती। इसीलिए मैंने तुमसे राजनीति के विषय में पूछा। किसी ने वहाँ विला सलारिया में यह बात कही थी कि स्पार्टकस की सेना में कोई राजनीति न थी। मगर ऐसा हो नहीं सकता।"

सिसेरो मुस्कराया और बोला, "तुम राजनीतिज्ञ हो इसलिए मुझे बतलाओ न कि राजनीतिज्ञ क्या होता है?"

"चालबाज़," ग्रैकस ने संक्षेप में उत्तर दिया।

"तुम और कुछ हो न हो, स्पष्टवादी ज़रूर हो।"

"मुझमें यही एक गुण है और यह एक बहुत मूल्यवान गुण है। राजनीतिज्ञ के अन्दर इस चीज़ को देखकर लोग अक्सर इसको ईमानदारी समझने की भूल किया करते हैं। देखो हम लोग एक गणतंत्र में रहते हैं। इसका मतलब है कि बहुत से लोग ऐसे हैं जिनके पास कुछ भी नहीं है और मुट्ठी-भर लोग ऐसे हैं जिनके पास बहुत कुछ है। और जिनके पास बहुत कुछ है उनकी रक्षा, उनका बचाव उन्हीं को करना है जिनके पास कुछ भी नहीं। इतना ही नहीं, बल्कि वे लोग जिनके पास बहुत कुछ है उनको अपनी सम्पत्ति की रक्षा करनी होती है और इसलिए वे जिनके पास कुछ भी नहीं है, उनको तुम्हारे और मेरे और हमारे अच्छे मेज़बान एंटोनियस की सम्पत्ति के लिए जान देने को तैयार रहना चाहिए। इसके साथ-ही-साथ यह भी है कि हमारी तरह के लोगों के पास बहुत से ग़ुलाम होते हैं। ये ग़ुलाम हमको पसन्द नहीं करते। हमको इस भ्रम का शिकार न होना चाहिए कि ग़ुलाम अपने मालिकों को पसन्द करते हैं। वे नहीं करते और इसलिए ग़ुलाम हमारी रक्षा ग़ुलामों से नहीं कर सकते। इसलिए बहुत से लोग जिनके पास ग़ुलाम नहीं हैं, उनको हमारे लिए जान देने को तैयार रहना चाहिए ताकि हम अपने ग़ुलाम रख सकें। रोम के पास ढाई लाख सैनिक हैं। इन सैनिकों को विदेशों में जाने के लिए तैयार रहना चाहिए, इसके लिए तैयार रहना चाहिए कि मार्च करते-करते उनके पैर घिस जाएँ, कि वे गन्दगी में और ग़लाज़त में रहें, कि वे ख़ून में लोट लगाएँ—ताकि हम सुरक्षित रहें और आराम से ज़िन्दगी बिताएँ और अपनी व्यक्तिगत सम्पत्ति को बढ़ाएँ। जब ये सैनिक स्पार्टकस से लड़ने के लिए गए तो इनके पास ऐसी कोई चीज़ न थी जिसकी कि वे रक्षा करते जैसी कि ग़ुलामों के पास थी। आख़िर क्या चीज़ उनके पास थी जिसकी रक्षा करने के लिए वे स्पार्टकस से लड़ने गए थे? मगर तब भी ग़ुलामों से लड़ते हुए वे हज़ारों की संख्या में मारे गए। हम इसके आगे भी जा सकते हैं। वे किसान जो ग़ुलामों से लड़ते हुए मारे गए, सेना में उनके होने का सबसे पहला कारण यह है कि जागीरदारों ने उनको उनके खेतों से खदेड़ दिया है। ग़ुलामों को लेकर जो बड़ी-बड़ी जागीरें चलती थीं जिनमें बड़े पैमाने पर खेती होती थी उन्होंने उन किसानों को एकदम भिखमंगा बना दिया है, ऐसा भिखमंगा जिसके पास ज़मीन का एक टुकड़ा भी नहीं; और फिर मज़ा यह है कि इन्हीं जागीरों की हिफ़ाज़त के लिए वे किसान जान देते हैं। इसको देखकर कहने का जी होता है कि वाह, यह तो हद हो गई! क्योंकि मेरे प्यारे दोस्त सिसेरो, ज़रा सोचो कि अगर ग़ुलाम विजयी होते हैं तो इससे हमारे बहादुर रोमन सैनिक का

क्या नुक़सान होता है? सच बात तो यह है कि उन ग़ुलामों को हमारे इस रोमन सैनिक की बड़ी सख़्त ज़रूरत होगी क्योंकि ज़मीन की जुताई के लिए ग़ुलाम ख़ुद काफ़ी न होंगे। ज़मीन इतनी काफ़ी होगी कि सबको पूरी पड़ जाए और तब हमारे इस रोमन सैनिक के पास वह चीज़ होगी जिसका सपना वह सबसे ज़्यादा देखा करता है, ज़मीन का उसका अपना टुकड़ा और उसका निज का छोटा-सा मकान। मगर तब भी वह अपने ही सपनों को नष्ट करने के लिए लड़ने को चला जाता है। किसलिए? इसीलिए कि सोलह ग़ुलाम मेरे जैसे एक मोटे थुलथुल बुड्ढे खूसट को गद्देदार पालकी में बिठालकर ढोते फिरें! क्या तुम कह सकते हो कि मैं जो कुछ कह रहा हूँ झूठ कह रहा हूँ?"

"मेरा ख़याल है कि जो कुछ तुम कह रहे हो अगर वह किसी साधारण आदमी ने बीच चौक में खड़े होकर कहा होता तो हमने उसे सलीब पर चढ़ा दिया होता।"

"सिसेरो सिसेरो," ग्रैकस हँसा, "मैं क्या इसे अपने लिए धमकी समझूँ? मैं बहुत मोटा और भारी और बुड्ढा हूँ, मुझे सलीब पर चढ़ाना मुमकिन न होगा। और फिर यह तो बताओ कि सच बात को सुनकर तुम इतना घबरा क्यों जाते हो? दूसरों से झूठ बोलना ज़रूरी है मगर क्या यह भी ज़रूरी है कि हम ख़ुद अपने ही झूठ पर विश्वास करें?"

"यह तुम्हारा ख़याल है। मगर तुम इस बुनियादी सवाल को छोड़ जाते हो क्या कोई आदमी किसी दूसरे आदमी जैसा ही होता है या उससे भिन्न होता है? तुम्हारी इस छोटी-सी वक्तृता में यही असंगति है। तुम पहले से यह मानकर चलते हो कि सब आदमी बिलकुल एक से होते हैं। मैं इस बात को नहीं मानता। मैं मानता हूँ कि श्रेष्ठ लोगों का अपना एक वर्ग होता है, ऐसे लोग जो दूसरों से ऊँचे होते हैं। बहस की चीज़ यह नहीं है कि उनको ईश्वर ने ऐसा बनाया या परिस्थितियों ने। मगर इतना है कि उन लोगों में शासन करने की योग्यता होती है। और चूँकि उनमें शासन करने की योग्यता होती है इसीलिए वे शासन करते हैं। और चूँकि बाक़ी लोग भेड़-बकरियों के समान होते हैं इसलिए उनका आचरण भी भेड़-बकरियों के समान होता है। देखो न तुम एक सूत्र पेश करते हो; असल मुश्किल तो उसकी व्याख्या करने में होती है। तुम समाज की एक तसवीर पेश करते हो, लेकिन अगर सचाई भी तुम्हारी तसवीर ही की तरह असंगत होती, तो समूचा ढाँचा एक ही दिन में भहरा पड़ा होता। तुम क्यों यह नहीं बतला पाते कि वह कौन-सी चीज़ है जो इस असंगत पहेली को समेटकर रखे हुए है और गिरने नहीं देती।"

ग्रैकस ने सिर हिलाया और कहा, "उसको समेटकर रखनेवाला, उसको न गिरने देनेवाला मैं हूँ।"

"तुम? अकेले तुम?"

"सिसेरो, क्या तुम सचमुच मुझे गधा समझते हो? मैंने बहुत लम्बी और ख़तरों से भरी हुई ज़िन्दगी गुज़ारी है और मैं अब भी चोटी पर हूँ। तुमने थोड़ी देर पहले मुझसे पूछा था कि राजनीतिज्ञ क्या होता है? राजनीतिज्ञ ही इस उलटे-सीधे मकान को खड़ा रखनेवाला सीमेंट है। उच्च वंशों वाले स्वयं इस काम को नहीं कर सकते। पहली बात तो यह कि उनका सोचने का ढंग तुम्हारे जैसा है और रोम के नागरिकों को यह बात पसन्द नहीं है कि कोई उनको भेड़-बकरी कहे। भेड़-बकरी वे नहीं हैं—जैसा कि एक-न-एक दिन तुम्हारी समझ में आएगा। दूसरी बात यह है कि इस उच्चवंशीय व्यक्ति को इस साधारण नागरिक के बारे में कुछ भी नहीं मालूम। अगर यह चीज़ बिलकुल उसी पर छोड़ दी जाए तो यह ढाँचा एक दिन में भहरा पड़े। इसीलिए वह मेरे जैसे लोगों के पास आता है। वह हमारे बिना ज़िन्दा नहीं रह सकता। जो चीज़ नितान्त असंगत हैं हम उसके अन्दर संगति पैदा करते हैं। हम लोगों को यह बात समझा देते हैं कि जीवन की सबसे बड़ी सार्थकता अमीरों के लिए मरने में है। हम अमीरों को समझा देते हैं कि उन्हें अपनी दौलत का कुछ हिस्सा छोड़ देना चाहिए ताकि बाक़ी को वे अपने पास रख सकें। हम जादूगर हैं। हम भ्रम की चादर फैला देते हैं और वह ऐसा भ्रम होता है जिससे कोई बच नहीं सकता। हम लोगों से कहते हैं, जनता से कहते हैं—तुम्हीं शक्ति हो। तुम्हारा वोट ही रोम की शक्ति और कीर्ति का स्रोत है। सारे संसार में केवल तुम्हीं स्वतंत्र हो। तुम्हारी स्वतंत्रता से बढ़कर मूल्यवान कोई भी चीज़ नहीं है, तुम्हारी सभ्यता से अधिक प्रशंसनीय कुछ भी नहीं है। और तुम्हीं उसका नियंत्रण करते हो; तुम्हीं शक्ति हो, तुम्हीं सत्ता हो। और तब वे हमारे उम्मीदवार के लिए वोट दे देते हैं। वे हमारी हार पर आँसू बहाते हैं, हमारी जीत पर ख़ुशी से हँसते हैं। और अपने ऊपर गर्व अनुभव करते हैं और अपने को दूसरों से बढ़ा-चढ़ा समझते हैं क्योंकि वे ग़ुलाम नहीं हैं। चाहे उनकी हालत कितनी ही नीचे गिरी हुई क्यों न हो, चाहे वे नालियों में ही क्यों न सोते हों, चाहे वे तलवार के खेल और घुड़दौड़ के मैदानों में सारा-सारा दिन लकड़ी की सस्ती-सस्ती सीटों पर ही क्यों न बैठे रहते हों, चाहे वे अपने बच्चों के पैदा होते ही उनका गला क्यों न घोंट देते हों, चाहे उनकी बसर ख़ैरात पर ही क्यों न होती हो और चाहे अपनी पैदाइश से लेकर मरने तक उन्होंने एक रोज़ भी काम करने के लिए हाथ न उठाया हो, यह सब चाहे जो हो मगर इतना इत्मीनान क्या कम है कि वे ग़ुलाम नहीं हैं! वे धूल हैं मगर हर बार जब वे किसी ग़ुलाम को देखते हैं तो उनका अहं जागता है और वे अपने-आप को गर्व से और शक्ति से भरा हुआ महसूस करते हैं। उस वक़्त उनकी समझ में बस यही आता है कि वे रोम के नागरिक हैं और सारी दुनिया के लोग उनसे ईर्ष्या करते हैं। और, सिसेरो, यह मेरी विशेष कला है, राजनीति को कभी तुच्छ न समझना।"

2

इस सबसे ग्रैकस सिसेरो का प्रीति-भाजन नहीं बना और जब वे लोग आख़िरकार उस पहले बड़े सलीब के पास आए जो रोम की दीवारों के बाहर कुछ ही मील पर खड़ा किया गया था, तो सिसेरो ने उस मोटे आदमी की तरफ़ इशारा किया जो अपने शामियाने के अन्दर बैठा हुआ ऊँघ रहा था और ग्रैकस से बोला, "स्पष्ट है कि यह आदमी देखने में और अपने संस्कारों से राजनीतिज्ञ है।"

"यह तो स्पष्ट ही है। सच तो यह है कि यह आदमी मेरा एक पुराना दोस्त है।" ग्रैकस ने पालकियों को रोकने का इशारा किया और बड़ी मुश्किल से अपनी पालकी में से बाहर निकला। सिसेरो ने भी ऐसा ही किया। उसे ख़ुशी हो रही थी कि टाँग सीधी करने का मौक़ा मिला। झुटपुटा हो रहा था और पानी से लदे हुए काले-काले बादल उत्तर की ओर से इधर बढ़े चले आ रहे थे। सिसेरो ने उनकी तरफ़ इशारा किया।

"अगर तुम चाहो तो चले जाओ, रुको मत," ग्रैकस ने कहा। अब सिसेरो को ख़ुश करने की कोई इच्छा उसके मन में न थी। उसके स्नायु टूटने के बिन्दु पर पहुँच चुके थे। विला सलारिया में जो दिन उसने गुज़ारे थे उन्होंने उसके मुँह का स्वाद बिगाड़ दिया था। वह सोचने लगा कि यह चीज़ क्या है? वह क्या अब बुड्ढा होने लगा है और अपने-आप को बेसहारा समझने लगा है?

"मैं रुकूँगा," सिसेरो ने कहा, और अपनी पालकी की बग़ल में खड़ा हो गया और ग्रैकस को शामियाने के नीचे खड़े उस आदमी की तरफ़ जाते हुए देखने लगा। ज़ाहिर था कि वे दोनों एक-दूसरे को जानते थे। मुहल्लों की राजनीति में और स्वयं राजनीतिज्ञों के बीच यह सचमुच एक विलक्षण-सा जनतंत्र था। यह अपने-आप में एक दुनिया थी।

"आज रात," सिसेरो ने ग्रैकस को कहते सुना। शामियाने के नीचे खड़े उस आदमी ने अपना सिर हिलाया।

"सेक्सटस!" ग्रैकस ज़ोर से चिल्लाया, "मैंने तुम्हारे सामने अपनी बात रख दी। मैं सेक्सटस की ख़ाक-धूल परवाह नहीं करता! तुम या तो मेरे कहने के मुताबिक़ काम करोगे या फिर मैं न तो कभी तुमसे बोलूँगा और न तुमको देखूँगा, जब तक कि मैं ज़िन्दा हूँ—या जब तक कि तुम ज़िन्दा हो, जो कि बहुत दिन नहीं चलेगा, जिस तरह तुम उस सड़ते हुए गोश्त के नीचे बैठे हो।"

"मुझे अफ़सोस है, ग्रैकस।"

"मैं यह नहीं सुनना चाहता कि तुम्हें अफ़सोस है। मैं जैसा कहता हूँ वैसा करो।"

ग्रैकस बड़ी शान से अपनी पालकी के पास आ गया और उसके अन्दर बैठ गया। अभी जो कुछ हुआ था सिसेरो ने उसके बारे में कोई सवाल नहीं किया, मगर

जब वे लोग नगर के सिंहद्वार के पास पहुँचने लगे तो उसने ग्रैकस को उस कहानी की याद दिलाई जो उसने उसी दिन पहले उसको सुनाई थी, उस माँ की कहानी जो अपने बेटे को ज़रूरत से ज़्यादा प्यार करती थी।

"वह कहानी बड़ी दिलचस्प थी मगर मुझको लगता है कि तुमने उसका सूत्र कहीं बीच में ही खो दिया।"

"सचमुच क्या मैंने ऐसा ही किया है? तुम्हें इस बात पर विश्वास है? क्या तुमने कभी प्रेम किया है सिसेरो?"

"वैसे नहीं जैसे कि कवि लोग अपनी कविताओं में गाया करते हैं। मगर वह कहानी..."

"कहानी? देखो बात यह है कि मुझे याद ही नहीं आ रहा है कि मैंने यह कहानी क्यों कही। मैं सोचता हूँ कि उस कहानी को कहने में मेरा ज़रूर कोई उद्देश्य रहा होगा मगर मैं उसे भूल गया हूँ।"

नगर के भीतर पहुँचकर वे दोनों अलग हो गए और ग्रैकस अपने घर चला गया। वह जब घर पहुँचा तब साँझ हो रही थी और उसने चिराग़ की रोशनी में स्नान किया। उसके बाद उसने अपने घर की देख-रेख करनेवाली से कहा कि वह कुछ रुककर खाना खाएगा क्योंकि वह एक मेहमान के आने का इन्तज़ार कर रहा है उस औरत ने बात को समझकर सिर हिलाया और फिर ग्रैकस अपने सोने के कमरे में चला गया और किसी विचार में डूबे-डूबे अँधेरे में आँख खोलकर बिस्तर पर पड़ा रहा। वह जब वहाँ पर लेटा हुआ था तब मौत ने हल्के से उसकी पसली में अपनी उँगली गड़ाई। अँधेरे के बारे में एक पुरानी लैटिन कहावत थी, मौत के लिए जगह बनाओ। यानी कि आदमी किसी ऐसी औरत के साथ न लेटा हो जिसे कि वह प्यार करता हो। मगर ग्रैकस ने कभी ऐसा न किया था। वह कभी ऐसी औरत के साथ न लेटा था जिसे वह प्यार करता हो। वह बदमाश बुड्ढा ग्रैकस अपने लिए बाज़ार से औरतें ख़रीद लेता था। कब ऐसा हुआ था कि कोई औरत अपनी मर्ज़ी से और ख़ुशी-ख़ुशी उसके पास आई हो? जिन औरतों को वह रखैलों की तरह ख़रीदता था, उनके ऊपर एक अधिकार-भावना अनुभव करने के लिए वह अपने-आप को विवश करता था; मगर यह चीज़ कभी उसे हासिल न हो पाती थी।

अब उसे ओडिसी के उस हिस्से का ख़याल आया जिसमें ओडीसियस झूठे प्रेमियों की हत्या करके प्रतिशोध लेता है। ग्रैकस को बचपन में कोई यूनानी शिक्षक न मिला था जिसने उन महाकाव्यों का एक-एक पृष्ठ उसको अच्छी तरह से समझाया हो। वह स्वयं ही उनके पास पहुँचा था, स्वयं ही उनको पढ़ा था, उसी तरह जैसे एक स्वयं शिक्षित व्यक्ति ऐसी चीज़ों को पढ़ता है। लिहाज़ा ओडिसियस को अपने प्रेमियों के संग सोनेवाली उन ग़ुलाम औरतों से जो हिंस्र, प्राय: अमानुषीय घृणा थी, वह चीज़ उसको हमेशा एक पहेली मालूम होती थी। उसने याद किया कि

कैसे ओडिसियस ने उन बारह औरतों को मजबूर किया था कि वे अपने प्रेमियों की लाशों को उठाकर बाहर आँगन में लाएँ और खाने के हॉल के फ़र्श पर जमे हुए ख़ून को साफ़ करें। उसके बाद उसने उनको मौत की सज़ा दी और अपने लड़के को आदेश दिया कि सज़ा को अमल में लाए। बेटा बाप से भी आगे बढ़ जाता है। यह तेलीमाकस ही था जिसने एक ही रस्सी पर बारह फन्दों की बात सोची थी, जिनमें वो औरतें उसी तरह लटकाई गई थीं जिस तरह पंख नुची हुई मुर्ग़ियाँ लटकाई जाती हैं।

ग्रैकस सोचने लगा कि आख़िर इस घृणा का रहस्य क्या है? ऐसी वहशियाना भयानक नफ़रत क्यों? जब तक कि यह बात न हो—और यह ख़याल उसको अक्सर आया करता था—कि ओडीसियस अपने यहाँ की हर ग़ुलाम औरत के संग सोता रहा हो। इस तरह उस घर में पचास ग़ुलाम औरतें थीं यानी कि इथाका के उस सदाचारी व्यक्ति के लिए पचास रखैलें थीं। और वह बेचारी धैर्यवती पेनेलोपिया इसी चीज़ का इन्तज़ार कर रही थी! उसे किस चीज़ का इन्तज़ार था और क्या उसको मिला!

मगर ग्रैकस भी तो यही करता था। वह इतना सभ्य ज़रूर था कि दूसरे किसी के संग सोनेवाली अपनी ग़ुलाम औरत की जान न ले सकता था। शायद उसे इसकी इतनी फ़िक्र भी न होती हो, मगर मूलत: स्त्रियों के संग उसका सम्बन्ध ऐसा ही था, कुछ विशेष भिन्न नहीं। अपनी पूरी लम्बी ज़िन्दगी में उसने इस चीज़ को लेकर कभी सिर न खपाया था कि औरत क्या होती है। वह सिसेरो से डींग हाँका करता था कि सचाई को सचाई कहकर स्वीकार करने में उसे डर नहीं मालूम होता—मगर जिस दुनिया में वह रहता था उसमें औरतों के बारे में जो सचाई जो सत्य उसके सामने आता था उसका सामना करने में उसे डर मालूम होता था। और अब, बड़े इन्तज़ार के बाद उसे एक औरत मिली थी जो मानवता के धरातल से नीचे गिरी हुई न थी। मगर मुश्किल यह थी कि अभी उसको पाना बाक़ी था।

एक ग़ुलाम ने दरवाज़े पर दस्तक दी और जब उसने भीतर से जवाब दिया तो ग़ुलाम ने उसको बतलाया कि जिन मेहमान को उसने खाने पर बुलाया था वे आ गए हैं।

"मैं अभी आता हूँ। उन्हें आराम से बिठालो। वह गन्दे हैं और फटे-पुराने कपड़े पहने हैं लेकिन अगर उनको देखकर कोई मुँह बिचकाएगा या नाक-भौं सिकोड़ेगा तो मैं उसको कोड़े लगाऊँगा। उनको मुँह-हाथ धोने के लिए गरम पानी दो और उसके बाद पहनने के लिए हल्का सा चोग़ा दो। उनका नाम फ़्लैवियस मार्कस है। उनको नाम लेकर सम्बोधित करो मगर सौजन्य के साथ, शिष्टतापूर्वक।"

आदेश के अनुसार ही काम हुआ क्योंकि जब ग्रैकस खाने के कमरे में आया तो उसने देखा कि वह मोटा आदमी जो पहले सलीब के पास शामियाने के नीचे

बैठा हुआ था, वह एक गद्देदार कुरसी पर लेटा हुआ है, काफ़ी साफ़-सुथरा और देखने में सम्भ्रान्त, सिवाय इसके कि उसकी हजामत बढ़ी हुई थी। जब ग्रैकस कमरे में दाख़िल हुआ तो उसने कुछ परेशानी-सी महसूस करते हुए अपनी दाढ़ी घिसी और कहा, "अगर तुम इन चीज़ों के साथ एक हजामत का भी इन्तज़ाम कर सकते?"

"मैं भूखा हूँ फ़्लैवियस और मेरा ख़याल है कि अब हम लोगों को खाना खाना चाहिए। तुम रात यहीं पर गुज़ार सकते हो और मैं अपने हज्जाम से कह दूँगा कि वह सवेरे तुम्हारी दाढ़ी बना दे। रात-भर के आराम और स्नान के बाद वह चीज़ अच्छी रहेगी। मैं तुम्हें एक साफ़ कुरता और ढंग के जूते भी दे दूँगा। हम दोनों का शरीर एक-सा ही है इसलिए मेरे कपड़े तुम्हें अच्छी तरह आ जाएँगे।

उन दोनों का शरीर सचमुच बहुत कुछ एक सा ही था : उनको देखकर कोई उनको भाई-भाई समझने की भूल कर सकता था।

"यानी कि अगर तुम्हें इस बात का डर न हो कि सेक्सटस तुम्हें डाँटेगा कि क्यों तुमने अपनी यह घटिया नौकरी छोड़ दी जिसमें तुमको कुछ काम नहीं करना पड़ता और इस नौकरी को छोड़कर तुमने क्यों मेरे हाथ से कोई टुकड़ा लिया।"

"हाँ, बात करना बहुत आसान है," फ़्लैवियस ने कहा। उसके स्वर में एक ख़ास तरह की गिड़गिड़ाहट थी, "ज़िन्दगी तुम पर मेहरबान रही है ग्रैकस। धन-दौलत, आराम, इज़्ज़त, ओहदा, ताक़त। ज़िन्दगी तुम्हारे लिए दूध-भात का कटोरा है मगर मैं कभी इतना ख़ुशक़िस्मत नहीं रहा इसका मैं तुम्हें यक़ीन दिलाता हूँ। मैं तुम्हें यक़ीन दिलाता हूँ कि जब कोई आदमी एक सड़ती हुई लाश के नीचे बैठकर झूठ गढ़-गढ़कर लोगों को सुनाता है ताकि वे उसको थोड़े-से पैसे दे दें, तब उसको बहुत अच्छा नहीं मालूम होता और न वह अपने ऊपर गर्व ही अनुभव करता है। भिखमंगा होना बड़ी ही कड़वी, बड़ी ही ख़राब चीज़ है। मगर हाँ इतना ज़रूर है कि उस वक़्त जब मेरा दूसरा कोई सहारा न रह गया था तब सेक्सटस ने मेरी थोड़ी-बहुत मदद की थी। अब जब मैं फिर उसके पास जाऊँगा तो वह कहेगा—अब तुम्हें मेरी ज़रूरत नहीं। अपने उस मेहरबान और दोस्त ग्रैकस के पास क्यों नहीं जाते? मैं जानता हूँ कि वह यही कहेगा। वह तुमसे नफ़रत करता है। वह मुझसे भी नफ़रत करेगा।"

ग्रैकस ने कहा, "करने दो उसे नफ़रत, तुम्हारा क्या बिगड़ता है। सेक्सटस तो मेढक है, झींगुर है, म्युनिसिपालिटी का दरोग़ा है! उसे करने न दो नफ़रत। मैं जैसा तुमसे कहता हूँ वैसा करो और मैं तुम्हें यहाँ शहर में ही कोई-न-कोई काम दिला दूँगा, क्लर्की, या दरोग़ागीरी या इसी तरह का कोई काम जहाँ तुम मज़े में ज़िन्दगी भी बसर कर सकते हो और थोड़ा-बहुत पैसा भी जमा कर सकते हो। तुम्हें सेक्सटस के सामने पेट के बल रेंगते हुए जाने की, उसकी चिरौरी-विनती करने की कोई ज़रूरत नहीं होगी।"

"कभी मेरे भी बहुत से दोस्त थे, उस वक़्त जबकि मैं उनका काम कर दिया करता था। अब तो मैं चाहे नाली में ही पड़ा-पड़ा मर जाऊँ..."

"तुम मेरे लिए उपयोगी हो," ग्रैकस ने बात काटते हुए कहा, और मैं चाहता हूँ कि हम अपने सम्बन्ध को इसी आधार पर क़ायम करें। अच्छा अब खाना खाओ और रिरियाना बन्द करो। मैं तो कहता हूँ तुम भी अजीब आदमी हो, ख़ुशनसीबी तुम्हारे ऊपर जैसे चारों तरफ़ से हमला कर रही है मगर तुम हो कि तुम्हें उसका स्वागत करते डर लग रहा है। मेरी समझ में नहीं आता तुम्हें किस चीज़ का डर है।"

ख़ाने और शराब ने फ़्लैवियस के मिज़ाज को नरम कर दिया। ग्रैकस के बावर्चीख़ाने में मिस्र की औरत काम करती थी। कबूतर के गोश्त की एक बड़ी नफ़ीस चीज़ वह पकाती थी, हड्डियाँ निकाल डालती थी और फिर उसके पेट में चिलगोज़े और बहुत ही बारीक जौ भर देती थी। यह एक ख़ास चीज़ थी जो वह पकाया करती थी। यह चीज़ धीमी आँच पर पकाई जाती थी और फिर ब्रांडी और अंजीर के शर्बत में लपेटकर पेश की जाती थी। उसके साथ ही भेड़ के बच्चे की ज़बान को भूनकर और चकोतरे के छिलके के संग मिलाकर बनाए गए छोटे-छोटे सॉसेज भी पेश किये जाते थे जिन्हें फोलो कहते थे। वह चीज़ शहर-भर में मशहूर थी और वाजिब ही मशहूर थी। खाना खरबूज़े के साथ शुरू हुआ और उसके बाद ये दोनों चीज़ें आईं। उसके बाद क़ीमा किये हुए झींगे का शोरबा आया जिसमें लहसुन की बड़ी हल्की-सी बघार थी। उसके बाद अंगूरों और खजूरों से तैयार किया हुआ मीठा हलुआ आया जिस पर सूअर के भुने हुए गोश्त के काग़ज़ की तरह पतले-पतले टुकड़े रखे हुए थे। इसके बाद ठंडी की हुई हैडॉक मछली के ऊपर सींक पर भुने हुए कुकुरमुत्ते पेश किये गए और सबसे बाद में, मीठी चीज़ के तौर पर एक तश्तरी में पिसी हुई बादाम और तिल की बनी हुई एक मिठाई लाई गई। गरम-गरम सफ़ेद रोटियाँ और अच्छी सुर्ख़ शराब बराबर इसके संग-संग चल रही थी और जब उनका खाना खतम हुआ तो फ़्लैवियस अधलेटा-सा होकर पीछे को टिक गया। वह मुस्करा रहा था। उसे बहुत आराम मिल रहा था। उसकी भारी-सी तोंद धीरे-धीरे उठ-गिर रही थी और उसने कहा, "ग्रैकस, पिछले पाँच बरसों में एक रोज़ भी मैंने ऐसा खाना नहीं खाया। अच्छा खाना दुनिया की सारी तकलीफ़ों के लिए सबसे अच्छा मरहम है। हे भगवान, कैसा खाना! और तुम रोज़ रात को यही खाना खाते हो। मानना होगा ग्रैकस, कि तुम तेज़ आदमी हो और मैं एक बेवक़ूफ़ खूसट। यह कहना ठीक होगा कि तुमको इस चीज़ का हक़ है और मुझे इस बात को लेकर बुरा मानने का कोई हक़ नहीं है। अब बताओ मुझसे क्या काम है, मैं सुनने को तैयार हूँ। मैं अब भी कुछ लोगों को जानता हूँ, कुछ गुंडों को, कुछ ख़ूनियों को, कुछ थोड़े से रंडियों के दलालों को और दो-चार श्रीमतियों को। मैं नहीं जानता

कि ऐसा कौन सा काम है जिसे तुम मुझसे ज़्यादा अच्छी तरह नहीं कर सकते या जिसके लिए तुम किसी दूसरे आदमी को नहीं पा सकते जो इस काम को मुझसे बेहतर करे, मगर वह ख़ैर तुम्हारी बात है। जहाँ तक मेरा प्रश्न है मैं तैयार हूँ।"

ग्रैकस ने कहा, "हम लोग पीते-पीते बात करेंगे।" उसने दोनों आदमियों के लिए गिलास में शराब ढाली और कहा, "फ़्लैवियस मैं समझता हूँ कि तुम्हारे अन्दर बड़ी-बड़ी सिफ़तें हैं। मैं ऐसे किसी और आदमी को भी पा सकता था जो रोम के ऐसे तमाम लोगों को जानता हो जो शरीरों और आत्माओं और पीड़ाओं का व्यापार करते हैं मगर मैं इस काम में किसी ऐसे आदमी को नहीं लेना चाहता जिसका मेरे ऊपर दबाव हो। मैं चाहता हूँ कि यह काम बड़ी ख़ामोशी से और अच्छी तरह पूरा किया जाए।"

"मुझे मुँह बन्द रखना आता है," फ़्लैवियस ने कहा।

"मैं जानता हूँ। इसीलिए मैं तुमको यह काम सौंप रहा हूँ। मैं चाहता हूँ कि तुम मेरे लिए एक औरत ढूँढ़ दो। एक ग़ुलाम औरत। मैं चाहता हूँ कि तुम उसको तलाश कर लो और ख़रीद लो, इसकी चिन्ता न करो कि उसके लिए तुमको कितनी क़ीमत देनी पड़ती है। और जहाँ तक उसको तलाश करने में ख़र्च लगने की बात है उसकी भी परवाह तुम न करो, जितना ख़र्च लगेगा तुम्हें दिया जाएगा।"

"किस तरह की औरत? किसे नहीं मालूम कि बाज़ार में तमाम ग़ुलाम औरतें मिल रही हैं। ग़ुलाम-युद्ध के अन्त के बाद तो जैसे बाज़ार उनसे पट गया है और उनमें जो सबसे असाधारण हैं उन्हीं के लिए लोग थोड़ी-बहुत क़ीमत देते हैं। मेरा ख़याल है कि मैं तुम्हारे लिए जैसी भी औरत तुम चाहो तलाश कर दे सकता हूँ—काली, गोरी, पीली, भूरी, अक्षतयोनिका या बहुत से पुरुषों के संग रमण करनेवाली, बुड्ढी या जवान, ख़ूबसूरत या बदसूरत, बर्फ़ की तरह सफ़ेद ताज़ी जिल्द और नीली आँखों और सुनहरे बालोंवाली या मद्धिम रंग की, कजरारी आँखों और भौंरे की तरह काले बालोंवाली या लाल बालोंवाली, कहने का मतलब कि जिस भी तरह की औरत तुमको चाहिए मैं तुम्हें ला दे सकता हूँ। मगर तुमको चाहिए कैसी औरत?"

"किसी तरह की नहीं," ग्रैकस ने धीरे से कहा, "मैं एक ख़ास औरत चाहता हूँ।"

"ग़ुलाम औरत है?"

"हाँ।"

"वह कौन है?"

"उसका नाम वारिनिया है और वह स्पार्टकस की बीवी थी।"

"ओ," फ़्लैवियस ने ग्रैकस को तेज़ निगाहों से देखा, कुछ ऐसे कि जैसे उसकी आँखें कुछ खोज रही हों। फिर उसने अपनी ब्रांडी की एक चुस्की ली और फिर ग्रैकस की ओर देखा। उसने धीमे से पूछा, "वह है कहाँ?"

"मुझे नहीं मालूम।"

"मगर तुम उसको जानते तो हो?"

"जानता हूँ भी और नहीं भी जानता। मैंने उसको पहले कभी नहीं देखा।"

"ओ..."

"यह बार-बार 'ओ' कहना बन्द करो, जैसे न जाने कहाँ के बड़े ज्योतिषी आए हैं!"

"मैं कोशिश करता हूँ कि कोई अक़्ल की बात कहूँ।"

ग्रैकस ने गुर्राकर कहा, "मैं तुम्हें एक दलाल के रूप में लगा रहा हूँ, विदूषक के रूप में नहीं, जिसका काम लोगों का मनोरंजन करना है। तुम जानते हो कि मैं तुमसे क्या काम लेना चाहता हूँ।"

"तुम मुझसे यही काम लेना चाहते हो कि मैं तुम्हारे लिए एक औरत को तलाश कर दूँ मगर तुमको यह नहीं मालूम कि वह कहाँ है और न आज तक तुमने उसको देखा ही है। तुमको कुछ पता है कि वह देखने-सुनने में कैसी है?"

"हाँ। वह काफ़ी लम्बी है, उसका अच्छा पुष्ट मगर छरहरा शरीर है। उन्नत सुडौल वक्ष हैं। वह जर्मन है, उसके बालों का रंग सूखी घास के रंग जैसा है, जैसा कि तमाम जर्मनों के बालों का होता है, और उसकी आँखें नीली हैं। उसके कान छोटे-छोटे हैं, माथा चौड़ा है, नाक सीधी है मगर छोटी नहीं है। गहरी-गहरी आँखें हैं और भरा-भरा-सा मुँह है जिसका निचला होंठ शायद थोड़ा भारी कहा जा सकता है। वह शायद टूटी-फूटी लैटिन बोलेगी और यह भी मुमकिन है कि वह कहे कि मुझको लैटिन ज़बान एकदम नहीं आती। वह थ्रेसियनों की शैली में ग्रीक ज़्यादा अच्छी तरह बोलती है। पिछले दो महीनों में उसने एक बच्चे को जन्म दिया है मगर यह हो सकता है कि बच्चा मर चुका हो। अगर बच्चा मर भी चुका होगा तब भी उसकी छाती में दूध होगा न?"

"कोई ज़रूरी नहीं। उसकी उमर कितनी है?"

"इसका मुझे ठीक पता नहीं। कम-से-कम तेईस और शायद ज़्यादा-से-ज़्यादा सत्ताईस। मैं ठीक नहीं कह सकता।"

"हो सकता है वह मर चुकी हो।"

"वह भी एक सम्भावना है। अगर यह बात भी हो तब भी मैं चाहता हूँ कि तुम उसका पता लगाओ। मैं चाहता हूँ कि तुम इस बात का सबूत मेरे पास लाओ कि वह मर गई। मगर मेरा ख़याल है कि वह मरी नहीं है। वह ऐसी नहीं है कि अपने हाथ से अपनी जान ले और इस तरह की औरत को जल्दी मौत की सज़ा भी नहीं दी जा सकती।"

"तुमको यह कैसे मालूम कि वह आत्महत्या नहीं करेगी?"

"मैं जानता हूँ। मैं यह नहीं बतला सकता कि क्यों, मगर मैं जानता हूँ।"

फ़्लैवियस ने कहा, "स्पार्टकस के हारने के बाद ऐसा नहीं हुआ था क्या कि रोमन फ़ौजों ने दस हज़ार औरतों और बच्चों समेत उनके खेमे पर क़ब्ज़ा कर लिया था?"

"उसमें तो बाईस हज़ार औरतें और बच्चे थे। उनमें से बारह हज़ार तो बतौर लूट के माल सिपाहियों के पास पहुँच गए। वह तो एक ऐसा भयानक कांड हुआ कि मैंने इसके पहले ऐसी चीज़ कभी सुनी ही न थी मगर मैं जानता हूँ कि उसके पीछे क्रैसस था और उसने लूट के अपने हिस्से को सरकारी ख़ज़ाने को दे दिया ताकि मामला दबा दिया जाए। यह कोई बड़ी उदारता उसने नहीं दिखलाई थी क्योंकि उसका हिस्सा बहुत थोड़ा ही था। उसने यह बात ज़रूर की थी कि अपने लिए कोई ग़ुलाम नहीं रखे। वह जानता था कि आगे चलकर बाज़ार का क्या हाल होनेवाला है।"

"और क्या वारिनिया भी इन्हीं औरतों में थी?"

"हो सकता है कि रही हो। यह भी हो सकता है कि न रही हो। वह उनके सरदार की बीवी थी। हो सकता है कि उसकी हिफ़ाज़त के लिए उन्होंने कुछ ख़ास कार्रवाइयाँ की हों।"

"इसके बारे में कुछ नहीं कह सकता। ग़ुलामों में यह सबकी बराबरी वाली बात ज़रा हद को पहुँची हुई है न।"

ग्रैकस ने एक घूँट में अपना गिलास ख़ाली कर दिया और अपनी छोटी-छोटी मोटी-मोटी उँगलियों से उस दूसरे व्यक्ति की ओर इशारा किया, "तुम यह काम करना चाहते हो या नहीं चाहते? फ़्लैवियस, तुम महज़ बात करके इस मसले को हल नहीं कर सकते। इसके लिए डटकर काम करना होगा।"

"मैं इस बात को समझता हूँ। और यह तो बताओ कि इस बात के लिए तुम मुझे वक़्त कितना दोगे?"

"तीन हफ़्ते।"

"बस!" फ़्लैवियस ने हवा में हाथ फेंक दिये, "इतना वक़्त तो कुछ भी नहीं। इतने वक़्त में भला क्या हो सकता है। हो सकता है कि वह रोम में न हो। मुझे अपने आदमी कापुआ भेजने होंगे; सिराक्यूज़ भेजने होंगे, सिसिली भेजने होंगे। शायद स्पेन और अफ्रीका को भी भेजने पड़ें। इंसाफ़ की बात करो।"

मैं ज़्यादा-से-ज़्यादा इंसाफ़ की बात कर रहा हूँ। अगर तुम्हें मेरी बात मंज़ूर नहीं तो छोड़ो, जाओ सेक्सटस के पास और उसकी ख़ैरात लो!"

"बहुत अच्छा ग्रैकस। इतने ग़ुस्सा मत हो। मगर मान लो इस चीज़ के लिए मुझे बहुत सी औरतें ख़रीदनी पड़ें तो? तुम तो जानते ही हो कि उस औरत का जो हुलिया तुमने मुझको दिया है वह तो न जाने कितनी औरतों पर लागू हो जाएगा।"

"मैं जानता हूँ वह हुलिया बहुतों पर लागू हो जाता है। मगर मुझे इस हुलिया की औरत नहीं चाहिए, मुझे वारिनिया चाहिए।"

"और अगर वह मुझे मिल जाती है तो उसके लिए मैं कितनी क़ीमत दूँ?"

"मुँहमाँगी। मैं उसको मान लूँगा।"

"बहुत अच्छा! मैं तुम्हारी बात मान गया ग्रैकस। मुझे अपनी इस बढ़िया ब्रांडी का एक गिलास और दो!" शराब गिलास में ढाली गई। फ़्लैवियस अपने कोच पर लम्बा होकर शराब की चुसकियाँ लेने लगा और उस आदमी को ग़ौर से देखने लगा जो उसे अपनी नौकरी में लगा रहा था।

"मेरे अन्दर भी कुछ योग्यता है, है न ग्रैकस?"

"इसमें क्या शक।"

"मगर तब भी मैं ग़रीब का ग़रीब हूँ, नाकाम का नाकाम। ग्रैकस, इस बात को खतम करने से पहले मैं तुमसे एक सवाल पूछूँ? अगर तुम जवाब न देना चाहो तो मत देना, मगर ग़ुस्सा मत होना।"

"पूछो!"

"तुम्हें इसी औरत की क्या ज़रूरत है ग्रैकस?"

"मैं ग़ुस्सा नहीं हूँ। मगर मेरा ख़याल है कि अब हम दोनों को सो जाना चाहिए। अब हम पहले की तरह जवान नहीं रहे।"

3

मगर उस ज़माने में दुनिया न तो इतनी बड़ी थी और न इतनी उलझी हुई जितनी कि आज है और इसलिए निर्दिष्ट तीन हफ़्ते से कम समय में ही फ़्लैवियस ग्रैकस के मकान पर आ पहुँचा और उसने अपने काम की सफल परिणति की सूचना दी। लोग कहते हैं कि पैसा छूने में चिकना होता है और जिन लोगों के हाथ में जाता है उनके अन्दर वही पैसे की चिकनाई आ जाती है। अब फ़्लैवियस पहले से भिन्न था। वह अच्छे कपड़े पहने था, उसकी हजामत साफ़ बनी हुई थी और उसका मन आत्मविश्वास से भरा हुआ था क्योंकि उसने एक मुश्किल काम को पूरा किया था। वह शराब का प्याला लेकर ग्रैकस के संग बैठा हुआ था और जो कुछ उसको मालूम था उसको लेकर खिलवाड़ कर रहा था और ग्रैकस किसी तरह अपनी अधीरता को वश में किये हुए था।

फ़्लैवियस ने बतलाया—"मैंने एक बहुत ही मुश्किल काम शुरू किया। एक पहेली ही समझो उसको। वह काम था उन अफ़सरों के पास पहुँचना जिन्होंने लूट में हिस्सा लिया था। अगर वारिनिया सुन्दर थी और उसका शरीर पुष्ट था तो मैंने सोचा कि ज़रूर पहली ही टोली में उसको चुन लिया गया होगा। मगर जब तुम इस बात पर ग़ौर करो कि ग़ुलामों की लूट का सारा सवाल ही ग़ैरक़ानूनी था और फिर यह कि उसमें पाँच-छह सौ अफ़सर फँसे हुए थे और उनमें से कोई भी कुछ

बतलाने के लिए तैयार न था तो फिर तुम समझ ही सकते हो कि यह काम कोई आसान काम न था। मगर ख़ैर क़िस्मत हमारे साथ थी। लोगों को बातें याद थीं। वारिनिया को प्रसव वेदना हो रही थी जब उन लोगों को ख़बर हुई कि ग़ुलाम सेनाएँ हार गईं और लोगों को उस औरत की याद थी जो किसी तरह अपने नवजात शिशु से अलग न हो रही थी। उनको यह नहीं मालूम था कि वह स्पार्टकस की बीवी थी और न यही कि उसका नाम वारिनिया था। तुमको यह बात समझनी चाहिए कि क्रैसस ने उस ग़ुलाम शहर या खेमे या गाँव या चाहे जिस नाम से भी तुम उसको पुकारो उसके ख़िलाफ़ लड़ाई के ठीक बाद, घुड़सवारों का एक दस्ता भेजा था। घुड़सवारों के पीछे-पीछे पैदल सेना गई थी। वहाँ पर जो ग़ुलाम औरतें-बच्चे थे उनमें कुछ तेरह-चौदह साल के लड़के थे—वे कुछ ख़ास लड़ नहीं सके। वे भौंचक से रह गए। उन्होंने अभी-अभी सुना था कि ग़ुलाम फ़ौज का ख़ात्मा हो गया था। मगर तुम तो जानते ही हो कि लड़ाई के बाद सिपाही कैसे हो जाते हैं और यह भी ठीक ही है कि ग़ुलामों से लड़ना कोई हँसी-खेल नहीं था। वे..."

ग्रैकस ने बात काटते हुए कहा, "हमारे सैनिकों की मनोदशा कैसी थी इसका विस्तृत उल्लेख मुझको नहीं चाहिए। अच्छा हो कि तुम मुझको तथ्य की बातें बतलाओ।"

"मैं तो सिर्फ़ परिस्थिति को बयान करने की कोशिश कर रहा हूँ। मेरा कहने का मतलब यह है कि शुरू-शुरू में फ़िज़ूल की मार-काट बहुत हुई क्योंकि उस वक़्त हमारे सिपाही ग़ुस्से से पागल हो रहे थे। वारिनिया ने थोड़ी ही देर पहले बच्चे को जन्म दिया था। ग़ुलाम का बच्चा इन दिनों कुछ ऐसा क़ीमती तो नहीं कि उसको सोने से तौला जाए और उस औरत का सुराग़ मुझको एक सिपाही की कहानी से लगा। इस सिपाही ने बच्चे को टाँग पकड़कर उठा लिया और उसको इस तरह घुमाना शुरू किया कि उसका सर तम्बू के बाँस से टकराकर चूर-चूर हो सकता था। ख़ुद क्रैसस ने इस चीज़ को रोक दिया। क्रैसस ने बच्चे को बचा लिया और ख़ुद अपने हाथों से उस सिपाही को मारते-मारते अधमरा कर दिया। भला कौन कहेगा कि क्रैसस भी ऐसा कर सकता है।"

"मुझको इसमें कोई दिलचस्पी नहीं है कि क्रैसस से किस बात की उम्मीद की जा सकती है और किस बात की नहीं की जा सकती। तुम कैसे अजीब आदमी हो फ़्लैवियस कि ख़ामख़ा बकबक-बकबक किये जा रहे हो और काम की बात नहीं बतलाते। वारिनिया तुमको मिली या नहीं? अब मैं उसका मालिक हूँ या नहीं? तुमने उसको ख़रीदा?"

"मैं उसको ख़रीद नहीं सका।"

"क्यों?"—ग्रैकस एकाएक ज़ोर से गरजा और क्रोध के आवेश में यकबयक खड़ा हो गया, क्रोध जो कि उतना ही डरावना था जितना कि अनहोना। वह जब

फ़्लैवियस की ओर बढ़ा तो फ़्लैवियस अपनी कुरसी में बैठा-बैठा दुबक गया और ग्रैकस ने उसके कुरते का गला पकड़ा, उमेठा और ज़ोर से चीख़ा, "क्यों? तुमने उसको क्यों नहीं ख़रीदा, गधा कहीं का! क्या वह मर गई है? अगर तुमने इस काम में गड़बड़ की होगी तो मैं क़सम खाकर कहता हूँ कि तुमको वापस उसी गन्दी नाली में भेज दूँगा जहाँ से तुम आए हो और सारी ज़िन्दगी तुम वहीं पर पड़े सड़ोगे।"

"वह मरी नहीं है।"

"अच्छा, मगर तुम कितनी बकवास करते हो! जैसे एक बड़ा-सा थैला हो जिसमें हवा भर दी गई हो, जिसमें से बस हवा ही निकल सकती है और काम की बात एक नहीं! तुमने उसको क्यों नहीं ख़रीदा?" उसने फ़्लैवियस का कुरता छोड़ दिया मगर वहीं पर खड़ा रहा, उसके सर पर सवार।

फ़्लैवियस ने एकाएक और ज़ोर से कहा, "ज़रा शान्त हो जाओ! तुमने मुझे यह काम सौंपा और मैंने उसे किया। हो सकता है कि मेरे पास तुम्हारे इतने पैसे न हों ग्रैकस। यह भी हो सकता है कि मेरी माकूल जगह वापस उसी गन्दी नाली में हो मगर इसका मतलब यह नहीं है कि तुमको मुझसे इस तरह पेश आना चाहिए। मैं तुम्हारा ग़ुलाम नहीं हूँ। मेरी ज़िन्दगी जैसी कुछ है यों ही काफ़ी ख़राब है, उसको और ख़राब बनाने की ज़रूरत नहीं है।"

"मुझे अफ़सोस है।"

"मैंने उसको इसलिए नहीं ख़रीदा कि वह बिक्री के लिए नहीं थी। बस इतनी-सी बात है।"

"बहुत ज़्यादा दाम था?"

"दाम की बात नहीं। उसका कोई दाम नहीं है। वह क्रैसस की है, उसी के घर में रहती है और बिक्री के लिए नहीं है। तुम्हारा ख़याल है कि मैंने कोशिश नहीं की? क्रैसस कापुआ में था और उन्हीं दिनों मैंने उसके दलालों के संग इस मसले को उठाया। मगर नहीं, कुछ नहीं—कोई नतीजा नहीं निकला। वे इसके बारे में बात करने को भी तैयार न थे। जैसे ही हमारी बातचीत उस ग़ुलाम औरत तक पहुँचती थी वैसे ही उनके मुँह एकदम बन्द हो जाते थे। उन्हें ऐसे किसी भी ग़ुलाम के बारे में कुछ भी नहीं मालूम था। वे उसके दाम की बात करने को तैयार न थे। वे उस सम्बन्ध में किसी तरह की बात नहीं करना चाहते थे। मैंने उनको घूस भी दी मगर इससे भी कोई फ़र्क़ नहीं पड़ा, रत्ती-भर नहीं। अगर मुझको हजामत बनानेवाली की ज़रूरत होती या बावर्चिन की ज़रूरत होती या घर की देखरेख करनेवाली की ज़रूरत होती तो उनका बन्दोबस्त किया जा सकता था। इतना ही नहीं वे सीरिया की एक ख़ूबसूरत स्त्री का भी सौदा करने के लिए तैयार थे जिसको क्रैसस ने पिछले साल ख़रीदा था और उसको मुझे देने के लिए तैयार थे। मेरे लिए वह इतना

सब करने को तैयार थे मगर वारिनिया के बारे में वे कुछ भी नहीं कर सकते थे।"

"तब फिर तुम्हें यह कैसे मालूम हुआ कि वह वारिनिया ही है और तुमने यह कैसे जाना कि वह उस जगह पर है?"

"यह जानकारी मैंने क्रैसस के एक बहुत निजी ग़ुलाम से ख़रीदी। अरे यह मत समझना कि क्रैसस का घर कोई बड़ा सुखी परिवार है। उसका एक बेटा है जो अपने बाप से बुरी तरह नफ़रत करता है और एक बीवी है, जो उससे अलग रहती है और उसका बस चले तो अपने पति का गला काट दे और हर वक़्त वहाँ पर जैसी-जैसी साज़िशें चलती रहती हैं उनको देखकर तो दमिश्क़ की याद हो आती है। कुछ न पूछो क्या हाल है। तो यह जानकारी तो मैं ख़रीद सका मगर वारिनिया को नहीं ख़रीद सका।"

"क्या तुमने यह पता लगाया कि उसने वारिनिया को क्यों ख़रीदा और क्यों उसे अपने यहाँ रखता है?"

फ़्लैवियस शरारत से भरी हुई मुस्कराहट के साथ बोला, "हाँ, मैंने पता लगाया। क्रैसस को उससे प्रेम है।"

"क्या कहा?"

"हाँ! महान क्रैसस को आख़िरकार किसी से प्रेम हो गया है।"

इसके बाद ग्रैकस ने अपने शब्दों को चबा-चबाकर धीरे-धीरे कहा, "शैतान तुमसे समझे फ़्लैवियस! अगर तुमने इस चीज़ के बारे में किसी से बात की, अगर यह बात फैली, अगर मैंने कहीं किसी के मुँह से दुबारा यह बात सुनी तो मैं सच कहता हूँ कि मैं तुमको सलीब पर चढ़वा दूँगा।"

"यह कैसे बात कर रहे हो तुम? तुम कोई भगवान नहीं हो ग्रैकस।"

"नहीं! भगवान से मेरा दूर का भी कोई सम्बन्ध नहीं है जैसा कि हमारे कुछ उच्च वंशों के सिरफिरे अपने बारे में कहा करते हैं। तो यह सच है कि भगवान से मेरा कोई भी सम्बन्ध नहीं है मगर इतना जान लो कि मैं भगवान के उतने ही पास हूँ जितने पास कि आज तक कोई भी रोमन राजनीतिज्ञ पहुँच सका है और इतनी ताक़त मेरे पास है फ़्लैवियस, कि मैं तुम्हें फँसा सकता हूँ और सलीब पर चढ़वा सकता हूँ। और अगर इनमें से कोई भी बात बाहर फैली तो मैं यही करूँगा। कान खोलकर सुन लो।"

4

उसके अगले रोज़ तीसरे पहर ग्रैकस स्नानागार को जाने के लिए निकला। यह एक राजनीतिक आवश्यकता थी जिसे पूरा करने पर उसका पुरस्कार भी मिलता था। रोज़-ब-रोज़ ये सार्वजनिक स्नानागार राजनीतिक और सामाजिक जीवन के केन्द्र

बनते जा रहे थे; इन्हीं स्नानागारों में सेनेट से सदस्य और न्यायाधीश बनते थे और बिगड़ते थे; इन्हीं स्नानागारों में न जाने कितना पैसा इस हाथ से उस हाथ पहुँच जाता था। ये स्नानागार स्टॉक एक्सचेंज भी थे और राजनीतिक क्लब भी और कुछ समय बाद यह ज़रूरी हो गया कि राजनीतिक दुनिया के लोग और ऐसे सभी लोग जो समाज में महत्त्व पाना चाहते थे, इन सार्वजनिक स्नानागारों में समय-समय पर दिखाई पड़ते रहा करें। तीन बहुत अच्छे और बड़े-बड़े स्नानागार थे जहाँ ग्रैकस जाया करता था, एक का नाम था क्लोटम जो कि अभी निस्बतन नया ही था और उनके अलावा दो और जो ज़्यादा पुराने थे मगर जिनकी शान-शौकत में अभी कोई कमी नहीं आई थी। जहाँ यह सच था कि सभी नागरिक उसके अन्दर नहीं जा सकते थे वहाँ यह भी सच था कि उसके दाख़िले के पैसे इतने कम लगते थे कि ग़रीब-से-ग़रीब आदमी भी केवल पैसे की मजबूरी के कारण अन्दर न जा सके, ऐसी बात न थी। पर तो भी वहाँ पर सामाजिक ऊँच-नीच का कुछ ऐसा भाव था जो साधारण जनों को इन स्थानों से दूर रखता था।

अच्छे मौसम में सारा रोम तीसरे पहर मकानों से बाहर निकल आता था। यहाँ तक कि रोमन मज़दूर भी, जिनकी तादाद बराबर गिरती जा रही थी, एक बजे दिन तक अपना सारा काम खतम कर लेते थे। अगर उनसे और ज़्यादा देर तक काम लेने की बात की जाती तो मुमकिन था कि वे काम एकदम छोड़ देते और तब शायद सरकारी ख़ैरात पर बसर करना उनको ज़्यादा आसान मालूम होने लगता। तीसरा पहर आज़ाद आदमी का वक़्त था; ग़ुलाम मेहनत करता था, रोम का नागरिक आराम करता था।

बहरहाल, ग्रैकस को तलवार के खेलों में वैसी दिलचस्पी न थी और घुड़दौड़ में भी वह कभी-कभी ही जाता था। वह अपने साथियों से इस बात में थोड़ा भिन्न था कि उससे यह नाटक नहीं देखा जाता था कि दो नंगे आदमी, एक-एक छुरा हाथ में लेकर एक-दूसरे पर वार करते रहें जब तक कि उनका सारा शरीर कट-फट न जाए, मांस के लोथड़े झूलने न लगें और घड़ों ख़ून न बहे। और न उसको इसी में मज़ा मिलता था कि वह एक आदमी को मछली जाल में फँसा हुआ छटपटाता हुआ देखे और तभी मछली पकड़ने का एक लम्बा-सा काँटा उसकी आँखें निकाल ले और उसके पेट में छेद कर दे। कभी-कभी उसको तीसरे पहर घुड़दौड़ में मज़ा आता था मगर रथों की दौड़ में जो कि रोज़-ब-रोज़, अधिक-से-अधिक, दोनों रथों के चालकों के बीच एक शारीरिक प्रतियोगिता बनती जा रही थी और जिसके दर्शकों को तब तक सन्तोष न होता था जब तक कि किसी का सिर न फूट जाए या शरीर लहूलुहान न हो जाए, इसमें उसको कुछ मज़ा न मिलता था। इससे तो उसको सिर्फ़ ऊब ही मालूम होती थी। बात यह नहीं थी कि उसका हृदय औरों से कोमल था; बात बस यह थी कि उसको जड़ता से घृणा थी और उसके नज़दीक

यह सब बातें अत्यन्त जड़ता से भरी हुई थीं। रंगमंच उसकी समझ में बिलकुल न आता था और वह केवल औपचारिक उद्घाटनों में जाता था जिनमें कि नगरपालिका के सदस्य के रूप में उसका उपस्थित होना ज़रूरी होता था।

तीसरे पहर के उसके मनोरंजनों में सबसे बड़ा मनोरंजन था अपने प्यारे नगर की गन्दी-गन्दी टेढ़ी-मेढ़ी अनन्त गलियों में से होकर पैदल स्नानागारों की ओर जाना। रोम को उसने सदा प्यार किया था; रोम उसकी माँ था। जैसा कि वह अपने आपसे कहा करता था, उसकी माँ एक रंडी थी और वह अपनी माँ के गर्भ में से निकलकर सड़क की ग़लाज़त में जा गिरा था। मगर अब तक वह अपनी इस माँ से प्यार करता था और इस माँ ने भी उसको प्यार किया था। वह सिसेरो को कैसे समझाता कि उस पुरानी दन्तकथा के कहने में उसका क्या अभिप्राय था? उसको समझने के लिए सिसेरो को पहले रोम से प्यार करना पड़ेगा और फिर इस प्यार का सम्बन्ध इस ज्ञान से जोड़ना होगा कि यह शहर कितना ख़राब और कितना पाप से भरा हुआ है।

यह ख़राबी और यह गन्दगी और यह उस शहर का पाप से भरा होना एक ऐसी चीज़ थी जिसे ग्रैकस समझता था। उसने एक बार अपने एक बुद्धिजीवी मित्र से पूछा था, "मैं नाट्यशाला में क्यों जाऊँ? क्या वे रंगमंच पर वे तमाम चीज़ें दिखला सकते हैं जो मैं अपनी इस महान नगरी की सड़कों पर देखता हूँ?"

इसमें सन्देह नहीं कि यह सचमुच देखने की चीज़ थी। आज उसने यह चीज़ एक ख़ास रस्मी अन्दाज़ में की। जैसे कि वह अपने-आप से पूछ रहा हो—अब और फिर कितनी बार मैं ऐसा करूँगा?

वह पहले दिन के बाज़ार में गया जहाँ दूकानें अब और एक घंटा काम करेंगी और फिर बन्द हो जाएँगी। इस सड़क पर उन चीख़ती हुई औरतों के बीच से अपना रास्ता बनाने के लिए साधारण आदमी को ज़ोर लगाना पड़ता था मगर वह अपना भारी-सा सफ़ेद चोग़ा पहने, अपना भारी-भरकम शरीर लिए बड़े मज़े में बढ़ता चला जाता था, जैसे कोई बड़ा-सा युद्धपोत हल्की-हल्की हवा में आगे बढ़ा चला जा रहा हो यहाँ पर वे तमाम चीज़ें मिलती थीं जो रोम खाता था। यहाँ पर पनीर के तमाम ढेर लगे थे, गोल पनीर, चौकोर पनीर, काला पनीर, लाल पनीर, सफ़ेद पनीर। यहाँ पर भुनी हुई मछलियाँ और बतख़ें टँगी थीं और कटे हुए सूअर, गाय का गोश्त, भेड़ के नन्हे-नन्हे बच्चों का नरम गोश्त, नमक डालकर पीपे में रखी हुई ईल और हेरिन मछलियाँ, अचारों के पीपे जिनकी ख़ुशबू इतनी तेज़ और इतनी अच्छी थी—ये तमाम चीज़ें वहाँ पर रखी थीं। यहाँ पर साबीन के पहाड़ों और पिसेनम से आए हुए तेल के बरतन रखे थे, गॉल से आनेवाली सूअर की लज़ीज़ रान रखी थी और यहाँ-वहाँ सब जगह जानवरों की अँतड़ियाँ टँगी हुई थीं और लकड़ी के बड़े-बड़े कटोरों में छोटी-छोटी चिड़ियाँ बन्द थीं।

सब्ज़ीवाले के यहाँ वह थोड़ी देर को रुका। उसकी याददाश्त में एक ज़माना ऐसा भी था जबकि आस-पास बीस मील की दूरी तक हर किसान के पास अपना बाग़ था और रोज़ वह तरह-तरह की एक-से-एक अच्छी सब्ज़ियाँ खाता था जो कि उस बाज़ार में पहुँचती थीं। मगर अब जागीरदारों को सिर्फ़ उन फ़सलों में दिलचस्पी थी जिनसे ज़्यादा पैसा मिलता था, फिर चाहे वह गेहूँ हो या जौ और सब्ज़ियों का दाम इसीलिए इतना ज़्यादा चढ़ गया था कि सिर्फ़ शासक वर्ग उसको खा सकता था। तब भी वहाँ पर मूली और शलजम के ढेर लगे थे, पाँच तरह की सलाद की पत्तियाँ, मसूर और सेम और पातगोभी, कद्दू और ख़रबूज़े और ऐस्परैगस, तरफ़ाश और कुकुरमुत्ते—बहुत तरह की रंग-बिरंगी सब्ज़ियाँ और फल भी वहाँ पर थे, अफ्रीका के नीबुओं और अनारों के ढेर जो ख़ूब पीले और सुर्ख़ और चमकदार और चिकने दिखाई देते थे, सेब और नाशपाती और अंजीरें, अरब से आए हुए खजूर, मिस्र से आए हुए अंगूर और ख़रबूज़े।

इनको देखकर ही कितना आनन्द मिलता है—उसने सोचा।

वह आगे बढ़ता गया और शहर के यहूदी मुहल्ले के एक छोर से गुज़रकर आगे निकल गया। एक राजनीतिज्ञ के रूप में उसे जब-तब यहूदियों से काम पड़ता था। कैसे अजीब लोग थे ये जो इतने ज़माने तक रोम में रहे थे मगर अब तक भी अपनी ही ज़बान बोलते थे और अपने ही भगवान की पूजा करते थे और अब भी उसी तरह दाढ़ी रखे हुए थे और, चाहे जैसा भी मौसम हो, अब भी अपने वही लम्बे-लम्बे धारीदार लबादे पहनते थे। वे कभी तलवार के उन खेलों में या घुड़दौड़ के मैदानों में दिखाई नहीं देते थे। वे कभी अदालत में दिखाई न देते थे। उनकी तो अक्सर शकल ही नज़र नहीं आती थी। उनको अगर देखना हो तो आप बस उनके अपने मुहल्ले में देख सकते थे। विनयशील, शिष्ट, गर्वीले, सबसे अलग, उनको देखकर ग्रैकस अक्सर सोचा करता था—अपना वक़्त आने पर वे रोम का इतना ख़ून बहाएँगे जितना कि कार्थेज ने भी नहीं बहाया होगा।

वह एक बड़ी सड़क पर निकल आया और थमकर एक दूकान के सामने एक ओर खड़ा हो गया और उसी वक़्त नगर का सैन्य दल उधर से निकला। नगाड़े और तुरहियाँ बज रही थीं। जैसा कि हमेशा होता है बच्चे उनके पीछे-पीछे दौड़ रहे थे और हमेशा की तरह वह सिर्फ़ इधर-से-उधर तक झलक देख सका और उसने एक अरब, सीरियन और एक साबियन को परेड देखते हुए पाया।

वह उस जगह पर पहुँच गया जहाँ पर बड़ी-बड़ी ऊँची चालें खतम होती थीं और बाग़ीचे और हल्के-हल्के सफ़ेद संगमरमर के पोर्टिको और लताओं से बनी हुई ठंडी ढकी हुई राहें और चौड़े कशादा रास्ते शुरू होते थे। फोरम में, पाँसे का खेल खेलनेवाले अपने खेल में जुटे हुए थे। रोम में यह जुआ भी एक तरह का रोग ही था और इस जुए की सबसे ख़राब शकल यही पाँसा था। हर रोज़ तीसरे पहर

जुआड़ियों की टोलियाँ फोरम-घर में फैल जाती थीं, पाँसे फेंकती थीं, पाँसों से अनुनय-विनय करती थीं, पाँसों से बात करती थीं। उनके पास अपनी एक ज़बान थी। तमाम आवारे, फ़ौज से छुट्टी पाए हुए सिपाही और चौदह-पन्द्रह साल की लड़कियाँ जो कि शहर में हर जगह दिखाई देती थीं, जो कोई काम न करती थीं, छोटी-छोटी गन्दी-गन्दी कोठरियों में ही जो पली थीं और जो अपने माँ-बाप की ही तरह सरकारी ख़ैरात पर और यहाँ-वहाँ अपना शरीर बेचकर ज़िन्दगी बसर करती थीं। उसने सुना था कि इनमें से बहुत-सी लड़कियाँ सिर्फ़ एक प्याली शराब और एक टुकड़े गोश्त के लिए किसी आदमी के संग सो सकती हैं। कभी ऐसा वक़्त था कि उसने और उसके जैसे और बहुत से लोगों ने इस बात को बहुत ही भयानक समझा था मगर इन दिनों जबकि एक ऐसे आदमी को ज़रा भी नीची निगाह से न देखा जाता था जो कि विवाहित और सद्गृहस्थ होते हुए भी अपने शयनकाल को चटपटा बनाने के लिए एक दर्जन ग़ुलाम लड़कियों को रखता था, तो ज़ाहिर है कि इस वक़्त यह चीज़ अब बहस की न रह गई थी और न किसी का ध्यान ही इस बात पर जाता था।

ग्रैकस ने सोचा—'धीरे-धीरे एक पूरी दुनिया खतम हुई जा रही है मगर तब भी हम अचरज किये ही जाते हैं। मगर क्यों? यह चीज़ इतने धीरे-धीरे होती है और आदमी की ज़िन्दगी इतनी छोटी है!'

वह यहाँ-वहाँ रुककर चौपड़ का एकाध खेल देख लेता था। जब वह लड़का था तब का अपना पाँसा फेंकना उसको याद था। तब सरकारी ख़ैरात पर बसर करना बहुत मुमकिन न था और नैतिकता के ऐसे मानदंड थे जो एक स्वाभिमानी व्यक्ति को इसके लिए प्रेरित करते थे कि वह सरकारी मदद लेने से इनकार कर दे, चाहे इसका मतलब भूखों मरना ही क्यों न हो।

वह स्नानागारों की ओर बढ़ा चला जा रहा था। उसने बहुत होशियारी से सब कुछ समझ-बूझकर योजना बनाई थी। इस बात की पूरी सम्भावना थी कि क्रैसस आज वहाँ पर होगा और ठीक इसी समय वह भी वहाँ पहुँचेगा। और बात ठीक भी निकली क्योंकि जब ग्रैकस कपड़े बदलने के कमरे में दाख़िल हुआ तो उसने क्रैसस को वहाँ पहले ही से पाया। उसके कपड़े उतारे जा चुके थे और वह सामने के लम्बे-लम्बे शीशे में अपने-आप को देख रहा था और अपने लम्बे दुबले-पतले शरीर पर मन-ही-मन मगन हो रहा था। कमरे बराबर भरते चले जा रहे थे। यहाँ पर शहर की ज़िन्दगी का एक दिलचस्प टुकड़ा देखने को मिलता था। यह एक तरह का सियासी बरतन था जिसमें तरह-तरह की चीज़ें आपस में मिलती थीं—उच्च वंशों के कुछ थोड़े से आलसी लोग मगर ऐसे लोग जिनके पास इतनी राजनीतिक शक्ति थी कि वे नगर की नींव तक हिलाकर रख दे सकते थे। बैंकर और शक्ति-सम्पन्न व्यापारी, नगरपालिका के बड़े-बड़े लोग अपने-अपने मुहल्लों के सरदार,

ग़ुलामों का आयात करनेवाले, वोट इधर-उधर करनेवाले, गुंडों के कुछ चौधरी और शहर के आवारे, सेनेट के कुछ महत्त्वपूर्ण सदस्य, एक-दो लानिस्ता, तीन भूतपूर्व राजदूत, एक न्यायाधीश, एक-दो अभिनेता और पूरे एक दर्जन सेना के महत्त्वपूर्ण पदाधिकारी—ये सभी वहाँ पर मिलते थे। उनके सिवा ऐसे भी काफ़ी लोग थे जिनका कोई ख़ास महत्त्व नहीं था और जो इस बात का प्रमाण थे कि स्नानागारों में सब बराबर होते हैं और यह चीज़ ऐसी थी जिसका रोम को बड़ा घमंड था। पूर्वी देशों के राजे और जागीरदार इस चीज़ को कभी आँख से ओझल न कर पाते थे कि रोम के शासक, जिसका मतलब था संसार के शासक—शहर के साधारण जनों से कितने सहज रूप में मिलते-जुलते हैं और शहर की सड़कों पर कैसे निरपेक्ष भाव से टहलते रहते हैं।

क्रैसस पर बराबर आँख जमाए हुए ग्रैकस एक बेंच पर बैठ गया और एक ग़ुलाम उसका जूता खोलने लगा। इसी बीच उसने लोगों की सलाम-बन्दगी को क़बूल किया, सिर हिलाया और मुस्कराया, यहाँ किसी से एक शब्द कहा, वहाँ किसी से एक शब्द कहा। उससे जब कोई सलाह माँगता था तो वह संक्षेप में और निश्चयात्मक ढंग से सलाह देता था। इसके अलावा अगर कोई उससे पूछता था तो वह दूसरे भी बहुत से मसलों पर अपनी संक्षिप्त और निश्चित राय देता था जैसे स्पेन के झगड़े के बारे में, अफ्रीका की स्थिति के बारे में, मिस्त्र के तटस्थ रहने की आवश्यकता के बारे में—और यह चीज़ ऐसी थी जिसकी शहर में सदा गरम चर्चा रहती थी—और इस समस्या के बारे में कि फ़िलिस्तीन में यहूदी जो हमेशा गड़बड़ मचाया करते हैं उसके बारे में क्या किया जाए। ग़ुलामों के व्यापारी जो उसके सामने अपना यह रोना रो रहे थे कि ग़ुलामों के दाम इसी तरह बराबर गिरते जाएँगे तो उनकी पूरी अर्थव्यवस्था ही नष्ट हो जाएगी, उनको ग्रैकस ने आश्वस्त किया और इस अफ़वाह को भी कुचल दिया कि गॉल की सेना बग़ावत करने की साज़िश कर रही है। मगर इस बीच पूरे वक़्त वह क्रैसस को देखता रहा और आख़िरकार क्रैसस, जो अब भी नंगा था और अपने दुबले-पतले मगर स्वस्थ शरीर का प्रदर्शन कर रहा था, फुर्ती से चलकर उसके पास आ गया। क्रैसस का जी नहीं माना कि जब ग्रैकस के कपड़े उतर रहे हों तब वह भी कैसे न उसके पास जाकर खड़ा हो जाए ताकि देखनेवाले दोनों के नंगे शरीर का मिलान कर सकें। जब ग़ुलामों ने उस राजनीतिज्ञ का चोग़ा उतारा तो उसके भीतर से वह पहाड़ जैसा आदमी दिखाई दिया। मगर अब तक तो देखने में वह प्रभावशाली था। लेकिन उसके बाद जब कुरता उतारा गया तो उसके भीतर से एक बहुत ही मोटे आदमी का जो थुलथुल शरीर दिखाई दिया वह साधारण नग्नता से कहीं अधिक करुण था। बड़ी अजीब बात थी कि इसके पहले ग्रैकस को कभी अपने शरीर के ऊपर शर्म नहीं आई थी।

वे दोनों साथ-साथ स्नानागार के बड़े कमरे में गए जहाँ लोग बैठकर बातें किया करते थे। यहाँ पर बेंचें थीं और चटाइयाँ थीं जिन पर लेटकर आप आराम कर सकते थे। मगर आम क़ायदा यह था कि एक बार पानी में कूदने और दूसरी बार पानी में कूदने के दरम्यान लोग वहाँ पर टहला करते थे। संगमरमर के फ़र्श की, मोजेक और तरह-तरह की मूर्तियों से अलंकृत इस चौड़ी और ख़ूबसूरत गैलरी से आदमी बाहर ठंडे पानी के तालाब में जा सकता था, गरम पानी के तालाब में जा सकता था, गरम पानीवाले स्नानागारों में जा सकता था, भाप के कमरों में जा सकता था और उन सब में से होकर कसरत और मालिश के उन तमाम कमरों में जा सकता था। उसके बाद एक ठंडी चादर लपेटकर वह बाग़ीचे में टहल सकता था, पुस्तकालय में जा सकता था—जो कि स्नानागार का एक हिस्सा था—और उन कमरों में जा सकता जहाँ बैठकर लोग धूप सेंका करते थे। यह सारी दिनचर्या उन लोगों की थी जिनके पास स्नानागार में बिताने को बहुत समय होता था। ग्रैकस अक्सर ठंडे पानी की एक डुबकी और फिर भाप के कमरे में आधे घंटे और फिर मालिश से ही सन्तुष्ट हो जाया करता था।

मगर आज उसने क्रैसस के संग अपने मन का मेल मिलाया। कठोर शब्द और कठोर भाव तो जैसे भूल ही गया। नंगा, मोटा, ढीला-ढाला ग्रैकस सेनापति के बग़ल में आगे बढ़ा जा रहा था और सेनापति के संग बड़े प्यार से बातें कर रहा था और सेनापति की बातों में बड़ा रस ले रहा था। इस चीज़ में वह बहुत निपुण था।

जो लोग उन दोनों को देख रहे थे वे कहते थे कि दोनों मिलकर पुल बना रहे हैं, और सोच रहे थे कि अब पता नहीं कौन से नये राजनीतिक सम्बन्ध बन रहे हैं क्योंकि क्रैसस और ग्रैकस में इस तरह की मैत्री और भाईचारा पहले कभी देखा नहीं गया था। मगर ख़ैर, क्रैसस धैर्यपूर्वक प्रतीक्षा कर रहा था। उसने अपने मन में कहा—जो कुछ इसके मन में होगा वह अभी सामने आ जाएगा, आए बिना थोड़े ही रहेगा। राजनीतिज्ञ की ओर उसका रवैया कुछ-कुछ अपमानजनक हो गया और उसने पूछा, "यह तुम मिस्र के बारे में और दूसरी तमाम चीज़ों के बारे में कब से इतने अधिकारपूर्वक बात करने लगे?"

"तुम्हारा मतलब उस चीज़ से है जो मैंने अभी थोड़ी देर पहले कही थी? देखो, तुम जानते हो कि यों ही कुछ मोटी-मोटी बातें कह देने से बीच की ख़ाली जगहें भर जाती हैं। अपने नाम की रक्षा भी तो करनी ही पड़ती है। प्रतिष्ठा की बात है।"—यह निश्चय ही एक नया ग्रैकस था।

"प्रतिष्ठा यह कि तुम हर चीज़ जानते हो, क्यों?"

ग्रैकस हँसा, "तुम मिस्र गए हो न?"

"नहीं। और मैं ऐसा दिखलाता भी नहीं कि गया हूँ।"

"अच्छा-अच्छा, छोड़ो इस बात को। पता नहीं क्रैसस, क्यों हम दोनों एक-दूसरे

को देखकर इस तरह गुर्राया करते हैं और चोट किया करते हैं जबकि हम दोनों दोस्त भी हो सकते थे। मेरा ख़याल है कि हम दोनों एक-दूसरे के लिए ऐसे दोस्त बन सकते हैं जिनकी दोस्ती कुछ क़ीमत रखती है।"

"मेरा भी यही ख़याल है। तुम शायद ठीक कहते हो मगर मुझे भी इस ओर से कुछ निराशा ही है। दोस्ती की कुछ-न-कुछ क़ीमत होगी।"

"हाँ?"

"हाँ, मैं जानता हूँ। मेरे पास ऐसी कौन सी चीज़ है जो मेरी दोस्ती को इतना क़ीमती बना देती है? दौलत? वह तो तुम्हारे पास भी लगभग इतनी ही है।"

"दौलत की मुझे परवाह नहीं है।"

"मुझे है। तब फिर?"

"मैं तुमसे एक ग़ुलाम को ख़रीदना चाहता हूँ," ग्रैकस ने कोशिश करके अपनी बात उगल दी। चलो हुआ। बात खतम हुई।

"यक़ीनन तुम मेरे बावर्ची को चाहते होगे। अगर तुम्हारे बाल होते ग्रैकस, तो मैं सोचता कि तुम मेरे हज्जाम को चाहते होगे। पालकी ढोनेवाले चाहिए? या कोई औरत चाहिए, शायद औरत ही चाहिए तुमको। मैंने सुना है कि तुम्हारे यहाँ बस औरतें ही औरतें हैं।"

ग्रैकस चिल्लाया, "अनजान न बनो क्रैसस, तुम भी जानते हो कि मैं किसको चाहता हूँ! मैं वारिनिया को चाहता हूँ।"

"कौन?"

"वारिनिया। आओ अब हम यह मज़ाक़ बन्द करें।"

"मेरे प्यारे ग्रैकस, मज़ाक़ तो तुम कर रहे हो। ये दुनिया-भर की ख़बरें तुमको कौन पहुँचाता रहता है?"

"ख़बर मुझको पहुँच ही जाती है। सब बातों की ख़बर रखना मुझको अच्छा मालूम होता है।" वह मोटा आदमी रुक गया और क्रैसस की आँख में आँख डालकर बोला, "देखो क्रैसस, इधर-उधर की बात करने से क्या फ़ायदा, सीधे-सीधे काम की बात की जाए। कोई झगड़ा नहीं, कोई मोल-तोल नहीं। किसी तरह का कोई मोल-तोल नहीं। मैं अपना प्रस्ताव सीधे-सीधे तुम्हारे सामने रखता हूँ। आज तक रोम में किसी भी ग़ुलाम के लिए जो ऊँची-से-ऊँची क़ीमत दी गई हो ऐसी क़ीमत मैं तुमको दूँगा। मैं तुमको दस लाख सेस्टर्स दूँगा। यह रक़म मैं तुमको सोने की मुद्राओं में दूँगा और अभी इसी वक़्त कौड़ी-कौड़ी चुका दूँगा, अगर तुम वारिनिया को मुझे दे दो।"

क्रैसस ने अपनी बाँहें समेट लीं और धीरे-धीरे सीटी बजाने लगा। फिर बोला, "हाँ, यह तो कुछ क़ीमत है। बहुत अच्छा दाम लगाया है तुमने। इस दाम के बारे में तो कवि लोग कविताएँ लिख सकते हैं। जबकि आज के दिन कोई भी आदमी बाज़ार में जाकर एक अच्छी, तंदुरुस्त, जवान, उन्नत वक्ष की सुन्दरी को एक

हज़ार सेस्टर्स में ख़रीद सकता है तब तुम एक दुबली-पतली मरियल-सी जर्मन लड़की के लिए उसकी एक हज़ार गुना ज़्यादा क़ीमत देने को तैयार हो। तो यह बात तो कुछ हुई। मगर मैं यह रक़म लूँ भी तो कैसे? लोग क्या कहेंगे? लोग कहेंगे कि क्रैसस चोर है।"

"देखो मुझसे दिल्लगी मत करो!"

"मैं और तुमसे दिल्लगी करूँ? मेरे प्यारे ग्रैकस, दिल्लगी तो तुम कर रहे हो। मेरे पास ऐसी कोई चीज़ नहीं है जो तुम ख़रीद सको।"

"मैंने समझ-बूझकर प्रस्ताव तुम्हारे सामने रखा है।"

"और मैं समझ-बूझकर तुमको जवाब दे रहा हूँ।"

"मैं इसकी दुगनी क़ीमत तुमको दूँगा! बीस लाख!" ग्रैकस गुर्राया।

"मुझे नहीं मालूम था कि राजनीति में इतनी दौलत है।"

"बीस लाख। चाहो तो लो, न चाहो न लो।"

"तुम्हारी बात से मुझे ऊब मालूम होती है। मुझको अब और परेशान न करो," क्रैसस ने कहा, और वहाँ से चल दिया।

5

"वारिनिया, वारिनिया, अब तुम तैयार हो जाओ। अब तुम तैयार हो जाओ वारिनिया, क्योंकि स्वामी घर आ रहे हैं और तुमको उनके संग बैठना है और खाना खाना है। तुम हमारे लिए क्यों मुश्किलें पैदा कर रही हो वारिनिया?"

"मैं तुम्हारे लिए कोई मुश्किल नहीं पैदा करना चाहती।"

"मगर कर तो रही हो। ज़रा देखो वारिनिया कि तुमने हमको कैसी मुसीबत में डाल दिया है। तुम कहती हो कि तुम ग़ुलाम हो। तुम नहीं चाहतीं कि चार ग़ुलाम हर वक़्त हाथ बाँधे तुम्हारी सेवा में खड़े रहें। नहीं, तुम भी हमारी ही तरह एक ग़ुलाम हो। तुम हमको बतलाती हो कि तुम कितनी ज़िल्लत महसूस करती हो। तुम जानती हो ग़ुलाम होना किस चीज़ को कहते हैं या कहीं यह बात तो नहीं है कि स्पार्टकस के संग रहते-रहते, जबकि वह सारी दुनिया को फ़तह कर रहा था, तुम भूल गई हो कि ग़ुलाम होना किस चीज़ को कहते हैं। तब तो तुम रानी थीं न वारिनिया? इसलिए..."

"मुझसे फिर कभी ऐसी बात न कहना! तुम ऐसा क्यों कह रही हो? क्या मैंने कभी अपने-आप को तुम लोगों से अलग और ऊपर दिखाने की कोशिश की है?"

"यह करने की ज़रूरत नहीं पड़ती वारिनिया। स्वामी ही तुमको हम सबसे अलग करके रखते हैं। हम तो इस काम के लिए हैं कि जब वे थके हुए हों, उकताए हुए हों तो हमको अपने साथ बिस्तर में सुला लें। एक-दो-तीन। मगर तुमसे तो

उनको प्रेम है वारिनिया। तभी तो तुम हमारे लिए मुश्किल पैदा कर रही हो। अगर तुम अपना सिंगार नहीं करवातीं तो कोड़े हमको पड़ते हैं। तुमको कोड़े नहीं पड़ते। हमको कोड़े पड़ते हैं।"

"मुझको कोड़ा मारें न!"

"मारें भी तो। हम भी ज़रा देखें उनके हाथ से तुमको कोड़ा पड़ते!"

"अच्छा-अच्छा," उसने उन सबों से कहा, "अभी मैं अपने बच्चे को दूध पिला रही हूँ। पहले दूध पिला लेने दो। इसके बाद तुम मुझे कपड़े पहना लेना, सिंगार कर लेना। जैसा भी तुम्हारा जी चाहे। मैं सीधे से सब काम करवा लूँगी, कोई झगड़ा नहीं करूँगी। लेकिन पहले मुझे अपने बच्चे को दूध पिला लेने दो।"

"कितनी देर?"

"वह ज़्यादा देर तक नहीं पीता। देखो न, अभी से धीमा पड़ गया है। आधे घंटे में तैयार हो जाऊँगी। तब तक वह सो गया रहेगा। मैं तुमसे वायदा करती हूँ कि तुम जो कुछ कहोगी मैं सब करूँगी। तुम मुझको जो कुछ पहनाओगी सब पहन लूँगी।"

उन सबों ने वारिनिया को थोड़ी देर के लिए छोड़ दिया। उनमें से तीन स्पेन की लड़कियाँ थीं। चौथी साबीन की स्त्री थी और उसे यह बात हमेशा नासूर की तरह सालती रहती थी कि उसकी माँ ने क़र्ज़ के कारण उसको बेच दिया था। वारिनिया इस बात को समझती थी। यह बड़ी तल्ख़ बात थी कि तुम्हारे अपने घर के लोग तुम्हें देख लें। इससे मुँह कड़वा हो ही जाता है। इस घर में स्पर्द्धा, ईर्ष्या, कटुता का राज़ था। ये बीमारियाँ नासूर की तरह सारे घर में फैली हुई थीं।

वह बच्चे को दूध पिला रही थी और बड़ी नरम और मद्धिम आवाज़ में गाती जा रही थी—

सो मेरे मुन्ना, सो मेरे प्यारे
बन को तेरे पिता सिधारे
खोज रहे हैं ऊदबिलाव
बर्छी से करते हैं घाव
लाएँगे फिर उसकी खाल
कर देंगे वे तुझे निहाल
तब न तुझे जाड़े का शीत
कभी कर सकेगा भयभीत
सो मेरे मुन्ना, सो मेरे लाल...

बच्चे ने दूध खींचना बन्द कर दिया। बच्चा जब दूध खींचता था तो वह अपनी छाती की घुंडियों पर उसके दबाव को महसूस करती थी। वह जब भूखा होकर ज़ोर से ताक़त लगाकर दूध खींचता था तो वारिनिया के सारे शरीर में एक बिजली-सी

दौड़ जाती थी। और फिर धीरे-धीरे जैसे बच्चे का पेट भरता जाता था वैसे-वैसे यह सनसनी कम होती जाती थी। बच्चा दूध खींचता है तो कैसा लगता है।

यह सोचकर कि शायद उसको और दूध की ज़रूरत हो उसने अपनी दूसरी छाती उसके मुँह में दे दी और उसके गाल को ठुनकी देने लगी ताकि वह फिर दूध पीना शुरू कर दे मगर वह भरपेट दूध पी चुका था। उसकी आँखें बन्द थीं और इस समय उसके भीतर वही विराट उपेक्षा भाव था जो कि एक बच्चे के अन्दर ही हो सकता है जबकि उसका पेट भरा हुआ हो। थोड़ी देर तक उसने बच्चे को अपनी गरम-गरम नंगी छाती से लगाकर दुलराया, फिर उसे पालने में डाल दिया और अपनी कुर्ती के बटन बन्द करने लगी।

उसके पास खड़े-खड़े वह सोचने लगी, कितना ख़ूबसूरत है यह लड़का। मोटा, ताक़तवर, गोलगुथना, कितना प्यारा बच्चा है। इसके बाल काले रेशम जैसे हैं और इसकी आँखें गहरी नीली हैं। ये आँखें तो आगे चलकर अपने बाप जैसी काली-काली हो जाएँगी मगर बालों के बारे में कुछ कहा नहीं जा सकता अब काले-काले पेट के बाल झड़ेंगे तो फिर नये बाल जो निकलेंगे वे काले-काले घुँघराले बाल भी हो सकते हैं और सुनहरे और सीधे बाल भी हो सकते हैं।

बच्चा बड़ी जल्दी और बड़ी आसानी से सो गया। उसकी दुनिया अपनी जगह पर बिलकुल ठीक थी। उसकी दुनिया ज़िन्दगी की दुनिया थी, जो ज़िन्दगी के अपने सीधे-सादे क़ायदों से चलती थी जिसमें कहीं कोई गड़बड़ी या उलझाव न था। उसकी दुनिया वह दुनिया थी जो सबसे ज़्यादा दिनों तक चलेगी...

अब उसने बच्चे को वहीं छोड़ दिया और उस जगह पर गई जहाँ वे औरतें उसको कपड़े पहनाने के लिए, उसका सिंगार करने के लिए इन्तज़ार कर रही थीं। चार ग़ुलाम औरतें क्रैसस के संग बैठकर खाना खाने के लिए वारिनिया का सिंगार करने को, क्रैसस जो वारिनिया का मालिक है। वह एकदम शान्त होकर खड़ी रही और उन स्त्रियों ने उसके सब कपड़े उतार दिये और उसके नंगे शरीर को स्पंज करने लगीं। यह शरीर अब भी बड़ा सुन्दर था, लम्बा और और भी सुन्दर अपनी उन छातियों के कारण जिनमें दूध भरा था। उन्होंने उसके चारों ओर एक चादर लपेट दी और वह एक कोच पर लेट गई जिसमें प्रसाधिका उसके चेहरे और उसकी बाँहों को बनाकर ठीक कर सके।

सबसे पहले उसकी बाँहों और माथे पर खड़िये का बहुत ही बारीक चूर मला गया जो कि गाल तक आते-आते त्वचा के रंग में ही मिल गया। उसके बाद लाली जो कि गालों पर हल्की थी और होंठों पर गहरी। इसके बाद आँखों में अंजन। और फिर भवों की रेखा ठीक करने के लिए काजल।

जब यह सब हो गया तो वह उठ बैठी और अपने बाल ठीक करवाने लगी। उसके नरम सीधे और सुनहरे बालों को घूँघरवाले गुच्छे की शकल दे दी गई

थी और पोमेड और छोटे-छोटे फीतों की मदद से अपनी जगह पर जमा दिया गया था।

इसके बाद हीरे-मोती। वह नंगी खड़ी थी, चादर भी उसके शरीर में लिपटी न थी। वह निश्चल और शान्त खड़ी थी और मुकुट उसके बालों में लगा दिया गया। इसके बाद सोने के ऐरन और फिर सोने और नीलम का एक गुलूबन्द जिसका नाम मोनील था। उसी से मिलते-जुलते पट्टे उसके टखनों और कलाइयों पर पहना दिये गए और एक-एक हीरे की अँगूठी दोनों हाथों की छिंगुली में पहना दी गई। बहुत ही ठाट-बाट से उसका सिंगार किया जा रहा था, उसी तरह जैसे कि रोम का सबसे अमीर आदमी अपनी प्रेमिका का सिंगार करना चाहेगा, अपनी ग़ुलाम का नहीं। यह कोई आश्चर्य की बात न थी कि ये बेचारी ग़ुलाम औरतें जो उसका सिंगार करने के लिए तैनात की गई थीं उसके ऊपर तरस न खा पाती थीं। ज़रा देखो, कैसे यह अपने इन हीरे-जवाहरात की शकल में ही एक पूरे साम्राज्य के वैभव को पहने हुए है। उस पर कोई तरस खाए भी तो कैसे?

उस वक़्त रोम में कपड़ों में सबसे क़ीमती कपड़ा रेशम नहीं बल्कि हिन्दोस्तान का वह बहुत ही महीन और हैरतअंगेज़ मलमल समझा जाता था जो कि होता तो था सूती मगर जिसके रेशम जैसे चिकनेपन का मुक़ाबला कोई रेशम भी नहीं कर सकता था। अब उन्होंने वारिनिया के सिर पर मलमल का एक स्टोला डालकर नीचे खींच दिया। यह एक लम्बी सी, सीधी-सादी काट की पोशाक थी जो कि कमर पर आकर जमा हो जाती थी और ज़ोना नाम की एक पेटी से कस दी जाती थी। इस वस्त्र पर अकेली सजावट जो थी वह उसके दामन पर की एक सुनहरी पट्टी और सच बात यह है कि इस वस्त्र को किसी सजावट की ज़रूरत न थी क्योंकि उसकी रेखाएँ बहुत ही सीधी और सुन्दर थीं। मगर वारिनिया कभी इस बात को भूल न पाती थी कि उस कपड़े के बीच से उसके शरीर की एक-एक रेखा आर-पार दिखलाई देती है। यह नग्नता ही वह चीज़ थी जिससे कि उसको डर मालूम होता था और अपमान अनुभव होता था और उसको अच्छा मालूम हो रहा था कि उसकी छाती से थोड़ा-थोड़ा दूध निकल रहा था जो कि उस वस्त्र को गीला कर रहा था और उसके रूप को बिगाड़ रहा था।

इस सबके ऊपर रेशम का एक बड़ा-सा हल्का पीला शॉल डाला गया; वारिनिया उसको लबादे की तरह पहने हुए थी। उसने अपने वस्त्रों को उस लबादे से ढक रखा था। हर बार जब वह खाने के लिए जाती थी तो क्रैसस कहता था—"प्रिये, तुम क्यों अपने इस सुन्दर शरीर को इस तरह से छिपाए रहती हो? अपने सपारम को आज़ादी के साथ ठीक से गिरने दो। उसके नीचे के वस्त्र का मूल्य दस हज़ार सेस्टर्स है। अगर किसी और को नहीं तो कम-से-कम मुझको तो उसको देखने का सुख मिलने दो।" वारिनिया आज भी जब खाने के कमरे में दाख़िल हुई तो क्रैसस

ने फिर यही बात कही और आज रात फिर उसने आज्ञाकारिणी की भाँति शॉल को इस तरह से गिर जाने दिया कि उसके शरीर का सामने का भाग खुल जाए।

क्रैसस ने कहा, "वारिनिया, तुम मेरे लिए एक पहेली हो। मैं तुमको बिलकुल नहीं समझ पाता। मेरा ख़याल है मैंने तुमको एक बार बतलाया था कि मुझको सिस्-ऐल्पाइन गॉल में अपने खेमे में एक शाम उस मरदूद लानिस्ता बाटियाटस के संग गुज़ारने का सौभाग्य—या दुर्भाग्य—मिल चुका है। उसने तुम्हारे बारे में मुझको बतलाया था। उसके बयान से ऐसा मालूम होता था कि जैसे तुम एक जंगली बिल्ली हो। उसने एक ऐसी औरत का बहुत ही सजीव चित्रण किया था जो किसी भी तरह वश में न की जा सकती हो। मगर तुम्हारे अन्दर तो मैं उस चीज़ का कोई चिह्न नहीं देखता। तुम तो असाधारण रूप से शान्त और आज्ञाकारिणी हो।"

"हाँ।"

"पता नहीं वह कौन-सी चीज़ है जिसने तुम्हारे अन्दर यह परिवर्तन ला दिया है। शायद तुम मुझको बतलाना न चाहोगी।"

"मैं नहीं जानती। मैं आपको कुछ नहीं बतला सकती।"

"मेरा ख़याल है कि तुम जानती हो मगर छोड़ो इस बात को। आज रात तो तुम बहुत ही सुन्दर दिखाई दे रही हो। ख़ूब अच्छी तरह नहाई-धोई हो, अच्छी तरह तुम्हारा सिंगार हुआ है—वारिनिया, इस तरह कब तक चलेगा? मैं तुम्हारे संग बड़ी शराफ़त से पेश आया हूँ, कि झूठ कहता हूँ? शोक तो जैसे होता ही है, उस पर किसी का क्या बस मगर इस चीज़ को ज़रा नमक की खानों के मुक़ाबले में रखकर देखो। मैं तुम्हारे बच्चे को तुमसे छीन सकता हूँ और उसको तीन सौ सेस्टर्स में बाज़ार में बेच सकता हूँ और फिर तुमको खान में भेज दे सकता हूँ। तुम्हीं बताओ कि क्या तुमको यह अच्छा लगेगा?"

"यह मुझको अच्छा नहीं लगेगा।"

"मुझे इस तरह बात करने से नफ़रत है," क्रैसस ने कहा।

"जैसी आपकी मर्ज़ी। आप जैसे चाहें बात करें। मैं आपकी ग़ुलाम हूँ। आप मेरे मालिक हैं।"

"मैं तुम्हें अपना ग़ुलाम नहीं बनाना चाहता वारिनिया। सच बात यह है कि उससे भी ज़्यादा या उतना ही मैं तुम्हारा ग़ुलाम हूँ। मैं तुम्हें उसी तरह पाना चाहता हूँ जिस तरह एक मर्द एक औरत को पाता है।"

"मैं आपको रोक तो सकती नहीं—उसी तरह जैसे घर की कोई दूसरी ग़ुलाम औरत नहीं रोक सकती।"

"कैसी भयानक बात तुम कह रही हो!"

"क्यों, यह बात ऐसी भयानक क्यों है? क्या रोम में लोग ऐसी चीज़ों के बारे में बात नहीं करते?"

"मैं तुम्हारे संग बलात्कार नहीं करना चाहता वारिनिया। मैं उस तरह तुमको नहीं पाना चाहता जिस तरह कि मैं एक ग़ुलाम औरत को पाता हूँ। हाँ—यहाँ पर ग़ुलाम औरतें रही हैं। मैं ठीक नहीं कह सकता कि कितनी औरतों के संग मैं सोया हूँगा। औरतों के संग और आदमियों के संग। मैं तुमसे कुछ भी छिपाना नहीं चाहता। मैं चाहता हूँ कि तुम मुझको मेरे असली रूप में जानो। क्योंकि अगर तुम मुझको प्यार करोगी तो मैं कुछ और हो जाऊँगा। एक नया आदमी, और अच्छा आदमी। क्या तुम्हें यह नहीं मालूम कि लोग मुझको दुनिया का सबसे दौलतमन्द आदमी कहते हैं? हो सकता है कि मैं न होऊँ लेकिन अगर तुम मेरे साथ हो तो हम दोनों सारी दुनिया पर राज कर सकते हैं।"

"मैं दुनिया पर राज नहीं करना चाहती," वारिनिया ने कहा। उसकी आवाज़ वैसी ही सपाट आवाज़ थी, उसमें कहीं कोई उतार-चढ़ाव न था, वह एक मुर्दा आवाज़ थी जैसी कि हमेशा क्रैसस के संग बोलते वक़्त होती थी।

"क्या तुम्हें मेरी बात पर विश्वास नहीं है कि मैं बदल जाऊँगा अगर तुम मुझे अपना प्यार दोगी?"

"मुझे नहीं मालूम। मुझे इसकी परवाह भी नहीं।"

"मगर तुमको परवाह होगी अगर बात तुम्हारे बच्चे पर आकर गिरे। तुम ऐसी कोई दाई क्यों नहीं ले लेतीं जो बच्चे को दूध पिला दिया करे? यह क्या कि बैठी हो और छाती से दूध बह रहा है।"

"आप हर वक़्त हमेशा बच्चे की धमकी क्यों दिया करते हैं? बच्चा आपका है और मैं आपकी हूँ। क्या आपका यह ख़याल है कि मेरे बच्चे को मारने की धमकी देकर आप मेरा प्यार जीत लेंगे?"

"मैंने तुम्हारे बच्चे को मारने की धमकी नहीं दी।"

"आपने..."

"मुझे अफ़सोस है वारिनिया। हम लोग हमेशा इसी तरह इसी चक्कर में घूम-घूमकर बात किया करते हैं। खाना तो खाओ। मुझसे जो कुछ बन पड़ता है मैं करता हूँ। मैं तुम्हारे सामने ऐसा खाना पेश करता हूँ। यह मत कहो कि तुमको इस चीज़ की परवाह नहीं है। ऐसे एक खाने की जितनी क़ीमत होती है उसमें एक मकान ख़रीदा जा सकता है। तो कम-से-कम इसको खाओ तो, एकाध टुकड़ा तो खाओ। देखो मैं तुमको आज का एक बड़ा दिलचस्प वाक़या सुनाता हूँ। हो सकता है कि तुम्हारा जी इससे कुछ बहल जाए और तुम थोड़ा-बहुत खा सको।"

"मुझको जितना खाना चाहिए मैं खा लेती हूँ," वारिनिया ने कहा।

एक ग़ुलाम दाख़िल हुआ और उसने चाँदी के एक तश्त में एक बतख़ लाकर रखी। दूसरा ग़ुलाम उसको तराशने लगा। क्रैसस की मेज़ गोल थी—आजकल ऐसी ही मेज़ों का चलन था—और एक ही लम्बी-सी गद्देदार कुरसी मेज़ के दो तिहाई

हिस्से तक फैली हुई थी। खानेवाले पैर समेटकर और बहुत से रेशमी तकियों के सहारे बैठकर खाना खाते थे।

"मिसाल के लिए इस बतख़ को ही देखो। यह सींक पर भूनी गई है और इसके अन्दर तरफ़ास भरी हुई है और इसे शराब में भिगोए हुए आड़ुओं के संग पकाया गया है।"

"बड़ा स्वादिष्ट है," वारिनिया ने कहा।

"हाँ तो मैं तुमको आज का एक बड़ा दिलचस्प वाक़या सुना रहा हूँ। स्नानागार में ग्रैकस भी आया हुआ था। वह मुझसे इतनी सख़्त नफ़रत करता है कि अब उसके छिपाए यह बात नहीं छिपती। अजीब बात है कि मैं उससे नफ़रत नहीं करता। अरे, मैं भूल गया, तुम उस आदमी को नहीं जानतीं। वह सेनेट का एक सदस्य है और रोम की राजनीतिक दुनिया में वह एक बड़ी ताक़त है—या था। उसकी ताक़त अब हिलने लगी है। वह उन नीचे कुल के लोगों में है जो गन्दी नाली में से निकलकर ऊपर उठे हैं और जिन्होंने चालबाज़ी से और चुनाव के तिकड़मों से दौलत इकट्ठा की है। बड़ा मोटा थुलथुल आदमी है। एक मोटा सूअर ही समझो। जब तक आदमी के पास आत्मगौरव न हो, स्वाभिमान न हो, उसका शरीर भी यों ही सा रहता है। आम तौर पर यह बात देखी गई है। और न ऐसे आदमियों में कोई संवेदनशीलता ही होती है। इसलिए वह तब तक उस गद्दी पर बैठा रहेगा जब तक कि वह गद्दी ही उसके नीचे से खिसक नहीं जाती। हाँ तो मैं फ़ौरन ताड़ गया कि इस आदमी को मुझसे किसी चीज़ की ज़रूरत है। वहाँ के गलियारे में घूम-घूमकर उसने अपने मोटे थुलथुल शरीर की ख़ूब नुमाइश की और फिर अन्त में अपनी बात उगल दी। वह तुमको ख़रीदना चाहता है। तुम्हारे लिए उसने दाम भी काफ़ी ऊँचे लगाए और जब मैंने कोई ध्यान नहीं दिया तो उसने उस रक़म को दूना कर दिया। इरादा करके आया था कि तुमको ख़रीदेगा ही। मैंने उसका अपमान भी किया मगर कोई चीज़ उसकी चमड़ी को भेदकर अन्दर जैसे पहुँचती ही नहीं।"

"आपने मुझको बेच क्यों नहीं दिया?" वारिनिया ने पूछा।

"उसके हाथ? मेरी जान, एक बार ज़रा तुम उसको देख तो लो, जब वह अपना थुलथुल शरीर लेकर चलता है। क्या तुम्हारे नज़दीक इस चीज़ का भी कोई महत्त्व नहीं है?"

"मेरे नज़दीक इस चीज़ का कोई महत्त्व नहीं है।" वारिनिया ने कहा।

क्रैसस ने अपने सामने की रक़ाबी हटा दी और वारिनिया को एकटक देखने लगा। उसने एक घूँट में शराब की अपनी प्याली ख़ाली कर दी, फिर दुबारा शराब ढाली और फिर एकाएक गुस्से में आकर प्याली कमरे के पार दूर फेंक दी। अब वह अपने-आप को संयत करके बोल रहा था।"

"क्यों तुमको मुझसे इतनी घृणा है?"

"क्या तुम चाहते हो कि मैं तुमसे प्यार करूँ क्रैसस?"

"हाँ। क्योंकि मैंने तुमको इतना कुछ दिया है जो तुमको स्पार्टकस से भी कभी नहीं मिला था।"

"तुमने मुझको ऐसा कुछ भी नहीं दिया," उसने कहा।

"क्यों? ऐसा तुम क्यों कहती हो? वह क्या था? क्या वह ईश्वर था?"

वारिनिया ने कहा, "वह ईश्वर नहीं था। वह एक बहुत साधारण आदमी था। वह एक सीधा-सादा आदमी था। वह एक ग़ुलाम था। क्या तुम्हें नहीं मालूम कि इसका क्या मतलब होता है? तुम्हारी तो सारी ज़िन्दगी ग़ुलामों के बीच गुज़री है।"

"और अगर मान लो मैं तुमको देहात में ले जाऊँ और वहाँ कहीं पर किसी खेतिहर को दे दूँ तो क्या तुम उसके साथ रह सकोगी और उसको प्यार कर सकोगी?"

"मैं सिर्फ़ स्पार्टकस से प्यार कर सकती हूँ। मैंने कभी किसी दूसरे आदमी को प्यार नहीं किया। मैं कभी किसी दूसरे आदमी को प्यार नहीं करूँगी। मगर मैं एक खेत में काम करनेवाले ग़ुलाम के संग रह सकती हूँ। वह कुछ-कुछ स्पार्टकस के समान होगा। गो कि यह बात सच है कि स्पार्टकस खान में काम करनेवाला ग़ुलाम था, खेत पर काम करनेवाला ग़ुलाम नहीं। वह बस इतना ही था। तुम सोचते होगे कि मैं बहुत नादान हूँ और तुम ठीक ही सोचते हो, मैं नादान हूँ और बेवक़ूफ़ भी हूँ। कभी-कभी मैं समझ ही नहीं पाती कि तुम कह क्या रहे हो। मगर स्पार्टकस मुझसे भी ज़्यादा सीधा था। तुम्हारे मुक़ाबले में वह एक बच्चा था, भोला बच्चा। वह पवित्र आदमी था, निष्कलंक आदमी था।"

क्रैसस ने अपने-आप को संयत करते हुए पूछा, "निष्कलंक से तुम्हारा क्या मतलब? मैंने तुम्हारी बहुत सी बकवास ख़ामोशी से सुनी है! स्पार्टकस बाग़ी था, समाज का दुश्मन था। वह एक पेशेवर बूचड़ था जो बाद में एक बाग़ी ख़ूनी बन गया और जो रोम की बनाई हुई हर ख़ूबसूरत और अच्छी चीज़ का दुश्मन था। रोम ने सारी दुनिया को शान्ति दी और सभ्यता दी मगर इस ग़लीज़ ग़ुलाम को सिर्फ़ एक काम आता था, आग लगाना और बरबाद करना। देखो कितने मकान खँडहर हुए पड़े हैं क्योंकि वे ग़ुलाम न तो सभ्यता को जानते थे और न समझते थे। उन्होंने क्या किया? चार साल तक जो वे रोम से लड़े उन चार सालों में उन्होंने कौन सी कामयाबी हासिल की? कितने हज़ारों लोग मर गए, सिर्फ़ इसीलिए न कि उन ग़ुलामों ने बग़ावत की थी? दुनिया में कितना दुख-दर्द और कितनी तकलीफ़ आई और सिर्फ़ इसलिए कि इस ग़लीज़ ग़ुलाम ने आज़ादी का सपना देखा—चीज़ों को बरबाद करने की आज़ादी!"

वह ख़ामोश बैठी थी, उसका सिर झुका था, उसकी आँखें नीची थीं।

"तुम मुझको जवाब क्यों नहीं देतीं?"

"मैं समझ नहीं पाती कि आपको क्या जबाब दूँ," उसने धीरे से कहा, "मैं नहीं जानती कि इन सवालों का क्या मतलब होता है।"

"मैंने तुम्हारी कही हुई ऐसी-ऐसी बातें सुनी हैं जैसी बातें मैंने दुनिया में किसी के मुँह से न सुनी होतीं। तुम मुझको जवाब क्यों नहीं देतीं? तुम्हारा क्या मतलब था जो तुमने कहा, कि स्पार्टकस पवित्र था? क्या मैं उससे कम पवित्र हूँ?"

वारिनिया ने कहा, "मैं आपको नहीं जानती। मैं आपको नहीं समझती। मैं रोमनों को नहीं समझ पाती। मैं तो सिर्फ़ स्पार्टकस को जानती हूँ।"

"और यह तो बतलाओ कि वह किस अर्थ में पवित्र था?"

"यह मुझे नहीं मालूम। क्या आप यह नहीं सोचते कि मैंने ख़ुद अपने-आप से कई बार सवाल किया है? वजह शायद यह हो कि वह एक ग़ुलाम था। या शायद इसलिए कि उसने बहुत तकलीफ़ सही थी। आप ग़ुलाम की तकलीफ़ को भला कैसे समझ सकते हैं? आप ख़ुद तो कभी ग़ुलाम नहीं रहे।"

"मगर पवित्र? तुमने पवित्र कहा था?"

"मेरे लिए वह पवित्र था। वह एक भी बुरा काम नहीं कर सकता था।"

"और यह तो बताओ, क्या वह बग़ावत और इस तरह आधी दुनिया में आग लगा देना भी अच्छी बात थी?"

"हमने दुनिया में आग नहीं लगाई। हम सिर्फ़ अपनी आज़ादी चाहते थे। हम सिर्फ़ यह चाहते थे कि शान्ति से ज़िन्दगी बिता सकें। मुझे आप लोगों की तरह बात करना नहीं आता। मैं शिक्षित नहीं हूँ। मैं आपकी भाषा भी ठीक से नहीं बोल पाती। जब आप मुझसे बात करते हैं तो मेरा दिमाग़ गड़बड़ में पड़ जाता है। जब मैं स्पार्टकस के संग रहती थी तो इस तरह की कोई गड़बड़ी मेरे दिमाग़ में कभी पैदा नहीं हुई। मैं जानती थी कि हम क्या चाहते हैं। हम आज़ाद होना चाहते थे।"

"मगर भूलो मत कि तुम लोग ग़ुलाम थे।"

"हाँ। मगर सवाल यह होता है कि क्या ज़रूरी है कि कुछ लोग ग़ुलाम हों और कुछ लोग आज़ाद?"

क्रैसस ने पहले से भी अधिक कोमल स्वर में कहा, "तुम अब काफ़ी दिनों से रोम में रह रही हो वारिनिया। मैं अपनी पालकी में तुम्हें शहर के बीच से होकर ले गया हूँ। तुमने रोम की शक्ति देखी है, रोम की अनन्त असीम शक्ति। रोम की सड़कें सारी दुनिया में फैली हुई हैं। रोम की सेनाएँ सभ्यता के सभी सीमान्तों पर खड़ी हैं और अन्धकार की शक्तियों को आगे बढ़ने से रोक रही हैं। रोम के दूत के राजदंड को देखकर राष्ट्र काँपते हैं और जहाँ-जहाँ समुद्र है वहाँ-वहाँ रोमन नौसेना का राज है। तुमने ग़ुलामों को हमारी कुछ सेनाओं को तहस-नहस करते देखा। मगर यहाँ इस शहर में उस चीज़ की कोई हल्की सी लहर भी दिखाई दी?

अगर किसी की अक़्ल ठीक हो तो सोचने की बात है कि क्या सचमुच तुम यह समझती थीं कि कुछ थोड़े से बाग़ी ग़ुलाम दुनिया की सबसे प्रबल शक्ति को उलट देंगे, एक ऐसी शक्ति को, जिससे अधिक प्रबल शक्ति संसार ने आज तक नहीं देखी, एक ऐसी शक्ति जिसके मुक़ाबले में पुराने ज़माने के सभी साम्राज्य कुछ भी नहीं थे? क्या तुम्हारी समझ में यह बात नहीं आती? रोम अनश्वर है, शाश्वत है। रोमन प्रणाली ही मानवता की निकाली हुई आज तक की सबसे अच्छी प्रणाली है और वह चिरकाल तक यों ही चलेगी। मैं चाहता हूँ कि तुम इस बात को समझो। स्पार्टकस के लिए रोओ मत। इतिहास ने स्पार्टकस के संग न्याय किया। उसका जो प्राप्य था वह उसको मिला। तुम्हारी ज़िन्दगी तुम्हारी अपनी ज़िन्दगी है जिसे तुमको जीना है।"

"मैं स्पार्टकस के लिए नहीं रोती। कोई भी कभी भी स्पार्टकस के लिए नहीं रोएगा। मगर स्पार्टकस को भूला भी नहीं जा सकेगा।"

"आह! वारिनिया, वारिनिया तुम कितनी बेवक़ूफ़ हो! स्पार्टकस अब केवल एक प्रेत है और कल वह प्रेत भी हवा के संग उड़ जाएगा। आज से दस बरस बाद कोई उसका नाम भी याद नहीं करेगा। और क्यों याद करे कोई? क्या ग़ुलाम-युद्ध का कोई इतिहास है? स्पार्टकस ने निर्माण नहीं किया; उसने केवल ध्वंस किया। और दुनिया सिर्फ़ उनको याद करती है जो निर्माण करते हैं।"

"उसने आशा का निर्माण किया।"

"वारिनिया, तुम क्यों नादान लड़की की तरह ऐसी फ़िज़ूल बातें दुहराती रहती हो। उसने आशा का निर्माण किया! आशा किसके लिए? और कहाँ हैं आज वे आशाएँ? वे राख बन चुकी हैं, धूल हो चुकी हैं और हवा उनको उड़ाकर ले जा चुकी है। क्या तुम यह नहीं देखतीं कि दुनिया में कोई दूसरा तरीक़ा इसके अलावा नहीं है और न कभी होगा—कि मज़बूत कमज़ोर पर राज करे? वारिनिया, मैं तुमसे प्यार करता हूँ। इसलिए नहीं कि तुम ग़ुलाम हो बल्कि इसके बावजूद कि तुम ग़ुलाम हो।"

"हाँ।"

"मगर स्पार्टकस पवित्र था!"—उसने व्यंग के तीखे स्वर में कहा।

"हाँ, स्पार्टकस पवित्र था।"

"वही तो मुझको बतलाओ। मुझको बतलाओ कि वह किस अर्थ में पवित्र था?"

"मैं आपको बतला नहीं सकती। जो बात आपकी समझ में नहीं आ सकती उसे मैं आपको कैसे समझाऊँ।"

"मैं उसको समझना चाहता हूँ। मैं उससे लड़ना चाहता हूँ। मैं उससे तब लड़ा जबकि वह ज़िन्दा था और मैं उससे आज भी लड़ूँगा जबकि वह मर चुका है।"

वारिनिया ने सिर हिलाया, "आप क्यों इस तरह मेरे पीछे पड़े रहते हैं। आप

मुझे बेच क्यों नहीं देते? आप मेरे संग जो कुछ करना चाहते हैं करते क्यों नहीं? आप मुझे हर वक़्त तंग क्यों किया करते हैं?"

"वारिनिया, मैं तुमसे सिर्फ़ एक सीधी-सी बात पूछना चाहता हूँ। क्या स्पार्टकस नाम का कोई आदमी सचमुच था? कोई मुझे उसके बारे में नहीं बतला सकता?"

"मैंने आपको बतलाया...," वह रुक गई और अब क्रैसस ने नरम स्वर में कहा, "कहो वारिनिया, कहो। मैं तुम्हारा दोस्त होना चाहता हूँ। मैं नहीं चाहता कि तुमको मुझसे बात करने में डर मालूम हो।"

"मुझे कोई डर नहीं है। स्पार्टकस को जानने के बाद मैं फिर कभी नहीं डरी मगर उसके बारे में बतलाना कठिन है। आप उसको ख़ूनी और बूचड़ कहते हैं; मगर वह एक ऐसा आदमी था जिससे ज़्यादा नेक, जिससे ज़्यादा पवित्र आदमी कभी न रहा होगा।"

"हाँ, मगर यही तो मुझको बतलाओ कि कैसे? मैं चाहता हूँ कि तुम मुझको बतलाओ कि वह किस माने में इतना नेक और इतना पवित्र था। मैं समझना चाहता हूँ कि उसने ऐसा क्या किया जो तुम उसके बारे में ऐसा ख़याल रखती हो। हो सकता है कि अगर मैं उसको समझ सकूँ तो शायद मैं भी स्पार्टकस की तरह बन सकूँ।" वह खाने को चख भी नहीं रहा था और बस शराब की प्यालियों पर प्यालियाँ ढालता चला जा रहा था। उसके स्वर में अब व्यंग न था—"शायद मैं भी स्पार्टकस की तरह हो सकूँ।"

"आप मुझको मजबूर कर रहे हैं कि मैं इस चीज़ के बारे में बोलूँ मगर मेरी समझ में नहीं आता कि मैं कैसे आपको अपनी बात समझाऊँ? हम ग़ुलामों में औरतों और मर्दों का सम्बन्ध वैसा नहीं होता जैसा कि आप लोगों के यहाँ होता है। हमारे यहाँ औरत और मर्द बराबर होते हैं। हम एक जैसे काम करते हैं, एक जैसे कोड़े खाते हैं, एक जैसे मरते हैं और एक जैसी गुमनाम क़ब्र में सो जाते हैं। और शुरू-शुरू में हम ग़ुलाम औरतों ने नेज़े और तलवारें भी उठाई थीं और अपने मर्दों के संग कन्धे-से-कन्धा मिलाकर हम लड़ी भी थीं। स्पार्टकस मेरा साथी था। हम एक थे। हम दोनों एक-दूसरे से जुड़े हुए थे। उसको जब कोई घाव लगता था तो उस घाव को छूने मात्र से मुझको भी दर्द होने लगता था और उसका घाव मेरा घाव हो जाता था। और हमेशा, हर हालत में हम बराबर थे। जब उसका सबसे अच्छा दोस्त क्रिक्सस मरा तो स्पार्टकस ने अपना सिर मेरी गोद में रख लिया और नन्हे से लड़के की तरह रोने और सुबकने लगा। और जब मेरा पहला, छठवाँसा बच्चा मरा पैदा हुआ तो मैं भी उसी तरह रोई थी और स्पार्टकस ने मेरी देखभाल की थी। अपनी सारी ज़िन्दगी में उसने कभी किसी दूसरी औरत को नहीं लिया था और चाहे जो हो जाए मैं भी कोई दूसरा आदमी नहीं लूँगी। पहली बार जब मैं उसकी बाँहों में लेटी थी तो मुझे डर मालूम हुआ। मगर फिर मुझको एक विलक्षण अनुभूति

हुई। मैंने जाना कि मैं मरूँगी नहीं। मेरा प्रेम अमर है। अब कोई चीज़ मुझे चोट न पहुँचा सकेगी। मैं उसके जैसी हो गई और मेरा ख़याल है कि वह भी कुछ-कुछ मेरे जैसा हो गया। हम दोनों के बीच हमारी कोई बात एक-दूसरे से छिपी हुई न थी। पहले मैं डरा करती थी कि वह मेरे शरीर के दाग़ देख लेगा। मगर फिर मैंने जाना कि दाग़ में और एकदम स्वच्छ चमड़ी में कोई अन्तर नहीं होता। वह उन दाग़ों के बावजूद मुझको इसी तरह प्यार करता था। मगर मैं आपको उसके बारे में क्या बतला सकती हूँ? लोग उसका कुछ ऐसा ख़ाका खींचते हैं कि जैसे वह कोई देव हो, मगर वह देव न था। वह एक साधारण आदमी था। वह सज्जन था और नेक था और उसके अन्दर दूसरों के लिए प्यार भरा हुआ था। त्रह अपने साथियों को प्यार करता था। वे जब आपस में मिलते थे तो एक-दूसरे को गले लगाते थे और होंठों पर चूमते थे। मैंने तुम रोमनों को कभी एक-दूसरे को गले लगाते या चूमते नहीं देखा गो कि दूसरी तरफ़ तुम्हारे यहाँ यह तक होता है कि मर्द वैसे ही मज़े से दूसरे मर्द के साथ सोते हैं जैसे कि औरत के साथ। स्पार्टकस जब कभी मुझसे कुछ कहता था तो मैं समझ जाती थी कि उसका क्या मतलब है। मगर तुम्हारा क्या मतलब है मैं नहीं समझ पाती। रोमन जब बोलते हैं तो उनका क्या मतलब होता है वह भी मैं नहीं समझ पाती। ग़ुलाम लोग जब आपस में लड़ते थे और तू-तू मैं-मैं करते थे तो स्पार्टकस उनको अपने पास बुलाता था और वे सब अपनी-अपनी बातें कहते थे और तब स्पार्टकस उनसे बात करता था और वे लोग सुनते थे। वे बुरी-बुरी हरकतें भी करते थे मगर हमेशा बेहतर बनना चाहते थे। वे अकेले न थे। वे एक बड़ी चीज़ के हिस्से थे; वे एक-दूसरे के हिस्से भी थे। पहले वे लूट के माल में से चुरा लिया करते थे। स्पार्टकस ने मुझको बतलाया था कि ऐसा करने में दोष उनका नहीं उनके संस्कारों का है; वे ऐसी जगहों से आते थे जहाँ वे हमेशा चोरियाँ देखा करते थे। मगर हमारा जो मिला-जुला भंडारघर था उसमें कभी ताला नहीं लगता था और न कभी कोई उस पर पहरा ही देता था और जब उन लोगों ने देखा कि वे चोरी किये बिना भी अपनी ज़रूरत की हर चीज़ ले सकते हैं और चोरी के माल के उपयोग का भी कोई ढंग उनके पास नहीं है तो उन्होंने चोरी करना बन्द कर दिया। भूख और ग़रीबी का उनका डर छूट गया। और स्पार्टकस ने यह बात मुझको सिखलाई थी कि जितनी भी बुरी हरकतें आदमी करते हैं, उन सबकी जड़ में उनका डर होता है। उसने मुझको दिखलाया कि आदमी कैसे बदल जाते हैं और भीतर-बाहर से नेक और ख़ूबसूरत हो जाते हैं अगर वे सिर्फ़ इतना करें कि भाई-भाई की तरह मिलकर रहें और अपनी तमाम चीज़ें आपस में बाँट लिया करें। मैंने इस चीज़ को देखा। मैं इसके बीच रही। मगर एक ख़ास तरीक़े से मेरा आदमी हमेशा से ऐसा ही था। वह इसीलिए उनका नेता बन सका। इसीलिए वे लोग उसकी बात सुनते थे। वे लोग महज़ ख़ूनी और बूचड़ नहीं थे। वे ऐसे लोग

थे जैसे कि दुनिया ने उनके पहले देखे नहीं थे। वे भविष्य की सूचना थे कि लोग कैसे हो सकते हैं। इसीलिए तुम मुझको कोई चोट नहीं पहुँचा सकते। इसीलिए मैं तुमको प्यार नहीं कर सकती।"

"निकल जाओ यहाँ से," क्रैसस ने कहा, "दूर हो जाओ मेरे सामने से!"

6

ग्रैकस ने फिर से फ़्लैवियस को बुलवाया। वे दोनों इस समय एक ही नियति के सहभागी थे। वे लोग पहले से भी ज़्यादा अब भाई-भाई नज़र आते थे, वे दोनों मोटे, थुलथुल, बुढ़ापे की तरफ़ बढ़ते हुए आदमी। वे दोनों बैठे एक-दूसरे को समझती-बूझती आँखों से देखते रहते थे। ग्रैकस को फ़्लैवियस की ज़िन्दगी के नाटक का दर्द मालूम था। फ़्लैवियस ने हमेशा उन लोगों की तरह बनने की कोशिश की थी जो जीवन में सफल रहे थे, मगर स्वयं उसे कभी सफलता नहीं मिली। वह उन लोगों की एक-एक भाव-भंगिमा की नक़ल करता था मगर आख़िरकार वह बस नक़ल बनकर रह जाता था। वह मक्कार भी न था; वह महज़ एक मक्कार आदमी की नक़ल था। और फ़्लैवियस ग्रैकस को देखता था और समझता था कि पुराना ग्रैकस अब चला गया, हमेशा के लिए चला गया और अब कभी लौटकर न आएगा। यह कैसी भयानक बात ग्रैकस के संग हुई थी, इसका केवल एक हल्का सा संकेत उसके पास था मगर वह संकेत ही काफ़ी था। ग्रैकस के रूप में उसको अपना एक रक्षक मिला हुआ था और अब उसका यही रक्षक उसकी रक्षा करने में असमर्थ था। शायद यह चीज़ होनी ही थी, तो हो!

फ़्लैवियस ने पूछा, "क्या है? मुझको फिर से तंग मत करो। वह वारिनिया ही है। मैंने पक्का पता लगा लिया है, अगर उस चीज़ की तुमको ज़रूरत हो। वह वारिनिया ही है, स्पार्टकस की बीवी। अब तुमको मुझसे क्या चाहिए?"

ग्रैकस ने पूछा ,"तुमको किस बात का डर है? जो लोग मेरी मदद करते हैं मैं कभी उनके संग दग़ा नहीं करता। तुमको आख़िर किस बात का डर है ज़रा मैं भी तो सुनूँ?"

फ़्लैवियस ने बड़े सताए हुए अन्दाज़ में कहा, "मुझे तुमसे डर लगता है। मुझे इस बात से डर लगता है कि अब तुम मुझसे वह काम करने के लिए कहनेवाले हो। अगर तुम चाहो तो नगर के सैन्य दल को बुला सकते हो। तुम्हारे पास अपने गुंडे हैं और उन गुंडों के गिरोह हैं और मुहल्ले के मुहल्ले हैं जिनके एक-एक नागरिक को तुम अपने काम के लिए बुला सकते हो। तब तुम उनको क्यों नहीं बुलाते? तब तुम मेरे जैसे एक बुड्ढे खूसट के पास क्यों आते हो जो कभी शायद कुछ कर सकता था? और मैं तो शायद कभी कुछ नहीं कर सकता था। मैं तो

ज़िन्दगी भर एड़ियाँ ही घिसता रहा हूँ, दूसरा कुछ मैंने नहीं किया। तुम अपने दोस्तों के पास क्यों नहीं जाते?"

ग्रैकस ने कहा, "उनके पास मैं नहीं जा सकता। इस काम के लिए तो हरगिज़ नहीं जा सकता।"

"क्यों?"

"तुम नहीं जानते क्यों? मैं उस औरत को पाना चाहता हूँ। मैं वारिनिया को पाना चाहता हूँ। मैंने उसको ख़रीदने की कोशिश की। मैंने उसके लिए क्रैसस को दस लाख सिक्के देने चाहे और फिर इस रक़म को दूना भी कर दिया। क्रैसस ने मेरा अपमान किया और मेरी हँसी उड़ाई।"

अरे नहीं-नहीं, बीस लाख! बीस लाख!—फ़्लैवियस इस बात को सोचकर ही काँपने लगा। वह अपने मोटे-मोटे होंठों को चाटने लगा और उसके हाथ की मुट्ठियाँ मानसिक आवेग के कारण रह-रहकर खुलने और बन्द होने लगीं। बीस लाख! इसका तो मतलब हुआ पूरी दुनिया। पूरी दुनिया एक छोटे से थैले में। तुम उस थैले को अपने साथ-साथ रख सकते हो और पूरी दुनिया तुम्हारे उस थैले के भीतर बन्द है। और तुमने एक औरत के लिए इतनी बड़ी रक़म देनी चाही? "हे ईश्वर! ग्रैकस, तुम आख़िर क्यों उसको पाना चाहते हो? मैं तुम्हारे किसी भेद को मालूम नहीं करना चाहता। तुम चाहते हो कि मैं तुम्हारे लिए एक काम करूँ लेकिन अगर तुम मुझको यह नहीं बतलाओगे कि तुम क्यों उसको पाना चाहते हो तो मैं अभी इसी वक़्त यहाँ से चला जाऊँगा। मुझको यह जानना ही है कि तुम्हें उस औरत की ऐसी क्या ज़रूरत है!"

"मुझे उससे प्रेम है," ग्रैकस ने थके हुए सपाट स्वर में कहा।

"क्या!"

ग्रैकस ने सिर हिलाया। अब उसके भीतर कोई स्वाभिमान बाक़ी न बचा था। उसने सिर हिलाया और उसकी आँखें लाल हो गईं और उनमें पानी भर आया।

"मैं समझा नहीं। प्रेम? प्रेम किस चीज़ को कहते हैं? तुमने कभी शादी नहीं की। किसी औरत का जाल कभी तुम्हारे ऊपर नहीं पड़ा। और अब तुम कहते हो कि तुम्हें इस ग़ुलाम लड़की से प्रेम है और इतना प्रेम है कि तुम उसके लिए बीस लाख सिक्के देने के लिए तैयार हो। यह बात मेरी समझ में नहीं आती।"

राजनीतिज्ञ ने गुर्राकर कहा, "ज़रूरी है कि तुम इस बात को समझो? तुम इसको नहीं समझ सकते। तुम इसको नहीं समझ सकते। तुम मेरी तरफ़ देखते हो और पाते हो कि मैं बुड्ढा हूँ और मोटा हूँ और नामर्द तो जैसे तुमने मुझको हमेशा समझा ही। अब इसका चाहे तुम जो भी मतलब लगाओ, जो कुछ चाहो समझो या न समझो। मुझे कभी ऐसी औरत नहीं मिली जो कि इनसान हो, जिसमें कि इनसानियत हो; हमारी कितनी औरतों में वह चीज़ मिलती है? मुझे उनसे डर

मालूम होता है और नफ़रत होती है। मैं कह नहीं सकता, मुमकिन है कि हमीं ने उनको ऐसा बनाया हो। अब मैं घुटनों के बल घिसटकर इस औरत के पास जाना चाहता हूँ। मैं बस यह चाहता हूँ कि वह एक बार मुझको नज़र उठाकर देखे और मुझसे कहे कि उसकी नज़रों में मेरी कुछ वक़त है। मैं यह नहीं जानता कि उसके लिए क्रैसस क्या है मगर वह क्रैसस के लिए क्या है यह मैं समझ सकता हूँ। उसे मैं ख़ूब अच्छी तरह समझ सकता हूँ। मगर क्रैसस की उसकी नज़रों में भला क्या वक़त हो सकती है? वही तो है जिसने उसके पति का ध्वंस किया, जिसने स्पार्टकस को तोड़कर गिरा दिया। यह कैसे मुमकिन है कि वह क्रैसस को देखे और उसका मन घृणा से भर न उठे?"

"औरतें कर सकती हैं," फ़्लैवियस ने सिर हिलाकर कहा, "क्रैसस दाम को चढ़ाता चला जा सकता है, इतना कि कहीं उसका अन्त न हो। तुमको आश्चर्य होगा।"

"ओह, तुम बिलकुल ग़लत बात कह रहे हो! तुम बिलकुल गधे हो! मोटा थुलथुल गधा कहीं का!"

"अब फिर वह चीज़ मत शुरू करो ग्रैकस।"

"तो फिर ऐसे उल्लू की तरह बात मत करो। मुझे उस औरत की ज़रूरत है। तुम जानते हो कि उसका दाम मैंने कितना लगाया है।"

"तुम्हारा मतलब है कि तुम उतना दाम दोगे?"

"हाँ।"

"तुम इस चीज़ के नतीजों से वाकिफ़ हो?" फ़्लैवियस ने सँभल-सँभलकर सतर्कता से कहा, "मैं अपने लिए नहीं पूछता। अगर मैं यह सौदा पटा देता हूँ तो मैं तुमसे पैसे ले लूँगा और मिस्र चला जाऊँगा और सिकंदरिया में एक मकान और कुछ ग़ुलाम लड़कियाँ ख़रीद लूँगा और अपनी बाक़ी ज़िन्दगी एक सामन्त की तरह गुज़ारूँगा। मैं ऐसा कर सकता हूँ, अगर तुम नहीं कर सकते ग्रैकस। तुम ग्रैकस हो, तुम सेनेट के सदस्य हो, तुम इस वक़्त रोम की सबसे बड़ी ताक़त हो। तुम हार नहीं सकते। तुम उसको लेकर क्या करोगे?"

"मुझे इस वक़्त उस चीज़ से कोई बहस नहीं है।"

"नहीं? तुमको मालूम है कि क्रैसस क्या करेगा। आज तक कोई क्रैसस को हरा नहीं सका। आज तक क्रैसस से कोई उसकी चीज़ नहीं ले सका। तुम क्रैसस से लड़ सकते हो? तुम उतनी दौलत से लड़ सकते हो? वह तुम्हें तबाह कर देगा ग्रैकस। मौत से ही तुम्हें नजात मिलेगी। वह तुम्हें बरबाद कर डालेगा, मार डालेगा।"

"तुम्हारा ख़याल है कि उसमें इसकी ताक़त है?" ग्रैकस ने धीरे से पूछा।

"क्या तुम सच बात जानना चाहते हो? बीस लाख इतनी बड़ी रक़म है कि मैंने सपने में भी नहीं देखी थी मगर सच बात यह है कि हाँ, उसमें इतनी ताक़त है कि वह तुम्हें बरबाद कर सकता है। कर सकता है और ज़रूर करेगा।"

"मैं अपनी क़िस्मत आज़माने के लिए तैयार हूँ," ग्रैकस ने कहा।

"और क़िस्मत आज़माने के बाद फिर तुम्हारे पास क्या बचेगा? बीस लाख बहुत होता है। मैं इतनी रक़म में से उन लोगों को भी दे सकता हूँ जो उस औरत को घर में से निकालकर तुम्हारे पास पहुँचा देंगे। वह बहुत मुश्किल नहीं है। मगर तुमको क्या मालूम कि वह तुम्हारे मुँह पर थूक नहीं देगी? और क्यों न थूके वह? यह ठीक है कि क्रैसस ने स्पार्टकस का ख़ात्मा किया। मगर इस काम पर क्रैसस को लगाया किसने? किसने तिकड़म करके क्रैसस को उस जगह पर पहुँचाया? किसने उसको फ़ौज दी और यह काम सौंपा?"

ग्रैकस ने सिर हिलाकर जबाब दिया, "मैंने।"

"बिलकुल ठीक। तब फिर?"

"मैं उसे रख सकता हूँ।"

"तुम उसे क्या दे सकते हो? क्या ग़ुलाम को सिर्फ़ एक चीज़ की ज़रूरत होती है। क्या तुम वह चीज़ उस औरत को दे सकोगे?"

"क्या?"

फ़्लैवियस ने कहा, "अरे तुम जानते नहीं हो क्या? तुम उस चीज़ से आँख क्यों चुरा रहे हो?"

"तुम्हारा मतलब उसकी आज़ादी से है?" ग्रैकस ने शान्त भाव से कहा।

"हाँ आज़ादी, मगर तुम्हारे संग नहीं, तुम्हारे बिना, तुमको छोड़कर। इसका मतलब है रोम से चले जाने की आज़ादी। इसका मतलब है क्रैसस की पहुँच के बाहर चले जाने की आज़ादी।"

"तुम्हारा ख़याल है कि अपनी आज़ादी के लिए वह मुझको अपनी एक रात दे सकेगी।"

"काहे की एक रात?"

"प्यार की—नहीं प्यार की नहीं। आदर की, सम्मान की, सेवा की। नहीं-नहीं, वह भी नहीं, कृतज्ञता। इसी तरह इस बात को कहना ज़्यादा ठीक होगा। कृतज्ञता की एक रात।"

"तुम कैसे बेवक़ूफ़ हो।" फ़्लैवियस ने कहा।

"बेवक़ूफ़ हूँ तभी तो यहाँ बैठा हूँ और तुम इस तरह की बात मुझसे कह रहे हो," ग्रैकस ने सिर हिलाकर कहा, "शायद मैं बेवक़ूफ़ हूँ—शायद नहीं हूँ। क्रैसस के संग मैं अपनी क़िस्मत आज़माऊँगा। तुम्हें उसको इस बात का विश्वास दिलाना होगा कि मैं कभी अपने वचन को नहीं तोड़ता। मैं अपने वचन पर ही जिया हूँ, रोम इस बात को जानता है। मगर क्या तुम उसको इतना विश्वास दिला सकोगे?"

फ़्लैवियस ने सिर हिलाया।

"तुमको इस बात की व्यवस्था करनी होगी कि वह बाद में रोम के बाहर निकल जा सके। क्या तुम ऐसा कर सकोगे?"

फ़्लैवियस ने दुबारा सिर हिलाया।

"कहाँ?"

"कम-से-कम सिस्-ऐल्पाइन गॉल तक। वहाँ पर वह सुरक्षित रहेगी। बन्दरगाहों और दक्षिण को जानेवाली सड़कों पर पहरा रहेगा। अगर वह उत्तर में गॉल की ओर जाती है तो मेरा ख़याल है कि वह सुरक्षित रहेगी। वह जर्मन है। मेरा ख़याल कि अगर वह चाहेगी तो जर्मनी भी जा सकती है।"

"और तुम उसको क्रैसस के मकान से बाहर कैसे लाओगे?"

"वह कोई समस्या नहीं है। वह हफ़्ते में तीन दिन के लिए देहात जाता है। थोड़ा-सा पैसा अगर होशियारी से ख़र्च किया जाए तो यह काम बड़े मज़े में हो सकता है।"

"बशर्ते वह आने के लिए तैयार हो।"

"मैं इस बात को समझता हूँ," फ़्लैवियस ने सिर हिलाया।

"और मेरा ख़याल है कि वह शायद अपने बच्चे को भी लाना चाहेगी। वह बात बिलकुल ठीक होगी। मैं बच्चे को यहाँ पर बड़े आराम से रख सकूँगा।"

"हाँ।"

"तुमको बीस लाख पेशगी तो नहीं चाहिए?"

"पेशगी ही ठीक होगा," फ़्लैवियस ने कुछ उदास ढंग से कहा।

"तुम अभी ले सकते हो। सारी रक़म यहाँ मौजूद है। तुम चाहो तो नक़द ले सकते हो और चाहो तो सिकंदरिया में अपने बैंक के लिए मैं तुमको ड्राफ़्ट दे सकता हूँ।"

"मैं नक़द ही लूँगा," फ़्लैवियस ने कहा।

"हाँ, मेरा भी यही ख़याल है, तुम ठीक ही कह रहे हो। मगर देखो फ़्लैवियस, मुझको चरका देने की कोशिश मत करना। अगर तुमने ऐसा किया तो मैं तुम्हें ज़रूर ढूँढ़ निकालूँगा।"

"कैसी बात करते हो ग्रैकस! मेरा क़ौल तुम्हारे क़ौल से कम पक्का नहीं है।"

"अच्छा, तो ठीक है।"

"गो कि मैं समझ नहीं पा रहा हूँ कि तुम ऐसा क्यों कर रहे हो! मैं ईश्वर की सौगन्ध खाकर कह सकता हूँ कि मैं ज़रा भी नहीं समझ पा रहा हूँ कि तुम ऐसा क्यों कर रहे हो! तुम क्रैसस को नहीं जानते, अगर तुम्हारा ख़याल है कि वह इस चीज़ को यों ही हो जाने देगा और कुछ नहीं करेगा।"

"मैं क्रैसस को जानता हूँ।"

"तो भगवान तुम्हारी सहायता करे, ग्रैकस। मैं बहुत चाहता हूँ कि इस चीज़ के बारे में इस तरह से न सोचूँ। मगर मैं मजबूर हूँ।"

7

वारिनिया ने यह स्वप्न देखा। वारिनिया ने स्वप्न देखा कि वह सेनेट के सामने अभियोगों का जवाब देने के लिए खड़ी हुई है। वहाँ बैठे थे वे लोग जो सारी दुनिया पर राज करते थे, वे अपनी बड़ी-बड़ी कुरसियों पर अपने सफ़ेद-सफ़ेद चोग़े पहने बैठे थे। और उनमें से एक-एक का चेहरा क्रैसस जैसा था—लम्बा, सुन्दर, कठोर। जिस तरह वे बैठे थे, जिस तरह ठुड्डी को हथेली पर टिकाए वे आगे को झुके हुए थे, उनके चेहरों पर जो रूखा और डरावना भाव था, उनका आत्मविश्वास, उनका आत्मसन्तोष—ये सारी की सारी चीज़ें मिलकर उनको शक्ति का वह पुंज बना देती थीं जो कि वास्तव में वे थे। वे मूर्तिमान शक्ति थे, सत्ता थे और दुनिया की कोई चीज़ उनके आगे खड़ी न हो सकती थी। वे सेनेट के विशाल, पत्थर के बने कक्ष में अपनी सफ़ेद संगमरमर की कुरसियों पर बैठे थे और उनको वहाँ पर बैठे देखकर ही डर मालूम होता था।

वारिनिया ने स्वप्न देखा कि वह उनके सामने खड़ी है और उसको स्पार्टकस के ख़िलाफ़ गवाही देनी है। वह उनके सामने बस अपनी वह पतली मलमल की पोशाक पहने खड़ी है और उसको इस बात की तीक्ष्ण और दर्द से भरी हुई चेतना है कि उसका दूध उसके कपड़े को भिगो रहा है। उन्होंने उससे सवाल पूछना शुरू किया :

"स्पार्टकस कौन था?"

उसने जवाब देना शुरू किया मगर इसके पहले कि वह जवाब दे सके, दूसरा सवाल आ गया।

"उसने रोम को ध्वंस करने की कोशिश क्यों की?"

उसने फिर जवाब देने की कोशिश की और फिर अगला सवाल आ गया। "उसने उन सब लोगों की हत्या क्यों की जो उसके हाथ में पड़े? क्या उसे मालूम नहीं था कि हमारे क़ानून में हत्या की मनाही है?"

उसने इस चीज़ से इनकार करने की कोशिश की मगर इसके पहले कि इनकार के दो शब्द उसके होंठों के बाहर आएँ, अगला सवाल फिर आ गया।

"वह क्यों सभी अच्छी चीज़ों से नफ़रत और बुरी चीज़ों से प्यार करता था?"

उसने फिर बोलने की कोशिश की मगर तभी सेनेट के एक सदस्य ने वारिनिया की छाती की ओर इशारा करके पूछा, "वह क्या है?"

"दूध।"

अब सबके चेहरे पर ग़ुस्सा था, भयानक ग़ुस्सा और अब उसे इतना डर मालूम हो रहा था जितना पहले कभी नहीं मालूम हुआ था। और तब पता नहीं कैसे, स्वप्न में वह उसका कोई कारण न समझ सकी, उसका डर खतम हो गया। अपने

स्वप्न में ही उसने अपने-आप से कहा—ऐसा इसीलिए हो रहा है कि स्पार्टकस मेरे साथ है।

और उसने अपना सिर घुमाया, और सचमुच वह उसके बग़ल में खड़ा था। वह वैसे ही कपड़े पहने था जैसे कि अपने लड़ाई के दिनों में अक्सर पहना करता था—ऊँचे-ऊँचे चमड़े के जूते, बदन पर एक सादी-सी ख़ाकी रंग की ट्यूनिक और काले घुँघराले बालों पर एक छोटी-सी फ़ेल्ट की टोपी। वह कोई हथियार नहीं लगाए था क्योंकि उसने अपने लिए यह नियम बना रखा था कि केवल लड़ाई के समय हथियार बाँधूँगा, वैसे नहीं। वह कोई हीरे-जवाहरात न पहने था, न अँगूठी न ब्रेसलेट। उसकी हजामत ख़ूब साफ़ थी और घुँघराले बाल ख़ूब ही छोटे कटे हुए थे।

वह कितने आराम के साथ और कैसे विश्वास से खड़ा था। वारिनिया को अपने स्वप्न में ही ख़याल आया कि स्पार्टकस हमेशा उसी तरह खड़ा होता था। स्पार्टकस जिस भी टोली में शरीक हो जाता था उस टोली के लोगों में यही इत्मीनान दिखाई देने लगता था। मगर ख़ुद वारिनिया के अन्दर इसकी कुछ और ही प्रतिक्रिया होती थी। वह जब कभी स्पार्टकस को देखती थी तो उसका मन उल्लास से भर उठता था। जैसे कोई घेरा टूटे। वह जब आता था तो वह घेरा फिर बन्द हो जाता था और अपने-आप में सम्पूर्ण हो जाता था। वह एक बार स्पार्टकस के खेमे में रही थी। उसमें कम-से-कम पचास लोग थे जो स्पार्टकस का इन्तज़ार कर रहे थे। आख़िरकार वह आया। वारिनिया एक ओर को हट गई ताकि स्पार्टकस उन लोगों से बात कर सके जो उसका इन्तज़ार कर रहे थे। वह केवल स्पार्टकस को देख रही थी मगर उसका सुख बराबर बढ़ता ही जा रहा था और हर शब्द जो वह बोलता था और उसके अंगों की हर गति वारिनिया के आनन्द की इस प्रक्रिया का ही अंश थी। एक बिन्दु ऐसा आया जबकि वह अपने इस निरन्तर बढ़ते हुए सुख को और सह न सकी और उसे खेमे से बाहर निकल जाना पड़ा ताकि वह कोई ऐसी जगह पा ले जहाँ बस वह हो और दूसरा कोई न हो।

इस वक़्त अपने स्वप्न में भी उसको कुछ-कुछ वही अनुभूति हो रही थी।

"तुम यहाँ क्या कर रही हो, प्राण?" स्पार्टकस ने उससे पूछा।

"ये लोग मुझसे सवाल कर रहे हैं।"

"कौन लोग?"

"वे," उसने उन सेनेट के सदस्यों की ओर इशारा किया, "उनसे मुझको डर लगता है।" और तब उसने लक्ष्य किया कि वे सेनेट के सदस्य बिलकुल निश्चल-निस्पन्द हो रहे थे कि जैसे अपनी जगह पर जम गए हों।

"मगर तुम देखतीं नहीं कि वे तो तुमसे भी ज़्यादा डरे हुए हैं," स्पार्टकस ने कहा। स्पार्टकस हमेशा इसी तरह बात करता था! वह जो भी चीज़ देखता था

उसको बहुत सीधे-सादे साफ़ ढंग से बयान कर देता था। और तब वारिनिया को भी आश्चर्य होता था कि इतनी सीधी-सी बात उसकी समझ में क्यों नहीं आई थी। देखो न, साफ़ तो है कि वे लोग डरे हुए हैं।

"आओ चलें वारिनिया," स्पार्टकस मुस्कराया। उसने अपनी बाँह वारिनिया की कमर में डाल ली और वारिनिया ने अपनी बाँह उसकी कमर में डाल ली और वे दोनों सेनेट के कक्ष से टहलते हुए बाहर रोम की सड़कों पर निकल आए। प्रेमी-प्रेमिका थे। वे रोम की सड़कों पर होकर चलते ही गए, चलते ही गए और किसी ने उनको देखा नहीं और किसी ने उनको रोका नहीं।

वारिनिया के स्वप्न में स्पार्टकस ने उससे कहा, "हर बार जब मैं तुम्हारे साथ होता हूँ तो वही बात होती है। हर बार जब मैं साथ होता हूँ तो मुझे अपने अन्दर तुम्हारे लिए भूख मालूम होती है। हर बार मुझको ऐसी ही भूख मालूम होती है—इतनी ही तेज़।"

"और हर बार जब तुम्हें मेरी भूख मालूम हो तो तुम मुझे ले सकते हो।"

"मैं जानता हूँ—जानता हूँ। मगर इसको याद रखना मुश्किल है। मेरा ख़याल है कि जो चीज़ तुम्हें मिल सकती हो उसकी चाह तुमको होनी चाहिए। मगर मेरे अन्दर तुम्हारी चाह कभी खतम नहीं होती, तुम्हारे लिए मेरी भूख कभी कम नहीं होती बल्कि बढ़ती ही चली जाती है। क्या तुमको भी मेरे लिए ऐसी ही भूख मालूम होती है?"

"हाँ, ऐसी ही।"

"जब भी तुम मुझको देखती हो?"

"हाँ।"

"मुझे तो ऐसा ही मालूम होता है। जब भी मैं तुमको देखता हूँ।" वे दोनों और थोड़ी देर तक इसी तरह टहलते रहे और तब स्पार्टकस ने कहा, "मुझे कहीं-न-कहीं जाना होगा। चलो हम दोनों कहीं चलें और साथ-साथ लेटें।"

"मैं एक जगह जानती हूँ जहाँ हम लोग जा सकते हैं," वारिनिया ने अपने स्वप्न में ही कहा।

"कहाँ?"

"यह क्रैसस नाम के आदमी का मकान है और मैं वहीं रहती हूँ।" स्पार्टकस रुक गया और वारिनिया की कमर में से उसने अपनी बाँह निकाल ली। उसने वारिनिया को घुमाकर अपने ठीक सामने कर लिया और उसकी आँखों में कुछ ढूँढ़ने लगा। तब उसने उसके कपड़े पर दूध का धब्बा देखा।"

"यह क्या है?" उसने पूछा और ज़ाहिर है कि वह उस बात को भूल गया था जो वारिनिया ने उसको क्रैसस के बारे में बतलाई थी। "यह वो दूध है जो मैं अपने बच्चे को पिलाती हूँ।"

"मेरा कोई बच्चा नहीं है," उसने कहा। स्पार्टकस को एकाएक डर मालूम हुआ और वह ठिठककर वारिनिया से अलग हो गया—और फिर चला गया। इसके बाद सपना खतम हो गया और वारिनिया जगी और उसके चारों तरफ़ अँधेरा था, केवल अँधेरा।

8

अगले रोज़ क्रैसस देहात चला गया और जब शाम हुई तो फ़्लैवियस वारिनिया को ग्रैकस के यहाँ ले आया, जैसा कि उसने वादा किया था। वे लोग उस वक़्त आए जब ग्रैकस अकेले बैठा खाना खा रहा था। एक ग़ुलाम ने ग्रैकस को आकर बतलाया कि बाहर दो लोग हैं, फ़्लैवियस और एक कोई औरत। और औरत की गोद में एक बच्चा है।

ग्रैकस ने कहा, "हाँ-हाँ मैं जानता हूँ। बच्चे के लिए जगह तैयार है। उन लोगों को भीतर ले आओ," मगर फिर उसने कहा, "नहीं, नहीं, मैं ख़ुद ही कर लूँगा।" वह लगभग दौड़ता हुआ खाने के कमरे से बाहर के दरवाज़े की तरफ़ गया। उसने ख़ुद ही उन लोगों को अन्दर बुलाया। वह बहुत नम्र था और उसने उन लोगों का वैसे ही स्वागत किया जैसे कि सम्मानित अतिथियों का किया जाता है।

वह स्त्री एक लम्बे लबादे में लिपटी हुई थी। दरवाज़े के पास कुछ अँधेरा था इसलिए ग्रैकस उसके चेहरे को ठीक से नहीं देख पाया। मगर अब उसको देखने के लिए वह इन्तज़ार कर सकता था। वह उन लोगों को अन्दर ले गया और उस स्त्री से उसने कहा, कि वह चाहे तो बच्चे को उसे दे दे या ख़ुद ले जाकर बच्चे के कमरे में सुला दे। बच्चा उसकी बाँहों के झूले में पड़ा हुआ था। बच्चा बड़े आराम से अपनी माँ की गोद में था और ग्रैकस डर रहा था कि वह कहीं कोई ऐसी बात न कह दे या इशारे से कोई ऐसी बात न दर्शा दे कि उससे माँ के मन में अपने बच्चे के सम्बन्ध में कोई आशंका पैदा हो जाए।

उसने कहा, "बच्चे के लिए मैंने बाक़ायदा एक कमरा बना दिया है। उसमें एक छोटा सा पालना है और दूसरी भी तमाम चीज़ें हैं जिनकी उसे ज़रूरत पड़ सकती है। वहाँ पर वह बड़े आराम और बड़ी हिफ़ाज़त से रहेगा और उसको किसी तरह का कोई नुक़सान नहीं पहुँच सकता।"

"इसे ऐसी किन्हीं ख़ास चीज़ों की ज़रूरत नहीं है," वारिनिया ने जवाब दिया। यह पहली बार ग्रैकस ने उसकी आवाज़ सुनी थी। यह एक मुलायम आवाज़ थी। मगर उसमें एक गहराई थी और वह कानों को बहुत भाती थी। अब उसने अपना लबादा सिर पर से हटा दिया और उसने वारिनिया का चेहरा देखा। उसके लम्बे-लम्बे सुनहरे पीले बाल पीछे उसकी गर्दन पर बँधे हुए थे। उसके चेहरे पर कोई

रंग-रोगन नहीं था—जिससे कि, गो कि यह बात कुछ अजीब ही थी, उसके चेहरे के उतार-चढ़ाव, उसकी रेखाएँ और ज़्यादा अच्छी तरह दिखाई देती थीं और वह चेहरा और भी ख़ूबसूरत नज़र आता था।

जिस वक़्त ग्रैकस वारिनिया को देख रहा था उस वक़्त फ़्लैवियस ग्रैकस को देख रहा था। फ़्लैवियस एक ओर को हटकर खड़ा था। वह ख़ामोश था। उसे इस चीज़ में दिलचस्पी मालूम हो रही थी और किसी क़दर हैरानी भी। उसे वहाँ पर कुछ आराम-सा नहीं मिल रहा था और जैसे ही वह बीच में कुछ बोल सका, उसने कहा, "ग्रैकस, मुझे अभी दूसरी भी बहुत-सी तैयारियाँ करनी हैं। मैं सवेरा होते-होते लौटूँगा। मुझे यक़ीन है कि तब तुम तैयार मिलोगे।"

"मैं तैयार रहूँगा," ग्रैकस ने स्वीकृति में सिर हिलाया।

इसके बाद फ़्लैवियस चला गया और ग्रैकस वारिनिया को उस कमरे में ले गया जो उसने बच्चे के लिए ठीक किया था। एक ग़ुलाम औरत वहाँ पर बैठी हुई थी और ग्रैकस ने अपने सिर से उसकी तरफ़ इशारा करते हुए बात समझाई, "यह रात-भर यहीं बैठी रहेगी। उसकी आँखें हर वक़्त बच्चे पर लगी रहेंगी। एक मिनट को भी वह बच्चे पर से नज़र नहीं हटाएगी। इसलिए तुम बिलकुल मत डरो कि तुम्हारे बच्चे को ज़रा-सा भी नुक़सान पहुँचेगा। अगर बच्चा रोएगा तो यह औरत तुम्हें फ़ौरन बुला लेगी। इसलिए परेशान होने की कोई ज़रूरत नहीं।"

वारिनिया ने कहा, "बच्चा सोता रहेगा। आप बड़े भले हैं मगर बच्चा सोता रहेगा।"

"मगर तुमको बच्चे के रोने पर कान लगाए रहने की ज़रूरत न होगी। बच्चा जैसे ही रोएगा यह औरत तुमको बुला लेगी। तुम भूखी तो नहीं हो? तुमने खाना खा लिया है?"

वारिनिया ने बच्चे को पालने में रखकर जवाब दिया, "मैंने खाया तो नहीं है मगर मुझे भूख नहीं है। मैं इस समय इतनी उत्तेजित हो रही हूँ कि मुझे ज़रा भी भूख नहीं मालूम हो रही है। मुझे लगता है कि जैसे मैं कोई सपना देख रही हूँ। पहले मुझे उस आदमी पर विश्वास करने में डर मालूम होता था मगर अब मुझे उस पर विश्वास हो रहा है। मैं समझ नहीं पा रही हूँ कि क्यों आप मेरे लिए यह सब कर रहे हैं। मुझे डर लग रहा है कि मैं सपना देख रही हूँ और किसी भी क्षण मैं जाग पड़ूँगी और सपना टूट जाएगा।"

"मगर जब तक मैं अपना खाना खतम करता हूँ तब तक तुम मेरे संग यहाँ पर बैठोगी तो? और शायद थोड़ा-बहुत कुछ खाना भी चाहो।"

"हाँ, मैं बैठूँगी।"

वे दोनों खाने के कमरे में लौट आए और वारिनिया ग्रैकस की कुरसी से लगी हुई एक कुरसी पर बैठ गई। वह झुक नहीं सकता था। वह कुछ अकड़ा हुआ-सा वहाँ पर बैठा था और उसकी आँखें वारिनिया पर ऐसी जमी हुई थीं कि जैसे वह

उनको अलग ही न कर पा रहा हो। उसे कुछ आश्चर्य हो रहा था यह देखकर कि उसके मन में कोई उथल-पुथल न थी, कोई आशंका न थी बल्कि यही कहना चाहिए कि उसका मन एक ऐसे सुख से भरा हुआ था जिससे बड़ा सुख उसने अपनी ज़िन्दगी में पहले नहीं जाना था। यह एक सन्तोष की अनुभूति थी। अब से पहले अपनी तमाम ज़िन्दगी में उसको कभी सन्तोष की ऐसी अनुभूति न हुई थी। उसको लग रहा था कि दुनिया में सब कुछ हरा ही हरा है। दुनिया की ये तमाम पीड़ा पहुँचाने वाली असंगतियाँ ग़ायब हो गई थीं। अपने प्यारे शहर, अपने इस अनोखे रोम में वह इस समय अपने मकान में था और उसे अपने मकान में होने का सुख मिल रहा था और उसका मन अपने सामने बैठी हुई इस स्त्री के लिए बड़े गहरे प्रेम से भरा हुआ था। उसने अपने मन के इस भाग का विश्लेषण करने की कोई कोशिश नहीं की कि जिस स्त्री ने उसकी ज़िन्दगी में पहली बार प्रेम की अनुभूति जगाई थी, वह स्पार्टकस की बीवी थी। उसने सोचा कि वह उस चीज़ को समझता है मगर उसके मन में कोई इच्छा न थी कि वह अपने मन को टटोले और उस चीज़ का पता लगाए।

वह खाने के बारे में बात करने लगा, "मुझे डर है कि क्रैसस के दस्तरख़ान के बाद तुमको मेरे यहाँ का खाना बहुत सादा मालूम होगा। मैं ज़्यादातर फल और सादा गोश्त और मछली खाता हूँ और कभी-कभी कोई ख़ास चीज़ खाता हूँ। आज मेरे यहाँ भरा हुआ झींगा पका है जो कि बड़ा अच्छा है। और एक अच्छी-सी सफ़ेद शराब है जिसे मैं पानी मिलाकर पीता हूँ।"

वारिनिया उसकी बात नहीं सुन रही थी और ग्रैकस ने असाधारण समझदारी दिखलाते हुए कहा, "हम रोमन लोग जब खाने के बारे में बात करते हैं तो शायद सचमुच तुम हमारी बात नहीं समझ पातीं। क्यों?"

"नहीं," वारिनिया ने स्वीकार किया।

"मैं समझ सकता हूँ कि क्यों। हम लोग कभी इसके बारे में बात नहीं करते कि हमारी ज़िन्दगी कितनी खोखली है। वह इसलिए कि हम अपना बहुत-सा वक़्त अपनी ज़िन्दगी को भरते रहने में ख़र्च करते हैं। बर्बर लोगों के नज़दीक जो सीधे-सादे स्वाभाविक कर्म हैं जैसे खाना, पीना, प्यार करना, हँसना, हम लोगों ने उन सबको एक रस्म का रूप दे दिया है। अब हमें कभी भी सच्ची भूख नहीं लगती। हम लोग भूख की बात करते हैं मगर कभी उसे अनुभव नहीं करते। हम प्यास की बात करते हैं मगर कभी प्यासे नहीं होते। हम प्रेम की बात करते हैं मगर कभी प्रेम नहीं करते और हमारे यहाँ जो हमेशा नये-नये आविष्कार और नई-नई विकृतियाँ निकलती रहती हैं उनसे हम उन चीज़ों की कमी को पूरा करते हैं। हमारे यहाँ मनोरंजन ने सुख का स्थान ले लिया है और चूँकि हर मनोरंजन, हर खिलवाड़ धीरे-धीरे बासी पड़ जाता है इसलिए हमको हमेशा किसी ऐसी चीज़ की ज़रूरत पड़ती है जो और

ज़्यादा मनोरंजक हो, और ज़्यादा उत्तेजक हो—और और और। हमने अपने-आप को इस हद तक जानवर बना लिया है कि हम जो कुछ करते हैं उसकी भी कोई अनुभूति हमको नहीं होती और हमारी यह अनुभूतिशून्यता बढ़ती जाती है। तुम समझ रही हो कि मैं क्या कह रहा हूँ?"

"कुछ-कुछ समझ रही हूँ," वारिनिया ने जवाब दिया।

"वारिनिया, तुमको समझे बिना मैं न रह सकूँगा। मुझे समझना ही होगा कि क्यों तुमको डर लग रहा है कि यह चीज़ केवल एक सपना है। क्रैसस तुम पर जान छिड़कता है। अगर तुम ज़ोर दो तो मैं समझता हूँ कि वह तुमसे शादी भी कर लेगा। क्रैसस एक महान व्यक्ति है। वह रोम के महानतम व्यक्तियों में से है और उसकी शक्ति और उसका प्रभाव इतना ज़्यादा है कि एकाएक यक़ीन नहीं होता। तुम जानती हो कि मिस्र का फ़रऊन किसे कहते हैं?"

"हाँ मैं जानती हूँ।"

"तो यह समझो कि क्रैसस की ताक़त मिस्र के फ़रऊन से भी ज़्यादा है और तुम मिस्र की मलिका से भी बड़ी चीज़ हो सकती हो। क्या इससे तुमको कुछ भी सुख नहीं होगा?"

"उस आदमी के संग जिसने स्पार्टकस को मारा?"

"वह बड़े दुख की बात है—मगर ज़रा सोचो उसने निजी तौर पर तो ऐसा किया नहीं। वह स्पार्टकस को नहीं जानता था और न उसको व्यक्ति के रूप में उससे कोई घृणा ही थी। मैं भी उतना ही अपराधी हूँ। स्पार्टकस को नष्ट किया रोम ने। मगर स्पार्टकस मर चुका है और तुम ज़िन्दा हो। क्रैसस जो कुछ तुमको दे सकता है क्या तुम उसे लेना नहीं चाहतीं?"

"मैं उसे नहीं लेना चाहती," वारिनिया ने जवाब दिया।

"तब फिर तुम क्या चाहती हो मेरी प्यारी वारिनिया?"

वारिनिया ने कहा, "मैं आज़ाद होना चाहती हूँ। मैं रोम से चली जाना चाहती हूँ और चाहती हूँ कि फिर कभी जीते-जी रोम का मुँह न देखूँ। मैं अपने बेटे को आज़ादी की हवा में पलते और बढ़ते देखना चाहती हूँ।"

ग्रैकस ने वास्तव में हैरान होते हुए पूछा, "क्या सचमुच आज़ादी इतनी बड़ी चीज़ है? आज़ादी किस बात की? आज़ादी भूखों मरने की? क़त्ल किये जाने की? बिना घर के दर-दर मारे-मारे फिरने की? आज़ादी खेत में काम करने की, उसी तरह जैसे कि एक किसान करता है?"

वारिनिया ने कहा, "मैं तुमको इस चीज़ के बारे में नहीं बतला सकती। मैंने क्रैसस को बतलाने की कोशिश की मगर मैं नहीं जानती कि कैसे उसको यह बात समझाऊँ। मैं नहीं जानती कि तुमको भी यह बात कैसे समझाऊँ।"

"और तुम रोम से नफ़रत करती हो। मैं रोम से मुहब्बत करता हूँ वारिनिया।

रोम मेरा ख़ून है और मेरी ज़िन्दगी, मेरी माँ और मेरा बाप। रोम एक हरजाई है मगर मैं मर जाऊँगा अगर मुझे रोम छोड़ना पड़े। मैं अब इस बात को महसूस कर रहा हूँ। चूँकि तुम वहाँ बैठी हुई हो, मैं अपने शहर से भर उठा हूँ। मगर तुम उससे नफ़रत करती हो। मैं नहीं जानता क्यों। क्या स्पार्टकस रोम से नफ़रत करता था?"

"वह रोम के ख़िलाफ़ था और रोम उसके ख़िलाफ़ था। आप इस बात को जानते हैं।"

"मगर रोम की दीवारें गिराने के बाद वह रोम की जगह क्या बनाने को सोचता था?"

"वह एक ऐसी दुनिया बनाना चाहता था जहाँ पर कोई ग़ुलाम और कोई मालिक न होगा, सब बस साधारण जन होंगे जो शान्तिपूर्वक भाई-भाई की तरह साथ-साथ रहेंगे। वह कहता था कि हम रोम से वो सब चीज़ें ले लेंगे जो अच्छी हैं और ख़ूबसूरत हैं। हम ऐसे शहर बनाएँगे जिनमें दीवारें नहीं होंगी। और सब आदमी शान्ति और भाईचारे के साथ रहेंगे और फिर कभी युद्ध नहीं होंगे और तबाही और बरबादी और दुख-दर्द न होंगे।"

ग्रैकस बड़ी देर से ख़ामोश था और वारिनिया उसको कुतूहल से और बिना डरे देख रही थी। वह बाहर से देखने में बड़ा मोटा और भद्दा था मगर तब भी वह उन तमाम लोगों से भिन्न था जिनको अब से पहले वारिनिया ने जाना था और उसका जी कर रहा था कि इस आदमी पर विश्वास करे। उसके अन्दर एक अजीब-सी अन्तर्विरोधों से भरी हुई ईमानदारी थी। उसके अन्दर कोई ऐसा गुण था जो वारिनिया को स्पार्टकस की याद दिलाता था। वह गुण क्या था यह वारिनिया ठीक से बतला न सकती थी। यह कोई शारीरिक चीज़ न थी, कोई भाव-भंगिमा भी नहीं। यह शायद उसके सोचने का ढंग था और कभी-कभी—कभी-ही-कभी—वह बात को उस ढंग से कहता था जैसे स्पार्टकस ने कहा होता।

काफ़ी देर की ख़ामोशी के बाद वह फिर बोला और तब उसने उस बात पर टिप्पणी की जो वारिनिया ने पहले कही थी, कुछ इस तरह कि जैसे उस बात को अभी एक पल भी न गुज़रा हो।

उसने कहा, "तो यह था स्पार्टकस का सपना, एक ऐसी दुनिया बनाना जिसमें कोड़े न होंगे और किसी को कोड़े न लगेंगे—जिसमें न तो महल होंगे और न कच्चे झोंपड़े। कौन जाने! तुमने अपने बेटे का नाम क्या रखा है वारिनिया?"

"स्पार्टकस। यह भी कोई पूछने की बात है!"

"बहुत ठीक नाम रखा, स्पार्टकस। ज़रूर-ज़रूर, क्यों नहीं। और बड़ा होकर वह भी ऊँचा पूरा मर्द बनेगा, गर्वीला और ताक़तवर। और तुम उसको उसके बाप के बारे में बतलाओगी?"

"हाँ, मैं उसको उसके बाप के बारे में बतलाऊँगी।"

“कैसे बतलाओगी? कैसे तुम उसको अपनी बात समझाओगी? वह एक ऐसी दुनिया में बड़ा होगा जिसमें स्पार्टकस जैसे आदमी नहीं हैं। तुम कैसे उसको बतलाओगी कि वह कौन सी चीज़ थी जो उसके बाप को इतना पाक और नेक बनाती थी?”

“आपको कैसे मालूम कि स्पार्टकस पाक था और नेक था?” वारिनिया ने उससे पूछा।

“क्या इस बात को जानना इतना मुश्किल है?” ग्रैकस ने सोच में डूबे-डूबे कहा।

“कुछ लोगों के लिए ज़रूर मुश्किल है। आप जानते हैं कि मैं अपने बेटे से क्या कहूँगी? मेरा ख़याल है कि आप मेरी बात को समझ सकेंगे। मैं उसको एक बहुत सीधी-सी बात कहूँगी। मैं उसको बतलाऊँगी कि स्पार्टकस पाक और नेक इसलिए था कि उसने पाप का विरोध किया, वह पाप से लड़ा। और जीवन-भर उसने कभी किसी ग़लत चीज़ से समझौता नहीं किया।”

“और इसी चीज़ ने उसको पवित्र बनाया?”

“मैं बहुत बुद्धिमान नहीं हूँ मगर मैं सोचती हूँ कि यह चीज़ किसी आदमी को भी पवित्र बना सकती है,” वारिनिया ने कहा।

“और स्पार्टकस यह कैसे जान जाता था कि कौन-सी चीज़ ठीक है और कौन-सी ग़लत?” ग्रैकस ने पूछा।

“जो चीज़ उसके आदमियों के लिए अच्छी हो वह ठीक और जिस चीज़ से उनको चोट पहुँचती हो वह ग़लत।”

“अच्छा, अब समझा,” ग्रैकस ने सिर हिलाते हुए कहा, “यह था स्पार्टकस का सपना और स्पार्टकस का ढंग। मैं सपनों के लिए बहुत बूढ़ा हो गया हूँ, वारिनिया। नहीं तो मैं भी इस चीज़ के बारे में बहुत सपने देखता कि मैं अपनी इस ज़िन्दगी को कैसे बिताऊँगा, इस ज़िन्दगी को, जो आदमी को एक ही बार मिलती है। एक ज़िन्दगी—और वह भी कितनी छोटी कितनी बेमतलब कितनी निरुद्देश्य। बस एक पल के समान। आदमी पैदा होता है और मर जाता है, किसी क़िस्म की कोई तुक नहीं। और मुझको देखो मैं अपना यह मोटा थुलथुल भोंडा बदसूरत शरीर लिये बैठा हूँ। क्या स्पार्टकस बहुत ख़ूबसूरत आदमी था?”

इस घर में दाख़िल होने के बाद से अब यह पहली बार वह मुस्कराई। वह मुस्कराई और फिर हँसने लगी और फिर हँसी आँसुओं में बदल गई और उसने अपना चेहरा मेज़ पर रख लिया और रोने लगी।

“वारिनिया, वारिनिया, मैंने ऐसी कौन-सी बात कह दी?”

“कुछ भी नहीं,” वह सीधी होकर बैठ गई और रूमाल से मुँह पोंछने लगी, “आपकी किसी बात से नहीं। मैं स्पार्टकस को कितना प्यार करती थी। वह आप रोमनों की तरह नहीं था। वह मेरे अपने क़बीले के लोगों जैसा भी नहीं था। वह थ्रेसियन था, उसका चौड़ा-सा सपाट चेहरा था और एक बार जब कोई दारोग़ा उसे

पीट रहा था तो उसकी नाक टूट गई थी। लोग कहते थे कि अपनी उस टूटी हुई नाक के कारण उसका चेहरा भेड़ जैसा नज़र आता था मगर मेरे नज़दीक तो वह वैसा ही था जैसा कि उसको होना चाहिए था। बस।"

उनके बीच की दीवारें ग़ायब हो गई थीं। ग्रैकस ने हाथ बढ़ाकर उसका हाथ अपने हाथ में ले लिया। उसने अपनी सारी ज़िन्दगी में अपने-आप को किसी औरत के इतना क़रीब नहीं महसूस किया था, कभी किसी औरत का इतना विश्वास नहीं किया था। उसने कहा, "प्रिये, प्रिये, तुम्हें मालूम है कि मैंने अपने-आप से क्या कहा था? सबसे पहले मैंने अपने-आप से कहा था कि मैं तुमसे तुम्हारे प्रेम की एक रात चाहता हूँ। मगर फिर मैंने ख़ुद ही उसको रद्द कर दिया। इसके बाद मैं आदर और सम्मान की एक रात चाहने लगा। मगर फिर उसको भी मैंने रद्द कर दिया। तब फिर मुझे सिर्फ़ एक चीज़ की ज़रूरत रह गई, कृतज्ञता की। मगर कृतज्ञता से भी बड़ी कोई चीज़ हो सकती है, ठीक कहता हूँ न वारिनिया?"

"हाँ होती है," उसने ईमानदारी से कहा। उस वक़्त ग्रैकस ने महसूस किया कि वारिनिया में किसी तरह की बनावट या धोखाधड़ी नहीं है। उसके मन में जो कुछ है उसको सीधे-सीधे कह देना ही उसको आता है। बात कहने का और कोई ढंग उसको नहीं आता। उसने उसका हाथ उठाया और चूम लिया। और वारिनिया ने अपना हाथ हटाया नहीं।

उसने कहा, "यही चीज़ मैं चाहता हूँ। पौ फटने तक मुझको यही चीज़ चाहिए। क्या तुम मेरे साथ बैठोगी और बात करोगी और थोड़ी-सी शराब पियोगी और थोड़ा-सा खाना खाओगी? कितनी बातें हैं जो मैं तुमसे कहना चाहता हूँ और कितना कुछ है जो मुझे तुमसे सुनना ही है। क्या तुम सवेरा होने तक मेरे साथ बैठोगी— और तब फ़्लैवियस घोड़े लेकर आएगा और तुम सदा के लिए रोम से चली जाओगी। क्या तुम मेरे ऊपर इतना एहसान करोगी वारिनिया?"

वारिनिया ने कहा, "मैं ख़ुद ही ऐसा करना चाहूँगी। केवल आपके लिए नहीं, स्वयं अपने सन्तोष के लिए।"

"मैं तुमको धन्यवाद देने की कोशिश नहीं करूँगा क्योंकि मैं नहीं जानता कि कैसे तुमको धन्यवाद दूँ।"

वारिनिया ने कहा, "मुझको किस बात के लिए धन्यवाद दीजिएगा। आपके द्वारा मुझको आज इतना सुख मिल रहा है, सुख की ऐसी अनुभूति हो रही है जिसकी अब मैं कल्पना भी न कर सकती थी। मैं सोचती थी कि स्पार्टकस के मरने के बाद मैं फिर कभी मुस्करा नहीं सकूँगी। मैं सोचती थी कि ज़िन्दगी अब मेरे लिए हमेशा एक रेगिस्तान के मानिन्द रहेगी। मगर तब भी मुझको स्पार्टकस की यह बात नहीं भूलती जो वह मुझसे कहा करता था कि हर चीज़ के ऊपर ज़िन्दगी होती है,

उससे ऊँची कोई चीज़ नहीं। ऐसा कहने में उसका क्या मतलब था, उसको आज मैं जितनी अच्छी तरह समझ रही हूँ उतनी अच्छी तरह पहले कभी नहीं समझी थी। आज मैं हँसना चाह रही हूँ। मेरी समझ में यह बात ख़ुद नहीं आ रही है मगर मैं हँसना चाहती हूँ।"

9

फ़्लैवियस जब लौटा तब प्रत्यूष की वेला थी। वह भूरी-भूरी-सी, उदास, एकाकी घड़ी जब ज़िन्दगी के ज्वार में भाटा आता है और सभी चीज़ें अपने निम्नतम बिन्दु पर पहुँच जाती हैं और फिर उसके बाद नये सिरे से शुरुआत होती है। घर की देखरेख करनेवाली बिना कुछ कहे फ़्लैवियस को अन्दर ग्रैकस और वारिनिया के पास ले गई। ग्रैकस एक कुरसी पर ख़ूब फैलकर बैठा हुआ था, ख़ूब थका हुआ, उसका चेहरा पीला मगर उदास नहीं। वारिनिया एक कोच पर बैठी अपने बच्चे को दूध पिला रही थी। वह भी थकी हुई नज़र आती थी मगर अपने उस गोलमटोल गुलाबी रंग के बच्चे को दूध पिलाती हुई वह जैसी बैठी थी वैसी बड़ी सुन्दर दिखाई दे रही थी। जब ग्रैकस ने फ़्लैवियस को देखा तो उसने एक उँगली अपने होंठों पर रखी और फ़्लैवियस चुपचाप खड़ा हो गया। उस स्त्री के सौन्दर्य को देखकर वह मंत्रमुग्ध-सा खड़ा रह गया। चिराग़ की रोशनी में बैठी हुई, अपने बच्चे को दूध पिलाती हुई वह ऐसी नज़र आती थी जैसी रोम की बड़ी प्राचीन स्मृति की कोई चीज़ हो।

बच्चे को दूध पिलाकर उसने अपनी छाती ढक ली और सोते हुए बच्चे को एक कम्बल में लपेट लिया। ग्रैकस उठा और उसके सामने जाकर खड़ा हो गया और वह बड़ी देर तक उसकी ओर देखती रही।

फ़्लैवियस ने उनको बतलाया, "मैंने फिर यही तय किया कि रथ ही ठीक होंगे। इस तरह हम लोग वक़्त का सबसे अच्छा इस्तेमाल कर सकेंगे और हम चाहे कामयाब हों या न हों मगर सवाल तो यही होगा कि हम अपने पीछे कितने मील छोड़कर आगे निकल जाते हैं। एक रथ में मैंने कम्बल और तकिये भर दिये हैं ताकि तुमको काफ़ी आराम रहे—मगर अब हम दोनों को फ़ौरन चल देना चाहिए। यों ही बहुत देर हो चुकी है। बहुत ही ज़्यादा देर।"

उन दोनों ने जैसे उसकी बात ही नहीं सुनी। वे दोनों एक-दूसरे को देख रहे थे—स्पार्टकस की वह ख़ूबसूरत बीवी और रोम का वह मोटा, बूढ़ा हो रहा राजनीतिज्ञ। इसके बाद वारिनिया घर की देखभाल करनेवाली की ओर मुड़ी और उससे बोली, "तुम ज़रा देर बच्चे को सँभालोगी?"

उस औरत ने बच्चे को ले लिया और वारिनिया ग्रैकस के पास गई। उसने ग्रैकस की बाँहों को प्यार से सहलाया और फिर हाथ बढ़ाकर उसके चेहरे छू लिया। वह

उसकी ओर झुक गया और वारिनिया ने उसको चूम लिया।

वारिनिया ने उससे कहा, "तुमको यह बात बतलानी ही होगी। मैं तुम्हारी ऋणी हूँ क्योंकि तुमने मेरे संग इतनी शराफ़त बरती है। अगर तुम मेरे साथ आओ तो मैं भी तुम्हारे लिए उतनी ही अच्छी होऊँगी जितने अच्छे कि तुम मेरे लिए हो और जितनी अच्छी मैं किसी भी आदमी के लिए हो सकती हूँ।"

"मैं तुम्हें धन्यवाद देता हूँ, प्रिये!"

"तुम मेरे साथ चलोगे ग्रैकस?"

"मैं तुम्हें धन्यवाद देता हूँ और तुम्हें आशीर्वाद देता हूँ। मैं तुम्हें बहुत प्यार करता हूँ मगर रोम के बाहर मैं किसी काम का न रह जाऊँगा। रोम मेरी माँ है। मेरी माँ एक बाज़ारू औरत है मगर तुम्हारे अलावा वही वह औरत है जिसे मैंने कभी प्यार किया। मैं दग़ाबाज़ नहीं हूँ। और मैं एक बुड्ढा मोटा आदमी हूँ। फ़्लैवियस को पूरा शहर छानना पड़ेगा अगर उसको ऐसे रथ की तलाश हो जो मुझे ढो सके। जाओ, जाओ, प्रियतमे।"

फ़्लैवियस ने अधीर होते हुए कहा, "मैंने तुमसे कहा कि वक़्त बहुत कम रह गया है। अब तक इस चीज़ के बारे में पचास आदमी जान गए होंगे। क्या सोचते हो कि कोई बतला न देगा?"

ग्रैकस ने कहा, "इसके आराम का पूरा ख़याल रखना। अब तुम एक अमीर आदमी होगे फ़्लैवियस। अब तुम आराम से ज़िन्दगी बसर करोगे। इसलिए मेरे संग अब यह आख़िरी नेकी करो। इसको और इसके बच्चे को ख़ूब सँभालकर ले जाना। उत्तर में तुम इनको वहाँ तक ले जाना जहाँ आल्प्स के पहाड़ शुरू होते हैं। वहाँ की नन्ही-नन्ही घाटियों में रहनेवाले गॉल किसान बड़े सीधे, सच्चे, मेहनती लोग हैं। उनके बीच इसको जगह मिल जाएगी। मगर तब तक तुम इसका साथ न छोड़ना जब तक कि तुमको आसमान से बात करता हुआ आल्प्स साफ़-साफ़ दिखलाई न दे। और देखो, तेज़ जाना। घोड़ों को बेतहाशा चाबुक लगाना। अगर ज़रूरत हो तो उनको तेज़ चला-चलाकर मार डालना और नये घोड़े ख़रीद लेना मगर रुकना मत। क्या तुम मेरे संग यह नेकी करोगे फ़्लैवियस?"

"मैंने अब तक तुमको दिया हुआ अपना कोई वचन तोड़ा नहीं है।"

"नहीं, तुमने नहीं तोड़ा है। मैं इस बात को कहूँगा। अच्छा, अलविदा।"

वह दरवाज़े तक उन लोगों के संग गया। वारिनिया ने बच्चे को अपनी बाँहों में ले लिया। सुबह का भूरा धुँधलका छँट रहा था और रोशनी फैल रही थी और वह दरवाज़े में खड़ा उन लोगों को रथों में सवार होते देख रहा था। घोड़े चौकन्ने थे और चल पड़ने की तेज़ी में थे। वे पक्के चबूतरे पर पैर पटक रहे थे और अपने मुँह की लगाम चबा रहे थे।"

"विदा वारिनिया, विदा।" उसने वारिनिया को पुकारकर कहा।

वारिनिया ने हाथ हिलाया। इसके बाद रथ चल पड़े और उन सँकरी वीरान सड़कों पर उनकी खड़खड़ाहट गूँज उठी और उस शोर से आसपास के सभी लोग जाग पड़े...।

इसके बाद ग्रैकस अपने दफ़्तर में गया। वह अपनी बड़ी-सी कुरसी में बैठ गया। अब वह बहुत थक गया था और थोड़ी देर के लिए उसने अपनी आँखें बन्द कर लीं। मगर वह सोया नहीं। उसके मन का सन्तोष अभी गया नहीं था। उसने अपनी आँखें बन्द कर लीं और अपने विचारों को यों ही भटकने दिया और बहुत-सी चीज़ों के बारे में सोचने लगा। उसको अपने बाप का ख़याल आया जो एक ग़रीब जूता बनानेवाला था, उस गुज़रे ज़माने में जो कि अब फिर लौटकर नहीं आएगा जबकि रोमन मेहनत करते थे और इस बात पर गर्व करते थे कि वे मेहनत करते हैं। उसे रोम की सड़कों पर की अपनी वह राजनीतिक अपरेंटिसी याद आई, वह शुरू-शुरू के दिन जब वह राजनीति के सबक़ सीख रहा था, रोम की सड़कों पर, गुंडों के गिरोहों की वह आपसी ख़ूनी लड़ाइयाँ, वोटों का वह ख़रीदना और बेचना, भीड़ का इस्तेमाल, शक्ति की सीढ़ी पर चढ़ते हुए उसका सत्ता के पद पर पहुँचना। और वह सत्ता ऐसी कि कभी पर्याप्त न होती थी और पैसा भी इतना कि कभी काफ़ी न पड़ता था, हमेशा ताक़त और पैसे की भूख। उन दिनों अब भी ऐसे ईमानदार रोमन लोग थे जो प्रजातंत्र के लिए लड़े थे, जो जनता के अधिकारों के लिए लड़े थे, जिन्होंने साहस के साथ मंच से उस अन्याय के ख़िलाफ़ आवाज़ उठाई थी कि किसान की ज़मीन छीनी जा रही थी और उन छोटी-छोटी काश्तकारियों की जगह ग़ुलामों की मेहनत से चलनेवाली बड़ी-बड़ी जागीरदारियाँ खड़ी हो रही थीं। वे चेतावनी देते थे! वे गरजते थे! वे अत्याचार का विरोध करते थे! ग्रैकस उनको समझता था। यही उसका बड़ा गुण था—कि वह उन लोगों को समझता था और इस बात को स्वीकार करता था कि उनका उद्देश्य, उनका लक्ष्य न्यायपूर्ण था। मगर वह यह भी जानता था कि उनके लक्ष्य का कोई भविष्य नहीं है, कि उसकी हार अवश्यम्भावी है। इतिहास की घड़ी को कोई पीछे नहीं फेर सकता। वह आगे बढ़ती है और उसने उन लोगों के संग हाथ मिला लिया जिनको साम्राज्य में आस्था थी। उसने अपने गिरोहों को उन लोगों को नष्ट करने के लिए भेजा जो उन पुरानी आज़ादियों की बात करते थे। उसने अपने सिद्धान्तों को ज़िन्दगी में बरतनेवाले न्यायपूर्ण लोगों की हत्या की थी।

आज वह इस चीज़ के बारे में सोच रहा था, उसके मन में कोई खेद या ग्लानि न थी, वह तो केवल इस चीज़ को समझना चाहता था। उसके आरम्भिक दिनों के वे दुश्मन पुरानी आज़ादियों के लिए लड़ रहे थे। मगर क्या कहीं वे पुरानी आज़ादियाँ थीं? अभी यह एक औरत उसके घर से चली गई थी और उसकी वह आज़ादी उसके भीतर आग की तरह सुलग रही थी। उसने अपने बेटे का नाम

स्पार्टकस रखा था और जब वह बड़ा होगा तो वह भी अपने बेटे का नाम स्पार्टकस रखेगा और आख़िर कब ये ग़ुलाम अपने ग़ुलाम होने से सन्तुष्ट होंगे? इस चीज़ का उसके पास कोई जवाब न था। इस पहेली का उसके पास कोई हल न था मगर तब भी उसके मन में कोई खेद न था। उसकी ज़िन्दगी भरी-पूरी थी और उसे अपने ऊपर कोई खेद न था। उस वक़्त उसको इतिहास का कुछ बोध हुआ, समय की गति का कुछ बोध, उस समय की गति का जिसमें वह स्वयं बस एक क्षण था—और उस चीज़ से उसके मन को आराम मिला। उसका प्यारा नगर रहेगा। वह चिरकाल तक रहेगा। अगर स्पार्टकस कभी लौटा और उसने इस नगर की दीवारें गिराईं ताकि लोग निर्भय होकर जी सकें तब वे समझेंगे कि कभी इस नगर में ग्रैकस जैसे लोग भी थे जो इस नगर को प्यार करते थे यद्यपि वे यह भी मानते थे कि इस नगर में पाप है।

अब उसे स्पार्टकस के सपने का ख़याल आया। क्या वह सपना जिएगा? क्या वह क़ायम रहेगा? क्या वह अजीब बात जो वारिनिया ने कही थी सच थी कि पाप के ख़िलाफ़ लड़कर सभी लोग पवित्र और निःस्वार्थ हो सकते हैं? उसको कभी ऐसे आदमी नहीं मिले थे; मगर उसने कभी स्पार्टकस को नहीं जाना था। मगर तो भी वारिनिया को तो उसने जाना था। अब स्पार्टकस चला गया था और वारिनिया चली गई थी। अब यह एक सपना था। उसने वारिनिया के उस विचित्र ज्ञान के केवल छोर को ही छुआ था मगर उसके लिए इस ज्ञान का कोई अस्तित्व न था और न हो सकता था।

उसके घर की देखभाल करनेवाली अन्दर आ गई। उसने बड़े विचित्र ढंग से उसको देखा और बड़े कोमल स्वर में उससे पूछा, "तू क्या चाहती है, बुढ़िया?"

"मालिक, आपका नहाने का सामान तैयार है।"

"मगर आज मैं नहीं नहाऊँगा," उसने कहा, और उसे यह देखकर आश्चर्य हुआ कि वह औरत उसकी बात सुनकर कुछ अचम्भे में आ गई और घबरा उठी। वह बोला, "आज सब कुछ बदल गया है बुढ़िया। देखो उस मेज़ पर बहुत से थैले रखे हैं। हर थैले में मेरे हर ग़ुलाम के लिए ग़ुलामी से उसकी रिहाई का पर्चा और बीस हज़ार सिक्के हैं। मैं चाहता हूँ कि तुम वे थैले सब ग़ुलामों को दे दो और उनसे कह दो कि मेरा घर छोड़कर चले जाएँ। मैं तुमको अब यही आदेश देता हूँ, बुड्ढी।"

बुढ़िया ने कहा, "मैं आपकी बात नहीं समझी।"

"नहीं। नहीं समझीं! क्यों नहीं समझीं? मैंने तो बहुत साफ़-सी बात कही। मैं चाहता हूँ कि तुम सब चली जाओ। तुम अब आज़ाद हो और तुम्हारे पास थोड़ा पैसा भी है। क्या इससे पहले मैंने कभी तुमको अपने आदेश का उल्लंघन करने दिया है?"

"मगर आपके लिए खाना कौन पकाएगा? आपकी देखभाल कौन करेगा?"

"यह सब सवाल मत पूछ बुढ़िया। मैं जो कुछ कह रहा हूँ, कर।"

जब तक वे सब घर के बाहर चले नहीं गए ग्रैकस को लगता रहा कि जैसे वक़्त की चाल रुक गई है और जब वे चले गए तो घर एक अजीब ढंग से, एक नये ही तरीक़े से ख़ामोश हो गया। सवेरे का सूरज उग रहा था। सड़कों पर ज़िन्दगी थी और शोर था और खड़खड़ाहट थी मगर ग्रैकस का घर ख़ामोश था।

वह लौटकर अपने दफ़्तर गया, एक आलमारी के पास जाकर उसका ताला खोला। आलमारी में से उसने एक तलवार निकाली, स्पेनवाली वह छोटी तलवार जैसी कि सिपाही लेकर चला करते थे मगर बड़ी ख़ूबसूरत बनी हुई और बड़ी ही सुन्दर अलंकृत म्यान में रखी हुई। अब से बरसों पहले किसी बड़े औपचारिक अवसर पर वह उसको दी गई थी मगर लाख कोशिश करने पर भी वह याद न कर सका कि वह अवसर कौन सा था। कैसी अजीब बात थी कि वह इन हथियारों को इतना तुच्छ समझता था! मगर जब उसको यह ख़याल आया कि वह अकेला हथियार जिस पर वह भरोसा करता था उसकी अपनी बुद्धि थी तब फिर उसको आश्चर्य न रह गया।

उसने म्यान से तलवार निकाली और उसकी धार और उसकी नोक को परखा। काफ़ी तेज़ थी। इसके बाद वह फिर अपनी कुरसी पर गया और बैठ गया और अपनी बड़ी-सी तोंद को देखने लगा। उसको इस विचार पर ही हँसी आने लगी कि वह आत्महत्या करने की सोच रहा था। इसमें कोई गरिमा न थी। यह एक बिलकुल ही हास्यास्पद चीज़ थी और उसे सचमुच ही सन्देह होने लगा कि क्या उसके अन्दर इतनी शक्ति होगी कि वह प्राचीन काल से चले आते हुए रोमन तरीक़े से वह तलवार अपने पेट में भोंक ले। उसे कैसे मालूम कि सिर्फ़ चर्बी कटकर न रह जाएगी और फिर उसकी हिम्मत छूट जाएगी और फिर वह अपने ही ख़ून में पड़ा मदद के लिए चिल्लाने नहीं लगेगा, गिड़गिड़ाने नहीं लगेगा? किसी भी आदमी की ज़िन्दगी में यह ख़ून करने की शुरुआत के लिए कैसा अजीब वक़्त है! उसने अपनी सारी ज़िन्दगी में किसी चीज़ का ख़ून नहीं किया था, यहाँ तक कि एक मुर्ग़ी भी उसने न हलाल की थी।

तब उसने समझा कि सवाल हिम्मत का नहीं था। उसे कभी ही कभी मौत से डर लगता था। अपने बचपन के दिनों से ही वह देवताओं की उन हास्यास्पद कहानियों की खिल्ली उड़ाया करता था। जब वह बड़ा हुआ तो उसने बहुत आसानी से अपने वर्ग के सुशिक्षित लोगों के दृष्टिकोण को अपना लिया कि ईश्वर कहीं नहीं है और पुनर्जन्म भी कुछ नहीं होता। उसने अपने मन में स्थिर कर लिया था कि वह क्या करना चाहता था। उसे बस इस बात का डर था कि वह उस काम को आन-बान के साथ कर सकेगा या नहीं।

उसके दिमाग़ में यही सब विचार आ-जा रहे थे और इसी बीच शायद उसे नींद आ गई। वह जागा तब तक बाहर के दरवाज़े को किसी ने ज़ोर-ज़ोर से पीटा।

उसने नींद के आलस्य को दूर किया और सुनने लगा।

उसने सोचा—वाह रे ग़ुस्सा! कैसा अजीब ग़ुस्सा है तुम्हारा क्रैसस! कैसा उचित क्रोध! इस मोटे बुड्ढे खूसट की मजाल कि तुमको चकमा देकर तुम्हारे सबसे बड़े पुरस्कार को तुमसे छीन ले जाए! मगर तुम उससे प्यार नहीं करते थे क्रैसस। तुम स्पार्टकस को सलीब पर चढ़ाना चाहते थे। और जब तुम उसको नहीं पा सके, तो तुमको वारिनिया की ज़रूरत हुई। तुम चाहते थे कि वह तुमको प्यार करे, तुम्हारे सामने अपने-आप को ज़लील करे। ओह क्रैसस, तुम कैसे बेवक़ूफ़ हो—कितने बड़े गधे हो! मगर तुम्हारे जैसे लोग ही तो आज ज़माने के बादशाह हैं। इसमें भला क्या सन्देह।

उसने तलवार को तलाश किया मगर वह मिली नहीं। तब वह घुटने के बल बैठ गया और कुरसी के नीचे वह तलवार उसको दिखाई दी। तलवार हाथ में लेकर वह झुक गया और फिर अपनी सारी ताक़त लगाकर उसने तलवार को अपने सीने में भोंक लिया। वह दर्द ऐसा था कि वह तड़पकर चिल्ला उठा मगर तलवार अन्दर चली गई और फिर वह मुँह के बल उसी तलवार पर गिरा और तलवार उसके शरीर के बोझ से और भी अन्दर चली गई।

दरवाज़ा तोड़कर अन्दर आने पर क्रैसस ने ग्रैकस को इसी हालत में पाया। ग्रैकस के मुर्दा शरीर को पलटने में सेनापति को अपनी पूरी ताक़त लगानी पड़ी। तब सेनापति ने देखा कि राजनीतिज्ञ के चेहरे पर एक अजीब मुस्कराहट है, सम्भवतः विद्रूप की...।

इसके बाद क्रैसस अपने घर लौट आया। ग़ुस्से और नफ़रत से उसका बुरा हाल हो रहा था। अपनी सारी ज़िन्दगी में उसने किसी आदमी या किसी चीज़ से ऐसी नफ़रत न की थी जैसी कि आज उसे इस मुर्दा ग्रैकस से हो रही थी। मगर ग्रैकस मर चुका था और क्रैसस बेबस था।

क्रैसस जब अपने घर में दाख़िल हुआ तो उसको पता चला कि एक अतिथि आया हुआ है। नौजवान केयस उसका इन्तज़ार कर रहा था। जो कुछ हुआ था उसकी कोई भी जानकरी केयस को न थी। उसने क्रैसस से मिलते ही उसको बतलाया कि वह अभी-अभी कापुआ में छुट्टियाँ बिताकर लौट रहा है और सबसे पहले सीधे अपने प्रिय क्रैसस से मिलने आया है। वह क्रैसस के पास पहुँचा और उसके सीने को बड़े प्यार से थपथपाने लगा। और तब क्रैसस ने उसको धक्का देकर गिरा दिया।

ग़ुस्से से पागल होकर वह बग़लवाले कमरे में गया और वहाँ से एक कोड़ा लेकर आ गया। केयस अभी फ़र्श पर से उठ ही रहा था, उसकी नाक से ख़ून बह रहा था और उसके चेहरे पर आश्चर्य था और पीड़ा थी और आक्रोश था। क्रैसस ने कोड़े से उसे पीटना शुरू कर दिया।

केयस दर्द से चिल्लाया। वह बार-बार चिल्ला रहा था मगर क्रैसस उसे मारे ही जा रहा था और वह तो ख़ैर हुई कि ख़ुद उसके ग़ुलामों ने आख़िरकार क्रैसस को पकड़ लिया और तब केयस कोड़े के दर्द से एक छोटे से लड़के की तरह रोता हुआ गिरता-पड़ता घर के बाहर निकल गया।

भाग 8

जिसमें वारिनिया आज़ाद होती है।

फ़्लैवियस ने ग्रैकस के संग अपने इक़रारनामे को पूरा किया। अच्छे-से-अच्छे प्रमाण-पत्रों को लेकर, जिन पर स्वयं ग्रैकस के हस्ताक्षर थे, रथ तूफ़ान की तरह पहले उत्तर को और फिर पूरब की ओर बढ़े। वारिनिया को यात्रा की बहुत बातें याद न थीं। पहले दिन तो लगभग सारे दिन वह बच्चे को अपनी छाती से चिपकाए सोती रही। कासिया मार्ग एक बहुत ही अच्छी, चिकनी और पक्की सड़क थी और उसके ऊपर रथ बड़ी आसानी से दौड़ रहे थे। दिन के पहले हिस्से में तो रथ चलानेवाले ने बड़ी बेदर्दी से घोड़ों को हाँका, दोपहर होने पर नये घोड़े जोते गए और फिर बाक़ी सारे दिन वे एक बँधी हुई, तेज़ दुलकी चाल चलते रहे। शाम होते-होते वे लोग रोम से सौ मील उत्तर पहुँच चुके थे। उन्होंने अँधेरे में फिर नये घोड़े जोते और फिर सारी रात चाँद की रोशनी में वे रथ अपनी बँधी हुई तेज़ चाल से मील पर मील पार करते चले जा रहे थे।

फ़ौजी चौकियों पर कई बार उनको रोका गया मगर सेनेट की ओर से मिला हुआ वह अनुमति-पत्र जो ग्रैकस ने फ़्लैवियस को दिया था, हर बार उनको छुटकारा दिलाने में सहायक हुआ। उस रात वारिनिया अपने हिलते हुए रथ में घंटों खड़ी रही। उसका बच्चा कम्बलों में लिपटा, तकिये लगाए बड़े इत्मीनान से उसके पैरों के पास सो रहा था। रथ में खड़े-खड़े उसने चाँदनी में नहाए हुए उस ग्रामांचल को पीछे छूटते देखा। उनका रथ जब उन शानदार रोमन पुलों पर से गुज़रा तो उन्होंने नीचे तेज़ बहती पहाड़ी नदियों को देखा। दुनिया सो रही थी मगर वे चले जा रहे थे।

जब भोर से कुछ घंटे पहले चाँद डूबा तो वे सड़क से हटकर एक छोटे-से चरागाह पर निकल गए, घोड़ों को खोल दिया, थोड़ी-सी रोटी खाई और शराब पी और फिर आराम करने के लिए कम्बलों पर लेट गए। वारिनिया को नींद मुश्किल से आई मगर थके हुए रथ-चालक फ़ौरन सो गए। वारिनिया को ऐसा लगा कि जैसे उसने अभी-अभी अपनी आँख बन्द की ही थी कि फ़्लैवियस उसे जगाने लगा।

जिस वक़्त घोड़े रथ में जोते जा रहे थे, वारिनिया अपने बच्चे को दूध पिला रही थी। रथ में घोड़े जोतने का काम धीरे-धीरे और कुछ खीजे हुए ढंग से हो रहा था, जैसा कि होता ही है जबकि काम करनेवालों को आराम न मिला हो और उनकी थकान अभी चल हीं रही हो। और तब भोर के उस मद्धिम से आलोक में वे लोग फिर से सड़क पर आ गए और फिर उत्तर की ओर बढ़ चले। जब वे एक मील-पड़ाव पर हाथ-पैर सीधा करने और घोड़ों को बदलने के लिए रुके तब सूरज उग रहा था। थोड़ी देर बाद वे परकोटे से घिरे हुए एक शहर के बग़ल से गुज़रे और उस दिन पूरी सुबह कोचवान घोड़ों को बराबर चाबुक मारते रहे और रथ घड़घड़ाते हुए आगे बढ़ते गए। अब रथ की यह अनन्त गति वारिनिया को खलने लगी थी। अब वह उससे सही न जा रही थी। उसने कई बार क़ै की और उसे बराबर डर बना हुआ था कि उसकी छाती का दूध सूख जाएगा। मगर शाम के वक़्त फ़्लैवियस ने एक किसान से ताज़ा दूध और बकरी के दूध का पनीर ख़रीदा। यह खाना ऐसा था जो वारिनिया के पेट में टिक सकता था। चूँकि आसमान में बादल थे इसलिए उन्होंने अधिकांश रात विश्राम में ही गुज़ारी।

सवेरा होने के पहले वे लोग उठ गए और फिर सड़क पर चल पड़े और दोपहर होते-होते वे एक ऐसी जगह पर आए जहाँ एक दूसरी बड़ी सड़क सामने से आकर मिलती और उनकी सड़क को काटती थी। अब वे लोग उत्तर और पश्चिम की ओर बढ़ रहे थे और जिस वक़्त सूरज डूब रहा था वारिनिया ने पहली बार दूर पर आल्प्स के हिमाच्छादित शिखर देखे। उस रात चाँद था और वे लोग घोड़ों को ज़्यादा सताए बग़ैर काफ़ी आराम से आगे बढ़ते रहे। रात को वे एक बार रुके, घोड़ों को आख़िरी बार बदलने के लिए, और फिर सुबह होने के पहले ही बड़ी सड़क से मुड़कर एक कच्ची सड़क पर निकल गए जो पूरब को जाती थी। यह सड़क चक्कर खाती हुई नीचे एक घाटी में जाती थी और जब सूरज उगा तब वारिनिया ने दूर पर कुहरे में ढकी हुई वह पूरी घाटी देखी, एक ख़ूबसूरत-सी नदी उसके बीच में होकर बहती थी और उसके दोनों ओर पहाड़ियाँ थीं। आल्प्स अब और भी पास था।

वे लोग अब बहुत तेज़ न चल पा रहे थे क्योंकि रथ उस कच्ची सड़क में, जिसमें पट्टे पड़े हुए थे, फँस-फँसकर इधर-उधर हिचकोले खा रहे थे। वारिनिया अपने बच्चे को गोद में लिये गद्दियों के बीच बैठी थी। उन्होंने एक लकड़ी के पुल पर से नदी पार की और फिर धीरे-धीरे पहाड़ियों पर चढ़ने लगे। सारा दिन घोड़े उस चक्करदार पहाड़ी रास्ते पर रास तुड़ाकर भागने की कोशिश करते रहे। गॉल किसान उनको देखकर अपना काम बन्द कर देते थे और इन दो बड़े-बड़े रथों और तगड़े-तगड़े सजीले घोड़ों को देखने लग जाते थे और गाँव के बच्चे भी सिर उठाए भागते हुए सड़क पर आ जाते थे और आँखें फाड़-फाड़कर इस असाधारण दृश्य को देखने लगते थे।

तीसरे पहर जबकि रास्ता पगडंडी की तरह सँकरा हो गया, वे पहाड़ी की चोटी पर पहुँचे और वहाँ से उन्होंने अपने सामने एक चौड़ी-सी ख़ूबसूरत घाटी फैली हुई देखी। इस चौड़ी घाटी में यहाँ-वहाँ वारिनिया को एक छोटा सा क़स्बा फैला हुआ दिखाई दिया, कुछ थोड़े से पक्के मकान और कहीं-कहीं किसानों की झोंपड़ियाँ। उस घाटी में काफ़ी दूर तक जंगल फैले हुए दिखाई दे रहे थे, कई छोटी-छोटी नदियाँ और नाले थे और दूर पर किसी बड़े और परकोटे से घिरे हुए शहर का भी आभास मिलता था। वह शहर उनके पच्छिम में था; वे लोग अपनी सड़क पकड़कर नीचे उत्तर की ओर, आल्प्स की दिशा में बढ़े। आल्प्स अब भी काफ़ी दूर नज़र आ रहा था।

नीचे उतरना भी उतना ही मुश्किल था जितना कि ऊपर चढ़ना क्योंकि रास खींचकर घोड़ों को रोकना पड़ता था और सड़क चक्करदार थी। अँधेरा हो चुका था जब वे लोग नीचे घाटी में पहुँचे और रुककर आराम और चाँद के निकलने का इन्तज़ार करने लगे। उस रात चाँद की रोशनी में उन्होंने थोड़ी देर सफ़र किया, फिर रुक गए और फिर अगले रोज़ भोर के प्रथम आलोक में वे लोग आगे बढ़े। यहाँ के सारे रास्ते कच्चे थे। वे आगे बढ़ते गए, बढ़ते गए—और आख़िरकार उन पहाड़ियों के पास पहुँचे जहाँ से आल्प्स शुरू होता था।

यहाँ पहुँचकर फ़्लैवियस ने वारिनिया से विदा ली और सुबह के वक़्त उसको वहाँ की एक सड़क पर छोड़ दिया जहाँ से सिर्फ़ खेत और जंगल दिखाई देते थे।

उसने वारिनिया से कहा, "अच्छा अब मुझे आज्ञा दो वारिनिया, विदा। मैंने ग्रैकस से जो कुछ वादा किया था उसको मैंने पूरा कर दिया है और मेरा ख़याल है कि उसने जो पैसे मुझको दिये हैं उनमें से कुछ का अब मैं अपने श्रम के कारण अधिकारी भी हूँ। मेरा ख़याल है कि अब हम दोनों फिर कभी रोम न देखेंगे, न तुम न मैं, क्योंकि अब रोम हम दोनों के स्वास्थ्य के लिए ठीक न होगा। मैं तुम्हारे लिए सौभाग्य और सुख की कामना करता हूँ—तुम्हारे लिए और तुम्हारे इस नन्हे बच्चे के लिए। यहाँ से क़रीब एक मील की दूरी पर एक छोटा सा किसान गाँव है। अच्छा हो कि वे लोग तुमको रथ पर आते हुए न देखें।

"यह लो इस थैली में एक हज़ार सिक्के हैं जिनसे तुम इन इलाक़ों में अगर ज़रूरत पड़े तो एक बरस गुज़र-बसर कर सकती हो। ये किसान सीधे-सादे लोग हैं और अगर तुम पहाड़ पार करके अपने देश जाना चाहो तो इसमें भी तुमको उनसे सहायता मिलेगी। मगर मैं तुमको सलाह दूँगा कि तुम इसकी कोशिश न करना। पहाड़ों में जंगली लोग रहते हैं और उन्हें अजनबियों से नफ़रत है। और फिर यह भी तो है वारिनिया कि तुम्हें अपने लोग नहीं मिलेंगे। जर्मनों के क़बीले जंगलों में यहाँ से वहाँ घूमा करते हैं और कोई नहीं कह सकता कि कोई क़बीला इस साल यहाँ है तो अगले साल कहाँ होगा। फिर, मैंने जो कुछ सुना है वह तो यही है कि

आल्प्स के उस पार के जंगल बहुत नम हैं और बच्चे के स्वास्थ्य के लिए ठीक न होंगे। अगर मैं तुम्हारी जगह पर होता वारिनिया, तो मैं यहीं कहीं आस-पास रहने का निश्चय करता। मैं मानता हूँ कि मुझे यह चीज़ बहुत अच्छी न लगती मगर तुम यही तो चाहती थीं?"

वारिनिया ने अपनी सहमति जतलाते हुए कहा, "हाँ, मैं यही चाहती थी। मैं तुम्हारी बड़ी कृतज्ञ हूँ फ़्लैवियस।"

और फिर तब उन्होंने अपने रथों को घुमाया और वारिनिया वहाँ पर अपने बच्चे को गोद में लिये खड़ी रही और देखती रही और देखते-देखते वे रथ धूल का एक बादल अपने पीछे छोड़ते हुए वहाँ से चले गए और वारिनिया उनको तब तक देखती रही जब तक कि वे एक मोड़ के पीछे आँख से ओझल न हो गए।

फिर वह वहीं सड़क के किनारे बैठ गई और अपने बच्चे को दूध पिलाने लगी। बच्चे को दूध पिलाकर वह सड़क पर चलने लगी। गरमी का महीना था। सवेरे का बड़ा ही प्यारा ठंडा वक़्त था। आसमान बिलकुल साफ़ नीला था और सूरज निकलता चला आ रहा था और चिड़ियाँ गा रही थीं और मधुमक्खियाँ इस फूल से उस फूल पर जाती अमृत पी रही थीं और हवा को अपने गाने से भर रही थीं।

वारिनिया सुखी थी। यह सुख वह तो न था जो उसने स्पार्टकस के संग जाना था, मगर स्पार्टकस ने उसको जीवन के बारे में एक ज्ञान दिया था और बतलाया था कि अस्तित्व से बड़ी सम्पदा दूसरी नहीं है। वह ज़िन्दा थी और आज़ाद थी और उसका बच्चा ज़िन्दा था और आज़ाद था; इसलिए एक तरह से वह सन्तुष्ट थी और भविष्य को आशा और अनुराग से देख रही थी।

2

वारिनिया की बाद की कहानी यह है। औरत अकेले नहीं रह सकती और जिस गाँव में वह आई थी वह सीधे-सादे गॉल के किसानों का गाँव था और वहाँ उसको एक ऐसे आदमी ने आश्रय दिया जिसकी पत्नी प्रसूति में मर गई थी। शायद लोग जानते थे कि वह एक भागी हुई ग़ुलाम औरत है। मगर उससे क्या फ़र्क़ पड़ता है। उसकी अच्छी, दूध से भरी हुई छातियाँ थीं। उसने उनके एक बच्चे को जीवनदान दिया। वह एक अच्छी स्त्री थी और लोग उसको उसकी शक्ति और सबको अपना बना लेनेवाली सादगी के कारण प्यार करते थे।

जिस आदमी के घर में वह आई थी वह एक सीधा-सादा किसान था। वह लिख-पढ़ न सकता था और उसने सिर्फ़ जी तोड़ मेहनत के सबक़ सीखे थे। वह स्पार्टकस नहीं था मगर स्पार्टकस से बहुत भिन्न भी न था। जीवन के प्रति उसमें भी वही धैर्य था। उसे ग़ुस्सा देर में आता था और वह अपने बच्चों को बहुत प्यार

करता था—ख़ुद अपने बच्चे को और उसको भी जिसे वारिनिया अपने संग लाई थी। वारिनिया की तो वह पूजा ही करता था—क्योंकि वह उसके पास बाहर से आई थी और अपने संग जीवन लाई थी। धीरे-धीरे वारिनिया भी उसको जानने लगी और कुछ-कुछ प्यार करने लगी। उनकी ज़बान को उसने काफ़ी आसानी से सीख लिया, उनकी ज़बान का आधार लैटिन था और उसमें बहुत से गॉलिश ज़बान के शब्द मिले थे। उसने उनके तौर-तरीक़े सीख लिये जो उसके अपने क़बीले के तौर-तरीक़ों से बहुत भिन्न न थे। वे खेत जोतते थे और फसल उगाते थे। वे अपनी फ़सल का कुछ हिस्सा ग्राम देवताओं को और कुछ हिस्सा टैक्स जमा करनेवाले को और रोम को दे देते थे। वे जीते थे और मरते थे; नाचते थे और गाते थे और रोते थे और शादी करते थे और उनकी ज़िन्दगी ऋतुओं के साधारण चक्र की तरह चलती रहती थी।

दुनिया में बड़े-बड़े परिवर्तन हो रहे थे मगर उन लोगों को इस परिवर्तन की चेतना इतने धीमे हो रही थी कि अब तक सचमुच कोई उथल-पुथल न हुई थी।

वारिनिया फलवती थी। हर साल एक बच्चा उसकी कोख से पैदा होता था और जिस आदमी से उसने विवाह किया था उससे उसको सात बच्चे हुए। उसका बच्चा स्पार्टकस उन लोगों के साथ-साथ पला और बढ़ा और एक तन्दुरुस्त दरख़्त की तरह सीधा और लम्बा और मज़बूत निकल आया और जब वह सात बरस का हुआ तो वारिनिया ने पहली बार उसे बतलाया कि उसका बाप कौन था और उसके बाप ने जो कुछ किया था उसकी कहानी उसको सुनाई। उसको यह देखकर हैरत हुई कि वह उन बातों को इतनी अच्छी तरह समझ रहा था। उस गाँव में कभी किसी ने स्पार्टकस का नाम नहीं सुना था। दुनिया में इससे भी बड़े-बड़े भूडोल आए थे और इस गाँव को बिना छुए ही चले गए थे। और जैसे-जैसे वे बच्चे बड़े होते गए, वे तीन लड़कियाँ और पाँच लड़के, वारिनिया ने उन्हें यह कहानी बहुत बार सुनाई। उसने उनको बतलाया कि कैसे एक साधारण आदमी ने जो कि ग़ुलाम था अत्याचार और उत्पीड़न का विरोध किया और कैसे चार साल तक महान शक्तिशाली रोम उसके नाम से काँपता था। उसने उन लोगों को उस मनहूस खान के बारे में बतलाया जिसमें स्पार्टकस काम करता था और उसने उनको बतलाया कि कैसे वह रोम के मैदान में छुरा हाथ में लेकर लड़ता था। उसने उनको बतलाया कि वह कितना नेक और भला और उदार था और उसकी कहानी सुनाते समय वह कभी भी स्पार्टकस को उन सीधे-सादे लोगों से अलग करके न देखती थी जिनके बीच वह रह रही थी। सच बात यह कि जब वह स्पार्टकस के साथियों के बारे में बतलाती थी तो अपनी बात को समझने के लिए गाँव के इस उस आदमी का उदाहरण भी देती जाती थी। और जब वह ये कहानियाँ कहती थी तो उसका पति आश्चर्य और स्पर्द्धा से उनको सुना करता था।

वारिनिया की ज़िन्दगी आसान ज़िन्दगी नहीं थी। पौ फटने से लेकर रात होने तक वह मेहनत करती थी—घास छीलना, गोड़ाई करना और फिर मकान की सफ़ाई, कताई-बुनाई। सारे दिन वह काम करती थी। धूप में उसकी जिल्द का गोरा रंग कुछ स्याह पड़ गया और उसकी ख़ूबसूरती ग़ायब हो गई, मगर अपनी ख़ूबसूरती को उसने कभी कोई ख़ास अहमियत भी तो न दी थी। वह जब कभी रुककर अपने अतीत के बारे में सोचती तो जीवन ने उसको जो कुछ दिया था उसके लिए मन-ही-मन कृतज्ञता अनुभव करती। अब वह स्पार्टकस के लिए शोक न करती थी। स्पार्टकस के संग उसकी ज़िन्दगी अब एक सपने जैसी हो गई थी।

उसका पहला बेटा जब बीस साल का हुआ तो उसको बुख़ार आ गया और वह तीन दिन बाद मर गई। उसको मौत तेज़ी से आई और उसे बहुत तकलीफ़ भी नहीं हुई और रोने-धोने के बाद उसके पति और उसके बेटों और उसकी बेटियों ने उसको एक कफ़न में लपेटकर क़ब्र में गाड़ दिया।

उसके मरने के बाद ही इस जगह पर भी परिवर्तन दिखाई देने लगे। टैक्स बढ़ाए जाने लगे और बराबर बढ़ते ही जा रहे थे, उनका कोई अन्त न दिखाई देता था। एक ऐसी ख़ुश्क गरमी आई जिसमें पानी नहीं बरसा और बहुत-सी फ़सल बरबाद हो गई और फिर उसके बाद रोमन सैनिक आए। वे परिवार जो टैक्स नहीं दे सकते थे उनको भेड़-बकरियों की तरह उनके मकानों और उनकी ज़मीन से खदेड़कर बाहर कर दिया और फिर उन सबके गले में एक ही ज़ंजीर डालकर उन्हें रोम ले जाया गया ताकि उनको बेचकर रक़म अदा की जा सके।

मगर वे जिनकी फ़सलें बरबाद हो रही थीं उन सबने इस चीज़ को इतनी आसानी से बिना कान-पूँछ हिलाए स्वीकार नहीं कर लिया। स्पार्टकस और उसके भाई-बहन और गाँव के और भी बहुत से लोग भागकर जंगलों में चले गए जो कि गाँव के उत्तर में थे और जो कि बढ़ते-बढ़ते आल्प्स के जंगलों में जाकर मिल जाते थे। वहाँ पर वे ग़रीबी और मुसीबत से भरी हुई ज़िन्दगी गुज़ारते थे और जो कुछ भी कन्द-मूल मिल जाए या जो थोड़ा-बहुत शिकार हाथ लग जाए वही उनका आहार था; मगर जब उन खेतों पर, जो कभी उनके थे, कोई हवेली खड़ी होती तो वे आते और उस हवेली को जला डालते और उसकी तमाम चीजों को हथिया लेते।

इसके बाद सिपाही जंगलों में आते थे और गाँव के किसान सिपाहियों से लड़ने के लिए पहाड़ी क़बीलों के संग मिल जाते थे। भागे हुए ग़ुलाम भी उनके संग मिल जाते थे और इस तरह उन वंचितों का युद्ध सालहासाल चलता रहा। कभी सैनिक उनकी ताक़त को तोड़ देते थे और कभी इन विद्रोहियों की ताक़त इतनी होती थी कि वे अपनी पूरी शक्ति लेकर मैदानों में आ जाते थे और जलाते थे और लूटते थे और उन सैनिकों को हैरान करते थे।

इसी तरह की ज़िन्दगी स्पार्टकस का बेटा जिया और मर गया, उसी तरह लड़ते-लड़ते, जिस तरह उसका बाप मरा था। उसने अपने बेटों को जो कहानियाँ सुनाईं वे अब उतनी स्पष्ट न रह गई थीं, उनमें घटनाओं का इतिवृत्त उतना न था, तथ्य कम हो गए थे। कथाएँ लोककथाएँ बन गईं और लोककथाओं ने प्रतीकों का रूप ले लिया मगर उत्पीड़कों के विरुद्ध उत्पीड़ितों का युद्ध बराबर चलता रहा। यह एक ऐसी लौ थी जो कभी तेज़ जलती और कभी मद्धिम मगर बुझी कभी नहीं—और स्पार्टकस का नाम मरा नहीं। यह रक्त की परम्परा नहीं, मिले-जुले संघर्ष की परम्परा थी।

एक समय आएगा जब रोम को तोड़कर गिरा दिया जाएगा—और उसको तोड़नेवाले सिर्फ़ ग़ुलाम नहीं होंगे बल्कि ग़ुलाम होंगे और मज़दूर होंगे और किसान होंगे और स्वतंत्र बर्बर जातियाँ होंगी, जो सब मिलकर रोम की दीवारों को चकनाचूर करेंगी।

और जब तक आदमी मेहनत करेगा और कुछ थोड़े से लोग उसकी मेहनत का फल उससे छीनकर हड़प जाएँगे, तब तक स्पार्टकस के नाम को लोग याद करेंगे—हाँ, कभी धीरे से, मुँह-ही-मुँह में बोलेंगे और कभी ख़ूब ज़ोर से और साफ़-साफ़ ताकि सभी उस स्पार्टकस के नाम को सुन सकें जो कि ग़ुलाम था और जिसने बग़ावत की थी।